Stephan Russbült

BLUTIGER WINTER

BASTEI LÜBBE

BASTEI LÜBBE TASCHENBUCH
Band 28 537

1. Auflage: Dezember 2009

Vollständige Paperbackausgabe

Bastei Lübbe Taschenbücher in der Verlagsgruppe Lübbe

Originalausgabe

Titelillustration: Guter Punkt unter Verwendung einer Illustration von
© Alexander Preuss | www.abalakin.de
Textredaktion: Julia Abrahams
Lektorat: Ruggero Leò
Illustrationen im Innenteil: Daniel Ernle, Berkheim
Umschlaggestaltung: Guter Punkt, München
Satz: Urban SatzKonzept, Düsseldorf
Gesetzt aus der Goudy Old Style
Druck und Verarbeitung: CPI – Ebner & Spiegel, Ulm
Printed in Germany
ISBN: 978-3-404-28537-2

Sie finden uns im Internet unter
www.luebbe.de
Bitte beachten Sie auch: www.lesejury.de

Der Preis dieses Bandes versteht sich einschließlich
der gesetzlichen Mehrwertsteuer.

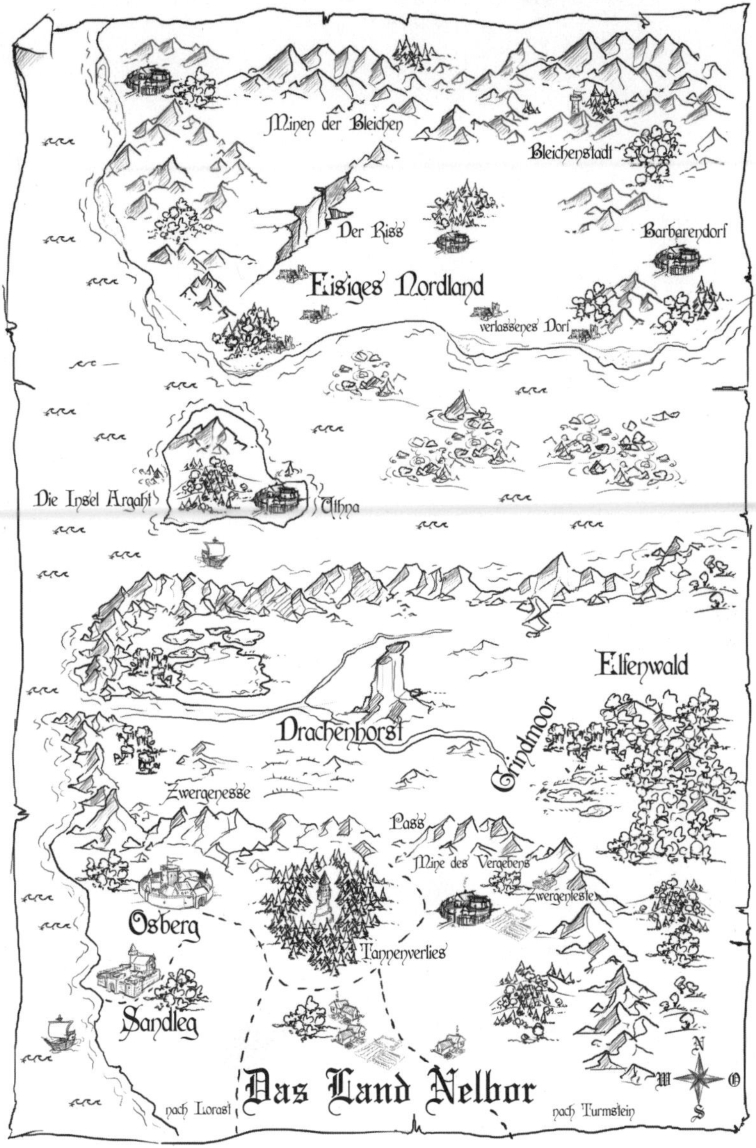
Minen der Bleichen
Bleichenstadt
Der Riss
Barbarendorf
Eisiges Nordland
verlassenes Dorf
Die Insel Argaht
Athna
Elfenwald
Drachenhorst
Grindmoor
Zwergenesse
Pass
Mine des Vergebens
Zwergenfeste
Osberg
Tannenverlies
Sandleg
N
W
O
S
Das Land Nelbor
nach Lorast
nach Turmstein

Für Felix,
der seinem Namen alle Ehre macht.

Prolog – Im Wein liegt die Wahrheit

Weinkeller gab es viele in Nelbor, wahrscheinlich sogar mehr, als es alte Geschichtenerzähler gab, und in Anbetracht von deren Trinkfestigkeit schien das auch mehr als sinnvoll. Die meisten Kneipen besaßen natürlich einen derartigen Keller, aber auch so manches Herrenhaus rühmte sich eines solchen. Einige davon präsentierten sich als Löcher in der Erde, andere hatte man aufwendig aus Felssteinen gemauert, kuppelförmige Decken geformt und sie herrschaftlicher als so manches Wohnhaus gestaltet. Der Wein selbst lagerte in Fässern oder Flaschen, lag in eigens dafür gebauten Regalen oder stand einfach dort, wo Platz war. Die verschiedensten Weinsorten kamen nicht nur aus allen Teilen des Landes, sondern auch aus den umliegenden Ländern oder von noch weiter her. Einige der Flaschen waren so teuer, dass sie sich eigentlich niemand leisten konnte, erst recht nicht, um allein seinen Durst daran zu stillen. Die meisten hingegen konnte man günstig erwerben, und manchen Fusel schenkte man sogar kostenlos an Bedienstete, Gaukler sowie Bettler aus.

Ein Weinkeller jedoch war anders. Über ihm thronte kein Haus, und die Flaschen waren nicht verkäuflich und wahrscheinlich nicht einmal genießbar. Dies allein machte den Keller schon besonders, wirklich einzigartig machte ihn aber erst die Tatsache, dass er älter war als die Erde, in die er gegraben worden war.

Ein süßlicher Geruch lag in der Luft des Gemäuers. Der schwere Duft nach Vanille, Zimt und gärenden Trauben reichte aus, um Übelkeit in einem hervorzurufen. Hunderte von verstaubten Flaschen lagen in den Regalen an der fein säuberlich verputzten Ziegelsteinwand. Hier lag der

Staub von Jahrhunderten, abgeschottet vom Trubel der Außenwelt. Eine weißhaarige alte Frau saß hinter einem schweren Eichentisch. Ein schwarzer Schleier hing ihr vor dem Gesicht, in Wellen drapiert wie ein Vorhang. Kein Atemzug der Frau vermochte diesen Stoff zu bewegen. Die drei entzündeten Kerzen, die auf dem Tisch standen, beleuchteten ihre Umrisse nur schemenhaft.

Unvermittelt stieß sie ein dämonisches Kichern aus und sprang von ihrem Stuhl, indem sie sich mit den Händen von Stuhlrücken und Tischkante abstieß. Mit einem Satz verschwand sie unterhalb des Tisches aus dem Sichtfeld. Ein schlurfendes Geräusch erfüllte den Raum, als sie wieder hinter dem Möbel hervorkroch, zwei Krücken von der Länge eines Stuhlbeines gepackt. Ihre Beine waren kurz unterhalb des Beckens abgetrennt, der komplette Unterkörper in Leinenbandagen gewickelt. Äußerst behände wippte sie ihren Rumpf nach vorn, durch die Lücke zwischen den Krücken hindurch, setzte ihn auf den Boden auf, zog die Hölzer hinterher und wiederholte die Prozedur. Ihr schwarzes Gewand schleifte teilweise über den Boden; der Saum war von der ständigen Beanspruchung schon ganz zerschlissen und wirkte wie ein Spinnennetz.

Überraschend schnell durchquerte die Alte das Kellergewölbe bis zu dem Weinregal. Sie zog eine Flasche aus der zweiten Reihe von unten, drehte das vergilbte Etikett zu sich und pustete den Staub fort.

»Oho, ein gutes Jahr«, kicherte sie. »Tissnaff, der große Rote, wurde von den Göttern zu sich gerufen, und wenig später dann die Ermordung von König Uhlgaard und seiner Frau durch die Hand ihres eigenen Sohnes.«

Sie legte die Flasche auf den Boden und rollte sie vorsichtig in Richtung Tisch. Dumpf klirrend, holperte die Flasche ihrem Ziel entgegen. Mit ihren Krücken machte sich die Alte auf den Rückweg. Sie hielt auf die Flasche am Boden zu und stieß sie mit dem Unterleib weiter nach vorn, bis sie schließlich unter dem Tisch verschwand. Die Greisin legte die Krücken beiseite, dann kroch sie hinüber zu ihrem Stuhl. Bevor sie ihren Sitz erklomm, griff sie nach der Flasche Wein und schob sie mit ausgestrecktem Arm über den Rand des Tisches.

Wieder auf ihrem Stuhl, entkorkte sie die Flasche geschickt mithilfe einer Apparatur, die an der Seite des Tisches angebracht war. Aus einer Schublade holte sie eine bronzene Schale hervor und goss den Inhalt der Flasche bis zum letzten Tropfen hinein. Anschließend hielt sie den Korken dicht vor den Schleier und schnüffelte daran. Fast sah es so aus, als ob eine gespaltene Zunge unter dem Stoff nach dem Pfropfen tastete.

»Pfui, sauer wie Essig«, fluchte die Alte.

Aus einer weiteren Schublade kramte sie einen Leinensack hervor und breitete ihn mit der Öffnung nach oben vor sich auf dem Tisch aus. Zum Vorschein kamen eine kleine gläserne Phiole und die Überreste einer toten Krähe. Die Brust des Vogels war eingefallen, und fahl schimmerten einige verdorrte Knochen durch das schwarze Gefieder. Die Alte streichelte dem Tier liebevoll über das matte Gefieder und öffnete das Fläschchen. Stumm zählte sie die Tropfen, die sie zu dem Rotwein in die Schale träufelte. Die ölige Flüssigkeit verteilte sich auf der Oberfläche und begann, in schillernden Farben Schlieren zu ziehen. Immer weiter verformte sich das regenbogenfarbene Schlierennetz, bis sich schließlich ein tumb und brutal wirkendes Gesicht daraus formte. Eine breite Stirn und wulstige Augenbrauen unterstrichen die dunklen, gefühllosen Augen. Ein kantiges Kinn prangte unter dem breiten Mund, dessen Lippen die zwei Hauer nicht zu verbergen vermochten. Das lange, dunkle und fettige Haar war zu wenigen Zöpfen geflochten. Dort, aus dem Wein, starrte der Alten das Gesicht eines Ogers entgegen.

Die Greisin nahm die tote Krähe in die Hand und stippte deren Schnabel in die Schale. Dann legte sie den Vogel zurück auf den Tisch. Nach einem kurzen Moment begann dieser, sich zu regen. Er rappelte sich auf. Ein Bein fehlte ihm, und der Vogel musste sich mit den Flügeln abstützen, um nicht wieder umzufallen. Das Gefieder war matt und wies an etlichen Stellen Löcher auf. Die Augenhöhlen der Krähe waren hohl und leer.

»Bocco Talis, Bocco Talis, warum hast du mich gerufen?«, krächzte der Vogel.

»Erzähl mir die Geschichte von diesem Kind Tabals«, forderte die Alte.

»Niemals wirst du seinen Schmerz bekommen. Er gehört allein den Göttern, und das weißt du, Bocco.«

»Erzähl mir trotzdem die Geschichte«, sagte die Alte gelangweilt.

Die Krähe hüpfte unbeholfen neben die Schale und pickte mit dem

Schnabel gegen den Bronzerand. Das Bildnis des Ogers geriet in Bewegung, und der gefiederte Kadaver begann zu erzählen:

Sein Name ist Mogda, krächzte die Krähe. *Noch vor wenigen Jahren unterschied ihn nichts von anderen Ogern. Er war tumb, faul und verfressen, wie die meisten seines Volkes es sind. Er lebte davon, das Vieh der Menschen in Nelbor zu stehlen. Er versteckte sich in den Wäldern und Bergen, bis sein Hunger ihn wieder hinaustrieb.*

Eines Tages vergriff er sich an dem Hab und Gut des alten Meisters Trebor, einem Magier, der sich im Wald einen Turm erbaut und sich zur Ruhe gesetzt hatte. Mogda gelang es, sich der Magie des Zauberers zu erwehren, wenn ihm dabei auch mehr Glück als Verstand beschieden war; er tötete den Magus. Unter den Sachen des Verstorbenen fand Mogda auch ein Amulett, das er arglos überstreifte. Damit hatten die Götter sein Schicksal besiegelt. Denn das Amulett besaß magische Kräfte und verlieh Mogda etwas, das er vorher nicht gekannt hatte: Intelligenz.

Die alte Bocco lachte entzückt auf. »Haha, das ist einfach köstlich. Ein schlauer Oger, was sagt man dazu? Da kommen kein Minnesänger und kein Possenschwinger mit, die lustigsten Geschichten schreibt das Schicksal selbst.«

»Unterbrich mich nicht«, krächzte der Rabe ärgerlich und fuhr fort:

Kurz entschlossen machte Mogda den Magierturm zu seinem Winterquartier. Seine neuen Fähigkeiten erlaubten es ihm, die Bibliothek des Magiers zu nutzen. Sein Wissen über Land und Leute vergrößerte sich von Tag zu Tag. Gierig verschlang er alle Aufzeichnungen, die er finden konnte. Mogda hatte plötzlich viele Fragen. Von einem alten verarmten Bauern namens Usil, den er als Gefangenen nahm, ließ er sich viele dieser neuen Fragen beantworten. Aus der anfänglichen Feindschaft wurde Freundschaft, und der erste Schritt zur Verständigung der beiden Völker war getan.

Im nächsten Frühjahr riefen die Nesselschrecken, eine uralte Rasse aus den Tiefen des Meeres, die Kreaturen Tabals zum Krieg gegen die Menschen auf. Auch den schlauen Oger ereilte dieser Ruf, und er folgte ihm, denn wer sich widersetzte, wurde getötet. Doch Mogda erkannte die Knechtschaft, in die er geraten war. Von weit her wurden Orks, Oger, Trolle und Goblins herbeigeholt. Mit vereinten Kräften bezwangen sie die Drachen in der roten Wüste und bewohnten fortan das Gebirge, das seit Jahrtausenden den Drachen als Heimat gedient hatte.«

»Diese nichtsnutzigen fetten Vasallen Tabals. Sie töteten die Begründer dieser Welt und verstehen es noch nicht einmal. Jemand muss sie zur Rechenschaft …« Bocco hielt inne. Sie wusste, wie ungern der Vogel bei seinen Ausführungen unterbrochen wurde.

Der Plan der Nesselschrecken war genauso perfide wie grausam. Sie ließen Kinder aus den Städten der Menschen entführen und in die Wüste bringen. Sinn und Zweck war es, die Armeen Nelbors anzulocken und dort in einer riesigen Flutwelle zu ertränken. Zu diesem Zweck hatten sie hunderte von Zwergen versklavt und einen Durchbruch zum Meer geschaffen. Die Welle sollte sämtliche Feinde auf einen Schlag ersäufen, und einen Großteil ihrer eigenen Armee dazu. In Wahrheit wollten die Nesselschrecken aber die Götter schwächen, indem sie ihre Anhänger dezimierten, um ihren eigenen Gott Illistantheè an die Tafel der Schöpfer zu bringen.

Mogda fand sich unterdessen durch sein aufsässiges Verhalten in Gefangenschaft wieder. Zusammen mit einem kleinen Mädchen namens Cindiel gelang ihm die Flucht aus dem Drachenhorst. Cindiel war kein normales Mädchen, sondern eine Hexe in Ausbildung. Die Nesselschrecken sandten ihre Kriegsoger aus, um die beiden Flüchtigen wieder einzufangen. Als Lohn versprachen sie Rator, dem Anführer der hünenhaften Außenseiter, ein Artefakt Tabals, dass aber nichts weiter war als eine magische Spielerei. Der Schwindel flog auf, und die Kriegsoger verbündeten sich mit Mogda und Cindiel. Es begann eine Reise quer durch das Land und übers Meer, um zu den geheimnisvollen Ettins in Wasserzahn, einer Insel vor der Südküste Nelbors, zu gelangen. Die doppelköpfigen Oger nahmen Mogda als einen der Ihren auf und überreichten ihm das Runenschwert der Ettins, das magische Fähigkeiten besaß.

Zurück in Nelbor, versuchte Mogda, zusammen mit einigen verbündeten

Menschen und Zwergen, den Fürsten des Landes begreiflich zu machen, dass der Krieg nur eine hinterhältige Falle war. Doch alle Versuche scheiterten, bis Mogda und Rator zusammen mit Cindiel schließlich den Herrscher des Landes, König Wigold, entführten und ihn in ein geheimes Verlies der Nesselschrecken unter dem Grindmoor brachten.

Oger und Zwerge vereitelten gemeinsam die Pläne, die Wüste zu überschwemmen, indem sie über die Trolle herfielen, die tief in den Bergen den Bau des Durchbruches überwachten, und die versklavten Arbeiter befreiten. Zur selben Zeit machte sich die Armee der Menschen auf, ihre Kinder zu befreien.

Heimliche Gespräche machten es möglich, die Oger zu vereinen. Als die Schlacht schließlich begann, stellten sie sich geschlossen gegen ihre einstigen Herren und die anderen Kreaturen Tabals. Mit vereinten Kräften schlugen sie die Trolle und Orks zurück in die Gebirge und töteten die meisten der Nesselschrecken. Die Schlacht war gewonnen.

»Und so haben die Oger Verrat an den Kindern Tabals geübt. Wie ich die Menschen kennen gelernt habe, gaben sie nicht viel auf ihr Bündnis, und Mogda wurde für alles verantwortlich gemacht«, fuhr Bocco aufgeregt dazwischen.

»Vielleicht solltest du mich erst einmal zu Ende erzählen lassen«, krächzte die Krähe. »Die Geschichte geht noch weiter. Du solltest deine Beherrschung besser im Griff haben.«

Bocco Talis schlug mit der Faust auf den Tisch und verfehlte nur um Haaresbreite einen Flügel des Raben. »Du plapperndes Federvieh, halt endlich deinen Schandschnabel. Glaubst du, eine tote Krähe zu bekommen sei irgendwie schwierig? Nach wenigen Lebensjahren fallt ihr schon von den Bäumen wie reifes Obst, und du willst mir den Mund verbieten. Ich bin tausend Jahre alt und älter. Wenn es mir gefällt, hole ich mir einfach einen deiner toten Brüder.«

Die Krähe flatterte aufgeregt zum Tischrand. »Du hast niemanden außer mir, Bocco Talis. Du bist hier unten eingesperrt und ganz allein für die nächsten tausend Jahre und länger.«

Bocco wusste, dass der Vogel Recht hatte, doch sie wollte es nicht zugeben. »Erzähl weiter«, keifte sie.

In den folgenden Jahren schafften es die Oger, einen regen Handel mit dem roten Marmor aufzubauen, den sie aus den Minen unter dem Drachengebirge hervorholten. Die Lebensweise der hünenhaften Krieger hatte sich geändert, wenn auch nicht alle von ihnen damit zufrieden waren. Der Fund eines großen Rubins sollte alles ändern. Die Habgier der Zwerge und der Menschen drohte, das Bündnis zerbrechen zu lassen. Genau zu diesem Zeitpunkt tauchte ein mysteriöser Fremder auf, in Gestalt eines Mannes, der keine Schuhe trug. Und die Rückkehr der vor langer Zeit verschwundenen Elfen kündigte sich an. All diese Ereignisse schienen nur rein zufällig zeitlich aufeinanderzufallen, aber Mogda erkannte dahinter die dunklen Pläne der verbliebenen Nesselschrecken.

Zusammen mit Cindiel, der jungen Hexe, machte er sich auf die Suche nach Beweisen. Unterdessen kam es zu merkwürdigen Veränderungen. Kräuter hatten plötzlich ganz andere Wirkungen, und Regenfälle, die nicht enden wollten, ergossen sich über das Land.

Der Mann ohne Schuhe, der sich selbst Eliah nannte, der aber in Wahrheit Illistantheè selbst war, suchte die Oger in der roten Wüste auf, um den Rubin zu fordern. Als ihm die Oger nicht weiterhelfen konnten und auf die Zwerge verwiesen, verlor der Fremde die Nerven, tötete mit bloßer Hand zwei der Hünen und verließ den Drachenhorst, wie er gekommen war.

Cindiel und Mogda befanden sich zu diesem Zeitpunkt in der Begleitung von Barrasch, einem Hauptmann aus Osberg, und Finnegan, einem jungen Soldaten, der ein Auge auf die Hexe geworfen hatte. Gemeinsam mussten sie mit ansehen, wie die rote Wüste überflutet wurde, so wie die Nesselschrecken es vor Jahren geplant hatten. Die vier begaben sich zur Esse, um die Zwerge zur Rede zu stellen, doch als sie das Heim der Bärtigen erreichten, fanden sie alle Mitglieder des kleinen Volkes bereits ermordet vor.

Als Mogda und seine Gefährten von einem Nesselschrecken überrascht wurden, verriet dieser ihnen in seinem Übermut und in der Absicht, sie alle später zu töten, die Pläne der Nesselschrecken: Eliah sei in Wirklichkeit ein Dämonenprinz, der es darauf abgesehen habe, an der Tafel der Götter Platz zu nehmen. Der Stein, den er suche, sei einer der Funken der Götter, die bei der Erschaffung der Welt in die Erde gepflanzt wurden. Diese Steine besäßen die wahre Macht der Götter.

Es kam, wie es kommen musste: Durch eine Unachtsamkeit gelang Mogda und seinen Gefährten die Flucht aus der Zwergenbinge. Und das Wissen um den Plan zur Erschaffung eines Gottes nahmen sie mit.

Rator hatte sich mittlerweile, zusammen mit seinen Kriegsogern, an die Verfolgung von Eliah gemacht, um Vergeltung zu üben für den Tod der zwei Brüder. Auf dem Weg nach Turmstein, dem Ort, wo sie Eliah zu finden hofften, schlossen sich ihnen einige Menschen und eine Gruppe Zwerge an.

In der Zwischenzeit waren auch die Elfen nach Nelbor zurückgekehrt. Doch sie entpuppten sich als die Armee von Eliah: Halb elbisch, zur Hälfte Meeresbewohner, töteten sie jeden, der sich ihnen in den Weg stellte. Erst als Eliah einen weiteren der Funken der Götter an sich reißen konnte, zogen sich die Elfen ins Meer zurück.

Durch eine alte Prophezeiung der echten Elfen wusste Mogda, dass Eliah mithilfe der Steine das Gefüge der Götter auseinanderreißen wollte, um ihren Platz einzunehmen.

Die Oger um Rator folgten Eliah bis in den Wald der Elfen, und obwohl er unverwundbar schien, griffen sie ihn an. Dem einfältigen Oger und Außenseiter Gnunt gelang es wie durch ein Wunder, Eliah zu bezwingen, doch die Götter schienen die Welt bereits verlassen zu haben. In dem festen Glauben, gescheitert zu sein, zog Mogda sich zurück in die Berge, um dort seinen Schmerz zu vergessen.

»Was würde ich dafür geben, etwas von diesem zu bekommen! Er hat sein ganzes Volk verraten, und all seine Anstrengungen haben nicht gereicht, das Schicksal zu verändern«, sagte Bocco Talis. »Aber wenn ich *ihn* nicht haben kann, werde ich einen seiner Gefährten bekommen, und nichts wird mich davon abbringen.«

»Was gedenkst du zu tun, Bocco?«, krächzte der Vogel.

»Ich werde gar nichts tun müssen. Ich werde einfach hier sitzen und dir deine Federn ausreißen. Sobald die letzte zu Boden gefallen ist, werden sie zu mir kommen – von ganz allein.«

»Krah!«

I
Ein Licht in der Nacht

Die See war rau. Stürmische Böen peitschten den Regen durch die Nacht. Tosend brachen sich die Wellen am Nordriff, und die aufspritzende Gischt vermischte sich mit dem Schauer. Kaum sichtbar trieb das kleine Licht, von den Wellen hin und her geworfen, auf die Klippen zu.

Rutrok war auf der Suche nach einem wind- und wettergeschützten Platz und fand ihn in einer Felsspalte. Er stieg diese hinab, indem er sich mit Füßen und Rücken gegen den rauen Fels stemmte. Der Regen hatte ihn bereits bis auf die Knochen durchnässt. Die stumpfen Lederriemen seiner Rüstung scheuerten auf seiner Haut. Wasser rann den Fels herab in seinen Nacken und suchte sich einen Weg seinen breiten Rücken hinab. Es war die dritte Nacht in Folge, in der Kurzuk ihn auf Wache geschickt hatte.

Der Anführer des achtköpfigen Orktrupps, zu dem Rutrok gehörte, mochte ihn nicht sonderlich. Das beruhte auf Gegenseitigkeit. Kurzuk war ein guter Anführer, aber genau da lag auch das Problem. Er ließ keine Gnade walten, bestrafte jeden, der auch nur an Ungehorsam zu denken wagte, und verteilte die Beute großzügig. Rutrok musste warten, bis Kurzuk einen Fehler machte, wenn er dessen Posten einnehmen wollte, und das wollte er mehr als alles andere.

Seitdem die Orks aus Nelbor vertrieben worden waren und niemand die Führung über sein Volk an sich genommen hatte, lebten sie in dem Ringgebirge, das den roten Sumpf umschloss. Sie hatten sich – von den Hüttenbauern dazu gezwungen – in viele kleine Gruppen zersplittert, die sich von dem ernähren mussten, was das karge Land ihnen bot. Nur selten fanden sie Gelegenheit, einen gemeinsamen Raubzug zu starten. Die meiste Zeit verbrachten sie damit, ihre Rivalitäten untereinander auszufechten.

Rutrok wartete ab und beobachtete aufmerksam das tanzende Licht auf den Wellen. Es war noch zu früh, sich zu freuen. Das Licht konnte alles Mögliche sein, und selbst wenn es sich um ein Schiff handelte, konnte dieses immer noch rechtzeitig beidrehen. Solange sein Trupp die Küste beobachtete, hatte sich noch kein Segler so nahe an die Nordklippen gewagt. Unberechenbare Winde, Untiefen und Strömungen, die einen direkt auf die Felsen trieben, hielten jedes Schiff fern.

Rutrok wischte sich den Regen aus dem Gesicht. Mit zusammengekniffenen Augen versuchte er, sein Ziel nicht aus dem Blick zu verlieren. Es dauerte noch eine ganze Weile, bis er sich sicher war, aber das Warten lohnte sich. Das Licht kam stetig näher, und dann zeichneten sich mit einem Mal die Umrisse eines Schiffes in der hellen Gischt der Brandung ab.

Rutrok verlor keine Zeit. Er musste die hundert Fuß steilen Ufers zwischen sich und den Klippen so schnell wie möglich überwinden. Es war nicht sein erster Abstieg hinunter zum Wasser. Schon oft war er hinabgeklettert, um Treibgut aufzusammeln, aber das war immer bei Tageslicht gewesen.

Das nächtliche Wagnis musste sich lohnen. Der Fund eines verunglückten Schiffes, vielleicht voll beladen, würde sein Ansehen bei den anderen Orks enorm steigern. Unter Umständen machten sie ihn sogar zum Anführer, wenn er mit ihnen die reiche Beute teilte und zeigen konnte, dass er genauso kaltblütig und brutal war wie Kurzuk.

Alles hing davon ab, dass er das Schiff rechtzeitig erreichte. Wenn der Rumpf von den Felsen erst einmal aufgerissen war, dauerte es sicher nicht lange, bevor das Meer sich seinen Teil des Plündergutes holte. Dem galt es zuvorzukommen.

Geschickt sprang Rutrok von einem Felsen zum nächsten. Immer wieder hielt er kurz inne, um nach seiner Beute Ausschau zu halten. Der Ork glaubte, dunkle Gestalten zu erkennen, die panisch versuchten, das Schiff unter Kontrolle zu bekommen. Ab und an trug der Wind einige Wortfetzen vom Deck hoch zu ihm. Besatzung an Bord erhöhte die Chancen auf Ladung. Ein führerloses Schiff, das sich aus einer der

Ankerbuchten eines Fischerdorfes losgerissen hatte, versprach wenig Beute. Die Besatzung fürchtete Rutrok nicht, sondern nur einen leeren Laderaum. Ob es sich bei den Seeleuten nun um Menschen, Zwerge oder Elfen handelte, spielte keine Rolle für ihn. Die Brandung sowie die spitzen Felsen würden ihm einen Großteil der Arbeit abnehmen. Selbst für den Fall, dass es Überlebende gab, wären sie sicher so geschwächt, dass es ein Leichtes sein würde, sie zu erledigen. Einige Streiche mit seinem Schwert, und ihre Kehlen lägen offen.

Verunsichert beobachtete der Ork das Schiff, dessen Grundstruktur er inzwischen ausmachen konnte. Es schien nicht sonderlich groß zu sein. Der einzige Mast war auf halber Höhe abgebrochen und hing, nur noch von der Takelage gehalten, in den Rumpf hinein. Das Deck zog sich nicht über die gesamte Länge des Schiffes hin, sondern legte sich nur über Bug und Heck, die Mittelpartie lag somit offen. So einen Segler hatte Rutrok noch nie zuvor gesehen. Die Schiffe der Nelborianer besaßen wenigstens zwei Segel und einen bauchigen Rumpf mit viel Laderaum. Andererseits schien dieses Gefährt, das vor ihm mit den Brechern kämpfte, nicht so seetüchtig zu sein, als dass es von weit her gekommen sein konnte.

Der Ork wurde langsam ungeduldig. Immer wieder spülten die Wellen das Schiff zwischen die Klippen und sogen es anschließend gleich wieder heraus. Wie von selbst manövrierte sich der Kahn zwischen den spitzen Felsen des Riffs hindurch. Rutrok malte sich in Gedanken aus, wie er in den geborstenen Rumpf des Schiffes sprang und nichts weiter als ein paar Schiffbrüchige fand. Das wäre eine herbe Enttäuschung, und er würde seinen Frust an ihnen auslassen. Die Seeleute würden sich wünschen, ertrunken zu sein und niemals die Nordküste Nelbors erreicht zu haben.

Mit einem dumpfen Klatschen schlug der Segler mit der Bordwand gegen einen Felsen. Das Schiff drohte zu kentern und trieb nun längsseits auf eine Gruppe von Felsen zu. Rutrok hatte zum ersten Mal Gelegenheit, sich das Schiff aus unmittelbarer Nähe zu betrachten. Bug und Heck lagen erhöht und boten genug Platz als Unterstand. Oben aus der Bordwand ragten schwere Haken aus dem Holz, die zur Aufnahme von Rudern dienten. Der Rumpf war durchfurcht von tiefen Schrammen, und an zwei Stellen war das Holz gar zersplittert und ins Innere gedrückt worden, sodass hier breite Risse klafften. Mast und Ruder trieben zertrümmert im Wasser, die Takelage hing in Fetzen herab. Diese Schäden rührten nicht allein von der Kollision mit dem Riff, dessen war sich Rutrok sicher.

Immer wieder drückten die Wellen das Schiff gegen die Felsen. Wasser schwappte über die Bordwand und füllte den offenen Rumpf, doch der Segler wollte weder bersten noch sinken. Doch dann, als ob das Meer sich des Fremdkörpers entledigen wollte, hob eine Welle das Schiff über die erste Reihe von Felsen hinweg und ließ es eingekeilt auf dem Riff liegen. Das Gewicht des halb mit Wasser gefüllten Rumpfes ließ die spitzen Klippen das Holz durchstoßen.

Rutrok erinnerte dieses Bild an Zeiten, als die Orks noch von den Meistern geführt worden waren. Damals hatten sie ihre Feinde auch aufgespießt und zum Sterben zurückgelassen, als Mahnmal und zur Warnung. Ebenso tat es das Meer nun mit diesem Schiff.

Der Ork belauerte das Wrack noch einige Minuten, bevor er sich näher wagte. Nichts regte sich an Bord außer den Resten der Takelage, die von Wind und Wasser umhergetrieben wurden. Kein Laut war mehr von der Besatzung zu hören. Schließlich beschloss Rutrok, es zu wagen. Er passte die nächste Welle ab, um nicht von ihr zwischen die kantigen Felsen gespült zu werden, dann setzte er vorsichtig einen Fuß auf das Riff. Geschickt stützte er sich mit Armen und Beinen ab, ohne ein einziges Mal das Gleichgewicht zu verlieren, sein breites Schwert mit dem geschmiedeten Widerhaken an der Spitze mit einer Hand fest umklammert. Es war die Waffe eines wahren Orkkriegers – die Geierklinge.

Mit einem zufriedenen Grunzen erreichte Rutrok das Wrack. Die Bordwand ragte steil vor ihm auf. Der Schiffsrumpf war mit Öl getränkt und die Ritzen zwischen der Beplankung mit Pech verschmiert. Ohne Seil und Haken hinaufzuklettern war undenkbar bei dem Sturm. Langsam tastete er sich vom Heck zum Bug vor. Der Segler hatte eine Länge von ungefähr sechzig Fuß und maß an der breitesten Stelle sicher zwanzig Fuß.

Rutrok klopfte mit dem Griff seines Schwertes den Rumpf ab und blieb bei einer zerborstenen Planke stehen. Wasser lief durch ein armdickes Loch aus dem Schiffsinneren. Er setzte die Picke seines Schwertes wie ein Brecheisen an und versuchte, die Planke weiter aufzuhebeln. Aber die fast vier Daumen dicke Bohle rührte sich keinen Zoll. Außer sich vor Wut, hämmerte Rutrok mit seiner Waffe auf das Holz ein. Immer tiefer schnitt die Klinge in das ölige Holz. Span für Span löste sich aus dem Rumpf, bis der Ork endlich einen Teil der Planke herausreißen konnte. Das restliche Wasser ergoss sich aus dem Inneren. Rutrok hoffte, dass der Spalt breit genug sein würde, um in das Schiff zu gelangen.

Rutrok horchte – nichts rührte sich im Inneren. Er wechselte seine Waffe in die andere Hand und schob den nun freien Arm tief durch das Loch in den Rumpf des Schiffes. Gierig tastete er nach einem Hinweis auf die Ladung. Ohne zu sehen, was er mit seiner Hand zu fassen bekam, war es schwierig, noch Brauchbares von Trümmern und beschädigtem Gut zu unterscheiden. Doch nach einigen Fehlgriffen berührte seine Hand plötzlich kalten Stahl. Behutsam, um sich nicht zu verletzen, ertastete er den Gegenstand – es handelte sich um eine herrenlose Klinge!

Die Breite und Länge der Waffe ließ auf kein normales Schwert schließen. Nur die besten Krieger der Menschen führten so eine Waffe. Vor seinem inneren Auge stellte Rutrok sich einen Zweihänder vor, bestimmt für einen König gedacht, geschmiedet von einem Zwergenmeister und mit kostbaren Edelsteinen verziert. In der Hoffnung, die Waffe am Griff packen zu können, fuhr Rutrok langsam mit seinen Fingern die Blutrinne hinauf.

Aber so dicht er sich auch an die Bordwand presste und seinen Arm streckte, er konnte den Griff nicht erreichen. Zwischen Daumen und Zeigefinger versuchte er, die Waffe unter dem verstreuten Hab und Gut herauszuziehen, aber es half nichts: Das Schwert steckte fest. Ungeduldig tastete Rutrok nach einem Stück Stoff zwischen den Trümmern, fand etwas Sackleinen und wickelte dieses um die Klinge. Dann griff er beherzt zu. Mit einem Ruck zog plötzlich jemand am anderen Ende der Klinge und löste sie aus der Umklammerung des Orks. Mühelos schnitt der blanke Stahl durch den Stoff und tief in Rutroks Fleisch.

Der Ork schrie gequält auf. Er zog seinen Arm aus dem Schiffsrumpf und besah sich die Wunde. Drei seiner Finger waren abgetrennt worden, und quer über den Handballen zog sich ein tiefer Schnitt, der bis auf den Knochen hinunterreichte. Er ließ seine Geierklinge zu Boden fallen und riss einen Fetzen aus seinem Hemd, um diesen um die Wunde zu wickeln und die Blutung zu stoppen.

Doch da schnellte unvermittelt ein kräftiger Arm aus dem Loch im Rumpf hervor und packte den Ork am Hals. Vergebens versuchte Rutrok, wieder an seine Waffe zu gelangen. Mit Wucht zog ihn sein Widersacher gegen die Planken, als wolle dieser ihn durch die schmale Lücke in der Beplankung ins Innere des Schiffes ziehen.

Mächtige Schläge wie von einem Kriegshammer dröhnten gegen den Rumpf und brachten das Holz zum Bersten. Die schwere Waffe durchschlug von innen eine weitere Planke und streifte Rutroks Schädel. Halb benommen spürte der Ork, wie er von kräftigen Händen durch die vergrößerte Öffnung in das Innere des Schiffes gezogen wurde. Die überstehenden Holzsplitter rissen tiefe Wunden in seine Seite. Rutrok schrie vor Schmerzen, doch seine Peiniger ließen nicht locker. Noch bevor er wieder richtig zu sich kommen konnte, rammte ihm auch schon jemand einen Schwertknauf ins Gesicht.

Rutrok taumelte. Er nahm die Gestalten um sich herum nur schemenhaft wahr, aber er war sich sicher, dass es sich um Menschen handelte. Erleichterung durchfuhr ihn. Von allen möglichen Übeln hatte ihn das geringste getroffen. Menschen waren schwach und handelten oft widersprüchlich. Sie bekämpften ihre Feinde selten mit letzter Konsequenz. So geschah es oft, dass sie Tabals Kinder wieder freiließen, anstatt sie zu töten. Händler und Abenteurer rühmten sich damit, seinesgleichen überwältigt und gefangen genommen zu haben, aber es fehlte ihnen an Mut, sie Auge in Auge zu richten.

»Ist das eins von diesen Viechern?«, fragte jemand.

»Hast du nicht zugehört?«, blaffte ein anderer den Fragenden an. »Sie sind groß. Der hier misst kaum sechs Fuß. Das ist einer von diesen Orks. Sie leben in kleinen Rudeln in den Bergen.«

»Es hätte ja sein können, dass es ein Junges ist«, hielt der Erste wieder dagegen.

Rutrok schöpfte erneut Hoffnung. Es schienen Fremde zu sein, die nach jemandem suchten. Vielleicht konnte er mit ihnen einen Handel schließen, dessen Lohn seine Freiheit war. Alles, was er jetzt zu tun hatte, war, sie davon zu überzeugen, dass sie ihn brauchten.

»Sprechen diese Orks unsere Sprache?«

»Ich ... ich kann euch ... helfen«, keuchte Rutrok.

»Halts Maul, du Scheusal«, drang eine flüsternde Stimme an sein Ohr.

»So wie es aussieht, besser, als wir dachten«, folgerte jemand Weiteres.

Erneut traf Rutrok der Schwertknauf ins Gesicht, gefolgt von einem Tritt in die Magengrube. Dann verlor er das Bewusstsein.

Rutroks Schmerzen mussten ihn einen Augenblick übermannt haben, denn als er wieder zu sich kam, befand er sich an Land und saß an einen Felsen gelehnt mit Blick auf das Meer. Unweit vor ihm prasselte ein Feuer, dessen Flammen eine Bedachung aus Ästen und Lederhaut vor dem Regen schützte.

Um die Lagerstätte herum hatten es sich neun kräftige Menschen bequem gemacht. Ihre langen Haare waren überwiegend zu Zöpfen geflochten, und wilde Bärte bedeckten ihre Gesichter. Trotz des recht kühlen Wetters hatten die Männer Rüstung und Kleidung abgelegt. Auf einem großen Haufen türmten sich Felle und schwere Leinenstoffe, und gleich daneben lag ein Sammelsurium von ledernen Rüstungsteilen.

Vor dem Feuer zu sitzen und sich von seiner Rüstung und allem überflüssigen Gepäck zu befreien war selbst für einen Ork nichts Ungewöhnliches. Was Rutrok etwas staunen ließ, war die Tatsache, dass diese Männer gänzlich nackt waren. Lediglich ihre Waffen hatten sie weiterhin angelegt, was die Krieger in seinen Augen jedoch schon fast wieder angezogen erscheinen ließ.

Rutroks Hand schmerzte grauenvoll. Trotz der abgetrennten Finger ballte er sie zur Faust, um die Blutung zu stillen. Schmerzverzerrt sah er auf die blutigen Stümpfe seiner grünschwarzen Finger. Wer wusste, wie lange er schon hier lag und wie viel Blut er schon verloren hatte. Die fremdartigen Krieger hatten ihn unweit von ihrem Lagerfeuer abgelegt. Anscheinend hatten sie keine Angst vor ihm, denn er spürte seinen Dolch, der hinten in seinem Hosenbund steckte. Und seine Hände und Füße waren nicht gefesselt.

Rutrok dachte über seine Möglichkeiten nach. Die massigen Krieger anzugreifen wäre selbst dann Selbstmord gewesen, wenn er unverletzt und in Besitz seiner Geierklinge gewesen wäre. Er konnte versuchen zu flüchten, aber die Gefahr, dass die fremden Männer ihn einholten oder ihn mit ihren Armbrüsten niederschossen, war zu groß. Außerdem war

Flucht etwas für Feiglinge und Goblins. Nein, er würde seinen Plan einfach weiterverfolgen. Er musste nur die Taktik ändern.

Also schloss er wieder die Augen, warf seinen Kopf wie im Fieberwahn hin und her und begann, zaghaft zu stöhnen. Doch Rutrok musste feststellen, dass die Fürsorge der Krieger für ihren Gefangenen ganz zu ihrem bisherigen sorglosen Vorgehen passte; sie nahmen keine Notiz von dem Ork. Rutrok intensivierte sein vorgespieltes Leiden.

»Hey, dein Ok ist wach!«, rief einer der Krieger.

»Das ist nicht meiner. Und es heißt Ork«, bekam dieser zur Antwort.

Rutroks Plan schien aufzugehen. Sie hatten Notiz von ihm genommen und ihn nicht gleich wieder geschlagen. Mehr konnte man für den Augenblick nicht erwarten.

»Frag ihn!«, befahl jemand.

Rutrok blinzelte unter seinen Augenlidern hindurch. Einer der Krieger hatte sich vom Lagerfeuer erhoben und wankte auf ihn zu. Breitbeinig baute er sich vor dem Ork auf. Rutrok starrte genau auf dessen Männlichkeit und musste feststellen, dass nicht nur ihre Waffen größer waren als seine.

»Ich glaube, er ist wach.«

»Frag ihn endlich!«

Der Krieger beugte sich zu ihm hinunter. »Kennst du den Oger, der die Klinge Nassfals trägt? Er lebt auf den Gipfeln dieser Berge.« Der Krieger sprach langsam und zog die einzelnen Worte weit in die Länge.

Rutrok gefiel die Vorstellung, dass die Krieger dachten, er sei ein wenig minderbemittelt. Das würde seine Verhandlungen wesentlich erleichtern. Auf keinen Fall würde er ihnen einfach sagen, was sie wissen wollten. Man musste ihnen kleine Brocken hinwerfen. Sie neugierig machen und dann seine Forderungen stellen. Ja, er hatte viel gelernt von den Meistern. Er würde die Krieger noch ein wenig hinhalten, sie zappeln lassen.

Ein hölzernes Klicken und das Geräusch einer losschnellenden Sehne rissen Rutrok aus seinen Gedanken. Der fremde Krieger vor ihm sprang mit einem zornigen Schrei auf und fuhr herum.

»Bist du verrückt? Wenn du mich getroffen hättest.«

Rutroks Blick fiel irritiert auf den Bolzenschaft, der aus seinem Brustkorb ragte. Er verfolgte die Flugbahn des Bolzens zurück und sah einen der Krieger hinter dem Lagerfeuer hocken, die Armbrust weiterhin auf ihn gerichtet.

»Er hat keine Ahnung, was wir wollen. Sein Schädel gehört mir«, rief der Schütze freudig. »Ich habe ihn erlegt. Die Trophäe ist mein!«

»Sein Schädel ist keine Trophäe. Er war kein Krieger. Das ist einfach nur einer von diesen Oks«, maulte ein anderer.

Rutrok wusste es besser, nur blieb ihm keine Zeit, klarzustellen, dass er sehr wohl ein Krieger war. Denn seine Augen schlossen sich bereits wieder, und sein Atem verstummte. Es dauerte noch einen Moment, bis auch sein Herz aufgehört hatte zu schlagen.

Rutrok wartete auf die Stimme Tabals, die ihn zu sich rief, um an der Tafel der Krieger Platz zu nehmen. Doch nichts von dem, was die Schamanen über den Tod erzählten, traf ein. Er sah weder seinen Schöpfer, noch wurde er geehrt mit den Waffen eines Kriegers, und er bekam auch keinen Platz an der Seite seiner Ahnen. Die letzten Stimmen, die er hörte, waren die seiner Peiniger.

»Wir teilen uns auf. Suul wird uns sagen, wenn wir in die Nähe des Schwertes kommen.«

»Was tust du?«

»Auch wenn er kein Krieger war, sein Kopf gehört ...«

2
Ein Leben ohne Kinder

Die Stadtmauer war ein ausgezeichneter Ort, um junge Efeutriebe zu pflücken. Die immergrünen Ranken hafteten mit ihren Wurzeln gut am feuchten Mauerwerk. Zwar schmeckte der aufgekochte Sud des Efeus selbst mit Honig immer noch ekelhaft, doch er half nun einmal gegen Keuchhusten.

Es war wie verhext. Seit dem Kampf der Götter gab es kaum jemanden, der nicht unter irgendwelchen Gebrechen litt. Keuchhusten, Gicht und Fieber waren an der Tagesordnung. Das ewig feuchte Wetter und der nie nachlassende Wind forderten ihren Tribut. Unter normalen Umständen hätte die Witterung für die Nelborianer kein Problem dargestellt, doch Missernten, verdorbene Vorräte und Viehseuchen hatten zusätzlich noch Hungersnöte hervorgebracht und das Volk geschwächt. So widersprüchlich es auch klang, viele Menschen schufteten sich regelrecht zu Tode, um am Leben zu bleiben.

Berichten von Reisenden zufolge war Nelbor nicht das einzige Land, das unter den genannten Nöten zu leiden hatte – die ganze Welt schien verflucht und zum Aussterben verdammt. Ein Jahr, elf Monate und siebzehn Tage war es her, dass der letzte lebende Säugling in Osberg geboren worden war. Sulina, ein kleines kräftiges Mädchen, wurde von ihren Eltern verhätschelt und von allen anderen verwundert bestaunt. Sie war der jüngste Mensch in Osberg, vielleicht sogar auf der ganzen Welt. In anderen Städten sah es ähnlich düster aus. Jeder machte sich Gedanken und hatte seine eigene Erklärung für dieses Phänomen, aber die Meisten sprachen einfach nicht darüber.

Cindiel trennte die frischen, hellgrünen Triebe des Efeus mit ihrem

Kräutermesser ab und stopfte sie in den Lederbeutel, den sie zu diesem Zwecke stets bei sich trug. Jeden zweiten Tag stand sie hier vor den Mauern Osbergs und beschnitt die kaum noch armlangen Ranken.

Cindiel, mit ihren gerade mal zwanzig Jahren, war sicherlich nicht das, was sich die meisten Menschen unter einer Hexe vorstellten, aber seit dem Tod ihrer Großmutter gab es in Osberg keine andere mehr. Die alte Gerba hatte ihr viel beigebracht, und seit dem Tag ihres Todes las Cindiel fast täglich in dem dicken Folianten ihrer Großmutter, in welchem diese ihr Wissen festgehalten hatte. Nicht alles von dem Gelesenen ergab für Cindiel einen Sinn, doch mit jeder Formel und jedem Rezept, das sie sich aneignete, wuchs ihr Wissen. Viele der Menschen hier vertrauten ihr und ihrem Wissen über Kräuter und Tränke.

Aber viele der jungen Männer des Städtchens sahen in ihr nicht nur eine Kräuterfrau. Ihr langes, dunkel gelocktes Haar, ihre feinen Züge, die sinnlichen Lippen und ihr schlanker Körper zogen die Burschen an wie das Licht die Fliegen. Cindiel betrachtete die Annäherungsversuche der Kerle mit Gleichgültigkeit. Ihr Herz gehörte Finnegan, einem jungen Soldaten der Stadtwache, auch wenn die gegenwärtige Zeit ihre Liebe auf die Probe stellte.

Ein Mauersegler flog dicht an der jungen Hexe vorbei und verschwand über ihr im grünen Blätterdickicht. Kurz danach ertönten die bettelnden Rufe von Jungvögeln zwischen den Ranken. Einer nach dem anderen verstummte, und die Vogelmutter verließ das Nest wieder, um für Nachschub zu sorgen.

Cindiel schaute wehleidig nach oben. Sie legte Beutel und Messer zur Seite und griff nach dem verholzten Stamm des Efeus. Behände kletterte sie nach oben und wagte einen vorsichtigen Blick in das Nest. Vier Jungvögel drängten sich in dem Vogelbau aus Lehm, Ästen und Blättern dicht aneinander. Sie konnten nur wenige Tage alt sein. Ihre Augen waren noch geschlossen, und außer einem kleinen Federbüschel auf dem Kopf waren sie nackt. Cindiel ahmte ihre Bettellaute nach, und sofort hoben die Jungen ihre schweren Häupter und sperrten die Schnäbel weit auf. Ein klagender Reigen aus Bettellauten ertönte.

»Wie habt ihr es bloß geschafft, die Gnade der Götter zu bekommen?«, flüsterte sie. Aufgeregt piepend, schienen sie ihr zu antworten, bis die Kraft der Jungen nachließ und ihre Köpfe wieder sanken.

Traurig kletterte Cindiel wieder hinunter. Als sie ihre Sachen aufnahm, hatten sich Tränen in ihren Augen gesammelt. Schweren Mutes machte sie sich auf den Heimweg in die Stadt. Die beiden Wachen am Stadttor hatten sich längst an den täglichen Gang der jungen Frau gewöhnt und schenkten ihr nur noch wenig Aufmerksamkeit. Da sie wussten, dass Cindiel auf ihrem Rückweg in der Regel nicht sonderlich gesprächig war, ließen die beiden Männer sie einfach mit einem freundlichen Nicken passieren.

Den Gang durch die Stadt empfand Cindiel als einen Spießrutenlauf. Es war nicht so, dass jemand sie beschimpfte oder gar Sachen nach ihr warf, aber die Blicke vieler ruhten auf ihr. Die Menschen waren verzweifelt und hofften auf einen Zauber, einen Trank oder wenigstens ein bisschen Zuspruch von der jungen Hexe. Vielen hatte sie bereits geholfen, aber es reichte stets nur, um die kleinen Gebrechen der Menschen zu kurieren. Die Ursachen ihrer Leiden zu bekämpfen, den Hunger und die Mutlosigkeit, lag nicht in ihrer Macht.

Mit der Zeit hatte sie aufgehört, die Menschen aktiv um sich zu scharen und ihnen Hilfe anzubieten. Ihre Kraft schien aufgebraucht, wie die vieler anderer auch. Nun beschränkte sich Cindiel darauf, Tränke, Salben und Pülverchen herzustellen und diese von Hagrim verteilen zu lassen.

Sie kannte Hagrim schon von Kindesbeinen an. Damals war sie ihrer Großmutter immer davongelaufen, um den Geschichtenerzähler vor den Stufen der Kupfergrotte, der Taverne, in der Hagrim gerne verkehrte, abzufangen und ihm eine Geschichte zu entlocken. Und oft ließ sich der Erzähler mithilfe des einen oder anderen Silberstücks auch dazu überreden. Dann tauchte sie für kurze Zeit in die Welt der Helden, Drachen und Ungeheuer ein, während Hagrim seine Zunge mit einem Glas Rotwein lockerte. Zu jener Zeit hatte Hagrim viel zu erzählen gehabt, und noch mehr Durst.

Seit Jahren wohnte der alte Haudegen jetzt bei der Hexe, und die meiste Zeit war ihr Leben durch seine Trunksucht und seinen Zynismus nicht gerade einfacher geworden. Doch seit einem halben Jahr schien er wie verwandelt. Der alte Geschichtenerzähler ging wahrhaft auf in seiner neuen Aufgabe. Jeden Tag aufs Neue verließ er morgens das Haus mit einem frisch gefüllten Beutel voll Tinkturen und kehrte spät abends mit zufriedener Miene wieder heim.

Noch vor nicht allzu langer Zeit hätte er den Inhalt des Beutels einfach zu Geld gemacht und in der nächsten Kneipe wieder auf den Kopf gehauen. Und die ersten Male war Cindiel ihm mit diesem Verdacht im Sinn auch heimlich gefolgt, doch sie hatte schnell festgestellt, dass Hagrim sich geändert hatte. Täglich saß er nun auf dem Marktplatz, und jeder, der von den Arzneien etwas benötigte, bekam sie auch. Hagrim schien es zu genießen, den Leuten helfen zu können. Außerdem hatte er so auch gleich die Möglichkeit, seine Geschichten zum Besten zu geben und neue zu erfahren. Er war zu etwas wie einem priesterlichen Seelsorger geworden, jedoch ohne jedwede Gunst der Götter.

Diese Wandlung fand Cindiel ebenso erstaunlich wie amüsant, denn vor zwei Jahren verloren auch die wahren Priester des Prios ihre klerikalen Fähigkeiten und unterschieden sich deshalb heute in ihrem Tun kaum noch von Hagrim. Natürlich hätten sie dies nie offen zugegeben, aber ihre ausbleibenden Erfolge in der Heilkunst sprachen für sich. Alles, was von den einst so hochnäsigen Priestern übrig geblieben war, waren ihre Geschichten.

Mittlerweile hatte es wieder angefangen zu regnen. Cindiel bog schnell von der Hauptstraße ab und folgte stattdessen den schmalen Seitengassen. So konnte sie weitestgehend unbemerkt zu ihrem kleinen Haus gelangen. Natürlich wussten viele Menschen, dass ihre Kräutertinkturen Heilung versprachen, denn Hagrim machte keinen Hehl daraus, wer die Arzneien, die er verteilte, angefertigt hatte. Es war ihr auch nicht unangenehm, als Heilerin bekannt zu sein. Aber der Gedanke, dass es viele Menschen gab, die sie nicht heilen konnte, zermürbte sie. Nicht jedes Gebrechen konnte man mit Kräutern kurieren, manchmal bedurfte es einfach einer göttlichen Macht, nur diese besaß sie eben nicht. Und auch sonst niemand. Wie es aussah, nicht einmal mehr die Hohepriester des Prios.

Im Schutz der hohen, fensterlosen Häuserfronten erreichte Cindiel den Hinterhof ihres Hauses. Jedes Mal, wenn sie die alte Eiche in der Mitte des Hofes sah, musste sie an Mogda denken und lächeln. Damals hatte eine aufgebrachte Menschenmenge versucht, ihren schwergewichtigen Freund mithilfe eines alten Gauls an eben diesem Baum zu lynchen. Noch immer sah sie vor ihrem geistigen Auge das arme Pferd hilflos in der Luft baumeln, von dem Oger hochgestemmt. Heute jedoch war ihr nicht zum Schmunzeln zu Mute.

Den Beutel in der Rechten und die Rockzipfel in der Linken, schlich sie durch Wind und Regen über den Hof.

»Du solltest bei so einem Wetter nicht rausgehen«, hallte eine herrische Frauenstimme über den Platz.

Cindiel blieb stehen und wandte sich der Häuserfront zu, von der die Stimme gekommen war. Frau Mergil lehnte sich aus ihrem Küchenfenster und zeigte etwas mehr von ihrem Dekolletee, als nötig war. Im Hintergrund sah Cindiel ihren Mann, Herrn Mergil, der fleißig das Geschirr spülte.

»Ach, Frau Mergil, sie wissen doch, wie das ist.«

Ihre Nachbarin sandte Cindiel ein übertrieben freundliches Lächeln zurück. »Ich habe ja schon immer gesagt, du hättest etwas Ordentliches lernen sollen. Ich glaube, du bist gar nicht so ungeschickt, wie die Leute immer behaupten. Eine Ausbildung zur Näherin und eine kleine Wohnung würden doch reichen. Man sollte nicht nach Dingen greifen, die man ohnehin nicht erreichen kann.«

Frau Mergils ewige Sticheleien wurden langsam zur Tortur. Leider fand Cindiel kaum Gelegenheit und Kraft, es ihrer Nachbarin heimzuzahlen. Ebenso beschämt wie erzürnt blickte die Hexe zu Boden und setzte ihren Weg fort.

»Das kommt davon, wenn man sich mit Taugenichtsen und Unholden umgibt«, rief Frau Mergil ihr dennoch hinterher. Die Nachbarin gab immer noch Cindiel die Schuld daran, dass sie und ihr Mann eines Nachts vor ihrer Haustür von einem Oger bedroht worden waren. Und damit hatte sie ja auch Recht.

Vor der Hintertür ihres Hauses blieb Cindiel einen Augenblick stehen und atmete tief durch. Dann ließ sie sich ein. Als sie das kleine Haus betrat, das sie von ihrer Großmutter geerbt hatte, schlug ihr der Duft einer kräftigen Hühnerbrühe entgegen. Finnegan stand halb gebückt vor einem Henkeltopf, der über dem Feuer baumelte, und rührte darin herum.

Vor fast einem Jahr war der junge Soldat zu ihr und Hagrim gezogen. Das Getratsche ihrer Nachbarn uferte seitdem regelrecht aus. Hagrims Zusammenleben mit Cindiel hätte man vielleicht noch als Barmherzigkeit auslegen können. Als sich dann aber auch noch Finnegan, ein stattlicher, junger Soldat, in dem Haus einquartierte, war nur noch von Unzucht die Rede. Die Gemüter hätte man mit einer Hochzeit natürlich schnell wieder beruhigen können, doch Finnegan hatte bisher noch nicht die richtigen Worte gefunden.

»Hm, das riecht aber gut«, sagte Cindiel und trat näher.

Finnegan schreckte hoch und stieß sich den Kopf am gemauerten Sims der Feuerstelle. Wie es sich für einen Soldaten gehörte, schenkte er dem Zusammenprall aber keinerlei Beachtung, sondern wandte sich freudestrahlend zu Cindiel um.

»Ich dachte, ich mache mich ein wenig nützlich«, gestand er. »Die Wachschicht wurde halbiert, und so konnte ich früher gehen. Das Huhn hat Hagrim heute Vormittag vorbeigebracht, Torges Eltern haben es ihm geschenkt. Dem Kleinen geht es dank deiner Medizin wieder besser.«

»Es wäre besser gewesen, die Wachen zu verdoppeln. Hast du deinem Vorgesetzten erzählt, wie es um deine Kochkunst steht?«, neckte Cindiel den jungen Mann. Anstatt jedoch vertraulich näher an ihn heranzutreten, setzte sie sich an den Küchentisch und breitete ihren Beutel mit den Kräutern vor sich aus.

»Du hattest versprochen, mich nicht mehr mit dem Kohlauflauf aufzuziehen. So etwas kann jedem mal passieren. Er ist nur angebrannt, weil die Pfanne noch ein Erbstück deiner Großmutter ist. Eigentlich solltest du mir dankbar sein – durch das Anbrennen hat es lediglich zwei Tage gestunken. Stell dir vor, Hagrim hätte den Kohl verdrückt, wir hätten eine Woche lang Tag und Nacht lüften müssen.«

Finnegan bemerkte, dass sich Cindiel nur schwerlich ein Lächeln abrang. Es war nur ein kurzer Moment, den sie aufsah, dennoch sah er die Tränen in ihren Augen. Er ging zu ihr hinüber und hob sanft ihr Kinn an, sodass sie ihn ansehen musste.

»Du hast geweint«, stellte er betrübt fest. »Ist es wegen der Schwätzer, die sich über uns das Maul zerreißen?«

Cindiel drehte sich weg und schüttelte den Kopf.

»Stör dich nicht an dem Gerede der anderen«, versuchte Finnegan erneut, sie zu trösten. »Sie wissen nicht, wie schwierig es sein kann.«

Cindiel sah wieder zu ihm hoch. Ihr Blick forderte eine Antwort. »Wie schwierig kann es denn sein?«, fragte sie.

Finnegan schluckte. »Ich habe meinem Vater eine Nachricht nach Lorast in den Tempel geschickt, aber sein Amt als Hohepriester des Prios lässt es nicht zu, dass ich dich …«

Cindiel legte ihm einen Finger auf den Mund. »Es geht nicht um dich, mich oder deinen Vater.«

»Worum dann?«, fragte Finnegan verblüfft.

»Es geht um die Kinder, die nicht geboren werden, um die Götter, die schweigen, um unsere Zukunft, die Zukunft aller Menschen.«

Finnegan schien ein Stein vom Herzen zu fallen. Auch wenn das Problem letzten Endes wesentlich schwerer wog als der Disput zwischen ihm und seinem Vater, so forderte es wenigstens keinen direkten Einsatz von ihm.

Das unangenehme Schweigen zwischen Finnegan und Cindiel wurde gebrochen, als die Haustür mit einem verächtlichen Tritt aufgestoßen wurde. Hagrim stand im Eingang, ein halbes Dutzend Kohlköpfe vor der Brust haltend. Er war vollkommen durchnässt. Sein langes graues Haar lag schwer und nass auf dem dunklen Mantel. Um ihn herum bildete sich eine kleine Pfütze.

»Der verdammte Regen und die Kälte lassen nichts anderes wachsen als diese Dinger hier. Wenn das nicht bald ein Ende hat, werden wir uns noch alle in Kaninchen verwandeln. Aber für heute wollen wir das Grünzeug einmal vergessen und uns dem kleinen gefiederten Gaumenschmaus widmen.« Hagrim schlug die Tür mit der Hacke hinter sich zu und rollte die Kohlköpfe über den Boden. Tänzelnd bewegte er sich auf den dampfenden Kessel über dem Feuer zu. Einen Augenblick lang starrte er in den brodelnden Topf.

»Pfui, was hast du diesem armen Tier angetan? Hast du das Huhn mit einem Zwergenhammer zerlegt? Deine Mutter hätte dir beibringen sollen, wie man ein anständiges Brathuhn zubereitet.«

Betreten starrten die Hexe und der Soldat den Neuankömmling an.

»Was ist los?«, fragte Hagrim. »Worüber habt ihr gesprochen?«

Fast gleichzeitig antworteten Cindiel und Finnegan: »Die Zukunft.« – »Hochzeit.«

Verständnislos schüttelte Hagrim den Kopf. Dann sah er Finnegan tief in die Augen. »Ich würde auch niemanden heiraten, der Hühnchen foltert«, sagte er. »Außerdem habe ich gehört, dass dein Vater etwas gegen unsere Beziehung einzuwenden hat. Anscheinend mag er keine Geschichtenerzähler. Hast du ihm schon berichtet, dass aus unserer Verbindung niemals neues Leben erwachsen wird? Vielleicht stimmt ihn das ein wenig gütiger.« Hagrim blinzelte Finnegan aufgesetzt erschrocken an. »Hoppla, hast du Cindiel etwa nichts von uns beiden gesagt?«

Finnegan antwortete nicht. Er lief rot an und verließ das Haus stumm durch die Hintertür. Cindiel warf dem Geschichtenerzähler einen bösen Blick zu.

»Als du noch getrunken hast, warst du mir lieber.«

»Kein Problem«, antwortete Hagrim. »Lass uns nur schnell den gefolterten Vogel essen, bevor dein Zukünftiger sich beruhigt hat und zurückkommt. Wenn du dann eine Flasche spendierst, bin ich dabei.«

Cindiel machte sich Vorwürfe. Sie hätte Finnegan vor Hagrims derben Späßen in Schutz nehmen sollen. Für ihn war es auch nicht leicht. Zuerst war er gegen den Willen seines Vaters, dem Hohepriester Tyvell, Soldat geworden, und nun wollte er auch noch eine stadtbekannte Hexe heiraten. Unter normalen Umständen hätte das keine Probleme aufgeworfen, doch in ihrer jetzigen Lage fühlten sich die Priester durch alles und jeden angegriffen – insbesondere durch Hexen und Druiden.

Steif und fest behauptete der Orden, dass Prios die Menschen für ihr Bündnis mit den Kreaturen Tabals bestrafen wolle. Er würde die Frauen und Männer so lange unfruchtbar sein lassen, bis man alle Orks, Oger und Trolle aus dem Land vertrieben habe. Über ihre fehlenden klerikalen Fähigkeiten verloren sie kein Wort. Wer es dennoch wagen sollte, sich dazu zu äußern, musste damit rechnen, der Ketzerei angeklagt zu werden. Es war zwar noch nicht so weit gekommen, dass die Kirche über die Soldaten verfügen konnte, aber nach Cindiels Meinung war dies nur noch eine Frage der Zeit. Je mutloser die Menschen wurden, desto mehr klammerten sie sich an ihren Glauben.

König Wigold war seit zwei Jahren tot, umgebracht von den Elfen aus dem Meer, die unter der Führung von Illistantheè – oder Eliah, wie er sich in Menschengestalt damals nannte – gestanden hatten. Der junge machtgierige Tribert von Sigurt, der nach dem Tod seines Vaters zum Lord über die Ländereien rund um Turmstein, im Süden des Landes, erhoben wurde, hatte alles darangesetzt, ebenfalls die Nachfolge von König Wigold anzutreten. Intrigen, Lügen, Verrat und Mord – alles war ihm recht gewesen, um sein Ziel zu erreichen. Erst sein Tod, an dem Mogda nicht ganz unbeteiligt gewesen war, setzte Triberts Gier ein Ende. Seitdem war der Herrscherthron von niemandem mehr bestiegen worden. Niemand wollte König sein in einer Zeit, da die Götter die Welt verlassen hatten und die Menschen vom Aussterben bedroht waren. Die Länder wurden von den Lords regiert. Keine Kriege bedrohten die Grenzen, denn jedes Land hatte genug mit sich selbst zu tun, doch die Macht eines jeden Lords schwand zunehmend, und der Klerus war daran nicht ganz schuldlos.

Viele der Menschen ließen sich von den Lügen der Priester blenden, aber es gab auch solche, die es besser wussten. Zauberer, Hexen und Druiden fühlten die Abwesenheit der Götter, weswegen diese arkanen Magieanwender dem Klerus ein Dorn im Auge waren. Gerade Hexen und Druiden beherrschten einen Großteil der Heilzauber und waren der Kräuter kundig. Und Zauberer verfügten über Visionsmagie. Täten sie sich zusammen, wären sie in der Lage, das Lügengespinst der Priester zu zerschlagen und die Tempel zu entmachten. Das musste der Klerus natürlich mit allen Mitteln verhindern.

Finnegans Vater, Tyvell, war einer der Hohepriester von Lorast. Zusammen mit einigen anderen Ältesten bildete er den Rat, der sich ausnahmslos damit beschäftigte, den Glauben zu erhalten, ob mit oder ohne die Gnade der Götter. Das Letzte, was er in diesen schwierigen Zeiten brauchte, war eine Hexe als Schwiegertochter.

3
Eine Höhle in den Bergen

Die Sonne verschwand allmählich hinter den Bergen im Westen und sandte ihre letzten wärmenden Strahlen zu den höchsten Gipfeln. Weit oben im Felsmassiv, das den roten Sumpf umgab, war alles Leben von den wenigen Gaben der Natur abhängig. So hoch oben gab es kaum mehr Nahrung; was an spärlicher Vegetation wuchs, kümmerte vor sich hin. Nur die besten Jäger – solche, die mit allen Widrigkeiten zurechtkamen – waren für ein Leben hier oben geschaffen. Schneestürme, Lawinen und eisige Abgründe forderten ihren Tribut bei der kleinsten Unachtsamkeit. Wer von den Göttern nicht mit Geschicklichkeit, Zähheit und einem dicken Fell ausgestattet worden war, um den Naturgewalten zu trotzen, verlor unweigerlich sein Leben.

Kaum ein Wesen folgte je dem schmalen, felsigen Pfad, der sich um den Berg schlängelte, bis hinauf zum Gipfel. Denn alles, was es außer dem Tod auf den Höhen des felsigen Massivs über den Wolken zu finden gab, war ein wunderbarer Ausblick – und eine Tür. Beides war ohne Frage geeignet, einen Betrachter, der sich doch bis hier hinauf gewagt hatte, durch ihre Einzigartigkeit in Erstaunen zu versetzen.

Die Aussicht beeindruckt natürlich durch ihre erhabene Schönheit. Bei guter Witterung hatte man gen Süden Sicht auf den roten Sumpf und den Drachenhorst, der sich aus ihm erhob. Im Norden erstreckte sich das Meer bis an den Horizont, und fast glaubte man, die Insel Argaht sehen zu können. Nach Westen und Osten hin fiel der Blick über eine schier unendliche Weite aus schneebedeckten Gipfeln. Man hätte meinen können, sie seien das Abbild eines Drachenrückens, genauso scharfzackig und tödlich wie die einstigen Herrscher der Welt.

Die Tür beeindruckte auf gänzlich andere Weise. Zum einen war ihre bloße Existenz ein Wunder an sich. Darüber hinaus war sie augenscheinlich mit derart geringem handwerklichen Geschick zusammengezimmert, dass man sich unweigerlich fragte, wie sie mit ihrer Höhe von fast zehn Fuß überhaupt zusammenhielt.

Eine Tür war etwas, das zu seinem Betrachter sprach. Jede Tür unterschied sich von der nächsten, hatte ihre eigene Geschichte zu erzählen und verriet in gewissem Maße, was hinter ihr zu finden war. Eine Kerkertür versprach Kälte, Stahl und Einsamkeit. Das Portal eines Thronsaales lockte mit Reichtum, Prunk und Macht. Auch diese Tür, hoch oben in den Bergen, hatte etwas zu sagen: »Ich bin kein Schreiner, aber mir war kalt.«

Mehr erfuhr man von Türen im Allgemeinen nicht, es sei denn, man lauschte an ihnen. Hätte man an der Tür in den Bergen gelauscht, so hätte man eine tiefe Stimme vernehmen können, die um Gelassenheit bemüht war. Und hätte man nun auch noch einen Blick durch die Ritzen der kruden Holzbretter gewagt, so hätte man entdeckt, dass hinter der Tür eine alte Bärenhöhle lag, in der sich gerade ein Oger über einen Kessel mit dampfender Suppe beugte.

»Du musst etwas essen«, sagte dieser.

Neben einer großen Menge Wasser dümpelten einige bräunliche Wurzeln und ein breites Stück Dörrfleisch in dem Topf herum. Solch ein Mahl war nichts, um einen Oger gütlich zu stimmen. Im Gegenteil, mehrere Tage mit dieser Art Verpflegung hätten ihn in Raserei versetzt. Zum Glück aber war diese Suppe nicht für den Oger gedacht, sondern für einen alten Mann, der kaum noch die Kraft hatte, selbst zu essen.

»Die Suppe wird dir gut bekommen, Usil. Du wirst staunen, wie prima sie mir diesmal gelungen ist. Sag nichts, ich habe genau gesehen, wie du letztes Mal dein Gesicht verzogen hast.«

Usil antwortete nicht. Der alte Mann hockte auf einem Holzschemel am Tisch, sein Kopf war nach vornübergefallen und ruhte auf seiner Brust.

Die spärliche Einrichtung der Höhle schien zusammengesammelt. Tatsächlich handelte es sich um Treibgut von gesunkenen Schiffen, das Mogda an der Nordküste gefunden hatte. Die wenigen Möbel wirkten wie Spielzeuge in Anbetracht der Größe des Ogers. Keines von ihnen hätte Mogdas Gewicht standgehalten, aber aus Fürsorge für den Alten und um ihm seinen Lebensabend heimelig zu machen, hatte er sie hier herauf mitgeschleppt. Mogdas breites, kantiges Gesicht und die wettergegerbte Haut gaben ihm ein barbarisches Aussehen, wie allen Ogern. Doch in seinen Zügen lag auch etwas Weisheit und Güte, etwas, das den meisten seines Volkes fehlte.

Ein halbes Jahr war es her, dass Mogda Usil auf dessen Hof am Rande des Tannenverlieses besucht hatte. Er fand den Alten, gehüllt in eine löchrige Decke, in seinem Bett zusammengekauert. Im Ofen brannte kein Feuer, und Türen und Fenster waren aus ihren Halterungen gebrochen. Es hätte nicht mehr lange gedauert, und Usil wäre entweder erfroren oder verhungert. Mogda hatte es nicht übers Herz gebracht, den Alten dort zum Sterben zurückzulassen. Immerhin war der Einsiedler sein langjährigster Menschenfreund, und ihm hatte er es zu verdanken, so viel über die Hüttenbauer erfahren zu haben. Jetzt bewohnte der Alte zusammen mit dem Oger einen Gipfel der Nordklippen. Aber Usil hatte seit Monaten kein Wort gesprochen, und er schien von Tag zu Tag schwächer zu werden.

Mogda nahm den brodelnden Topf vom Feuer. Die Muskeln des fast zehn Fuß großen Ogers spannten sich, als er den Topf am ausgestreckten Arm hielt. Das Leben in den Bergen hatte Mogda einiges abverlangt, ihn aber noch zäher und kräftiger werden lassen. Der Oger stellte den Kessel auf den Tisch in der Mitte des Raumes.

»Iss, solange sie heiß ist«, brummte er und hockte sich neben Usil, wobei er immer noch drei Köpfe größer war als der Mensch. Mogda zog die Kelle durch die Suppe und starrte in die klare Brühe. »Hey Alterchen, das scheint dein Glückstag zu sein, da schöpfe ich eine Kelle voll, und es sind gleich zwei Stücke Gimswurz drin.«

Mogda pustete über die Suppenkelle und verteilte dabei die Hälfte der Brühe über den Tisch. Vorsichtig nahm er die Kelle und führte sie an Usils Lippen. Sosehr er sich auch bemühte, das wässrige Gebräu lief immer wieder aus den Mundwinkeln des Alten und rann über dessen Kinn auf den Tisch.

»Nun stell dich nicht so an, so schlecht ist sie auch wieder nicht«, schimpfte Mogda halblaut.

Er schöpfte erneut eine Kelle und probierte die Suppe diesmal selbst. Angeekelt schluckte er den Sud herunter. »Na, wenn das nichts ist«, hustete er. »Ich fühle mich, als könnte ich Bäume ausreißen. Gut, du hast Recht, das konnte ich auch schon vorher, aber die Suppe schmeckt, als müsste man Bäume ausreißen ... damit man den Geschmack vergisst«, fügte er leise murmelnd hinzu.

Allein vom Geruch angeekelt, hängte er den Topf wieder über die Feuerstelle. »Sie muss einfach noch etwas ziehen, du wirst sehen, dann schmeckt sie prima.«

Mogda ließ sich nicht anmerken, dass ihm der Zustand seines Menschenfreundes zu schaffen machte. Irgendwie erinnerte ihn der Alte an einen Oger, der seine letzten Tage, ausgestoßen von der Gemeinschaft, damit verbrachte, in einer Höhle auf den Tod zu warten.

Nun war es nicht gerade so, dass Oger enge Kontakte untereinander pflegten, und die meisten starben ohnehin eines gewaltsamen Todes, aber Mogda sah sich durchaus auch ein wenig selbst in dieser möglichen Rolle des einsam sterbenden Bergbewohners. Er war kein Kämpfer wie Rator, dem das Ende auf dem Schlachtfeld vorherbestimmt war. Mogda lebte hier oben zurückgezogen von den anderen, und sein Ende würde dem von Usil gleichen. Und noch etwas verband ihn mit dem alten Kauz: Mogda hatte bisher keinen Nachwuchs gezeugt, und so wie es sich verhielt, würde ihm dies auch verwehrt bleiben. Sein Leben in Nelbor würde keine Spuren hinterlassen. Alles, worauf der Oger hoffen konnte, war, dass sich irgendjemand aus seinem Volk an ihn erinnerte. Aber selbst dann würde er wohl nur als »schlauer Oger« in bruchstückhaft gestammelten Geschichten erwähnt werden.

Mogda wurde aus seinen Gedanken gerissen, als von außen etwas unsanft gegen die Tür schlug. Kurz darauf war alles wieder still, und nur das prasselnde Feuer in der Höhle war noch zu hören. Verwundert blickte Mogda seinen alten Freund an. »Hast du jemanden eingeladen?«

Usil zeigte weiterhin keine Regung. Der Alte schien in seiner eigenen Welt gefangen. Schwerfällig erhob sich Mogda von seinem Sitz. Bevor er zur Tür ging, schnappte er sich noch das breite Runenschwert, welches an der Höhlenwand lehnte.

»Eins sage ich dir gleich, wenn sie mehr als achthundert Pfund wiegt, gehört sie mir«, rief er Usil zu.

Vorsichtig schlug Mogda den hölzernen Riegel zurück. Auf dieses kleine Extra an seiner ersten selbst gebauten Tür war er besonders stolz.

Der Riegel, gefertigt aus einem Klotz, der durch Drehen genau in eine Felsspalte passte, war das Prunkstück seiner Arbeit. Die Verriegelung würde keinen Eindringling abhalten, aber wenigstens hielt sie die Witterung draußen.

Mit einem Ruck riss Mogda die Tür auf und hielt die Schwertspitze Richtung Ausgang. Er war auf vieles gefasst. Auch wenn bis jetzt noch nie jemand den Weg hoch zu ihm gefunden hatte, reichte die Palette möglicher Besucher in seiner Vorstellung von Ogern über Stadtwachen bis hin zu Trollen. Doch Mogdas Blick fiel ins Leere. Die Sonne war bereits untergegangen, doch die eisige Schneelandschaft reflektierte das Mondlicht so stark, dass es hier oben, nahe des Gipfels, niemals richtig dunkel wurde. Schwere Schneeflocken rieselten langsam zu Boden. Schnell hatten sich die frostigen Kristalle auch um die Füße des Ogers gelegt. Er spürte, wie sie auf seiner Haut schmolzen und die Feuchtigkeit zwischen seine Zehen rann.

Mogda schaute auf seine ledernen Sandalen und wurde einer kleinen Wölbung unter dem Schnee gewahr, nicht unweit seiner Tür. Mit einem Griff befreite er den Gegenstand aus seinem kalten Versteck und pustete den restlichen Schnee davon herunter. Es war ein Trinkbecher, den jemand gegen seine Tür geworfen haben musste. Von der Größe des Henkels her konnte es sich sowohl um das Gefäß eines Menschen als auch um das eines Zwergen oder Elfen handeln. Aber für einen Zwergenbecher fasste er eindeutig zu wenig Volumen, und für das Trinkgefäß eines Elfen ... na ja, es hatte eben einen Henkel. Es musste also einem Menschen gehört haben.

Mogda spähte in die Kälte hinaus.

»Wir kaufen nichts, wir haben alles«, rief er in die Dunkelheit.

Die Vorstellung, dass ein Händler sich die Mühe machte, den Berg hinaufzureisen, um einen Oger mit seinen Waren zu bewerfen, klang auch in Mogdas Ohren nicht sonderlich plausibel, aber leider fielen ihm ansonsten nur noch wesentlich absurdere Erklärungen ein, die es nicht einmal verdient hatten, zu Ende gedacht zu werden. Also gab er sich mit seiner ersten Überlegung zufrieden. *Ein Oger in einer Bärenhöhle, der einem alten Mann Suppe kocht, klingt immerhin ähnlich unwahrscheinlich*, dachte er bei sich. *Warum also nicht?*

Gerade als Mogda die Tür wieder schließen wollte, sah er etwas abseits eine zweite Erhebung unter dem Schnee. Sie war gut zwanzig

Schritt vom Eingang entfernt und um einiges größer als der Becher. *Der Händler?*

Mogda stapfte hinaus in den Schnee, sein Schwert immer noch fest umklammert. Die eisige Kälte machte dem Oger wenig zu schaffen. Bei genügend Nahrung und einem warmen Plätzchen zum Ausruhen war er genauso wenig kälte- wie auch wärmeempfindlich. Immer noch trug er die braune Hose, die nur seine Oberschenkel bedeckte, und eine lederne Weste. Ob Wüste, schneebedeckte Berge oder Sumpf, eine Kleiderfrage stellte sich nicht, da dies die einzige Montur war, die er besaß.

Mit einem Griff in den Schnee packte er den Körper darunter. Es war tatsächlich ein Mensch. Der Mann war in graue Felle gehüllt und trug einen Lederpanzer mit Verstärkungen. An seiner Seite hing ein breites Bronzeschwert. Die Atmung des Mannes war schwach, aber regelmäßig.

Mogda zog seinen Fund hinter sich her wie ein erlegtes Stück Wild. Er schleifte ihn bis zu der Feuerstelle in seinem Unterschlupf und ließ ihn dort auf dem Bauch liegen. Dann ging er zurück zur Tür und verriegelte sie, nachdem er sich vergewissert hatte, dass nicht noch mehr Fremde dort draußen waren.

»Wie es aussieht, lassen die Damen noch auf sich warten, alter Freund«, brummte Mogda. Er ging zu dem Fremden und drehte ihn auf den Rücken. »Das hier ist jedenfalls ein Mann, und ein äußerst hässlicher, wenn ich das bemerken darf.«

Das Gesicht des Fremden zierte ein Vollbart, und seine lange, geflochtene Haarpracht verdeckte den Rest des Gesichtes. Haut und Haare des Mannes waren mit einem übel riechenden Fett eingeschmiert, und auch sonst ließ die übrige Ausrüstung nicht daran zweifeln, dass der Fremde gewusst hatte, in welch unwirtliche Gegend er reisen würde.

»Er riecht noch schlechter als das Essen, was ich sonst mache. Damit erübrigt sich wohl die Frage, ob wir unseren Proviant mit ihm auffüllen können, oder, Usil?«

Mogda mochte diese derben Späße, aber vornehmlich erhoffte er sich davon eine Reaktion seines alten Freundes, die jedoch wie immer ausblieb.

Vorsichtig begann Mogda, den Fremden von Fellen und Ausrüstung zu befreien. Der Mann hatte sich tatsächlich gut auf eine längere Reise in die Berge vorbereitet. Und ganz offensichtlich war er kein Händler. Mogdas Fürsorglichkeit geriet ins Stocken, als er das fachmännisch angelegte Seil um Bauch und Brustkorb des barbarisch aussehenden Mannes entdeckte. Solch eine Sicherung war nichts Ungewöhnliches für einen Kletterer. Was aber auffiel, war, dass das Seil gekappt worden war. Mogda besah sich das entwirrte Ende. Ein einziger Schnitt hatte das Tau durchtrennt.

»Du bist nicht allein gekommen, stimmt's? Fragt sich nur, was ihr hier wolltet«, flüsterte Mogda dem bewusstlosen Mann zu.

Eilig legte sich der Oger die breite Lederscheide seines Runenschwertes um, steckte das Schwert hinein und kramte aus einem Haufen Ausrüstungsgegenstände eine alte Spitzhacke hervor, die er normalerweise benutzte, um Eis für Trinkwasser zu schlagen. »Ich werde losgehen und schauen, was mit dem Rest seiner Kollegen passiert ist«, raunte er Usil zu. Der Alte saß immer noch regungslos auf seinem Hocker.

Bevor Mogda hinaus in die Kälte ging, warf er den beiden Männern noch einen misstrauischen Blick zu. »Nicht, dass ihr euch um die Suppe streitet, es ist genug für alle da«, brummte er und zog die Tür zu.

Mogda fand sich hier oben in den Bergen im Dunkeln genauso gut zurecht wie im Hellen. Er kannte die schwierigen Passagen, die für Fremde zu tödlichen Fallen werden konnten. Von der Kälte wenig beeindruckt, machte sich der Oger auf den Weg. Unter jedem Schritt des massigen Ogers knirschte der pulvrige Schnee. Die Spuren des fremdländischen Mannes verloren sich bereits nach kurzer Zeit, doch Mogda wusste um die wenigen Zugänge zum Gipfel. Die Ausrüstung des Mannes ließ darauf schließen, dass er den Berg nicht von der Nordseite bestiegen hatte, sondern über den gewundenen Pfad vom Osten gekommen war.

Das Plateau auf dem Gipfel war nicht sonderlich groß, aber das brauchte es auch nicht zu sein, da Mogda lediglich einen Platz für sich gesucht hatte, der seiner innerlichen Trennung von allen anderen Wesen Nelbors gerecht wurde. Aber sein Aufstieg vor zwei Jahren hatte ihm nicht nur diese Höhle eingebracht, sondern auch die Wut des damaligen Bewohners.

Ein ausgewachsener Höhlenbär nannte seinerzeit dieses karge Stück Landschaft und die triste Felsspalte sein Eigen und war bereit gewesen, beides zu verteidigen. Mogda empfand diese Herausforderung als Prüfung der Götter. Entweder konnte er sich im Zweikampf gegen dieses Ungetüm behaupten, oder sein neuer Lebenswandel wurde von Tabal als nicht wünschenswert erachtet.

Der Bär, der Mogda in Kraft und Gewicht um einiges überlegen war, stürzte sich auf ihn mit der Gewissheit, für Wochen genug Nahrung zu haben. Der Kampf war lang und hart. Rator wäre stolz gewesen. Mogda verlor zwar zwei Finger der linken Hand, der Bär jedoch sein Leben. Dennoch hatte Mogda anschließend das Gefühl, die Prüfung nicht bestanden zu haben, denn es war nicht wirklich er selbst gewesen, der den Bären besiegt hatte, sondern das Runenschwert. Das Geschenk der Ettins war mehr als nur ein Stück geschliffenen Stahls – das Schwert besaß einen eigenen Willen.

Mogda hatte sich schon des Öfteren dabei ertappt, wie er zu der Waffe sprach. Sein Verhalten kam ihm dann zwar noch absonderlicher vor als sonst – vor allem wenn das Schwert nicht antwortete. Und leider antwortete es nie. Aber das tat Usil auch nicht. Dennoch hatte er sich seitdem angewöhnt, seine Fragen so zu formulieren, dass sich eventuell beide angesprochen fühlten. Diesmal jedoch war er allein mit seiner Klinge. Es gab also keinen Grund, so zu tun, als würde er mit einer Person sprechen und nicht mit dem Runenschwert.

»Natürlich sind sie gekommen, um mich zu finden. Niemand verläuft sich bis auf den Gipfel eines Berges und merkt es erst, wenn er oben angekommen ist. Den Höhlenbären wollten sie bestimmt nicht besuchen, so ein Fell kann man in jeder Stadt kaufen. Findest du nicht auch, wir sollten herausfinden, was sie wollen?«

Wie immer bekam er keine Antwort.

Schnell hatte Mogda den Gipfelrand erreicht. Vor ihm klaffte eine Spalte, die das Tauwasser ausgespült hatte und bis auf den zehn Fuß darunterliegenden schmalen Gebirgspfad reichte. Mogda stützte sich mit Armen und Beinen an den Felswänden ab und ließ sich langsam hinunter.

Der Pfad war kaum breiter als die engsten Gassen in den Städten der Hüttenbauer und erlaubte es somit auch nicht, dass ein Oger sich hier frei bewegen konnte. Schlimmer noch, vorstehende Felsen zwangen Mogda oft, seinen Oberkörper weit über den steilen Abhang zu beugen und eine Aussicht zu genießen, auf die er lieber verzichtet hätte. Dicht an die Felswand gedrückt, tastete er sich Schritt für Schritt vorwärts. Vereiste Vorsprünge, loses Geröll und kleinere Schneeverwehungen machten sein Vorankommen mühsam und gefährlich.

Nur selten benutzte er diesen Weg, da Akrobatik nicht gerade eines seiner Steckenpferde war. Wenn er hinabstieg, um zu jagen, dann meist über das Plateau im Westen. Dort verwehrte zwar eine breite Schlucht den Zugang zu seinem Gipfel, doch der Stamm eines umgestürzten Baumes ermöglichte ihm die Überquerung. Bäume wuchsen in dieser hoch gelegenen Region eigentlich nicht, aber Mogda nahm den Fund des Stammes als Zeichen der Götter. Oder als Geschenk einer Horde Oger, die es leid gewesen war, einen sechzig Fuß langen Eichenstamm durch die Berge zu schleppen. Es war müßig, darüber nachzudenken, warum die Dinge so waren, wie sie waren. Mogda hatte aufgehört, sich solche Gedanken zu machen, als die Götter sich von allem Leben in Nelbor abgewandt hatten und er dafür bei sich die Schuld suchte.

Unter dem Gewicht des Ogers löste sich plötzlich eine breite Gesteinsplatte aus dem Massiv und rutschte in die Tiefe. Reflexartig schlug Mogda die Spitzhacke in die Felswand neben sich. Die Spitze bohrte sich tief in eine Eisschicht und gab dem Oger genug Halt, um nicht auch abzurutschen. Dieses schieferartige Material war tückisch. Feuchtigkeit drang in das Gestein ein, und sobald es wieder fror, brachen die Schichten auseinander und verloren den Halt. Mogda griff mit einer Hand in eine enge Spalte, mit der anderen umklammerte er den Stiel des Werkzeuges. Er brauchte einen Augenblick, um wieder Luft zu schnappen. Regungslos verharrte er und starrte in die Tiefe.

»Kein Pfund habe ich zugenommen«, keuchte er. »Das sind die Berge, sie sind alt und marode. Irgendjemand sollte sich mal darum kümmern. Wo steckt nur dieser Zwergengott, der dafür zuständig ist? Wenn er sich nicht bald blicken lässt, gibt es keine Berge mehr.«

Mogda holte noch einmal tief Luft und schrie seinen Unmut heraus: »Hörst du, Grothak, ich trampele auf deinem Lieblingsberg herum und muss feststellen, dass er nichts taugt. Komm lieber schnell zurück, sonst bist du nur noch der Gott eines Geröllhaufens und einer Menge Staub. Dann wirst du ständig von Wind und Wasser umhergescheucht, und abends lasse ich dich aus meinen Sandalen rieseln.«

Mogda fasste sich ein Herz und setzte seinen Weg fort. Nach einiger Anstrengung gelang es ihm, die Spitzhacke wieder aus dem Eis zu lösen. Hier oben war dieses Zwergenwerkzeug wichtiger als eine Waffe, und es war nicht das erste Mal, dass es ihm den nötigen Halt verschafft hatte.

Der Pfad schlängelte sich an der östlichen Flanke des Berges entlang bis hinunter zu dessen Fuß. Je weiter man nach unten kam, desto breiter wurde der Weg, und auch die Kälte ließ nach. Mogda erreichte den ersten größeren Vorsprung, der es ihm gestattete, nach den übrigen Fremden Ausschau zu halten. Doch noch bevor er einen Fuß auf den Felsvorsprung setzen konnte, verfing sich sein Hemd und hielt ihn zurück. Irgendetwas stach aus der Felswand hervor und hatte sich in seinem Ärmel verheddert.

Normalerweise war Mogda nicht sonderlich zimperlich mit seiner Kleidung, aber die Kälte hier oben und sein Unvermögen in Sachen Nähkunst hinderten ihn daran, sich einfach loszureißen. Es war schlimm genug, als Einsiedler auf dem Gipfel eines Berges zu leben. Wenn ihn nun auch noch jemand mit freiem Oberkörper durch die Eiseskälte stapfen sah, würde es schwierig werden, dem Beobachter zu erklären, dass er, Mogda, nicht verrückt war.

Vorsichtig löste der Oger den Ärmel, ohne ein Loch hineinzureißen. Mit einem großen Schritt trat er auf den Vorsprung und drehte sich zu dem Störenfried in der Felswand um. Mit vielem hatte der Oger gerechnet: mit Baumwurzeln, die es hier oben eigentlich nicht gab, oder mit Skelettfingern, die wegen seiner gotteslästerlichen Ausrufe nach ihm griffen. Aber mit einem hatte er sicherlich nicht gerechnet: mit einem Kletterhaken, der zuvor nicht dort gewesen war.

Fassungslos starrte Mogda auf das gebogene Stück Metall. Der Haken hatte noch keinen Rost angesetzt, und der abgeplatzte Stein drum herum war noch nicht wieder vereist. Es gab nur einen Grund, warum jemand den halbwegs sicheren Pfad zum Gipfel meiden und die schwierige Kletterpassage an einer Steilwand auf sich nehmen würde: Er wollte sich ungesehen nähern. Zusammen mit dem Fremden und dem durchgeschnittenen Seil, dass nun wie eine Finte aussah, gab es nur eine logische Erklärung: Sie wollten ihm eine Falle stellen.

Die Kletterhaken führten die Felswand hinauf. Dreihundert Fuß über ihm lag das benachbarte Plateau. Von dort gelangte man zu dem Baumstamm, der über der Kluft lag und die Fremden genau zu seiner Höhle brachte. Egal, was sie im Schilde führten, Mogda musste vor ihnen wieder dort sein. Den Weg zurück zu nehmen, auf dem er gekommen war, würde zu lange dauern. Er musste etwas tun, womit die Fremden nicht rechneten – etwas, das er zuvor selbst nicht für möglich gehalten hätte.

Mogda steckte seinen Zeigefinger durch den eisernen Ring des Kletterhakens und überprüfte dessen Halt. Der Felsnagel war tief in das Gestein geschlagen worden und schien selbst dem Gewicht eines Ogers standzuhalten. Mogda zog sich an dem Haken hoch. Seine Füße versuchten, an der Wand Halt zu finden und etwas Entlastung zu bringen. Mit eisiger Kälte schnitt sich das Metall des Ringes in Mogdas Finger. Schnell wurde aus dem Schmerz ein taubes Gefühl. Erst als der Oger mit dem Finger der anderen Hand in den nächsten Ring griff, kamen die Schmerzen zurück.

So wechselten sich Qual und Taubheit gegenseitig ab und wurden zu einer schier endlos wirkenden Folter. Die Abstände zwischen den Haken waren für einen Oger kein Problem, aber das Gewicht, das an seinem Finger riss – sein Gewicht –, stellte seine Gliedmaßen im wahrsten Sinne des Wortes auf eine Zerreißprobe. Jedes Mal, wenn seine Füße festen Untergrund fanden, gönnte er sich eine kleine Verschnaufpause und umklammerte, dicht an den kalten Stein gepresst, den Felsnagel mit seinen Händen.

Haken um Haken eroberte Mogda Grothaks Herausforderung. Er hoffte, dass der Gott der Erde ihm seine Worte nicht übel genommen, sie vielleicht gar nicht erst gehört hatte. Mit jedem Stück, das er dem Plateau näher kam, schwanden seine Kräfte, aber sein Wille, den oder die Fremden aufzuhalten, stieg. Erschöpft und übersät mit Schürfwunden und Prellungen, erreichte er schließlich den rettenden Vorsprung. Mit seinen taub gewordenen Fingern tastete er nach einem Halt, der es ihm ermöglichte, sich über den Rand zu ziehen. Mit letzter Kraft hievte er sich auf das Plateau und blieb einen Augenblick bäuchlings auf dem frostigen Boden liegen.

Es schneite immer noch, nur der Wind hatte nachgelassen. Schattenhaft zeichneten sich die Spuren derer im frischen Schnee ab, die er verfolgte. Mogda blieb keine Zeit, die Abdrücke zu untersuchen. Ein kurzer Blick verriet ihm, dass es wenigstens drei Menschen waren, die es galt einzuholen. Er musste bei ihnen sein, bevor sie den Übergang über die Schlucht fanden. Zielstrebig und ohne den Spuren weiter zu folgen, setzte er sich in nördliche Richtung in Bewegung. Im leichten Trab bahnte er sich den Weg durch den knöcheltiefen Schnee. Einhundert Schritt, weiter konnte man bei dieser Witterung nicht sehen. Alles, was dahinterlag, wurde von dem weißen Schleier des fallenden Schnees geschluckt. Aber Mogda brauchte auch keine sichtbaren Orientierungspunkte, er kannte das Plateau in- und auswendig und hoffte, dass dieser Vorteil ausreichte.

Es konnte nicht mehr weit sein, vier- oder fünfhundert Schritt noch, dann musste er den Übergang erreicht haben. Von den Fremden war immer noch nichts zu sehen.

Mogda kniff die Augen zusammen und blinzelte den Schnee von den Wimpern. Ein Schatten schob sich vor die trübe Scheibe des Mondes und verschwand gleich darauf wieder. Einen Moment später drängte sich der nächste Schatten ins Mondlicht. Es waren die Silhouetten von schwer bepackten Männern. Ein großes Zweihänderschwert prangte auf dem Rücken des einen. Klinge und Griff bildeten ein Kreuz, das über seinem Kopf zu schweben schien.

Mogda hatte es rechtzeitig geschafft. Die Fremden hatten den Übergang noch nicht erreicht. Er würde vor ihnen dort sein und sie dann zur Rede stellen. Er begann zu rennen.

»Dort! Er will zur Schlucht«, hörte Mogda einen der Fremden rufen.

Sekunden später nahm Mogda einen von ihnen auf gleicher Höhe wahr. Der Fremde rannte ebenfalls und warf dabei seine Ausrüstung ab. Selbst seinen schweren Umhang ließ er zurück und zog dann seine Klinge blank. Diese letzte Geste ließ keinen Zweifel am Vorhaben der Fremden: Sie wollten ihn töten.

Sollte der Mann es schaffen, die andere Seite der Schlucht vor ihm zu erreichen, wären Mogdas Bemühungen umsonst gewesen. Es würde ein Leichtes für die Fremden sein, ihn zu stellen und zu töten, wenn der Oger versuchte, den Stamm zu überqueren. Gleiches galt aber auch für die Menschen.

Mogda wusste, was zu tun war. Er rannte, so schnell er konnte. Kurz bevor er die Schlucht erreichte, zog auch er sein Runenschwert. In der anderen Hand hielt er immer noch die Spitzhacke. Anstatt den direktesten Weg zur Felsspalte zu nehmen, rannte er auf den Fremden zu, um den Abstand zwischen ihnen zu verringern. Fast gleichzeitig erreichten sie den Rand der Schlucht.

Die Fremden schienen zu wissen, wo der Übergang war. Der barbarisch aussehende Kämpfer erreichte den Stamm als Erster. Mogda hatte sein Ziel um zwanzig Schritt verfehlt, aber das war jetzt egal – er sprang. Mogda spürte, wie er mit dem Fuß auf die steinige Kante trat und eisige Luft aus dem Abgrund seine Glieder gefrieren ließ. Mehr als dreißig Fuß waren es, die ihn von der anderen Seite trennten. Auf flachem Land und bei guter Witterung war dies eine Entfernung, die für einen Oger durchaus zu meistern war – allerdings ohne Waffe in der Hand und ohne die Gewissheit, in den sicheren Tod zu stürzen, sollte das Wagnis nicht gelingen.

Mogda hielt beim Sprung die Augen geschlossen; er wusste, was der Abgrund zu bieten hatte – unendliche Schwärze. Oft hatte er auf dem Stamm gesessen, in die Tiefe gestarrt und sich gefragt, ob die Schlucht ein Ende hatte oder ob sie dazu da wäre, alles in sich aufzunehmen und für immer verschwinden zu lassen.

Der Sprung über die Schlucht schien nicht enden zu wollen, und als Mogda endlich die andere Seite erreichte, war es ihm egal, dass er der Länge nach zwischen Eis und Felsen aufschlug. Die Kälte, die in ihm hochgekrochen war, linderte den Schmerz und schärfte seinen Verstand. Das leicht abschüssige Gelände würde ihn weit über den Rand hinausrutschen lassen und seinen Verfolgern die Möglichkeit geben, den Stamm zu passieren. Geistesgegenwärtig schlug Mogda die Spitzhacke in den Boden.

Der Ruck, mit dem er seinen Sturz abbremste, kugelte ihm fast die Schulter aus. Dennoch war er sofort wieder auf den Beinen und sah sich nach dem Fremden um. Der Krieger hatte die Schlucht ebenfalls hinter sich gelassen. Die Tatsache, dass er den Baumstamm zur Überquerung genutzt hatte, ließ ihn sich vielleicht nicht gerade einen Platz an der Tafel der Götter verdient haben, aber dafür war der Fremde unverletzt, stand aufrecht und hatte sich entschieden, mit zwei Kriegsäxten auf den Oger loszugehen.

Mogda blieb nicht viel Zeit, sich mit dem Krieger abzugeben. Vier seiner Kameraden folgten ihm dicht auf den Fersen und würden sich in der Auseinandersetzung sicherlich nicht hinten anstellen. Sie durften es auf keinen Fall schaffen, den Stamm zu überqueren, deswegen brauchte der Kampf nicht fair, sondern nur schnell beendet zu werden.

Mogda stürmte auf seinen Rivalen zu. Die Hacke ließ er fallen, da sein Arm zu sehr schmerzte. Er hielt das Runenschwert tief, um seinen Gegner aufzufordern, seine Brust zu attackieren – und so kam es auch.

Mogda wich seitlich aus, ließ sein Schwert fallen und packte den Arm des Angreifers. Mit einer Drehung riss er den Mann von den Füßen und wirbelte ihn herum. Mogda vollführte eine weitere Drehung und ließ den Mann los. Der fremde Krieger schlug kurz vor dem Abgrund auf den Boden, überschlug sich und stürzte dann in die Tiefe. Kein Schrei begleitete seinen Fall. Vielleicht wusste der Fremde, dass sein Atem nicht reichen würde, um ihn bis zum Ende zu begleiten.

Doch Mogda befand sich immer noch in Bedrängnis. Die anderen Barbaren hatten mittlerweile den Stamm erreicht. Zwei von ihnen balancierten bereits über die vereiste Rinde. Mogda schaute sich um. Er war unbewaffnet. Sein Runenschwert lag hier irgendwo im Schnee, aber er konnte es nicht entdecken. Sein Blick fiel auf die Spitzhacke. Die Pike hatte sich aufrecht in den eisigen Boden gebohrt. Das Werkzeug war besser als nichts. Er riss die Hacke aus der Erde und stürmte auf den Baumstamm zu.

Der vorderste Barbar hatte bereits die Mitte der Schlucht überschritten. Sein Hintermann erkannte Mogdas Vorhaben. Er machte kehrt und drängte die Übrigen zurück. Mogda trieb den Dorn der Spitzhacke mit aller Wucht in den Stamm. Einen Augenblick wartete er ab und schaute in das Gesicht des Mannes vor sich. Keine Gefühlsregung zeigte sich auf dem Antlitz des Fremden. Ruhig und besonnen zog der Mensch sein Schwert. Dann setzte er seinen Weg fort.

Mogda blieb keine Wahl. Er kniete sich hin, packte den Stiel der Hacke und stemmte sich dagegen. Der Stamm begann zu kippeln, und der Barbar verlor das Gleichgewicht. Er schlug seine Klinge in das Holz und versuchte so, Halt zu finden, doch der gefrorene Stamm ließ den blanken Stahl abgleiten. Der Mann stürzte in die Tiefe, ebenfalls ohne einen Schrei von sich zu geben.

Seine Kameraden nahmen den Tod des Mitstreiters scheinbar mit Gleichgültigkeit hin. Sie folgten mit ihren Blicken noch nicht einmal seinem Sturz in die Tiefe, sondern sammelten ihre Ausrüstung ein.

»Dort! Da ist es«, schrie einer der Männer und zeigte neben Mogda in den Schnee.

Mogda folgte dem Fingerzeig und sah den Griff seines Runenschwertes aus dem Schnee ragen. Als er sich wieder umwandte, hatten die Männer ihm den Rücken zugekehrt und traten fürs Erste den Rückweg an. Sie würden versuchen, auf einem anderen Weg zu ihm zu gelangen, dessen war sich Mogda sicher. Wahrscheinlich würden sie dem schmalen Gebirgspfad folgen, den er gekommen war. Mogda verstand die Fremden nicht. Wie konnten sie regungslos zusehen, wie er zwei ihrer Kameraden umbrachte, und keine Gefühle zeigen? Nicht einmal Verwünschungen hatten sie für ihn übrig gehabt.

Mogda verschwendete keine weitere Zeit, sich über die Emotionslosigkeit der Krieger Gedanken zu machen. Er musste zurück in seine Höhle, wo er einen der Barbaren allein mit einem hilflosen Usil zurückgelassen hatte. Der Oger griff sich sein Schwert und rannte los.

Die Tür zu seiner Höhle war immer noch verschlossen. Es würde sicherlich noch eine Stunde dauern, bis die anderen Krieger hier auftauchten. Sie konnten es sich nicht erlauben, aus Unachtsamkeit weitere Mitstreiter zu verlieren, so hoffte Mogda jedenfalls.

Das knirschende Geräusch seiner Schritte verriet den Oger. Mogda war sich sicher, dass der Barbar ihn ohnehin erwarten würde. Es sei denn, er ging davon aus, dass seine Kameraden ihm schon zuvorgekommen waren. Nichtsdestotrotz konnte man bei diesen Männern keinen Leichtsinn oder Unachtsamkeit vermuten. Sie waren den langen Weg gekommen, um ihn zu töten. Welche Ehre.

Mogda stieß die Tür mit dem Fuß auf. Die Spitze des Runenschwertes zeigte auf die lodernden Flammen in der Feuerstelle. Dem Fremden war anscheinend eine schnelle Genesung zuteilgeworden. Er hatte sich hinter Usil postiert, hielt den Kopf des Alten fest und drückte ihm eine Klinge an die Kehle.

»Es freut mich zu sehen, dass es dir wieder gut geht«, brummte Mogda. »Ich vermute, die Suppe hatte etwas mit deiner schnellen Genesung zu tun. Du kannst den Alten also loslassen.«

»Warum sollte ich das tun?«, fragte der Barbar.

»*Ich* habe die Suppe gekocht. Mir gebührt der Dank.«

Der Krieger behielt Mogda unbeirrt im Auge, und seine Klinge löste sich keinen Daumen breit vom Hals des Alten. Er ließ sich nicht ablenken, und wenn Mogda die Situation richtig einschätzte, würde der Fremde auch nicht verhandeln.

»Warum seid ihr den langen Weg hierhergekommen, um mich zu töten?«

Endlich zeigte sich eine Reaktion auf dem Gesicht des Barbaren: ein breites hämisches Grinsen. »Wir sind nicht gekommen, um dich zu töten. Wir suchen die Klinge Nassfals. Dich zu töten und deinen Schädel als Trophäe zu behalten ist nur eine Dreingabe.«

Es war nicht so, dass Mogda sich geschmeichelt gefühlt hätte, wenn eine Abordnung wilder Barbaren nur gekommen wäre, um ihn zu töten, aber sein Kopf als Zugabe für ein blankes Stück Stahl, das war empörend. Die Vorstellung, dass sein Schädel in einer Hütte hing, um Leute zu erschrecken, war geradezu grotesk. Schließlich säumten die Wände seiner Behausung auch nicht die Köpfe all derer, die er getötet hatte, und das nicht nur aus Platzmangel. Sollte dieser Fremde dort jedoch weiterhin die Klinge an Usils Hals halten, würde er vielleicht eine Ausnahme machen.

»Das Schwert ist nichts Besonderes. Es ist ...«

»Es ist ein magisches Artefakt«, unterbrach ihn der Barbar rüde. »Der dazugehörige Schild ist schon seit vielen Generationen in unserem Besitz. Suul will die Gaben der falschen Götter für sich. Von Nassfal fehlen uns jetzt nur noch der Splitter und dieses Schwert. Wenn wir Suuls Unmut gezähmt haben, wird sie uns endlich wieder mit Nachfahren beschenken.«

Für Mogda ergab das Gesagte wenig Sinn. Suul, Nassfal, wer waren all diese Leute, und was hatten sie mit ihm und dem Runenschwert zu tun? Mogda lief die Zeit davon. Es konnte nicht mehr lange dauern, und die anderen Krieger würden die Höhle erreichen. Wenn es dazu kam, würde der Oger als Andenken enden, wie die Drachenkralle um seinen Hals.

»Du wirst das Schwert nicht kriegen, genauso wenig wie deine Freunde. Wenn du nicht auch wie sie sterben willst, gehst du lieber dorthin zurück, von wo du gekommen bist.« Mogda hoffte, den Barbaren damit wenigstens ein bisschen zu verunsichern. Er musste ihn von Usil weglocken, am besten ganz aus der Höhle hinaus.

»Du sagst, du hast meine Freunde getötet? Dann werde ich ihnen ein Opfer bringen, damit sie nicht mit leeren Händen vor Suul erscheinen müssen.« Der Krieger rammte Usil den Dolch in den Oberkörper. Die Klinge verschwand bis zum Heft und bohrte sich tief zwischen Herz und Lunge. Sofort zog der Barbar das Messer wieder heraus und stieß Usil seitlich vom Hocker.

Mogda war wie gelähmt. Der Schock raubte ihm den Atem. Es fühlte sich an, als ob die Klinge ihn selbst durchbohrt hätte. Er konnte keinen klaren Gedanken fassen, und deshalb tat er das, was sein Volk immer tat, wenn es ratlos war: die Fassung verlieren, auf alles einschlagen, was sich bewegte, und versuchen, mit körperlicher Überlegenheit den Feind zu zerquetschen – kurz gesagt: durchdrehen.

Der Barbar schien auf diese Reaktion vorbereitet zu sein. Mit einem Fußtritt stieß er den Tisch um und benutzte diesen als Deckung. Sein bronzenes Schwert ließ er wie einen Tambourstab in der Hand kreisen.

Mogda beeindruckte diese Waffenfertigkeit wenig. Neben der Tür befand sich ein Stapel Holzscheite. Mit einem Griff schaufelte er einige auf und schleuderte diese nach dem Barbaren. Gewandt wehrte der Krieger einige von ihnen im Flug mit seinem Schwert ab und sprang zur Seite. Mogda stürmte los, trat und schlug nach allem, was ihm in die Quere kam. Das Runenschwert krachte auf den Barbaren nieder, doch der parierte.

Mogda trat gegen den Tisch und drängte seinen Gegner so weiter zurück. Der gewonnene Freiraum gab dem Oger Platz und Zeit für eine neue Attacke. Abermals fuhr seine Klinge auf den Menschen herab. Auch diesmal hielt der Barbar dagegen. Mogda war überrascht von der Stärke des Mannes. Es schien ihm nicht schwerzufallen, die Schläge des Ogers zu parieren. Beinahe hätte er Mogda das Schwert aus der Hand geschlagen.

Sofort setzte der fremde Krieger mit dem Dolch nach und verpasste Mogda eine tiefe Schnittwunde am Oberschenkel. Weitere Schläge folgten, und Mogda hatte alle Hände voll zu tun, sich der Angriffe zu erwehren. Er hatte keine Chance, sein eigenes Schwert erneut in Position zu bringen. Immer heftiger klirrten die Klingen aufeinander, und immer öfter zuckte der Dolch des Barbaren vor. Eine Reihe von oberflächlichen Stichwunden zierte Mogdas Bauch. Der Fremde schien Gefallen daran zu finden, seine Opfer während des Kampfes zu foltern und seine Überlegenheit zu präsentieren.

Da bekam Mogda mit der freien Hand den Kessel zu fassen und schlug damit zu. Er streifte den Barbaren am Kopf. Für einen kurzen Moment orientierungslos, stieß dieser gegen die Wand. Mogda warf ihm den Kessel hinterher, welcher scheppernd gegen den Fels schlug und seinen brodelnden Inhalt über den Mann ergoss. Schreiend fuchtelte der Barbar mit dem Schwert vor sich herum. Mogda trat an den Tisch heran und wuchtete ihn hoch. Mit einem Schritt war er bei seinem Gegner und benutzte die hölzerne Tafel als Rammbock.

Mit aller Macht stemmte der Oger sich gegen das Holz und presste den Barbaren so an die felsige Wand. Der Fremde versuchte, dagegenzuhalten. Wieder war Mogda von der Kraft und der Ausdauer des Mannes verwundert. Das Kräftemessen nahm seinen Lauf. Mogda suchte nach Halt auf dem felsigen Untergrund und stemmte sich, erneut Schwung holend, gegen die Holzplatte. Aber der Barbar gab nicht auf. Immer wieder schaffte er es, den Tisch so weit von sich zu drücken, dass sein Brustkorb freikam und er erneut Luft holen konnte.

»Stirb, stirb endlich!«, brüllte Mogda ihn an.

Der Barbar hatte mittlerweile blutunterlaufene Augen, und schäumender Speichel troff aus seinem Mund. Noch einmal erhöhte Mogda den Druck, ließ dann locker, drehte sich und stemmte sich nun mit dem Rücken gegen die Tischplatte. Diesmal hörte er, wie die Schultern des Fremden brachen und seine Arme nachgaben. Mehrmals stieß Mogda mit dem Kopf nach hinten, dem Fremden direkt ins Gesicht schlagend. Endlich schwand die Gegenwehr des Barbaren.

Mogda ließ sich erschöpft zu Boden sinken und sah zu Usil hinüber. Eine Blutlache hatte sich um den Kopf des Alten gebildet und versickerte allmählich zwischen den Ritzen der Steine.

»Für heute haben wir genug gekämpft, Usil. Lass uns verschwinden, bevor das übrige Pack kommt. Ich bringe dich nach Hause, alter Freund.«

Usil antwortete nicht – und würde es auch nie mehr tun.

4
Falscher Glaube

»Komm schon, Kleine, mach auf! Ich weiß, dass du da bist. Ich habe dich gehört.« Die grobe Männerstimme kam von der Hintertür und wurde begleitet von einem schroffen Klopfen.

Cindiel wusste, wem sie diese abendliche Ruhestörung zu verdanken hatte. Die Stimme und das ungehobelte Verhalten gehörten zu Rodney, einem Hinterhofschläger, der seine schlechte Angewohnheit zu aggressivem Verhalten zur Profession gemacht hatte. Vor etwas über einem Jahr war der Mann mit der bulligen Statur und Glatze das erste Mal bei Cindiel aufgetaucht. Damals erzählte er der jungen Hexe, seine Mutter sei die Treppe hinuntergefallen und er bräuchte für sie ein Gebräu, das ihre Schmerzen lindere. Danach war er regelmäßig einmal in der Woche vorbeigekommen.

Cindiel hatte seine Lügengeschichten und Ausreden bald satt gehabt und ihn gezwungen, mit der Wahrheit herauszurücken. Der junge Mann hatte ihr daraufhin auf recht plumpe Weise gestanden, dass seine Schlägereien in dunklen Gassen nicht mehr nur von der Freude angetrieben wurden, fremden Menschen wehzutun, sondern sich neuerdings auch noch auszahlten. Zum Vergnügen der Reichen, die Wetten auf den Sieger abschlossen, schlug er sich inzwischen mehrere Abende in der Woche. Sein geringes Schlägergeld, das er dafür erhielt, sicherte ihm dennoch seinen Unterhalt und erlaubte es ihm, sich mit Tränken aus Cindiels Hexenküche zu versorgen, um die Schmerzen zu vertreiben.

Anfangs fand Cindiel es nicht sonderlich verwerflich, sich sein Geld wie ein Schausteller mit Zweikämpfen zu verdienen. Erst als Hagrim ihr schilderte, mit welcher Brutalität diese Kämpfe ausgetragen wurden, änderte sie ihre Meinung. Einige Male hatte Cindiel Rodneys Bitten noch nachgegeben, doch mittlerweile blieb sie standhaft und mied jedes Zusammentreffen mit dem Schläger. Sie wollte keinen Beitrag zu diesem Spektakel leisten und hoffte, dass Rodneys aufdringliches Beharren langsam ein Ende finden und er ihre Abweisungen akzeptieren würde. Außerdem verbrauchte Rodney ihre ganzen Vorräte an schmerzlindernden Tränken. Cindiel konnte und wollte es nicht verantworten, ihre Tränke für einen Halunken zu verschwenden, wenn es genügend andere Menschen gab, die ihre Medizin wirklich brauchten.

Irgendwann gab Rodney sein Klopfen und Rufen auf, und Cindiel konnte sich wieder ungestört ihren Rezepturen widmen. Ihr Arbeitstisch war vollgestellt mit kleinen Tiegeln, Mörsern und Stößeln, Fläschchen mit Ölen sowie ledernen Beuteln, in denen sie ihre Kräuter und Beeren sammelte. Als die Oger vor Jahren Illistantheè getötet und seinen Einzug in die Halle der Götter vereitelt hatten, hatte es nicht lange gedauert, und die verschiedenen Wirkungen der Pflanzen hatten sich wieder normalisiert. Alles, was durch den Fund des Rubins – den Funken der Natur – innerhalb des Rades der Götter aus dem Gleichgewicht geraten war, schien sich wieder eingependelt zu haben. Schleimröhrlinge besaß wieder dieselbe Wirkung wie Alkohol, Teufelsnesseln halfen bei Gicht, Naschelkraut benutzte man wie zuvor bei Verbrennungen, und Trommelbeeren schmeckten endlich wieder einfach nur grässlich.

Nachdenklich rollte Cindiel eine dieser Beeren zwischen ihren Fingern hin und her. Sie erinnerte sich noch genau an den Tag, als Mogda zu ihr kam und ihr einige dieser kleinen blassroten Früchte entgegenhielt. Ihre Eitelkeit hatte sie damals dazu gebracht, den kleinen Haufen roter Kugeln herunterzuschlucken, nur um zu beweisen, dass sie Recht hatte. Danach verblassten die Bilder, und alles, woran sie sich erinnern konnte, waren dieser ungestüme Hass in ihr und der Drang danach, jemandem wehzutun.

Jetzt saß sie von Zeit zu Zeit da und probierte vorsichtig eine dieser Beeren. Jedes Mal nahm sie den typisch bitteren, mehligen Geschmack im Mund wahr und fühlte sich erleichtert. Solange Trommelbeeren noch Trommelbeeren schmeckten, gab es nichts zu befürchten.

»Nichts zu befürchten«, murmelte sie leise vor sich hin, »das ist das Problem.«

Das Gleichgewicht schien zwar wieder hergestellt. Natur, Magie sowie Chaos und Ordnung hatten wieder ihren Platz auf dieser Welt. Doch was nützte das alles, wenn die Gunst der Götter fehlte? Ohne die Möglichkeit, Kinder zu gebären? Vielleicht schliefen die Götter. Vielleicht hatten sie diese Welt auch verlassen oder waren gar tot, falls Götter überhaupt sterben konnten. Doch wenn sie nicht bald wiederkehrten, würden sie bei ihrer Rückkehr niemanden mehr vorfinden.

Wieder hämmerte es gegen die Tür. Diesmal am Vordereingang.

»Rodney, hau ab! Von mir bekommst du keine Tränke mehr, egal wie viel du mir bezahlen willst«, schrie Cindiel wütend.

Jemand schnaufte gequält und rüttelte erneut an der Tür.

»Mach auf, Prinzessin, ich brauche deine Tränke nicht. Mir fehlt nichts, was man mit einer Flasche Rotwein nicht auch kurieren könnte.« Die Stimme gehörte eindeutig zu Hagrim, auch wenn sie diesmal noch leidender klang, als sie es sonst ohnehin schon tat.

Cindiel erhob sich genervt von ihrem Stuhl und schlurfte zur Tür. »Was ist passiert, dass du dich schon blicken lässt, bevor es wieder hell wird?«

Als Cindiel die Tür aufzog, wusste sie, wieso, nur nicht, wie es dazu gekommen war. Hagrim hielt sich die Schläfe. Blut sickerte zwischen seinen Fingern hindurch und färbte die Ärmel seines Hemdes rot. Sofort tat Cindiel die spitzfindige Bemerkung leid, doch ihr fehlten die Worte. Hagrim ließ ihr ohnehin keine Zeit, sich zu entschuldigen.

»Wie du dich vielleicht erinnerst, war ich in deinem Namen unterwegs. Ich war auf der Suche nach Kranken und Leidenden, um sie mit deinen grässlich schmeckenden Tränken und stinkenden Tinkturen zu versorgen. Helfen wollte ich, und zum Dank veranstalten die Priester des Tempels eine Hetzjagd auf mich.«

»*Was* ist passiert?«, rief Cindiel entsetzt.

»Hörst du mir eigentlich nicht zu? Ich habe deine Tränke und Salben unter das Volk gebracht, bis diese Abordnung von Priosklerikern kam und Hetzreden gegen dich und deine Hexenkunst geschwungen hat. Zuerst habe ich sie einfach ignoriert, doch plötzlich hatte sich eine ganze Meute um mich versammelt. Als ich gerade zum wortgewandten Gegenschlag ausholen wollte, traf mich ein Stein am Kopf. Danach bin ich gerannt.«

»Die Priester haben das getan?«

»Prinzessin, du trinkst doch nicht heimlich, oder? Ich habe gesagt, *jemand* hat einen Stein nach mir geworfen. Ich konnte nicht sehen, wer es war, aber ich vermute, es war ein Steinewerfer. Trotzdem wäre es schön, wenn ich all deine Fragen erst beantworten müsste, nachdem du mich verarztet hast.«

Cindiel zog Hagrim ins Haus und stützte ihn, bis er sich auf einem Stuhl niedergelassen hatte. Hektisch kramte sie einige Arzneien hervor, bestrich einen Stofffetzen mit einer Salbe aus einem Tiegel und betupfte damit Hagrims Wunde.

»Autsch, was machst du da? Lass das sein. Quäle keine Wehrlosen mit deinen Froscheingeweiden und Spinnenbeinen. Rück lieber die Flasche Rotwein raus, die du dir für einen gemütlichen Abend mit Finnegan aufgehoben hast.«

Cindiel hatte tatsächlich eine Flasche versteckt. Woher Hagrim davon wusste, war ihr jedoch schleierhaft. Bereitwillig zog sie den Rotwein aus einem Stapel Brennholz hervor und überreichte den guten Tropfen feierlich dem Geschichtenerzähler.

»Warum hast du ihn dort versteckt?«

Cindiel baute sich mit verschränkten Armen vor ihm auf. »Du hattest aufgehört zu trinken, und ich wollte dich nicht in Versuchung führen. Außerdem dachte ich, im Feuerholz sei das sicherste Versteck hier im Haus, da du niemals auf die Idee kommen würdest, den Ofen anzumachen oder Essen zu kochen.«

»Schlaues Kind«, brummte Hagrim. »Ich hatte aber ebenfalls aufgehört, mich mit Steinen bewerfen zu lassen. Da Letzteres nu wieder beim Alten ist, ist dies der beste Augenblick, auch wieder mit dem Trinken anzufangen.«

Der Korken war schneller aus der Flasche heraus, als ein Meuchelmörder seinen Dolch hätte ziehen können. Während der alte Geschichtenerzähler sich alle Mühe gab, die Flasche zu leeren, bevor sie doch noch einem romantischen Zweck zum Opfer fiel, reinigte Cindiel seine Wunde. Fürsorglich wusch sie das Blut aus seinen langen grauen Haaren und dem Bart. Sie bestrich die Wundränder mit einer schwarzen Paste und murmelte einen Zauber, um die Blutung zu stillen.

»An dir ist eine richtige Priesterin verloren gegangen«, sagte Hagrim, nachdem er den letzten Schluck getrunken hatte. »Eigentlich sollten *wir* im Tempel des Prios leben, und die Kleriker müssten sich hier mit Frau Mergil und ihrem Taugenichts von Mann herumschlagen.«

Seit wann fühlst du dich zu etwas Höherem berufen?«, neckte ihn Cindiel. »Ich dachte, es gefällt dir hier in unserem bescheidenen Heim.«

»Tut es auch, und es sind keine höheren Ziele, die mich antreiben. Im Gegenteil, es kann für mich gar nicht weit genug hinuntergehen. Hast du schon mal den Weinkeller im Tempel gesehen?«, lachte Hagrim.

Plötzlich sprang Cindiel von ihrem Hocker auf und rannte zur Vordertür. Ein kurzer Blick hinaus reichte ihr. Sie schlug die Tür wieder zu, ging zu Hagrim, fasste ihn unter dem Kinn, damit er sie ansah, und blickte ihm tief in die Augen. »Wo ist der Karren mit all den Salben, Tränken und Pulvern?«, fragte sie barsch.

»Sie hätten mich beinahe gesteinigt. Es war wie im Krieg. Was sollte ich tun? Ich musste ihn zurücklassen. Dachtest du etwa, ich ziehe ihn schwer verletzt und blutüberströmt durch die Reihen des Feindes, nur um ein paar übel riechende Pasten zu retten?«

Cindiel strafte Hagrim diesmal nicht mit einer ihrer Standpauken oder, was meist noch schlimmer war, mit diesem Blick, der sagen sollte: »Wie hast du es geschafft, so alt zu werden und nie etwas richtig zu machen?« Sie wusste, er konnte nichts dafür, auch wenn seine Schilderungen etwas übertrieben klangen. Er war und blieb eben ein Geschichtenerzähler.

Cindiel verlor keine Zeit. Sie warf sich ihre Stola über und steckte einen Dolch ein. Hagrim verzog das Gesicht, als ob er sagen wollte: »Ich habe es gewusst«, und folgte ihr stillschweigend, nachdem er nochmals überprüft hatte, dass wirklich nichts mehr in der Flasche war.

Die Straße vor dem Haus ließ noch nichts von dem erahnen, was Hagrim geschildert hatte. Fahrende Händler brachten ihre Waren nach einem langen Markttag zurück in die großen Lagerhäuser. Die letzten Geschäfte schlossen gerade ihre Türen, und die Kneipen füllten sich. Nachtschwärmer liefen umher und trafen sich mit Gleichgesinnten oder solchen, die es werden wollten.

»Am Stadtbrunnen, auf dem alten Marktplatz«, kam Hagrim Cindiels Frage nach dem Verbleib des Karrens zuvor. »Dennoch glaube ich nicht, dass es eine gute Idee ist, jetzt schon dorthin zurückzukehren. Vielleicht sollten wir abwarten, bis sich die Gemüter beruhigt haben.«

»Ich werde mich sicher nicht beruhigen, bis ich den Karren wiederhabe. Sollen diese gottlosen Kleriker nur sehen, was sie davon haben, wenn sie sich mit einer Hexe anlegen«, schnaubte Cindiel vor Wut.

Schnurstracks bahnte sich Cindiel ihren Weg durch die engen Gassen. Ihr energischer Gang ließ keinen Zweifel daran, wohin sie sich begab: zu einem Rendezvous oder einem Kriegsrat. Die meisten Leute, die ihren Weg kreuzten, machten einen großen Bogen um die junge Hexe oder versteckten sich gar im Schatten von Hauseingängen. Hagrim hatte Schwierigkeiten, mit ihr mitzuhalten. Er sah aus wie ein Lakai, der hinter seiner Herrin herlief. Am Ende der übernächsten Gasse zeichnete sich der hell erleuchtete Marktplatz ab, immer noch angefüllt mit Schaulustigen.

Als Cindiel den Platz erreichte, traute sie ihren Augen kaum. Es waren mehr Menschen zusammengekommen als bei einer Parade von Lord Felton, dem Fürst von Osberg und den umliegenden Ländereien. Alle starrten auf die Mitte des gepflasterten Platzes. Wie Hagrim gesagt hatte, stand der Karren neben dem Brunnen. Irgendjemand hatte ihn in Brand gesetzt. Wie bei einem Scheiterhaufen standen die Leute darum herum und begafften das Spektakel. Drei Kleriker des Prios hatten sich am Brunnen postiert. Ihre Gesichter zeigten Genugtuung, und sie schienen das Schauspiel zu genießen.

Hagrim erwartete, dass Cindiel einen ihrer Wutausbrüche bekommen und sich schreiend und schnaubend durch die Menge prügeln würde, doch dem war nicht so. Äußerst gefasst, stand Cindiel mit dem Rücken zu einer Hauswand und besah sich die aufgebrachte Menge und ihre Anpeitscher. Nach wenigen Augenblicken setzte sie sich in Bewegung. Mit überzogener Höflichkeit und weiblichem Charme bahnte sie sich einen Weg durch die Menge. Die, welche sie erkannten, wichen erschrocken zurück, die Übrigen drängten sich hinter ihr wieder zusammen und schlossen die Lücke.

Hagrim hatte erneut Schwierigkeiten, ihr zu folgen. Anscheinend reichte sein Charme nicht aus, seine äußerlichen Makel wettzumachen. Bald war Cindiel außer Sicht, und Hagrim hoffte, dass ihn niemand wiedererkannte. Doch keiner scherte sich mehr um den alten Geschichtenerzähler, denn einer der drei Kleriker war unverhofft auf den Rand des Brunnens gesprungen und erhob gerade die Stimme. Wie ein Fürst, der zu seinem Volk sprach, stand er mit erhobenen Händen da.

»Seht euch an, was passiert, wenn man mit den Horden Tabals einen Pakt schließt. Habt ihr gedacht, Prios schaut einfach zu, wie ihr mit diesen Unholden gemeinsame Sache macht, und straft euch nicht? Anstatt Reue zu zeigen und zu versuchen, diesen Fehler wiedergutzumachen, verlasst ihr euch nun auf die Heilkraft einer Hexe. Glaubt ihr auch, sie wird euch eure Kinder gebären und euch vor dem Zorn der Kreaturen Tabals beschützen? Das wird sie nicht. Alles, was sie versucht, ist, aus eurer Not Profit zu schlagen.«

Die Zuhörer waren scheinbar geteilter Meinung. Einige nickten und sahen dabei aus wie Hühner, die Brotkrumen pickten. Andere schüttelten empört den Kopf und suchten nach Zustimmung bei den Leuten neben sich. Die übrige Meute stand einfach nur da und gaffte mit offenen Mündern den Kleriker auf dem Brunnen an.

Hagrim kannte nur einen dieser in dunkle Ornate gewandeten Priester – den auf dem Brunnenrand. Llinus war vor vier Jahren aus Lorast in die Stadt gesandt worden, um den örtlichen Priostempel zu übernehmen. Der sonst sehr zurückhaltende Diener Gottes hatte bisher nicht gerade durch große Taten auf sich aufmerksam gemacht. Er tat, was in seiner Macht stand, doch leider beschränkte sich dies auf Reden, seitdem die Götter sich zurückgezogen hatten. Er machte keinen Hehl daraus, dass er die Übereinkunft mit den Ogern nicht billigte, und er war nicht allein mit dieser Meinung. Doch *diese* hetzerische Rede klang nicht nach Llinus, und die schulterklopfende Geste der beiden anderen Kleriker zeigte Hagrim, dass Llinus' Worte ihm diktiert worden waren. Gehorsam rückte der junge Priester nun ein Stück zurück und machte den beiden fremden Klerikern auf dem Brunnen Platz. Der ältere von ihnen trat vor und hob die Arme, um sich Gehör zu verschaffen.

»Leute aus Osberg, hört mir zu. Wollt ihr weiterhin mit der Missgunst der Götter leben? Ich sehe, wie die Welt zerbricht und im Chaos versinkt. Es wir Zeit, Prios ein Opfer zu bringen und um Vergebung zu bitten. Diesmal können wir uns nicht auf einen König oder die Lords des Landes verlassen. Es wird Zeit, dass jeder Mann, jede Frau und jedes Kind Prios, dem Gott der Ordnung, die Verehrung erweist, die ihm gebührt.«

»Was sollen wir tun, damit Prios uns erhört?«, rief jemand aus der Menge.

»Das kann ich dir sagen«, rief der Kleriker und zeigte dabei wahllos auf verschiedene Männer in der Menge, die einen entschlossenen Eindruck machten. »Schließt euch uns an und kämpft mit uns. Wir, die Priester des Prios, suchen in jeder Stadt mutige Recken, die sich uns im Kampf gegen die Kreaturen Tabals anschließen. Wir führen das zu Ende, was die Soldaten vor Jahren nicht geschafft haben. Wir werden die Unholde suchen und richten. Kein Ork, kein Troll und kein Oger sollen in diesem Land mehr übrig bleiben. Erst wenn wir sie restlos vernichtet haben, wird sich Prios uns wieder zeigen und uns seine Gunst zuteil werden lassen.«

»Ihr seid verblendet. Ihr sucht den Grund für eure Entmachtung bei denen, deren Ziele ihr nicht versteht«, schrie da jemand aus der Menge. Hagrim kannte diese Stimme und den gereizten Tonfall nur zu gut.

Cindiel stieß einige Zuhörer unsanft beiseite, um näher an den Brunnen zu kommen. Schnell hatten die Leute sie erkannt und hielten Abstand zu der Hexe. Binnen weniger Augenblicke stand sie völlig allein in der Mitte eines Kreises, der sich um sie herum gebildet hatte.

»Wer bist du, dass du dich erdreistest, so mit einem Kleriker des Prios zu sprechen?«, brüllte sie der Priester an.

»Ich bin die Besitzerin dieses Wagens, den ihr in Brand gesteckt habt. Ich bin es, deren Heilkräfte ihr in Frage stellt und die ihr der Profitgier anklagt. Ich bin es, die an der Seite der Oger in den Kampf gezogen ist, um Illistantheè zu bekämpfen. Und ich bin es, die euch zeigen wird, dass euer Tun nicht ungestraft bleibt.«

Cindiels Worte trafen ihr Ziel. Die Empörung stand den drei Klerikern ins Gesicht geschrieben. Untereinander tauschten sie entrüstete Blicke aus und tuschelten. Sie beratschlagten wohl, wie sie dieser Ungeheuerlichkeit entgegentreten konnten. Um einen Gesichtsverlust zu vermeiden, besannen sich die beiden Hohepriester aus Lorast auf das, was sie am besten konnten: Sie schickten Llinus voraus, um sich der Bestie zu stellen.

Diese ergreifende Selbstopferung zauberte ein Lächeln auf Hagrims Gesicht. Endlich bekam auch mal jemand anderes als er den Zorn der jungen Hexe zu spüren. Es war, als ob man einen Bauern mit einem Brotmesser bewaffnete, um einen Oger zu töten. Zögerlich trat Llinus vor und eröffnete den Kampf mit zitternder Stimme.

»Ihr seid also Cindiel, die selbsternannte Heilerin hier aus Osberg. Ich entnehme Euren Worten, dass Ihr denkt, im Recht zu sein.«

»Darauf kannst *du* wetten, Llinus«, fiel ihm die junge Hexe ins Wort und missachtete absichtlich die Höflichkeitsform, die der Priester ihr hatte zuteil werden lassen. »Dachtest du, die Bürger Osbergs warten, bis ihr Kleriker sie mit euren haltlosen Versprechungen von ihren Krankheiten befreit? Gebt zu, dass ihr die Stimme Prios' nicht mehr hört und eure klerikalen Fähigkeiten vertrocknet sind wie Rosinen.«

»Sei still, Hexe!«, schrie Llinus. »Deine Worte sind gotteslästerlich. Prios wird dich im ewigen Feuer schmoren lassen. Du und deine Kräuterküche können kein Ersatz sein für die klerikalen Künste, die uns in Lorast gelehrt wurden.«

»Künste? Dass ich nicht lache. Ihr betreibt seit Jahren nur noch Schwindel und Täuschung. Wie viele Menschen habt ihr mit eurer Magie in letzter Zeit geheilt? Wie viele Taufen hattet ihr in diesem Jahr? Wann habt ihr das letzte Mal die Stimme Prios' empfangen? Ihr seid nunmehr so etwas wie Höflinge ohne die Gunst des Königs.«

»Schweig still, Weib«, brüllte der Hohepriester hinter Llinus. »Ich werde dir zeigen, wie weit unsere Macht reicht.« Ein gezielter Stoß in den Rücken beförderte Llinus vom Brunnenrand, und der fremde Kleriker nahm seinen Platz ein. Mit großer Gestik formte er eine alte Rune in der Luft und murmelte dazu eine unverständliche Formel.

Cindiel blieb unbeeindruckt stehen, und auch die Menge regte sich nicht. Mit einem zufriedenen Lächeln senkte der Hohepriester seine Arme und atmete tief ein. Dann visierte er die junge Frau an und blies ihr seinen Atem entgegen. Aus seinem Pusten wurden Luftzüge, die das Haar der Hexe zerzausten. Aus dem anfänglichen Wind wurden Böen, und schließlich schlug den Umstehenden ein richtiger Sturm entgegen. Für die Dauer von wenigen Sekunden mussten die Leute ihre Jacken und Hüte festhalten, damit diese nicht davongeweht wurden. Aber so schnell der Zauber entstanden war, so schnell war er auch wieder vorbei. Cindiel war nicht einen einzigen Schritt zurückgewichen und unterließ es provokativ, ihre am Boden liegende Stola wieder aufzuheben.

»Der Atem Prios' wird es sein, der dich und andere Zweifler davontreiben wird. Und genauso wird dieser Sturm über die Kreaturen Tabals hereinbrechen und sie ins Meer schleudern, damit sie dort auf den Grund des dunklen Wassers sinken und für immer verschwinden.«

Hagrim hatte die allgemeine Verwirrung genutzt, um an Cindiel heranzukommen. Sie stand ruhig an ihrem Platz und blickte dem Priester tief in die Augen. Dies war der Augenblick, an dem Hagrim sonst immer Reißaus nahm, wenn er mit der jungen Frau eine Auseinandersetzung hatte. Leider war er momentan nicht in der Lage, den Klerikern irgendwelche Ratschläge zu geben, und selbst wenn dem so gewesen wäre, hätten sie sicherlich nicht auf ihn gehört.

Zum ersten Mal seit zwei Jahren wünschte sich Cindiel, die Trommelbeeren würden wieder ihre ungeahnten Nebenwirkungen haben.

»Wie ich sehe, habt ihr es geschafft, mit ein wenig Hokuspokus die Bürger über eure fehlende Macht hinwegzutäuschen. Glaubt ja nicht, dass mich diese Spielchen einschüchtern. Was ihr noch wirken könnt, hatte ich schon zur Perfektion gebracht, da langten meine Hände noch nicht einmal bis auf den Herd meiner Großmutter. Überlegt euch gut, wem ihr den Krieg erklärt.«

Ruckartig drehte Cindiel den Kopf und starrte in die Flammen des brennenden Karrens. Sie ballte die Hände zu Fäusten und schloss dann die Augen. Kurz darauf schlängelten sich die Flammen weit nach oben und wanden sich in Spiralen um sich selbst, bis sie keine Nahrung mehr fanden. Dann verzwirbelten sich die dünnen Feuerfäden und schlossen sich zu einer Säule zusammen. Wie ein Spross entwuchs dem Flammenmeer ein langes brennendes Band und kroch in Windeseile um den Brunnen herum. Die drei Kleriker wurden von den züngelnden Flammen eingeschlossen.

Cindiel wandte sich wieder dem Brunnen zu. Noch immer war sie wie in Trance. Plötzlich entstieg dem Brunnen eine dampfende Fontäne, und von den Steinen des Brunnenrandes platzten Splitter ab und schossen durch die Menge. Schreiend flüchteten die Osberger in alle Richtungen. Die Kleriker warfen sich zu Boden und breiteten ihre Ornate schützend über sich.

Im Hintergrund hörte Hagrim das Schlagen von Schwertknäufen auf Schilden. Er sprang vor und packte Cindiel am Arm. »Du hast es geschafft. Die Wachen kommen. Lass uns verschwinden«, flüsterte er ihr ins Ohr und zog sie mit sich fort.

5
Asche im Wind

Das lange hölzerne Gebäude im Zentrum des Dorfes war hell erleuchtet. Die Wände des Hauses, erbaut aus ganzen Stämmen, glichen den Palisaden kleinerer nelborianischer Dörfer und schienen äußerst robust. Die Öffnungen für Fenster und Türen hatte man erst später in die Wände geschlagen. Das flache Spitzdach war belegt mit Grassoden und verhinderte, dass das Haus auskühlte.

Immer mehr Dorfbewohner kamen aus ihren Häusern und folgten den matschigen Pfaden bis hin zu dem Langhaus. Die Siedlung, bestehend aus etwa einem Dutzend Holzhäusern, ein paar Ställen und einem Brunnen, lag auf einem Hügel. Als einzige Verteidigung diente ein angehäufter Erdwall mit angespitzten Pfählen, deren Enden nach außen wiesen. Höchstens achtzig Seelen konnten hier leben, und wie es aussah, übernachteten sie alle in dem Langhaus.

Jeder Einzelne wurde von den beiden Wachen, die weite Pelzumhänge trugen, am Eingang durch ein kurzes Nicken begrüßt, bevor er im Inneren verschwand. Immer wieder stützten sich die kräftig aussehenden Männer auf ihre Hellebarden, um sich herabzubeugen. Diese Haltung war kein Zeichen der Schwäche, sondern galt den vielen Kindern, die in kleinen Gruppen, begleitet von je zwei Frauen, zum Langhaus geführt wurden.

Rator hatte sich ein Versteck hinter einem größeren Steinhaufen gesucht. Die Felsbrocken waren von den umliegenden Feldern zusammengetragen und hier abgelegt worden. So hielten es auch die Bauern in Nelbor, doch dort ruhten die Felder nicht das ganze Jahr unter einer dicken Eisschicht, wie sie es in diesen Landen taten. Rator fragte sich, warum jemand einen Acker bestellte, der ewig unter Eis lag. Dies war aber bei Weitem nicht die einzige Absonderlichkeit in diesem fernen Land hinter dem Meer, nördlich von Nelbor und dem roten Sumpf.

So waren die Gebäude beispielsweise auf Pfählen errichtet, die gerade einmal drei Fuß aus der Erde ragen mochten und sicherlich niemanden davon abhielten, in die Häuser einzudringen. Außerdem schien der Schutzwall mehr abzuschrecken, als zu schützen. Einzig und allein gegen Reiter wären die Pfähle wirkungsvoll, falls jemand daran interessiert war, ein Dorf mitten im Nichts zu überfallen, um armes Bauernpack auszurauben. Aber genau das hatte Rator vor. Ihm reichte allerdings schon ein einziges Stück Vieh, denn er hatte nagenden Hunger.

Es war noch zu hell, um sich näher ans Dorf zu wagen. Zwar wurde es hier nie richtig dunkel, aber immer wenn die Sonne untergegangen war und sich Wolken vor den Mond schoben, gab es kurze Momente des Zwielichts. Diese Momente galt es für Rator zu nutzen. Er lehnte sich zurück und versuchte, das quälende Gefühl in seinem Magen zu vergessen. Er rückte seinen Brustpanzer zurecht und zerrte an einem Beinschutz. Die Kälte war allgegenwärtig. Nie hätte er gedacht, dass ihm Schnee und Eis zu schaffen machen könnten. Doch jetzt wäre es ihm lieber gewesen, er würde einen dieser Pelzumhänge der Wachen sein Eigen nennen, oder am besten gleich beide – ein Oger war groß. Skeptisch betrachtete er den kleinen Lederbeutel, den er um den Hals trug. Seine Gedanken schweiften ab und ließen ihn die Kälte vergessen. Erinnerungen aus vergangenen Tagen stiegen wieder auf.

Fast ein Jahr mochte es her sein, dass ihm Tusfell, die Trollschamanin, dieses magische Pulver überreicht hatte. Er erinnerte sich noch, wie er mitten im Grindmoor hockte und zusah, wie der Splitter der Götter im braunen Wasser versank. Mogda hatte ihm den Splitter überantwortet und ihn gebeten, einen sicheren Platz für den Born des Naturgottes zu suchen.

Rator war es egal gewesen, ob der Splitter sicher verborgen war oder nicht, Hauptsache er konnte ihn schnell wieder loswerden. So versenkte er ihn im Grindmoor und wartete auf ein Zeichen der Götter. Die Jahre zuvor hatten ihm klargemacht, dass er kein Händler oder einfacher Minenarbeiter war. Sein Leben wurde bestimmt vom Kampf. Er brauchte das Gefühl, seinen Widersachern überlegen zu sein, sich mit ihnen zu messen, sich ihnen auf dem Schlachtfeld zu stellen und ihre Knochen brechen zu hören. Nicht immer war er den richtigen Herren gefolgt, aber er hatte stets das getan, was er am besten konnte: Kämpfen.

Nun, nachdem sie Eliah getötet und dessen Vorstoß an die Tafel der Götter vereitelt hatten, umhüllte ihn eine Leere. Eine Zeit war angebrochen, die von einem neuen Weltbild beherrscht wurde. Rator wartete darauf, dass jemand seine Dienste benötigte oder sein Gott Tabal ihm einen neuen Weg wies. Doch nichts tat sich, und seine Gedanken verdunkelten sich. Er fühlte sich schuldig am Tod seines langjährigen Gefährten. Kruzmak war durch seine Hand gestorben, wenn auch ungewollt.

Die Kriegsoger hatten einst einen Schwur auf Tabal geleistet, niemals das Blut eines Gefährten zu vergießen. Rator hatte nur seinen Gott retten wollen und dabei seinen Schwur gebrochen. Es konnte nicht zu viel verlangt sein bei all den Opfern, welche die Oger erbracht hatten, dass Tabal ihm ein Zeichen gab. Rator wollte gar nicht, dass ihm vergeben wurde, er wollte nur wissen, ob es das alles wert gewesen war und wie es weiterging.

Ein Jahr lang nach Kruzmaks Tod streifte Rator quer durchs Land. Er suchte nach Antworten, auf die er noch nicht einmal die Fragen wusste. Von Tag zu Tag wuchs seine Verbitterung und seine Wut auf jene, die ihm die Antworten schuldig blieben. Für ihn gab es keinen Pakt mehr. Nicht zwischen Ogern und Menschen, und auch nicht zwischen ihm und seinesgleichen. Orks, Menschen und sogar Oger starben durch seine Hand auf der Suche nach Tabal. Doch keines seiner Opfer konnte ihm seine Schuldgefühle nehmen.

Hunderte hatte Rator im Laufe seines Lebens schon getötet, und keiner von ihnen war ihm je im Gedächtnis geblieben. Ausgerechnet Kruzmaks Tod – ein Unfall – sollte ihm nun so zu schaffen machen. Die Vorstellung, dass das Schicksal ihn auserkoren hatte, mit dieser Bürde zu leben, wollte und konnte Rator nicht akzeptieren. Er würde seine Hände reinwaschen, und sei es mit Blut.

Irgendwann stieß er auf die Fährte von Tusfell, der Trollschamanin. Die rätselhafte Alte wusste von Anfang an mehr, als sie preisgeben wollte. Ihr waren die Zusammenhänge der Geschehnisse weit besser bekannt als jedem anderen. Rator war sich sicher, dass sie einige Fäden im Gespinst zog, wenn auch nur dünne. Drei Tage lang folgte Rator

Tusfells Fährte, dann endlich hatte er sie eingeholt. Er überwältigte ihren Beschützer Nokrat und zwang die Schamanin, ihm auf der Suche nach Tabal zu helfen. Überaus bereitwillig gab sie ihm einen Beutel, halb gefüllt mit Asche. Sie wies ihn an, jeden Morgen ein wenig davon in den Wind zu streuen und der Richtung, in welche die Asche fortgeweht wurde, bis zum Abend zu folgen. Wenn die letzte Prise verstreut sei, wäre er an dem Platz, an welchem ihm Tabal erscheinen würde. Auf Rators Frage hin, was sich in dem Beutel befände, antwortete sie: »Die Asche von Grind, dem Trollkönig.«

Rator befürchtete nicht, dass Tusfell ihn belogen hatte. Die Schamanin konnte sich ausmalen, was passierte, wenn Rator von etwas Derartigem Wind bekam. Ihm war nur unwohl bei dem Gedanken, was ihm die Trollschamanin verschwiegen haben mochte.

Fast ein Jahr lang streute der Kriegsoger jeden Morgen etwas von der Asche in den Wind und folgte den kleinen Staubkörnchen bis zum Einbruch der Nacht. Seine Reise führte ihn quer durch den roten Sumpf, vorbei am Drachenhorst und weiter in nordöstlicher Richtung. Er überquerte Gebirge und folgte der Küste, so weit es ging. Als er dachte, er käme nicht mehr weiter, schickte ihn die Asche am nächsten Morgen in eine andere Richtung. Schließlich überquerte er ein zugefrorenes Meer, und vor zwei Tagen hatte er wieder das Festland betreten. Dies war die erste Siedlung, auf die er in dem fremden Land getroffen war. Von der Asche war nur noch ein kleiner Rest übrig. Mehr als eine oder zwei Wochen konnte seine Reise nicht mehr dauern. Doch wenn er nicht bald etwas zu essen bekam, würde sie früher enden.

Das Bellen eines Hundes ließ ihn aus seinen Gedanken hochschrecken. Sein Magen verlor keine Zeit, dem kläffenden Vierbeiner lautstark zu antworten. Die Sonne war bereits verschwunden, und die letzten Dorfbewohner schienen sich im Langhaus eingefunden zu haben. Der Eingang war verschlossen worden, und Rator hörte Musik und lautstarkes Grölen zu ihm herüberdriften. Was gab es Besseres als Menschen, die sich hinter dicken Türen verschanzten, die sich sicher fühlten und ihr Vieh unbeaufsichtigt im Dorfinnern zurückließen? Anscheinend gab es in dieser Region keine Oger, oder man wollte Rator mit dieser großzügigen Geste willkommen heißen. Wenn Letzteres zutraf, sollte dies das Land sein, in dem er alt würde – nur nicht ohne ein Fell, das groß genug war, seinen Körper vor der Kälte zu schützen.

Rator wartete noch einen Augenblick, um sicherzugehen, dass alles ruhig war. Er brauchte nicht zu rennen, geschweige denn auf allen vieren zu kriechen. Unbeobachtet näherte er sich dem Dorf. Die Fensteröffnungen des Langhauses waren durch schwere Holzläden verschlossen worden, und die Wachen hatten peinlichst genau darauf geachtet, dass auch wirklich jeder Bürger anwesend war, bevor sie selbst im Inneren verschwunden waren.

Rator fühlte sich sicher. So leicht war es bei den Nelborianern nicht, Vieh zu stehlen. Nie konnte man wissen, ob nicht plötzlich ein wild gewordener Bauer mit einer Forke hinter der Hausmauer hervorsprang und mutig seinen Besitz zu schützen versuchte – mutig, aber dumm. Mit etwas Pech gesellten sich dann auch noch Stadtwachen hinzu, die sich selbstlos mit einbrachten. Schon hatte man mehr Ärger am Hals, als einem lieb sein konnte. Aber es waren nicht die Viehdiebstähle selbst, die Rator störten, vielmehr waren es die deprimierenden Kämpfe, die sich daraus ergaben. Noch nie hatte sich ein wirklich ebenbürtiger Gegner gefunden, wenn es darum ging, eine Kuh zurückzufordern. Kämpfe sollten auf dem Schlachtfeld ausgetragen werden, nicht in irgendwelchen Scheunen.

Rators Plan war ebenso einfach wie verwegen. Das hölzerne Tor, das in den Erdwall eingebaut war, hätte niemals einem Oger standhalten können, doch der Lärm beim Eindringen würde die Hüttenbauer alarmieren. Rator hielt sich seitlich des Tores. Wenn man etwas zu essen stehlen wollte, war es wichtig, vorher seinen Rückweg zu planen. Die wenigsten Bürger sahen einfach nur zu, wie man ihr Hab und Gut verspeiste oder aus dem Dorf trug, deswegen war es besser, sich mit seiner Beute schnell aus dem Staub zu machen.

Auch bei der Wahl seiner Hauptspeise musste man mit Bedacht vorgehen. Eine Kuh zu töten war einfach. Die Tiere waren dumm. Ihre Neugier schien größer als ihre Angst zu sein. Eine von ihnen zu erledigen fiel genauso leicht, wie einen Baum zu fällen. Wenn man aber das Gefühl kannte, mit einem Baum über der Schulter vor einem Mob aufgeregter Menschen flüchten zu müssen, wusste man, was den Huftieren diese gewisse Selbstsicherheit gab, von einem Oger nicht auf der Stelle getötet zu werden. Außerdem war eine Kuh selbst für einen hungrigen Oger ein etwas größerer Happen, als dieser bewältigen konnte. Am besten war es, zwei Schafe oder Ziegen zu nehmen. Man konnte sie bequem unter die Arme klemmen und dabei immer noch rennen. Eines tötete man in sicherer Entfernung und stillte seinen Hunger, das andere schleppte man noch ein paar Tage mit herum, damit es frisch blieb.

Rator setzte seinen Fuß auf den künstlich aufgeschütteten Wall. Die angespitzten Pfähle steckten nur lieblos in der Erde. Trotz des hart gefrorenen Bodens reichte ein Tritt des Ogers, damit sie umfielen. Anscheinend waren die Befestigungsanlagen nur so etwas wie ein Stammessymbol, denn einem Angriff hätten sie sicherlich nicht standhalten können. Schnell vergewisserte sich Rator eines Fluchtwegs, bevor er weiter ins Dorf eindrang.

Die Hütten der Bewohner standen allesamt leer. Wirklich jeder aus der Dorfgemeinschaft hatte sich im Langhaus eingefunden. Die Wohnhäuser unterschieden sich komplett von denen in Nelbor. Wenige Räume, in denen kein Platz verschwendet wurde, sorgten für einen rustikalen Eindruck. Bei den Häusern in Nelbor fragte man sich immer, wozu die vielen Stockwerke und Räume wohl gut waren, wenn doch nur wenige Personen in einem Haus lebten. Auch die Dächer hier waren nicht einfach mit flachen Ziegeln gedeckt. Man hatte Reisig auf ihnen verteilt und danach das Ganze mit Lehmerde verschmiert oder Grassoden darauf gepflanzt. Trotzdem sahen sie stabil aus und Rator schätzte, dass jedes dieser Dächer das Gewicht eines Ogers leicht tragen könnte. Auf Fenster hatten die Bauherren bei den meisten Häusern – anders als beim Langhaus – verzichtet.

Rator schlich zwischen den hölzernen Gebäuden umher. Irgendwo hier mussten die Menschen ihr Vieh untergebracht haben. An mehreren Holzgestellen hingen gegerbte Felle zum Trocknen, und in einem Unterstand lagen sorgfältig aufgestapelte Heuballen. Leider hatte keines der Felle eine annehmbare Größe. Sie hätten höchstens als Kopfbedeckung getaugt.

Wenig später zog Rator der Gestank von Viehmist in die Nase. Direkt neben dem Langhaus lag ein Pferch, und hinter dem niedrigen Gatter stand ein halbes Dutzend Schafe. Rator beschlich das Gefühl, dass sie ihn schon gewittert hatten, denn sie wirkten irgendwie verängstigt. Mit hoch erhobenen Köpfen standen sie da, die Hinterteile dicht aneinandergedrängt, und versuchten, einen Platz in der Mitte der kleinen Herde zu ergattern.

Rator beschloss, zwei der Tiere zu greifen und dann wegzulaufen. Es bestand kein Grund, mehr Unruhe zu stiften als nötig. Er hätte genug Vorräte für die nächste Woche, und die Bauern in diesem Dorf würden den Verlust von zwei Schafen bestimmt verkraften können. Er wollte gerade zur Tat schreiten, da verstummten die Geräusche im Langhaus. Die Musik aus dem Inneren erstarb ebenso wie die Gespräche. Es wurde ruhig. Zu ruhig, um eines der Tiere aus dem Gatter zu zerren. Das panische Blöken eines Schafes konnte üblicherweise genauso viel bewirken wie die alarmierenden Rufe einer Stadtwache.

So abrupt, wie die Stille gekommen war, endete sie auch wieder. Das helle, metallische Klirren von Waffen hatte nichts gemein mit der Musik von vorher, doch für Rator war es eine Melodie, die er kannte und die ihn lockte. Diese Klänge hatten ihn sein ganzes Leben lang begleitet. Es war die Stimme des Kampfes, des Krieges und des Blutvergießens, von der er angezogen wurde wie von Sirenengesang.

Rator umrundete den Schafspferch in gebührendem Abstand, um die Schafe nicht unnötig in Aufruhr zu versetzen, und schlich hinüber zum Langhaus. Er hockte sich unter einen der geschlossenen Fensterläden und lauschte den wohl bekannten Lauten. Was mochte dort drinnen vorgehen? Es waren nur zwei Kämpfer, die aufeinander einschlugen, so viel konnte er aus den Geräuschen erschließen. Rator vermochte aus dem Klang von Schwertern, Äxten und Schilden mehr zu erkennen, als die meisten mit ihren Augen wahrnahmen. Er hörte das Klirren von Schwertern, wie sie von Schilden geblockt oder Klinge an Klinge pariert wurden.

Rator war sich sicher, dass dort ein Bastardschwert aus Bronze und ein normales Breitschwert sowie zwei Buckelschilder zum Einsatz kamen. Die Bewegungen der beiden Krieger waren schnell und leichtfüßig. Sie trugen keine Rüstungen. Mit der Zeit wurden ihre Schläge langsamer und kraftloser. Die Waffen, mit denen sie kämpften, schienen zu schwer und zu unhandlich für die Kämpfenden zu sein. Das Blocken mit den Schilden raubte ihnen die letzte Kraft. Trotzdem würde so bald kein Blut fließen, denn die beiden Krieger kämpften nicht ums Überleben. Sie wollten einander nicht töten, nur wissen, wer der Stärkere war. Es war ein Kräftemessen unter Freunden.

Rator setzte auf den Krieger mit dem Bronzeschwert. Doch um zu wissen, ob er wirklich richtig getippt hatte, musste er einen Blick durch die Fensterläden riskieren. Wahrscheinlich würde ihm die Sicht ohnehin durch eine gaffende Menge verwehrt bleiben, aber er wollte es zumindest versuchen.

Behutsam drückte er seinen Daumen unter einen Flügel des Fensterladens und versuchte ihn zu öffnen. Er hatte Glück. Er konnte ihn ein Stück weit aufziehen, bevor ein Haken an der Innenseite das weitere Öffnen verhinderte. Vorsichtig schob Rator seinen Kopf vor den Spalt und blickte in die lang gestreckte Halle. Es waren vor allem Frauen jeglichen Alters, die sich hier versammelt hatten. Die Männer waren eindeutig in der Unterzahl, wobei man auch bei den vorhandenen kaum von Männern sprechen konnte – eher handelte es sich um Kinder und Jugendliche auf dem Weg zum Manne. Genau wie überall in Nelbor gab es auch hier keine Neugeborenen, weder Jungen noch Mädchen.

Gemeinsam saßen die Dorfbewohner andächtig auf dem kahlen Holzboden und besahen sich den Kampf zweier Jungen, deren Alter Rator auf ungefähr zehn schätzte. Es war sicherlich nicht das erste Mal, dass diese Jungen eine Waffe in der Hand hielten. Ihre Attacken und Paraden schienen genau einstudiert. Auch wenn ihnen noch die Kraft fehlte, die Waffen mit letzter Konsequenz zu führen, erkannte Rator, dass aus ihnen einmal hervorragende Krieger werden würden. Es dauerte Jahre, einen Kampfstil so zu entwickeln, wie die beiden ihn an den Tag legten. Somit mussten sie nach dem Laufen gleich das Kämpfen erlernt haben. Rator war beeindruckt. Bei Ogern begann das Leben auf ähnliche Weise, nur dass man jungen Ogern noch keine ausgefeilten Kampftechniken beibrachte, sondern sie vielmehr zu Kraft und Ausdauer erzog.

Rator hätte gern noch länger zugeschaut, doch die Gefahr, dass ihn jemand entdeckte, war einfach zu hoch. Und vielleicht warteten die Frauen mit ihren Kindern nur auf ihre Männer, die von der Feldarbeit heimkamen. Obwohl Rator sich nicht vorstellen konnte, dass jemand in diesem kargen Land Feldarbeit betrieb, schien es ihm dennoch sicherer, schleunigst zu verschwinden. Ein Zusammentreffen mit den Erzeugern dieser Kinder versprach eine wirkliche Herausforderung zu werden. Momentan jedoch wollte Rator sich nur mit Essen versorgen und einen Gott finden. Letzteres sollte ohnehin schwer genug werden, auch ohne das Kräftemessen mit einem Dorf voller kämpferischer Bauern.

Rator fiel die Entscheidung, sich von den Geschehnissen im Langhaus abzuwenden, wesentlich leichter, als er das tiefe Knurren hinter sich wahrnahm. Immer noch hockte er neben dem Fenster und drehte seinen Kopf mit Bedacht, während seine Hand langsam zum Griff seiner Axt glitt. Sein Blick fiel auf drei dunkelhaarige Vierbeiner. Rator konnte nicht mit Bestimmtheit sagen, ob es sich bei ihnen um Hunde handelte oder um irgendwelche Missgeburten. Die Tiere waren kleiner und gedrungener als die wolfsähnlichen Hunde, die er aus Nelbor kannte. Ihr Fell war kürzer und hatte etwas Borstenartiges. Das ganze Erscheinungsbild der Viecher glich einer Mischung aus Hund und Wildschwein.

Rator hasste Hunde. Im Grunde waren sie für ihn nichts anderes als der Goblinersatz von Menschen. Sie besaßen nicht viel Kraft, waren immer in Aufregung und schafften es durch ihr lautstarkes Gekläff, innerhalb von wenigen Augenblicken alle in Alarmzustand zu versetzen. Allerdings wusste Rator auch, dass es nicht klug war, ihnen zu zeigen, was man von ihnen hielt.

Er überwand seine Abneigung und hielt den drei Schweinehunden die Hand hin. Er hatte gesehen, wie Menschen dies getan hatten, um die Zuneigung der Tiere zu gewinnen. Einer der Schweinehunde bewegte sich vorsichtig auf Rator zu. Die Lefzen des Tiers bewegten sich nach oben und entblößten eine Reihe von gelb verfärbten Reißzähnen. Erst jetzt erkannte Rator, dass es sich eigentlich nicht um einen Hundekopf handelte, sondern vielmehr um ein fellumspanntes Gebiss mit zwei Augen. Das Knurren hörte sich mit jedem Schritt, den das Tier tat, bösartiger an. Entweder kannten die Tiere das merkwürdige Ritual des Handausstreckens nicht, oder es funktionierte nur bei Menschen.

Ehe er sich versah, hatte sich der Hund in Rators Hand verbissen. Fast gleichzeitig begannen die anderen beiden einen wilden Reigen und drehten sich laut kläffend um ihre eigenen Achsen. Was die Kraft dieser Tiere anging, musste Rator seine Meinung revidieren. Er spürte, wie die Zähne des Hundes seinen Handrücken mit Leichtigkeit durchbohrten und ein Mittelhandknochen unter der Kraft des Bisses brach. Trotz seiner Schmerzen bewahrte Rator die Ruhe. Die Hunde sorgten schon für genügend Aufregung, auch ohne dass ein wild fluchender Oger das Dorf um sich versammelte.

Er sprang auf und trat nach den beiden behaarten Wirbelwinden vor sich. Doch die Hunde ließen sich nicht davon abbringen, weiterhin Alarm zu schlagen. Genauso wenig wie der Köter, der von seiner Hand herabhing und versuchte, ihn zu verspeisen, auch nur einen Deut locker ließ. Es konnte nicht mehr lange dauern, dann würde das ganze Dorf sich bei ihm einfinden. Also galt es, sich schnell noch das zu nehmen, was er wollte, und von hier zu verschwinden.

Rator versuchte, den Hund von seiner Hand abzuschütteln, doch der ließ immer noch nicht los. Selbst nach einigen Schlägen auf den Schädel wollte das Tier nicht locker lassen. Der Hund rollte nur hektisch mit den Augen, knurrte bösartig und biss kräftiger zu. Rator packte seine Axt kurz hinter der Klinge. Er schlug den Hund gegen die Wand des Langhauses und wollte ihm gerade den Garaus machen, da strömten die ersten Bewohner des Dorfes zur Tür heraus. Frauen und Kinder, bewaffnet mit Speeren, rannten auf die bellenden Hunde und auf Rator zu.

»Ein Bär«, schrie eine junge Frau. »Tötet ihn, bevor er das Vieh reißt.«

Rator blieb keine Zeit, er musste verschwinden. Ein Kampf gegen Frauen und Kinder war die Sache nicht wert. Er war ein Kriegsoger, kein Schlächter. Irgendwo würde sich eine andere Gelegenheit für ihn ergeben, seinen Hunger zu stillen.

Rator trat den Rückzug an. Auf demselben Weg, den er gekommen war, rannte er zurück zum Wall. Mit zwei großen Schritten hatte er die Barriere hinter sich gelassen. Irgendjemand pfiff die Hunde zurück und gab ihnen Kommandos, beim Vieh zu bleiben. Wenig später wurden die ersten Fackeln im Dorf entzündet, und Rator sah die langen Schatten der Bewohner an den Hauswänden, die nach ihm suchten. Als sie die Lücke im Wall entdeckten, war er schon viele hundert Schritt vom Dorf entfernt.

Rator schlug wieder die Richtung ein, die ihm der Staub aus dem Beutel am Morgen gewiesen hatte. Gut zwei Stunden hatte er bei der Suche nach Essen verloren. Diese Zeit galt es, jetzt wieder einzuholen. *Von Sonnenaufgang bis Sonnenuntergang*, wiederholte er Tusfells Worte in Gedanken.

Der Hund hing immer noch an seiner Hand. Rator hatte den Brustkorb der Bestie unter die Achsel geklemmt und presste nun beim Laufen die Luft aus den Lungen des Tieres. Nach einiger Zeit schwand die Gegenwehr des Hundes, trotzdem ließ sich sein Kiefer nicht öffnen.

Rator erreichte einen kleinen Hügel, umsäumt von Tannen. Hier würde er sein Nachtlager aufschlagen und sich mit dem Essen zufrieden geben, dass ihm Tabal zugestanden hatte. Der Hund war bereits tot, und Rator musste ihm den Kiefer brechen, um ihn von seiner Hand zu lösen. Geschickt häutete er das Tier mit seiner Axt und trennte sich eine Keule ab. Über einem Feuer garte er das Fleisch. Bevor er den ersten Bissen tat, blickte er auf den übrig gebliebenen Kadaver.

»Rator hoffen, du nicht schmecken, wie du aussehen, und Fleisch nicht so zäh wie Willen.«

Gerade als er genüsslich in die Keule biss und feststellen musste, dass seine Befürchtungen noch übertroffen wurden, sah er einen Fackelschein einige Meilen zurück. Eine Gruppe Hüttenbauer folgte ihm.

6
Zurück ins Leben

Es war eine Sache, aus den weiten Grünlanden Nelbors zurück in den roten Sumpf zu kehren, eine ganz andere, aus den Bergen heimzukehren. Natürlich besaß jede Region in Nelbor ihre Eigenheiten und Herausforderungen, doch das war nicht der Grund für Mogdas Gemütsstimmung. Der Oger hatte sich an den Schnee und die Kälte in den Bergen gewöhnt gehabt. Auch das Leben in absoluter Einsamkeit hatte ihm nichts ausgemacht. Doch als er vor einer Stunde die Schneegrenze erreichte, hatte ihn das Gefühl befallen, die Zeit zurückgedreht zu haben. Er war nicht nur zurück aus den Bergen, er war zurück im Leben.

Dieses Gefühl schien an sich nicht unbedingt schlecht zu sein, aber Mogda wusste, dass es Probleme mit sich bringen würde. Je länger er darüber nachdachte, umso bewusster wurde ihm, dass eigentlich die fremden Barbaren ihn ins Leben zurückgeholt, während sie Usil herausgerissen hatten. Er war wie ein Stein, den jemand vom Gipfel geworfen hatte und der jetzt zurück ins Tal rollte. Jetzt kam es darauf an, was er alles mit sich riss. Er musste es schaffen, seine Richtung wieder selbst zu bestimmen.

Mogda hatte Usils Leichnam in das Fell des Höhlenbären gewickelt und sich das Paket dann über die Schulter gelegt. Er ging davon aus, dass die Krieger immer noch hinter ihm her waren. Sie loszuwerden hieß, sie zu töten. Momentan jedoch reichte es ihm, einen gebührenden Vorsprung zu halten. Vielleicht ergab sich die Gelegenheit, mehr über sie zu erfahren. Der Weg, den Mogda zum Abstieg gewählt hatte, würde die Menschen noch eine Weile aufhalten. Zuerst galt es, Usil zurück nach Hause zu bringen und ihm eine letzte Ruhestätte zu geben, danach würde er sich mit den Barbaren beschäftigen.

Der Abstieg aus den Bergen wurde zunehmend einfacher. Bald endete der Pfad an einem breiten Hang losen Gerölls. Von Schnee und Eis gab es hier keine Spur, er schien eine ganz neue Welt betreten zu haben. Was sie diesmal für ihn bereithielt, würde sich zeigen. Vorerst musste er zusehen, dass er schnell vorankam, um den Vorsprung vor seinen Verfolgern auszubauen oder wenigstens zu halten. Jemanden zu verfolgen, wenn man ihn sah, war einfach, doch wenn man nach Spuren suchen musste, kostete es Zeit. Zeit, die Mogda brauchte.

Das erste Mal seit vielen Monaten zog ihm wieder der faulige Geruch des roten Sumpfes in die Nase. Noch war er nicht nah genug heran, um Einzelheiten des im Tal liegenden Landstrichs zu erkennen, doch es konnte nur noch wenige Stunden dauern, bis er ihn erreichte. Mit weiten Schritten tastete sich Mogda über den losen Untergrund. Er wusste, dass man ihn von den höher gelegenen Bergflanken aus gut sehen konnte, deshalb hielt er auf eine Gruppe Felsen zu, die ihm Schutz vor neugierigen Blicken bieten würde. Nach kurzer Zeit erreichte er sein Ziel und verschwand zwischen den Felsen.

Schon nach den ersten Schritten wusste Mogda, dass die Wahl seines Versteckes nicht optimal ausgefallen war. Direkt vor ihm lagen zwei Orks auf dem Boden. Einem von ihnen steckte ein Schwert in der Brust, dessen Griff er noch mit den Fingern umklammerte – vermutlich war es sein eigenes. Der andere war gespickt mit Armbrustbolzen. Etwas weiter entfernt lag ein dritter, dem anscheinend die Beine fehlten. Egal wer die Orks überrascht hatte, er musste schnell und kräftig gewesen sein. Nichts deutete auf einen längeren Kampf hin. Der erschossene Ork hatte noch nicht einmal Zeit gehabt, sein Schwert zu ziehen.

Mogda legte Usils Leichnam vorsichtig ab. Immer noch eingehüllt in das Bärenfell, lehnte er ihn an die Felsen. Noch bevor er sich den toten Orks zuwenden konnte, um sie zu untersuchen, hörte er ein herablassendes Grunzen in seinem Rücken.

»Wen haben wir denn da? So weit weg vom Drachenberg, Fettsack? Es ist gefährlich für einen Oger, so ganz allein durch die Berge zu reisen. Die Berge sind die Heimat der Orks, und wer sie überqueren will, sollte besser Wegezoll zahlen.«

Mogda drehte sich äußerst bedächtig um und achtete darauf, seine Hand nicht auf den Schwertgriff zu legen. Orks waren nicht gerade dafür bekannt, besonnen zu reagieren, besonders nicht im Umgang mit Gegnern, die mindestens viermal so viel wogen wie sie selbst. Mogda war nicht vom Berg heruntergekommen, um hier mit einem Pfeil im Rücken zu enden.

Er sah in das Gesicht des hämisch grinsenden Orks. Aus Sicherheitsgründen hatte sich dieser oben auf einem Felsen postiert. Vier weitere seiner Kameraden lungerten hinter ihm herum. Zwei von ihnen trugen die typischen Hornbogen der Orks und zielten auf Mogda. Ihre Rüstungen waren bunt zusammengewürfelt, die Waffen schlecht gepflegt und der Rest der Ausrüstung ziemlich heruntergekommen. Dies war einer der Trupps, die das Land durchstreiften auf der Suche nach leichter Beute. Viele der Orks und Trolle hatten sich wieder zu größeren Familienverbänden zusammengetan und lebten an festen Orten. Nur diejenigen, die für die Gemeinschaft keinen sonderlich großen Wert hatten, blieben auf sich allein gestellt, so wie diese Aasgeier.

Mogda hatte im Laufe der Zeit dazugelernt. Er wusste, dass es nicht sonderlich klug war, gleich draufloszureden. Sein Name und seine Sprachfähigkeit verrieten den anderen schnell, mit wem sie es zu tun hatten. Mit seinem Aussehen allein konnten die Orks hingegen nicht viel anfangen. Für sie sah ein Oger aus wie der andere. Diese Tatsache fand Mogda sehr befremdlich, da Orks anscheinend problemlos ihresgleichen auseinanderhalten konnten, obwohl sie alle aussahen wie Geschwister und dies wahrscheinlich auch waren.

»Dies nicht sein Wege von Troll«, antwortete Mogda gebrochen, auch wenn es ihm schwerfiel.

»Nicht ›Wege von Troll‹, du Dummkopf. Wegezoll! Du musst etwas bezahlen, wenn du hier durchwillst. Hast du das verstanden?«

Mogda trug nichts bei sich, auf das er bedenkenlos hätte verzichten können. Genau genommen hatte er noch nie etwas besessen, was so nutzlos für ihn war, dass er es diesem Gesindel überlassen hätte. Dennoch interessierte er sich brennend dafür, wie weit er die Forderung herunterhandeln konnte. Es war immer gut zu wissen, wie viel das eigene Leben wert war. Mürrisch drehte er sich um und schulterte wieder das Bärenfellpaket. Doch noch bevor er einen Schritt seiner vermeintlichen Rückreise in die Berge antreten konnte, schrie der Ork ihn an, außer sich vor Wut. »Wo willst du hin, Fettsack? Bleib stehen, oder wir verfüttern dich an die Hunde.«

Mogda drehte sich wieder dem Ork zu und schaute sich suchend um. Zu irgendeiner Zeit musste sich diese Drohung im Kopf des Truppführers festgesetzt haben. Er fand sie sicherlich passend und Angst einflößend, doch zeigte sie bestimmt bessere Wirkung, wenn man tatsächlich Hunde dabeihatte.

»Gehen woanders«, brummte Mogda. »Nicht haben Sachen für bezahlen Weg.«

»Zu spät, Fettsack. Du bist schon in unserem Gebiet. Entweder du leerst deine Taschen oder ...«

Mogda wollte ihn nicht dazu verleiten, seine lächerliche Drohung ein zweites Mal auszusprechen. Er zog das zerrissene Innenfutter seiner Hosentasche heraus und ließ es demonstrativ baumeln.

»Stell dich nicht dümmer, als du bist«, fauchte der Ork ihn an.

Nur zu gern hätte Mogda der Forderung entsprochen, doch momentan war es besser, seine Identität und sein Reiseziel für sich zu behalten. Seine Verfolger würden sich keine Gelegenheit entgehen lassen, an das Runenschwert zu gelangen. Würden sie einen von den Orks in die Finger kriegen, hätten sie keine Probleme, ihm alle Informationen zu entlocken. Allein für die Andeutung der Möglichkeit, ihn wieder laufen zu lassen, würde jedes Grünblut seinen eigenen Stamm verraten. Mogda sah nur zwei Möglichkeiten: Entweder die Orks machten sich noch ein wenig lustig über ihn und ließen ihn dann laufen, oder er machte sich noch ein wenig lustig über sie und tötete dann alle. Die fünf besaßen nicht genug Courage, um sein Schwert als Wegepreis zu fordern. Sie wussten, das würde zum Kampf führen. Somit blieb bloß das Bärenfell und sein Inhalt.

»Fell gut für schlafen auf Erde. Viele Jahre gute Dienst. Fell riechen nach Heimat«, sagte Mogda und klopfte dabei den Staub aus der Rolle. Er hoffte, dass würde die Kerle ein wenig abschrecken.

»Was hast du darin eingewickelt?«, fragte der Anführer.

Mogdas Plan schien nicht aufzugehen. Wenn sie Usils Leichnam entdeckten, würde das nicht nur eine Menge Fragen aufwerfen, sie würden den Alten auch plündern wollen. Bei Orks bekam das Wort Plünderung eine ganz neue Bedeutung. Sie begnügten sich nicht damit, alle Taschen eines Toten nach Wertsachen zu durchsuchen, sie nahmen ihm Schuhe, Kleidung, kurz, das gesamte Hab und Gut ab, erst dann waren sie in der Regel zufrieden gestellt. Und war dem nicht so, schnitten sie dem Toten zudem noch die Ohren oder auch ein oder zwei Finger ab, um sie mit Stolz an einer Kette um den Hals zu tragen.

»Ist Dörrfleisch und Wasser für Weg zurück.«

Der Orkchef musterte Mogda. Er schien nicht glauben zu wollen, was ihm der Oger erzählte. Andererseits wog er vermutlich auch ab, dass es nicht ganz ungefährlich war, jemanden Lügen zu strafen, der einem das Fleisch von den Knochen nagen konnte, ohne dabei satt zu werden. Die Augen des Grünblutes verengten sich. Beherzt schlug er sich mit dem Knauf seines Schwertes gegen den Brustpanzer, wohl als Signal für seine Kameraden, dass es nun ernst wurde, denn die Haltung der vier straffte sich.

Der Anführer sprang von seinem Felsen herunter und trat Mogda mit verunsicherter Miene entgegen. Die beiden Bogenschützen im Hintergrund konnten ihm kaum Sicherheit verleihen, denn ebenso wie Mogda wussten die Orks natürlich auch, dass ein Oger nur schwer mit Pfeil und Bogen niederzustrecken war. Und der Anführer wäre der Erste, der starb, wenn die Schüsse nicht saßen. Zudem war es genauso riskant wie dumm, sich darauf zu verlassen, dass seine Kameraden ihm zur Hilfe eilen würden, wenn es hart auf hart ging. Wahrscheinlich waren sie schon außer Sicht und stritten sich um seine Nachfolge, wenn er blutig zu Boden fiel.

»Zeig her, was du hast«, knurrte der Anführer. Auf seine geschmacklosen Titulierungen verzichtete er diesmal. Das war auch besser so, dachte sich Mogda, denn schließlich befand sich der Ork in Armreichweite.

Mogda stand regungslos vor dem Ork und schaute auf diesen hinunter. Mit seinem Blick wollte er sagen: *Komm näher, und du stirbst. Fass mich an, und du stirbst. Bedrohe mich, und du stirbst. Im Grunde genommen ist es egal, was du tust, du stirbst so oder so.*

Der Orkanführer fuchtelte mit seinem Schwert herum. Nicht so, dass es einer Bedrohung oder geschweige denn einem Angriff gleichkam, aber so, dass man wusste, er besaß ein Schwert. Mogda fand das Rumgehampel des Orks enervierend. Langsam zählte er in Gedanken rückwärts.

Es war ebenso komisch wie traurig mit anzusehen, was aus den einstigen Kriegsschergen Tabals geworden war. Ohne eine Peitsche im Rücken, die sie auf die Schlachtfelder trieb, waren sie nichts anderes als Bettler und Plünderer, die nur in der größten Not so etwas wie Mut hervorbrachten. Die Spitze des gekrümmten Orkschwertes kreiste nun in enger werdenden Bahnen um Mogdas Bauch – jedoch immer noch, ohne gefährlich zu wirken.

Mogda war mit dem Zählen bei zwei angekommen, als jemand den Ork zurückpfiff. Von der Stimme in seinem Rücken ging mehr Bedrohlichkeit aus als von dem Schwert vor seinem Bauch.

»Lass ihn in Ruhe, Grunthnak. Du wärest nicht der Erste, der durch das Runenschwert der Ettins gerichtet wird. Und du würdest auch nicht der Letzte sein, der sich durch Mogdas spitze Zunge zu einer Dummheit hinreißen ließe.«

Mogda brauchte sich nicht umzudrehen. Er kannte die Stimme. Obwohl er sie nur wenige Male gehört hatte, war sie ihm wie ins Gedächtnis eingebrannt.

»Wie ich sehe, spielst du immer noch den Beschützer. Weiß Tusfell, mit wem du dich hier herumtreibst, Nokrat?«, fragte Mogda und drehte sich um.

Grunthnak, wie der Troll ihn genannt hatte, kam aus dem Staunen gar nicht mehr heraus. Ob es nun daran lag, dass Nokrat und Mogda sich kannten, ein Oger der Sprache mächtig oder Mogda einfach Mogda war, ließ sein Gesichtsausdruck nicht erkennen. Auf jeden Fall hatte er aufgehört, mit seinem Schwert herumzufuchteln.

In Mogdas Erinnerung war Nokrat schon damals eine Ausgeburt an Kraft gewesen, doch das erneute Zusammentreffen mit dem Beschützertroll ließ das Bild in seiner Erinnerung als farblosen Schatten erscheinen. Bei jeder Bewegung des Trolls sah man das Spiel der Muskeln unter dem lichten Fell. Straff gespannte Lederbänder an den überlangen Armen und Beinen formten seinen Körper zusätzlich und drohten, unter der Anspannung zu zerreißen. Ein Lederpanzer schützte seine Brust, und an seinen Gelenken sowie auf der Schulter waren Metalldornen angebracht. Seine donnernde Stimme unterstrich sein bedrohliches Äußeres zusätzlich. Gelbe Augen funkelten den Oger an.

»Tusfell hat mich aus ihren Diensten entlassen. Vor etwas über einem Jahr traf sie sich mit einem Kriegsoger. Sie übergab ihm einen kleinen Beutel. Als er wieder verschwunden war, sagte sie mir, dass ihre Aufgabe erfüllt und ich frei sei.«

Mogda war die Trollschamanin schon damals merkwürdig vorgekommen. Sie erweckte stets den Anschein, mehr zu wissen, als sie erzählte. Die düstersten Prophezeiungen schienen ihr kein Rätsel aufzugeben, und das Wissen über die Götter war ihr niemals fremd. Nun sollte sie plötzlich in der größten Not alle ihre Aufgaben als getan ansehen? Das konnte nicht sein. Mogda jedoch interessierte eine andere Frage viel brennender.

»Wer war der Kriegsoger, mit dem sich Tusfell getroffen hat?«

»Es war Rator.«

Die Antwort verblüffte Mogda nicht unbedingt, doch leider warf sie mehr neue Fragen auf, als ihm lieb war.

»Weißt du, was in dem Beutel war oder wohin Rator damit gegangen ist?«, fragte er.

Nokrat schüttelte den Kopf. Plötzlich sprang er mit einem Satz zwischen Mogda und den Orkanführer. Seine Klaue packte das Orkschwert an der scharfkantigen Klinge. Grunthnak ließ den Troll gewähren. Scheinbar wagte er nicht, diesem die Waffe wieder zu entreißen.

»Was ist hier passiert?«, grollte Nokrat. »Wer hat die drei da getötet?«

Grunthnak blickte auf die toten Orks herab, als ob er sie zum ersten Mal sah. Seine Augen verengten sich, und ungewollt stieß er einige Knurrlaute aus.

»Sie haben nicht aufgepasst«, zischte er. »Sie haben sich nicht an meine Anweisungen gehalten. Ich habe sie auf Erkundung geschickt. Die drei hätten auf das hören sollen, was ich ihnen gesagt habe. Sie sollten sofort zurückkommen. Selbst Schuld, wenn sie meine Befehle missachten. Wir haben sie auch erst gerade gefunden. Als wir ankamen, stand dieser Oger über sie gebeugt. Wahrscheinlich hat *er* sie umgebracht.«

Mogda hatte keine Gelegenheit, sich gegen die Vorwürfe zu wehren. Das brauchte er auch nicht, denn Nokrat durchschaute die Lügen von Grunthnak sofort. Blitzschnell packte der Troll den Orkanführer am Hals und hob ihn in die Höhe. Wie ein erlegtes Stück Wild ließ dieser die Prozedur des Trolls über sich ergehen. Nokrat bog den Körper des Orks hin und her und schnüffelte dabei an ihm herum, als ob er Witterung nach etwas aufnehmen wollte. Dann ließ er ihn urplötzlich fallen. Noch bevor Grunthnak sich wieder aufrappeln konnte, setzte Nokrat seinen Fuß auf die Brust des am Boden liegenden Orks.

»Du stinkst nach Lügen«, brüllte Nokrat. Sein Speichel tropfte an den großen gelben Hauern vorbei in Grunthnaks Gesicht. Nokrat beugte sich noch ein Stück weiter über den Ork. Seine Faust donnerte kurz hinter Grunthnaks Kopf auf den Boden. Mit der anderen Hand hielt er immer noch die Klinge des Schwertes seines Truppführers fest. Mit Leichtigkeit drückte er die Spitze der Waffe an den Hals des Orks. »Sag, was du gesehen hast, oder du wirst deinen toten Kameraden in die gottlosen Reiche folgen.«

Die Drohung zeigte Wirkung. Jemandem zu sagen, er würde sterben, wenn er dies oder das nicht tat, kam in dieser Gegend zu häufig vor, um das allein ernst zu nehmen. Wenn man sich dann aber in der Lage befand, diese Drohung auch wahrzumachen, hatte man schon halb gewonnen. Doch der wirkliche Beweggrund für den schnellen Sinneswandel des Orks lag sehr wahrscheinlich in der Aussicht darauf, zu sterben und dann nicht an der Seite eines Gottes zu sitzen, sondern im ewigen Nichts zu enden.

»Wir waren hier«, stöhnte Grunthnak. »Wir saßen hinter den Felsen auf der anderen Seite und haben geschlafen. Es ging alles so schnell. Als wir sie bemerkten, waren Hroknak und Natztrak bereits tot. Sie hatten Krachnaz eben überwältigt und fragten ihn nach irgendeinem Oger aus. Er wusste aber nichts, da haben sie ihn auch getötet.«

»Wie viele waren es?«, hakte Nokrat nach.

»Mindestens ein halbes Dutzend. Es waren Menschen aus dem Norden. Fremde Krieger, mit Fellen bekleidet.«

Mogda wusste sofort, von welchen Fremden Grunthnak sprach. Ebenso klar war ihm, dass es nicht dieselben sein konnten, die ihm auf dem Gipfel aufgelauert hatten. Diese hier besaßen Armbrüste, eine Waffe, die beim Besteigen von Bergen äußerst hinderlich war. Außerdem konnten sie ihn unmöglich überholt haben.

»Nach wem haben sie gesucht?«, mischte sich Mogda ein.

Grunthnak warf ihm einen hasserfüllten Blick zu, doch als der Troll den Druck der Schwertspitze auf dessen Hals erhöhte, brach der Ork sein Schweigen.

»Sie suchten nach einem Oger mit einem Kristallsplitter.«

Nokrat nahm den Fuß von Grunthnaks Brust und ließ die Klinge los. Der Anführer der Orks krabbelte auf allen vieren in Sicherheit. Er lehnte sich an einen der Felsen und rieb sich die Abschürfungen am Hals. Nokrat beachtete ihn nicht weiter.

»Sie suchen Gnunt«, sagte der Troll

»Was weißt du über Gnunt?«, wollte Mogda wissen.

»Er hat den schwarzen Splitter. Er weiß nicht, welche Macht der Splitter hat, aber er passt gut auf ihn auf. Du hast ihm doch den Kristall gegeben.«

Natürlich wusste Mogda das selbst. Er wunderte sich nur darüber, dass dieses Geschenk jetzt so viel Aufsehen erregte und anscheinend jeder darüber Bescheid wusste. War dieser Splitter doch mehr als nur ein Stück verbrannter Stein?

»Was ist der Splitter, und warum suchen ihn die fremden Krieger?«, fragte Mogda.

Nokrat schüttelte den Kopf. »Ich weiß es nicht. Ich weiß nur, dass Gnunt seit Jahren im Tannenverlies ist und dort in einem Turm hausen soll, wo er den Splitter bewacht.«

»Bewacht wovor?«

Wieder bekam Mogda keine Antwort.

»Lass mich raten – wieder ein Geheimnis von Tusfell?«

Keine Antwort war auch eine Antwort. Wieder einmal hatte die Trollschamanin ihre Hand im Spiel. Sein Schwert und der schwarze Splitter waren der Schlüssel für etwas. Wenn es stimmte, was der fremde Krieger ihm erzählt hatte, waren diese Gegenstände Artefakte – Artefakte von Tabal? Mogda war nicht sonderlich bewandert mit den göttlichen Prophezeiungen, doch eine war ihm noch in guter Erinnerung. Rator und die anderen Kriegsoger waren seit jeher auf der Suche nach Tabals Artefakten. Vor vielen Jahren hatte sich dann herausgestellt, dass diese so genannten göttlichen Geschenke nur ein Lügengespinst waren, um die Oger unter Kontrolle zu halten. Aber was wäre, wenn in dieser Geschichte doch ein Funken Wahrheit steckte?

Mogda versuchte, das Puzzle in seinem Kopf selbst zusammenzusetzen. Die Artefakte sollten gesucht und gefunden werden. Wenn man alle zusammenhatte, so erzählte die Prophezeiung, würde Tabal in Fleisch und Blut erscheinen und sein Recht fordern ... oder so ähnlich. Das alles hörte sich doch mehr nach einem ausgeklügelten Plan an, Orks, Oger, Trolle und Goblins unter der Fuchtel zu halten. Es erinnerte Mogda eher an ein Kindermärchen als an einen echten Orakelspruch.

Den meisten Sippen der genannten Völker reichte diese Geschichte natürlich vollkommen aus, um ganze Städte in Schutt und Asche zu legen oder ihr Leben mit der Suche nach diesen Artefakten zu verbringen, doch dadurch wurde sie auch nicht glaubwürdiger. Außerdem war Mogda es endgültig satt, hinter seinem Schicksal oder dem der anderen herzulaufen. Da es eh unausweichlich war, konnte man sich ruhig ab und zu hinsetzen und ausruhen. Die meisten Pläne der Götter schienen ohnehin besser im Sitzen zu ertragen zu sein.

Die ganzen Jahre hatte Mogda nichts anderes getan, als sich seinem Schicksal zu stellen – und was hatte er damit erreicht? Anstatt einem Gott zu huldigen, der nach Fisch roch und keine Schuhe trug, gab es jetzt gar keine Götter mehr. Es war nur noch eine Frage der Zeit, bis der letzte vierhundert Jahre alte Zwerg irgendwo in einem Erdloch den Löffel abgab. Falls dann eines Tages die Götter wieder erwachten oder von ihren Reisen zurückkamen, würden sie eine Welt vorfinden, die außer Grünzeug und hirnlosen Krabbeltieren nicht mehr viel zu bieten hatte. Wenn es das war, was das Schicksal für alle bereithielt, konnte man sich ruhig zurücklehnen und ein Nickerchen halten.

Momentan waren nur zwei Sachen wichtig: Usil musste zurück nach Hause, und jemand musste Gnunt warnen.

Während Mogda diese Überlegungen hin und her wälzte, starrte Nokrat ihn die ganze Zeit über an. Er schien ihn mit seinem Blick richtig zu durchbohren, so als ob er dadurch seine Gedanken lesen könne. Mogda hoffte, dass dem tatsächlich nur so schien. Seine Entscheidung würde dem Troll ohnehin nicht gefallen.

»Ich habe Freunde, um die ich mich kümmern muss. Wieder einmal hinter Göttern und Sagen herzurennen, habe ich keine Lust. Ich bringe Usil nach Hause, und wenn ich auf dem Weg durch das Tannenverlies auf Gnunt treffen sollte, sage ich ihm, dass eine Gruppe Hüttenbauer, verkleidet als Pelzhändler, Jagd auf ihn macht. Mehr werde ich nicht tun. Hast du verstanden, Nokrat? Glaube ja nicht, dass du und deine Schamanin mich wieder in eure Spielchen verstricken könnt.«

Nokrat sah ihn immer noch mit seinem versteinerten Blick an. Dann brach der Troll sein Schweigen. »Gut, das ist die richtige Entscheidung«, war alles, was er sagte.

Die Stellungnahme des Trolls war kurz und unerwartet, dennoch lag sie Mogda schwer im Magen. Hatte er nicht verstanden, oder war es ihm egal? Mogda hatte versucht, ihm klarzumachen, dass er bei dem Spiel der Götter nicht mehr mitmachte. Seit Jahren scheuchte man ihn durch die Gegend, und jetzt, wo er keine Lust mehr hatte, kümmerte es keinen?

Nokrats Gesichtsausdruck spiegelte keinerlei Unsicherheit oder Unverständnis wider. Vielleicht war er auf Mogdas Antwort gefasst gewesen, oder ... es war genau das, was er wollte und was alle anderen von ihm erwarteten.

Mogda war noch verunsicherter als zuvor. Jetzt kam es darauf an, standfest zu bleiben.

»Ich mache mich dann auf den Weg«, sagte er unbeirrt.

»Gut«, war die einzige Erwiderung des Trolls.

Mogda schaute noch einmal in die Runde. Die Orks hatten anscheinend nicht viel von dem Gesagten begriffen. Sie starrten trübsinnig zu Boden oder wischten verlegen über ihre Waffen und Rüstungen. Mogda setzte sich in Bewegung. Mit Usil über der Schulter kletterte er die Felsen hinab. Bis zum Abend musste er es geschafft haben, den roten Sumpf zu erreichen. Dort konnte er Rast machen. Die weite freie Fläche schützte ihn vor überraschenden Besuchern.

Mogda kam schnell voran, aber immer wieder hielt er einen Moment inne, weil er meinte, verfolgt zu werden. Mal waren es lose Gesteinsbrocken, die hinter ihm polternd bergab rollten, mal Schatten, die er zwischen den Felsen sah. Oder dieses unbestimmte Gefühl, beobachtet zu werden. Noch bevor die Sonne unterging, erreichte er das Tal. Die rote Erde war ganz rissig durch das häufige Aufweichen und Austrocknen. Die wenigen Pflanzen, die sich hier breitgemacht hatten, trotzten allen Widrigkeiten. Selbst den schweren Schritten von Ogern erwehrten sie sich mit nadelspitzen Stacheln, die mühelos durch das feste Leder seiner Schuhe stachen.

Bevor Mogda jedoch nur einen Schritt auf die Ebene setzen konnte, wurden seine Pläne, auf dieser ein Lager aufzuschlagen, bereits durchkreuzt. Denn jemand hatte schon vor ihm diese Idee gehabt. Jemand, dem es nichts auszumachen schien, wenn das nasse Holz im Feuer

Rauschschwaden bis in den Himmel schickte. Jemand, der nicht wusste, welches Schicksal die Wüste für einen bereithalten konnte. Kein Bewohner Nelbors wäre so töricht, in dieser Gegend jede Aufmerksamkeit auf sich zu ziehen. Ebenso könnte man umherlaufen mit einem Schild, auf dem geschrieben stand: *Friss mich.*

Es musste sich um Fremde handeln. Dieselben Fremden, die auf dem Berg die Orks getötet hatten. Mogda konnte sie auf die Entfernung nur ungenau ausmachen, aber es waren wenigstens sechs der barbarischen Kämpfer. Sie liefen um das Feuer herum und verneigten sich bei jedem Schritt. Mogda ließ seinen Blick umherschweifen. Nirgends war ein Späher zu sehen. Anscheinend hatten die Fremden keine Wachen aufgestellt. Sie mussten sich ihrer Sache sehr sicher sein.

»Wir können es schaffen, alter Freund«, flüsterte er Usil zu. »Wir warten, bis es dunkel wird, dann schleichen wir uns einfach an ihnen vorbei.«

Mogda hatte sich im Laufe der Zeit daran gewöhnt, dass Usil nicht antwortete. Der einzige Unterschied zu sonst war, dass er wusste, dass sein Freund nie mehr sprechen würde.

»Das ist ein schlechter Plan«, zischte jemand hinter ihm. Der Akzent der Stimme glich dem des Kriegers aus den Bergen, nur der Tonfall klang heller.

Mogda zuckte zusammen. Seine Hand packte den Griff des Runenschwertes. Dann spürte er die Spitze einer Klinge im Rücken.

»Sie sind noch nicht so weit. Gib ihnen noch einen Moment, dann wirst du ihr wahres Ich erkennen.«

Mogda hatte in den letzten Jahren schon genug wahre Ichs gesehen. Er war überzeugt, dass diese hier ihn auch nicht mehr in Erstaunen versetzen konnten.

»Du bist ein Oger, stimmt's? Würde mich nicht wundern, wenn du einer von denen bist, die wir ...« Die Stimme erstarb, und fast gleichzeitig bohrte sich ein Speer in Mogdas Oberschenkel. Dem Geschoss fehlte die Wucht, was den Schmerz aber nicht geringer machte.

Mogda reagierte sofort. Einen zweiten Versuch, ihn ernsthaft zu verletzen, wollte er seinem Widersacher nicht erlauben. Er griff blindlings hinter sich und bekam den Schopf des Mannes zu packen. Mit einem Ruck riss er ihn über sich hinweg und klemmte das Haupt des Fremden zwischen seine Beine. Ein Dreizack steckte dem Mann im Rücken und färbte das graue Wolfsfell, das er trug, rot. Die Waffe hatte so viel Wucht besessen, dass sie den Körper ganz durchbohrt hatte. Mogda sah sich um. Nicht weit hinter ihm kauerten Nokrat und zwei seiner Orks auf einem Felsen.

»So wie es aussieht, laufen die Götter und Sagen hinter dir her. Du solltest besser aufpassen, sonst werden sie gezwungen sein, sich jemand anderen zu suchen, mit dem sie spielen können.«

Mogda verstand die zynische Bemerkung des Trolls, unterließ es aber, sie zu kommentieren. Sein ganzes Leben lang hatte er nichts verstanden, wenn andere auf diese Weise mit ihm sprachen. Erst seit dem Zusammentreffen mit dem Magier und dem Umlegen des Amulettes, das ihm Intelligenz verliehen hatte, wusste er diese Spitzen zu deuten, und fast jedes Mal endete es mit Blutvergießen. Am Besten war es, sie zu ignorieren – die zynischen Bemerkungen genauso wie ihre Redner.

»Vielen Dank, aber ich glaube, ich hätte es auch selbst geschafft«, sagte er.

»Ich weiß«, spottete Nokrat, »dein Schicksal hat es mir verraten.«

»Dann ist es ja gut. Hat es dir auch erzählt, was ich als Nächstes tun werde?«

Bis dato kannte Mogda nur zwei Gesichtsausdrücke bei Trollen: Der eine war übellaunig, der andere übellaunig-gelangweilt. Jetzt meinte er, etwas in Nokrats Gesicht zu erkennen, was an Stolz erinnerte.

»Du wirst den roten Sumpf durchqueren. Irgendwann wirst du irgendwo ankommen und das tun, was dir vorherbestimmt ist«, sagte Nokrat.

Mogda war es jetzt endgültig satt. Warum sollte sich immer alles um ihn drehen? Warum waren sich andere immer so sicher, dass sein Handeln irgendetwas mit Schicksal zu tun hatte?

»Das hört sich ja alles schön und gut an«, brummte Mogda. »Während ich also wie eine Marionette durch die Gegend trampele, schlagt ihr euch die Bäuche voll und wartet ab. Da hat euch das Schicksal ja eine wunderbare Rolle angedacht. Ich bin richtig froh, dass es euch gibt.«

»Uns ist auch eine Aufgabe angedacht«, erwiderte Nokrat.

»Lass mich raten«, spottete Mogda. »Ihr passt auf, dass der Sumpf nicht austrocknet und dass es gleich dunkel wird.«

Nokrat zog die Äxte aus den Schlaufen der nietenbesetzten Lederbänder, die sich vor seiner Brust kreuzten, und legte sie lässig auf den Schultern ab. So aufrecht stehend, war der Troll fast genauso groß wie Mogda. Würde sein Körper es ihm erlauben, die Beine durchzustrecken, hätte der Troll den Oger sogar noch um einen Fuß überragt.

»Wir gehen hinunter und fordern unser Wegegeld.« Dabei zeigte er auf die Gruppe Barbaren, die immer noch um das Feuer kreiste und den Tod ihres Kameraden nicht bemerkt hatte. »Die untergehende Sonne wird sie blenden, wenn wir ihnen entgegentreten.«

Einen schlechteren Plan hatte Mogda selten gehört. Nokrat setzte sein Leben und das seines Trupps aufs Spiel, nur um ein paar Münzen einzufordern, welche die Fremden ohnehin nicht besaßen. Selbst wenn es darum ging, die getöteten Orks zu rächen, gab es sicherlich bessere Wege.

»Sie werden euch töten, und wofür? Für nichts«, wandte Mogda ein.

»Vielleicht töten sie uns, aber sie werden nicht sehen, wie ein Oger an ihnen vorbei Richtung Süden geht.«

Mogda stockte der Atem. Das war noch dümmer. Sie brachten sich in Gefahr, weil sie glaubten, die Götter hielten für einen Oger eine Aufgabe bereit. Mogda wollte nicht, dass andere für ein Ziel kämpften, an das er selbst nicht glaubte. Alles, was Oger seit Anbeginn der Zeit getan hatten, war, Katapulte nachzufüllen. Oger sorgten dafür, dass andere ihre Aufgaben erfüllten, nicht andersherum.

Leider blieb Mogda keine Zeit, Nokrat von seinem Vorhaben abzubringen. Der Troll hatte bereits seine Orks um sich versammelt und kletterte die letzte Anhöhe hinab. Er hätte Nokrats Plan vereiteln können, indem er aufgestanden wäre, mit den Armen gewinkt und gehofft hätte, von den Barbaren entdeckt zu werden. Aber Mogda sah von diesem Plan ab, weil er überzeugt war, dass Nokrat ohnehin kämpfen würde. Außerdem war es unsinnig, gegen ein Schicksal ankämpfen zu wollen, dass es gar nicht gab. Wenn Nokrat sein Leben für ihn riskieren wollte, konnte er nur eines tun – sich beeilen.

Mogda rückte Usils Leichnam auf seiner Schulter zurecht und machte sich auf den Weg. Er hielt weder an, noch schaute er zu den Seiten. Er folgte einfach stur seinem Weg und hoffte, so schnell wie möglich aus der Sichtweite der Fremden zu kommen. Das Klirren der Waffen und das Gebrüll des Kampfes folgten ihm eine lange Zeit, doch irgendwann verstummten die Geräusche.

7
Die Kupfergrotte

In Osberg gab es eine Reihe von Herbergen. Wenn man jemanden auf der Straße nach einer nahe gelegenen Unterkunft fragte, wurden einem meist mehrere Möglichkeiten genannt. Die wenigsten scheuten davor zurück, ihre persönliche Empfehlung mit preiszugeben, egal, ob man sie nun hören wollte oder nicht. Die *Kupfergrotte* war eine Herberge, doch niemand in Osberg hätte sie einem Fremden als Übernachtungsmöglichkeit angeraten, mit Ausnahme vielleicht von Hagrim.

Die *Kupfergrotte* war sicherlich kein schlechtes Etablissement. Im Gegenteil, das wunderliche Talent des Gastwirtes, Meister Ostmir, das Lieblingsgetränk eines jeden Gastes zu erraten, sorgte für einen stets gefüllten Schankraum. Aber genau hierin lag das Problem. Das einst als Zuflucht für Reisende errichtete Gebäude verfehlte längst seinen eigentlichen Sinn. Nach und nach waren immer mehr Gäste gekommen, die nur Meister Ostmirs Fähigkeiten ergründen und auf die Probe stellen wollten.

Die abendlichen Kassen füllten sich mit den Einnahmen aus dem Ausschank. Schnell zeichnete sich ab, dass der Schankraum vergrößert und die Unterkünfte verkleinert werden mussten. Ein benachbarter Tischler bot seine Hilfe an. In Windeseile waren die Zimmer im Erdgeschoss und im ersten Stock umgebaut und bildeten nun offene Separees zum Schankraum. Einzig und allein die Schlafgelegenheiten unter dem Dach, die sonst den Schankmägden gedient hatten, blieben erhalten. Immer mehr Gäste kamen zum Trinken und immer weniger zum Übernachten. Die Herberge verwandelte sich in ein Gasthaus, und die wenigen Zimmer wurden vornehmlich von denen genutzt, die zu tief ins Glas geschaut hatten und nicht mehr den Weg nach Hause fanden.

Am heutigen Abend war nur eines der Zimmer belegt – und dieses noch nicht einmal offiziell. Cindiel wusste nicht, was schlimmer war, hier auf dreimal drei Schritt eingesperrt zu sein oder den allabendlichen Männergesängen aus dem Schankraum lauschen zu müssen.

Eine Woche war vergangen seit der Auseinandersetzung auf dem Marktplatz. Hagrim hatte Cindiel geraten, ein oder zwei Tage unterzutauchen, damit sich die Leute beruhigen konnten. Die Nachricht über die Zurschaustellung ihrer arkanen Fähigkeiten hatte große Kreise gezogen. Hinter jeder Ecke konnte man etwas von Feuersbrünsten, brennendem Regen oder glühenden Drachenschlangen hören. Obwohl außer einigen zerzausten Haaren und einem angebrannten Ornat kaum etwas passiert war, schien ihre Tat in aller Munde.

Der Hohepriester Ochmalat hatte dafür gesorgt, dass ihr eher persönlicher Zwist zu einem grundlegenden Eklat wurde. Ochmalat war einer der Priester, die an jenem Abend auf dem Brunnen gestanden hatten. Nach Hagrims Auskunft handelte es sich bei ihm um denjenigen, der mit seinem arkanen Windzauber die Macht der Priester hatte demonstrieren wollen. Ein einfältiger und leicht zu durchschauender Plan für einen echten Zauberer oder eine Hexe. Nichtsdestotrotz schien ihm die Art von Cindiels Zurechtweisung nicht gefallen zu haben. Dummerweise schien es so, dass Ochmalat ein guter Freund von Hohepriester Tyvell war, dem Vater von Finnegan. Cindiels Hoffnungen auf etwas Einsicht von Finnegans Vater und auf dessen Zustimmung zu ihrer Hochzeit schwanden damit ins Bodenlose.

Ochmalat ließ keine Gelegenheit aus, um an ihre Schandtat zu erinnern. Jeden Tag aufs Neue versammelte er die Gläubigen im Tempel des Prios' um sich, um gegen *die* zu hetzen, die versuchten, die fehlenden klerikalen Talente mit eigenen Mitteln zu ersetzen. Hexen, Kräuterkundige und Alchemisten standen ganz oben auf seiner Liste, angeführt von Cindiels Namen. Ochmalat nutzte seine Reden nicht nur, um diese Berufsgruppen zu verunglimpfen, sondern auch, um erneut zum Kampf gegen die Kreaturen Tabals aufzurufen.

Geschickt verwischte er die Wahrheit mit Lügengespinsten, verdrehte Fakten und zog Rückschlüsse, die zu neuen Wahrheiten wurden. In seinen Reden beschuldigte er alle, die mit Tabal im Bunde standen, für die derzeitige Notlage des Landes verantwortlich zu sein, und auch jene, die sich nur einen Frieden mit den Kreaturen des Chaosgottes vorstellen konnten. Er forderte im Namen Prios' zum heiligen Krieg gegen die Brut Tabals auf.

Von der Kanzel herab verkündete er mit ausgebreiteten Armen und der Stimme eines Rachegottes: »Der allmächtige Gott Prios wird sich so lange von den Menschen abgewandt halten, bis wir ihm zeigen, dass wir würdig sind, ihm zu dienen. Der Kampf gegen das Chaos und das Böse ist eine Aufgabe, der wir uns nicht entziehen können. Die Brut Tabals ist der Speer, der uns töten will, und Zweifler wie diese junge Hexe und einige andere sind ihr Schild. Wir müssen ihnen Einhalt gebieten, und wenn es nicht anders geht – sie richten.«

Immer wieder betonte er, dass er es verabscheute, Kinder des Prios' zu verurteilen, nur weil sie einen falschen Weg eingeschlagen hatten, doch es ginge nicht anders. Prios selbst hätte ihn an diesen Schwur gebunden.

Noch vor wenigen Wochen hätte Cindiel über solch einen Aufruf gelacht. Sie ging davon aus, dass ihr Handeln dem Wohle der Bevölkerung diente und dass es auch als solches erkannt wurde. Was die Kreaturen Tabals betraf, waren sich die Menschen weiterhin uneinig. Die Oger hatten sich aus den Fesseln der Knechtschaft gelöst und einen eigenen Weg eingeschlagen. Von dem anfänglichen Bündnis zwischen ihnen und den Menschen blieb zwar nur eine stillschweigende Akzeptanz, aber von der alten Feindschaft gab es keine Spur mehr.

Orks und Trolle lebten weit verstreut in den Bergen und im roten Sumpf. Sie klammerten sich an das bisschen, was sie erbeuten konnten. Unvorsichtige Händler mussten damit rechnen, von ihnen überfallen und sogar getötet zu werden, doch diese Gefahr ging auch von Gesetzlosen und Wegelagerern aus, auch wenn diese sich meist damit begnügten, sich die Taschen mit deren Gold zu füllen. Was die übrigen Anhänger des Chaosgottes anging, so waren sie kaum erwähnenswert. Goblins, Kobolde und andere Unholde in den Tiefen der Erde waren zu Aasfressern mutiert und fanden ihren Namen nur noch in den Schreckgeschichten für Kinder wieder.

Die Erzählungen von dem Krieg vor fast zehn Jahren, in dem die Oger die entscheidende Wende gebracht hatten, indem sie sich gegen die Nesselschrecken, ihre damaligen Meister, wandten und den Menschen zum Sieg verhalfen, waren ausreichend bekannt. Als Illistantheè dann vor zwei Jahren das Recht forderte, an der Tafel der Götter zu sitzen, waren es wieder die Oger, die ihm Einhalt boten. Auch diese Geschichte wurde zwischen den Städten weitergetragen, und jeder wusste um sie. Im Laufe der Zeit wurden die Erzählungen ausgeschmückt und abgeändert. Neue Geschichten kamen hinzu – erdachte Geschichten, Vermutungen und Lügen. Bald hatte sich jeder seine eigene Wahrheit über die damaligen Ereignisse gestrickt, und nur noch die wenigsten erinnerten sich daran, was wirklich geschehen war.

Jetzt, wo die Götter den Völkern ihren Segen entzogen hatten, war es wichtig, den Glauben zu stärken. Diese Aufgabe hatten jene übernommen, die glaubten, unter der Gottlosigkeit am meisten zu leiden – die Priester. Aber anstatt Zuspruch zu geben und Hilfe zu leisten, wählten sie einen einfacheren Weg. Sie suchten nach einem Feind und fanden ihn. Niemand bot sich mehr an als die geschwächten Anhänger des Gottes, der im Rad des Gleichgewichts die gegenüberliegende Speiche hielt, sowie eine kleine Gruppe von Menschen, die dem Klerus schon immer ein Dorn im Auge war.

Cindiel war des Sichversteckens überdrüssig. Seit Tagen wartete sie darauf, dass Hagrim allabendlich aus dem Schankraum zu ihr hochkam und ihr die neuesten Informationen kundtat. Heute Nacht ließ er sie besonders lange warten. Seit geraumer Zeit war es in den unteren Etagen schon ruhig.

Cindiel stand an dem kleinen Butzenfenster, das kaum groß genug war, um hindurchzuklettern, und sah, wie der letzte Gast die *Kupfergrotte* verließ, ein alter Mann mit grauen Haaren und einem geflickten Umhang, der torkelnd über den Platz verschwand. Mehrfach wandte er sich in unterschiedliche Richtungen, um seinen Weg stets aufs Neue anzupeilen. Als er sich endlich für eine der Gassen entschieden hatte, stützte er sich an eine Hausmauer und übergab sich lautstark.

Dann wurde das Licht am Eingang der *Kupfergrotte* gelöscht, und die Straße sowie der kleine gepflasterte Platz lagen im Dunkeln. Cindiel hörte, wie Meister Ostmir den schweren eisernen Schlüssel vom Vordereingang im Schloss herumdrehte und den Riegel vorschob. Die müden, beschwerlichen Schritte auf der Treppe konnten nur eines bedeuten: Hagrim hatte sein Glas geleert, und Meister Ostmir war nicht bereit gewesen, für den Geschichtenerzähler eine neue Flasche auf Kredit zu öffnen.

Cindiel richtete ihren Blick weiterhin durch das Fenster auf den dunklen Platz, während Hagrim den oberen Flur entlangschlurfte. Er brauchte nicht zu wissen, dass sie ungeduldig auf seine Neuigkeiten wartete. Er führte sich ohnehin schon auf wie der Vater, den sie nie gehabt hatte, weil er und ihre Mutter gestorben waren, als sie noch zu klein war, um Erinnerungen an diese Zeit zu haben. Sie hörte, wie der Geschichtenerzähler vor der Tür Halt machte und einen Augenblick innehielt, um tief Luft zu holen. Dann trat er ein.

»Ich hab dir doch gesagt, du sollst von den Fenstern wegbleiben«, zischte er energisch, noch bevor er die Tür hinter sich geschlossen hatte. »Was ist, wenn dich jemand sieht?«

Die Tür fiel ins Schloss, und schon stand Hagrim hinter ihr. Er griff über sie hinweg und zog die vergilbten Vorhänge zu. Beleidigt drehte sich Cindiel zu ihm um.

»Wer sollte mich schon sehen? Und selbst wenn, ich weiß gar nicht, was das alles hier soll. Sie werden mich schon nicht auf dem Scheiterhaufen verbrennen, nur weil ich ein wenig respektlos war.«

Hagrim schaute verlegen zu Boden. Er drehte sich um, ging hinüber zum Tisch und setzte sich. Etwas linkisch fummelte er an den Knöpfen seines Wollumhanges herum, sodass sie beinahe abzureißen drohten.

»Was ist los?«, wollte Cindiel wissen.

»Sie würden dich nicht auf dem Scheiterhaufen verbrennen. Sie würden dich auf dem Marktplatz in aller Öffentlichkeit hängen.«

»Was erzählst du für einen Unsinn? Du bist doch schon wieder betrunken. Ich hatte gehofft, du würdest dich ein wenig bemühen, mehr Informationen zu bekommen. Stattdessen kommst du zurück und versuchst, mir Angst zu machen mit deinem verwirrten Alkoholgefasel.«

Hagrim streckte die Beine aus und lehnte sich in dem Stuhl zurück. »Glaub mir, Prinzessin, es wäre mir lieber, ich wäre betrunken. Mir ist zwar nicht zum Feiern, aber schließlich wird auch bei Beerdigungen der eine oder andere Tropfen zu sich genommen.«

»Jetzt sag endlich, was los ist«, fauchte Cindiel ihn an.

»Llinus ist tot, und du hast ihn getötet.«

»Was?«, rief Cindiel entsetzt aus. Ihr stockte der Atem. Das war unmöglich. »Ich soll Priester Llinus getötet haben? Das ist eine Lüge.

Du warst doch dabei. Er war nur leicht verletzt, und den größten Schaden hat allein sein Stolz genommen.«

»Und die Ehre der Kirche, was noch schlimmer wiegt«, fügte Hagrim hinzu. Er erinnerte sich – natürlich. Viele andere hatten es auch gesehen. Doch nun war Llinus tot, warum auch immer. Hundert Menschen und mehr konnten bestätigen, dass der Priester mit eigener Kraft vom Marktplatz gehumpelt war. Das Problem lag in den vielen tausend Bürgern begründet, die nur von Llinus' Tod gehört hatten und denen im Tempel gepredigt wurde, dass Cindiel ihn umgebracht hatte.

Hagrim kannte die Wirkung von Gerüchten nur zu genau. Wenn man sie oft genug wiederholte und lebendig beschrieb, glaubte nach einiger Zeit jeder, selbst dabei gewesen zu sein. Gute Lügen waren besser als eine schlechte Wahrheit, und ein toter Priester machte jede Erfindung schnell zur gefühlten Wirklichkeit.

»Du hast selbst gesagt, außer ein paar leichten Verbrennungen an den Füßen sei er ungeschoren davongekommen«, forderte Cindiel den Geschichtenerzähler erneut zu einer Stellungnahme auf.

»Ich weiß selbst, was ich gesagt habe«, fuhr Hagrim sie an. »Jetzt sage ich dir eben, er ist tot. Es heißt, er hätte Wundbrand bekommen und sei drei Tage später daran verstorben. Sie haben alles versucht, um ihm zu helfen, aber seine Verletzungen waren zu schwer.«

»Man bekommt doch keinen Wundbrand von ein paar Brandblasen. Und selbst wenn, bei uns zuhause liegt genügend Salbe, um einen ganzen verdammten Wundwaldbrand zu kurieren.«

Hagrim setzte eine finstere Miene auf. »Wenn du einmal darüber nachdenken würdest, anstatt immer deine Gefühle sprechen zu lassen, würde dir vielleicht einfallen, warum *auch du* an seinem Tod Schuld bist.«

Cindiel konnte nicht fassen, was sie da aus Hagrims Mund hörte. Er konnte ihr unmöglich vorwerfen, Llinus umgebracht zu haben. Sie hatte den Priester verletzt, ja, aber umgebracht? Niemals.

Cindiel sah in Hagrims Gesicht. Er meinte, was er sagte, und sie fühlte intuitiv, was er dachte. Sie hatte die Priester öffentlich angegriffen und verunglimpft. Es kam nicht darauf an, wer angefangen hatte. Sie hatte es jedenfalls fortgeführt. Llinus' Tod war nur die Reaktion darauf. Vielleicht hatte er tatsächlich Wundbrand bekommen, und die anderen Priester hatten es lediglich unterlassen, ihn zu heilen. Er war zum Opfer geworden. Llinus hatte sterben müssen, sonst hätte der Orden sein Gesicht verloren und wäre zum Gespött geworden. Llinus' Tod hatte den Priestern Recht gegeben. Die Wahrheit war nicht mehr wichtig. Sie, die Hexe, war jetzt im Unrecht. Sie verkörperte den Feind.

»Ich muss Osberg verlassen«, verkündete Cindiel entschlossen.

»Du würdest eher unbemerkt durch die Halle der Götter laufen können, als in die Nähe des Stadttores zu kommen. Der Hohepriester hat eine Belohnung auf dich ausgesetzt – sechshundert Goldstücke. Dafür würden die meisten nicht einmal davor zurückschrecken, ihren Landesfürsten zu ermorden. Ich habe sogar schon von Plänen gehört, nach denen Männer ihre eigenen Frauen statt dich ausliefern wollten, nur um an die Belohnung zu kommen.« Hagrim machte ein nachdenkliches Gesicht. »Ich kenne einige von den Frauen, ich würde sie schon für die Hälfte weggeben.«

Cindiel fand diese Offenbarung nicht sonderlich erheiternd. »Ich könnte durch die Kanalisation flüchten«, schlug sie vor.

»Vergiss es, Prinzessin. Du hast diese Stadt schon zwei Mal durch die stinkenden Tunnel verlassen. Ein drittes Mal werden sie es dir nicht zugestehen. Ich vermute, dort unten gibt es zurzeit mehr Bürger, die die Belohnung einstreichen wollen, als Stadtwachen in Lorast.«

Hagrim hatte wie immer Recht. Die Geschichten über ihre häufig übereilten Fluchten aus Osberg waren stadtbekannt.

»Was ist mit Finnegan?«, warf Hagrim ein.

»Lass ihn da heraus«, krächzte Cindiel.

»Er ist immerhin bei den Stadtwachen«, gab der Geschichtenerzähler zu bedenken. »Vielleicht kann er helfen.«

»Nein habe ich gesagt. Sie würden ihn sofort verdächtigen. Ich will nicht, dass er Schwierigkeiten bekommt. Für Tarbur hast du damals auch einen Weg aus der Stadt gefunden. Und der war immerhin ein Oger, da sollte es doch nicht schwierig sein, das Gleiche für mich zu organisieren.«

»Tarbur ist tot, und um mit einer Gauklertruppe zu reisen, bist du nicht hässlich genug, du könntest höchstens als ...« Hagrim stockte und legte ein breites, zufriedenes Grinsen auf. Er sprang vom Stuhl hoch und begann, in der Schublade einer alten Kommode herumzukramen. »Das wird reichen.« Stolz präsentierte er Cindiel ein altes, geriffeltes Küchenmesser.

»Was hast du vor?«, fragte Cindiel erschrocken.

»Ich kann aus dir vielleicht keinen Oger machen, aber für einen schmutzigen Stallburschen wird es reichen.

Wenig später stand Cindiel in einer dunklen Seitengasse am Hintereingang der *Kupfergrotte*. Hagrim hatte sie hierher geschleppt und dann stehen lassen mit den Worten: »Lass dich nicht von irgendwelchen Dirnen ansprechen. Ich bin gleich zurück.«

Etwas unglücklich über ihre neue Frisur, griff sie unter die Wollmütze, die Hagrim ihr übergezogen hatte. Kaum ein Haar hatte mehr Fingerlänge, und an einigen Stellen hatte der Geschichtenerzähler ihr die Strähnen bis auf die Kopfhaut abgeschnitten. Als ob sie dies noch nicht genug verschandelte, hatte er ihr obendrein Deichselfett ins Gesicht und auf die Hände geschmiert. Eine komplette Garnitur Stallburschenzeug war ebenfalls schnell zur Hand gewesen.

Cindiel bezweifelte, dass ihre Verkleidung ausreichen würde, sie aus der Stadt zu bringen. Hagrims Euphorie jedoch ließ sie hoffen, dass er noch etwas in petto hielt. Doch egal was es war, es musste schnell gehen. Bei Tageslicht würde sicherlich niemand mehr auf ihre alberne Maskerade hereinfallen.

Hagrim hielt Wort. Nach wenigen Minuten war er zurück, im Schlepptau zwei Pferde und drei Mulis. Die Tiere schienen noch im Halbschlaf, denn sie ließen sich von ihm ohne Mucken durch die Gasse führen.

»Was soll das werden, wenn es fertig ist?«, bluffte Cindiel ihn an. »Ich hoffe, du hast die Tiere nicht gestohlen. Das Letzte, was ich möchte, ist, im Kerker zu versauern, weil ich wegen Pferdediebstahl angeklagt bin.«

»Dann mach es wie deine Ogerfreunde und iss die Pferde einfach auf, wenn sie dich erwischen. Mit etwas Glück klagen sie dich dann nur wegen Mundraub an.« Hagrim ließ sich nicht verunsichern. Er blieb vor ihr stehen und musterte sie von oben bis unten. »Für die Kürze der Zeit ist es ganz gut geworden. Du solltest die Schultern weiter nach vorne ziehen, deine Brust ist zu groß.«

»Du bist der Erste, der das sagt. Kannst du dir das vorstellen?«, entgegnete Cindiel bissig.

»Außerdem verrät dich deine Stimme. Glaubst du, du schaffst es, mal eine Weile den Mund zu halten?«

Cindiel hoffte für ihn, dass sein Plan aufgehen würde, wie immer er auch aussehen mochte. Falls man sie erwischte, wusste sie nicht, was schlimmer war: dass die Leute sie so sahen oder dass man sie hängte. Aber auf jeden Fall wäre es nichts gegen das, was sie mit Hagrim anstellen würde.

»Wie geht es jetzt weiter?«, fragte Cindiel.

»Gib mir eine halbe Stunde, dann machst du dich auf den Weg zur Statue von Tarbur. Bring die Pferde mit. Du wirst schon sehen, was ich vorhabe«, erklärte Hagrim. Dann machte er sich ohne ein weiteres Wort auf den Weg.

Cindiel besaß kein sonderlich gutes Zeitgefühl. Jahrelang hatte ihre Großmutter versucht, ihr einen Sinn für die Zeit zu vermitteln – ohne Erfolg. Einzig und allein der schmale rote Streifen am Horizont zeigte der Hexe, dass ihr nicht mehr viel Zeit blieb. Als sie das Stimmengewirr vom Marktplatz hörte, entschied sie, die halbe Stunde sei um. Zusammen mit den Pferden und Maultieren machte sie sich auf in Richtung der Statue des Ogers Tarbur.

Cindiel konnte den Platz noch nicht sehen, aber Hagrims Stimme vernahm sie bereits deutlich: »Wir können nicht zulassen, dass diese Kreatur Tabals in unserer Stadt einen Ehrenplatz besitzt. Wir wollen sie vom Antlitz Nelbors verjagen, und mit dieser steinernen Fratze hier fangen wir an. Wir setzen ein Zeichen für unseren Gott. In der Welt von Prios ist kein Platz für solche Unholde. Helft mir, packt mit an.«

Als Cindiel die Schar von Leuten sah, die Hagrim um sich versammelt hatte, wusste sie wieder, wie wertvoll und mächtig das Talent des Geschichtenerzählers war. Es war schon viele Jahre her, dass sie das letzte Mal in den Genuss seiner höchsten Erzählkunst gekommen war. Nur schwach erinnerte sich Cindiel, wie sie damals in den Bann des Geschichtenerzählers gezogen worden war, aber dennoch bereute sie, seinen kunstvollen Erzählungen nicht häufiger gelauscht zu haben. Er konnte die Menschen verzaubern, auf seine Art und Weise.

»Komm her, Junge. Du kommst genau recht. Prios wird dich als eines seiner Kinder erkennen und dich segnen, wenn du uns hilfst, Osberg von diesem Ungetüm zu befreien.«

Cindiel begriff zuerst gar nicht, dass Hagrim sie meinte. Doch dann trottete sie mit einem unguten Gefühl und gesenktem Haupt auf den Mob zu.

»Nicht so schüchtern, Bursche«, kommentierte Hagrim. Er kam ihr entgegen und legte seinen Arm um sie. »Du wirst schon wieder rechtzeitig am Stall sein, mach dir keine Sorgen.«

Um die Statue herum hatten sich ungefähr fünfzig Menschen versammelt. Noch war die Sonne nicht gänzlich aufgegangen, und der Platz lag im Halbdunkel. Hagrim bewegte sich so geschickt, dass er Cindiel die meiste Zeit vor neugierigen Blicken schützte. Ein halbes Dutzend Seile waren um den steinernen Tarbur gewickelt. Anscheinend hatten die Leute schon versucht, ihn vom Sockel zu reißen, aber ihre Kraft hatte nicht ausgereicht.

Ein Mann fing an, die Enden der Seile mit dem Geschirr der Pferde zu verknoten.

»Los, Junge, zieh an. Wollen wir mal sehen, was in deinen Gäulen steckt.«

Cindiel musste sich erst noch an die ungewohnte Anrede gewöhnen, aber sie verstand. Langsam führte sie die Pferde vorwärts. Die Seile spannten sich. Hagrim beeilte sich, das eine oder andere Seil nachzuzurren, damit die Last gleichmäßig verteilt war. Die Statue bewegte sich. Gespannt beobachtete die Menge, wie die steinerne Skulptur sich zur Seite neigte. Die Hufe der Pferde schabten über das Kopfsteinpflaster. Enthusiastische Jubelrufe der Menge trieben sie vorwärts. Dann kippte das Andenken an die Oger und schlug unter lautem Beifall auf dem Pflaster auf. Die Pferde stiegen und drohten durchzugehen, doch Hagrim hatte sie sofort am Halfter gepackt und sprach mit sanfter Stimme auf sie ein. Auch Cindiel drückte sich gegen die Seite eines Tieres und tätschelte es beruhigend.

»Los, ihr Gäule, befreien wir Osberg von diesem Scheusal! Lange genug lebte das Böse unter uns, es wird Zeit, dass wir uns wieder davon lossagen«, schrie Hagrim.

Die Beifallsbekundungen ließen keinen Zweifel daran, wie die Leute zu den Ogern standen. Cindiel tröstete sich damit, dass es Menschen mit schlechtem Ruf waren, die zu nachtschlafender Zeit in den Straßen herumgeisterten. Es gab genug andere Bürger, die nicht so dachten und deren Meinung etwas galt.

Die zwei Pferde und drei Mulis hatten alle Mühe, die steinerne

Skulptur hinter sich herzuziehen. Die Fürsten des Landes wussten, warum sie für ihre Denkmäler den roten Marmor verwendeten. Beim Aufprall auf das Pflaster des Platzes war Tarburs Denkmal so gut wie nicht beschädigt worden, nur wenige scharfkantige Splitter waren abgeplatzt.

Unter lautem Dröhnen und dem verängstigten Wiehern der Pferde zog der Tross Richtung Stadttor. Überall, wo sie entlangkamen, erhellten sich Fenster, und neugierige Blicke hinter halb geöffneten Fensterläden folgten ihnen. Kichernd reckte eine alte Frau ihren Oberkörper aus dem Fenster und gewährte einen Einblick, den man fast als unzüchtig hätte bezeichnen können.

Trotz des ganzen Lärms und des Aufruhrs ließ sich keine Stadtwache blicken. Hagrim hatte Cindiel bereits berichtet, dass die Garde den neu ernannten Gläubigen wenn möglich aus dem Weg ging. Die Priester und Lord Felton sowie die anderen Fürsten des Landes hatten eine Übereinkunft getroffen. Der ständig zunehmende Einfluss der Priosanhänger hatte auch vor den weltlichen Oberhäuptern keinen Halt gemacht. Man verlangte von ihnen, Farbe zu bekennen und sich gegen oder für die neue Ordnung zu entscheiden. Da es sich kein Landesfürst erlauben konnte, weitere Unruhen in die Städte zu tragen, entschloss man sich für gegenseitige Akzeptanz.

Als sich die Meute dem Stadttor näherte, entzündeten die beiden Wachen am Nordtor Fackeln. Hagrims lautstarke Verkündigungen ließen auch ihnen keinen Zweifel am Vorhaben der aufgebrachten Bürger.

»Sperrt die Tore auf, wir werden die Brut Tabals dorthin verbannen, wo sie kein Unheil mehr anrichten kann. Jedes Symbol, das uns an die Schmach erinnert, einen Pakt mit diesen Unholden eingegangen zu sein, muss expatriiert werden.«

Niemand schien genau zu wissen, was Hagrim da von sich gab, aber alle waren sehr angetan von seinen Worten und stimmten mit Jubelrufen und Applaus zu. Mit vereinten Kräften unterstützten sie die Knochenarbeit der Pferde und Mulis. Die Wachen zögerten keinen Moment, den schweren Riegel des Nordtores zurückzuschieben und den Weg für die aufgebrachten Bürger freizugeben. Mit entsetzten Blicken verfolgten sie die Prozedur. Cindiel ging zusammen mit Hagrim an der Spitze des Mobs. Keiner der beiden Soldaten machte sich die Mühe, die Leute näher zu betrachten. Ihr Augenmerk galt allein der steinernen Statue, die knirschend über das Pflaster geschleift wurde.

»Dort zum Bachlauf«, rief Hagrim. »Auf dass dieses Götzenbild im ewigen Morast versinkt.«

Die schwere Last hinterließ tiefe Furchen auf dem sandigen Weg. Mit jedem Schritt sammelte sich mehr Erde vor der Statue an und erschwerte das Vorankommen. Mit vereinten Kräften gelang es Pferden und Menschen endlich, ihr Ziel zu erreichen. Tarburs Abbild rollte in den schmalen Bachlauf und versank zur Hälfte im Schlamm. Wasser staute sich davor auf und spülte an den Seiten vorbei. Schnell war von dem Wahrzeichen nichts mehr zu sehen, nur noch eine Woge im Fluss kündete von dem, was darunterlag.

Eines der Pferde riss sich los und machte einen weiten Sprung auf die andere Uferseite. Cindiel meinte gesehen zu haben, wie Hagrim dem Tier einen Klaps auf das Hinterteil gab. Sie fand es wenig erstaunlich, dass dies so beiläufig und fast unbemerkt geschehen war, Hagrim hatte dergleichen ein Leben lang an jungen Schankmägden geübt.

»Schnell, Junge, fang deinen Gaul wieder ein. Der Stallmeister wird wenig Verständnis haben, wenn du ihm erzählst, das Pferd sei mit einem Oger aus der Stadt gewiesen worden.«

Cindiel hatte begriffen, was Hagrim vorhatte. Das Pferd trabte in aller Seelenruhe am anderen Flussufer entlang auf der Suche nach einer Stelle mit wohlschmeckenden Kräutern. Sie selbst folgte dem Flusslauf bis zur hundert Schritt entfernten kleinen Holzbrücke, dem Ziegenstieg, wie ihn die Bewohner nannten. Ihre Großmutter hatte ihr als kleines Kind immer erzählt, dass unter der Brücke ein Troll hauste, der jedem, der darüber wollte, ein Rätsel stellte oder eine Ziege verlangte. Sie hatte nie einen Troll gesehen, aber immer noch fiel ihr Blick zwischen die Freiräume der Bohlen und suchte nach einem gelben Augenpaar.

»Warte, ich helfe dir«, hörte sie Hagrims Stimme in ihrem Rücken.

Das Pferd war längst außer Sicht, aber Cindiel lief, bis ihr der Atem ausblieb. Auch von den Menschen am Fluss war nichts mehr zu sehen oder zu hören. Nur der keuchende Atem Hagrims hinter ihr offenbarte, dass sie nicht allein war.

»Wenn das kein perfekter Plan war«, stöhnte Hagrim. »Besser hätte es nicht laufen können.«

Cindiel hatte angehalten und drehte sich nun um. »Apropos laufen, warum rennst du mir eigentlich hinterher?«

»Du glaubst doch nicht, dass du ohne mich abhauen kannst, oder? Ich hatte keine gute Verkleidung. Irgendwann werden sie herausfinden, dass du geflüchtet bist. Nun rate mal, wen sie als Erstes verdächtigen werden. Es wird nicht lange dauern, und man wird dein Entkommen mit diesem nächtlichen Spektakel in Verbindung bringen. Ich habe Besseres zu tun, als mich für die Mittäterschaft an einem Mord zu verantworten.«

Hagrim hatte Recht mit seinem Einwand. Die Priester suchten einen Schuldigen, und wenn sie keinen fanden, würde der Nächstbeste herhalten müssen.

»Wohin gehen wir?«, fragte Hagrim gespannt.

»Wir expatriieren uns selbst. Wir besuchen den Freund eines Freundes.«

»Du weißt, was expatriiert heißt?«, fragte Hagrim erstaunt. »Sag es mir bitte«, flehte er.

8
Wolf und Meute

Die Sonne haderte noch mit sich, die Nacht endgültig abzulösen. Dennoch war es bereits so hell wie an einem trüben Tag in Nelbor, dem Land, das Rator kannte und in dem er aufgewachsen war. Es würde noch ungefähr eine Stunde dauern, bis der Sonnenaufgang sich als roter Nebelschleier im Osten zeigte, doch es galt, keine Zeit mehr zu verlieren.

Rator hatte seine Beine nur mit einem losen Fell bedeckt und Schnee darübergeschaufelt. Eigentlich hatte die luftgetrocknete Haut nicht wirklich viel mit einem Fell gemein. Die groben, kurzen Borsten wärmten nicht, außerdem verströmte die Haut einen unangenehmen Geruch. Und zu guter Letzt besaß sie lediglich die Größe eines kleinen Hundes.

Mogda hatte ihm erzählt, dass die Menschen weit im Norden sich Häuser aus Schnee bauten. Er meinte, der Schnee würde sie wärmen. Rator hatte von Anfang an daran gezweifelt, dass das weiße Pulver aus den Wolken für irgendetwas gut war außer für kalte Füßen. Seine Beine fühlten sich taub an, und in seinen Fingern spürte er einen stechenden Schmerz. Doch all das nahm er gern in Kauf, denn es würde ihm ein warmes, wohliges Gefühl geben, wenn er Mogda das nächste Mal traf und ihm offenbaren konnte, wie falsch dieser mit seinem Bücherwissen lag.

Rator erinnerte sich kaum noch daran, wie lange es her war, dass er das letzte Mal so gefroren hatte. In Nelbor wurde es selten so kalt, und selbst wenn es einmal doch dazu kam, dann reichte es, einen kleinen Unterschlupf zu finden und etwas zu essen zu haben. Hier, weit im Norden, war nichts wie in Nelbor. Außer dem hässlichen Hund vor zwei Tagen und einigen bläulichen Beeren, die ab und zu an kahlen Sträuchern hingen, hatte er nichts gegessen. Und einen Unterschlupf in dieser weiten flachen Einöde zu finden war unmöglich, wenn man größer war als ein Kaninchen.

Rator stellte sich mühsam auf die Beine. Mit der Zeit würde das Gefühl zurückkommen und der Schmerz nachlassen – wie jeden Tag. Und wie jeden Tag seit seinem Aufbruch in Nelbor griff er zu dem ledernen Beutel an seiner Seite. Abschätzend wog er ihn in der Hand. Von dem Inhalt des einst prall gefüllten Ledersäckchens war nicht mehr viel übrig. Das Zauberpulver der Trollschamanin würde ihm nur noch wenige Tage den Weg weisen, dann war er entweder am Ziel, oder er musste auf andere Weise zu Tabal gelangen.

Behutsam schob er Daumen und Zeigefinger in den Lederbeutel und holte etwas von dem restlichen Pulver hervor. Wie ein Koch, der eine kleine Prise Gewürz in sein Essen gab, zerrieb Rator das Pulver zwischen Zeigefinger und Daumen. Ein dünner grauer Faden wie bei einer gerade erloschenen Kerze zeigte sich und neigte sich langsam Richtung Westen. Rator verschnürte den Lederbeutel ordentlich und befestigte ihn wieder an seinem Hosenbund. Er drehte sich in alle Himmelsrichtungen und versuchte, sich neu zu orientieren.

Der Weg, den er heute nahm, wich nur wenig von der Richtung ab, die er in den vergangenen Tagen eingeschlagen hatte. So weit sein Auge reichte, sah er nur schneebedecktes Flachland. Außer einigen Felsen, die aus dem Weiß hervorstachen, und vereinzelten kahlen Büschen gab es nichts, um sich zu orientieren. Wie hatte Mogda ihm versucht zu erklären: Schnee wurde zu Wasser, Wasser verdunstete, und der Dunst verschwand in der Luft. Somit entstand Wasser aus Nichts und wurde zu Nichts, warum sollte man es dann fürchten?

Das klang gut, fand Rator, auch wenn sich ihm der Sinn nicht richtig erschloss. Mogda erzählte viele eigenartige Dinge, die sonst niemand aus seinem Volk verstand. Vielleicht verstand er nicht einmal selbst all das, was er in den Büchern der Hüttenbauer gelesen hatte, oder es wurde damals schon falsch aufgeschrieben. In einem der Bücher hatte schließlich auch gestanden, Oger wären dick, hässlich und faul. Das war natürlich nicht korrekt, aber wahrscheinlich hatte der Hüttenbauer, der das geschrieben hatte, nur Gnunt kennen gelernt.

Rator suchte weiter nach etwas, was es nicht gab, jedenfalls nicht hier. Ein Gebirge oder wenigstens der Verlauf der Sonne würden ihm helfen, sich besser zurechtzufinden. Jedoch wurde alles, was mehr als ein paar Meilen entfernt lag, von der weißen Wand, wo sich Ebene und Himmel in einer Mischung aus Dunst und Reflektionen vermischten, geschluckt.

Er hatte sich gerade damit abgefunden, doch seinen Weg von gestern fortzusetzen, als ihm mehrere kleine dunkle Punkte im Osten ins Auge fielen. Vor dem weißen Hintergrund waren sie deutlicher auszumachen, als ihm lieb war. Es handelte sich um seine Verfolger aus dem Dorf.

Rator fragte sich, welchen Grund sie haben konnten, ihn so weit zu verfolgen. Ganz bestimmt wollten sie kein Buch über ihn schreiben. Die vergangenen zwei Tage hatte er sie nicht gesehen, aber das hatte er die Sonne auch nicht, und trotzdem war sie da. Die Fremden hatten aufgeholt – enorm aufgeholt. Sie konnten unmöglich hinter ihm her sein, weil er einen ihrer Hunde gegessen hatte, dafür schmeckten die Tölen zu grauenhaft. Und im Gegensatz zu Ogern waren sie wirklich hässlich. Somit beschränkte sich Rator darauf anzunehmen, dass sie ihn verfolgten, weil sie Angst davor hatten, er könnte zurückkehren.

Wenn sie selbst einmal einen ihrer Hunde gegessen hätten, wüssten sie, dass er nicht zurückkommen würde. Jemanden nur deshalb zu verfolgen, weil er größer und stärker war als man selbst, schien eine Angewohnheit der Hüttenbauer zu sein, die sie nicht so alt werden ließ. Vielleicht wollten sie das aber auch gar nicht in dieser Einöde. Rator hätte es verstanden.

Er kniff die Augen zusammen, um mehr erkennen zu können. Sie waren zu sechst. Er konnte ihre Beine sehen und wie sie sich bewegten. Das bedeutete, sie waren weniger als drei Meilen entfernt. Wie hatten sie es nur geschafft, seinen Spuren zu folgen? Manchmal drehte er sich um und war noch nicht einmal in der Lage, die Spuren zu erkennen, die er gerade eben erst hinterlassen hatte. Das Weiß rundherum schmerzte in den Augen, und mit der Zeit wurden selbst Dinge weiß, die vorher andersfarbig gewesen waren.

Seine Verfolger bewegten sich im Laufschritt. Langsam wurden ihm die Bewohner des kleinen Bauerndorfes unheimlich. Nicht nur, dass sie sich abends trafen, um ihre Kinder gegeneinander kämpfen zu lassen, und dass sie dort wohnten, wo selbst Bären erfroren. Nein, sie liefen auch noch tagelang hinter einem Kriegsoger her. Rator war es gewohnt, dass man vor ihm weglief. Es war nicht das erste Mal, dass ihm Hüttenbauer folgten, doch normalerweise befanden sich diese in Ketten, um zu Sklaven gemacht zu werden.

Unter anderen Umständen hätte er sich den Menschen gestellt, doch die Gefahr, bei einem Kampf verletzt zu werden, schien ihm zu hoch. Er musste dem Weg des Zauberpulvers folgen. Es nützte ihm nichts, wenn er nur humpelnd in die gewiesene Richtung lief. Es galt auch, eine bestimmte Entfernung am Tag zurückzulegen. Wie groß diese war, wusste er nicht genau zu sagen, aber es war sicher weiter, als ein Verletzter laufen konnte.

Aus demselben Grund konnte er auch nicht versuchen, seine Verfolger durch einen Richtungswechsel loszuwerden. Er würde die dadurch verlorene Zeit nicht wieder aufholen können. Vielleicht funktionierte der Zauber auch ganz anders, aber wer verstand schon, was ein Zauber wirklich tat?

Rator entschloss sich, so weiterzumachen wie bisher. Wenn die Fremden ihn einholten – gut; wenn sie ihn nicht einholten – auch gut. Die Hauptsache war, der Richtung zu folgen, die das Pulver vorgab.

Der Kriegsoger folgte stur seinem Weg, nur ab und zu drehte er sich um und sah nach seinen Verfolgern. Die sechs Menschen hinter ihm schlossen langsam, aber sicher auf. Es würde wohl noch bis zum Abend dauern, bis sie ihn tatsächlich eingeholt hätten, und dann würde sich zeigen, wie gut sie kämpfen konnten.

Noch immer hatte Rator keine Ahnung, wohin ihn das Zauberpulver führen würde. Er konnte sich nicht vorstellen, dass ein Gott diese trostlose Gegend als Heimat wählte. Götter sollten seiner Meinung nach in riesigen Festungen leben. Festungen, die so groß waren wie Berge, mit Hallen, die jeden beherbergen konnten, der sich würdig erwies, an der Seite der Götter zu sitzen.

Es war um die Mittagszeit, als Rator erneut nach den Männern hinter sich schaute. Sie waren bereits bis auf etwa eine Meile herangekommen. Anscheinend hatten auch sie Rator inzwischen entdeckt und versuchten nun, ihn einzuholen, bevor es dunkel wurde.

Rator dachte einen Moment über seine Möglichkeiten nach. *Gehetztes Wild ist eine leichte Beute*, hatte man ihm bei seiner Ausbildung zum Kriegsoger immer wieder eingebläut. Wenn es kein Entkommen gab, sollte man sich seinem Feind gleich stellen. Es war wenig sinnvoll, seine letzte Kraft damit zu vergeuden wegzulaufen.

Also blieb Rator stehen. Er löste seine Breitaxt vom Gürtel und entledigte sich seines spärlichen Gepäcks. Dann drehte er sich um und wartete darauf, dass seine Verfolger ihn erreichten. Es dauerte eine Weile, bis Rator erkannte, dass auch die Menschen stehen geblieben waren. Er vermutete, dass ihre Verunsicherung durch sein plötzliches Halten ausgelöst worden war. Vielleicht beratschlagten sie sich, wie sie ihn am besten angreifen konnten. Vielleicht hatten sie aber auch einfach Angst.

Wenig später konnte er jedoch beobachten, dass sie damit begonnen hatten, ein Lager aufzuschlagen. Die Fremden scharrten mit den Händen im Boden und kappten mehrere Büsche, deren Zweige sie fein säuberlich im Lager zusammentrugen. Voller Genugtuung beobachtete Rator das Gehabe der Menschen. Aufgeregt deuteten sie in seine Richtung.

»Hüttenbauer voll von Angst«, schrie er ihnen entgegen. »Haben Hunger, haben Durst. Seien zu schwach, um kämpfen mit Oger. Laufen nach, wie Aasfresser.« Er hob seine Axt über den Kopf und brüllte: »Menschen gehen zurück in Dorf, pflügen eisigen Acker. Rator gehen Tabal, sitzen an Seite von Gott und spucken auf Angstlinge.«

Wahrscheinlich konnten die Menschen ihn nicht hören, aber es war die Geste, die zählte. Rator hatte es satt, auf Hüttenbauer zu treffen, die sich eigenartig benahmen. Er hatte genug von Elfen, die aus dem Wasser kamen, unverwundbaren Männern, größenwahnsinnigen Menschen und Zwergen, die dachten, sie wären eine Hilfe im Kampf. Es wurde wirklich Zeit, dass endlich mal jemand einsah, dass es dumm war, sich mit ihm anzulegen.

Voller gerechtem Zorn nahm Rator seine Sachen wieder auf und kehrte seinen Verfolgern den Rücken. Wenn sie ein Lager aufschlugen, würden sie bestimmt mehrere Stunden rasten. Das war genügend Zeit für einige Meilen neuerlichen Vorsprungs. Wenn er erst einmal außer Sicht gelangt war, würden sie schon die Lust daran verlieren, ihm hinterherzulaufen.

Rator hatte noch keine halbe Meile zurückgelegt, da spürte er eine Erschütterung im Boden. Zuerst erinnerte es ihn an heranstürmende

Reiterei, doch da das Beben sich nicht genau lokalisieren ließ und die Pferde auf dem flachen Land schon lange hätten in Sichtweite sein müssen, verwarf er diesen Gedanken schnell. Eines stand auf jeden Fall fest: Die Erschütterungen kamen auf ihn zu, und zwar in breiter Front.

Rator suchte den dunstigen Horizont vor sich ab. Der weiße Nebel verschlang alles. Einzig und allein ein schmales flimmerndes Band trennte Erde und Himmel voneinander. Eigenartigerweise wurde eben dieses Band immer breiter. Hinzu kam jetzt noch ein Grollen in der Luft wie von weit entfernten Trommelschlägen. Rator kam die Flutwelle in den Sinn, die ihn und seine Kameraden vor einigen Jahren in der roten Wüste überrollt hatte. So eine Naturgewalt konnte es unmöglich ein zweites Mal geben, jedenfalls nicht hier und nicht jetzt.

»Schnee zu Wasser, Wasser zu Dunst«, brummte er und hoffte, dass wirklich nur Dunst übrig blieb.

Rator hatte nur zwei Möglichkeiten: stehen bleiben und sehen, was ihn erwartete, oder laufen und sich in Sicherheit bringen. Die Entscheidung fiel nicht schwer bei den möglichen Ursachen für das Grollen. Hätte er geglaubt, das Grollen bekämpfen zu können, wäre er stehen geblieben.

Rator rannte auf eine Gruppe Felsen zu, die eine weitere halbe Meile nördlich von ihm lagen. Ein paar Steine waren zwar nicht die Lösung für ein unbekanntes Grollen, doch außer diesen Felsen gab es nichts anderes. Das mittlerweile breit funkelnde Band über dem Boden wurde weiterhin stetig größer. Entfernt erinnerte es an die Brandung des Meeres, nur war es gleichmäßiger und länger als die Wellen.

Die Felsen waren keine hundert Schritt mehr entfernt, als die Vorboten des Grollens Rator erreichten. Hagelkörner, so groß wie Hühnereier, schlugen um ihn herum ein. Viele zerplatzten am Boden, andere sprangen hüfthoch wieder in die Luft und wurden von den nachfolgenden Eisbrocken getroffen, die dann in der Luft splitterten wie Glas. Schmerzhaft trafen Rator die ersten Hagelkörner am Rücken und den Waden. Sein Körper verkrampfte sich. Dumpfe Schläge waren besser zu erdulden, wenn man die Muskeln anspannte.

Weitere Hagelkörner prasselten auf ihn nieder und trafen ihn auch am Kopf. Er spürte, wie warmes Blut in seinen Nacken lief und der stechende Schmerz von Taubheit überlagert wurde. Er versuchte, sich mit den Händen zu schützen, doch die Wucht der eisigen Geschosse riss sie immer wieder herunter. Der Schmerz breitete sich über seinen ganzen Körper aus und brachte ihn zu Fall.

Jetzt rollte die Hauptwoge des Unwetters heran. Nur noch wenige Schritte trennten ihn von den Felsen. Die Hagelkörner zerschlugen alles, was nicht von der Hand des Erdgottes erschaffen worden war. Auch vor einem Oger würden sie nicht Halt machen. Ein letztes Mal raffte sich Rator auf. Mit einem Sprung hechtete er auf die Felsen zu, in der Hoffnung, hinter ihnen zumindest ein wenig Schutz zu finden.

Wie durch einen Zauber tauchte er in eine andere Welt ein. Rator krachte mit dem Rücken voran durch eine dünne Wand aus Holz und Lehm. Sein Sturz endete am Fuße einer grob aus dem Fels geschlagenen Steintreppe. Mühsam rappelte er sich auf und schaute sich um.

Er stand in einer Höhle, die unterhalb der Felsen lag, hinter denen er Schutz gesucht hatte. Vier Stufen führten hinauf ins Freie. Immer noch donnerten die Hagelkörner vom Himmel herab. Rator bückte sich nach den Trümmern zu seinen Füßen. Jemand hatte breite Stücke Holzrinde mit Lehm beschmiert, damit sie aussahen wie Fels, und diese dann vor den Eingang geschichtet. Eigentlich eine gute Tarnung, wenn sich nicht gerade jemand dagegenwarf.

Rator blickte sich weiter um. Die Höhle war groß genug, um eine ganze Bärenfamilie zu beherbergen, und zu hoch, als dass Rator mit ausgestreckten Armen die Decke hätte erreichen können. Was sie jedoch entschieden von einer Bärenhöhle unterschied, waren der Tisch, der Stuhl und die Feuerstelle. Spinnweben hatten sich überall breitgemacht, und eine Staubschicht bedeckte die Einrichtungsgegenstände. Hier war schon lange niemand mehr gewesen, und wenn der Zufall es nicht gewollt hätte, wäre die Höhle vielleicht für immer unentdeckt geblieben. Rator ging zu den mehr als rustikalen Holzmöbeln hinüber. Die Sitzfläche des Stuhls reichte ihm bis zur Hüfte, die Tischkante bis zur Brust.

Rator kannte kein Wesen, das groß genug war, hier Platz zu nehmen, außer vielleicht einen Gott. Er konnte unmöglich am Ziel seiner Reise angelangt sein. Niemals würde Tabal in einer Bärenhöhle leben. Ein Gott brauchte einen Palast und ein Heer, das ihn umgab. Außerdem war sein Pulver noch nicht völlig verbraucht. Vielleicht lebte hier der Bruder eines Gottes. Für Rator stand außer Frage, dass er noch einige

Tagesreisen vor sich hatte. Er griff nach dem Lederbeutel, um ihn abermals in der Hand zu wiegen, wie er es mehrere Male am Tag tat.

Rator stockte der Atem. Das Lederband des Beutels hatte sich gelöst. Rator riss den Beutel vom Gürtel und legte ihn sich in die Handfläche. Einen Moment lang beobachtete er den kleinen Ledersack, als ob dieser zu ihm sprechen würde. Vorsichtig ließ er Daumen und Zeigefinger hineingleiten und zog ihn auf. Der Beutel war leer.

Irgendwo dort draußen musste das Pulver herausgerieselt sein und hatte sich in alle Winde verstreut. Wie sollte er jetzt zu Tabal finden? Allein in diesem fremden Land und ohne zu wissen, wonach er genau suchte, war er verloren. So kurz vor dem Ziel schien seine Reise zu Ende. Er brauchte einen Führer, aber die Auswahl war nicht gerade groß. Seit Tagen hatte er niemanden gesehen außer die Fremden, die ihn verfolgten. Freiwillig würden sie ihm sicher nicht helfen. Doch was machte das schon für einen Unterschied, freiwillig hatte er noch nie etwas bekommen.

Rator verlor keine Zeit. Er zog seine Axt und drosch damit auf den Tisch ein. Die breite, schimmernde Klinge fuhr in die Maserung des Holzes und spaltete das übergroße Möbelstück der Länge nach. Mit einigen Tritten löste er anschließend die Beine vom Tisch und warf sich die Platte über den Rücken. Im Schutz des riesigen improvisierten Holzschildes stapfte er hinaus in den Hagelschauer. Donnernd prasselten die Eisbrocken auf den Rückenschild.

Rator rannte den Weg zurück, den er gekommen war. Er hoffte, dass er die Fremden in ihren Verstecken würde aufspüren können. Er musste sie finden, und das ziemlich schnell. Solange sie in ihren Erdlöchern hockten, waren sie ihm schutzlos ausgeliefert. Sein Plan war einfach. Er würde sich einen von ihnen schnappen und ihn in die Höhle bringen. Dort würde Rator dann herausfinden, was die Hüttenbauer von ihm wollten und ob sie wussten, wo er Tabal finden konnte.

Rator hatte gehofft, ihren Unterschlupf anhand der abgeschlagenen Büsche wiederzufinden, doch so, wie es aussah, hatte der Hagelschauer ganze Arbeit geleistet. Überall ragten kahle Überreste von Büschen aus dem Schnee. Die faustgroßen Hagelkörner hatten keinen Zweig und keinen Ast verschont. Rator lief weiter. Noch immer prasselten die Eisklumpen auf ihn nieder. Die spitzen Splitter der zerborstenen Brocken bedeckten die Erde, so weit man sehen konnte.

Schmerzhaft schnitten sie sich durch das aufgeweichte Leder seiner Schuhe.

Irgendwo hier mussten sie sein, die Menschen. Wenn ihn sein Gefühl nicht täuschte, waren sie ganz in der Nähe. Rator stellte die schützende Holzplatte ab und richtete sich auf. Er hielt einen Arm schützend über den Kopf und sah sich um. Plötzlich bemerkte Rator das dumpfe Trommeln, das er auch schon kurz vor dem Unwetter vernommen hatte. Es hörte sich an wie das Schlagen auf ein schlecht gespanntes Ziegenfell. Rator blickte zu seinen Füßen hinab. Genau vor ihm erhob sich eine kleine, kaum wahrnehmbare Erhebung; durch die losen Eissplitter, die sich darauf angesammelt hatten, war ein dunkles Stück Leder zu sehen.

Rator wischte mit dem Fuß vorsichtig einige der Splitter beiseite, bis er eine Ecke des gegerbten Leders freigelegt hatte. Er bückte sich und riss die Abdeckung hoch. Darunter lag einer seiner Verfolger, zusammengekrümmt und mit den Händen vor dem Gesicht. Als der Mensch bemerkte, dass sein Versteck entdeckt worden war, war es bereits zu spät. Ein Hagelkorn traf ihn unglücklich am Kopf und hinterließ eine Platzwunde.

Trotz des Schockmoments griff der Hüttenbauer sofort zu seinem Schwert, das er bereits vor dem Sturm blankgezogen hatte. Rator war jedoch schneller und setzte den Fuß auf die Klinge. Mit dem anderen trat er gegen den Kopf des Hüttenbauers, in der Hoffnung, ihn nur zu betäuben. Der junge Krieger lag in dem Erdloch und rührte sich nicht mehr. Rator warf ihn sich über die Schulter und machte sich auf den Weg zurück zu der Höhle des Gottesbruders.

Auf halbem Wege ließ der Hagelschauer langsam nach. Rator musste die Höhle erreichen, bevor die anderen Verfolger aus ihren Verstecken kamen und das Verschwinden ihres Kameraden bemerkten. Er blickte zurück, um zu sehen, ob man seine Spuren verfolgen konnte, aber die Wucht, mit welcher der Hagel auf den Boden schlug, machte alle Spuren zunichte.

Rator schaffte es, mit seinem Gefangenen die sonderbare Höhle zu erreichen, noch bevor der Schauer endete. Er setzte den jungen Krieger behutsam in den überdimensionierten Stuhl und wartete ab. Übersät mit blauen Flecken und Platzwunden an Kopf, Nacken und Händen, saß der Mensch zusammengesunken vor Rator. Er lebte, und aller

Wahrscheinlichkeit nach war er sogar wach, wenn er die zusammengekniffenen Augen und die zu Fäusten geballten Hände richtig deutete. Rator gab ihm Zeit, sich mit der geänderten Situation abzufinden. Es brachte nichts, ihn zu hetzen. Sie mussten ohnehin bis zum nächsten Tag darauf warten, dass seine Kameraden weiterzogen oder umkehrten. Wenn sie sich bei der Suche nach ihrem Gefolgsmann als so hartnäckig erwiesen wie zuvor bei seiner Verfolgung, gaben sie sicherlich nicht so schnell auf.

Rator knurrte gelangweilt, verächtlich. Vorsichtig schielte der menschliche Krieger durch das nicht zugeschwollene Auge.

»Wenn rufen Hilfe, Rator dich töten«, warnte Rator ihn, bevor sich der Mensch entschied, eine Dummheit zu begehen.

Der junge Krieger drehte ihm den Kopf zu und spuckte vor Rator aus. Von Angst war bei dem Kerl keine Spur zu erkennen. Es schien ihm wieder besser zu gehen, obwohl er recht lädiert aussah und sein Speichel sich mit Blut vermengt hatte. Rator war diese Geste nicht unbekannt, doch wusste er immer noch nicht genau, welchen Zweck sie erfüllte. Sie sollte anscheinend so etwas wie Missachtung darstellen, wobei Rator eher eine kriegerische Geste gewählt hätte, um jemandem zu zeigen, wie wenig man von ihm hielt. Spucken war etwas für Frauen und Kinder, die ihrem Gegenüber nicht gewachsen waren. Genau genommen war der junge Krieger ihm auch nicht gewachsen, aber Rator hätte von jemandem, der ein Krieger sein wollte, mehr Selbstbewusstsein erwartet. Wer sich wie ein Kind benahm, würde es auch bleiben. Rator war nie ein Kind gewesen.

»Warum ihr folgen Rator?«, fragte er.

Der Krieger antwortete nicht, sondern wandte seinen Blick ab.

»Wer leben in Höhle?«

Immer noch zeigte der Fremde keine Reaktion. Rator wollte ihn nicht erneut schlagen, da der Mann ohnehin am Ende seiner Kräfte war. Wenn es schlecht lief, konnte ihn ein Schlag womöglich sogar umbringen. Außerdem war Rator nicht sonderlich geübt im Verteilen von Ohrfeigen. Seine Auseinandersetzungen wurden mit dem Schwert oder der Axt ausgetragen und endeten in der Regel tödlich.

Rator wiederholte seine Frage, bekam aber dennoch keine Antwort. Wütend sprang er vor und zerrte an dem Mann herum. Er riss ihm die übergeworfenen Felle vom Oberkörper und schüttelte den Menschen.

Dann trat der Oger verblüfft einen Schritt zurück. Unter den Fellen war der Mann nackt. Genauer gesagt handelte es sich um einen Jungen auf dem Weg zum Mann. Er trug keinerlei Rüstung oder Ähnliches. Seine Muskeln waren noch nicht völlig ausgeprägt, und er zeigte auch noch keinen Ansatz von Brustbehaarung.

»Du nicht Krieger, du Kind«, rief Rator aus.

»Ich bin kein Kind. Ich bin ein Tropak aus dem Stamm der Nuseken. Mein Name ist Gelp, Sohn des Nasib.«

Rator war halbwegs beruhigt. Zumindest schien das fremde Kind ihn zu verstehen, jedenfalls besser als Rator ihn.

»Was sein Tropak?«, brummte Rator.

»Tropaks werden diejenigen in meinem Volk genannt, die nach ihrer Prüfung zum Krieger ernannt werden und mit den anderen in die ewige Schlacht ziehen.«

»Ewige Schlacht«, knurrte Rator. Dieser Ausdruck war ihm ganz und gar nicht fremd, nur was hatten die Menschen mit der ewigen Schlacht zu tun? Die ewige Schlacht versprach Tabal, der Gott der Oger, Trolle und Orks, denen, die sich würdig erwiesen, aber doch nicht einem Kind der Hüttenbauer.

»Du nicht gehen ewige Schlacht!«, brüllte er. »Rator gehen und andere Krieger von Tabal. Für Hüttenbauer kein Platz im Heer von Tabal.«

Gelp schien wenig beeindruckt. Der Wutausbruch des Ogers hätte andere Menschen vor Ehrfurcht erstarren lassen, doch der Junge blinzelte Rator nur durch die verschwollenen Augen an.

»Die ewige Schlacht ist nicht nur für dich und die anderen Gottlosen. Ihr seid nur die, die sich uns entgegenstellen.«

Rator brauchte einen Moment, um zu verstehen, was der Junge da erzählte. Rator hatte sich noch nie darüber Gedanken gemacht, aber natürlich: Eine Schlacht brauchte auch Feinde. Der Junge wusste von der Schlacht und sah Rator als Feind an, somit war klar, gegen wen die Oger und Trolle im letzten Krieg Tabals kämpfen würden – gegen diesen Jungen und sein Volk.

»Wie viele Krieger haben Volk von Gelp?«, fragte Rator.

»Ihr Heer reicht von der Küste im Westen bis zu den Bergen der Bleichen.«

»Wie viele?«, wiederholte Rator.

»Fünftausend Mann.«

Rator lachte verächtlich. »Rator gekämpft in größeren Kriegen. Feinde doppelt so viele. Nicht sein ewige Schlacht. Fünftausend Hüttenbauer nicht genug. Wenn Horn klingen am Morgen, Hüttenbauer tot, bis Sonne untergehen. Ihr nicht sein Krieger, ihr sein Bauern.«

Diesmal schien Rator die richtigen Worte gefunden zu haben. Hass spiegelte sich in den Augen des Jungen wider. Er versuchte, mit bloßen Fäusten auf den Kriegsoger loszugehen, doch Rator drückte ihn einfach wieder zurück in den Stuhl.

»Du wirst sehen«, drohte der Junge. »Suuls Heer ist unbesiegbar. Die ewige Schlacht ist schon im Gange und wird auch vor dir keinen Halt machen.«

»Gut«, brummte Rator. »Zuerst suchen Platz, wo finden Tabal.«

»Tabal? Wer soll das sein, noch so ein hässlicher Riese?«

»Tabal sein Gott von Oger!«, brüllte Rator erneut und packte den Jungen an der Kehle.

»Es gibt nur eine Göttin, und ihr Name ist Suul. Dein Gott ist schon lange tot«, krächzte Gelp.

Rator schlug zu, und Gelp sackte im Stuhl zusammen.

9
Hin und wieder zurück

Ein weiteres Mal hatte Mogda die weiten Lande mit der roten Erde und den salzig modrigen Tümpeln durchquert. Immer noch war er fasziniert von der Wandlungsfähigkeit der Wüste. Jedes Mal, wenn er sie erneut betrat, hatte sie ihr Erscheinungsbild verändert. Wo man damals im Treibsand versunken wäre, käme man heute in Schlammkuhlen um. Dünen wurden von Flüssen ersetzt, und anstatt der verblichenen Gerippe verendeter Tiere stieß man jetzt auf stachelige Büsche, die – egal, wann man sie sah – niemals ein Blatt oder eine Blüte hervorbrachten und dennoch lebten. Zwei Dinge aber blieben immer gleich: Der rote Sand und die Feindseligkeit, mit der einem die Landschaft begegnete.

Der Oger hatte den Eindruck, die rote Erde selbst hasste alles Lebende. Es gab eine Zeit, da war der rotbraune Sand so pulvrig wie Asche. Man versank darin bis zu den Knöcheln, und der feine Staub setzte sich bei jedem Atemzug in die Lungen. Ein anderes Mal war die Erde hart wie Stein, sah aus wie zersplitterter Ton, und schon nach wenigen Meilen schmerzten einem die Gelenke. Heute war aus der Erde ein Sumpf geworden, der drohte, jeden zu verschlucken, der ihn betrat – entweder von dem Sumpf selbst oder von einem seiner Bewohner.

Eigenartigerweise beschlich Mogda erst jetzt, wo er das Land der Oger verließ und Nelbor betrat, ein ungutes Gefühl. Das Land, das Mogda früher sein Zuhause nannte, und die Menschen, die er kennen gelernt hatte, waren ihm fremder denn je. Vor ihm erhob sich der Pass über den Bergrücken, der die Welt der Oger mit jener der Menschen verband. Seit Jahren wurde hier schon kein Handel mehr getrieben. Das Band zwischen den beiden Völkern war zwar noch nicht ganz gerissen, aber es war spröde geworden. Vielleicht konnte es einem Menschen noch Halt geben, aber das Gewicht eines Ogers trug es mit Sicherheit nicht mehr.

Mogda erinnerte sich gut an die Treffen mit den Händlern. Damals tauschten sie den roten Marmor aus dem Drachenhorst gegen Lebensmittel ein. Genauso klar wie die Erinnerung in ihm war auch die Erkenntnis, dass diese Zeiten endgültig vorbei waren.

Mit jedem Schritt, den Mogda den Pass hinaufstieg, wurde ihm mulmiger. Der salzige Gestank des roten Sumpfes wich langsam dem Duft von Nadelbäumen und Moos. Das Tannenverlies war nicht mehr weit, aber ob es ihm noch den Schutz gewährte, den es ihm damals geboten hatte, war mehr als ungewiss.

Es wurde bereits dunkel. Mogda hatte gehofft, die Passhöhe noch im Hellen zu erreichen, doch der steile Aufstieg zerrte an seinen Kräften und hatte länger gedauert als erwartet. Er hoffte, seine Verfolger inzwischen abgeschüttelt zu haben. Vielleicht waren sie aber auch an Nokrat gescheitert. Doch um sicherzugehen, hätte er sich gewünscht, noch bei Sonnenlicht einen Blick auf das Hinterland werfen zu können.

Als Mogda endlich die Gelegenheit hatte, sich umzudrehen, um seinen zurückgelegten Weg zu bestaunen, war es bereits so dunkel, dass sich im Tal unter ihm ein ganzes Heer hätte verstecken können. Seinen Augen fiel es nach all den Tagen immer noch schwer, sich von den hellen Nächten in den schneebedeckten Bergen auf die rabenschwarzen Nächte in Nelbor umzustellen. Nach einer Weile gab Mogda auf, nach verräterischen Bewegungen im Schwarz zu suchen. Niemand wäre so dumm, den Sumpf bei Nacht zu passieren, und auch die andere Seite, das Gebiet um das Tannenverlies, wurde nach Einbruch der Dunkelheit besser gemieden. Umso mehr wunderte Mogda sich über das Licht einer schwankenden Laterne, das er am Fuß des Passes auf der nelborianischen Seite gewahrte. Es bewegte sich langsam von Ost nach West auf das Tannenverlies zu.

Mogda war klar, dass er Nelbor nicht betreten konnte, ohne unweigerlich irgendwann auf Menschen zu stoßen. Ihm wäre es allerdings lieber gewesen, dieses Ereignis hätte noch etwas gedauert. Außerdem schienen ihm Fremde, die abseits aller Wege und mitten in der Nacht in der Nähe des Tannenverlieses unterwegs waren, irgendwie unheimlich. Es sei denn, es handelte sich um Oger. Normalerweise gehörte Neugier nicht zu den typischen Eigenschaften eines solchen, es sei denn, es ging darum, wie etwas schmeckte. Mogda war allerdings kein typischer Oger. Wie ein Insekt, das vom Licht in der Nacht angezogen wurde, folgte er der Laterne. Um sich selbst über sein befremdliches Verhalten hinwegzutäuschen, redete er sich ein, dass es genau in seiner Richtung unterwegs wäre.

Wem auch immer Mogda folgte, er machte sich keine Gedanken über die nächtlichen Gefahren. Im Licht der Laterne war schemenhaft ein Wagen zu erkennen. Töpfe und Pfannen schlugen aneinander und erzeugten eine Geräuschkulisse, wie sie zwei Ritter in Plattenpanzern auf einem Turnier nicht hätten klangvoller ertönen lassen können.

Mogda trottete immer weiter dem Licht hinterher. Er bemühte sich nicht, es einzuholen, aber er fiel auch nicht zurück. Sein Abstand zu dem Wagen war so gewählt, dass er seine Neugier stillen, aber sein Schwert stecken lassen konnte.

Irgendwann machte der Wagen Halt, und auch Mogda blieb stehen. Die Laterne wackelte noch zwei, drei Mal hin und her, kam dann aber zur Ruhe. Vom Kutschbock sprangen zwei Menschen herunter, und irgendwo aus dieser Richtung hörte man Kinderweinen. Leise erklang die gesummte Melodie einer Frau, die versuchte, das Kind zu beruhigen – mit wenig Erfolg. Mogdas Bedenken den Fremden gegenüber schwanden langsam. Selbst seine finstersten Gedanken konnten kein Bild einer Bedrohung formen, in dem weinende Kinder und singende Mütter vorkamen. Mogda entschloss sich, etwas näher heranzugehen.

Ein Mann in bäuerlicher Kleidung und mit einer formlosen Kopfbedeckung, die nur noch entfernt an einen Hut erinnerte, nahm die Laterne vom Wagen und beleuchtete den Karren von allen Seiten. Auf Schritt und Tritt folgte ihm ein Junge von ungefähr acht Jahren, dem man seine Erschöpfung und Freudlosigkeit beim Zu-Hilfe-Gehen des Mannes schon von Weitem ansah. Vor dem Karren waren ein Pferd und ein Muli eingespannt. Am Heck des Wagens waren ein Schwein und ein Hund angebunden.

»Prios hab Mitleid«, schrie der Mann und trat gegen eines der hölzernen Wagenräder.

Augenscheinlich war eines der Räder gebrochen. Der Wagen stand etwas schief, und durch das hektische Rütteln des Mannes wippte er hin und her.

»Joklu, lass das, die Kleine«, ermahnte ihn eine sanfte Frauenstimme hinter der gespannten Plane.

»Wenn du mir sagst, wie ich den Wagen aufbocken soll, ohne ihn zu berühren, wäre ich dir dankbar, Iseth. Aber solange ich mir den Rücken brechen muss, um das Rad zu wechseln, wirst du dich damit abfinden müssen, dass es ein wenig wackelt.«

Der Bauer stemmte sich gegen die Wagenwand und versuchte, das gebrochene Rad zu entlasten – ohne Erfolg. Mogda fragte sich, was der Mann erwartet hatte, als er seinen gerade mal hundertfünfzig Pfund schweren Körper gegen die Spriegel presste.

»Was stehst du so rum?«, schnauzte der Bauer den Jungen an. »Hilf mir.«

Mogda spürte den Drang, dem Hüttenbauer zu sagen, dass seine Kraft und sein Gewicht nicht ausreichten, um den Wagen anzuheben. Daran würde auch sein Sohn, der mit etwas Glück einen halben Zentner auf die Waage brachte, nichts ändern.

Dies war endlich eine Gelegenheit, den Menschen wieder etwas näherzukommen, auch wenn es sich nur um eine Bauernfamilie handelte. Die vergangenen Enttäuschungen durch die Menschen hafteten tief in Mogda. Es wurde Zeit, einmal die andere Seite der Hüttenbauer kennen zu lernen.

Mogda stand auf, schulterte wieder den im Bärenfell eingerollten Usil und näherte sich der Familie. Er versuchte, alles ogertypische in seinem Verhalten abzulegen. Er war nicht laut, er brüllte nicht herum, er versuchte, sich nicht anzupirschen, er ging so unauffällig wie möglich und so auffällig wie nötig auf den Wagen zu. Leider waren seine Bemühungen vollkommen umsonst: Er wurde nicht bemerkt. Ein Umstand, der ihn vor Jahren noch in Verzücken versetzt hätte, doch wenn es darum ging, eine arme Bauernfamilie nicht zu Tode zu erschrecken, war es problematisch. Mogda tat das, was ihm am sinnvollsten erschien.

»Kann ich euch helfen?«, fragte er mit einem kleinlauten Unterton in der Stimme.

Diese einfache Frage tat ihre Wirkung, leider nicht die gewünschte.

Fast gleichzeitig brach bei allen Lebewesen in der unmittelbaren Umgebung Mogdas die Panik aus. Der Bauer fing an, aufgeregt mit den Armen zu gestikulieren und laut zu brüllen. Der Junge lief schreiend zu seiner Mutter, die das weinende Kind im Arm hielt und – selbst kreischend – hinter der Plane hervorlugte. Der Hund bellte, der Esel schrie, das Pferd wieherte, und das Schwein quiekte aufgeregt. Mogda glaubte, sogar einige schlafende Vögel aus dem Unterholz gescheucht zu haben, die sich flatternd in den Nachthimmel erhoben.

Ihm blieb gar nichts anderes übrig, als wieder einen Schritt zurückzumachen. Alle Erklärungsversuche von ihm wurden im Gebrüll und Gekreische erstickt. Einer Eingebung folgend, hockte er sich hin. Manchmal war es gut, auf Augenhöhe mit seinen Gesprächspartnern zu sein, um ihr Vertrauen zu gewinnen. Bei Goblins hatte das oft geholfen, auch wenn es ausgesprochen unbequem war. Diesmal hatte es leider nur den Effekt, dass der Bauer ihn in einem Anflug von Selbstlosigkeit den Stiel einer Schaufel ins Gesicht schlug. Menschen hin oder her, Mogda wollte sich nicht durch übertriebene Rücksichtnahme von ihnen erschlagen lassen. Er ergriff den Schaufelstiel und zerbrach ihn zwischen Daumen und Zeigefinger. Der Bauer stürzte zu Boden und versuchte, auf allen vieren davonzukrabbeln. Mogda packte ihn am Fußgelenk und hob ihn hoch.

Schlagartig war die Panik vorbei. Entsetzt starrte ihn der Rest der Familie an, selbst das schreiende Kind war plötzlich ruhig, als spüre es den vermeintlichen Ernst der Lage.

»Ich wollte nur helfen«, brummte Mogda, obwohl er lieber gebrüllt hätte.

»Töte mich nicht«, jammerte der Bauer und hing dabei kopfüber vor Mogdas Gesicht.

Der Oger fragte sich, mit welcher Geste er bei der Familie die Angst davor, getötet zu werden, ausgelöst haben könnte. An den Worten »Kann ich helfen?« konnte es unmöglich gelegen haben. Er probierte es noch einmal auf die ruhige Art.

»Ich will euch nur helfen, das Rad zu wechseln. Warum sollte ich euch umbringen wollen?«

Mogda ließ den Bauern wieder zu Boden sinken und rückte ein Stück zurück.

»Du bist ein Oger«, waren die einzigen Worte des Bauern.

»Gut, dass du das sagst«, lächelte Mogda. »Ich hatte schon Angst, ich hätte mich in den Bergen in einen Eisbären verwandelt.«

»Du kommst aus den Bergen?«

»Interessiert dich das wirklich?«, brummte Mogda.

Ängstlich schüttelte der Bauer den Kopf.

»Schade«, erwiderte Mogda. »Trotzdem würde ich euch gern helfen. Ich halte den Wagen hoch, und ihr repariert das Rad. Was hältst du davon?«

Der Bauer schaute verschämt auf das gebrochene Rad, dann wieder zurück zu dem Oger. Schließlich nickte er zaghaft. Das anfänglich lautstarke Verhalten der Familie hatte sich in Stillschweigen verwandelt. Mogda begrüßte diesen Umstand und hoffte auf ein einfaches »Danke« nach getaner Arbeit. Zuerst jedoch galt es, etwas Hand anzulegen und seinen guten Willen zu beweisen.

Langsam gewann Mogda sein Vertrauen in die Menschen zurück. Die Frau hatte sich mit den beiden Kindern in den Wagen zurückgezogen, während Mogda den Karren an der Deichsel gepackt hatte und ihn nun anhob. Der Bauer verlor keine Zeit und löste das Rad. Er legte es neben den Wagen und entfernte den Metallreif, der um das Holz gespannt war. Äußerst geschickt sägte der Bauer einen Keil aus dem Holz zurecht, das für solche Fälle an der Seite des Wagens hing, und bearbeitete es mit einem Hobel, um es einzupassen. Er arbeitete sehr sorgfältig und ließ sich Zeit. Mogda wurden langsam die Arme schwer, und er fragte sich, ob dem Bauern klar war, dass auch die Kraft eines Ogers nicht begrenzt in ihm schlummerte.

Mittlerweile hatte der Junge im Wagen langsam die Scheu vor dem Oger verloren. Er schaute frech durch einen Spalt in der Plane und streckte die Zunge heraus. Mogda fiel es aufgrund der Anstrengung leicht, eine Grimasse zu ziehen. Der Junge schien angetan und erwiderte die Geste.

»Wie alt ist deine Schwester?«, fragte Mogda.

»Sie ist drei, und du?«

Noch nie hatte jemand Mogda gefragt, wie alt er war. Wenn er ehrlich war, musste er sich eingestehen, dass er es auch nicht wusste. »Irgendetwas zwischen vierzig und fünfzig, glaube ich«, gestand er.

»Wie alt werden Oger?«

»Mindestens hundert«, verkündete Mogda stolz.

»Und dann?«

»Dann gehen sie zu ihrem Gott Tabal und leben bei ihm als seine Leibgarde.«

»Wir haben keinen Gott mehr«, sagte der Junge ohne eine Wertung. »Prios ist gestorben. Wenn ich sterbe, bin ich einfach nur tot. Mein Vater sagt, irgendwann sind alle Menschen tot, und dann ist die Welt leer.«

Der Bauer hatte das Rad repariert und wieder auf die Achse gesteckt. *Gerade rechtzeitig*, dachte Mogda, denn er hatte keine Lust, diese Unterhaltung weiterzuführen, insbesondere nicht mit einem kleinen Jungen. Der Bauer nickte, und Mogda ließ den Wagen wieder herunter. Mit ein paar Schlägen auf die Keile hatte Joklu das Rad fixiert.

»Danke«, sagte der Mann schlicht.

»Wohin wollt ihr?«, erkundigte sich Mogda.

Der Bauer sah den Oger an, als ob er eines seiner Kinder hergeben sollte. Außer ein paar lautlos mit den Lippen geformten Worten erhielt er von Joklu keine Antwort.

»Wir fahren nach Sandleg«, rief der Junge aus dem Wagen und steckte seinen Kopf durch die Plane. »Vater sagt, wir reisen in ein anderes Land. In ein Land, wo uns die Götter wieder sehen können. Er meint, Nelbor sei verflucht, wegen dem Bündnis mit den Kreaturen Tabals. Und Mutter sagt, sie will noch mehr Kinder haben als mich und meine Schwester. Sie will nicht mit ansehen müssen, wie die letzten Menschen von Unholden abgeschlachtet werden. Was sind Unholde?«

»Unholde sind große, hässliche Wesen, die dir Böses wollen«, erklärte Mogda.

»So wie du?«, fragte der Junge ganz ungeniert.

»So wie ich, nur noch viel dicker.«

»Mein Vater könnte dich besiegen«, rief der Junge.

Mogda schaute zu dem Bauern hinüber. Der stand vor Angst erstarrt da und schien zu hoffen, dass sein Sohn sich durch seine Behauptungen nicht zur Waise machte.

»Natürlich kann er das«, sagte Mogda, »aber ich glaube, dass er weiß, dass ich euch nichts Böses will.«

Der Bauer rang sich ein entschuldigendes Lächeln ab. Der Junge war mittlerweile vom Wagen geklettert und stellte sich neben seinen Vater.

Stolz schaute er zu diesem auf. Joklu schien erleichtert, dass Mogda sich nicht herausgefordert fühlte. Er nickte mit dem Verständnis, dass nur ein Vater für seinen Sohn haben konnte.

»Vater, Julante schläft«, rief der Junge plötzlich aufgeregt und zeigte auf das Schwein, das am Strick festgebunden hinter dem Wagen lag. Der Hund hatte sich unterdessen mit eingeklemmtem Schwanz unter den Wagen verzogen. Mogda wusste nicht, wie Schweine aussahen, wenn sie schliefen, da die Tiere bislang immer aufgeregt umhergelaufen waren und gequiekt hatten, wenn er in der Nähe gewesen war. Oder wohlriechend über einem Feuer gehangen hatten. Doch auch ohne dieses Wissen konnte er sagen, dass ein Tier mit weit aufgerissenen Augen, der Zunge schräg aus dem Maul hängend und steifen, gen Himmel gerichteten Beinen tot war.

Mogda zog einige Münzen unter seinem breiten Gürtel hervor, die zum Teil aus Usils Nachlass stammten, und warf sie dem Bauern hin.

»Ich hoffe, das reicht für ein Schwein«, sagte Mogda.

Der Junge machte sich sofort ans Aufsammeln und zählte stolz die Münzen zusammen.

»Vierzehn Goldstücke«, triumphierte er. »Dafür bekommt man sogar eine Kuh.«

Für Mogda war das Geld wertlos. Es war ihm egal, was man dafür kaufen konnte, und die Familie schien es gut gebrauchen zu können. Er nahm das Schwein, nachdem er ohne Mühe das Seil durchtrennt hatte, auf die noch freie Schulter und zog weiter Richtung Tannenverlies.

»Pass gut auf Julante auf. Sie ist immer sehr hungrig, wenn sie aufwacht, und läuft gern weg.«

»Dann passen wir ja gut zusammen«, brummte Mogda halblaut.

Er nahm sich vor, nicht mehr anzuhalten, bis er den Wald erreicht hatte, und allen anderen Menschen von jetzt an aus dem Weg zu gehen. Noch mehr Tote konnte er nämlich nicht tragen.

Auch das Tannenverlies hatte sich im Laufe der Jahre verändert. Es wirkte noch dunkler und bedrohlicher als früher. Dies war beileibe kein Ort, durch den man nachts alleine lief, es sei denn, man war ein Oger. Die meisten der Menschen, die Mogda im Laufe der Jahre kennen gelernt hatte, fürchteten sich vor solchen Orten und versuchten, sie zu meiden. Doch es waren nicht die Orte an sich, die sie fürchteten. Im Grunde genommen fürchteten sie sich vor Wesen wie Mogda, denn genau diese fand man an solchen dunklen Plätzen.

Mogda bereitete der nächtliche Spaziergang kein Unbehagen, denn ihm fiel kein Wesen ein, das ihn hätte erschrecken können und dabei auch noch genug Platz fand, sich hinter einem Baum zu verstecken. Trotzdem versuchte er, so leise wie möglich zu sein. Allein der Gedanke daran, dass jemand in seiner Nähe sein könnte und er gezwungen wäre zu erklären, warum er nachts durch das Tannenverlies schlich und ein totes Schwein und einen toten Bauern mit sich schleppte, ließ ihn absolute Vorsicht walten.

Nokrat hatte Mogda erzählt, dass Gnunt in diesem Wald in einem verlassenen Turm hauste. Das Tannenverlies war riesig, aber Türme gab es nur einen – der Turm von Meister Trebor. Mogda hatte den Magier selbst begraben und sich dessen Amulett umgelegt, das ihm Intelligenz verlieh. Seit diesem Tag war für ihn alles anders geworden, und jeder hatte erklärt, dass es sein Schicksal gewesen sei. Mogda musste zu Gnunt. Er war ihm die Nachricht schuldig, dass diese Barbaren hinter ihm her waren und den schwarzen Splitter suchten. Schließlich besaß Gnunt den Kristall nur, weil er, Mogda, ihn ihm gegeben hatte. Er würde Gnunt warnen und dann weiterziehen.

Mogda war bis zum frühen Morgen unterwegs. Seine Schultern schmerzten von dem ständigen Gewicht. Der Sonnenaufgang lag bereits zwei Stunden zurück, aber immer noch schafften es die Strahlen nicht, durch das Dickicht der Bäume zu dringen und den Waldboden zu erhellen. Mogda musste bereits in der Nähe des alten, zerfallenen Zaubererturmes sein. Der typisch modrige Geruch des Tannenverlieses wurde langsam überlagert von Gräserduft und dem Aroma frischer grüner Triebe. An diesem Ort war es besser, seiner Nase zu folgen, denn alle anderen Sinne schienen wie betäubt. Als Mogda die ersten hellen Flecken zwischen den uralten Baumstämmen hindurchblitzen sah, wusste er, dass er richtig war.

Er hoffte, Gnunt dort zu finden, doch er wusste auch, dass falsche Hoffnungen schnell ins Verderben führen konnten. Womöglich lebten mittlerweile andere Menschen hier, und Gnunt war ganz woanders. Aber selbst wenn er hier lebte, war Vorsicht geboten. Der etwas tollpatschig und oft kindlich wirkende Oger war anders als die übrigen seines Volkes. Vielleicht würde er Mogda nicht einmal mehr wiedererkennen. Behutsam bog Mogda die letzten schützenden Zweige zwischen sich und der Lichtung zurück und beobachtete das vom dunklen Wald verschonte Gebiet – es weckte Erinnerungen in ihm.

Das Gras war hochgewachsen und bot den meisten Bewohnern des Waldes genügend Deckung, um sich dem alten verlassenen Turm ungesehen zu nähern. Mogda gehörte nicht zu ihnen. Aus vergangenen Tagen wusste er, dass noch nicht einmal ein Maisfeld in voller Reife genug Versteckmöglichkeiten für einen Oger bereithielt. Wo er entlangging, entstand eine Schneise, und wo er sich hinhockte, eine Bresche.

Der Turm von Meister Trebor hatte im Laufe der Jahre eine grundlegende Wandlung erlebt. Das Gebäude war einst die noble, wenn auch einsame Unterkunft eines Zauberers gewesen. Nach seinem tragischen Tod verwitterte der Turm immer mehr. Das Dach wurde undicht und das Gebälk morsch. Irgendwann hatte es nachgegeben und war in den Turm gestürzt. Tür und Fenster brachen heraus. Mittlerweile hatte der Wald den Turm zurückerobert und beanspruchte mit Efeuranken und Holundertrieben einen großen Teil des menschlichen Bauwerks.

Mogda zuckte regelrecht zusammen, als plötzlich Gnunt aus dem Inneren des Turmes hervortrat. Er zwängte sich durch die Öffnung der Tür und räkelte sich. In der Hand hielt er eine zehn Fuß lange Eisenstange, die leicht gekrümmt war; anscheinend handelte es sich um einen Teil des geschmiedeten Geländers aus dem Inneren des Turmes.

Mogda musste seine Erinnerung an den seltsamen Oger korrigieren. Er war noch größer und dicker als die Bilder, die er von ihm in seinem Kopf hatte. Die wulstigen Augenbrauen und das vorstehende Kinn verliehen ihm ein gewalttätiges Aussehen, das man Ogern aber ohnehin nachsagte. Sah man Gnunt, so konnte man meinen, dass er der Ursprung dieser Behauptung war. Erst wenn man ihn einen Augenblick lang beobachtete, erkannte man, dass in ihm ein Kind schlummerte, wenn auch ein riesiges.

Mogda beschloss, seinen Artgenossen nicht länger zu belauern, sondern auf sich aufmerksam zu machen. Er ließ Usils Leichnam und das Schwein zurück im Dickicht, dann trat er aus seinem Versteck hervor und schlenderte auf Gnunt zu.

Es dauerte nicht lange, bis Gnunt Notiz von ihm nahm. Im hohen Bogen warf er die Eisenstange von sich und riss die Arme in die Höhe.

»Mogda, Gnunt lange warten auf Freund. Endlich gekommen. Tunfell hat gefagt, du werden kommen hier.«

Anscheinend erinnerte sich Gnunt noch an seinen alten Weggefährten. Trotzdem war die aufbrausende Freude in dem Koloss etwas beängstigend. Mogda löste vorsichtshalber die Schlaufe, die den Griff des Runenschwertes sicherte. Gnunt kam auf ihn zugestürmt wie ein junges Fohlen, das zum ersten Mal die Weite einer Steppe erkundete. Jedoch besaß der Oger das Gewicht eines Loraster Kaltblutes – aufgezäumt, bepackt und mit Reitersmann.

Mogda blieb stehen, als er sah, dass Gnunt sein Tempo nicht verringerte. Bewaffnet oder unbewaffnet machte schon gar keinen Unterschied mehr, Gnunt würde ihn einfach niederwalzen. Dazu kam es jedoch nicht, denn Gnunt packte Mogda, riss ihn vom Boden hoch und drückte ihn an sich. Mogda erinnerte sich wieder an die damaligen Begrüßungs- und Abschiedsszenen mit dem Koloss, leider zu spät. Jetzt jedoch würden ihn seine Prellungen und die gestauchten Rippen noch eine ganze Weile daran erinnern.

»Nun wir endlich gehen und erfüllen Fickfal«, rief Gnunt, während er Mogda langsam aus seinen Fängen entließ.

Mogda fiel auf, dass sich Gnunts Aussprache verändert hatte. Aus dem einstigen Kauderwelsch war plötzlich etwas geworden, das nicht weit von dem entfernt war, was andere Oger von sich gaben. Einige Laute bereiteten ihm zwar immer noch Schwierigkeiten, aber man konnte mittlerweile verstehen, was er sagte.

»Du redest anders«, war Mogdas erste Reaktion. Er erinnerte sich noch genau an seine eigene Wandlung, die er vor Jahren an diesem Ort durchgemacht hatte. War Gnunt vielleicht etwas Ähnliches passiert?

Stolz präsentierte Gnunt seine ausgeschlagenen Vorderzähne.

»Dach von Turm auf Gnunt gefallen«, erklärte er.

Mogda war irgendwie erleichtert über diese einfache Erklärung. Auch wenn es ihm einige Vorteile gebracht hatte, intelligenter zu sein als alle anderen seiner Art, gönnte er es niemandem, sein Schicksal zu teilen, schon gar nicht einem Oger. Er hatte immer das Gefühl, seine Gedanken gehörten jemand anderem. Außerdem machte es ihn zu einem Aussätzigen seines Volkes, das ohnehin keiner mochte. Er verstand nur zu gut, was die Menschen meinten, wenn sie sagten, keiner sei einsamer als der Unschuldige im Kerker.

»Gehen Wafferfahn«, rief Gnunt aus.

Jetzt erst verstand Mogda, was Gnunt von ihm wollte. »Gnunt, ich bin nicht gekommen, um dich mit auf Reisen zu nehmen. Das Schicksal sollen diesmal andere erfüllen. Ich will dich nur warnen. Fremde werden kommen; sie suchen nach dem schwarzen Kristallsplitter. Sie werden versuchen, dich zu töten.«

Gnunt schien überhaupt nicht zu begreifen, was Mogda versuchte, ihm da klarzumachen. Voller Euphorie zerrte er an seinem Freund und zog ihn Richtung Zaubererturm.

»Gnunt warten fei Jahre. Nun Mogda endlich da.«

Mogda ließ die Prozedur über sich ergehen.

Gnunt zeigte ihm sein Reich. Das Dach im Turm hatte er mit Baumstämmen wieder auf halber Höhe abgestützt und nutzte den Unterstand so, um sich vor Regen und Kälte zu schützen. Die Bücher und sonstige Einrichtungsgegenstände waren mittlerweile von Fremden geplündert worden. Gnunt hatte sich in der Mitte des Turmes mit Steinen eine Feuerstelle angelegt und einen Schlafplatz eingerichtet. Dies war zwar nicht die übliche Behausung eines Ogers, aber sein Freund war auch nicht wie andere Oger, genau wie er selbst.

Noch gut erinnerte sich Mogda daran, wie er den Winter hier verbracht hatte, zusammen mit Usil, den er damals noch gefangen hielt, weil er befürchtete, der Bauer würde ihn verraten. Gierig hatte er mit seinem neuen Talent die Bücher verschlungen und Usil Löcher in den Bauch gefragt. Was damals noch an einen Zaubererturm erinnerte, war jetzt zu einer Ogerhöhle mutiert. Doch Gnunt war stolz auf sein neues Heim.

Nach der Begehung standen sie vor dem Gemäuer und blickten in eine schlammige Kuhle, die Gnunt ausgehoben hatte und nach eigenen Angaben regelmäßig bewässerte.

»Gnunt, hast du mich verstanden?«, fragte Mogda. »Fremde Menschenkrieger werden kommen und nach dem schwarzen Kristall suchen.«

»Kriftall in Ficherheit. Er befützen Kriftall.«

»Was meinst du mit ›er‹? Hast du den Stein jemand anderem gegeben?«, wollte Mogda entsetzt wissen. »Wer ist es, und wo ist er damit hin?«

Gnunt holte erneut die lange Eisenstange und stocherte nun damit in der Schlammkuhle herum. Nach einiger Zeit brachte er damit ein Reh zum Vorschein. Das Tier lag augenscheinlich schon seit einigen Wochen in dem Matsch.

»Er mag, wenn lange tot«, erklärte Gnunt.

»Du meinst, du hast jemandem den Stein gegeben, der das hier isst?«

Mogda drehte sich der Magen um. Er konnte und wollte niemanden kennen lernen, der sich von diesem Klumpen Aas ernährte. Eines war aber sicherlich klar: Die Barbaren würden sich davon nicht abschrecken lassen. Sie würden erst Gnunt umbringen und dann dieses Ding, das allem Anschein nach an Geschmacklosigkeit und einem schlechten Gebiss litt.

»Wann kommt er?«, fragte Mogda.

»Morgen bei Fonnenuntergang.«

10
Süßlicher Duft

»Du kannst doch reiten, oder? Es scheint mir, als ob dieser alte Klepper den Weg bestimmt und nicht du«, bemerkte Hagrim, der hinter Cindiel auf dem gemeinsamen Pferd saß, mit einem verbitterten Unterton. »Vor zwei Tagen hast du gesagt, wir würden einen Freund besuchen. Zu diesem Zeitpunkt bin ich davon ausgegangen, du wüsstest, wohin die Reise geht. Wenn ich jetzt den zurückgelegten Weg einmal Revue passieren lasse, komme ich zu dem Schluss, dass du entweder keine Ahnung hast, wohin du willst, oder dein so genannter Freund wechselt alle vier Stunden die Unterkunft.«

Cindiel hatte keine Lust und keine Zeit, die Fragen des Geschichtenerzählers zu beantworten. Sie suchte einen bestimmten Ort. Die junge Frau stellte sich in den Steigbügeln des Pferdes auf und ließ ihren Blick über den Fuß der nördlichen Berge schweifen. Sie und Hagrim folgten dem Gebirge jetzt schon seit ewigen Meilen, von der Höhe der Zwergenesse an bis hierhin, kurz vor den Rand des Tannenverlieses.

»Dort ist es«, sagte Cindiel erleichtert und deutete auf eine alte knöchrige Eiche am Berghang.

»Dort?«, wiederholte Hagrim enttäuscht. Er neigte sich auf dem Pferderücken weit zur Seite, um an Cindiel vorbeischauen zu können. »Du hast Freunde, die auf Bäumen wohnen?«

Auch diese Frage ließ Cindiel unbeantwortet. Hagrim verstand nicht, worum es ihr ging, und es würde schwer werden, es ihm zu erklären. Hagrim war jemand, der Geschichten erzählte, sie aber nicht selbst erlebte. Cindiel dagegen schien oft unfreiwillig eine der Hauptpersonen zu sein, und falls sie es noch nicht war, würde sie bald zu einer werden. Denn sie hatte vor, die Menschen zu verraten, wenn sich herausstellen sollte, dass diese im Unrecht waren mit ihren Behauptungen hinsichtlich dem Grund für das Verschwinden der Götter.

Vielleicht war es auch kein Verrat, sondern nur eine Geste ihres »schlechten Willens«. Wenn sie den Ogern erzählte, dass ihr Volk vorhatte, gegen die Kreaturen Tabals in den Krieg zu ziehen, würde es ohnehin zur Schlacht kommen. Das Einzige, was sie damit verändern würde, wäre der Umstand, wer wen zuerst angriff, und die Oger würden keine Zeit verlieren, den Hüttenbauern zu zeigen, dass sie bereit waren zum Kampf. Jetzt kam es darauf an, für welche Seite sie sich entschied. Sie brauchte Antworten, um nicht eine Verräterin am eigenen Volk zu werden. Und dabei ging es ihr nicht darum, sich später jemandem erklären zu müssen oder irgendwen von ihrem Vorhaben zu überzeugen. Sie wollte nur Gewissheit haben, ob das, was sie vorhatte, das Richtige war. Sie suchte nach ihrer eigenen Wahrheit.

Cindiel riss ihr Pferd herum und trieb es an. Hagrim hatte alle Mühe, sich hinter ihr auf dem Pferderücken zu halten, ohne der jungen Hexe dabei zu nahe zu treten. Am Fuß der Berge hielten sie an und saßen ab. Die Nüstern des Pferdes blähten sich auf, und das Tier stampfte nervös mit den Hufen. Cindiel band es an einem Strauch fest und klopfte ihm beschwichtigend auf den Hals. Nur schwer ließ sich das Tier beruhigen, und seine Augen zeugten noch immer von Scheu, als es seinen Kopf senkte und begann, seinen Hunger an den harten Blättern eines Lorbeerbusches zu stillen. Doch schließlich schnaubte es zufrieden.

Hagrim würde sich nicht so leicht zufrieden stellen lassen. Er stöhnte, fluchte leise vor sich hin und versuchte, seine müden Knochen zu lockern.

»Ich weiß auch nicht, aber als du von einem Freund geredet hast, hatte ich irgendwie die Vorstellung, er würde in einem Haus oder etwas Ähnlichem wohnen. Vielleicht sogar mit anderen zusammen. Mit so vielen, dass man den Ort in einer Landkarte hätte finden können. Wenn es auf einer Karte drauf ist, gibt es meist auch eine Herberge. Und in einer Herberge hätte man sich ausruhen können, etwas essen und vielleicht das eine oder andere Glas Wein trinken. Alles, was ich hier sehe, ist ein Baum, der so alt aussieht, wie ich mich fühle. Bäume sind nur für zwei Dinge gut: Entweder man isst ihre Früchte, oder man hängt jemanden daran auf.«

»Genau deswegen sind wir hier«, sagte Cindiel.

Hagrim schluckte. »Bitte lass es die Früchte sein«, flüsterte er. Hagrim kannte die Hexe aber schon zu lange, um wirklich daran zu glauben. Cindiel wurde magisch angezogen von Orten und Dingen, die andere Menschen Reißaus nehmen ließen. Schon als sie klein war, hatte sie diese Angewohnheit. Welches Kind hätte sich sonst dazu entschlossen, mit zwei Ogern durch das Land zu ziehen, um es vor Männern mit Tentakeln im Gesicht zu retten?

Cindiel und Hagrim erklommen den steilen Hang. Wieder einmal hatte es angefangen zu regnen. Hagrim sandte nur einen vorwurfsvollen Blick gen Himmel, unterließ es aber, das Wetter weiter zu kommentieren. Seit ihrem Aufbruch war ihre Kleidung klamm, und jedes Mal, wenn sie fast getrocknet war, fing es wieder an zu regnen. Dem alten Geschichtenerzähler behagte das ganz und gar nicht. Er war durchgefroren, und seine müden Knochen schmerzten. Cindiel hingegen schien das alles wenig auszumachen.

Als sie endlich den Baum erreichten, machte sich die Hexe gleich daran, die Rinde des Stammes zu untersuchen, und spähte nach etwas in den Zweigen.

»Dein Freund ist nicht sonderlich groß, stimmt's?«

Cindiel drehte sich um und sah Hagrim an. Fröstelnd, mit triefnassen Haaren und einem grimmigen Gesicht stand der alte Haudegen vor ihr. Zum ersten Mal fiel ihr auf, dass die Strapazen der Reise an dem Geschichtenerzähler nagten. Sie ging auf Hagrim zu, legte ihren Zeigefinger auf seine Stirn und hielt die andere Hand mit ausgestreckten Fingern neben seinen Kopf.

Hagrim ließ die seltsame Prozedur ohne Murren über sich ergehen. Er wusste, dass man sie besser nicht störte, wenn sie solche Dinge tat. Cindiel flüsterte einige unverständliche Worte und trat dann zurück. Hagrim zog eine Augenbraue hoch und wartete ab. Es kam nicht häufig vor, dass Cindiel ihn mit einem Zauber belegte. Das letzte Mal lag zwei Jahre zurück. Damals hatte sie ihn innerhalb von Sekunden aus dem wohligen Zustand der vollkommenen Trunkenheit zurückgebracht. Noch heute konnte er sich genau daran erinnern. Es war wie eine Entgiftung gewesen. Sein Körper hatte aus allen Öffnungen Rotwein hervorgepresst, und der Kater, der sich erst am nächsten Tag hätte einstellen sollen, hatte ihn sofort übermannt, komprimiert auf eine

Viertelstunde, aber dafür wesentlich unangenehmer. Diesmal hatte er nicht getrunken, und außerdem vertraute er Cindiel, solange er sie sehen konnte.

»Ich hoffe, es macht die Falten weg oder wenigstens die grauen …« Hagrim stockte. Sein Körper erwärmte sich von innen heraus, und ein breites Grinsen zog über sein Gesicht.

»Rotwein aus Zaubersprüchen«, stammelte er. »Prinzessin, damit kannst du reich werden. Stell dir nur mal vor, die Leute müssten nicht stundenlang herumsitzen und trinken, bevor sie ihren Pegel erreicht haben. Das ständige Rennen zum Abort würde entfallen, und in der Küche gäbe es nicht ein schmutziges Glas. Das ist wahre Zauberkunst.«

Cindiel wandte sich wieder ab, als sie erkannte, dass der Zauber seine Wirkung tat. Hagrims Euphorie musste ein wenig geschmälert werden, damit sie nicht die nächsten Tage damit beschäftigt war, seinen »Pegel«, wie er es nannte, zu halten.

»An diesem Baum sind über hundert Menschen gelyncht worden«, sagte sie traurig. »Grind hat sie damals zur Abschreckung hängen lassen. Er hat die Grenze zu seinem Reich damit markiert, wie Wölfe es mit ihrem Urin tun. Es gab viele von diesen Bäumen, doch die meisten wurden nach seinem Tod gefällt. Dieser hier ist noch übrig.«

»Das ist nur eine Geschichte«, erklärte Hagrim.

»Das werden wir bald herausfinden«, sagte Cindiel. »Was weißt du alles über den Tod?«

Hagrim schaute sie entgeistert an. »Ich hoffe, dass er noch lange auf sich warten lässt.«

Natürlich wollte sie etwas anderes von ihm hören, aber Hagrim brauchte einen Moment, um seine Gedanken zu ordnen. Er war stolz darauf, einer der wenigen Menschen zu sein, die nachdenken konnten, während aus ihrem Mund Belanglosigkeiten flossen.

»Die Leute erzählen sich«, fuhr er fort, »man sehe eine Laterne, wenn man stirbt, mit der die Götter einem den Weg durch die Finsternis leuchten. Es ist, als wenn man träumt. Man nimmt einen süßlichen Duft wahr und spürt keinen Schmerz, keine Kälte und kein Leid. Leute, die man hängt, machen sich dabei in die Hosen, weil ihnen genügend Zeit bleibt, über ihre Sünden nachzudenken, und sie befürchten, von den Göttern verdammt zu werden.« Hagrim überlegte kurz, schüttelte dann aber den Kopf. »Das ist alles, was ich weiß, aber wenn ich das nächste Mal in den Genuss komme, mit einem Toten zu reden, werde ich ihn noch einmal genau befragen. Willst du sonst noch etwas wissen?«

»Nein, du hast alles aufgezählt, was man wissen konnte. Viele der Sachen lassen sich einfach erklären. Das Licht kommt durch einen Augenkrampf, die Gefühllosigkeit durch den Schock. Das Urinieren entsteht durch die Muskelerschlaffung«, erklärte Cindiel.

»Das ist toll«, sagte Hagrim. »Damit hätten wir das geklärt. Können wir jetzt zur nächsten Herberge?«

»Noch nicht, noch ist offen, was mit dem süßlichen Duft ist.«

»Wenn ich jetzt sage, es ist der Duft von jungen Mädchen, die einen auf der anderen Seite erwarten, wirst du mir den Glauben daran sicherlich auch durch eine rationale Erklärung kaputtmachen.«

»Er kommt nur von *einer* Frau, und sie wartet nicht auf der anderen Seite, sondern dazwischen«, erklärte Cindiel.

»Kenne ich sie? Vielleicht die Schwester von Frau Mergil?«

»Knapp daneben, alter Mann. Es ist Bocco Talis.«

Hagrim war erleichtert. Sein Weltbild rückte sich langsam wieder zurecht. Bei all den gescheiten Erklärungen, die Cindiel von sich gegeben hatte, konnte sie einem das Himmelreich richtig vermiesen. Doch jetzt, mit dem Verweis auf Bocco Talis, machte sie sich mehr als unglaubwürdig. Die Geschichte von Bocco, der alten Hexe, erzählte man Kindern, damit sie artig waren. Es war ein Märchen, mehr nicht. Niemand, der einigermaßen Verstand besaß, würde daran glauben. Schon allein der Name klang suspekt. Man hatte ihn sicher gewählt, damit Kleinkinder ihn auch aussprechen konnten und er nicht mit wirklich existierenden Personen in Verbindung gebracht werden konnte.

»Das ist albern«, grunzte Hagrim. »Die Geschichte von Bocco Talis ist ein Kindermärchen. Bocco, was sollte denn das für ein Name sein? Bocco ist ein Geräusch oder ein schlechter Geschmack im Mund, aber keine Frau würde sich Bocco nennen.«

»Männer«, raunte Cindiel. »Ich kenne drei von euch etwas besser. Der erste ist drei Schritt groß und liest immer noch Geschichten über Prinzessinnen und Drachen, der nächste glaubt, dass es das Pilzmännchen wirklich gibt. Und für den letzten ist jede Geschichte, die er nicht selbst erzählt hat, ein Lügenmärchen.«

Hagrim klatschte vor Freude in die Hände. »Du sprichst von Mogda und Finnegan, was für zwei Einfaltspinsel – aber wer ist der Dritte?«

Cindiel fiel auf Hagrims Finten nicht mehr herein. Sie wusste, je mehr sie sich aufregte, desto mehr Freude fand Hagrim an dem Gespräch. Sie kniete sich hin und begann, mit den Fingern Linien in die feuchte Erde zu zeichnen. Hagrim schaute ihr gespannt zu.

»Dann lass mal hören, was du über Bocco weißt«, sagte Cindiel, während sie weiter vor dem Baum hockte.

»Puh, was soll ich schon über die Vettel wissen?«, klagte Hagrim. »Es ist bestimmt ein halbes Jahrhundert her, dass ich das letzte Mal ihren Namen gehört habe. Ich glaube, meine Mutter erzählte mir von ihr, als ich wieder einmal Äpfel vom Friedhof gestohlen hatte. Meine Mutter war keine besonders gute Geschichtenerzählerin. Sie war der Meinung, es müsse reichen, wenn man die Namen und Orte aufzählte, die in der Geschichte vorkamen. Und wenn man dann noch mit dem mahnenden Finger drohte, wäre alles gesagt, was es zu sagen gab. Und falls all das als Zurechtweisung nicht reichte, bekam man eben etwas an die Ohren. Ich glaube, später lief es dann immer gleich ab. Sie sagte einfach: ›Denk an Bocco Talis‹, und knallte mir gleich eine. Behalten habe ich nur so viel: Bocco Talis war eine Hexe. Man hat sie irgendwann auf einem Scheiterhaufen verbrannt, und seitdem spukt sie als Geist herum und sammelt die Seelen von Verbrechern. Hört sich für mich an wie ein Kinderschreck.«

Hagrim konnte nicht erkennen, ob Cindiel ihm überhaupt zugehört hatte. Sie war eifrig damit beschäftigt, ihre gezeichneten Linien im Boden nachzuziehen, und murmelte ihre unverständlichen Zauberformeln.

»Gib mir deinen Dolch«, forderte sie nach einer Weile. »Wir müssen noch eine Stunde warten bis zum Sonnenuntergang.«

»Wir sollen hier an diesem verfluchten Ort herumstehen und auf die Nacht warten? Und als wenn das noch nicht genug wäre, soll ich dir auch noch meinen Dolch geben?«, rief Hagrim empört.

»Hast du Angst vor Kindermärchen? Gib ihn mir einfach.«

Der Sonnenuntergang kam schneller, als Hagrim lieb war. Er befürchtete, dass an der Geschichte von Bocco vielleicht doch mehr dran sein könnte, als er wusste. Cindiels Vorbereitungen für das Ritual waren sicherlich nicht nur dazu gedacht, ihm Angst zu machen. Sie hatte ein Rechteck von zwei mal drei Fuß auf den Boden gezeichnet und dorthinein einige Runen. Konzentriert starrte sie auf den Lauf der Sonne und wie sie langsam hinter den Bergen verschwand. Cindiel hob Hagrims Dolch und rammte ihn in das gezeichnete Viereck. Doch anstatt dass die Klinge lautlos im Erdreich verschwand, drang sie nur wenige Zoll ein und ließ ein dumpfes Pochen erklingen. Cindiel wich erschrocken zurück und erhob sich.

»Was ist?«, fragte Hagrim, da er keinen blassen Schimmer vom Ablauf des Rituals hatte. »Läuft irgendetwas nicht, wie es sollte?«

»Doch, doch«, sagte Cindiel mit erstickter Stimme. »Es ist nur so – ich habe den Zauber noch nie benutzt und wundere mich, dass er auf Anhieb funktioniert hat.«

Sie bückte sich und umfasste den Messergriff. Mit einem Ruck zog sie daran und hob ihn mitsamt einer hölzernen Klappe in Form und Größe des auf den Boden gezeichneten Vierecks hoch. Darunter lag der Eingang zu einem Gewölbe, das sich in Dunkelheit verlor. Ungläubig starrte Hagrim der jungen Hexe über die Schulter.

»Bitte sag mir, dass der Keller schon vorher da war«, flüsterte er ihr zu.

»Du bleibst hier«, sagte Cindiel.

»Da kennst du den alten Geschichtenerzähler aber schlecht, Prinzessin. Du glaubst doch wohl nicht, dass ich mir so etwas entgehen lasse. Außerdem werde ich nicht hier draußen, lediglich bewaffnet mit meiner guten Laune, darauf warten, dass ein Troll vorbeikommt und mich als Abendessen verspeist. Auf keinen Fall! Da begleite ich dich lieber ins Reich der Kindermärchen.«

Diesmal hatte Hagrim Recht. Sich zu trennen war in keinem Fall gut. Cindiel wusste nicht, was sie erwartete, und der alte Geschichtenerzähler war auch nicht mehr in der Verfassung, sich irgendwelcher Angriffe zu erwehren. Wenn sie zusammenblieben, konnten sie sich zumindest gegenseitig helfen. Doch um das sicherzustellen, gab es einige Verhaltensregeln, die Hagrim noch lernen musste.

»Wenn du mitkommen willst, dann halte dich an das, was ich dir jetzt sage«, ermahnte sie Hagrim. »Du fasst in dem Keller nichts an. Du stellst dich hinter mich. Du beantwortest keine Fragen und du stellst keine. Am besten hältst du den Blick immer auf den Boden gerichtet. Hast du mich verstanden?«

»Natürlich, ich bin alt, aber nicht taub. Nicht reden, nicht gucken, nicht bewegen. Im Grunde wie bei einer Probe für meine eigene Beerdigung.«

»Wenn du dich nicht daran hältst, wird es deine echte Beerdigung sein«, drohte Cindiel ihm.

Cindiel nahm einen faustgroßen Stein auf, sprach eine kurze Zauberformel, und der Stein begann zu leuchten. Sie beugte sich hinunter und leuchtete den Eingang zum Gewölbe aus. Das Licht reichte nur, um die ersten steinernen Stufen zu erhellen. Dahinter lag Dunkelheit. Cindiel ließ den Stein über die Treppe in die Tiefe fallen. Stufe für Stufe sprang er hinunter und rollte dann in ungefähr fünfzehn Fuß Tiefe über ebenmäßigen Boden. Eine dünne Nebelschicht quoll um ihn herum.

Cindiel nickte Hagrim zu und tastete sich langsam die Stufen hinunter. Der Geschichtenerzähler folgte ihr auf dem Fuße. Die Luft in dem Gemäuer roch muffig, versetzt mit einem süßlichen Duft. Cindiel setzte jeden Schritt mit Bedacht, um auf der steilen Treppe nicht zu stürzen. Erst als sie unten war, sah sie sich um.

»Das ist ein Weinkeller«, entfuhr es Hagrim und erntete damit böse Blicke von Cindiel.

Das Licht des glühenden Steins erhellte den Keller nur schwach, doch es reichte, um zu erkennen, dass sie allein waren. Die Wände waren vollgestellt mit Weinregalen, und links und rechts neben der Treppe befanden sich zwei große Eichenfässer. Neben einem kleinen, aber massiven Tisch, an dem eine Vorrichtung zum Entkorken von Flaschen befestigt war, befanden sich in dem Gewölbe noch zwei Stühle, ein klappriger Ständer behängt mit Putzlumpen sowie ein Handkarren. Die Behausung von Bocco Talis, wenn sie es denn war, wirkte wie jeder gewöhnliche Weinkeller unter irgendeiner beliebigen Kneipe.

»Sie mag wohl keinen Rotwein«, flüsterte Hagrim. Er betrachtete die verstaubten Flaschen, deren Hälse geschützt auf einer Korkkante lagen. Der bauchige Teil ruhte in feinen Kies gebettet, den man in die Zwischenböden gestreut hatte. Vorsichtig zog er eine heraus.

»Hossa!«, rief Hagrim aus und war selbst erschrocken über die ungewollte Lautstärke des eigenen Ausrufs, auch ohne dass Cindiel ihn ermahnen musste. »Das ist eine Flasche Cyrinischer Wein. Ich glaube gehört zu haben, dass es das Land Cyrin schon seit hunderten von Jahren nicht mehr gibt«, flüsterte er.

»Seit sechshundert Jahren«, präzisierte Cindiel. »Bocco Talis lebte einst in Cyrin. Sie unterhielt dort ein Schankhaus und versorgte nebenbei das Königshaus mit allerlei Tränken, Salben und Arzneien. Der Sohn des Königs war ein regelrechter Schürzenjäger. Trotz seines guten Aussehens machte er sich seine Liebschaften mit Tränken aus Bocco Talis' Kräuterküche hörig. Er unterhielt einen ganzen Konkubinenstaat. Was er jedoch nicht bedachte, war die Eifersucht der Frauen untereinander. Eines Morgens öffnete man die Türen zum Schlafgemach der Frauen und fand sie alle ermordet vor. Man hatte ihnen in der Nacht die Kehlen durchgeschnitten. Als man dem Königssohn von dem Massaker berichten wollte, fand man auch ihn in seinem Gemach mit einem Messer in der Brust. Eine der Frauen hockte über seinem toten Körper und übersäte ihn mit Küssen. Die Wachen richteten seine Liebste noch vor Ort. Dem König jedoch reichte dies nicht als Genugtuung. Er machte Bocco Talis und ihre Tränke für das Unglück verantwortlich. Während Bocco schlief, umstellten die Wachen ihr Haus, versperrten alle Fenster und Türen und zündeten die Taverne an. Man erzählt sich, Boccos Geist habe sich in den Keller geflüchtet und ihn aus Zeit und Raum herausgerissen, während ihr Körper im Obergeschoss verbrannte. Jetzt reist sie durch die Jahrhunderte und sammelt in den Weinflaschen die Seelen zu Unrecht getöteter Menschen, bis sie eine Armee für ihre Rache zusammenhat.«

»Das kann nicht lange dauern«, kommentierte Hagrim und schüttelte die Rotweinflasche vor seinen Augen hin und her. »Hier ist noch keine Seele drin, jedenfalls keine, die noch nüchtern ist.«

Die beiden hatten gar nicht bemerkt, wie der Nebel, der den Boden bedeckte, immer dichter geworden war. Erst als Hagrim durch das immer schlechter werdende Licht das Flaschenetikett nicht mehr lesen konnte, wurde er stutzig.

»Dein Stein erlischt langsam«, sagte er.

»Sie ist hier«, flüsterte Cindiel.

Der Nebel geriet in Wallung. Wie die Brandung an einer Klippe schlug er gegen die Wände und schwappte zurück, um sich mit den nachfolgenden Wogen zu vermengen. Mehrfach glaubte Cindiel, aus den Augenwinkeln eine Bewegung zu erkennen, doch jedes Mal, wenn sie den Kopf drehte, sah sie nichts außer dem brodelnden weißen Nebel.

»Das war eine schöne Geschichte, nur im Laufe der Zeit ist sie etwas verfälscht worden«, krächzte eine Stimme genau vor Cindiel.

Wie eine Schlange erhob sich Bocco Talis aus dem Nebel. Obwohl dieser kaum einen Fuß hoch war, schaute nur ihr Oberkörper daraus hervor. Mit den Händen schien sie sich am Boden abzustützen. Die linke Hälfte ihres Gesichtes war das einer uralten Frau. Lange grauweiße Haare fielen ihr über die Schulter herab, und ihr Auge leuchtete milchig-trüb. Die rechte Gesichtshälfte war vollkommen entstellt, die Haare bis zum Scheitelansatz verbrannt. Überall prangten schorfige Hautreste, und ein Stück des Mundwinkels fehlte gänzlich und entblößte einen Teil von Ober- und Unterkiefer.

»Der Sohn des Königs sah nicht sonderlich gut aus«, sagte Bocco. »Seine Stellung aber machte sein Aussehen wett. Außerdem war es nicht der König, der seiner Garde befahl, mich zu strafen, es war die Königin, die den Tod ihres Sohnes nicht verkraften konnte und wollte. Außerdem war es kein Messer, dass dem kleinen Taugenichts in die Brust gerammt wurde, es war ein dreiarmiger Kerzenleuchter. Aber dies sind Details, welche die Menschen genauso wenig interessieren wie die Frage, wer wirklich Schuld trug an der Tat.«

Cindiel und Hagrim wagten nicht, sich zu bewegen. Cindiel hatte eine ungefähre Ahnung von dem gehabt, was sie hier erwartete, und dennoch war sie starr vor Angst. Hagrim wäre am liebsten davongerannt, aber der Geschichtenerzähler in ihm hielt ihn gefangen. Wo sonst hatte man die Gelegenheit, einer Legende zu begegnen, auch wenn sie einem Schauermärchen entsprungen war?

Bocco Talis kam langsam auf Cindiel zu. Die Alte bewegte sich rutschend vorwärts. Mit den Armen stützte sie sich vom Boden ab, dann schwang sie ihren Oberkörper nach vorne. Die Arme folgten, setzten wieder auf; und die Prozedur wiederholte sich. Bocco Talis hatte dabei etwas von einem Raubtier, das sich an seine Beute anschlich.

»Bleib zurück«, sagte Cindiel bestimmt. »Du sollst mir nur einige Fragen beantworten.«

»Ich habe mir schon gedacht, dass du nicht hergekommen bist, um lediglich herauszufinden, ob es mich wirklich gibt. Aber du weißt, dass Antworten niemals umsonst sind.«

Natürlich wusste Cindiel das. Sie hatte viel über die einstige Hexe in den Aufzeichnungen ihrer Großmutter gefunden. Bocco Talis' Orakelsprüche waren niemals umsonst. Doch nicht die Bezahlung war das eigentlich Heikle an ihnen, sondern vielmehr die Deutung der kryptischen Antworten. Orakelfrauen sprachen mit gespaltener Zunge. Was ihre Entlohnung anging, stand in den Büchern geschrieben, dass sie sich mit Kleinigkeiten aus dem weltlichen Reich zufriedengab. Geister liebten Erinnerungen an ihr früheres Leben.

»Sag mir, ob die Götter uns verlassen oder ob sie nur ihren Blick von uns abgewandt haben.«

Bocco grinste breit, was ihren unansehnlichen Kiefer noch weiter freilegte. »Nichts von beidem, aber mehr von dem Zweiten als dem Ersten.«

Cindiel hatte bereits Erfahrungen gesammelt mit den Antworten von Schamanen, Orakeln und Weissagern und wusste sie zu deuten. So eine klare Antwort jedoch hatte sie nicht erwartet.

»Können wir die Macht der Götter zurückbringen, indem wir ihnen absoluten Gehorsam leisten und ihren weltlichen Stimmen folgen?«

»Die Götter sind verstummt. Sie haben keine weltlichen Stimmen mehr. Alles, was du hörst, ist das Gewinsel von alten Männern, die es nicht verkraften, machtlos zu sein.«

Cindiels Befürchtungen stellten sich somit als wahr heraus. Die Kleriker des Prios' handelten also allein aus Eigennutz heraus. Sie trachteten nach der Macht der Lords, wenn ihnen schon die des Glaubens verwehrt wurde. Wenn es stimmte, was man sich über Bocco Talis erzählte, blieb Cindiel noch genau eine Frage übrig. Die eindeutigen Antworten der Alten verleiteten sie, eine Frage zu stellen, die gegen die Regeln verstieß.

»Wie können wir die Götter zurückholen?«

»Du hast deine Hausaufgaben nicht gemacht, junge Hexe«, krächzte Bocco. »Hat dir die alte Gerba nicht beigebracht, was zu fragen es gilt und welche Antworten sich nur durch Taten ergeben? Du kommst hierher und denkst, du bekommst von mir eine Antwort auf eine Frage, welche die Götter selbst gestellt haben? Du musst noch viel lernen, Kindchen.«

Bocco Talis kroch weiter auf Cindiel zu. »Um dich bei deiner Suche weiterzubringen, gebe ich dir dennoch eine Antwort: Wonach du suchst, ist eine alte Prophezeiung. Nie wurde sie richtig gedeutet. Im Laufe der Jahre wurde sie falsch wiedergegeben und schließlich von anderen für ihre eigenen Ziele genutzt. Mittlerweile ist sie völlig vergessen.«

Das war eine Antwort nach Cindiels Geschmack. Wer suchte nicht gern nach Überlieferungen, die falsch verstanden, sinnverdreht, abgewandelt und vergessen worden waren? Wie sollte sie etwas herausfinden, was schon seit vielen hundert Jahren von niemandem hatte gelöst werden können?

Darauf kam es aber gar nicht in erster Linie an. Bocco hatte ihr gesagt, was sie am dringlichsten hatte wissen wollen: Die Menschen mit ihrem blinden Hass gegen die Kreaturen Tabals waren im Unrecht. Ihre Aufgabe war es jetzt, die Oger zu warnen. Cindiel bezweifelte, dass die Priester tatsächlich ein Heer würden aufstellen können, das mutig und erfahren genug war, gegen die Kreaturen Tabals in den Kampf zu ziehen, doch das hieß nicht, dass sie es nicht doch schaffen könnten. Sie würde dafür sorgen, dass die Priester und ihr Heer der Verblendeten nicht über jeden Oger herfielen, den sie fanden, und ihn töteten – auch wenn das Krieg bedeutete.

Cindiel zog an einer bronzenen Kette um ihren Hals und holte einen goldenen Anhänger in Form eines Drudenfußes hervor. Sie zog die Kette über den Kopf und hielt sie Bocco Talis hin.

»Was soll das sein?«, krächzte Bocco.

»Deine Bezahlung«, sagte Cindiel empört.

»Du glaubst, du kannst mich mit diesem albernen Schmuckstück abspeisen«, keifte die alte Hexe. »Ein bisschen Metall, etwas Kunstfertigkeit und ein paar sentimentale Erinnerungen. So etwas bekomme ich bei jedem fahrenden Händler, und die passende Geschichte dazu. Was mir als Lohn zusteht, bestimme immer noch ich selbst.«

»Ich besitze sonst nichts«, erklärte Cindiel.

»Doch, Kindchen, du hast etwas, das viel wertvoller ist als all die Geschmeide der Welt. Ich will deinen Hass, deine Liebe, den Kummer und Schmerz. Ich will jedes Gefühl aus dir heraussaugen und mich daran erfrischen.«

Cindiel dachte an Finnegan, den sie ohne eine Nachricht zurückgelassen hatte. An ihre Liebe zu ihm und den Kummer über ihre Kinderlosigkeit. Sie dachte an ihre Großmutter und die Trauer um deren Tod sowie die Freundschaft zu Mogda, den Hass auf die Priester und den

Schmerz über ihren bevorstehenden Verrat. Waren das die weltlichen Kleinigkeiten, von denen in den Unterlagen ihrer Großmutter berichtet wurde?

Sie wollte weiter zurückweichen, doch schon nach wenigen Schritten stand sie mit dem Rücken an der Wand. Sie warf Bocco das Amulett hin und schrie: »Du bist keine Hexe mehr, Bocco Talis, der Fluch hat einen Dämon aus dir gemacht. Nimm das Amulett als Bezahlung oder verrotte in diesem Keller.« Mit einem Satz sprang Cindiel auf die Treppe und wollte flüchten, doch noch bevor sie die ersten Schritte machte, schlug die hölzerne Luke über ihr zu.

»Lass uns gehen, oder du wirst wieder brennen«, drohte Cindiel der Alten.

»Zu spät, Kindchen«, lachte Bocco. Du und der alte Mann, ihr könnt gerne meinen Keller verlassen, aber nicht in eure, sondern in meine Welt. Was ihr dort oben findet, habt ihr in euren schlimmsten Albträumen noch nicht gesehen.«

»Wohin hast du uns gebracht, altes Weib?«, stöhnte Cindiel.

»Wenn das hier unten meine Heimat ist, dann ist dort oben mein Folterkeller«, erklärte Bocco.

Cindiel standen Tränen in den Augen. Sie wusste, dass Bocco nicht bluffte. Das hatte die jahrhundertealte Hexe nicht nötig. Ihre Macht auf Erden war beängstigend, aber hier war sie grenzenlos.

»Wenn du bekommst, was du willst, lässt du uns dann wieder zurück in unsere Welt?«

»Nimm mich«, sagte Hagrim plötzlich mit flüsternder, fast erstickter Stimme. »Sobald die Götter ein Lebenszeichen von sich gegeben haben, werde ich dein sein.«

Bocco Talis fuhr herum und kroch auf den alten Geschichtenerzähler zu.

»Nein, nicht!«, schrie Cindiel.

»Abgemacht«, krächzte Bocco mit einem dämonischen Grinsen.

Im gleichen Moment schlug die Luke zum Kellergewölbe wieder auf. Cindiel wollte auf Bocco losgehen und Hagrim aus ihren Fängen befreien, doch die Alte war vorbereitet. Wie aus dem Nichts bildete sich ein Strudel aus Nebel um Cindiel und hüllte sie ein. Gefangen in einer Windhose, wurde sie von den Füßen gehoben und schlug heftig mit dem Kopf gegen einen Holzbalken.

Als Cindiel wieder zu sich kam, lag sie am Boden, und Hagrim hockte über ihr. Er wischte ihr mit seinem Hemdsärmel den Schmutz aus dem Gesicht und lächelte traurig.

»Was hast du getan, du alter Narr?«, schluchzte sie.

»Ich habe mein bereits gelebtes Leben verkauft und dir deines geschenkt. Das war der beste Handel, den ich je gemacht habe. Wenn ich genau darüber nachdenke, hätte sie ruhig noch eine Flasche von dem Cyrinischen Wein drauflegen können.« Cindiel sah, wie eine Träne seine Wange herunterlief.

11
Weggefährten

Auch Rator brauchte seinen Schlaf, was ohnehin schon durch die Kälte, den Wind und die fehlende Unterschlupfmöglichkeit kein sonderliches Vergnügen war. Richtig schwierig und kaum noch erholsam wurde es aber, wenn man zusätzlich einen Gefangenen bei sich hatte, der nur darauf wartete, dass sein Entführer die Augen schloss.

Das ungleiche Gespann hatte sein Tagespensum an Wegstrecke hinter sich gebracht. Mit dem Hüttenbauer im Schlepptau kam Rator nur noch halb so schnell voran wie zuvor. Immer noch hoffte er, aus dem Jungen eine Antwort herauszubekommen. Wenn Tabal hier irgendwo seinen Palast hatte, musste der Junge davon wissen. Schließlich wusste er auch, dass die große Höhle, die Rator gefunden hatte, jemandem namens Hrimthorsen gehört hatte. Wobei Rator nicht ganz verstanden hatte, ob es sich dabei um den Namen eines Einzelnen oder um die Bezeichnung für ein Volk handelte. Einig waren sie sich aber darüber, dass Hrimthorsen größer war als Rator.

Es war der zweite Tag, den sie nun gemeinsam reisten. Der Junge hatte noch nicht viel gesprochen und auch auf Rators Fragen keine Antwort gegeben. Bislang folgte Rator immer noch der Richtung, die ihm das Zauberpulver das letzte Mal gewiesen hatte.

»Gelp bauen Höhle aus Schnee«, befahl Rator. Er wollte endlich wissen, ob Mogda ihm die Wahrheit erzählt hatte, was die Hüttenbauer aus dem Norden anging.

Gelp runzelte die Stirn. »Warum sollte ich das tun? Es würde Stunden dauern, für einen Koloss wie dich einen Iglu zu bauen. Ich kann auch im Freien schlafen.«

Rator hatte wenig Lust auf Widerworte, erst recht nicht von einem Gefangenen, der ihm ohnehin noch Antworten schuldig war. Die meisten Hüttenbauer redeten sonst eher viel zu viel, es wurde Zeit, ihnen zu zeigen, wer hier das Sagen hatte. Rator packte den Jungen im Genick und zog ihn hoch. Der angehende Krieger ergab sich kampflos in sein Schicksal. Als Rator vor zwei Tagen dessen Schwert zerbrochen und ihm seinen Dolch genommen hatte, hatte er ihm anscheinend auch die Kampflust geraubt. Jetzt musste es ihm nur noch gelingen, den Kerl zum Reden zu bringen. Rator riss ihm den Pelzumhang vom Leib und pflückte die Fellstulpen von dessen Schuhen wie reife Beeren von einem Busch. Dann warf er Gelp zurück in den Schnee, aus dem dieser sich sofort aufrappelte.

»Bist du verrückt, was soll das? Ohne meinen Umhang bin ich in zwei Stunden erfroren«, jammerte Gelp.

Rator setzte sich demonstrativ auf die Kleidungsstücke des Jungen. »Dann beeilen Bau von Schneehöhle. Rator wenig kalt. Sitzen warm auf Fell.« Die Worte des Kriegsogers ließen keinen Zweifel daran, dass er es ernst meinte.

Gelp schaufelte übereifrig den Schnee zusammen und presste ihn in eine kantige Form. Stück für Stück baute er einen Ring aus Schneequadern um Rator auf. Geschickt formte er weitere Blöcke und türmte sie auf dem unteren Ring auf. Allerdings waren Gelps Hände mittlerweile ganz blau gefroren, und er zitterte am ganzen Körper. Selbst Rator musste sich eingestehen, dass die Errichtung einer Schneehöhle länger dauerte, als er erwartet hatte. Außerdem kroch auch in ihm langsam die Kälte hoch. Er musste sich bewegen, sonst drohten ihm Erfrierungen. Er warf sich den Pelz des jungen Kriegers über die Schulter und fing selbst an, einen großen Schneequader zu formen.

»Du musst sie kleiner machen, sonst bricht uns alles unter dem Gewicht zusammen«, erklärte Gelp. »Normalerweise presst man einen großen Block zusammen und teilt ihn mit der Klinge seines Schwertes, dann passen die Kanten besser aneinander. Leider habe ich kein Schwert mehr«, beklagte er sich.

»Gehen auch so«, sagte Rator und begradigte die Kanten des Blocks mit der Axt. Durch die Bewegung wurde Rator gleich wieder etwas wärmer. Also schätzte er, dass auch der Junge ohne seinen Umhang und seine Stulpen würde durchhalten können.

Es dauerte noch fast zwei Stunden, bis die Schneehöhle fertig war. Am Ende ließ sich Gelp im Inneren einschließen und nahm die letzten Quader von Rator entgegen. Danach glättete der Nordmann die Innenflächen und verschmierte die letzten Ritzen mit Schnee. Zu guter Letzt grub er eine kleine Öffnung.

»Jetzt musst du den Eingang herausschneiden. Mach ihn nur so groß, dass du gerade hindurchpasst«, rief der Junge Rator von innen zu.

Der Oger schlug vorsichtig mit seiner Axt die Seiten des Durchbruches weg. Stück für Stück vergrößerte er das Loch in der Schneewand, bis er nach mehrmaligem Probieren hindurchpasste.

»Häng meinen Umhang davor, dann wird es gleich wärmer«, empfahl Gelp.

Rator nahm den Dolch des Jungen, den er sich in den Hosenbund gesteckt hatte, bohrte ihn durch den Pelz und befestigte ihn auf einer Seite des Eingangs. Die andere Seite stützte er mit seiner Axt ab. Rator musste sich wieder einmal eingestehen, dass Mogda ihm die Wahrheit erzählt hatte. Nach wenigen Minuten spürte er, wie das Innere der Höhle sich aufwärmte und die Kälte aus seinen Gliedern wich.

»Wir können auch ein Feuer machen«, sagte Gelp. »Der Schnee wird nicht schmelzen.«

»Du sammeln Holz«, befahl Rator.

»Wie wäre es, wenn du mir dafür meine Sachen wiedergibst?«

»Du suchen schnell, dann nicht frieren.«

Störrisch riss Gelp den Umhang beiseite und krabbelte hinaus. Rator beobachtete ihn einige Zeit dabei, wie er die wenigen verstreuten Zweige, die der Hagelsturm abgerissen hatte, zusammensuchte. Eine Flucht des Jungen würde ohne dessen Umhang seinen sicheren Tod bedeuten, deshalb machte sich der Kriegsoger wenig Sorgen, auch als Gelp aus seinem Sichtfeld verschwand. Die plötzliche Wärme und die vorangegangene Arbeit legten eine bleierne Müdigkeit über Rator. Dem Kriegsoger fielen für einen Moment die Lider zu.

Ein stechender Schmerz riss ihn aus dem Halbschlaf. Er spürte, wie eine Klinge beim Herausziehen an seiner Rippe entlangschabte. Der Angreifer stach noch zweimal schnell hintereinander zu, bevor Rator wieder einen klaren Gedanken fassen konnte. Er griff nach der Axt an seiner Seite – doch seine Hand fasste ins Leere. Sein Angreifer bohrte ihm den Dolch erneut in den Rücken. Rator schlug mit seiner Faust nach hinten und traf. Die Wucht des Hiebes ließ seinen Gegner zurücktaumeln. Rator nutzte die Zeit und rollte sich auf die Seite.

Schnell zog Rator die Beine an und trat mit voller Wucht gegen die Schneewand, die dem Oger nichts entgegenzusetzen hatte. Seine Hände packten einen Schneeblock und schleuderten ihn blindlings davon. Eine Rolle vorwärts brachte ihn heraus aus der Schneehöhle und wieder auf die Beine. Sein Angreifer hatte sich noch nicht wieder aufgerappelt. Es war Gelp, der die Unachtsamkeit des Ogers genutzt und ihn angegriffen hatte. Der Junge schien allein und ohne Verstärkung zu sein. Als einzige Waffe hielt er seinen Dolch aus der Schneehöhle in der Hand; die Axt des Ogers war ihm mit Sicherheit zu schwer und unhandlich gewesen.

Gelp versuchte, wieder aufzustehen, doch sein linkes Bein sackte immer wieder weg. Sein Knie schien verletzt, und die Kälte hatte ihn so gut wie gelähmt. In Gelps Augen sah der Oger, dass der Junge wusste, dass sein Kampf verloren war. Gelp ließ die Klinge aus der Hand gleiten und fiel rückwärts in den Schnee.

Es wäre ein Leichtes für Rator gewesen, ihn zu töten, doch er brauchte den Jungen noch. Er fühlte, wie sein Hemd sich mit Blut vollsog und die warme klebrige Flüssigkeit sein Bein hinabrann, während sie langsam erkaltete. Suchend schaute er sich nach seiner Axt um und fand sie einige Schritt entfernt im Schnee liegen. Unter Schmerzen humpelte er zu ihr hin, las sie auf und stützte sich auf den Stiel. Dann hinkte er zu Gelp hinüber. Neben dem lag der blutige Dolch.

Vor Jahren war ihm schon einmal jemand mit einem Dolch entgegengetreten und hätte ihn beinahe getötet. Ursadan, einer der Hauptmänner der Orks, hatte sich vorgenommen gehabt, ihn für seinen Ungehorsam zu bestrafen. Er trieb Rator einen Dolch in den Oberschenkel. Die Klinge, von der Ursadan behauptete, sie sei eines von Tabals Artefakten, war mit Gift oder einem Zauber belegt worden und hatte ihn gelähmt. Allein Cindiel, der jungen Hexe, hatte er es zu verdanken, dass er noch am Leben war. Sie konnte die Lähmung aufheben und den Dolch als falsches Artefakt entlarven. Ursadan hatte seine gerechte Strafe erhalten, kurz vor dem Aufstand der Oger in der roten Wüste.

Dieses Mal war es kein Orkhauptmann gewesen, sondern ein Kind, das versucht hatte, ihn zu töten. Wenn das so weiterging, musste er sich demnächst noch vor Goblins in Acht nehmen, wenn sie mit ihren winzigen Forken und Messern das Essen zubereiteten. Doch Rator konnte die Beweggründe des Jungen auch ein wenig verstehen, und deshalb sollte seine Lektion nicht ganz so hart ausfallen wie damals Ursadans.

Er hob den Dolch, an dem sein eigenes Blut klebte, auf und kniete sich über den am Boden liegenden Gelp. Mit der Spitze des Dolches tippte er gegen das Knie des Menschen. Gelp krümmte sich und schrie vor Schmerzen.

»Dolch gut für schnitzen. Dolch gut für häuten Wild. Dolch nicht gut für töten Oger«, brüllte Rator ihn an. »Klinge zu kurz. Oger nie tot. Oger nur böse.«

Rator packte Gelp am Arm und zog ihn hinter sich her. Er legte den Menschen wie ein Stück erlegtes Vieh in der halb offenen Schneehöhle ab. Dann grub er das Fell aus dem Schnee und warf es Gelp hin.

»Haus aus Schnee nicht gut. Schnell kaputt. Lieber ziehen an Mantel. Haben Holz für Feuer?«

»Ich habe es neben den Eingang gelegt«, erklärte Gelp mit zittriger Stimme.

Rator schob mit dem Fuß den Schnee beiseite. »Du lange weg für wenig Holz. Du lange denken schlechten Plan.« Er stieß das trockne Geäst zu Gelp hinüber. »Machen Feuer«, befahl Rator.

Trotz seiner offensichtlichen Schmerzen stapelte der junge Krieger das Holz auf, riss einen Leinenfetzen von seinem Hemd ab und holte einen Feuerstein hervor. Aus dem Stoff zupfte er einzelne Fäden heraus und zwirbelte sie zwischen Daumen und Zeigefinger zusammen. »Ich brauche meinen Dolch«, bat Gelp und hielt Rator den ausgestreckten Arm hin. Rator kam der Bitte nach und warf ihm das kaum einen Fuß lange Messer hin. Den Feuerstein in der einen Hand haltend, schlug Gelp die stumpfe Seite des Dolches von oben herab dagegen. Kleine Funken schlugen auf die Leinenfäden und entzündeten den Stoff. Gelp verteilte den Zunder unter den Ästen, und schon nach wenigen Augenblicken prasselte ein gemütliches Feuer.

»Es wird nicht lange halten«, sagte Gelp. »Wir brauchen mehr Holz.«

»Wir nicht lange bleiben. Wir weiterziehen bald.«

Rator hockte sich vor die wärmenden Flammen und rieb seine

Hände darüber. »Legen Klinge in Feuer«, sagte Rator. »Müssen glühen.«

Gelp tat, wie ihm aufgetragen wurde. Rator drehte sich zur Seite und zog sein blutiges Hemd aus der Hose. Die vier Einstiche, die Gelp ihm beigebracht hatte, saßen alle dicht beieinander. Mit jedem Herzschlag des Ogers quoll Blut daraus hervor. Rator drehte Gelp vorwurfsvoll die Seite hin.

»Brennen aus mit Klinge«, grollte er. »Glühende Klinge pressen auf Wunde, bis riechen nach Essen. Dann wieder in Feuer, bis heiß.«

Gelp wusste, wie man Wunden ausbrannte. Jedoch hatte man ihm dies nur bei verletzten Tieren beigebracht, um die Blutung zu stillen. Eines der wenigen Rinder, die sein Stamm besaß, hatte sich damals einen spitzen Ast durch die Vorderflanke gebohrt. Zwei andere Männer und er mussten die Wunde ausbrennen. Er konnte sich noch genau daran erinnern, mit welcher Gewalt das Tier versucht hatte, sich loszureißen, und um sich trat, als sie das glühende Metall in die Wunde drückten. Er hoffte nur, dass der Oger nicht so heftig reagierte.

Als Gelp die glühende Klinge aus den Flammen zog – seine Hand geschützt durch den Fäustling aus Leder –, legte der Oger ihm die Hand auf den Fuß und umklammerte das Gelenk mit festem Druck.

»Dolch nicht lang genug für töten Oger«, wiederholte Rator.

Die Drohung war einfach und unmissverständlich. Selbst wenn Gelp es wagen würde, Rator das Messer erneut in den Leib zu stoßen, würde sich der Oger rächen, ob mit tödlicher Wunde oder ohne. Mit dem gebrochenen Knie war Gelp ohnehin seinem Peiniger ausgeliefert.

Mit einem zischenden Geräusch presste Gelp die rot glühende Klinge gegen die Stichwunde. Nicht das kleinste Zucken fuhr durch den Körper des Ogers. Nicht einmal ein Stöhnen war zu hören. Zuerst roch es nur nach verbrannten Haaren, doch dann stieg der Geruch von verkohltem Fleisch auf. Die Hitze der Klinge hielt nicht lange an, aber es reichte, um die Wunde zu schließen. Erneut steckte Gelp die Waffe ins Feuer. Niemand, den er kannte, hätte diesen Schmerz lautlos ertragen.

Es war wie ein Wettstreit. Gelp ließ die Klinge jedes Mal heißer werden und presste sie dann stärker gegen die nächste Wunde, nur um zu sehen, ob der Oger irgendwann eine Reaktion von sich gab.

Rator bemerkte den Eifer des Jungen, wollte ihm aber die Genugtuung eines Schmerzensschreis nicht geben. Es war nicht seine erste Wunde, die ausgebrannt werden musste, und es würde auch nicht die Letzte sein. Eines war jedoch sicher, Schreie machten es nicht besser.

Nachdem Gelp die letzte Stichwunde behandelt hatte, reichte er Rator den Dolch, als ob dieser der Preis für die stumme Erduldung der Schmerzen war. Rator stach die Waffe mehrmals in den Schnee, um sie zu säubern, dann steckte er sie zurück in seinen Gürtel. Schließlich drehte er sich wieder zu Gelp um und schaute auf das verdrehte Bein des Jungen.

»Bein nicht gut für gehen«, brummte Rator. »Du sterben, wenn bleiben hier.«

»Sie werden mich finden und mir helfen«, entgegnete Gelp. »Wenn sie mich in Sicherheit gebracht haben, werden sie dich weiterjagen und töten.«

Rator schüttelte den Kopf. »Gestern gesehen Spuren. Laufen Richtung Norden. Rator und Gelp ziehen Westen. Freunde weit weg, nicht kommen zurück. Sie weiterlaufen zwei Tage, dann geben auf und gehen zurück zu Dorf. Du hier liegen, Futter für Wölfe.«

»Was interessiert es dich?«

»Sagen, wo finden Gott Tabal.«

»Geht es nicht rein in deinen fetten Schädel?«, schrie Gelp los. »Die Götter sind tot. Einzig und allein Suul herrscht jetzt über alle Völker. Wir sind die Auserwählten. Suul hat die sieben Clans vereint und sie zum mächtigsten Kriegervolk gemacht, das jeden, der sich ihm entgegenstellt, tötet. Du bist genauso verblendet wie die Bleichen, die am Spalt darauf warten, dass ihr Gott Nassfal wieder auf die Erde herabsteigt, wenn sie seine Waffe und Rüstung für ihn zusammengetragen haben.«

Rator wurde hellhörig. Es war das erste Mal, dass der Junge etwas mehr preisgab. Bis jetzt hatte er jedes Vorhandensein von anderen Göttern abgestritten. Rator sagte der Name Nassfal genauso wenig wie Suul, aber die Geschichte, die sich um diesen fremden Gott drehte, kam ihm bekannt vor. Sie war der Grund dafür, warum die Kriegsoger ihr Können in den Dienst von anderen Völkern gestellt hatten. Zwar waren die Oger belogen und betrogen worden, aber Rator glaubte dennoch an die Erzählung, dass Tabal wieder auf der Erde erscheinen würde, wenn es den Ogern gelänge, Tabals Ausrüstung zusammenzusuchen. Ob Nassfal oder Tabal war nicht entscheidend.

Mogda hatte ihm erklärt, dass andere Völker den Göttern auch andere Namen gegeben hatten, sie aber dennoch dieselben Götter meinten. Vielleicht waren die Bleichen so etwas wie Orks oder Trolle, deren Haut sich durch die Kälte und den Schnee weiß gefärbt hatte. Endlich gab es einen Hinweis auf die Existenz von Tabal, und vielleicht hatten die Bleichen es sogar geschafft, alle Teile zu finden, und standen nun kurz davor, Tabal zurück auf diese Welt zu holen.

»Du bringen Rator zu Spalt«, erklärte der Kriegsoger.

»Das ist zwei Tagesreisen von hier. Wie soll ich das schaffen mit dem kaputten Knie?«, jammerte Gelp.

»Rator Gelp tragen. Wenn stimmen, was Gelp sagen, Rator bringen ihn in Dorf von Hüttenbauern.«

Der junge Krieger stimmte zu. Er hatte keine andere Wahl, wenn er überleben wollte. Rator wärmte sich weiter am Feuer, während Gelp seinen Mantel und die Stulpen wieder überzog. Die Schmerzen des Jungen schienen unerträglich, aber er versuchte, sich nichts anmerken zu lassen.

Das Feuer brannte noch etwa eine Stunde. Die wenige Glut konnte sich der Kälte nicht lange erwehren und erlosch kurz danach. Rator hob Gelp aus den Resten der Schneehöhle heraus und setzte ihn unweit davon auf die kalte Erde. Er ging zurück, deckte die Feuerstelle mit Schnee ab, zerschlug die Reste der weißen Mauern und verteilte sie breitflächig. Zurück bei Gelp, warf er sich den Jungen über die Schulter und stapfte in die Richtung, die ihm der Junge gewiesen hatte.

Rators Wunden schmerzten und drohten, wieder aufzuplatzen, aber er musste den Jungen tragen, wenn er sein Ziel erreichen wollte. Der erfahrene Kriegsoger war sich unschlüssig, ob er sein Versprechen Gelp gegenüber einhalten wollte oder nicht. Es war gefährlich, einem Feind die Freiheit zu schenken. Sobald der genesen war und wieder bei seinem Stamm, würde er vergessen, dass Rator ihn verschont hatte. Wenn er konnte, würde er dann sicher wieder Jagd auf den Oger machen und abermals versuchen, ihn zu töten. Doch dieses Mal sicherlich mit einer größeren Waffe als einem Dolch.

Rator merkte, dass Gelp zunehmend schwächer wurde. Die fehlende Bewegung ließ seinen Körper auskühlen. Hin und wieder schien er wegzudämmern. Der Kriegsoger hoffte, dass der junge Krieger nicht einschlief, denn das konnte gefährlich werden, unterkühlt, wie er war. Aus diesem Grund ging Rator wenig zimperlich mit seinem Gefangenen um. Von Zeit zu Zeit packte der Kriegsoger ihn und legte ihn sich auf die andere Schulter, ohne Rücksicht auf die Verletzung des Jungen zu nehmen.

Gelp hatte ihn angewiesen, sich nordöstlich zu halten. Nach seiner Aussage würde es zwei Tage dauern, bevor Rator den Spalt erreichte. Angeblich zog er sich so lang, dass man ihn nicht verfehlen konnte. Wenn Rator ihn erreicht hatte, sollte er weiter auf das Zentrum der Schlucht zulaufen, dorthin, wo die breiteste Stelle zu finden war. Von dort an, meinte Gelp, wüsste Rator, was zu tun sei.

Gelps Zustand verschlechterte sich weiter, inzwischen verlor er sogar ab und an vollkommen das Bewusstsein. Der Junge hatte zu wenig gegessen, war unterkühlt, und sein Knie schwoll immer weiter an. Für Rator ergab es zunehmend weniger Sinn, den jungen Mann weiterhin mit sich herumzutragen. Der Nordmann hatte ihm gesagt, was er wissen wollte, und falls er Rator angelogen hatte, machte das auch kaum noch einen Unterschied. Der Junge würde tot sein, bevor Rator die Lüge würde aufdecken können.

Ihm machte es nichts aus, einen Hüttenbauer zum Sterben zurückzulassen. Er schuldete ihnen nichts. Einzig und allein die Tatsache, dass dieser Junge sich anscheinend nichts sehnlicher wünschte, als ein Krieger seines Volkes zu sein, ließ Rator zögern. Ein Krieger sollte die Möglichkeit haben, im Kampf zu sterben. Der Stamm, von dem der Junge kam, schien ähnliche Grundsätze zu haben wie die Oger. Ein Junge eines Volkes von kriegerischen Menschen, nicht von Bauern, Händlern und Adligen, sollte etwas Besseres verdient haben als einen Tod durch Erfrieren. Auch wenn Rator der Junge und sein Stamm nicht sympathisch waren, so fühlte er doch so etwas wie Respekt. Mehr konnte ein Mensch in seinen Augen ohnehin nicht erlangen. Also entschloss sich Rator, den Hüttenbauer weiter mitzuschleppen – wenn nötig, bis dieser tot war.

Vielleicht war es das Schicksal des Jungen oder einfach nur Zufall, aber am Abend sah Rator in der Ferne Lichter. Es waren wenigstens ein Dutzend, und sie bewegten sich nicht, deshalb schloss Rator auf ein Gehöft oder kleines Dorf. Seine Augen hatte sich immer noch nicht an den ewigen Dunst und das viele Weiß gewöhnt, deshalb sah er die beiden Männer erst zu spät aus ihren Verstecken aufspringen. Doch anstatt ihn anzugreifen und seine Unbeweglichkeit aufgrund des Menschen über seiner Schulter auszunutzen, rannten sie davon. Sie nahmen Reißaus in Richtung der Häuser. Rator war sich sicher, dass es sich nicht um Krieger handelte. Sie waren in dick wattierte Leinenjacken und Hosen mit aufgenähten Lederflicken gekleidet, wie Rator es auch von den Bauern in Nelbor her kannte, wenn die kalte Jahreszeit anbrach. Außerdem trugen sie keine Waffen, jedenfalls keine, die einem Oger gefährlich werden konnten.

Rator ließ sich nicht beirren und folgte ihnen. Warum sollte er Angst vor Menschen haben, die vor ihm wegliefen? Wahrscheinlich würden sie sich vor ihm verschanzen, wie so oft, oder sie riefen Verstärkung. Hüttenbauer, die sich so verhielten, griffen nie zuerst an. Sobald sie sahen, dass er ihnen einen der ihren brachte, weil dieser verletzt war, würden sie den Oger wieder von dannen ziehen lassen.

Als Rator näher kam, sah er die flachen Häuser. Die Dächer waren mit Erde zugedeckt und die Wände aus ganzen übereinanderliegenden Stämmen gebaut. Keines der Häuser war auf Pfählen errichtet worden wie in Gelps Dorf, und ein Gemeinschaftshaus schien es auch nicht zu geben. Nicht einmal über einen Wehrwall verfügte die Siedlung.

Rator konnte sich dem kleinen Dorf ungehindert nähern. Ab und an zeigten sich neugierige Gesichter hinter den Fenstern, die sofort wieder verschwanden, wenn Rator in ihre Richtung sah. Doch Panik schien sein Erscheinen nicht auszulösen. Er blieb fünfzig Schritt entfernt von dem ersten Gebäude stehen und legte Gelp auf die Erde. Der junge Krieger war bei Bewusstsein und versuchte, sich aufzurichten. Rator gab ihm etwas Hilfestellung. Gelp versuchte, ihn wegzustoßen, um dem Oger zu zeigen, dass er es allein schaffte. Herausfordernd starrte er Rator an.

»Gib mir meinen Dolch zurück und verschwinde«, stöhnte er. »Ein Krieger braucht seine Waffe.«

Rator schüttelte den Kopf. Er würde keinen Feind zurücklassen mit einer Waffe in der Hand. Der Junge hatte gerade erst versucht, ihn zu töten. Ein weiteres Mal würde er ihm diese Gelegenheit nicht geben.

Die ersten Türen wurden geöffnet, und jemand sprach aufgeregt in einer fremden Sprache. Nun wurde es Zeit, dass Rator sich zurückzog.

Er wollte vermeiden, dass die Hüttenbauer sich von ihm bedroht fühlten.

Erst als er sich außerhalb der Schussreichweite von Pfeilen und Bögen befand, drehte er sich wieder um. Vor Gelp hatte sich eine ganze Meute von Menschen im Halbkreis versammelt. Viele hatten Fackeln dabei und einige sogar Laternen. Rator hörte ihre aufgeregten Rufe. Er konnte nicht verstehen, was sie sagten, aber sie klangen verärgert. Keiner von ihnen schien Gelp helfen zu wollen. Plötzlich begannen die Leute, Steine aufzuheben und nach Gelp zu werfen. Der junge Krieger hatte nicht einmal mehr die Kraft, sich der einfachsten Angriffe zu erwehren. Nach den ersten Treffern am Kopf brach er zusammen. Die aufgebrachte Menge trat nach dem am Boden liegenden jungen Mann. Rator überließ den Jungen seinem Schicksal. Er war ihm nichts schuldig, und vielleicht hatte Gelp es sogar verdient. Vermutlich würde er ohnehin zu spät kommen, und nur, um den Tod des Jungen zu rächen, war die Gefahr, selbst verletzt oder getötet zu werden, zu groß.

Zu guter Letzt nahm jemand eine Fackel und entzündetet die Kleidung des vermutlich bereits toten Jungen.

Rator konnte nicht verstehen, was in diese Leute gefahren war. Er hatte nicht wenig Lust, ihnen zu zeigen, was es bedeutete, ihn zu verärgern, aber die Hüttenbauer waren nicht sein Problem. Wenn sie sich gegenseitig töten wollten, sollten sie es tun. Er suchte einen Gott.

12
Ein einfacher Plan

»Hast du das verstanden, du kleines Scheusal?«, fauchte ihn der dunkel gekleidete Priester, der die Robe des Prios' trug, an.

Natürlich hatte Frigget verstanden, er war ein Goblin. Von allen Kreaturen Tabals waren sie doch die schlausten, listigsten und geschicktesten. Was dachte dieser einfältige Hüttenbauer, mit wem er es zu tun hatte? Er behandelte Frigget wie einen Aaskriecher, der kaum würdig war, zwischen all den Trollen, Ogern und Orks an der Seite von Tabal zu kämpfen. Aber wer hielt denn schließlich diesen überdimensionalen Kampfmaschinen den Rücken frei und kümmerte sich darum, dass Verletzte und Verstümmelte am Boden liegen blieben? Schon in den Tagen zuvor hatte Frigget in der Stimme des Priesters diesen verächtlichen Unterton herausgehört. Er wurde behandelt wie ein Verräter.

Eine Kopfnuss holte den Goblin aus seiner gedankenverworrenen Welt zurück. »Ich hab dich etwas gefragt, Fratze«, wiederholte der Priester.

Frigget nickte eifrig.

»Was?«, fuhr ihn der Diener Prios' an.

»Ja, ja, Fratze hat verstanden«, hechelte der kleine Goblin.

Warum der Priester ihn immer wieder Fratze nannte, war Frigget unklar. Er musste ihn mit irgendjemandem verwechseln. Aber listig, wie Frigget war, ließ er ihn in dem Glauben, jemand anderes zu sein.

Die großen, groben Hände des Hüttenbauers packten ihn. Frigget hatte keine Angst vor dem Gottesmann, größere Hände hatten schon nach ihm gegriffen und Übleres gewollt. Friggets Gedanken fixierten sich auf die silberne Spange, mit welcher der Priester sein Ornat vor der Brust verschlossen hielt. Ein silbernes Blatt – er wollte es haben, doch immer wieder wurde er zurückgedrängt.

Dann löste sein Entführer die Fesseln von seinen Gelenken, und der Goblin ärgerte sich fast, anstatt des kleinen Schmuckstücks nun seine Freiheit zu erhalten. Doch dann besann sich Frigget: Er würde mit seiner neuen Freiheit viel mehr wunderbare Schätze ergattern können als diese alberne Spange.

Frigget hüpfte ungeduldig auf der Stelle. Gleich war es so weit. Fünf Tage befanden sich er und seine Kumpane bereits in der Gefangenschaft der Menschen. Jetzt ließen sie ihn endlich frei, und wenn alles gut ging, konnten die anderen ebenfalls bald gehen. Und selbst wenn nicht, so war wenigstens er frei.

Seine Mission – er liebte dieses Wort – schien einfach, aber gefährlich. Genau das Richtige für einen Goblin. Er, Frigget, würde aller Welt zeigen, zu was er imstande war. Tabal würde stolz auf ihn sein. Er würde am gleichen Tisch mit den Orks und Trollen sitzen, oder vielleicht besser im gleichen Raum, nur an einem kleineren Tisch mit einem niedrigeren Stuhl. Was gab es Besseres als ein Geschäft, bei dem man nur verdienen konnte? Mit einem Schlag bekam er seine Kumpane frei, konnte den Verrat an seinem Volk rächen und erhielt die Gunst von Tabal. Frigget hüpfte freudestrahlend los. Eine weitere Kopfnuss erinnerte ihn daran, dass er noch nicht ganz frei war.

»Wo willst du hin, Fratze? Hast du nicht etwas vergessen?«, schnauzte ihn der Priester an. Vor Friggets Augen baumelte ein Leinenbeutel, der köstlich nach Dörrfleisch roch.

»Fratze hat den Beutel nicht vergessen. Fratze wollte nur sehen, ob die Luft rein ist«, erklärte Frigget mit einem untertänigen Grinsen.

Frigget nahm den Sack entgegen, der fast halb so groß war wie er selbst, und schleifte ihn hinter sich her, während er aus seinem felsigen Versteck kroch. Der Priester hatte ihn über einen alten Zwergenpfad hinauf in die Berge gebracht. Ihr Ziel war die verlassene Esse von Zwergenkönig Braktobil.

Frigget war stolz auf sich. Er hatte es den Hüttenbauern nicht leicht gemacht, die Informationen zu bekommen, die sie haben wollten. Er blieb standhaft, als sie ihn beschimpften, und auch, als sie ihm sagten, dass sie ihn einsperren würden. Fast zwei Stunden brachten sie keinen

Ton aus ihm heraus. Erst als sie ihm Schläge androhten, erzählte er ihnen, was sie wissen wollten. Und auch dann hatte er immer noch die Nerven gehabt, ihnen einen Handel vorzuschlagen. Er wollte die Freiheit für sich und seine Kumpane. Das sollte ihm erst mal einer nachmachen. Er hatte das Leben von sechs Goblins erkauft allein für eine Information, die jeder, der Augen und Ohren aufhielt, ohnehin schnell erhielt. Frigget freute sich, er hatte wirklich das Zeug zum Anführer.

Ihr Versteck lag nicht weit entfernt vom großen Doppelportal, das in das ehemalige Reich der Zwerge führte. Seit dem Tod von König Braktobil hatte kein Zwerg jemals mehr die Hallen betreten. Seit etwas über einem Jahr war das unterirdische Reich jedoch wieder bewohnt. Eine Gruppe von Ogern hatte den Mut besessen, sich hier niederzulassen, in den verfluchten Hallen der Zwerge. Kriegsoger nannten sie sich selbst und verkündeten jedem, dass sie im Dienste Tabals standen.

Frigget wusste es besser. Die Oger hatten die Kinder Tabals entzweit. Ihr Drang danach, so zu sein wie die Hüttenbauer, hatte sie zu Verrätern werden lassen. Seit jenen Tagen ging es für die Goblins bergab. Früher waren sie an großen Kriegen beteiligt gewesen und hatten ihren Dienst in der Horde geleistet. Jetzt, wo die Meister fort und die Kriege beendet waren, mussten die Goblins davon leben, was andere wegwarfen oder bereits tot am Boden lag. Sie waren verraten worden und seit Jahren auf sich allein gestellt, doch heute war der Tag, an dem sich die Goblins rächen würden.

Der Eingang war unbewacht und stand einen Spalt breit offen, gerade breit genug für einen Goblin. Frigget wusste, dass dies dennoch keine Einladung für ihn war und man ihn wahrscheinlich sogar als unerwünscht ansehen würde. Wenn es eines gab, was ein junger Goblin gleich als Erstes in seiner Jugend lernte, war es das, dass er immer unwillkommen war. Frigget beschränkte sich einfach darauf, sich darüber zu freuen, dass die Tür offen stand. Seine Körperkraft allein hätte sicherlich nicht ausgereicht, das Doppelportal aufzuziehen, und die Vorstellung daran, vor dem Tor einer meilenlangen Tunnelwelt zu stehen und zaghaft zu klopfen ... Solch ein Unterfangen versprach wenig Aussicht auf Erfolg.

Frigget schlüpfte durch den Spalt und verschwand in der Dunkelheit. Die Eingangshalle schien verlassen. Nirgends brannte ein Licht, und das war gut so. Tabal hatte den Goblins die Fähigkeit gegeben, im

Dunkeln zu sehen. Ein äußerst nützliches Talent, wenn man darauf angewiesen war, selbst nicht gesehen zu werden. Außerdem gab es da auch immer noch das nie zurückgenommene Gebot der Meister, dass kein Goblin eine Fackel tragen durfte. Goblins wurden in früheren Zeiten gern dazu eingesetzt, den schwer bewaffneten Trollen und Ogern in dunklen Tunneln den Weg zu leuchten. Doch gerüchteweise soll es ab und an vorgekommen sein, dass die quirligen, immer nervösen Goblins nicht darauf geachtet hatten, wo sie ihre Lichtquellen hinhielten. Um sicherzustellen, dass sie nicht am Ende als lebendige Fackeln kreischend durch die Labyrinthe rannten und ihre Feinde warnten, hatten die Meister beschlossen, die Goblins vom Feuer fernzuhalten.

Natürlich gab es auch einige Unfälle mit den großen, tumben Kampfmaschinen, die im Endeffekt auch wieder damit endeten, dass die Goblins laut schreiend und brennend wie Fackeln durch die Tunnel rannten. Aus Friggets Sicht gab es das Feuerverbot als reine Vorsichtsmaßnahme, um die Goblins vor dem Aussterben zu bewahren.

Frigget schlich weiter durch die Eingangshalle. Noch nie zuvor hatte er eine Halle gesehen, die so groß und hoch war wie diese hier. Er fragte sich, welchen Zweck sie wohl erfüllt haben mochte, da ihre Erbauer, die Bärtigen, doch so klein waren und Frigget auch niemanden kannte, der die Decke hätte erreichen können. So viel Arbeit, um Raum und Platz zu schaffen, den doch niemand nutzte.

Am Ende des Foyers zweigten drei Gänge ab. Alle endeten nach wenigen Schritten vor schweren Eichentüren, doch nur die letzte Tür war mit roher Gewalt aus den Angeln gehoben worden. Frigget freute sich. Dies ersparte ihm die Frage, in welchem Teil der Zwergenesse die Oger hausten.

»Alles läuft, wie Frigget es geplant hat«, murmelte er zu sich selbst.

Der Goblin kletterte über die Reste der zertrümmerten Tür und folgte dem Gang in Richtung Süden. Nichts Sichtbares deutete darauf hin, dass die Zwergenesse wieder bewohnt wurde, nur Friggets Nase verriet ihm, dass er nicht allein war. Der Geruch von einer erkalteten Feuerstelle, Überresten einer Bergziege und den Ausdünstungen von schwergewichtigen Leibern ließ nur einen Schluss zu: Er hatte ein Ogerlager entdeckt.

Jedes Volk hatte seinen eigenen Geruch. Eine gute Spürnase konnte sogar zwischen den einzelnen Stämmen der Völker unterscheiden. Orks rochen nach gammligem Fleisch, ein bisschen süßlich, ein bisschen bitter. Ihr Kot stank zum Himmel, was daran lag, dass sie ihr Essen in großen Brocken herunterschlangen und kaum kauten. Trolle rochen nach Erde, und fast schien man den Tod in ihrer Nähe wittern zu können. Oger waren am leichtesten zu erschnüffeln: Sie rochen nach Schweiß, und die Luft um sie herum stank von ihren Blähungen. Sie aßen zu viel, und ein Großteil davon war so gut wie unverdaulich.

Das Riechen war der wichtigste Sinn für einen Krieger, überlegte sich Frigget. Wenigstens genauso wichtig wie Sehen oder aber gleich danach. Hören war auch nicht ganz unwichtig. Hören war vielleicht nur ein klitzekleines bisschen davor – vor dem Sehen. Aber dann kam auf jeden Fall das Riechen – zusammen mit dem Schmecken, oder vielleicht dem Fühlen. Egal, Goblins waren die besten Spürnasen in Tabals Reich, gleich hinter den Trollen – Orks konnten auch gut riechen. Frigget bekam Kopfschmerzen. Dies geschah immer, wenn er über größere Zusammenhänge nachdachte.

»Sie werden schon sehen, was sie davon haben, sich gegen Tabal zu stellen«, gluckste er vor Freude. »Haha, da nützt ihnen ihre ganze Kraft nichts. Frigget ist ein listiger Goblin. Beschimpfen uns als Aasfresser, diese fetten, feigen Verräter. Da wirft ihnen Frigget einfach einen Köder hin, und sie schnappen danach wie hungrige Hunde.«

Frigget begann, eine einfache Melodie zu pfeifen. Nach wenigen Augenblicken übermannte ihn die Musizierlust, und er begann zu singen:

Tabal, der führt ein Heer so groß:
Trolle, Orks und Goblins trampeln.
Eine Klinge liegt in Gottes Schoß,
die Hüttenbauer am Galgen strampeln.
Die erste Strophe ist famos,
die Goblins wild im Tanze hampeln.

Des Gottes Zorn ist stark und wild.
Die Orks, sie ziehen in die Schlacht.
In seiner Hand er hält den Schild.
Orkenkopf ist schnell vom Hals gemacht.

Die zweite Strophe zeigt ein Bild.
Ein Goblin schreit und lauthals lacht.

Tabal, sein Herz, das geht entzwei,
der Troll als Bollwerk steht.
Auch dieser Krieger geht zu Brei,
die Goblins sind jetzt Gottes Weg.
Die dritte Strophe ist die Beste,
die Goblins rufen auf zum Feste.

Frigget beendete seinen Gesang mit einem froh gelaunten Pfeifkonzert. Doch bevor er das Trinklied der Goblins ausklingen lassen konnte, packte ihn jemand im Genick und hob ihn hoch. Die Umrisse, die er erkennen konnte, waren ganz klar die eines Ogers und für Friggets Geschmack nicht weit genug weg. Der Oger musste sich extra gewaschen haben, um ihn zu überrumpeln. Friggets Nase ließ ihn nie im Stich. Er zappelte und schrie, doch der Oger schleppte ihn in aller Seelenruhe durch den finsteren Gang.

»Lass mich runter, du Fettsack«, schrie Frigget. »Ich ramme dir meinen Dolch in den fetten Bauch, hörst du.«

Natürlich hörte der Oger, doch seine einzige Reaktion darauf war, dass er Frigget nun am ausgestreckten Arm vor sich hertrug. Andere grollende Stimmen wurden laut. Die Schritte des Ogers wurden kürzer, dann blieb er stehen. Frigget hörte, wie ein Riegel zurückgeschoben und eine Tür geöffnet wurde. Das Licht von mehreren Fackeln blendete Frigget, und er nahm die Gestalten im Raum nur verschwommen war.

»Was du haben, Korf?«, brüllte jemand.

»Goblin schleichen umher, kleiner Aasfresser«, antwortete Friggets Peiniger.

Noch bevor Frigget sich erklären konnte, warf ihn der Oger in hohem Bogen durch die Luft. Frigget landete hart auf einer Tischplatte, rollte sich aber äußerst gekonnt ab. In seiner Verzweiflung riss er einige Becher und Teller mit sich. Bevor er sich aufrichten konnte, rammte jemand ein Messer neben ihn in die Tischplatte. Frigget krabbelte voller Panik vorwärts. Hinter ihm schlugen Fäuste und volle Tonkrüge auf. Massige Hände griffen nach ihm, und rundherum dröhnte rüdes Gelächter. Der Goblin flüchtete ans Ende des Tisches, wo ein griesgrämig dreinblickender Oger auf einem zu kleinen Steinthron hockte. Bevor Frigget an ihm vorbei von der Tischplatte springen konnte, um sich in Sicherheit zu bringen, hatte ihn der Oger gepackt, rammte eine Essforke durch die Goblinhose und nagelte Frigget so auf dem Holz fest.

»Was du wollen, Krabbler?«, grollte ihn der Oger an.

Frigget war geschockt und verwirrt. Schon wieder verwechselte ihn jemand mit einem anderen Goblin. Er kannte diesen Krabbler nicht, aber er und die Oger schienen nicht die besten Freunde zu sein. Frigget wollte die Verwechslung gerade richtigstellen, als ein anderer Oger ihn mit Hüttenbauersaft aus einem Humpen übergoss. Die Flüssigkeit brannte in den Augen und roch übel. Frigget wand sich und schrie, doch die Essforke hielt ihn auf dem Tisch fest. Ein weiterer Oger hatte sich vor den Tisch gehockt und schielte gerade über die Tischkante. Mit einem brennenden Span stach er nach dem Goblin.

»Ich habe Essen für euch, genug für den Winter«, schrie Frigget in seiner Verzweiflung.

Zischend löschte der Oger den Span in der Pfütze neben dem Goblin. Betrübt schaute er auf die sich kräuselnde Rauchfahne.

»Zwergenbier nicht brennen wie Rum von Schiff«, schnaubte der Oger enttäuscht.

Vor Angst zitternd, wischte sich Frigget den Gerstensaft vom Leib. Direkt vor ihm saß der Oger auf dem Steinthron und schabte mit einem Messer in aller Ruhe den Dreck unter seinen Fingernägeln heraus. Zweifellos war er einer der Kriegsoger Tabals. Die dunklen Tätowierungen auf Armen und Brust ließen keinen Zweifel an seiner Zugehörigkeit. Am auffälligsten jedoch war das Fehlen seines linken Auges. Anstatt aber eine Binde zu tragen oder die Augenhöhle zu vernähen, hatte sich dieser Oger dazu entschlossen, einen schwarzen Stein in die Höhle zu setzen. Die Wahl des Schmuckstückes war beeindruckend, jedoch wenig Vertrauen erweckend, und auch der Gesichtsausdruck des Riesen ließ auf wenig Güte hoffen. Langsam kehrte Ruhe in der Halle ein. Alle warteten auf eine Reaktion ihres Anführers.

»Du wollen Geschäft mit Hagmu?«, knurrte der Oger.

»Ja, ja, ich meine – nein. Ich habe euch eine Art Geschenk mitgebracht«, winselte Frigget.

Hagmu schaute den Goblin abschätzend an. »Was sollen sein Geschenk?« Er holte tief Luft und begann, Frigget mit seinem stinkenden Atem trocken zu pusten. »Du nicht sein Geschenk. Goblin nur Geschenk, wenn weit weg.«

Der schlichte Humor des Ogertruppanführers traf genau ins Schwarze. Seine Kumpane schütteten sich regelrecht aus vor Lachen. Zwergenbier wurde quer über den Tisch geprustet, und aus den weit offen stehenden Mündern fiel das halb durchgekaute Essen wieder heraus.

»Nein, mein Geschenk hat der da«, wandte Frigget mit zaghafter Stimme ein und zeigte auf Korf, der immer noch an der Tür stand. Enttäuscht blickte der auf das kleine Bündel in seiner Hand. Ohne nachzusehen, was sich darin befand, schleuderte er es im hohen Bogen Hagmu zu. Der Beutel schlug auf dem Tisch neben Frigget auf und verteilte seinen Inhalt vor Hagmu.

»Was das sein?«, brüllte Hagmu. »Du kommen mit Dörrfleisch, reichen nicht für Mahlzeit. Wir dich kochen in Topf und füttern an Schweine.«

»Nein, ihr versteht nicht«, jammerte Frigget. »Die Hüttenbauer, sie transportieren ganze Wagenladungen davon am Fuß der Berge entlang. Ihr könnt es euch einfach nehmen und habt damit genug zu essen für den ganzen Winter. Ich weiß genau, wann der nächste Transport kommt.«

Hagmu packte Friggets Arme und zog sie auseinander. Die Gabel sorgte dafür, dass er auf dem Tisch sitzen blieb. »Woher du wollen wissen?«, fragte Hagmu.

»Ich habe die Hüttenbauer belauscht. Sie schaffen die Nahrung aus dem Osten des Landes nach Sandleg. Sie beladen ganze Schiffe damit. Sie haben keinerlei Schutz. Es sind nur Bauern und einfache Bürger, die den Treck begleiten. Es wird ein Kinderspiel für euch, ihnen alles wegzunehmen.«

»Ihnen alles wegnehmen«, wiederholte Hagmu und setzte ein breites Grinsen auf.

13
Unerwarteter Besuch

»Kommen beftimmt heute«, versicherte Gnunt.

Es war der dritte Abend, den Mogda mit Gnunt zusammen vor dem halb zerfallenen Magierturm hockte und darauf wartete, dass der Hüter kam. Diesen Namen hatte Gnunt dem mysteriösen Fremden gegeben. Mehr jedoch wollte oder konnte der Hüne nicht verraten. Genau dies war auch der Grund, warum Mogda noch nicht weiterzog. Sein etwas seltsamer Kumpan hatte in ihm die Neugier geweckt, dennoch stand für ihn fest, dass er sich nicht wieder in die Machenschaften der Götter hineinziehen ließ. Er hatte bereits eine Aufgabe. Er brachte Usil nach Hause.

Danach würde er sich hinsetzen und alles Weitere aus einer gebührenden Entfernung beobachten: Sollte sich doch endlich mal jemand anderes um die göttlichen Geschicke kümmern! Anscheinend hatte man vergessen, dem Schicksal zu sagen, wer hier unten in Nelbor die ganze Zeit die Fäden zog. Schließlich hieß es ja »des Schicksals dünner Faden«. Keiner der Götter konnte gewollt haben, dass ein Oger daran zog, sonst hieße es schließlich »des Schicksals fester Tampen«.

»Dein Freund lässt sich ganz schön Zeit«, maulte Mogda.

Gnunt schienen Mogdas Zweifel nicht zu beunruhigen. Er saß mit dem Rücken an die kalte Steinmauer des Magierturmes gelehnt und versuchte, sich Waldbeeren in den Mund zu werfen. In Mogdas Augen stellte dies eine recht sinnlose Beschäftigung dar, weil man mit den winzigen Beeren niemals seinen Hunger stillen konnte, wenn man den Mund überhaupt traf – aber Gnunt schien es zu gefallen.

»Glaube ja nicht, dass du mich irgendwie umstimmen kannst«, entfuhr es Mogda plötzlich. »Ich will nur sehen, wer den Splitter für sich beansprucht und warum er so wichtig für ihn ist. Wenn ich ein paar Worte mit ihm gewechselt habe, mache ich mich wieder auf den Weg. Dann werden sich unsere Wege trennen, verstehst du?«

Das tat Gnunt nicht. Er war viel zu sehr damit beschäftigt, nach den Beeren zu schnappen, die er in die Luft warf. Außer einem zustimmenden Brummen und dem geräuschvollen Schmatzen, wenn er eine Beere im Mund versenkte, schien er recht teilnahmslos.

Mogda wurde aus Gnunt nicht schlau. Erst freute der tollpatschige Oger sich, endlich wieder in Gesellschaft zu sein, und nun saß er da und tat so, als ob es nichts Wichtigeres gab, als kleine Früchte mit dem Mund aufzufangen. Er entwickelte eine regelrechte Euphorie dabei. Immer höher warf er die Beeren und verrenkte sich fast den Hals, um danach zu schnappen.

Mogda war es leid, einem Oger dabei zuzusehen, wie dieser langsam dem Hungertod erlag, obwohl er die ganze Zeit kaute. Und er war es leid, auf jemanden zu warten, den er eigentlich nicht kennen lernen wollte. Erneut warf Gnunt eine Beere senkrecht in die Luft und verfolgte ihre Bahn mit großen Augen und weit aufgerissenem Mund. Doch diesmal war Mogda schneller. Er sprang hoch und griff sich die Frucht, bevor sie im Schlund seines Kumpanen verschwinden konnte.

Gnunt bekam keine Gelegenheit, sich zu beschweren. Ein dumpfer Knall und ein paar sprühende Funken neben seinem Gesicht ließen ihn zusammenzucken. Mogda sprang im selben Moment herum und starrte auf den Armbrustbolzen, der sich in den ausgetrockneten Lehm der Felssteine gebohrt hatte, dort wo eben noch sein Kopf geruht hatte. Der Schaft des Bolzens zeigte auf die andere Seite der Lichtung. Zwar war weit und breit niemand zu sehen, doch Mogdas Optimismus reichte nicht aus, um an den fehlgelenkten Schuss eines Jägers zu glauben. Niemand jagte im Tannenverlies, und erst recht nicht mit einer Armbrust. Es würde einen Moment dauern, bis der Schütze nachgeladen hatte.

»In den Turm«, schrie Mogda. »Noch einmal wird er uns nicht verfehlen.«

Gnunt hatte sich auch schon ohne Mogdas Warnung in Bewegung gesetzt. Schnell verschwanden die beiden im Inneren des Turmes und verschanzten sich neben dem Eingang. Vorsichtig streckte Mogda den Kopf zur Tür hinaus. Noch immer ließ sich niemand blicken.

»Feiges Gesocks«, knurrte Mogda. »Da denkt jemand, er kann uns töten, ohne sich die Hände schmutzig zu machen. Mal sehen, wie mutig er jetzt ist.«

Ein weiterer Bolzen zischte durch die Türöffnung und bohrte sich in eine der Stützen, die das Dach hielten.

»Kann es sein, dass dein Freund von meiner Anwesenheit nicht sonderlich begeistert ist?«, fragte Mogda und sah zu Gnunt hinüber.

Der etwas sonderlich wirkende Oger hatte sich einen sicheren Platz gesucht und bemühte sich, sein Talent, Beeren mit dem Mund aufzufangen, weiter auszubauen. »Hüter niemals kämpfen mit Waffen. Er nicht brauchen«, brabbelte Gnunt zwischen zwei fliegenden Beeren.

»Wow, das scheint ja ein toller Freund zu sein«, stichelte Mogda. »Er ist nicht zufällig groß, schwarz, hat Flügel und spuckt Feuer?«

Gnunt hörte auf, mit Beeren zu werfen. »Kann nicht fpucken Feuer«, sagte er irritiert.

Mogda musste schlucken. »Das heißt, er ist groß, schwarz und hat Flügel?«

»Haben Flügel«, bestätigte Gnunt. »Nicht können fliegen, weil dicker alf Gnunt.«

Wieder einmal konnte Mogda sich nicht zusammenreimen, was Gnunt ihm sagen wollte. Von einem Drachen mit Übergewicht hatte er noch nie gehört. Entweder gab es so ein Wesen wirklich, oder Gnunt kam mit der Einsamkeit nicht mehr zurecht. Eines stand jedoch fest: Irgendjemand hatte es auf sie abgesehen. Zu warten, bis es dunkel wurde, machte auch keinen Sinn. Sie mussten entweder flüchten oder sich ihrem Gegner stellen. Und egal, wie sie sich entschieden, sie mussten sich beeilen, denn es dämmerte bereits.

Verunsichert betrachtete Mogda den am Boden sitzenden Gnunt. Machte er sich denn keine Gedanken darüber, wer ihnen ans Leder wollte? Wusste er vielleicht, wer dort draußen auf sie lauerte, oder wusste er, dass ihnen jemand zu Hilfe kommen würde? Gnunt besaß jedenfalls nicht genug Beeren, um den oder die Fremden dort draußen damit zu steinigen. Mogda hoffte, dass ihm der einfältige Oger eine Hilfe sein würde, falls es zum Kampf kam, jedoch sah es im Moment nicht so aus.

Mogda wagte erneut einen Blick, diesmal einige Fuß höher, um nicht wieder das gleiche Ziel zu bieten.

Diesmal flogen keine Geschosse, was Mogda aber nicht unbedingt fröhlich stimmte. Auf der anderen Seite der Lichtung hatten sich sechs Krieger postiert. Sie standen da wie Statuen. Ihre Ausrüstung hatten sie abgelegt und sich von allen überflüssigen Kleidungsstücken befreit. Außer einem Lederschurz und einigen Bandagen waren sie nackt. Was Mogda allerdings von ihrer spärlichen Bekleidung ablenkte, waren ihre martialisch aussehenden Waffen und Schilde. Jeder der Krieger führte wenigstens Schwert und Axt sowie einen Stachelschild bei sich. Die sechs waren keine Unbekannten, wenn Mogda den aufgespießten Kopf von Nokrat, den sie vor sich in die Erde gerammt hatten, richtig deutete.

»Wie haben sie es geschafft, uns so schnell zu finden?«, murmelte Mogda. »Nun sind wir genau da, wo sie uns wollten.«

Gnunt hatte die Neugier gepackt, und er steckte ebenfalls den Kopf zur Tür hinaus. »Fein nur Hüttenbauer«, stelle er wenig beeindruckt fest. »Haben getötet Troll und mitgenommen Kopf. Kopf von Troll fenig fert.«

»Für sie schon«, sagte Mogda. »Es ist eine Art Trophäe. Sie sammeln sie und sehen sie als Belohnung an. Das sind die Krieger, von denen ich dir erzählt habe. Sie wollen das Runenschwert und den schwarzen Splitter. Sollten sie beides bekommen, werden sie unsere Köpfe auch auf Pfähle spießen.«

»Gnunt nicht geben Kopf«, schnaubte Gnunt entrüstet.

Mogda unterließ es, auf seinen eigenen Kopf hinzuweisen. Ihnen blieb nichts anderes übrig, sie mussten kämpfen. Wie es aussah, kümmerte sich das Schicksal einen Dreck darum, ob man etwas mit ihm zu tun haben wollte oder nicht. Die Barbaren würden keine Ruhe geben. Entweder Mogda gab ihnen, was sie wollten, oder er brachte sie um. Da ein Oger nicht daran gewöhnt war, Dinge herauszugeben, die ihm gehörten, und Mogda nur ungern seinen Kopf auf einem Speer aufgespießt sah, entschloss er sich, den Zwist hier und jetzt zu beenden.

»Hast du eine Waffe?«, erkundigte sich Mogda.

Gnunt zeigte auf eine herausgerissene und grob bearbeitete Baumwurzel. Es gab nichts an selbst gefertigten Waffen auszusetzen. Viele seines Volkes behalfen sich so, da ihnen die meisten Waffen der Hüttenbauer zu klein waren. Wenn nicht gerade ein Krieg bevorstand und hunderte von Orks für Tabals Anhänger Rüstungen und Waffen herstellten, behalf man sich eben anders. Was man an dieser speziellen Baumwurzel jedoch aussetzen konnte, war, dass der Baumsaft und die seltene Benutzung dazu geführt hatten, neue Triebe sprießen zu lassen. Wenn man von seinen Gegnern ernst genommen werden wollte, sollte man es vermeiden, ihnen mit Grünzeug jeglicher Art zu drohen.

»Du scheinst fleißig trainiert zu haben«, stöhnte Mogda.

Gnunt schien die Anspielung zu verstehen. Etwas verlegen sah er auf seine Waffe. »Fein Wurfel von Trommelbeerbusch. Wachfen fnell.«

Ob mit oder ohne Blätter, die Waffe würde ihre Wirkung tun. In der Hand eines Ogers konnte selbst ein Holzbrett zu einer tödlichen Waffe werden. Außerdem hatte Gnunt früher bereits bewiesen, dass er im Kampf auch ohne Klinge auskam. Mogda griff nach dem Knauf seines Runenschwertes. Schon oft zuvor hatte er das Gefühl gehabt, die magische Klinge besäße Einfluss auf sein Tun und Handeln. In den letzten Jahren gab es Tage, an denen er die Waffe berührte und eine unendliche Traurigkeit spürte. Manchmal durchflutete ihn ein Gefühl von Zorn, wenn er den Griff packte. Diesmal jedoch war es anders.

Er fühlte etwas, von dem er nicht gewusst hatte, dass er oder irgendein anderer Oger es überhaupt besaß: Mordlust. Sein Verlangen, die fremden Barbarenkrieger zu töten, war so übermächtig, dass es ihn nicht länger in seinem Versteck hielt. Er sprang auf und stürmte aus dem Turm. Gnunt bewaffnete sich und folgte ihm.

Nur Mogdas Verstand war es zu verdanken, dass er seinen Feinden nicht blindlings entgegenrannte, sondern erst einmal innehielt. Zum ersten Mal begriff er den tieferen Sinn in allem. Das Magieramulett, das Runenschwert und der Splitter hatten nicht zufällig seinen Weg gekreuzt. Der Wille des Runenschwertes hatte sich ihm noch nie so stark gezeigt. Dem Anhänger von Meister Trebor, der ihn einst intelligent hatte werden lassen, war es zu verdanken, dass Mogda sich jetzt gegen das Verlangen der Waffe zur Wehr setzen konnte. Jeder andere seines Volkes wäre in diesem Moment seinem sicheren Tod entgegengestürmt.

Das Runenschwert benutzte ihn, um von Ort zu Ort zu gelangen. Es war auf der Suche nach weiteren Artefakten, und Mogda war nicht mehr für die Klinge als dessen Beine und Augen. Es würde ihm so lange keine Ruhe gönnen, bis er es zu seinem Bestimmungsort gebracht hatte. Aber genauso wenig würde es ihn im Stich lassen, egal welchen Gegnern der Oger sich stellte. All dies ging Mogda durch den Kopf, während er also aus dem Turm spurtete, und er hoffte, dass wenigstens der Teil davon stimmte, der versprach, dass ihm das Schwert gute Dienste leisten würde.

Die beiden Oger und die Gruppe Barbaren standen sich nun also in einiger Entfernung gegenüber. Mogda hatte die Kampfkünste ihrer Kameraden bereits auf dem Berg beobachten können. Diese hier standen ihnen sicherlich in nichts nach. Sie schienen anders zu sein als die Hüttenbauer aus Nelbor. Sie lebten den Kampf. Es waren Krieger, Jäger und Soldaten in einer Person. Sie hatten nichts gemein mit den nelborianischen Soldaten, die darauf bedacht waren, nicht zu viel für ihren Sold zu tun, und Kämpfen lieber aus dem Weg gingen. Auch waren die fremden Krieger nicht wie die Gladiatoren in den Arenen, die mehr die Schaulustigen im Sinn hatten als ihren Gegner. Die Barbaren kämpften nur aus einem Grund – sie wollten töten. Krieger wie sie hatte Mogda bis jetzt nur unter seinesgleichen gesehen, wenn auch die Beweggründe der Oger für ihre Hingabe zum Kampf andere waren.

Mogda wartete ab. Er wollte, dass die Barbaren den ersten Schritt taten. Sie waren in der Überzahl und konnten ihr Vorgehen bestimmen. Doch anstatt sich zu verteilen und das Terrain für sich zu nutzen, hielten sie so etwas wie einen Kriegsrat. Sie knieten sich im Halbkreis auf den Boden und stießen einen Mischmasch aus Grunzlauten und Kriegsrufen aus. Einer von ihnen setzte sich die Klinge seines Breitschwertes auf die Brust und schnitt sich quer über den Oberkörper. Ein anderer ritzte sich mit seinem Dolch in die Handfläche. Die Wunden waren nur oberflächlich, aber sicher schmerzhaft. Wenn es nach Mogda gegangen wäre, hätten sie damit stundenlang weitermachen können. Irgendwann hätten sie so viel Blut verloren, dass es genügt hätte, sich ihnen mit bloßer Faust entgegenzustellen. Doch so viel Glück wurde ihnen nicht zuteil.

Gnunt waren die Barbaren mittlerweile unheimlich geworden. Unruhig stampfte er auf der Stelle und versuchte, das fremdartige Ritual zu begreifen.

»Waf Gnunt und Mogda tun?«, fragte er.

»Wir warten noch etwas ab«, erklärte Mogda gelassen. »Ich will sehen, was passiert, wenn sie fertig sind. Mit etwas Glück machen sie weiter und töten sich selber.«

Mogdas Neugier sollte schneller gestillt werden, als ihm lieb war. Nacheinander erhoben sich die Krieger und teilten sich wie erwartet auf. Einer der Barbaren leckte sein eigenes Blut von seiner Klinge und heulte wie ein Wolf. Jeder von ihnen gab irgendwelche Kreisch-, Knurr- oder Fauchlaute von sich. Plötzlich wirkten die Krieger aus dem hohen Norden nur noch zum Teil menschlich. Sie klangen wie Raubtiere und bewegten sich auch so, doch an Stelle von Krallen und Reißzähnen besaßen sie Schwerter und Äxte.

»Rücken an Rücken«, brummte Mogda und teilte Gnunt damit seine Kampftaktik mit.

Die bulligen Krieger begannen, Mogda und Gnunt zu umrunden wie eine Meute hungriger Wölfe. Sie lauerten darauf, ihre Beute anzugreifen, einen passenden Augenblick abzuwarten, um zuzuschlagen. Für einen winzigen Moment verstummten die Geräusche ihrer Angreifer, dann war es so weit. Die Barbaren stürmten brüllend auf Mogda und Gnunt zu. Ihre Schilde hatte sie dicht an den Körper gepresst und verdeckten damit Brust und Hals, die Schwerter und Äxte hoch erhoben, damit sie die Wucht des ersten Zusammenstoßes nutzen konnten.

Mogda drückte mit dem Rücken gegen Gnunt und versuchte, den Koloss damit in Bewegung zu halten. Durch langsames Drehen versuchten sie, die Lücken in ihrer Deckung zu kaschieren. Mogda drückte Gnunt weiter nach vorn, auf dessen Gegner zu. Sie mussten aus dem Zentrum heraus, da sie sich sonst den gleichzeitig ausgeführten Attacken ihrer Gegner nicht lange würden erwehren können.

Gnunts Gegner waren zuerst heran. Mit einem weit ausholenden Schlag hob er den ersten, direkt auf ihn zustürmenden Barbaren mit seiner Keule von den Füßen. Der Barbar wirbelte durch die Luft wie die Puppe eines Kindes, die achtlos in die Ecke geworfen wurde.

Der wuchtige Schlag setzte zwar einen Gegner vorübergehend außer Gefecht, doch verlor Gnunt dadurch seine Deckung. Sofort war einer der Barbaren zur Stelle und stieß dem Oger sein Schwert seitlich unter die Achsel. Doch im letzten Moment drehte Gnunt sich weg, und die Klinge hinterließ nur eine tiefe Schnittwunde an seiner Flanke.

Mogda blockte den Schlag seines heranstürmenden Angreifers und trat einem weiteren mit dem Fuß gegen die Brust. Sofort danach wirbelte er herum. Die Klinge eines gegnerischen Bastardschwertes verfehlte nur um wenige fingerbreit Mogdas Kehle.

Die beiden Oger blieben ständig in Bewegung. Immer wieder wechselten sie ihre Positionen und damit auch ihre Gegner. Eine richtige Flut von Schlägen prasselte auf sie ein. Die Angriffe der barbarischen Kämpfer wurden immer wilder, und von Schlag zu Schlag schienen sie an Kraft zuzunehmen. Mogda und Gnunt hatten kaum noch Gelegenheit, selbst einen Angriff zu starten. Sie hatten alle Hände voll zu tun, sich dem gegnerischen Sturm zu erwehren.

Funken sprühten, wenn die Klingen sich trafen und die Schneiden aneinander entlangglitten. Mogda stieß einen Nordmann zurück. Doch der Krieger war zu routiniert, um sich von so einem Manöver aus dem Gleichgewicht bringen zu lassen. Beim Zurückweichen stieß er dem Oger seinen Schild unter das Kinn. Mogda spürte, wie die Wucht, mit der Ober- und Unterkiefer zusammenschlugen, einige von seinen Zähnen brechen ließ. Er nahm den Schmerz und die Schmach hin. Noch war sein Gegner nicht außer Reichweite.

Mogda führte die Klinge von oben herab. Gekonnt riss der Barbar seinen Schild in die Höhe und parierte den Angriff. Mogdas Runenschwert spaltete die hölzerne Scheibe bis zur Hälfte. Beinahe hätte er die Hand seines Gegners mit abgetrennt. Er setzte nach und riss seinem Gegenüber das Schild aus der Hand.

Von der Seite attackierte ihn ein anderer Krieger. Mogda riss die Klinge herum. Runenschwert und Schild trafen die Brust des neuen Angreifers. Der Schild splitterte vollends unter dem Zusammenprall, machte aber die Attacke so gut wie wirkungslos. Mogda wirbelte herum und parierte gerade noch rechtzeitig den Angriff des ersten Kriegers. Die Waffen gekreuzt, zog Mogda sein Runenschwert nach unten und schnitt seinem Gegner über den Unterarm. Vor Schmerz ließ der Mann seine Axt aus der Hand gleiten und presste den anderen Arm gegen die stark blutende Wunde. Mogda trat ihm mit dem Fuß in die Seite. Der Krieger taumelte einige Schritte seitwärts und stürzte dann zu Boden, kam aber gleich wieder auf die Beine.

Gnunt fiel einige Schritte zurück und erwehrte sich den Angriffen seines Gegners. Einer der Barbaren hatte sich zwischen ihn und Mogda gedrängt. Von links preschte ein weiterer Krieger auf Mogda zu. Er holte zu einem Befreiungsschlag aus. Beidhändig ließ er das Runenschwert um sich kreisen. Der heranstürmende Barbar lenkte die Klinge nach oben ab. Der Angreifer hinter Mogda war außer Reichweite und schien den passenden Augenblick abzuwarten, erneut anzugreifen. Die Spitze seines Runenschwerts sauste einen Fuß entfernt am Kopf des fremden Kriegers vorbei. Eine Vierteldrehung weiter fand das Schwert endlich sein Ziel. Der Barbar, dem Mogda in die Seite getreten hatte, taumelte mit hoch erhobenen Armen in den Schlag. Die Klinge trennte mit einem Hieb Arme und Kopf vom Rumpf des Mannes.

Gnunt hatte mittlerweile seinen Gegner zur Seite abgedrängt und schloss wieder zu seinem Kameraden auf. Mogdas brachialer Angriff kam gerade rechtzeitig zum Stehen, um Gnunt nicht zu gefährden. Der Krieger hinter Mogda hatte seinen passenden Augenblick gefunden. Er stieß die Klinge seines Bastardschwertes vor. Im letzten Moment nahm Mogda den Angriff wahr. Er sprang beiseite und hieb nach der Spitze der Klinge. Der kalte Stahl verfehlte Mogda nur knapp, traf aber Gnunt. Die Waffe bohrte sich durch dessen Wade und trat seitlich des Schienbeins wieder aus. Gnunt brüllte vor Schmerz. Sein Bein sackte weg, und er fiel auf die Knie.

Noch immer sahen sich Gnunt und Mogda fünf Barbaren gegenüber. Die menschlichen Krieger zeigten keine Erschöpfung, und trotz ihrer Übermacht ließen sie sich nicht zu waghalsigen Manövern hinreißen. Auch der Tod eines ihrer Kameraden schien sie nicht zu belasten. Mit blutunterlaufenen Augen und triefendem Schaum in den Mundwinkeln waren sie der Raserei nahe. Gnunt schien so gut wie bewegungsunfähig, und es war nur noch eine Frage der Zeit, bis auch Mogda ein ähnliches Schicksal ereilte. Sie konnten sich nicht mehr rundherum verteidigen.

»Gnunt, wir müssen zurück in den Turm«, schrie Mogda.

Sein hünenhafter Kumpan hatte verstanden, doch es war ihm unmöglich aufzustehen. Sein Runenschwert vor sich hin und her schwenkend, um die Gegner auf Abstand zu halten, packte Mogda mit der freien Hand die Lederriemen, die auf Gnunts Rücken zusammenliefen, und zerrte ihn ein Stück mit sich. Gnunt gab sein Bestes, ihn dabei zu unterstützen. Mit dem unverletzten Bein stemmte er sich Stück für Stück rückwärts. Seine Schläge waren nicht mehr zielgerichtet, sondern dienten allein Mogdas und seinem Vorankommen. Mit lang gestreckten Armen schlug er die Keule im Halbkreis vor sich hin und her. Jeder, der ihm zu nahe kam, drohte von der Gewalt der Baumwurzel mitgerissen oder aufgespießt zu werden.

Mogda schlug sich nur noch mit zweien seiner Gegner umher. Immer wenn sie ihm etwas Freiraum gaben, zerrte er wieder an Gnunt und brachte damit ihn und sich dem Turm ein Stück näher. Mogdas Gegner versuchten, ihm den Weg zu versperren. Mit Äxten oder Schwertern hieben sie nach ihm und setzten alles daran, einen Treffer auf seine Beine zu landen.

»Nur noch zehn Schritt«, rief er Gnunt zu und hoffte, den Koloss damit anzuspornen.

Mogda führte sein Runenschwert enger am Körper und wollte damit die Krieger etwas näher heranlocken. Sein Plan ging auf. Einer der Barbaren wagte einen Ausfallschritt nach vorne und hieb mit der Axt nach Mogdas Hals. Der Oger blockte die Waffe mit der Hand. Die Wucht des Axtstieles brach zwei seiner Fingerknochen, aber er ignorierte den Schmerz und zog den Krieger an sich heran. Er bekam ihn am Handgelenk zu packen, wirbelte ihn herum und schleuderte den Mann seinem anderen Gegner entgegen. Die beiden stießen zusammen, taumelten einige Schritte zurück und knallten gegen die Mauer des Turmes.

»Jetzt komm!«, schrie Mogda. »Der Weg ist frei.«

Mogda rannte los. Seine beiden Gegner hatten sich noch nicht wieder aufgerappelt, aber um sie im Vorbeilaufen zu töten, reichte die Zeit nicht. Er schlüpfte durch den Eingang in das Innere des Turmes. Als er sich umdrehte, sah er Gnunt, der verzweifelt versuchte, auf die Beine zu kommen. Mit seiner Keule zog er eine weite Bahn, um sich seine Peiniger vom Hals zu halten.

Gnunt stützte sich auf dem gesunden Knie ab und drehte sich um, bevor sie wieder heran waren. Mogdas Widersacher waren bereits auf dem Weg zu ihm. Sie wollten es zu Ende bringen. Mit einem Hechtsprung stürzte sich der Axtkämpfer auf Gnunt. Der Oger stützte sich mit einer Hand auf sein Knie, brachte seinen Oberkörper in eine aufrechte Position und schlug mit der Keule von unten in gerader Linie nach oben. Die Waffe traf den heranspringenden Krieger frontal gegen das Brustbein. Der Barbar wickelte sich regelrecht um die Baumwurzel und wurde in die Höhe gerissen, wobei er mit den Beinen seinen Kameraden am Kopf traf. Gnunt ließ die Waffe aus seinen Fingern gleiten und katapultierte sie mitsamt seinem Opfer mehrere Schritt hoch und gegen die Steinmauer des Turmes.

Die Aktion hatte dem Oger etwas Zeit verschafft. Gnunt humpelte los, auf den Eingang des Turmes zu. Die Gegner in seinem Rücken waren inzwischen fast wieder herangekommen. Mogda griff sich einen kopfgroßen Stein aus der Feuerstelle im Turm und schleuderte ihn an Gnunt vorbei, den Barbaren entgegen. Das Wurfgeschoss verfehlte sein Ziel nicht. Einer der Krieger wurde am Oberschenkel getroffen und von der Gewalt des Einschlags umgerissen. Die anderen beiden wichen dem stürzenden Kumpanen mit einem gewagten Sprung zur Seite aus.

Endlich erreichte Gnunt den Turm. Mogda zog ihn ins Innere und stieß ihn vom Eingang fort. Er umfasste einen der Balken, die das marode Dach stützten, und riss ihn weg. Die Konstruktion gab nach und sackte in sich zusammen. Die kegelförmige Kuppel setzte sich genau vor den Eingang und verschloss ihn.

Gnunt hatte sich darangemacht, seine Blutungen zu stillen. Mit einem beruhigenden Brummen stellte er fest, dass keine Knochen gebrochen waren. Im Grunde genommen gab es für einen Oger nur zwei Arten von Verletzungen: tödliche und nicht tödliche. Jede Wunde, die bis zur nächsten Auseinandersetzung nicht von allein verheilte, war tödlich. Schnittwunden, Stichwunden und Amputationen von geringem Umfang wurden als wenig beachtenswert eingestuft. Schwere Brüche oder innere Verletzungen verliefen entweder infolge von Wundbrand oder Organversagen tödlich oder waren derart hinderlich, dass das Schicksal des Verwundeten beim nächsten Kampf besiegelt wurde. Gnunt war guter Dinge.

Mogda verspürte nicht ganz so viel Zuversicht. Immer noch streunten dort draußen vier der Krieger umher und wollten ihnen ans Leder. Genauer gesagt setzten sie momentan alles daran, ins Innere des Turmes zu gelangen. Wie besessen hackten sie mit ihren Äxten auf die breiten Holzschindeln ein. Mogda setzte die Spitze seines Runenschwertes von innen gegen das Holz. Er schwor sich, dem Ersten, dem es gelang, ein Loch in das Dach zu schlagen, und der versuchen würde, auf ihre Seite zu kommen, die sechs Fuß Stahl durch den Körper zu treiben.

Plötzlich verstummten die Schläge, und Mogda hörte ein ersticktes Schreien. Eine Sekunde später stieß ein schwarzes blankes Horn von der Länge eines Schwertes durch die Blockade. Die Spitze verfehlte Mogda nur um einen Fuß. Herabstürzende Trümmer und die herausgebrochene Lattung fielen auf ihn herab. Er taumelte mehrere Schritte zurück, hielt die Waffe aber weiterhin kampfbereit vor sich.

»Hüter fein gekommen«, stöhnte Gnunt. »Er gerochen Futter.«

Mogda wusste nicht mehr, ob dies nun ein gutes oder ein schlechtes Zeichen war. Die ganze Geheimniskrämerei um Gnunts neuen Freund verunsicherte ihn. Zwei Dinge standen jedoch fest: Der Unbekannte zeigte einen ungewöhnlichen Kampfstil, und er hatte den Schneid, sich Gegnern zu stellen, gegen die selbst zwei Oger nicht ankamen. Jetzt blieb nur noch zu hoffen, dass er Gnunt und Mogda wirklich friedlich gesonnen war.

Das glänzende Horn wurde wieder herausgerissen und hinterließ ein Loch, das groß genug war, damit ein Mensch hindurchklettern konnte. Falls dies schon alles gewesen war, was der Hüter den Barbaren entgegenzusetzen hatte, würde es nicht lange dauern, bis die Barbaren das Loch als Einstieg nutzten. Doch Gnunt machte immer noch einen zufriedenen, selbstsicheren Eindruck. Er schien keinen Zweifel an der Überlegenheit seines neuen Freundes zu haben, genauso wenig wie an dessen Freundschaft.

Als Mogda gerade überlegte, sich weiter vorzuwagen, schob sich ein großer dunkler Schatten vor die Öffnung. Erst beim genaueren Hinsehen erkannte Mogda, dass es sich um eine Art Platte oder gepanzerte Rüstung handelte. Die Oberfläche war matt glänzend und schimmerte in einem dunklen Braunton. Mogda beschloss, dass es sicher genug war, um etwas näher heranzugehen. Wenige Schritte trennten ihn noch von der versperrten Öffnung, da verschwand die geheimnisvolle Panzerung plötzlich wieder aus Mogdas Sichtfeld. Und auch von den Barbaren war nichts mehr zu sehen oder zu hören.

»Hüter freffen, waff Gnunt hingelegt«, antwortete Gnunt auf den fragenden Blick von Mogda hin.

»Und die Barbaren?«, erkundigte sich Mogda.

»Hüter auch freffen, waff Gnunt nicht hingelegt«, sagte der mit einer Selbstverständlichkeit, die Mogda einen Schauer über den Rücken jagte.

Die Neugier auf das fremdartige Wesen war größer als die Angst davor, in einer Matschgrube zu enden und langsam mürbe zu werden. Mit ein paar Fußtritten hatte Mogda den Eingang schnell wieder freigelegt. Vorsichtig steckte er den Kopf durch die Trümmer. Mogda konnte nicht sagen, was er erwartet hatte, aber es war sicherlich nicht das, was er jetzt erblickte.

Aus Gnunts spärlichen Schilderungen hatte man sich kein richtiges Bild machen können, und auch jetzt, wo Mogda das Wesen sah, fiel es ihm nicht leichter, es zu erfassen. Vor der Schlammkuhle mit dem toten Wild hockte, stand oder lag, wie auch immer man es betrachten wollte, ein Käfer. Mogda kannte sie nur als kleine hektische Insekten, die über den Boden krabbelten und ein knirschendes Geräusch von sich gaben, wenn man auf sie trat. Da die Mehrheit der Oger ihren typisch perplexen Gesichtsausdruck nicht ablegen konnte und so zumeist mit offen stehendem Mund durch die Welt lief, hatte jeder von ihnen auch schon mal eines dieser Insekten unfreiwillig verspeist. Selbst Mogda war davon nicht verschont geblieben.

Dieses Exemplar war jedenfalls weit davon entfernt, verschluckt zu werden. Mit sechs Fuß Höhe und zehn Fuß Länge war es mit Abstand der größte Käfer, den Mogda je gesehen hatte.

Zum ersten Mal hatte der Oger die Gelegenheit, eines dieser Krabbeltiere im Detail zu betrachten, ohne dass es breit getreten unter seinem Fuß klebte. Im Prinzip bestand es aus zwei Körperregionen: dem Kopf und dem Hinterleib. Den Großteil des Tieres bedeckte ein dunkelbrauner Rückenpanzer, der metallisch schimmerte. An der Unterseite sowie zwischen Kopf und Hinterleib wuchsen borstenartige Haare. Die drei Beinpaare wirkten wie schwarze Knochen, besetzt mit messerscharfen Krallen und Widerhaken.

Am auffälligsten war jedoch der Kopf des Hüters. Die wulstartigen Erhöhungen an der Oberseite erinnerten entfernt an vorstehende Augenbrauen. An der vorderen Spitze des Kopfes saß ein nach hinten gebogenes Horn, das über den Körper hinausragte. Genüsslich und als ob nichts passiert wäre, verspeiste der Käfer mit seinen beiden sichelgleichen Kieferzangen Gnunts eingelegte Delikatesse.

Zwei der Barbaren lagen bereits mit in dem Schlammloch. Ihre Körper waren übersät mit Schnitt- und Stichwunden. Ein weiterer toter Krieger lag direkt zu Mogdas Füßen. Das Horn des Käfers hatte ihm ein Loch durch die Brust gestoßen. Mogda fragte sich, wo wohl der letzte ihrer Gegner geblieben war. Doch auch diese Frage klärte sich schnell. Unter dem schweren Körper des Hüters lugte ein Arm hervor, die Axt immer noch in der Hand haltend. Die ganze Raserei der Krieger, ihre schwere Bewaffnung und ihre vorzüglichen Kampfkünste hatten sich gegen diese gepanzerte Bestie als wirkungslos erwiesen.

Mogda wagte sich gänzlich aus seinem Versteck. Behutsam schlich er zu dem Hüter hinüber. Doch der riesige Käfer nahm keine Notiz von ihm. Beharrlich zerkleinerte er das Stück Wild mit seinen Beißwerkzeugen. Das etwas zu groß geratene Insekt war Mogda unheimlich. Er kannte die kleinen, fleißigen Tierchen nur als lästiges Beiwerk der Natur. Sie schienen nicht gerade vor Intelligenz zu strotzen, wenn man sich nachts am Lagerfeuer besah, wie viele von ihnen – vom Licht angezogen – mit einem knackenden Geräusch in den Flammen verpufften. Mogda hoffte nur, dass die Größe bei ihnen gleichzusetzen war mit ihrem Denkvermögen und dieses Monsterexemplar vor ihm wenigstens zwischen Freund und Freund unterschied.

Mit der Zeit schwand Mogdas Skepsis, und er klopfte vorsichtig gegen den Rückenpanzer des Hüters. Vom Aussehen her glichen die Flügeldecken poliertem Nussbaumholz, doch es war so hart wie Metall. Der ganze Käfer schien aus ein und demselben Material zu bestehen. Die Vorstellung, was dessen Gewicht zusammen mit den scharfkantigen Gliedmaßen im Kampf alles anzurichten vermochte, genügte Mogda, um weiterhin achtsam zu bleiben.

Vorsichtig schlich Mogda um das weiterhin fressende Tier herum. Gnunt hatte ihm erzählt, dass der Hüter im Besitz des schwarzen Splitters sei. Nun stellte sich natürlich die Frage, wo Käfer ihre Ausrüstung verstauten. Die einzige Stelle, die schwer einsehbar war, lag zwischen Kopf und Hinterleib. In diesem Wald aus Borsten konnte man ohne Weiteres ein kleines Artefakt wie den Splitter verbergen, den man wie ein Schmuckstück an einer Kette tragen konnte. Mogdas Hand fuhr in den Zwischenraum und tastete nach einem Band oder solch einer Kette.

Zum ersten Mal zeigte der Hüter Interesse an Mogda, wenn es auch nicht gerade die Art von Anteilnahme war, die sich der Oger erhofft hatte. Der Käfer fuhr herum und stieß Mogda unsanft beiseite. Aufgeregt wippten die zwei Fühler am Kopf in der Luft umher. Die Greifzangen am Mund schabten aufeinander und ließen ein fauchendes Geräusch erklingen. Dann stürmte der Käfer auf den Oger zu.

Mogda hätte sein Schwert gezogen, doch er war zu sehr damit beschäftigt, seine Flucht einzuleiten. Im Krebsgang bewegte er sich rückwärts und versuchte, den Eingang zum Turm nicht zu verfehlen. Seine Hoffnung verflog, als er mit dem Kopf unsanft gegen die Mauer stieß. Der Käfer verfolgte ihn weiterhin und hatte es auf ein erstaunliches

Tempo gebracht, die Vorderbeine aufgerichtet und den Kopf gesenkt. Das Horn zeigte wie eine kampfbereite Lanze auf Mogda. In vollem Tempo hielt der Käfer auf ihn zu.

Mogda blieb nur eins, die Augen zu schließen und zu hoffen, dass es schnell vorbei war.

Das Mauerwerk des Turmes erbebte, als das Rieseninsekt mit voller Wucht sein Ziel erreichte. Mogda verspürte keinen Schmerz, was ein gutes oder aber ein ganz schlechtes Zeichen sein konnte. Ganz vorsichtig blinzelte er mit einem Auge.

Das Horn des Käfers steckte keinen Fuß entfernt von seinem Kopf zwischen den Steinen der Wand. Der Riesenkäfer warf seinen Kopf aufgebracht hin und her und stemmte sich mit seinen Beinen ab, um wieder loszukommen. Mit einem Krachen, das wie das Bersten von Knochen klang, riss sich der Hüter los. Die Spitze des Hornes brach dabei ab. Doch das schien den Käfer nicht zu stören. Er machte kehrt und stellte sich wieder vor die Schlammkuhle, um in aller Seelenruhe sein Mahl weiter zu genießen.

Die aggressive Stimmung des Hüters schien wie verflogen. Mogda ließ den Kopf zur Seite fallen. Sein Blick fiel auf den Rest des Hornes, der in der Wand steckte. Form, Farbe und Größe kamen ihm seltsam bekannt vor. Er streckte die Hand aus, um danach zu greifen. Wie von selbst fiel die Hornspitze in seine Hand. Mogda traute seinen Augen nicht. Es war der schwarze Splitter, den Mogda vor zwei Jahren Gnunt geschenkt hatte – der Kristall, der übrig geblieben war, als er mit dem Runenschwert die beiden Funken der Götter trennte.

Als Mogda schließlich wieder den Turm betrat, um nach Gnunt zu sehen, stand ihm der Schweiß immer noch auf der Stirn. Seine Beine drohten nachzugeben, und er fühlte sich, als ob er die ewige Schlacht schon hinter sich gebracht hätte.

Gnunt lächelte ihn mit seinem lückenhaften Gebiss an. »Du gefehen Hüter. Er Mogda geben farfen Ftein.«

Mogda war zu erschöpft, um zu sprechen. Er nickte nur.

»Können gehen, bringen Hüttenbauer heim«, erklärte Gnunt.

Mogda konnte und wollte dem Koloss nicht widersprechen. Sobald er wieder dazu in der Lage war, gab es genügend Fragen, die ihm sein Kumpan beantworten musste. Er hoffte nur, dass die Antworten ergiebiger ausfielen als bisher.

14
Am Abgrund

Rator ging der junge Krieger nicht mehr aus dem Kopf. Er fragte sich, warum ihn ein paar Bauern aus einem winzigen Dorf mitten im Nirgendwo ohne Grund gesteinigt hatten. Von dem Jungen war keine Gefahr ausgegangen. Er war verletzt und unbewaffnet gewesen. Dennoch hatten die Einheimischen keinen Moment gezögert, ihn zu töten. Sie töteten einen Jungen, den sie vermutlich nicht einmal kannten, nur weil er aus einem anderen Dorf stammte. Rator wurde aus den Hüttenbauern nicht schlau. Und wie bei allem, was ein Oger nicht verstand, war es besser, diesem fernzubleiben.

Von Zeit zu Zeit musste Rator innehalten, um seinen Weg neu zu bestimmen. Seitdem er das kleine Dorf hinter sich gelassen hatte, gab es kaum noch markante Punkte, an denen er sich orientieren konnte. Die eisige Steppe zeigte sich von ihrer trostlosesten und eintönigsten Seite. Manchmal blieb dem Kriegsoger nur der Blick zurück auf seine eigenen Fußspuren, um zu sehen, ob er die Richtung beibehielt. Der weiße Schleier, der seine Sicht behinderte, hatte sich weitestgehend verzogen, doch dafür war ein eisiger Wind aufgekommen. Noch nie in seinem Leben hatte Rator so gefroren. Seine Finger und seine Füße waren taub, und sein Gesicht schmerzte bei jedem Atemzug. Ohne etwas zu essen und einen warmen Platz durfte er nicht einmal daran denken, eine Rast einzulegen. Sein Körper wäre innerhalb von Minuten ausgekühlt und er zum Sterben verdammt gewesen.

Umso zufriedener war Rator, als er in einiger Entfernung eine Gebirgskette und mehrere üppige Waldflächen ausmachen konnte. Von einem Gebirge hatte ihm der junge Krieger zwar nichts erzählt, doch wenn der Spalt in der Erde so riesig war wie beschrieben, musste man ihn von dort aus gut sehen können. Mit etwas Glück konnte Rator in dem Wald auf Jagd gehen und endlich wieder seinen Hunger stillen. Mit einem Mal sah alles wesentlich viel versprechender aus als zuvor. Die Aussicht, etwas zu essen zu finden und eine kurze Rast einlegen zu können, spornte Rator zusätzlich an. Er musste es schaffen, den Wald zu erreichen, bevor die Nacht hereinbrach und die letzten wärmenden Strahlen der Sonne auch noch vergingen.

Die tatsächliche Wegstrecke zu den nächsten Waldgebieten am Rande des Gebirges stellte sich entgegen Rators Schätzung als deutlich kürzer heraus. Dies hätte eigentlich eine glückliche Fügung sein müssen, doch leider erwiesen sich Wald und Gebirge auch nicht als das, als was sie erschienen. Die hohen Nadelbäume entpuppten sich als niedriges Gestrüpp, das Rator kaum bis zur Brust reichte, und das Gebirge war in Wirklichkeit ein zwanzig Fuß hoher Wall aus Schnee, Eis und Geröll.

Als Oger hatte man ohnehin schon ständig das Gefühl, in einer Welt zu leben, die zu klein geraten war. Alles, was man von Hüttenbauern, Orks oder sonst wem ergattern konnte, war zu klein, um es wirklich gebrauchen zu können. Waffen sahen aus wie Spielzeuge, Karren und Kutschen brachen unter dem Gewicht eines Ogers zusammen, und nützliche Werkzeuge waren nicht mehr als Zahnstocher in deren klobigen Händen. Rator bahnte sich seinen Weg durch den Miniaturwald. Wütend schlug er mit den Händen durch die schneebedeckten Wipfel, als ihm bewusst wurde, dass er mit gesenktem Blick nach etwas suchte, das wie ein Reh aussehen sollte, aber nicht größer sein konnte als ein Hase. Dieses Land war wahrlich nicht für Oger gemacht. Alles schien verkehrt zu sein. Kinder waren Kämpfer, Riesen lebten in Höhlen, und über Berge und Wälder konnte man einfach hinwegspringen.

Rator konnte nicht mehr an sich halten. Er riss die Axt vom Gürtel und schlug wild um sich. Kreisend kappte er die Büsche um sich herum, bis er auf einer mit Tannengrün belegten Lichtung stand. Wie im Rausch schlug er auf das Gehölz ein, doch sein Zorn wurde nur noch größer, je mehr sein Blut in Wallung geriet. Mit einem ohrenbetäubenden Gebrüll schleuderte er seine Axt über die zu klein geratenen Berge.

Klinge und Stiel schraubten sich kreisend in die Höhe und verschwanden hinter dem Gipfel. Doch zu Rators Verwunderung erklang weder ein dumpfer Aufprall noch – was auch nicht wirklich zu erwarten gewesen war – ein röchelnder Aufschrei.

Mühsam erklomm Rator den Wall aus Schutt und Eis. Seine Haut war von der Kälte ganz rissig geworden, und seine Hände bluteten. Rator musste sich zwingen, ruhig zu bleiben, um nicht vollends verrückt zu werden. Als er den Gipfel erklommen hatte, lauerte bereits die nächste Überraschung auf ihn: Er hatte den Spalt gefunden, der ihn zu seinem Gott bringen sollte. Was ihn etwas missmutig stimmte, war die Tatsache, dass seine Axt scheinbar bereits dort, bei Tabal, war.

Rator stampfte mehrmals fest auf. Der Untergrund schien fest zu sein. Er beugte sich vor und sah in den Spalt. Irgendwo in zweihundert Fuß Tiefe verloren sich die Wände in Dunkelheit. Dort unten lag seine Waffe sicher – auf jeden Fall sicher vor seinem Zugriff.

Rator hatte sich die Heimat eines Gottes anders vorgestellt. Etwas enttäuscht blickte er den Spalt entlang. Ein Anfang und ein Ende waren nicht zu erkennen, und zur anderen Seite waren es bestimmt hundert Fuß. Nach Norden wurde der Spalt breiter. Der Krieger hatte ihm erzählt, er solle bis zu der Stelle gehen, an welcher der Spalt am breitesten war. Noch einmal blickte Rator hinunter, um abzuschätzen, ob sich ein Abstieg lohnte. Er wäre geschützt vor der Witterung und würde seine Waffe wiedererlangen, andererseits aber konnte er nicht wissen, wie tief das Loch in der Erde war, und die eisigen Wände machten das Klettern sicherlich nicht leichter. Er würde dem Spalt nach Norden folgen bis zur breitesten Stelle, dort würde er eine neue Entscheidung treffen.

Rator wollte sich gerade wieder auf den Weg machen, als kurz unter ihm etwas gegen die Felswand schlug. Er kniete sich hin und beugte sich mit dem Oberkörper über den Rand. Es war nichts zu sehen außer Eis und Fels. Plötzlich prallte wieder etwas kurz unter ihm gegen die Wand. Ein paar Funken blitzten auf, und ein kurzes Stück Holz trudelte in die Tiefe. Es war ein Bolzen, der Bolzen einer Armbrust.

Rator riss den Kopf hoch und suchte auf der anderen Seite der Schlucht nach dem Schützen. Erst jetzt erkannte er die lange Reihe von Kriegern, die auf der anderen Seite in einer halben Meile Entfernung an ihm vorüberzog. Es waren viele hundert Krieger, die alle hintereinander herliefen. Wie eine ewig lange Karawane zogen sie an ihm vorbei. Rators Augen tränten von der Kälte, und das Weiß der Landschaft schmerzte allein vom Hinsehen. Er wischte sich die Tränen ab und kniff die Augen zusammen. Es waren menschliche Krieger, in Felle gekleidet, und noch etwas anderes.

Zuerst dachte Rator, die flimmernde Luft spiele ihm einen Streich, doch dann konnte er sie genau erkennen. Es handelte sich um barbarisch aussehende Krieger mit langen weißen Haaren und Bärten. Sie zogen eine Art von Gefängniswagen hinter sich her – und sie waren groß, dreimal so groß wie die Menschen. Drei von diesen Hünen konnte Rator ausmachen, und sie schienen keine Schwierigkeiten zu haben, die schweren Wagen in dem Schnee hinter sich herzuziehen. Sofort fiel Rator die Höhle ein, die er durch Zufall entdeckt hatte. So ein Wesen musste dort gewohnt haben. Die weißen Riesen waren noch größer als Höhlentrolle und sicherlich auch bessere Kämpfer.

Erneut schlug ein Bolzen wenige Schritt neben Rator in die gefrorene Erde ein. Die fremde Armee hatte es nicht wirklich auf ihn abgesehen. Sie waren zu weit entfernt, um ihn mit den Bolzen wirklich verletzen zu können. Das wussten sie auch. Sie machten sich nur einen Spaß daraus, ihre Geschosse auf den Oger abzufeuern. Eine fragwürdige Belustigung für Menschen, genauso fragwürdig und seltsam wie dieses ganze Land.

Rator beobachtete den Treck aus der Deckung des Walls heraus noch einige Zeit lang. Sie schienen von einem Scharmützel zurückzukommen. Weit hinter ihnen zogen schwarze Rauchfahnen – vermutlich von brennenden Häusern – gen Himmel, und vor ihnen kräuselte sich der dünne weiße Qualm von Lagerfeuern.

Rator hatte alles gesehen, was er sehen wollte. Das Heer war nah und durch die Kluft doch ewig weit entfernt. Er musste sich keine Sorgen machen … und sie sich auch nicht. Er stieg vom Wall herab und folgte der Schlucht in nördlicher Richtung, dieselbe Richtung, in der die fremden Krieger unterwegs waren. Mehrere Male kletterte Rator wieder empor und versicherte sich, dass er die breiteste Stelle noch nicht erreicht hatte. Außerdem wollte er sehen, wohin das fremde Heer zog. Immer noch liefern die Krieger fast parallel zu ihm.

Nach einer knappen Stunde erreichte er den Punkt, von dem der junge Krieger gesagt hatte, dass Rator ihn erkennen würde, wenn er ihn sah. Aus der Erde erhob sich eine steinerne Kette, deren einzelne Glieder so groß waren wie Rator selbst. Sie verlief über den Wall hinweg und verschwand in der Schlucht. Wieder einmal zweifelte Rator an seinem Verstand. Erst als er die Hand auf eines der Glieder legte, war er überzeugt, dass die Kette wirklich da war. Sie wirkte wie eine überdimensionale Ankerkette, und er fragte sich, wozu sie wohl gut war. Um das herauszufinden, musste er ohne Frage in die Schlucht hinabsteigen. Wenn es stimmte, was der junge Krieger ihm gesagt hatte, würde er dort unten Tabal finden. Rator war schon zu lange auf der Suche nach seinem Gott, um jetzt noch Zeit zu verschwenden.

Rators Befürchtung, dass die steinernen Kettenglieder vereist und rutschig sein würden, bewahrheitete sich zum Glück nicht. Zu seinem Erstaunen war der Stein äußerst griffig und die Kettenglieder für die Größe eines Ogers optimal. Der Abstieg ging schnell voran. Mit beiden Armen umklammerte er einen Ring, während seine Füße in den darunterliegenden traten.

Rator wunderte sich, wie die Erbauer es geschafft hatten, die einzelnen Kettenglieder ineinander zu bekommen, da jedes Glied aus einem einzigen Stück Stein gefertigt zu sein schien. Nach immer einem Dutzend Ringe, die Rator überwunden hatte, legte er eine kurze Pause ein, um zu verschnaufen. Jedes Mal versuchte er, die Tiefe der Schlucht neu auszuloten, und jedes Mal schien sie endlos zu sein.

Mit jedem Schritt, den er hinabstieg, fragte er sich, wann der Zeitpunkt gekommen wäre, umzukehren. Vielleicht war es ihm nicht bestimmt, in das Reich der Götter einzudringen. Beinahe hätte er tatsächlich kehrtgemacht und nach einem anderen Weg hinunter zu Tabal gesucht, da wurde plötzlich am Grund der Schlucht ein Feuer entzündet. Das Feuer war gar nicht so weit entfernt, und der Spalt gar nicht so tief, wie Rator befürchtet hatte. Das diesige Licht des Tages besaß einfach nicht genügend Kraft, um bis nach unten zu reichen, so wirkte die Schlucht bodenlos. In Wirklichkeit war sie kaum eine halbe Meile tief.

Rator stieg nicht ganz bis nach unten hinab. Auf dem viertletzten Kettenglied blieb er stehen und drehte sich dem Feuer am Boden zu. Irgendwo musste der Herr des Feuers sein. Ohne seine Axt, nur mit einem Messer bewaffnet, galt es, äußerste Vorsicht walten zu lassen.

Rator ging nicht davon aus, dass Tabal ihn mit offenen Armen empfing. Man marschierte nicht einfach zu seinem Gott – er rief einen zu sich. Tabal hatte wahrscheinlich Vorkehrungen getroffen, um unliebsame Besucher fernzuhalten. Vielleicht musste man auch erst eine Prüfung ablegen, bevor man zu ihm vordringen konnte. Egal worum es sich handelte, eine Waffe brauchte man bestimmt.

Rator war nicht so weit gekommen, um sich jetzt wehrlos aus dem Hinterhalt meucheln zu lassen. Doch sosehr er seine Sinne auch anstrengte, niemand war zu sehen oder zu hören. Ein dumpfes Rauschen wie aus dem Inneren einer Muschel erstickte jedes Geräusch, das einen potentiellen Angreifer hätte verraten können. Rator entschloss sich, das Risiko auf sich zu nehmen, und kletterte auf den Boden der Schlucht. Schließlich gab es nicht viele Wesen, die Feuer machen und ihm gefährlich werden konnten.

Erst jetzt fiel Rator auf, wie wenig kalt es hier unten war. Es herrschte beinahe Windstille, und die Temperatur lag eindeutig über dem Gefrierpunkt. Die halbwegs erträgliche Witterung konnte jedoch nicht darüber hinwegtäuschen, dass die Schlucht dunkel, eng und unwegsam war. Rator bewaffnete sich mit einem herumliegenden Felsbrocken.

Das Licht des Feuers flackerte, und es drohte auszugehen. Rator wollte die wenigen Chancen, sich zur Wehr zu setzen, nicht auch noch verlieren, indem er nichts mehr sehen konnte. Kurz entschlossen riss er eine der aufgenähten Stofftaschen von seiner Hose und kletterte über die Felsen hinüber zum Feuer. Er hielt den Fetzen so lange in den Fingern, bis er sicher war, dass dieser Feuer gefangen hatte. Dann legte er ihn vorsichtig auf die verbleibende Glut, um anschließend zwischen den Felsen nach Reisig, Moos und trockenen Ästen zu tasten. Die Ausbeute fiel mager aus, reichte jedoch, um das Feuer weiter am Brennen zu halten. Die Schlucht hatte sich nach unten hin weiter verengt und maß hier eine Breite von gut zwanzig Schritt. Weite Teile der Schlucht konnten nicht breiter sein als zwei Armlängen, wenn man davon ausging, dass hier das Zentrum lag.

Rators Glauben an das Reich Tabals schmolz dahin wie Schnee in der Sonne. Wo sollte er hier seinen Gott finden? Dies war kein Platz für den Vater aller Schlachten, den Herrn des Chaos und Altvorderen aller Stämme. Alles, was sich hier unten fand, waren Steine und das, was tot in die Schlucht stürzte. Sein Weg hatte ihn in eine Sackgasse geführt. Alle seine Hoffnung war dahin. Tabal hatte diese Welt anscheinend verlassen, und alles, was er hinterlassen hatte, war ein Riss in der Erde.

Das Feuer flackerte abermals und drohte wieder auszugehen. Rator reagierte diesmal zu spät. Bevor er neuen Zunder zur Hand hatte, erlosch es und tauchte den Spalt in Dunkelheit. Rator war nicht wirklich böse darum, denn es gab nichts an diesem Ort, was er sich noch ansehen wollte. Außerdem war es nach langer Zeit endlich mal wieder richtig dunkel. Und hier unten war es warm genug, um auch ohne Feuer nicht erfrieren zu müssen. Rator war unendlich müde.

Das Heulen eines Wolfes ließ Rator aufschrecken und seine Hand nach dem Dolch an seinem Gürtel greifen. Noch immer war es stockfinster. Er wusste nicht, wie lange er geschlafen hatte, aber die Kälte war aus seinen Gliedern gewichen.

»Wölfe«, knurrte Rator und zog seinen Dolch aus dem Hosenbund.

Im Grunde genommen waren sie für einen Oger nichts anderes als Hunde. Sie liefen auf vier Beinen, waren voller Fell, und wenn man ihnen eine Keule auf den Rücken schlug, waren sie tot. Eine Kleinigkeit gab es jedoch, die sie von ihren Artgenossen unterschied und die momentan den Ausschlag dafür gab, dass Rator unruhig wurde: Sie konnten im Dunkeln sehen. Was er gerade nicht gebrauchen konnte, war eine Meute hungriger Hackenbeißer, die in diesem finsteren Loch über ihn herfielen, weil sie dachten, sie könnten ihren Hunger mithilfe des Ogers für die nächsten Monate bekämpfen.

Rator tastete sich zurück zu der Steinkette, was sich allein schon schwierig gestaltete. Gerade als er die große ovale Form des ersten Rings zu packen bekam, bemerkte er einen schwachen Lichtschein an der groben Felswand keine zwanzig Schritt von ihm entfernt.

Erst das Feuer, nun dieses Licht. Versuchte ihn jemand mit diesen Irrlichtern zu locken? Wenn es nur darum ging, seine Aufmerksamkeit zu erregen, hätte einfaches Rufen auch gelangt. Wenn er jetzt den Aufstieg anging, gab es kein Zurück mehr. Denn wenn die felligen Vierbeiner eines konnten, dann war es warten. Sobald sie seine Fährte aufgenommen hatten, würden sie jaulend und kläffend vor der Felswand hocken bleiben, bis sich eine bessere Beute zeigte – und das konnte hier unten lange dauern.

Ein Jahr lang war Rator unterwegs gewesen, um diesen Ort zu finden, jetzt wollte er auch wissen, welches Geheimnis er barg. Der Oger konnte und wollte sich nicht vorstellen, dass jemand Jahrzehnte damit verbrachte, aus rohem Stein ein Schmuckstück zu meißeln, das selbst einem Titan zu groß war, und das alles nur, um einem Rudel von Wölfen zu huldigen. Es musste mehr dahinterstecken.

Mit weiten Schritten und ohne etwas zu sehen, bahnte Rator sich seinen Weg auf das Licht zu. Der Leitwolf heulte immer noch, doch das Knurren und Hecheln seiner Meute näherte sich schnell. Rator musste die Arme und Hände zur Unterstützung nehmen, um sich durch die Dunkelheit zu tasten. Immer wieder stieß er schmerzhaft gegen Felsen, die ihm den Weg versperrten. Die Wölfe waren direkt hinter ihm, als er in den Lichtkegel trat und einen Durchlass in den Felsen erblickte. Rator hechtete in eine große Höhle, fuhr aber sofort herum und streckte seinen Dolch der Dunkelheit entgegen, aus der er gekommen war.

Das tiefe Grollen der Wölfe bewies ihm, dass die Tiere keine zehn Fuß entfernt auf ihn lauerten. Vier rot glühende Augenpaare starrten ihn aus dem Dunkel heraus an. Rator wich einige Schritte zurück. Die Tiere schienen das Licht zu meiden. Mit einem halbwegs sicheren Gefühl sah er sich um.

Die Höhle war eindeutig natürlichen Ursprungs. Gigantische Felsbrocken hatten sich von den Wänden und der Decke gelöst, waren hinabgestürzt und versperrten die Sicht auf das, was hinter ihnen lag. Ganze Gesteinsschichten waren abgeplatzt und füllten den Großteil der riesigen Kaverne. Nur das Zentrum der Höhle war frei geräumt. Jemand hatte sich die Mühe gemacht, die Felsen zu zerkleinern und beiseitezuschaffen. Der frei zugängliche Bereich maß immerhin in etwa die Größe eines kleinen Dorfes und stieg in drei Plateaus an. Rator stand auf dem untersten und blickte auf das nächsthöhere. Dort schien, etwa in Augenhöhe, ein Teil des Bodens zu brennen und den Raum zu erleuchten. Auf dem Plateau dahinter hatte jemand einen Thron aus Felsen errichtet.

Immer noch wollte das Knurren der Wölfe hinter Rator nicht verstummen. Irgendetwas hielt sie davon ab, ihm zu folgen. Entweder war es das Licht oder etwas, das sich in der Höhle versteckte. Rator wollte das Verlangen der Wölfe nach Ogerfleisch nicht länger herausfordern und wagte sich weiter hinein in die Erde. Er stieg die schroffen Felsstufen hinauf zum nächsten Plateau. In der Mitte hatte sich eine Senke aufgetan, die bis zum Rand gefüllt war mit schwarzem Pech. Bläuliche Flammen tanzten darauf herum und suchten gierig nach Nahrung.

Gasblasen stiegen aus dem Weiher auf und zerplatzten an der Oberfläche. Wie eine Gruppe von Schaulustigen versammelten sich die kleinen blauen Flammen um die aufsteigenden Blasen und entzündeten sie beim Zerplatzen. In hellen, bis zu drei Fuß hohen Feuersäulen, die in schwarzen Rauchfäden endeten, verbrannte das Gas.

Eine Eisenkette bahnte sich von links kommend ihren Weg zwischen den Felsen hindurch quer über das Plateau und endete straff gespannt in dem brodelnden Tümpel. Rator stellte sich vor, welches Geschöpf man hier wohl angekettet haben mochte, um es den hungrigen Wölfen zum Fraß auszuliefern. Auf jeden Fall schien es den Tod im kochenden Sumpf dem Zerfleischtwerden vorgezogen zu haben. Rator kniete sich hin und griff nach der Kette. Die einzelnen Glieder waren groß genug, dass seine Hand durch die Mitte eines Glieds hindurchpasste. Überraschend leicht ließ sich die Kette aus dem Pech ziehen. Nicht ein Tropfen der klebrigen schwarzen Flüssigkeit blieb an ihr hängen, sondern tropfte fein säuberlich zurück in den Weiher.

Mit einem Ruck wurde Rator beinahe von den Füßen gerissen. Etwas zog an der Kette, jedoch nicht an dem Ende, wo Rator es vermutet hätte. Der Kriegsoger fuhr herum und drohte mit der einzigen Waffe, die er noch besaß: dem abgewetzten Dolch aus seinem Hosenbund. Hinter dem Felsen erhob sich die Gestalt eines Riesen. Sein langes braunes Haar und der Bart waren zu Zöpfen geflochten. Seine Hautfarbe war hell, fast bläulich, und aus seiner Stirn wuchsen zwei gekrümmte Hörner hervor wie die eines Widders.

Eine knollenartige Nase, dicke Augenbrauen und eine wulstige Unterlippe, aus der zwei braun verfärbte Hauer hervorragten, bestimmten den grimmigen Gesichtsausdruck des Riesen. Etliche Schrittlängen der Kette hatte er zusammengerafft und hielt sie vor sich. Unter dem Gewicht des ganzen Metalls gebeugt und mit eingeknickten Knien, trat er zwischen den Felsen hervor. Aufrecht stehend überragte er Rator bestimmt um fünf Fuß und wog ungefähr das Doppelte des Ogers. Der Riese hatte die Statur eines Kriegers, auch wenn seine besten Jahre sicherlich bereits vorüber waren. Achtlos ließ er die Kette durch seine Finger gleiten, die somit klirrend zu Boden fiel.

»Sie ist schwerer, als sie aussieht«, erklärte er mit einem dröhnenden Bass in der Stimme.

Rator richtete weiterhin seine Waffe auf den gigantischen Krieger.

Angesichts der Größe des Riesen wirkte der Dolch allerdings wie ein Zahnstocher. Rator wollte jedoch zeigen, dass er keinerlei Angst vor der Größe seines Gegenübers hatte, was natürlich nur zum Teil stimmte.

»Mein Name ist Gerome«, brummte der fremde Hüne. »Ich bin ein Frostriese.«

Gerome streckte Rator die Hand entgegen. Der Kriegsoger zögerte einen Moment, doch dann ließ er den Dolch sinken und erwiderte den Gruß des Riesen. Zum ersten Mal in seinem Leben fühlte Rator sich klein und schwach. Seine Hand verschwand regelrecht in der Pranke des Frostriesen. Geromes Kleidung bestand überwiegend aus Fell und Leder sowie einigem Schmuck aus Knochen und Zähnen, die Rator nicht zuzuordnen wusste.

Rator hatte dieses Begrüßungsritual schon oft unter den Hüttenbauern beobachten können, doch dort dauerte es meist nur einen Bruchteil der Zeit, die der Riese beanspruchte. Aus irgendeinem Grund wollte Gerome Rators Hand nicht wieder loslassen.

»Ich habe dir meinen Namen genannt«, brummte er. »Gibt es einen Grund, dass du mir deinen nicht nennen willst? Du brauchst keine Angst zu haben, ich habe nicht über ein Jahr auf dich gewartet, um dich jetzt zu fressen.«

»Rator sein Oger«, platzte es aus Rator heraus.

Gerome lockerte seinen Griff und schien über die Worte Rators, mit denen er sich vorgestellt hatte, nachzudenken. Rator nutzte die Chance und zog seine Hand zurück.

»Gerome hier unten seit einem Jahr. Warum warten auf Rator?«, fragte der Kriegsoger verstört.

»Ich bin nicht erst seit einem Jahr hier unten. Vor zwanzig Jahren haben mich die Bleichen in Ketten gelegt, um als einer der Wächter zu dienen, der die Halle Nassfals behütet. Vor einem Jahr haben sie mir erzählt, dass der letzte der Wächter unterwegs sei, um die Ankunft Nassfals einzuläuten.«

Gelp hatte die Bleichen bereits erwähnt. Und Rator wusste, dass er davor auch schon einmal von den Bleichen gehört hatte, nur wollte ihm einfach nicht einfallen, was sie waren und wer ihm von ihnen erzählt hatte.

Auch über Nassfal wusste er etwas von Gelp. Der Junge hatte gesagt, dass die Bleichen auf seine Rückkehr warteten. Nassfal schien der Gott dieser Bleichen zu sein, so wie Suul die Göttin dieser Barbaren war. Rators Gedanken drehten sich in seinem Kopf. War es jetzt so, dass man den Göttern verschiedene Namen gegeben hatte, oder erklärten sich Könige einfach auch manchmal zu Göttern? Rator missfiel der Gedanke, dass sich die Götter selbst immer andere Namen gaben, also entschied er sich für die zweite Variante. Das würde auch erklären, warum die Bleichen extra einen Sklaven hier anketteten, um den Thron ihres Königs zu bewachen. Jetzt musste Rator nur noch einfallen, wie er dem Riesen erklären konnte, dass der Oger nicht der war, den der Riese erwartete.

»Rator nicht kommen für Wache von Thron von König Nassfal. Rator suchen Gott, Gott von Oger, Tabal.«

Der Riese drehte sich einfach um und kehrte Rator den Rücken zu. Unbeeindruckt von der Zurückweisung des Ogers stieg er mit wenigen Schritten empor zum obersten Plateau, wo der steinerne Thron stand. Er griff auf die Rückseite des Herrschersitzes und holte eine Waffe hervor, einen hölzernen Hammer, der seinesgleichen suchte. Der Kopf der Waffe hatte die Ausmaße eines Bierfasses. Rator riss sofort die Klinge seines Dolches in die Höhe und zielte in Richtung des Riesen.

»Tabal, sagst du«, brummte Gerome. »Es ist zwanzig Jahre her, da ich diesen Namen das letzte Mal gehört habe. Der Höhlentroll, der vor mir Wächter an diesem Ort war, sprach auch von Tabal. Es ist egal, wie wir ihn nennen, wir warten alle auf denselben: den Herrn des Chaos. Du bist der, auf den ich warte, es besteht kein Zweifel. Komm zu mir und trete deinen Dienst an.«

Rator konnte nicht glauben, was ihm der Riese erzählte. Dies sollte tatsächlich der Ort sein, an dem Tabal zu finden war – eine einfache Höhle tief unter der Erde. Und die Garde seines Reiches war ein alternder Riese.

»Komm zu mir«, sagte Gerome. »Ich sehe die Zweifel in deinem Gesicht. Ich werde dir zeigen, dass ich die Wahrheit spreche.«

Rator folgte dem Aufruf des Riesen. Es gab nicht viel, was er zu verlieren hatte, aber er hatte die Möglichkeit, der Wahrheit ein Stück näher zu kommen, auch wenn diese momentan nach einer Lüge klang. Den Dolch zum Zustoßen bereit, stellte sich Rator vor den Thron. Mit dem Stiel des Hammers zeigte Gerome auf eine der Lehnen des Herrschersitzes. Ungläubig sah Rator auf die Zeichen, die dort eingemeißelt waren.

»Das müsste das Zeichen sein, nach dem du suchst«, grollte Gerome ... und er hatte Recht.

Die Linien der Gravur waren nicht sonderlich tief, und auch schien die ganze Arbeit nicht gerade von großem handwerklichen Geschick zu sein, doch es handelte sich eindeutig um den brennenden Turm, das Zeichen Tabals.

»Wann Tabal wird kommen?«, forderte Rator zu wissen.

»Das, mein Freund aus dem Süden dieser Welt, kann ich dir nicht beantworten. Ich weiß nur, dass du der letzte der Wächter bist und es dir übertragen wurde, ihn zu empfangen. Meine Aufgabe hier ist beendet, und deine beginnt nun.

»Was Rator soll tun?«

Der Riese stellte seinen Fuß auf die Lehne des Throns und tippte mit dem Stiel des Hammers gegen die eiserne Fessel, die seinen Knöchel umgab.

»Zieh den Splint heraus und lege die Fessel um deinen Fuß. Damit erlöst du mich von meinem Schwur, und deine Zeit als Wächter beginnt. Das ist alles.«

Rator sah keinen Grund, Gerome diesen Gefallen nicht zu tun. Das Fußeisen war für einen Riesen ausgelegt. Wenn Rator der Gefangenschaft überdrüssig würde, konnte er die Fessel einfach über den Fuß ziehen. Und selbst wenn ihm dies nicht gelingen sollte, bräuchte er nur wenige Stunden, um die Kette mit einem Stein zu zertrennen. Das Risiko war gering, und die Vorstellung, Tabal entgegentreten zu können, reizte den Oger. Sein Einverständnis erklärend, nickte Rator und tat, wie von Gerome geheißen.

Der Eisriese zeigte keine Dankbarkeit oder Freude, diesen Ort nach so vielen Jahren endlich verlassen zu dürfen. Er nahm einfach seinen Hammer und stapfte davon.

»Wie Rator bekommen Essen?«, rief der Oger dem Hünen hinterher.

Gerome drehte sich nicht um, sondern verschwand einfach im Dunkeln. »Locke die Wölfe an und töte einen von ihnen, das müsste für zwei Wochenvorräte reichen«, hörte er Geromes Stimme aus der Schlucht hallen.

Rator kannte die Essgewohnheiten von Riesen nicht, aber ein Wolf war für einen Oger höchstens eine Mahlzeit. Zudem war ihr Fleisch zäh und schmeckte tranig.

Kurze Zeit später vernahm Rator wieder das Heulen des Leitwolfes und wie die Meute knurrend und zähnefletschend über den Frostriesen herfiel. Sie hatten draußen gewartet und auf leichte Beute gehofft. Der Kampf schien schnell vorüber. Zwei oder drei der Tiere jaulten ängstlich, und Rator hörte, wie der Hammer des Riesen gegen die Felsen drosch. Aus dem Dunkel heraus wurde der Kadaver eines Wolfes in die Halle Tabals geschleudert und blieb auf dem untersten Plateau liegen.

Jetzt wusste Rator, was Gerome gemeint hatte. Der Wolf war ungefähr dreimal so groß wie die, die er kannte. Sein Fell war schneeweiß, und das Gebiss des Tieres hätte besser zu einem jungen Drachen gepasst. Ein Tier von dieser Größe hätte einem Oger leicht den Arm abreißen können. Deprimiert sah Rator auf seinen alten Dolch.

15
Brennende Wälder

Die Wagenspuren führten genau am Berghang vorbei quer durch das saftige Grünland. Frigget hatte anscheinend die Wahrheit gesprochen. Die tiefen Furchen von schätzungsweise acht bis zehn schwer beladenen Karren konnten noch nicht älter sein als drei Tage. Weiter im Süden lag ein dichtes Waldgebiet und dahinter wiederum eine breite Straße, die direkt an Osberg vorbeiführte. Wenn tatsächlich eine weitere Karawane mit Lebensmitteln von einem der Bauerndörfer im Osten nach Sandleg geführt werden und diese unbemerkt bleiben sollte, wie Frigget es gesagt hatte, blieb den Hüttenbauern keine andere Möglichkeit, als diesen Weg zu nehmen. Die Stelle war wie geschaffen für einen Hinterhalt. Die Luft war diesig und die Sicht schlecht. Wenn Hagmu hier einen Angriff startete, würden sie erst gesehen werden, wenn es zu spät war. Dem Treck bliebe keine Zeit, in Stellung zu gehen oder die Wagen so zu stellen, dass sie Schutz boten. Kurz gesagt, es war ein Kinderspiel.

Kein Kinderspiel war es dagegen, achtzig Oger so an einem Berghang zu verteilen und in Stellung zu bringen, dass sie nicht auffielen wie Fackeln in der Dunkelheit. Die wenigen natürlichen Verstecke waren schnell besetzt. Um zu vermeiden, dass der Rest von Hagmus Kämpfern sich hinter ausgerissenem Grünzeug versteckte und den Hang somit in eine der bestbewachsenen Flächen Nelbors verwandelte, mussten große Felsen bewegt werden. Zum Glück gehörte Felsenschleppen für einen Oger zum täglichen Leben und war kaum schwieriger als Büsche ausreißen. Die Vorbereitungen dauerten somit nur kurz an, und es blieb mehr Zeit zum Planen.

Hagmu saß, an einen Felsen gelehnt, in erster Reihe. Er hatte sich ein Tau um den Gürtel gebunden und das andere Ende in Form einer Schlinge um Friggets Hals gelegt. Der Goblin nahm es gelassen hin und tat das, was jeder seines Volkes tat, wenn er in so einer Situation steckte: Er leugnete, beschönigte und verdrehte die Tatsachen. Er redete sich ein, das Seil um seinen Hals sei ein Zeichen des Bündnisses, das er und Hagmu hatten. Er war einfach zu wichtig, um von der Seite des Kriegsogers zu weichen. Seine Ratschläge und sein Wissen waren zu kostbar, um sie frei umherlaufen zu lassen, und nur deswegen schnürte der Strick ihm fast die Luft ab.

»Sind das alle von deinen Leuten?«, tuschelte Frigget, nicht ganz ohne Hintergedanken. Es wäre verhängnisvoll, wenn er als Herrscher der Zwergenesse zurückkehrte, um Hab und Gut der Oger zu durchwühlen, und noch zwei oder drei der Kolosse dort vorfand und ihnen erklären musste, warum er der einzige Überlebende war. Er konnte sich dieses kurze und wohl auch endgültige Gespräch lebhaft vorstellen, auch wenn seine eigenen Textstellen etwas schwach ausfielen.

Hagmus Brummen interpretierte er als Zustimmung, obwohl ihm eine richtige Antwort lieber gewesen wäre.

»Du hast dir jeden geholt, den du kriegen konntest, stimmt's?«, hakte Frigget nach. »Selbst der Stumme und die Frauen dürfen dich begleiten. Es sind schwere Zeiten, selbst für Oger. Hab ich Recht?«

Natürlich hatte der Goblin Recht, jedenfalls zum Teil, doch das hieß nicht, dass man es auch ausposaunen durfte. Es waren schwere Zeiten, aber Hagmu hatte beileibe nicht jeden mitgenommen. Er hatte seine Auswahl wohl überlegt, auch wenn sich die Prämissen im Laufe der Jahre geändert hatten. Es galt nicht mehr, Städte zu belagern, Katapulte zu bestücken oder auf dem Schlachtfeld eine Bresche in die Gegner zu treiben. Ohne den Krieg und ohne Feldherrn, die sie anführten, ging es nur darum, das tägliche Leben zu bestreiten und genügend Vorräte für den Winter zu horten.

Hagmu zog Frigget an dem Seil in die Höhe. Die Schlinge zog sich enger um den Hals des Goblins, und umso mehr er zappelte, desto weniger Luft bekam er.

»Du nicht wissen. Du nicht sprechen, Aasfresser«, fauchte ihn der Oger an und ließ ihn dann zwischen die Steine fallen.

Frigget zerrte und riss keuchend an dem Seil um seinen Hals. Hagmu beachtete ihn mit keinem Blick. Für ihn war der Goblin nur ein Spitzel, der durch Zufall eine wertvolle Information aufgeschnappt hatte. Danach war er wertlos.

Der kalte Stein in seiner Augenhöhle erinnerte Hagmu fortwährend daran, was man ihm angetan hatte. Die Habgier der Hüttenbauer hatte ihn zu einem Krüppel gemacht. Mit nur einem Auge war er im Kampf unterlegen. Sein Nebenmann hätte sich nicht darauf verlassen können, dass er ihm Deckung gab. Die Gemeinschaft der Kriegsoger hätte ihn zwar geduldet, doch niemals hätten sie ihn als einen der ihren akzeptiert.

Hagmu hatte im Laufe der letzten zwei Jahre jene Oger um sich versammelt, die ihm als Freunde geblieben und die es wert gewesen waren, mit ihm einen Clan zu gründen. Hier war er kein Ausgestoßener, sondern ihr Anführer. Er tippte mit dem Finger gegen den dunklen Stein, der dort saß, wo früher sein Auge gewesen war. Der Schmerz über den Verlust hielt immer noch an, doch das Gefühl, am Leben zu sein, wog schwerer.

Hagmu blickte den Berghang hinauf. Er wusste, wo jeder einzelne von seinen Leuten sich verschanzt hatte. Eine gute Organisation war das Wichtigste. Nur wenige Schritte von ihm entfernt lauerte Tastmar. Er war dabei gewesen, als Rator, Mogda und er vor zwei Jahren den Mann ohne Schuhe im Elfenwald gestellt hatten. Eliah hatte Tastmar ein Schwert durch den Hals getrieben und seine Stimme für immer verebben lassen.

Mit dem Tod von Tastmars Bruders Rolgist durch die gierigen Hände eines Zwergen hatte die Jagd nach Eliah, dem Mann ohne Schuhe, begonnen. Jene Jagd, die so viele Opfer gefordert hatte. Tastmar war kein Kriegsoger. Er stammte aus dem Hinterland von Nelbor, aber er hatte alles verloren, was ihm teuer war, und das machte ihn zu einem guten Verbündeten.

Genauso verhielt es sich mit Bralba. Die kräftige Ogerfrau und ihre beiden Schwestern Marmu und Nolka hatten sich vor einem Jahr Hagmus Kämpfern angeschlossen. Bralba gehörte früher zu Kruzmak, der auch im Kampf gegen Eliah gefallen war. Nach seinem Tod und dem Ausbleiben des Gottessegens den Nachwuchs betreffend verlor sie alles, wofür Ogerfrauen ihr Leben hingaben. Sie und ihre Schwestern entschlossen sich, zu Kriegerinnen zu werden. Hagmu hatte ihren Sinneswandel mit Argwohn betrachtet, doch musste er sich eingestehen, dass die drei ihr Ziel erreicht hatten. Wie wilde Furien hatten sie sich durch einen Trupp Orks gekämpft, der auch Anspruch auf die Zwergenesse erhoben hatte.

Weiterhin gab es da noch Galok, Krasuk und Gortolk, drei Kriegsoger, die schon seit langer Zeit zu Hagmus Trupp gehörten. Ihre Loyalität ging über den Verlust eines Auges hinaus, und wenn es so etwas wie Freundschaft unter Ogern gab, war dies ein weiteres Band, das sie zusammenhielt.

Einige andere, wie Purgol, Korf, Negol und Tebolf, hatten es satt, weiterhin im Drachenhorst herumzuvegetieren und darauf zu hoffen, dass sie genügend Nahrung für den Winter fanden. Auch sie waren keine Kriegsoger, doch erfahrene Kämpfer und Jäger.

Und was den Rest seiner Mannschaft anging, so gab es für jeden wenigstens einen Fürsprecher aus ihrer Reihe. Insgesamt umfasste der Clan mittlerweile achtzig Oger.

Tastmar schlug zwei faustgroße Steine gegeneinander. Dies war das Zeichen, dass er etwas erspäht hatte. Hagmu ließ den Kopf zu Seite fallen und blickte am Rand des Felsens entlang hinunter ins Tal. Noch immer bewegte sich nichts dort unten, doch das hieß nicht, dass niemand dort war. Der Verlust seiner Stimme hatte bei Tastmar dazu geführt, dass er wesentlich besser hörte als jeder andere. Seine Fähigkeiten als Kundschafter waren unverzichtbar geworden.

In dem kleinen lichten Wald im Osten bewegte sich etwas. Ein kurzes Schimmern von blank poliertem Metall war zwischen dem Blätterwerk auszumachen. Ein Topf oder eine Pfanne schlug gegen den Spriegel eines Karren und ließ ein dumpfes Klappern vernehmen. Und tatsächlich: Es dauerte nicht lang, und die Silhouette des ersten Pferdes löste sich aus dem Wäldchen. Der Karren, den es zog, holperte hin und her. Ein breites Tuch aus Leinen verdeckte die Ladung. Zusammengesunken und in eine Decke gewickelt, hockte jemand auf der Ladefläche und ließ das Pferd sich seinen eigenen Weg suchen.

So weit nördlich gab es keine Handelsrouten oder breiten Wege, man überließ den Tieren die Wahl des Weges. Kurz hinter dem ersten tauchte der nächste Karren auf, danach ein Gespann, bestehend aus Wagen und einem Anhänger. Die Wagenlenker machten einen müden Eindruck, genau wie die Tiere. Die Hüttenbauer saßen auf ihren

Kutschböcken oder den Ladeflächen und ließen sich von den Unebenheiten des Geländes hin und her schaukeln. Gegen die Kälte waren sie in Decken oder Felle gehüllt.

Wenn es stimmte, was Frigget berichtet hatte, kamen sie ganz aus dem Osten des Landes, um ihre Ladung nach Sandleg zu bringen und dort auf Schiffe zu verladen. Es war ungewöhnlich, dass die Hüttenbauer ihre Waren nicht auf den breiten Straßen zwischen ihren Städten transportierten, doch es kam vor. Manchmal suchten sie nach Schleichwegen, auf denen sie ihre Sachen transportieren konnten, um keine Aufmerksamkeit zu erregen. Die Gier und der Machthunger der Hüttenbauer machten noch nicht einmal zwischen ihresgleichen halt.

Hagmu wartete ab. Der Treck sollte zuerst die weite Fläche aus Grünland erreicht haben, bevor sie angriffen. Er wollte den Hüttenbauern keine Chance geben, sich in die nahe gelegenen Wälder zu flüchten.

Dann war es endlich so weit. Der letzte Wagen hatte sich aus dem Dickicht des Waldes gelöst. Fast zwanzig Wagen, teils mit Anhängern, und etwa doppelt so viele Maultiere und Pferde zogen vor den Augen der Oger vorbei. Hagmu war stolz auf seinen Trupp. Keiner hatte sich verraten oder war vorzeitig aus seinem Versteck gesprungen und hatte damit die Hüttenbauer gewarnt. Jetzt war es ein Leichtes, sich die Vorräte zu holen. Die einzige Schwierigkeit, die sich ergeben würde, war das Hinaufschaffen der Ladung, der Karren und der Tiere zur Zwergenesse.

Alle Nervosität und Vorfreude schien allein in Frigget innezuwohnen. Der kleine Goblin sprang und hüpfte vor Freude auf und ab.

»Ich hab's dir gesagt«, quiekte er. »Genug Vorräte für euch alle. Ihr müsst sie euch nur noch holen. Pflückt sie wie reife Früchte von einem Baum.« Er klatschte mit den Händen auf den Fels und tanzte umher. Seine Aufregung schien ihn fast platzen zu lassen. Immer wieder griff er nach der Schlinge um seinen Hals und versuchte, den Strick zu lockern, um sich zu befreien, doch Hagmu blieb ungerührt. Er richtete sich auf und blickte hinunter zu den Wagen. Erneut straffte sich das Seil, das ihn und den Goblin verband, und machte Friggets Anstrengungen zunichte.

»Binde mich los«, forderte der Goblin. »Ich habe mein Wort gehalten. Nimm endlich diese Schlinge von meinem Hals!« Seine dünnen Finger umklammerten die Schlinge und versuchten, ihm zusätzliche

Luft zu verschaffen. Mit einem Fuß stemmte er sich gegen das Ogerbein und zerrte am Seil. Wie ein junger Hund, der noch nicht an das Gehen mit der Leine gewöhnt war, schüttelte er sich und versuchte loszukommen.

Hagmu gab nichts auf Friggets Gejammere. Was ein Goblin wollte oder nicht, war einem Oger egal. Er stieß ihn mit dem Knie beiseite und hielt das Seil straffer.

»Bleiben zusammen, bis wieder zurück«, brummte er. »Wir jetzt Freunde.« Das Lächeln des Kriegsogers verhieß nicht wirklich Hoffnung für Frigget.

»Vorwärts!«, brüllte Hagmu, drehte sich um und zeigte mit der Spitze seiner Axt auf die Wagen der Hüttenbauer.

Nacheinander erhoben sich die Oger aus ihren Verstecken. Bewaffnet mit Schwertern, Äxten und Keulen, stürmten sie den Hang hinunter. Ihr Brüllen kam dem Donner eines Gewitters gleich. Hagmu verfolgte ihren Ansturm noch einen Moment von seinem Platz aus. Er musste sie nicht anführen. Genau wie Frigget es gesagt hatte, waren es nur Bauern und Händler, die den Treck begleiteten. Nicht eine schimmernde Rüstung oder eine Armbrust war zu sehen, nicht ein Pferd, das nicht vor einen Wagen gespannt war. Die Hüttenbauer waren wehrlos, und wenn sie keine Dummheiten machten, brauchte auch niemand getötet zu werden. Immerhin war das Bündnis zwischen Menschen und Ogern noch nicht aufgehoben. Solange niemand getötet wurde, bestand dafür auch kein Grund.

Der Treck kam ins Stocken. Der erste Karren wurde angehalten. Der Mann auf der Ladefläche sprang auf und warf seinen Umhang fort. Ohne einen Alarmruf von sich zu geben, kletterte er einfach hinunter und nahm Reißaus, den schützenden Bäumen entgegen. Er versuchte noch nicht einmal, seine Waren zu retten, sondern ließ alles im Stich, samt seiner Kameraden.

Hagmu lief im leichten Trab hinter seinen Leuten her. Frigget konnte kaum mithalten und wagte oft halsbrecherische Sprünge von einem Stein zum nächsten. Was passieren mochte, wenn er das Tempo nicht beibehalten konnte, wagte er sich nicht vorzustellen. Sicher war nur, dass es den Kriegsoger nicht verlangsamen würde.

Bralba war die Erste, die bei den Wagen ankam. Bewaffnet mit einem Dreizack, ging sie auf das Pferd an der Spitze los. Das Tier scheute und wollte sich aufbäumen, doch es konnte dem Angriff nicht ausweichen, und so rammte die Ogerin die rostigen Dornen ihrer Waffe in die Brust des Pferdes. Noch einmal stemmte sich der Gaul auf die Hinterbeine, doch Bralba hielt dagegen und drückte das Tier über die Hinterhufe auf den Rücken. Krachend stürzte es in den Wagen, zertrümmerte die Seitenwände und riss die Ladung herunter. Auch die anderen Oger stürmten in breiter Front auf den Treck zu.

Hagmus geschärfte Sinne warnten ihn. Irgendetwas stimmte nicht. Niemand auf den Wagen erhob sich oder zog gar eine Waffe. Die Pferde scheuten, doch keines drohte auszubrechen, obwohl keiner der Wagenlenker etwas unternahm, um sie zu beruhigen. Außer dem Angriffsgebrüll seiner Oger und dem spärlichen Wiehern einiger Pferde war nichts zu hören. Niemand schrie oder versuchte, die anderen zu warnen. Keiner der Hüttenbauer sprang auf und suchte sein Heil in der Flucht.

Die Oger fielen über die Wagen her wie eine Meute hungriger Wölfe über eine Herde Schafe. Die Hälfte der Zugtiere wurde beim ersten Ansturm niedergemäht. Hagmu hörte ihr ängstliches Wiehern und sah ihre weit aufgerissenen Augen. Dann verebbten die Kampfschreie.

Die ersten Oger drehten sich zu ihrem Anführer um. In ihren Blicken sah Hagmu Ratlosigkeit und Wut. Tastmar hatte sich auf einem Wagen postiert und überragte seine Mitstreiter um mehrere Fuß. Verärgert hielt er in der einen Hand einen Heuballen und in der anderen eine Menschenattrappe aus Stroh, die gekleidet war wie ein Bauer, in die Höhe.

Die Hüttenbauer hatten ihnen eine Falle gestellt, und er und seine Männer hat nichts Besseres zu tun gehabt, als hineinzutappen. Hagmu blieb stehen und schaute sich um. Er schnaubte vor Wut. Wieder zog er Frigget an der Schlinge zu sich hoch. Der Goblin strampelte und schrie in Erwartung dessen, was ihm bevorstand. Seine Kehle schnürte sich zu, und er rang nach Luft.

»Du Verräter«, brüllte Hagmu ihn an. »Wer dich schicken?«

Frigget brachte keinen Ton heraus. Er war kurz davor, das Bewusstsein zu verlieren.

Hagmu wirbelte herum, als der Lärm losbrach. Aus den kleinen Wäldern im Osten und Süden strömten Menschen herbei. Sie trommelten, schlugen Schilde gegeneinander und brüllten unverständliches Zeug. Es mussten hunderte sein. In breiter Front versuchten sie, die Oger daran zu hindern, in diese Richtung zu fliehen. Sie liefen in drei Linien hintereinander. Hagmu hatte die Hüttenbauer schon früher so etwas tun sehen, doch damals waren es viel weniger gewesen. Sie nannten es Treibjagd und versuchten, damit das Wild aus dem Unterholz zu scheuchen. Waren die Hüttenbauer wirklich der Meinung, sie konnten ihn und seinesgleichen jagen und abschlachten wie Wildschweine? Er würde ihnen zeigen, was ihre Überzahl ihnen half.

Selbst in den Bergen hatten sich die Hüttenbauer postiert. Nur wenige hundert Schritt über der Stelle, wo eben noch Hagmu und die seinen sich versteckt hatten, krochen sie aus ihren Löchern hervor. Den Hang zu erklimmen würde zahlreiche Verluste mit sich bringen, und außerdem müssten sie auf ihre Beute verzichten. Auch wenn das meiste wertloser Plunder war. Allein durch die Pferde hätten sie Proviant für einige Wochen.

»Bralba, Tastmar, Korf, nehmen mit alles«, brüllte er seine Anweisungen. »Tote Pferde auf Karren. Ziehen zurück in Westen.«

Rückzug war eigentlich keine Option für einen Kriegsoger, doch die Lage erforderte es. Zuerst mussten sie von dem freien Feld herunter. Hagmu konnte zwar keine Bogen- oder Armbrustschützen ausmachen, doch war das Risiko zu groß. Er musste es schaffen, sich und seine Leute aus dem Kessel herauszubringen. Bei so einer Übermacht durfte man nur an einer Front kämpfen, wenn man überleben wollte.

Ohne zu zögern, begannen die Oger mit dem Aufladen der toten Pferde und Maultiere. Zügel und Trensen zerschnitten sie mit ihren Waffen oder zerrissen sie einfach wie Fäden. Einige der Karren hielten dem Gewicht ihrer Zugtiere nicht stand. Mit lautem Ächzen gaben die Achsen nach und brachen.

»Lassen zurück Karren«, wies Hagmu an.

Wütend traten die Oger auf die Reste der Holzkonstruktionen ein und zerrten die toten Tiere wieder von den Ladeflächen. Bralba hatte sich an die Spitze des Trecks begeben, das Leitpferd im Schwitzkasten haltend. Das Tier versuchte zu bocken und schlug nach hinten aus, aber die kräftige Ogerin ließ nicht locker, bis das Pferd in eine panische Starre verfiel.

Nach wenigen Augenblicken setzte sich der Zug langsam in Bewegung. Das Heer der Hüttenbauer schien es nicht sonderlich eilig zu haben. Immer noch waren die meisten von ihnen damit beschäftigt,

Lärm zu machen und zu hoffen, die Oger vor sich herzutreiben. Der Kessel, den die Menschen um die Oger bildeten, verengte sich stetig, doch der Durchbruch nach Westen war weiterhin offen. Niemand hatte die offensichtliche Führung des Heers übernommen, nirgends war Reiterei zu sehen.

Alles, was Hagmus Kriegern in die Hände fiel, wurde mitgenommen, wenn es auch nur annähernd brauchbar oder essbar aussah. Bralba voran, das Pferd fest im Griff, zogen die Oger Richtung Westen ab. Die heil gebliebenen Wagen waren hoch beladen, meist mit den toten Maultieren und Pferden, aber auch Kürbisse, Erdknollen und Kohlköpfe hatten die Oger mitgenommen. Tastmar schleifte sogar ein totes Pony hinter sich her.

Es schien fast so, als ob die Menschen ihnen den Fluchtweg mit Absicht offenhielten. Trichterförmig schlossen sich die Reihen hinter den Ogern und trieben sie so weiter vorwärts. Hagmu entschloss sich, ihr Spiel weiter mitzumachen, bis er herausgefunden hatte, was sie wirklich beabsichtigten. Ein Scharmützel mit einigen Stadtwachen oder einer aufgebrachten Horde Bauern konnte dies Land durchaus verkraften. Achtzig Oger gegen ein fast tausend Mann starkes Heer zu führen, käme jedoch einer Kriegserklärung gleich und würde sicherlich größere Kreise ziehen. Er wollte nicht als der Oger bekannt werden, der den Frieden mit den Menschen gebrochen hatte. Es war schon schlimm genug, dass er und seine Leute sich mit Diebesgut über den Winter retten mussten. Auch wenn die Hüttenbauer ihm eine Falle gestellt hatten, er war im Unrecht.

Sie wurden langsam auf ein Waldgebiet zugetrieben. Es war eigentlich mehr ein stumpfsinniges voreinander Herlaufen als ein Treiben. Soweit Hagmu sehen konnte, besaßen die Hüttenbauer noch nicht einmal richtige Waffen. Es schienen Bauern und Händler, aber keine Soldaten zu sein. Rüstungen trugen nur die wenigsten von ihnen, und wenn sie überhaupt welche hatten, dann nur solche aus Leder. Ihre Bewaffnung bestand aus Kurzschwertern, Beilen und Forken, welche sich die Menschen aber vorzugsweise noch über die Schultern gelegt oder in ihrem Hosenbund stecken hatten. Sie konzentrierten sich immer noch darauf, Krach zu machen und möglichst eindrucksvoll auszusehen.

Das Waldstück, auf das die Oger zuhielten, war Hagmu unbekannt. Die vom ständigen Wind geneigten Bäume streckten ihnen ihre Baumkronen entgegen wie eine Horde Schaulustiger. Die salzige Luft hatte im Laufe der Jahre dem üppigen Wuchs zugesetzt. Tote Äste ragten aus dem Blätterdach hervor, und Efeu rankte sich um die Stämme herum und versuchte, das letzte bisschen Leben aus den Pflanzen zu saugen.

Die Jagd, wenn man sie dann so nennen wollte, zog sich bis zum frühen Abend hin. Keine der beiden Parteien gab sich besonders viel Mühe, ihren Part des Spiels zu erfüllen. Das Heer der Menschen hatte sich weiter zusammengezogen und beschränkte sich darauf, von Zeit zu Zeit Trommeln zu schlagen und auf Abstand zu bleiben. Die Oger trotteten langsam vorneweg. Ihr Hauptaugenmerk lag auf den Karren und Zugtieren. Der Verlust eines Wagens würde bedeuten, dass sie das bisschen, was sie hatten erbeuten können, auch noch würden zurücklassen müssen.

Hagmu war zuversichtlich, dass die Bauern mit dem Einbruch der Nacht ihre Verfolgung aufgeben würden oder er und seine Oger eine Lücke fanden, um ins Gebirge zu flüchten. Die Hüttenbauer waren listig, aber schwach. Ihr Plan, die Oger in eine Falle zu locken, hatte funktioniert, doch nun besaßen sie nicht genug Mut, um sie auch anzugreifen. Wenn erst die Nacht gekommen war, würde sich ihre Angst noch steigern, und sie würden rennen, wie es sich für Bauern gehörte, wenn sie auf Oger stießen.

Bevor die Dunkelheit ganz hereingebrochen war und der Trupp Oger in dem Waldgebiet kurz vor der Küste verschwinden würde, drehte Hagmu sich noch einmal um. Die Armee der Menschen war noch weiter zusammengerückt. Halbkreisförmig hielten sie etwa eine halbe Meile Abstand. Sie hatten sich aufgeteilt in Gruppen zu hundert Mann. Erst jetzt fielen Hagmu die dunkel gewandeten Priester auf, die an der Spitze der einzelnen Trupps liefen.

»Was sie haben vor?«, knurrte Hagmu und zog an dem Strick an seinem Hosenbund.

»Ich weiß es nicht«, jammerte Frigget. Der Goblin war mit seiner Kraft am Ende. Der lange Marsch und die weiten Schritte der Oger hatten ihn vollkommen erschöpft. Jedes Mal, wenn er auch nur drei oder vier Fuß zurückfiel, zog sich die Schlinge um seinen Hals zusammen und schnürte ihm die Luft ab.

»Sie haben es mir nicht gesagt«, winselte er. »Ich bin ein Goblin. Sie würden mich nicht in ihre Pläne einweihen. Alles, was ich mitbekommen habe, ist, dass sie euch bis zur Küste treiben wollen.«

Hagmu wusste, dass man auf die Worte des Goblins nichts geben konnte. Er würde sonst was erzählen, um seine Haut zu retten. Er, Hagmu, hatte seinen Trupp an die Küste geführt. Wenn er es gewollt hätte, lägen die toten Leiber der Hüttenbauer schon aufgetürmt vor der Zwergenesse. Keine Armee der Menschen war in der Lage, ihn und seine Leute von seinem Ziel abzuhalten. Dass er und seine Oger jetzt hier in diesem Küstenwäldchen waren und dass die Hüttenbauer noch lebten, war allein seine Entscheidung gewesen.

Schnell hatte sich ein freier Platz gefunden, wo die Oger lagern konnten. Hagmu gab Anweisung, zwei der toten Pferde zu häuten und über einem Feuer zu braten. Sie mussten ihren Hunger stillen und wieder zu Kräften kommen, wenn ihnen die Flucht in die Berge gelingen wollte. Außerdem war es gut für die Moral, wenn seine Kameraden sahen und schmeckten, dass ihr Weg nicht umsonst gewesen war.

Trockenes Holz war schnell zusammengesammelt und aufgetürmt. Die morschen Äste brannten wie Zunder, obwohl die Witterung kalt und feucht war. Das Feuer verströmte einen wohltuenden Geruch von Kräutern. Jeweils zwei Oger machten sich daran, den Pferden das Fell vom Leib zu ziehen und das Fleisch in große Brocken zu zerschneiden.

Hagmu wies sechs seiner Oger an, Wache zu halten. Die Sonne war mittlerweile vollständig untergegangen, und er war sich sicher, dass die Hüttenbauer keinen Angriff starten würden, solange es dunkel war. Am nächsten Morgen aber würden die Menschen von ihnen nichts weiter vorfinden als eine leere Lagerstätte.

Es war köstlich, endlich mal wieder in große Fleischbrocken zu beißen. Hoch oben im Gebirge, an der Zwergenesse, gab es nur wenig Wild. Ein erfolgreicher Jagdausflug brachte meist nur einige Hasen oder Wildkatzen ein, die als Mahlzeit nur geeignet waren, wenn man dazu bereit war, das Fleisch von den Knochen zu nagen. Nur sehr selten standen auf der Speisekarte Dammwild oder Bergziegen. Hagmu hatte als Anführer das Recht, sich an einer Keule gütlich zu tun. Mit einem zufriedenen Brummen drehte er das Stück Hinterlauf über dem Feuer. Gedankenlos schaute er zu, wie das Fett in die Flammen tropfte und die züngelnden Stichflammen nach dem Fleisch gierten.

»Feuer«, schrie Purgol, den Hagmu an der Stimme zu erkennen glaubte. »Hüttenbauer brennen Wald nieder.«

Hagmu stand auf, und tatsächlich: Zwischen den lichten Stämmen sah er den Schein von Feuer. Die Hüttenbauer wollten den Wald niederbrennen mit allem und jedem, der sich in ihm befand. Es war nicht das erste Großfeuer, in dem Hagmu und die anderen Kriegsoger festsaßen. Zur Zeit der Trollkriege, als er noch ein junger unerfahrener Krieger gewesen war, steckten sie manchmal in ganzen brennenden Städten fest. Die Flammen schlugen hoch aus Fenstern und Türen heraus und verwandelten die engen Gassen in ein Inferno. Die Städte der Hüttenbauer waren wie dafür geschaffen, in Flammen aufzugehen. Ganze Straßenzüge aus Holzhäusern, die Wand an Wand gebaut waren, trugen die lodernde Glut von einem Stadtviertel in das nächste. Auch Waldbrände hatte Hagmu schon gesehen. Vom Wind vorangetrieben, verschlang das Feuer ganze Gebiete, und jeder, der es nicht schaffte, rechtzeitig zu entkommen, starb qualvoll.

Die Sache mit dem Feuer war aber nicht so einfach. Man musste genau wissen, was man tat, und außerdem musste das Wetter mitspielen. So wie Hagmu die Menschen einschätzte, hatten sie den Wald gesehen und hofften nun, das Feuer würde ihnen die Arbeit abnehmen. Er würde ihnen zeigen, was er von den Plänen der Menschen hielt. Er würde den Brand für sich und seine Pläne nutzen. Seine Erfahrung in Schlachten war größer als die jedes Einzelnen dieser Hüttenbauer.

Hagmu nahm einen brennenden Holzscheit aus dem Lagerfeuer und reckte ihn gen Himmel. Die Flamme züngelte Richtung Süden. Diesen Weg würden er und seine Leute nehmen, um in all dem Rauch und Qualm ungesehen zu entkommen. Erst am nächsten Morgen, wenn die Hüttenbauer nach der Brandrodung in den verkohlten Überresten suchten, würden sie feststellen, dass die Oger längst über alle Berge waren.

Doch noch bevor Hagmu weitere Anweisungen geben konnte, rollte eine Feuerwalze über das lichte Blätterdach hinweg. Die Hitze war so groß und der Funkenflug so allgegenwärtig, dass er spürte, wie die feinen Härchen auf seinem Körper sich kräuselten. Er sank auf die Knie, um der Hitze zu entfliehen. Seine Kameraden um ihn herum reagierten besonnen. Viele von ihnen warfen sich zu Boden oder hielten Decken und Felle über ihre Häupter. Das Feuer schien allein in der Luft neue Nahrung zu finden. Der nächtliche Wald wurde erhellt von brennenden Blättern, die in einem glühenden Ascheregen auf die Oger niedersanken.

Frigget hatte das Durcheinander genutzt, um sich endlich von der lästigen Schlinge um seinen Hals zu befreien. Wie ein Wurm robbte er über die trockene Erde und versuchte zu entkommen, vor wem auch immer. Hagmu konnte ihn gerade noch an einem seiner dünnen Beine packen, bevor der Goblin unter einem der Karren verschwand. Er zog ihn wieder zu sich heran und ließ ihn kopfüber baumeln.

»Was für Feuermagie Hüttenbauer haben?«, wollte er von dem ängstlichen Goblin wissen.

Frigget blieb keine Zeit, ihm zu antworten. Der glühende Regen prasselte auf ihn nieder und brannte sich schmerzhaft in seine Haut. Verzweifelt versuchte er, mit den Händen die Funken abzuwehren. Die Luft war so heiß, dass sie in seinen Lungen brannte und ihm den Atem nahm.

»Gehen zu Hüttenbauer und sagen, sie uns nicht Angst machen.« Hagmu packte Frigget fester am Fußgelenk und holte aus. Aus der Hocke schleuderte er den leichtgewichtigen Goblin hoch in die Kronen der Bäume, wo er in den Ästen hängen blieb. Verzweifelnd kreischend, versuchte Frigget, sich in dem Astwerk zu fangen und Halt zu finden, dann zog die Feuerwalze auch über diesen Baum hinweg und entfachte die Krone zu einem gleißenden Feuerball.

Die noch lebenden Pferde gingen durch und rannten mitsamt Fuhrwerken durch den glühenden Funkenregen. Selbst die Maultiere, durch ihre natürliche Schwerfälligkeit beschränkt, trabten von Angst ergriffen den hellen Flammen am Waldrand entgegen.

Durch den Schleier aus Qualm und Funken sah Hagmu Tastmar, der von seinem Wachposten zurück ins Lager geflohen war. Als der stumme Oger seinen Anführer erblickte, ahmte er mit der Hand eine Wellenbewegung nach. Hagmu begriff sofort. Die wenigen Zeichen, mit denen sich Tastmar ausdrücken konnte, waren eindeutig. Er hatte einen Fluss oder ein Gewässer gefunden, das die Oger vor dem Feuer schützen konnte. Dann legte Tastmar eine Hand in seine Armbeuge und deutete Richtung Süden. Dies signalisierte, dass das Gewässer aus dem Wald herausführte.

Hagmu sprang auf. »Folgen Hagmu«, brüllte er. »Hüttenbauer wollen Krieg mit Ogern. Wir ihnen Krieg zeigen.«

Seine Kameraden hatten verstanden. Ohne zu zögern, machten sie sich auf, hinter ihrem Anführer her.

16
Zurück daheim

»Bald bist du wieder zuhause, alter Freund«, flüsterte Mogda und tätschelte zaghaft das Paket mit Usils Leichnam.

»Er dich hören?«, fragte Gnunt verunsichert.

Mogda schüttelte den Kopf. »Nein, aber wahrscheinlich habe ich mich im Laufe der Zeit daran gewöhnt, dass er nicht antwortet. Das ganze letzte Jahr habe ich darauf gehofft, dass er mit mir spricht, und jetzt … jetzt ist er tot – meinetwegen.«

»Er jetft bei Gott von Hüttenbauer«, versuchte Gnunt, seinen Freund aufzuheitern.

In seiner Stimme lag etwas, das Mogda aufhorchen ließ. Jedes gottesfürchtige Wesen im Land befürchtete, die Götter hätten die Welt verlassen oder seien tot, nur dieser eigenbrötlerische Oger, der die Hälfte seines Lebens bei den Orks in Gefangenschaft gelebt hatte, sprach von ihnen, als wenn er um ihr Schicksal wusste. Gnunts Wesen und seine Aussprache verleiteten jeden dazu, ihn nicht richtig ernst zu nehmen. Er wirkte meist wie ein Kind, nur größer. Dennoch musste sich Mogda eingestehen, dass es nicht das erste Mal war, dass sein Freund mit dieser Überzeugung zu ihm sprach. Vor nicht ganz zwei Jahren hatte der Koloss einmal behauptet, er wüsste, wie man Eliah, den Dämon in Menschengestalt, töten konnte, und er hatte Recht behalten. Er war es, der ihn bezwungen hatte.

»Warum glaubst du, dass er zu Prios gegangen ist? Nirgends auf der Welt ist eine Spur der Götter zu finden. Anscheinend sind sie von dieser Welt verschwunden und haben uns zurückgelassen. Vielleicht ist Usil einfach nur tot«, schnaufte Mogda ärgerlich.

»Götter nicht tot«, antwortete Gnunt voller Überzeugung. »Götter erschöpft. Müffen aufruhen. Warten auf Oger, kommen und wecken.«

»Fang du jetzt nicht auch noch damit an«, sagte Mogda. »Ihr tut alle so, als ob einer von euch wüsste, was zu tun sei. Ihr lebt nur in der Hoffnung, dass es die Götter noch gibt. Das ist aber nichts weiter als Einbildung. Wir haben versagt, und anstatt den Göttern zu helfen, haben wir sie einfach sterben lassen.«

Gnunt sah das erste Mal in seinem Leben wirklich traurig aus. Er kramte in seiner Tasche aus Ziegenfell herum und holte einen breiten Lappen getrocknetes Fleisch hervor. Er faltete es zweimal und steckte sich dann das ganze Stück in den Mund. Mit langen Zähnen kaute er darauf herum.

»Vielleicht hast du Recht, und die Götter schlafen wirklich nur«, sagte Mogda zu ihm, um seine Laune wieder aufzuheitern.

»Gnunt weiff, Götter flafen. Gnunt fon wiffen, alf Gnunt nicht gröfer wie Tonne«, antwortete der Hüne mit vollem Mund und somit noch weniger verständlich als sonst.

Schon wieder blieb Mogda die Luft weg. Es lag nicht daran, dass er sich nicht vorstellen konnte, dass Gnunt jemals so klein gewesen war wie ein Fass. Aber wollte ihm sein Freund wirklich weißmachen, dass er schon gewusst hatte, dass die Götter schlafen würden, als er noch ein Jungoger gewesen war?

»Gnunt?«

»Ja, Mogda?«

»Das ist dumm, wirklich dumm. Du solltest so etwas nicht erzählen, wenn andere dabei sind. Auf keinen Fall, wenn wir auf Menschen treffen.«

»Gnunt fagen Wahrheit«, maulte Gnunt.

»Das tust du nicht.«

»Wohl.«

»Ich verspreche dir was, Gnunt. Wenn ich in den nächsten Tagen noch einmal von jemandem diesen Unsinn höre, fahre ich höchstpersönlich los, besuche die Götter und werde sie aufwecken.«

Gnunts Augen funkelten. Er war wirklich der Meinung, dass jemand seine Worte wiederholen könnte. Mogda aber war zuversichtlich, dass dies unmöglich war, denn sie befanden sich in Nelbor, und jeder andere Oger war weit entfernt. Und außer einem Oger konnte niemand so einen Unfug vor sich geben.

Es war spät geworden. Die Reise quer durch das Tannenverlies hatte länger gedauert als erwartet. Die vielen Regenfälle hatten den Untergrund aufgeweicht, und allerhand Gestrüpp wucherte zwischen den massigen Stämmen der Tannen. In Wirklichkeit hatte die Reise aber so lang gedauert, weil Mogda sie hinausgezögert hatte. Der Gedanke, Usil nach Hause zu bringen und sich endgültig von ihm verabschieden zu müssen, machte ihm zu schaffen. Nur zu gern hätte er daran geglaubt, dass Usil sich in den Hallen seines Gottes Prios aufhielt, aber sein Gefühl sagte ihm, dass dem nicht so war. Seit zwei Tagen liefen sie im Zickzack, aber nun waren es nur noch wenige Stunden, die sie brauchten, um Usils alten Hof zu erreichen.

Mogda fragte sich, ob ihm ein ähnliches Ende beschieden sein würde. Ob ihn jemand nach Hause bringen würde – wo immer dies auch sein mochte –, vielleicht zurück in die Berge.

Abermals sah Mogda sich auf dem schmalen Pfad zu Usils Hof. Die Zweige und Äste der angrenzenden Bäume ragten immer noch weit hinein in den holprigen Weg. Das Unkraut stand knöchelhoch auf dem Mittelstreifen. Es waren nur wenige hundert Schritt von Usils Hof bis zu der breiten Straße, die von der Küste im Westen über Osberg bis hin zum Pass, der Nelbor mit dem roten Sumpf verband, führte. Bei all den Wegen, die Mogda in und um Nelbor bereist hatte, all den Meeren, die er befahren hatte, und all den Gebirgen, die er überwunden hatte, war dieses Stück das allerschwerste für ihn.

Mogda und Gnunt bahnten sich ihren Weg durch die überhängenden Äste. Usils Gewicht auf Mogdas Schulter hatte seinen Nacken verkrampfen lassen, und doch fühlte er bei dem Gedanken daran, seinen Freund ablegen zu müssen, keine Erleichterung. Mogdas trübsinnige Gedanken wurden durch den Schein einer einzigen Kerze hinweggeblasen. Schon oft hatte er die alte, halb zerfallene Hütte im Tannenverlies aufgesucht, doch noch nie hatte er das vorgefunden, was er wirklich erwartete. So war es auch diesmal.

Das Haus war kaum gut genug, um überhaupt als Unterschlupf zu dienen, doch es gab nahezu kein Volk, aus dem nicht schon einmal jemand hier verweilt hatte, ob eingeladen oder ungebeten. Noch lebhaft erinnerte sich Mogda an das Zusammentreffen mit der verwahrlosten Goblinbande oder dem Dämon Blutrach, den die Nesselschrecken auf ihn gehetzt hatten.

Es war schon verwunderlich, wie der Schein einer Kerze im Fenster das *eine* Haus wohnlich, gemütlich und vertraut aussehen ließ und ein *anderes* unheimlich und gespenstisch. Mogda war stehen geblieben, und Gnunt trottete einfach an ihm vorbei.

»Warte«, zischte Mogda.

Gnunt sah seinen Kameraden verwundert an.

»Da ist jemand im Haus«, erklärte Mogda.

Gnunt sah auf das traurige Anwesen von Usil. »Fon warten auf Mogda und Gnunt«, war seine tief schöpfende Antwort.

»Usil lebte seit Jahren allein«, erklärte Mogda und hoffte damit, die Sinne seines Kameraden zu schärfen und eine ausreichende Erklärung für sein Misstrauen zu geben.

»Oh«, hauchte Gnunt. »Hat vergeffen aufmachen Feuer.«

Mogda fragte sich, wann ihm dieses Talent abhandengekommen war, für etwas Absonderliches eine Erklärung zu finden, die genauso einfach wie unwahrscheinlich klang. Ihm war klar, dass wenn er Gnunt jetzt erzählen würde, jemand sei in dem Haus und warte auf sie, eine ganze Reihe von weiteren Fragen auftauche würde, auf die er auch keine Antwort hatte. Deswegen unterließ Mogda es schlicht, etwas zu sagen. Sie würden einfach vorsichtig sein und darauf hoffen, dass niemand in die kleine Hütte passte, der sie mit einem Biss verschlingen konnte. Vorsichtshalber zog Mogda aber dennoch sein Schwert.

Die beiden Oger umrundeten die Lichtung, bis sie zur halb verfallenen Scheune gelangten. Das Schnaufen eines einzelnen Pferdes verriet ihnen, dass sich wahrscheinlich nur eine Person in der Hütte aufhielt. Das Tier witterte die beiden Oger schon von Weitem und stampfte aufgeregt in seinem Gatter umher.

»Wir gehen hinüber zum Haus und versuchen, ihn zu überraschen«, flüsterte Mogda.

Einvernehmlich brummte Gnunt. Das mit dem Schleichen war von jeher ein Problem für Oger. Bei jedem Schritt fand sich irgendein poröser Stein oder Ast, der unter dem Gewicht eines Ogerfußes knirschend zerbrach. Auch das Pferd im Stall wollte sich nicht wieder beruhigen, und wenn es gewusst hätte, was Mogda und Gnunt am liebsten aßen, hätte es sicherlich noch mehr Lärm veranstaltet.

»Wir müssen ihn überraschen, damit er keine Gelegenheit hat, uns anzugreifen«, flüsterte Mogda, kaum leiser als ihre Anpirschversuche.

An der Hauswand angekommen, legte er Usil ab und ging in die Hocke. Tief gebückt kroch er unter dem Fenster entlang, immer noch mit dem Runenschwert in der Hand. Gnunt tat es ihm gleich und zog holpernd seine Keule hinter sich her. Mogda hatte den Eingang erreicht. Er versicherte sich, dass Gnunt ebenfalls bereit war. Mit Entsetzen stellte er fest, dass sein Kollege sich vor das Fenster gehockt, die Hände an die Scheibe gepresst hatte und ins Innere der Hütte glotzte. Mogda musste handeln, bevor er das Spannen einer Armbrust hörte oder das Murmeln eines Zauberspruches.

Der Eingang zu diesem wie auch zu jedem anderen Haus in Nelbor gestattete es einem Oger aufgrund seiner Größe nicht, einfach so hereinzuplatzen. Er konnte also nur jemanden überwältigen, der noch in Reichweite eines Armes hinter der Tür stand. Deshalb musste es reichen, ihn so einzuschüchtern, dass man genügend Zeit gewann, um ins Innere zu gelangen.

Mogda schlug gegen die Tür. Das morsche Holz verkraftete die brutale Gewalt des Ogers nicht, aber anstatt aufzuspringen oder gar aus den Angeln zu reißen, durchschlug Mogdas Faust zwei der Bretter, und er blieb mit seinem Arm hängen. Er hieb den Arm gen Boden, um sich von den Türresten um sein Handgelenk zu befreien. Die Schalung der Tür splitterte auseinander und verteilte sich über den Boden. Im selben Augenblick schlug jemand mit etwas Metallischem auf seinen hervorstehenden Daumen.

Mogda brüllte auf. Wütend preschte er vorwärts, blieb aber mit seinen breiten Schultern im Türrahmen hängen. Die ganze Hütte wackelte und drohte einzustürzen. Noch bevor er sich seitwärtsdrehen konnte, um sich aus der misslichen Lage zu befreien, legte sich etwas wie ein klebriges Tuch über sein Gesicht und die Hälfte der Wand. Eins seiner Augen war vollkommen verklebt, und durch das andere sah er wie durch einen Nebelschleier zwei Gestalten. Die pappige Masse hielt Mogda fest, und auch mit seinem freien Arm konnte er das Gespinst nicht von seinem Gesicht reißen. Ein zweiter Schlag traf ihn auf der Nase – Mogda erkannte jetzt, dass es sich um eine Schaufel handelte, mit der man da auf ihn eindrosch. Tränen stiegen ihm in die Augen, aber er wusste, wenn er jetzt aufgab, waren er und Gnunt verloren.

»Fein Hefe aus Osberg«, hörte er Gnunt rufen.

Der Hüne kannte Cindiel von der Jagd nach Eliah. Trotz ihrer ungewöhnlichen Verkleidung als Stalljunge hatte er sie wiedererkannt.

Mogda hörte auf zu versuchen, sich das Gespinst aus dem Gesicht zu zupfen. Vielmehr hatte er es bisher nur so weit gebracht, dass seine Hand an seinem Ohr festklebte. Sein Gegenüber schien die Situation nicht so entspannt zu sehen und verpasste ihm einen weiteren Schlag mit der Schaufel, diesmal auf den Wangenknochen.

»Hör damit auf, Hagrim«, schrie Cindiel. »Das ist Mogda.«

»Das ist mir nicht entgangen, Prinzessin. Ein Gesicht so groß wie ein Pferdehintern kann man nicht vergessen oder verfehlen. Ich wollte nur sichergehen, dass er sich auch an uns erinnert.«

Mogda erkannte die Stimme des Geschichtenerzählers. Hagrim hatte schon immer einen merkwürdigen Humor und eine unvergleichbare Schlagfertigkeit gehabt. Dass er auch schlagkräftig war, hatte der Alte soeben unter Beweis gestellt.

Verschwommen sah Mogda jemanden mit einem Messer auf sich zukommen. Mogdas Gesicht brannte, die Augen tränten, und sein Daumen pulsierte schmerzhaft – wie sollte es also noch schlimmer werden? Er wartete ab, was passierte. Zu seiner Erleichterung hörte er Cindiels Stimme: »Ganz ruhig, das haben wir gleich.«

Mit dem Dolch schnitt sie ihn aus dem Türrahmen los. Mogda fiel nach vorn über und wälzte sich auf dem Boden.

»Wie bekomme ich dieses verdammte Zeug wieder von meinem Gesicht runter?«, fluchte er.

»Es sind nur Spinnenweben«, versuchte sie ihn zu beruhigen. »Wenn du daran zerrst, verstrickst du dich nur immer weiter in ihnen. Am besten man löst sie Stück für Stück mit etwas Fett.«

»Ich werde ruhig bleiben, wenn du diesem alten Trottel dort drüben sagst, dass er nicht weiter mit seiner Schaufel in mein Gesicht schlagen soll.«

»Ach, das war dein Gesicht«, spottete Hagrim. »Ich dachte, es war ein riesengroßer Hintern.«

»Sieh dir den Stiel ruhig noch einmal gut an, er wird nämlich dein neues Rückgrat sein, wenn ich hier herauskomme«, drohte Mogda ihm.

»Beruhigt euch, ihr beiden Streithähne«, ging Cindiel dazwischen.

»Wir haben schon genug Ärger. Wir müssen uns nicht noch untereinander bekriegen.«

Gnunt schob seinen Kopf durch die Tür. »Mogda wollen überraffchen. Hefe auf Ofberg fich freuen?«

Von Freude hatte man nicht viel gespürt. Die beiden Oger hatten sich ohne weitere Worte in die Scheune zurückgezogen. Der turbulente Empfang hatte Mogda jede Art von Wiedersehensfreude geraubt. Missmutig zerkleinerte er einen alten Karren zu Feuerholz.

»Jedes Mal, wenn ich diesen dämlichen Wald betrete, läuft alles schief«, jammerte er. »Alles, was ich wollte, ist einen alten Freund nach Hause bringen. Und was ist der Dank dafür? Man schlägt mir eine Schaufel ins Gesicht und verklebt mich mit diesem albernen Netz.«

Wie auf Kommando blieben einige Holzsplitter an seiner Hand kleben. Er versuchte, sie durch Schütteln abzubekommen, doch es war zwecklos. Je mehr er um sich schlug, desto schlimmer wurde es. Mogda geriet in Wut. Er fluchte und schimpfte, trat mit dem Fuß gegen einen Stützbalken und stampfte auf der Erde auf. Durch die Ritzen zwischen den losen Brettern im Heuschober über ihm rieselte Stroh herab und blieb ebenso an ihm hängen. Gesicht und Hände waren bereits übersät mit Holzspänen, Stroh, kleinen Kieseln und Dreck.

Mogda gab auf und setzte sich zu seinem Kameraden ans Feuer. Liebend gerne hätte er Gnunt die Schuld an allem gegeben, doch ihm fehlten die Argumente. Gnunt saß währenddessen da und versuchte, seinen Blick von Mogdas durchdringender Miene fernzuhalten. Der Hüne lenkte sich dadurch ab, dass er einen Zeigefinger tief in eines seiner Nasenlöcher bohrte und die Augen weit nach oben verdrehte. Irgendwann trafen sich dann doch ihre Blicke, aber Mogda verlor kein einziges Wort, sondern starrte Gnunt nur böse an.

»Fallen ab, wenn trocken«, sagte Gnunt verlegen, konnte sich aber ein Grinsen nicht verkneifen.

Genau in diesem Augenblick öffnete sich knarrend die Tür zur Scheune, und die Gesichter von Cindiel und Hagrim zeigten sich in dem schmalen Spalt.

»Haut ab, wir brauchen eure Hilfe nicht«, brüllte Mogda.

»Das weiß ich«, sagte Cindiel mit sanfter Stimme, »dennoch biete ich sie dir gerne an. Vielleicht beruhigst du dich ja wieder, wenn ich dich von den Auswirkungen meines Zaubers befreit habe. Wobei ich aber betonen möchte, dass das meiste, was in deinem Gesicht hängt, gar nicht von diesem stammt.«

Mogda drehte sich störrisch weg. Er hörte, wie die beiden Menschen hereinkamen und das Tor zur Scheune wieder geschlossen wurde. Cindiel stellte einen Eimer, halb gefüllt mit ranzigem Fett, vor Mogda ab. Er konnte sich vorstellen, was sie damit vorhatte, und genau das behagte ihm nicht.

»Es ist altes Gänsefett«, erklärte sie. »Wir haben es in Usils Speisekammer gefunden.«

»Ja genau, altes Gänsefett«, brummte Mogda. »Und es gibt auch einen Grund dafür, dass es noch niemand mitgenommen hat. Es stinkt abartig und sieht noch schlimmer aus. Alles, was man damit machen kann, ist, Geschichtenerzähler darin zu ersäufen.«

Hagrim hatte gegenüber von Mogda, und in gebührendem Abstand zu diesem, Platz genommen. Fasziniert betrachtete er das Gesicht des Ogers. Mit einer Hand tippte er sich immer wieder gegen die Wange und wollte anscheinend etwas sagen, doch Mogda kam ihm zuvor.

»Was ist?«, fuhr er ihn an.

»Du hast da was«, grinste Hagrim.

Jetzt reichte es. Mogda sprang auf und hechtete auf den Alten zu. Hagrim schleuderte ihm seine Schaufel entgegen und traf den Oger abermals am Kopf. Doch diesmal blieb die Schaufel hängen und baumelte vor Mogdas Gesicht hin und her. Wütend riss er sie los und schleuderte sie dem Geschichtenerzähler hinterher, der inzwischen aufgesprungen war. Mogda traf Hagrim in den Rücken. Der Alte ging sofort zu Boden.

»Hört auf damit, oder ich klebe euch beide mit den Füßen an die Scheunendecke«, schrie Cindiel.

Mogda wusste nicht genau, ob sie dazu in der Lage war, doch er wollte es auch nicht herausfinden. Hagrim kam stöhnend wieder auf die Beine und hielt sich die Hände ins Kreuz.

»Du kannst es wohl gar nicht abwarten, zu Bocco zu kommen«, sagte Cindiel zu Hagrim. Ihr Blick war so durchdringend, dass dem Alten die Sprache wegblieb.

Mogda hatte sich wieder ans Feuer gesetzt, ließ Hagrim aber keinen

Moment aus den Augen. Cindiel holte sich den Eimer Fett und schöpfte daraus eine gute Hand voll. Dann fettete sie sich beide Arme ein, bis hinauf zu den Ellenbogen. Sie wies Mogda an, seinen Kopf in den Nacken zu legen, was er auch bereitwillig tat. Mit beiden Händen umfasste sie seinen Hals und kleisterte diesen mit dem ranzigen Fett ein. Dann schob sie ihre Hände unter das mit Heu und Dreck verklebte Gespinst. Stück für Stück löste sie es von Mogdas Gesicht.

»Igitt, das stinkt grauenvoll«, stöhnte Mogda.

»Stell dich nicht so an, das kann man alles nachher abwaschen.«

»Waschen?«, schrie Mogda auf. »Nehmen die Torturen denn gar kein Ende! Mein Geruch war gerade ausgereift. Es ist nicht gut, wenn das Wild uns Oger wittert. Es vermindert unsere Chancen, etwas zu jagen. Wir sind schließlich keine Bogenschützen, sondern müssen nahe heran, um etwas zu erlegen.«

»Mit deinem Geruch hättest du höchstens die Möglichkeit, dich mit einem brünstigen Mufflon zu paaren oder das Wild zu betäuben. Du bist zurück in Nelbor, also benimm dich auch dementsprechend«, wies Cindiel ihn zurecht. »Was macht ihr überhaupt hier? Ich dachte, die Oger haben sich in den roten Sumpf zurückgezogen.«

Mogda streckte den Arm aus und zeigte auf das zusammengerollte Fell, in dem Usils Leichnam lag. An einer Stelle war das Blut durchgesickert und färbte die langen grauweißen Zotteln rot.

»Wir bringen Usil nach Hause.«

Die Frage nach dem Warum stellte sich den beiden Menschen nicht. Der Blutfleck war eindeutig. Alles, was es jetzt noch zu klären gab, waren die näheren Umstände seines Todes. Ohne Aufforderung erzählte Mogda, was geschehen war. Auch das Zusammentreffen mit dem Hüter und den Kampf am Magierturm verschwieg er nicht. Gnunt nickte in kurzen Abständen, um die Schilderungen seines Freundes zu bestätigen. Am Ende seiner Erzählung hatte Cindiel ihn von den Spinnenweben und dem Dreck befreit. Mogda sah zu ihr hinunter. Doch anstatt wie früher mit einer Reihe von Spekulationen und Vorschlägen ihr weiteres Vorgehen betreffend aufzuwarten, starrte sie nur in die Flammen.

»Hast du gehört, was ich erzählt habe?«

»Sie hat dich gehört«, sagte Hagrim. »Doch wahrscheinlich überlegt sie gerade, wie sie dir erklären soll, dass ein paar Barbaren aus dem Norden und ein Riesenmistkäfer dein kleinstes Problem sind.«

Mogda packte Cindiel am Arm und holte sie zurück in die Wirklichkeit. »Was ist passiert?«, grollte er.

Cindiel brauchte einen Moment, um wieder zu sich zu kommen. Entgeistert schaute sie durch Mogda hindurch.

»Sie rufen zum Krieg auf gegen die Horden Tabals«, wisperte sie.

»Wer?«

»Die Priester des Prios. Sie reisen durch das Land, von Stadt zu Stadt und versuchen, Freiwillige zu finden, die in den Krieg ziehen. Mit einem Heer wollen sie die Kreaturen Tabals töten oder aus dem Land vertreiben. Ihre Hetzpredigten werden von den Bürgern aufgesogen wie Wasser von einem trockenen Schwamm.«

Mogda ließ Cindiel wieder los und starrte nun ebenfalls in das Feuer. »Warum wollen sie gegen uns in den Krieg ziehen? Wir leben weit entfernt von ihnen und stellen keine Gefahr dar.«

Hagrim sprang auf und stellte sich hinter Gnunt. »Habt ihr euch einmal angesehen? Oger sind zehn Fuß hoch und mit Muskeln bepackt wie Gladiatorenkämpfer. Was glaubt ihr, wie weit man weg sein müsste, um keine Angst mehr vor euch zu haben. Die Kreaturen Tabals werden immer eine Gefahr in den Köpfen der Menschen darstellen, dafür werden die Priester schon sorgen. Wenn es niemanden gibt, vor dem man Angst hat, braucht man auch keinen Beschützer. Du hast gesehen, dass die Götter nur existieren können, wenn sie auch einen Gegenpol haben. Genauso verhält es sich auch mit Furcht und Trost. Das Böse muss existieren, damit die Kleriker des Prios einen Grund haben, ihren Segen zu verteilen. Gerade jetzt, wo die Götter uns anscheinend verlassen haben, muss der Tempel zur Jagd auf das Böse aufrufen, sonst verschwinden die Priesterschaften am Ende genauso wie ihre Schöpfer.«

Bis jetzt hatte Mogda immer geglaubt, der Krieg zwischen den Hüttenbauern und seinesgleichen drehte sich um Besitzansprüche. Jede der Parteien wollte etwas haben, was die andere besaß. Entweder ging es um Ländereien, Wegerechte oder Nahrungsquellen. Die Kinder Tabals erhofften sich Beute und einen Erhalt ihrer Rassen. Die Hüttenbauer führten Krieg, um ihr Eigentum zu schützen.

Doch wenn es stimmte, was Hagrim erzählte, wurden diese Kriege geführt, weil sie geführt werden mussten. Das Gute, als das sich die Menschen bezeichneten, kam ohne das Böse, die Kreaturen Tabals, nicht aus, und ihr Hass aufeinander sicherte den Fortbestand eines jeden Volkes. Wenn das nicht absurd war. Dennoch, konnte es vielleicht sein, dass die ewige Schlacht, von der Rator immer gesprochen hatte, gar kein einzelner Krieg war, sondern die immer fortwährenden Gegensätze der beiden Götter und ihrer Kinder? Wenn das alles wahr war, hatte Mogda all die Jahre für etwas gekämpft, das ihren eigenen Untergang zur Folge hätte. Das Amulett, das ihn intelligent gemacht hatte, der Aufstand gegen ihre alten Meister und der Kampf gegen Illistantheè – waren das alles nur Trugbilder und Fehldeutungen, die eigentlich auf etwas anderes verwiesen? Aber auf was?

Niemand sprach, alle waren in Gedanken versunken und suchten nach Antworten. Nur Gnunt reichte es, weniger nach Antworten zu fischen als vielmehr nach Essensresten zwischen seinen Zähnen.

Mogda sah den einfältig wirkenden Koloss an. Gnunt erwiderte den Blick mit einem kurzen Lächeln, bei dem er aber die Finger nicht aus seinem Mund nahm. War Gnunt zufrieden, oder was verlangte er von seinem Leben? Mogdas Freund war einer der wenigen, die mit dem zufrieden schienen, was ihnen das Schicksal bereithielt. Er stellte keine Fragen oder versuchte, dem Leben, das er führte, zu entkommen. Er nahm es so, wie es sich ergab. Oder wusste Gnunt etwas, was Mogda nicht wusste?

Mogda tastete nach dem Beutel an seiner Seite. Er hatte den schwarzen Splitter in ein Leinentuch gewickelt und an seinen Gürtel gehängt. Seine andere Hand glitt wie von selbst über die Scheide des Runenschwertes. Mogda zuckte zusammen, als er bemerkte, wie die zwei Gegenstände seine Bewegungen lenkten und versuchten, ihn in Bann zu ziehen.

Waren sie es, um die es ging, um die es all die Jahre gegangen war? Die Artefakte eines Gottes, der diese Welt verlassen hatte – magischer Firlefanz, mit dem die Oger all die Jahre von den Meistern zum Narren gehalten worden waren. Konnte es sein, dass seine Aufgabe darin bestand, diese Teile zusammenzusammeln? Die Wahrheit würde sich erst zeigen, wenn er sie tatsächlich alle gefunden hatte.

»Eine Armee aus Bauern und altersschwachen Priestern, die ihrer magischen Fähigkeiten beraubt sind«, brummte Mogda. »Was hoffen sie zu finden außer dem Tod und einem Paradies, das keines mehr ist?«

Er stand auf und griff sich die Schaufel. Die anderen schauten ihn an, als ob er den Verstand verloren hätte.

»Es sind vielleicht nur Bauern und Priester ohne ihren klerikalen Segen, doch sie sind gut organisiert«, warnte Cindiel. »Einige der Priester verfügen mittlerweile über arkane Zauber, und ihre Anhängerschaft wird von Tag zu Tag größer. Unterschätze nicht die Macht des Glaubens.«

»Arkane Zauber«, spottete Mogda. »Klebrige Spinnennetze und grelles Licht. Wenn das alles ist, was sie zu bieten haben, wird es bald still sein in den Tempeln des Prios.«

»Was hast du vor?«

Mogda hielt die Schaufel hoch. »Das, wofür ich hergekommen bin. Ich grabe ein Loch für Usil. Und so wie es aussieht, ist es besser, wenn ich ein wenig Übung darin bekomme, denn es wird viele Löcher zu graben geben.« Dann verließ er die Scheune. Die anderen sahen ihm schweigend nach.

Die Nacht hatte Schnee und Kälte über das Land gebracht. Es war noch zu früh für den Wintereinbruch. Die Bäume trugen noch Blätter, und von den Feldern hatten die Bauern des Landes die dürftige Ernte noch nicht eingebracht. Aber auch dies war nur eine weitere Folge der schweigenden Götter. Die Menschen lernten, damit umzugehen, aber ihr Unmut wurde durch dieses nächste Unglück geschürt. Immer mehr Stimmen wurden laut und verlangten danach, etwas zu unternehmen. Wer es war, der ihnen ein Leben versprach, schien ihnen gleichgültig zu sein. Sie folgten jedem, der seine Stimme nur laut genug erhob.

Als Cindiel erwachte, war es bereits hell. Sie hatte mit Hagrim im Haus übernachtet, doch die Bettstatt des Geschichtenerzählers war leer. Cindiel schob die alten, muffigen Decken beiseite und stand auf. Seit ihrer Flucht aus Osberg trug sie die Kluft des Stalljungen. Wie sehr wünschte sie sich, ein wohltuendes Bad nehmen und in ihre eigenen Sachen schlüpfen zu können. Doch keiner dieser Wünsche kam dem Verlangen gleich, endlich wieder von Finnegan in die Arme genommen zu werden. Sie vermisste den jungen Soldaten aus Osberg aus ganzem Herzen.

Als Cindiel die halb zerfallene Hütte verließ, schlug ihr die Kälte entgegen. Fröstelnd zog sie ihre Kapuze über den Kopf. Hagrim saß vor dem Haus auf einem Haublock. Er hatte eine der Decken um sich geschlungen und paffte genüsslich an einer Pfeife.

»Seit wann rauchst du Pfeife?«, begrüßte sie ihn.

Hagrim unterließ es, sich ihr zuzuwenden. Die Gefahr, dass kühle Luft an seinen Körper drang, schien ihm ein Graus. »Seit genau einer halben Stunde, als mich die Kälte aufwachen ließ und mir bewusst wurde, dass wir zu weit von der nächsten Flasche Rotwein entfernt sind. Pfeife und Tabak lagen unter dem Bett, wahrscheinlich eine Hinterlassenschaft von Usil.«

Hagrim starrte weiter geradeaus und versuchte, Rauchringe in die Luft zu blasen. Sein Blick war auf einen Haufen frische Erde gerichtet, der sich auf dem kleinen Acker vor dem Haus erhob. In kurzen Abständen warf jemand schaufelweise Sand oben auf den Haufen.

»Ist das Mogda? Was macht er da?«, fragte Cindiel irritiert.

»Er schaufelt ein Grab. Das hat er doch gesagt.«

»Wenn er so weitermacht, wird er nicht mehr selbst herauskommen. Warum gräbt er so tief?«

Jetzt drehte sich Hagrim doch zu Cindiel um. Sein breites Grinsen drückte den Pfeifenkopf in die Höhe, und Tabakqualm zog aus seinen Mundwinkeln in feinen Fäden nach oben. »Das mag daran liegen, dass ich ihm von dem Ritual erzählt habe.«

Cindiel schaute skeptisch drein.

»Je mehr Anteil man an dem Tod eines Freundes nimmt und umso mehr Respekt man dem Verstorbenen zollen will, desto tiefer hebt man sein Grab aus. Das ist ein alter Brauch aus dem ... äh ... Süden des Landes namens Leichtgläubig. Wenn du mich nicht verpetzt, lassen wir ihn noch eine halbe Stunde graben«, feixte Hagrim.

Cindiel spielte das Spiel mit, aber sie hatte ein schlechtes Gewissen dabei. Sie fand, Mogda musste sich etwas abreagieren, und da war es ihr lieber, er tat es an dem sandigen und unfruchtbaren Boden als an den Menschen in Nelbor.

Und Mogda reagierte sich ab. Immer tiefer wurde das Loch, und immer höher flog der Sand. Zur losen Erde gesellten sich nun auch Felssteine von der Größe eines Kohlkopfes. Mogda war bereits bis zu den Schultern verschwunden, als er Cindiel bemerkte, die nun neben Hagrim auf dem Haublock saß. Anstatt einer morgendlichen Begrüßung warf er ihr einen bösen Blick zu.

»Aber Usil schien er wirklich gemocht zu haben«, flüsterte sie.

»Ja, sieht so aus«, grummelte Hagrim. »Wenn das mein Grab wäre, würde er mich sicherlich oben auf den Sandhaufen legen wollen.«

Cindiel spürte Hagrims Blick auf sich ruhen. Sie fühlte, dass er überlegte, ob sie für ihn ein Grab ausheben und wie tief es wohl sein würde, aber er traute sich nicht zu fragen.

»Mindestens genauso tief«, flüsterte sie.

Sie konnte nicht sagen, ob er es gehört hatte, denn plötzlich sprang er auf. Seine Decke fiel zu Boden, und er richtete seinen Blick auf den schmalen Weg, der aus dem Wald zum Haus führte. Cindiel bemerkte den Reiter erst, als er tief gebeugt über den Pferderücken aus dem Dickicht des Waldes galoppierte und auf sie zuhielt. Das kräftige schwarze Pferd war für die Feldarbeit bestimmt. Der schnelle Galopp hatte es vollkommen verausgabt. Weißer Schaum stand ihm vor dem Maul, und es schnaufte erschöpft, als der Reiter im leichten Trab näher kam.

Cindiels erster Blick galt Mogda. Er schien den ungebetenen Gast auch sofort bemerkt zu haben und war in dem Loch in Deckung gegangen. Sie dankte Prios, dass der Oger sein aggressives Verhalten vom Vortag nicht fortführte. Und sie betete dafür, dass Gnunt weiterhin schlief.

Der Reitersmann war in Wirklichkeit ein Junge von kaum sechzehn Jahren, der sich in einen zu großen Mantel gehüllt hatte. Seine rot gefrorene Nase und die Wangen zeigten, dass er schon einige Stunden unterwegs war.

Der hagere Jüngling zerrte an den Zügeln des Pferdes. Das kräftige Tier war es nicht gewohnt, schnelle Reitkommandos auszuführen, und der Junge besaß nicht die Kraft, den Pferdekopf weiter nach hinten zu ziehen. Die Pferdehufe schabten über das lückenhafte Pflaster vor dem Haus und trieben Schnee und Sand vor sich her. Der Junge kam mit seinem Pferd erst einige Schritte hinter Hagrim und Cindiel, seitlich von der Hütte, zum Stehen.

»Ho ho«, sagte er zu seinem Pferd und klopfte ihm sanft den Hals. Er wollte dem Tier keine weiteren ungewohnten Kommandos abverlangen und drehte sich auf seinem Sattel fast um.

»Guten Morgen«, grüßte er freundlich. »Seid Ihr der Bewirtschafter hier?«, fragte er Hagrim.

»Das bin ich, mein Junge«, stimmte Hagrim mit fester Stimme zu. »Was führt dich auf unser Land?«

»Der Hohepriester Ochmalat hat mich geschickt«, sagte er mit Stolz in der Stimme. »Kennt Ihr ihn?«

Hagrim schüttelte mit finsterer Miene den Kopf. Er befürchtete, dass seine Stimme ihn Lügen strafen könnte.

»Er ist der Hohepriester aus Lorast. Er ist der Glaubensälteste dort. Prios spricht direkt über ihn zu uns.«

»Und was sagt Prios? Oder ist es eher ein Anliegen des ehrenwerten Hohepriesters Ochmalat, das dich zu uns führt?«

Der Junge schien verwirrt. Aufgeregt wippte er auf dem Sattel hin und her. »Er hat mich geschickt ...«

»Wer?«, unterbrach ihn Hagrim rüde.

»Der Hohepriester Ochmalat«, sagte der Junge, als ob die Antwort klar war. »Er hat mich geschickt, um Freiwillige für den Krieg zu rekrutieren. Die Oger ziehen die Küste entlang Richtung Süden, auf Sandleg zu. Es sind mindestens sechzig, siebzig Stück von diesen Ungetümen. Der Hohepriester hat ein Heer von tausend Mann. Er wird die Oger zurück in Tabals Schoß schicken, danach machen wir uns auf die Suche nach Orks und Trollen, sowohl in den Bergen als auch im roten Sumpf. Wir werden sie aus dem Land jagen. Der Hohepriester sagt, wenn keine Kreatur Tabals mehr einen Schatten auf unser Land wirft, dann wird sich Prios wieder zeigen – und mir ein Schwesterchen schenken.«

Der Junge machte eine Pause, um Luft zu holen.

»Was sagt Ihr? Wollt Ihr Euch uns anschließen oder vielleicht Euer Stallbursche?«

Hagrim blickte zu Cindiel. Sie war einige Schritte zurückgetreten und hielt ihren Kopf gesenkt. Ihre Kapuze war weit über das Gesicht gezogen. So wie sie dastand, hätte sie wirklich Hagrims Stallbursche sein können, verunsichert und furchtsam. Leider zeigte sie diese Seite viel zu selten für Hagrims Geschmack. Der Geschichtenerzähler drehte sich wieder um und sah den Jungen, hoch oben auf seinem Pferd, mit festem Blick an.

»Nein. Aber du kannst Ochmalat etwas von einem alten Bauern ausrichten. Wenn er es geschafft hat, tausend Kinder des Prios in den Tod zu schicken, braucht er keine Angst mehr vor den Schatten Tabals zu haben. Trauer wird diese Welt verdunkeln, die schwärzer ist als jeder Schatten.«

In dem Gesicht des Jungen sah Hagrim, dass dieser seine Worte nicht verstand. Er hoffte inständig, dass der Knabe begriff, bevor er zurück bei Ochmalats so genannter Armee war.

Dem Jungen schien die Antwort nicht zu schmecken. Er verzog das Gesicht, drehte sich in seinem Sattel wieder um und streichelte seinem Pferd durch die Mähne. Sein Blick wanderte über den Hof.

»Der Platz ist schlecht gewählt«, sagte er störrisch.

»Was?«, fragte Hagrim.

»Der neue Brunnen«, antwortete er und zeigte auf die Stelle, wo noch vor wenigen Momenten Sand im hohen Bogen aus dem Erdloch geworfen worden war. »Er ist zu weit weg vom Haus. Ihr werdet fluchen, wenn ihr das Wasser immer so weit schleppen müsst. Außerdem habt ihr viel zu breit gegraben, es sieht fast aus wie ein Grab, nur viel zu tief.«

Hagrim verzieh dem Jungen sein altkluges Geplapper, schließlich hatte er Recht, was das Grab anging.

»Wir müssen jetzt wieder an die Arbeit«, sagte Hagrim. »Für den Krieg haben wir keine Zeit, du siehst ja, der Winter kommt früher als erwartet.«

Der Junge riss die Zügel herum, und das Pferd drehte sich schwerfällig, aber wohlwollend auf der Stelle. Mit einem Klaps auf den Hintern setzte sich das Tier in Bewegung.

»Ihr solltet Euch mehr um den Hof kümmern, sonst ist er bald nur noch eine Lagerstätte für Goblins«, schrie der Junge aus sicherer Entfernung, drehte sich dabei aber noch nicht einmal um, sondern gab dem Gaul die Sporen.

»Oder für Schlimmeres«, murmelte Hagrim.

Das Pferd war gerade zwischen den alten knorrigen Bäumen verschwunden, da flog eine Schaufel im hohen Bogen vor Hagrims Füße. Sie verfehlte ihn nur um ein paar Fuß. Kurz darauf erhob sich Mogda aus dem Grab. Cindiel beobachtete mit Staunen, wie kraftvoll und mühelos der Oger seinen Körper aus der tiefen Kuhle schob. Sie hatte Mogda etwas zu dick und ein wenig träge in Erinnerung, doch anscheinend hatte das Leben in den Bergen seinem Körper gutgetan, was man von seinem Gemüt nicht gerade behaupten konnte.

Bedrohlich schritt Mogda auf Hagrim zu. Er hob die Schaufel auf und hielt sie dem Geschichtenerzähler hin. »Zu tief für ein Grab«, wiederholte er knurrend die Worte des Jungen.

»Was soll ich damit?«, fragte Hagrim störrisch.

»Ich kenne ein Sprichwort, das gut zu deinem angeblichen Begräbnisritual passt.«

»Und?«, fragte Hagrim spöttisch.

»Ist das Grab zu groß für ein, lege lieber zwei hinein.« Mit diesen Worten schlug Mogda dem Alten den Schaufelstiel vor die Brust. Hagrim blieb nichts anderes übrig, als nach der Schaufel zu greifen, damit der Schlag ihm nicht die Rippen brach.

»Du wirst es zuschaufeln, wenn ich Usil hineingelegt habe, oder selbst darin liegen«, drohte Mogda und verschwand in Richtung Schuppen.

»Und was dann?«, rief Cindiel ihm nach.

Mogda sprach zu ihr, während er in der Scheune verschwand. »Der Junge war hier, um Schergen für den Krieg zu suchen. Ein Heer von tausend Mann und eine ganze Stadt gegen siebzig Oger hört sich nicht gerade ausgewogen an. Ich ziehe in Betracht, mich den Menschen anzuschließen, ansonsten ist Sandleg wohl verloren.«

17
Der Spalt

Langsam und kaum sichtbar sickerte das Wasser durch den granitartigen Fels der Höhlendecke. In kleinen Rinnsälen kroch es am Gestein herab, suchte sich den leichtesten Weg und schwemmte dabei Stück für Stück kleine Kalkablagerungen mit sich, die wie milchige Splitter aussahen. Zu guter Letzt sammelte sich die Feuchtigkeit an den Enden der Felsspitzen zu großen schweren Tropfen, die sich träge vom Fels lösten und in die Tiefe stürzten.

Rator schreckte aus dem Halbschlaf hoch und riss fluchend an der Kette um sein Fußgelenk. Der Ring aus Eisen um seinen Knöchel fühlte sich an wie eine eisige Umklammerung. Rator war es gewohnt, Metall auf seiner Haut zu spüren. Egal, ob es die Nieten seines Brustpanzers waren, die bronzenen Bandagen um seinen Unterarm oder eine blanke Klinge in seinem Hosenbund, irgendwann hatte sich das Metall so weit erwärmt, dass er es nicht mehr spürte. Dieser Ring jedoch tat nichts dergleichen. Eher noch hatte Rator das Gefühl, er wolle ihm die Wärme aus dem Körper ziehen.

Fortwährend spürte er die Fessel, und wenn es nicht die Kälte war, schien sie das eine Mal zu eng und kurz darauf wieder zu weit zu sein, sodass sie bei jeder Bewegung an seinem Knöchel scheuerte. Und als ob dies alles noch nicht genug der Marter war, hielten ihn die ständigen Tropfen von der Höhlendecke wach. Egal, wie er sich hinlegte, egal, welchen Schutz er sich suchte, der Tropfen fand immer wieder den Weg in sein Gesicht.

Rator hasste nicht die Feuchtigkeit, nicht das Wasser, das sich in kleinen Pfützen gesammelt hatte und seinen Durst löschte, er hasste *den* Tropfen. Er war sich sicher, dass es immer derselbe Tropfen war, der sich von der Decke löste, genau zwischen Nasenflügel und Auge zerplatzte und dann wieder seinen Weg zurück an die Decke suchte, um sich erneut auf ihn zu stürzen.

Rator hätte sich selbst verfluchen können. Wie hatte er so leichtgläubig sein können und sich an dieses Eisen fesseln lassen, nein, sich selbst daran gefesselt? Was war, wenn der Riese ihn angelogen hatte oder die Zeit bis zur Ankunft von Tabal noch ewig hin war? Vor Wut brüllend, riss er an der Kette. Schrittlänge um Schrittlänge zog er die blanken Ringe aus dem Pechtümpel und ließ sie vor seine Füße fallen. Die Kette hatte kein Ende, aber seine Wut klang mit der Erschöpfung, welche die Tätigkeit brachte, langsam ab. Er sank auf die Knie und grub die Hände tief in den Berg aus Kettengliedern. Zu schwer war das Metall, um es fortzutragen, und noch viel schwerer würde es sein, wenn es den ganzen Spalt hinaufreichen müsste. Selbst wenn er es hätte tragen können, was dann? Von allein lösen würde sich der Ring um seinen Fuß sicherlich nicht. Rator war verdammt dazu, hier zu warten.

Wieder einmal hatte Rator die Müdigkeit übermannt. Trotz seines Hungergefühls und der beißenden Kälte an seinem Fuß war er eingeschlafen. Quälende Träume ließen seinen Kopf hin und her wandern, und leise, kaum verständliche Klagelaute drangen aus seiner Kehle.

Wie schon so oft träumte er von einer großen schwarzen Leere, die ihn umgab. Er hörte die Stimmen seiner Kameraden, hörte Schlachtrufe und das ängstliche Schreien von Feinden, die hoffnungslos unterlegen waren. Immer leiser wurden die Stimmen, und immer entfernter klangen sie, bis sie ganz verstummten und er völlig allein schien.

Rator schlug die Augen auf und wischte sich mit dem Finger wie aus Reflex über den Nasenrücken. Sein Gesicht war trocken. Es war nicht der Wassertropfen, der ihn um seine Ruhe gebracht hatte. Das schleifende Geräusch von Holzrädern, die ineinanderfassten, erfüllte die Höhle. Knarrend wie eine hölzerne Tür, die mit einem Mechanismus von Zahnrädern, Seilen und Ketten bedient wurde, klang es.

Gab es doch einen Ausgang, eine Tür, die er übersehen haben mochte? Jeden Winkel der Höhle hatte er abgesucht nach Nahrung und Wasser oder etwas, dass er als Waffe benutzen konnte, doch nichts hatte er gefunden. Rator wusste aber auch, dass es Dinge gab, die den Augen eines Ogers verborgen blieben. Vielleicht gab es eine geheime Tür oder eine Wand, die sich öffnen ließ. Geschickte Handwerker aus dem Volk der Zwerge konnten all dies bewerkstelligen, ohne dass jemand anderes es sehen konnte.

Rator nahm ein Ende der Kette auf und ging in Richtung des Geräuschs. Er musste immer wieder stehen bleiben, da das klirrende Gerassel seiner Fessel alles andere übertönte. Gerade als er dachte, er hätte den Ursprung des Knarrens gefunden, schien es aus einer anderen Richtung zu kommen. Immer weiter führte ihn sein Weg in die Höhle hinein.

Er raffte kleine Haufen der Kette zusammen, um nicht ihre ganze Last ziehen zu müssen, genau wie der Riese es ihm geraten hatte. Doch sosehr er sich auch bemühte, den Ursprung des Geräusches auszumachen, seine Suche endete jedes Mal vor einer nackten Felswand.

Ein Schatten beugte sich mit einem Mal über ihn. Groß und schleichend, warf er einen langen dunklen Schleier auf die Felsen. Rator wirbelte herum und starrte nach oben, die Arme zur Abwehr ausgestreckt. Zehn Fuß über ihm baumelte ein eiserner Käfig. Er hing an einem Seil, das so dick war wie der Arm eines Menschen, von der Decke herab. Der Käfig, in dem ein Oger leicht Platz gefunden hätte, war bis zur Hälfte gefüllt mit Essen. Rator konnte ganze Laibe Brot erkennen, wie es die Hüttenbauer in Nelbor backten, Kohl, Nüsse, Salz und Erdknollen sowie viele andere Lebensmittel, die er nur vom Sehen kannte.

Welchem Zweck diente das alles? Wollte man ihn füttern wie ein Tier in Gefangenschaft, oder war dies nur eine weitere Art der Folter? Zu hoch hing der Käfig, um an ihn und seinen Inhalt zu gelangen. Nur ein Riese hätte ... richtig, nur ein Riese hätte ihn erreichen können.

Wer auch immer diesen Käfig heruntergelassen hatte, wusste anscheinend nicht, dass ein Oger die letzte Wache bis zu Tabals Ankunft übernommen hatte. Rator trat unter dem Käfig hervor. Er musste sich bemerkbar machen.

»Rator jetzt Wache für Tabal«, brüllte er der Höhlendecke entgegen.

Erst im Nachhinein fiel ihm auf, wie dumm seine Worte klingen mussten, wenn er tatsächlich nur so etwas wie ein Gefangener war. Egal. Ob dumm oder nicht – etwas Besseres wäre ihm ohnehin nicht eingefallen.

Nichts tat sich.

Rators Augen kamen von Tag zu Tag besser mit dem unzureichenden Licht in der Höhle klar. Die kleinen blauen Flammen, die auf dem schwarzen Teich tanzten, verzehrten nur wenig Nahrung. Täglich ein paar Äste, Blätter oder Moose reichten aus, um sie nicht verlöschen zu lassen. Hauptsächlich brannte der schwarze Sud, der lediglich etwas brauchte, um daran emporzuklettern, wie die Flamme am Docht einer Kerze. Das Licht des Feuers war angenehm. Die blauen durchsichtigen Flammen bewegten sich wie Grasbüschel im Wind, und Rator wurde meist müde, wenn er sie länger betrachtete. Jedoch reichten sie nicht, um ihren Schein bis zur Höhlendecke zu schicken, und auch die seitlichen Felswände lagen im Dunkeln. Rator hatte sich schon mehrfach Fackeln gebastelt, indem er einfach einen Ast in die schwarze Brühe getunkt und ihn entzündet hatte. Sie brannten zwar nicht so lange, dafür konnte man mit ihnen umherlaufen.

»Hier Rator«, brüllte er erneut. »Kriegsoger von Tabal.«

Er hoffte, dass man in diesem Land wusste, was ein Oger war. Die Hüttenbauer in dem Dorf schienen ein Wesen wie ihn noch nie zuvor gesehen zu haben, doch das musste nichts heißen. Auch in Nelbor gab es einige, die Oger nur aus der Ferne kannten oder aus Erzählungen. Wenn dies tatsächlich der Ort war, an dem Tabal sich aufhielt, dann mussten die Fremden, die den Korb herabgelassen hatten, ebenfalls Kreaturen seines Gottes sein, auch Kinder Tabals. Rator hatte immer geglaubt, er kenne alle seine Verbündeten. Trolle, Orks, Goblins waren ihm gut bekannt, und sie hatten viele Jahre Seite an Seite gegen die Hüttenbauer gekämpft. Auch andere dunkle Kreaturen unterwarfen sich seinem Gott. Da gab es Lindwürmer, Höhlentrolle und Wesen, deren Namen niemand aussprach und die keinen Unterschied kannten zwischen Freund und Feind. Alle hatten denselben Herrn.

Rator glaubte, eine Bewegung über sich zu erahnen. Das lange Seil über ihm wand sich wie eine Schlange. Es schwang hin und her, doch den schwer beladenen Korb konnte es nicht in Bewegung setzen. Der hing unbeeindruckt und unerreichbar über ihm.

Ein schwacher Lichtschein zeigte sich an der Höhlendecke. Mit jedem Moment wurde er heller. Wie der Glanz der aufgehenden Sonne erstrahlte er zwischen den zerklüfteten Felsen, nur war er nicht rund, sondern eckig. Nach einer Weile begann das Licht zu flackern, und dann schob sich etwas davor. Rator meinte, für den Bruchteil einer Sekunde eine Silhouette zu sehen. Ein Wesen, groß und kräftig, mit starken Armen und einem breiten Kreuz.

Rator trat hinüber zu dem Tümpel mit dem brennenden Pech. Vielleicht wollten sie sich versichern, dass er kein Feind war.

Rator überlegte, etwas zu rufen, doch ihm fiel nichts mehr ein. Und noch bevor er sich über seine Worte weiterhin Gedanken machen konnte, blitzte das Licht erneut auf und verlosch. Wie zuvor hüllte sich die Decke wieder in Dunkelheit.

Der Ton eines Hornes erklang von dort, wo eben noch das Licht zu sehen gewesen war. Klar und laut hallte das Signal durch die Höhle. Ein Ton, so kräftig, dass man ihn meilenweit hören musste. Nicht oft vernahm man so einen Klang, und wenn man es tat, war es besser, man überhörte ihn nicht und wusste, was er bedeutete. Auf dem Schlachtfeld kannte Rator jedes Signal, jedes Zeichen, egal, ob es nun von den Verbündeten oder den Feinden kam.

Auch wenn es immer so aussah, als ob zwei Heere einfach aufeinander losgelassen wurden und jeder auf jeden einschlug, war ein Gefecht genau geplant. Jedes Zeichen hatte seine Bedeutung, und man tat besser daran, darauf zu reagieren. Rückzug bedeutete Rückzug. Wenn man glaubte, ruhig noch ein wenig auf umherstehende Feinde einzuschlagen, konnte man schnell von seinen Kameraden getrennt werden. Ehe man sich versah, stand man allein einem ganzen Heer gegenüber.

Es war auch wichtig, die Signale der Feinde richtig zu deuten. Bogenschützen aus den hinteren Reihen feuerten ihre Salven erst ab, wenn das Signal dazu erklungen war. Schnell zogen sich ihre eigenen Männer zurück oder schützten ihre Körper mit Schilden. In diesem Fall war es ratsam, auch in Deckung zu gehen, bevor sich der Himmel verdunkelte und man von einer Unzahl von Pfeilen gespickt wurde. Schmerzhaft hatte Rator erkennen müssen, dass Schilde nicht nur gut waren, um sein Essen darauf abzulegen. Gegen Pfeile und Bolzen gab es nichts Besseres. Doch die Schilde der Hüttenbauer waren gerade einmal groß genug, um Hände und Unterarme eines Ogers zu schützen – wenn man zwei von ihnen fand. Doch Rator hatte eine Lösung für dieses Problem entwickelt: Er benutzte nicht nur den Schild, sondern gleich den ganzen Krieger.

Ähnliche Signale gab es auch beim Einsatz von Feuer und schweren

Geschützen sowie Belagerungsgerät. Wenn man den Schutz seiner Kameraden brauchte, war es wichtig, dass alle dasselbe taten, damit ihre Deckung nicht aufbrach. Dies war auch einer der Gründe, warum Grind, der Trollkönig, damals entschieden hatte, keine Höhlentrolle mehr in die Schlacht einzubringen. Sie waren zweifellos großartige Kämpfer, und Tabal war sicherlich stolz auf sie, doch sobald sie im Getümmel des Krieges standen, waren sie blind und taub für alle Kommandos. Sie mähten sich durch die Reihen der Feinde wie eine Sense durch Gras, doch sie scherten sich um nichts und niemanden. Durch ihre Hand starben nicht nur unzählige Feinde, sondern auch Verbündete. Sobald sie das Schlachtfeld betraten, wurde aus dem Kampf ein Gemetzel, das niemanden verschonte. Es war egal, ob man klug oder stark, feige oder mutig war, ein Blutbad hatte seine eigenen Gesetze.

Rator war jedoch nicht im Krieg, und das tiefe, lang anhaltende Hornsignal hatte für ihn keine Bedeutung. Irgendjemand musste es gehört haben und wusste, was zu tun war. Der Ton war fast verklungen, da begann das armdicke Tau, sich weiter von der Decke zu senken und den Käfig in Rators Reichweite zu bringen.

Das Seil stoppte abermals, und Rator konnte gerade das Ende einer herunterhängenden Kette erreichen. Wenn man daran zog, entfernte man einen Splint aus dem Boden des Käfigs, und das Essen fiel herunter. Rator zögerte. Warum so einen Aufwand für ein paar Brote und etwas Grünzeug? Hatten seine Gönner Angst vor ihm? Wollte man verhindern, dass er in den Korb kletterte und mit nach oben fuhr?

Rator zog an der Kette. Der Boden des Käfigs tat sich auf, und die Lebensmittel stürzten herab. Der Oger bemühte sich noch nicht einmal, auch nur etwas davon aufzufangen. Gelangweilt schaute er einem Kohlkopf hinterher, der vom obersten steinernen Podest hinunterrollte. Das Essen würde gut und gerne eine Woche reichen, wenn man sich damit abfand, dass nichts davon wirklich auf die Speisekarte eines Ogers gehörte.

Deprimiert schaute Rator auf den Kadaver des toten Wolfes. Mehr als eine Mahlzeit war von dem Tier nicht mehr übrig, wenn das Fleisch nicht sogar bereits faul war. Er würde es einfach länger über dem Feuer rösten, dann schmeckte es zwar nach verbranntem Pech, aber man wurde jedenfalls nicht krank davon. Wenn er nur an seine Waffe herankäme, dann würde es jeden Tag Wolfsfleisch geben.

Quietschend schwangen die Gitterböden des Käfigs hin und her. Die Luke an der Höhlendecke öffnete sich kein zweites Mal, dafür wurde aber der Käfig nach kurzer Zeit wieder heraufgezogen und verschwand alsbald in der Dunkelheit.

18
Gastfreundschaft

Es war noch früh am Morgen. Die nächtliche Kälte hatte die Feuchtigkeit aus dem Boden gesogen und diese als dichten Nebel über die Küstenregion gelegt. Sanft hörte man die Wellen ans Ufer schwappen und die Schreie der Möwen, wenn sie hinter einem der Fischerboote herflogen und nach Abfällen Ausschau hielten. Der Nebel war undurchdringlich. Die Sicht reichte kaum einen Steinwurf weit, und nur ab und zu lösten sich alte Eichen und kahle Felsen aus ihm heraus, zogen vorbei und tauchten dann wieder in den Schleier ein.

Hagmus lederner Brustschild sowie der Beinschutz und die Riemen um Arme und Beine waren von der Feuchtigkeit aufgequollen und stumpf. Sein eingefettetes filziges Haar trotzte hingegen der Nässe, und er spürte, wie kalte Tropfen daran herunterrannen und die Kopfhaut benetzten. Sein weißer Atem stand vor seinem Mund wie ein Banner. Er hielt an und drehte sich um. Stumm und mit eisigen Mienen folgte ihm sein kleines Heer. Fast ein Dutzend Krieger hatte ihn die Flucht aus dem brennenden Wald gekostet. Die Flammen und der Rauch hatten ihnen den Atem genommen. Halb erstickt und mit Brandwunden übersät, schafften es einige von denen, die den Anschluss zu dem Haupttrupp verpasst hatten, dennoch aus dem Inferno heraus und warfen sich keuchend in den kleinen Fluss. Hüttenbauer versammelten sich daraufhin um sie. Brüllend, mit hoch erhobenen Forken und Schaufeln, kreisten sie die schwer verletzten Oger ein. Ihr Mut reichte dennoch nicht aus sie anzugreifen. Erst als einer der Priester den ersten Schlag wagte, droschen die anderen mit auf die vermeintlichen Feinde ein. Jubelschreie kündeten von dem Tod der Oger.

Ganz taub durch die eisige Kälte des Steines in seiner Augenhöhle, wischte Hagmu sich über das Gesicht. Nach so vielen Jahren nässte die Wunde immer noch und erinnerte ihn schmerzhaft an die Heimtücke der Menschen. Jetzt war die Zeit gekommen, den Hüttenbauern zu zeigen, mit wem sie sich eingelassen hatten. Sie mussten bestraft werden für all das, was sie den Ogern angetan hatten – was sie *ihm* angetan hatten.

Er würde ein Zeichen setzen, das Zeichen Tabals – den brennenden Turm. Jeder sollte sehen, was es hieß, die Kinder Tabals nicht zu fürchten. Seine Rache würde die Stadt treffen, die sie Sandleg nannten.

Seit zwei Tagen hatte Hagmu die Armee der Menschen nicht mehr gesehen, doch ihre Rufe ließen ihn wissen, dass sie hinter ihm waren. Er machte sich keine Sorgen, dass er und sein Trupp in einen Hinterhalt liefen, der Nebel machte den Menschen Angst. Sie würden warten, bis Wind aufkam und der Schleier sich lichtete, doch dann würde es bereits zu spät sein.

Die großen Klippen im Westen hatten sie bereits passiert. Es konnte nur noch Stunden dauern, bis sie Sandleg erreichten. Natürlich wussten seine Feinde auch, wohin er zog, und sicherlich hatten sie ihre Späher und Reiter schon vorausgeschickt, um die Menschen in der Hafenstadt zu warnen. Wahrscheinlich hatten sie längst alle Städte entlang der Küste besucht, und jede von ihnen traf Vorbereitungen, um sich gegen den Angriff der Oger zu schützen.

Hagmu kannte Sandleg. Die Stadt zählte zehnmal mehr Menschen als die Armee in ihrem Rücken, doch ein Großteil von ihnen waren Frauen, Kinder und Greise. Die wenigen Stadtwachen waren unzureichend ausgebildet und des Patrouillierens müde. Sandleg war keine Stadt von Bedeutung. Im Norden lag schützend das große Gebirge, im Süden und Osten erstreckte sich nur nelborianisches Land. Um die Stadt vom Seeweg aus mit einer Armee zu erobern, musste man das Nordmeer überqueren, welches die meiste Zeit des Jahres unter dickem Eis lag. Sandleg hatte keinen Schutz nötig – dachte man bisher.

Es war nicht die erste Stadtmauer, die Hagmu bezwingen würde, und wenn Tabal es wollte, sicherlich auch nicht die letzte. Zusammen mit Grind, dem Trollkönig, hatte er Mauern erklommen, die höher waren als der höchste Baum und breiter als jedes Haus. Auf ihren Wehrgängen hatten hunderte von Soldaten und Ballisten gestanden. Die Hüttenbauer schütteten siedendes Pech auf sie herunter, und Pfeile verdunkelten den Himmel. Sandleg besaß nur einen Holzwall, der kaum höher war als ein Haus und weniger Schutz bot als das Tor jener Städte von damals. Zur See hin war die Stadt gar nicht geschützt, aber Hagmu hasste das Wasser. Wie es sich für einen Oger gehörte, würde er die Stadt durch das Haupttor betreten und nicht wie ein dunkler Meuchler von hinten. Alle sollten sehen, zu was sie imstande waren.

Zwei weitere Stunden folgte der stumme Treck der Küste Richtung Süden, dann löste sich vor ihnen der Schein mehrerer Fackeln aus dem dichten Nebel – sie hatten Sandleg erreicht! Hagmu gab sein Zeichen zum Anhalten. Neben ihm standen der stumme Tastmar und Bralba, die Ogerin.

»Bralba nie gesehen Stadt von dünnen Hüttenbauern«, sagte sie. In ihrer Stimme klang Abscheu. Ogerfrauen hatten keinen Bezug zu den Siedlungen der Menschen. Sie fristeten ihr Leben meist hoch oben in den Bergen und ernährten sich von dem, was sie fanden. Ihre einzige Aufgabe bestand darin, die jungen Oger so lange zu behüten und sie zu versorgen, bis diese auf eigenen Beinen stehen konnten, was nach wenigen Jahren bereits der Fall war. Ihre Pflichten ließen es nicht zu, die Siedlungen der Hüttenbauer aufzusuchen, um Nahrung zu stehlen. Ogerfrauen kannten sich deswegen nicht aus mit Taktik, Kriegsführung und Belagerungen, aber sie waren gute Jägerinnen, ausdauernd und geschickt. Auf die langen schwarzen Zöpfe der Ogerin hatte sich Raureif gelegt.

»In Stadt von Hüttenbauern genug Essen für tausend Oger«, erklärte Hagmu. »Sie horten in großen Steinhütten, wo Schiffe an Land angebunden.«

Das war sein Plan. Sie würden die Lagerhallen nahe des Hafens plündern, um ihre Wintervorräte aufzustocken. Transportmittel gab es dort in Hülle und Fülle. Fragte sich nur, wie sie aus der Stadt wieder herauskamen. Im Moment blieb jedoch keine Zeit, sich über ihren Rückweg Gedanken zu machen. Wenn es so weit war, würde Tabal ihnen einen Weg weisen.

Die letzten Oger hatten aufgeschlossen und warteten auf neue Befehle von Hagmu. Alles, was sie zuvor erbeutet hatten, war den Flammen zum Opfer gefallen. Die wenigen Pferde, denen eine Flucht aus dem Wald gelungen war, streunten jetzt ziellos umher oder waren von den Hüttenbauern wieder eingefangen worden.

Hagmu winkte Galok und Krasuk zu sich. Die beiden erfahrenen Krieger hatten bisher seine Nachhut gebildet. Sie kannten sich mit den Gepflogenheiten der Menschen aus und waren ausgezeichnete Späher.

»Bleiben weg von Stadtmauer«, erklärte Hagmu ihnen. »Galok und Krasuk gehen Richtung Osten. Suchen nach Hinterhalt von Hüttenbauern. Zählen Fackeln auf Stadtmauer und vor Tor im Osten, dann kommen zurück. Machen Plan für Angriff.«

Galok und Krasuk wussten, wie eilig ihre Mission war. Es gab nicht viele Wege, die ein Oger in Nelbor nehmen konnte. Weiter im Landesinneren lagen die Siedlungen der Hüttenbauer dichter zusammen, und die Zahl ihrer Soldaten stieg mit jedem Schritt, den man in Richtung der großen Städte Lorast und Turmstein tat. Hier an der Küste und in der Nähe des Bergwalls waren die Oger den Menschen überlegen, doch sobald Königstruppen mit im Spiel waren, änderte sich das.

Die Erkundung musste schnell durchgeführt werden. Der Ogertrupp befand sich zwischen Sandleg und einem feindlichen Heer. Sie durften nicht von zwei Seiten attackiert werden, dafür war ihre Zahl zu gering. Galok und Krasuk machten sich auf den Weg. Alles Überflüssige ließen sie zurück. Hagmu betete, dass sie rechtzeitig zurückkehrten und dass die Vorbereitungen der Hüttenbauer ihn nicht vor neue Probleme stellten. Er betete, obwohl er wusste, dass seine Worte nicht erhört wurden.

Zwei Stunden waren seine Späher schon unterwegs, und noch immer hatte Hagmu keine Meldung von ihnen bekommen. Die Oger saßen dicht aneinandergedrängt und schwiegen sich an. Die meisten von ihnen waren erschöpft und hatten Hunger, doch Hagmu hatte ihnen verboten, ein Feuer zu entzünden. Der Schein der Flammen würde sie verraten, und die Wärme des Feuers würde ihre Müdigkeit nur noch steigern. Fünf Dutzend Oger waren eine Gefahr für jedermann, doch schlafend und dösend waren sie eine leichte Beute, selbst für Bauern.

Hagmu hob den Kopf, und auch Tastmar schien etwas gehört zu haben. Es war ein Geräusch, das nicht hierher gehörte. Zwischen all den schweren Atemzügen, dem Kreischen der Möwen und dem monotonen Rauschen der Wellen war es so schwer auszumachen wie das Zwitschern eines Vogels im Schlachtengetümmel, aber es war da. Abermals erklang es, wie ein Flüstern. Es war ein Schnauben oder Keuchen, zu fern, um von einem der ihren zu kommen, und zu nah, um es zu überhören. Der Nebel ließ den Laut umherhallen, wie die Wände einer Höhle es sonst taten. Einmal schien er aus dem Osten zu kommen, ein anderes Mal aus dem Norden. Von seinen Spähern konnte es keiner sein. Galok und Krasuk wussten um die Aufgaben eines Spähers. Selbst tödlich verletzt, würden sie weniger Lärm verursachen.

Wie Trugbilder lösten sich Umrisse aus dem Nebel. Drei Gestalten hielten auf das kleine Heer der Oger zu, zwei zu Fuß, eine hoch zu Pferd. Zu spät erkannten die Hüttenbauer, wohin ihr Weg sie geführt hatte. Die lagernden Oger mussten im Nebel aussehen wie eine Gruppe Felsen. Still und ruhig hockten sie zusammengekauert auf der Erde, nur der dampfende Atem verriet, dass sie nicht leblos waren.

Das Pferd, eine hellbraune Stute, spürte zuerst die unsichtbare Bedrohung. Schnaubend versuchte sie zur Seite auszubrechen, aber die beiden Männer neben ihr drängten sie immer wieder zurück in die Spur. Erst als es mit den Vorderläufen stieg, ahnten die Männer, dass Gefahr drohte.

Bralbas Schwester Nolka war die Erste, die sich erhob. Ihr massiger Körper schob sich über die Köpfe der anderen Oger hinweg, und ihre Silhouette zeichnete sich gegen den Nebel ab. Mit ihrem Langspeer in der Hand drehte sie sich den drei Gestalten zu. Erst jetzt erkannten die Männer, in welch unsägliche Lage sie sich gebracht hatten. Wiehernd tänzelte das Pferd auf den Hinterhufen und drohte, seinen Reiter abzuwerfen. Die beiden Fußsoldaten sprangen zur Seite, um nicht von den Hufen niedergetrampelt zu werden, und der Reiter in seinem dunklen Ornat presste sich gegen den Hals des Tieres.

»Zurück«, schrie der Priester seinen beiden Begleitern zu. Den Männern schien das Leben des Klerikers mehr zu bedeuten als ihr eigenes. Einer sprang wagemutig vor das Pferd, um es zum Umkehren zu bewegen, der andere hechtete nach einem losen Ende des Zügels.

Gortolk, einer der verbliebenen Kriegsoger in Hagmus Truppe, hatte eine seiner Äxte bereits vom Gürtel gelöst. Mit einem Sprung war er auf den Beinen und wog die Waffe in seiner Hand. Ohne Verzierungen, Schnitzereien oder sonstige Schnörkel schimmerte der kühle Stahl in der fahlen Morgensonne. Viele seiner Kameraden hatten sich im Laufe der Jahre besondere, reich verzierte Waffen zugelegt, doch nicht so Gortolk. Er liebte es, mit zwei Äxten zu kämpfen. Sie waren kleiner als die große Breitaxt von Hagmu, dafür wesentlich wendiger. Eine von ihnen auszutauschen, nur um ein ansehnlicheres Stück zu haben, hieße, ein Ungleichgewicht in Kauf zu nehmen. Gortolk war es wichtiger, ein perfekter Kämpfer zu sein, als um seine Waffe beneidet zu werden.

Aus der Hüfte schleuderte er die Axt. Kreisend fand sie ihr Ziel und bohrte sich in den Rücken des Mannes, der versuchte, das Pferd zu beruhigen. Die Wucht der Klinge war so groß, dass sie den Soldaten gegen die Brust des Pferdes stieß. In Panik stieg der Gaul erneut und trampelte mit den Hufen auf den toten Körper des Soldaten ein. Als sich das Pferd ein weiteres Mal aufbäumte, riss der Kleriker die Zügel herum und schaffte es, sein Tier tänzelnd auf den Hinterbeinen zu wenden. Der Priester gab dem Pferd die Sporen, aber es trabte nur langsam an. Der verbliebene Soldat erkannte seine Chance und begann zu rennen.

Nolka verlor keine Zeit. Mit mächtigen Schritten bahnte sie sich ihren Weg über und durch die lagernden Oger. Mit Schwung holte sie aus und schleuderte ihren Speer den flüchtenden Männern hinterher. Wie an einer Schnur gezogen fand der Spieß sein Ziel. Er bohrte sich in den Rücken des Priesters und trat zwei Fuß weit aus dessen Brust wieder aus. In leichtem Galopp stürzte er vom Rücken seines Pferdes und blieb liegen. Der Fußsoldat verschwand im Nebel, genau wie das reiterlose Pferd.

Gortolk war als Erster bei dem Mann, den er getötet hatte. Er stellte seinen Fuß auf den Rücken des Toten und zog seine Axt heraus. Hagmu gesellte sich zu ihm. Er drehte den Leichnam auf den Rücken und betrachtete das Gesicht des Mannes. Mit Sicherheit handelte es sich nicht um einen Krieger. Die Rüstungsteile, die er angelegt hatte, waren wahllos zusammengestellt und passten nur mäßig. Sein Gesicht zeugte von der Armut eines Bauern. Zerfallene Zähne, hohle Wangen und kurz geschorene Haare deuteten auf ein schweres Leben hin. Nun war es beendet, kurz und brutal.

Nolka zog ihre Beute hinter sich her. Sie hatte den Priester an einem Fuß gepackt und schleifte ihn mit wie ein erlegtes Stück Wild. Der lange dunkle Ornat des Priesters hatte sich über dessen Oberkörper und den Kopf geschoben.

»Guter Wurf«, brummte Gortolk, als die Ogerin näher kam, und klopfte ihr anerkennend auf die Schulter.

Sie legte den toten Priester ab und riss ihm den Ornat vom Körper. Der Kleriker war ein junger Mann mit dunkelblondem mittellangem Haar. Sein Gesicht war schmal und sein Körper wenig trainiert.

»Pferd besser«, hielt Hagmu dagegen. »Mehr Essen, weniger Zorn.«

Hagmu konnte es Nolka und Gortolk nicht übelnehmen, dass sie die Hüttenbauer getötet hatten, schließlich hatte er sie in diesen Krieg geführt. Sie mussten mit ansehen, wie ihre Kameraden hilflos und halb verbrannt zu Tode geprügelt wurden. Wenn die Parteien das nächste Mal aufeinandertrafen, würde mehr Blut fließen, auf beiden Seiten.

Der Tod eines Priesters sorgte sicherlich für viel Aufruhr im Heer der Hüttenbauer. Ihre Anführer würden den Zorn ihrer Männer nutzen, um einen Gegenangriff zu starten. Den Ogern blieb nicht viel Zeit, sich für einen Weg zwischen den Fronten zu entscheiden, wahrscheinlich nicht einmal mehr genug, um die Rückkehr der Späher abzuwarten. Hagmu musste handeln. Eine Schlacht hier an der Küste bot keine Vorteile für seinen Trupp und so gut wie keine Beute. Ihr Einfall in die Stadt jedoch würde ein Zeichen setzen und versprach viele Vorräte.

»Ziehen weiter«, brüllte Hagmu sein Kommando. »Gehen Südosten.«

Sein Befehl bedurfte keiner weiteren Erklärungen. Die Oger waren froh, sich endlich wieder in Bewegung setzen zu können. Kälte und Feuchtigkeit waren fast noch schlimmer als Hunger. Aber am stärksten brannte in ihnen die Begierde danach, in eine Stadt einzufallen, zu plündern und zu brandschatzen. Über die Hälfte von ihnen waren Kriegsoger, die kaum etwas anderes kannten, und für sie war es die einzig wahre Erfüllung.

Hagmu und Tastmar übernahmen die Spitze. Hagmu wusste, dass Tastmar bereits zusammen mit Rator in Sandleg gekämpft hatte. Damals, als die Elfen mit ihren Schiffen im Hafen einliefen und den König Wigold und sein Gefolge töteten, waren sie es, die die Menschen aus der Besatzung befreit hatten. Tastmar hatte Hagmu bereits eine grobe Skizze der Stadt in den Sand gemalt. Nach seiner Zeichnung standen die großen Lagerhallen allesamt im Hafengebiet. Nur drei Gassen führten dorthin.

Mit sechzig Ogern war es kein Problem, das Hafenviertel zu besetzen und zu halten. Sie würden Hüttenbauer als Geiseln nehmen, bis Hagmu einen Weg fand, wieder aus der Stadt herauszukommen. Nur eine Schwierigkeit blieb noch. Wie kamen sie in die Stadt herein ohne großartige Verluste? Um Katapulte zu bauen, oder Rammböcke, blieb ihnen keine Zeit. Ein Frontalangriff auf die Stadtmauer hieße, sich den Bogenschützen und ihren Verteidigungsanlagen, soweit vorhanden, auszusetzen.

Ein schneller Reiter hätte dem Lord der Stadt bereits vor einem Tag die Meldung überbringen können, dass die Oger auf dem Weg waren. Dies wäre genug Zeit, um sich auf einen Angriff vorzubereiten. Ohne Rücksicht auf Verluste die Mauer zu erstürmen würde vielen von Hagmus Kameraden das Leben kosten.

Je weiter die Oger ins Landesinnere kamen, desto lichter wurde der Nebel. Hagmu fiel in einen leichten Trab, und seine Krieger taten es ihm gleich. Die Bewegung würde allen guttun, die Muskeln tauten auf, und die Sinne wurden geschärft. In einem Bogen umrundeten sie die Stadt, bis sie auf die Straße nach Osberg stießen. Hagmu hob die Hand und ließ den Trupp zum Stillstand kommen. Er und Tastmar würden sich allein an die Stadtmauer wagen und sehen, was sie dort erwartete. Hagmu hoffte, dass der Nebel ihnen genug Schutz bieten würde, vielleicht sogar genug, um die Nachhut zu holen und einen Angriff zu wagen.

Tief gebeugt schlichen die beiden der Stadtmauer entgegen. Frische Wagenspuren hatten die Spurrillen des Weges aufgewühlt. Noch vor Kurzem hatte ein ganzer Treck die Stadtmauern passiert. Ob die Spuren hinein- oder hinausführten, konnte Hagmu nicht erkennen. Der Geruch von frisch geschlagenem Holz und erkaltetem Rauch lag in der Luft. Das Licht zweier Fackeln erhob sich vor ihnen und beschien das östliche Stadttor. Die Stadtmauer, kaum höher als das Tor selbst, war unbewacht. Hagmu hatte damit gerechnet, dass Soldaten auf der Wehr patrouillierten oder jedenfalls am Eingang standen, aber von den Hüttenbauern war weit und breit nichts zu sehen. Tastmar machte eine Bewegung in einer Ecke zwischen Stadtmauer und dem vorgelagerten Wachturm aus. Mit einem Brummlaut weckte er Hagmus Aufmerksamkeit. Er deutete auf den massigen Körper, der versuchte, sich vor neugierigen Blicken zu schützen.

»Krasuk«, erklärte Hagmu.

Sein Späher hatte sich dicht an die Stadt herangewagt. Zu nah, nach seinem Geschmack. Für einen Oger war es nicht gerade leicht, sich den Blicken der Stadtwachen zu entziehen. Krasuk hatte ihren ganzen Plan gefährdet. Ein Späher sollte die Lage erkunden und Hinterhalte aufspüren, aber wenn er sich dumm benahm, konnte er auch den Feind warnen. Hagmu zog Tastmar mit sich und schlich hinüber zur Mauer. Krasuk hatte sie schon lange entdeckt und wartete auf sie. Mit einer Handbewegung signalisierte er den beiden, in Deckung zu gehen.

»Du nicht hören auf Befehl«, tadelte Hagmu seinen Späher. »Hüttenbauer dich entdecken und geben Alarm.«

»Hüttenbauer nicht in Stadt«, erwiderte Krasuk.

»Du nicht wissen«, sagte Hagmu zornig.

»Wohl.« Krasuk schlich an Hagmu und Tastmar vorbei. Eng an die Wand des Wachturmes gedrückt, stellte er sich neben den Flügel des Osttores. Mit dem Rücken stemmte er sich dagegen, und das Tor schwang einen Fuß breit auf.

»Nicht Riegel vor Tor. Keine Wachen auf Mauer, und nicht Rauch von Dach von Haus.«

Hagmu ärgerte sich über sich selbst. Auch ihm hätte auffallen müssen, dass aus den Schornsteinen der Häuser kein Rauch kam. Die Wachen konnten sich zurückgezogen haben und ihnen einen Hinterhalt stellen, aber trotzdem würden die Stadtbewohner bei dieser Kälte Feuer machen, um nicht auszukühlen. Unweigerlich fiel ihm der Hinterhalt der Elfen, der vor vielen Jahren stattgefunden hatte, wieder ein. Sie hatten damals alle Fürsten des Landes Nelbor und den Königshof eingeladen, bei ihrer Rückkehr dabei zu sein. Doch anstatt der dürren, hochnäsigen Waldbewohner erwartete die Hüttenbauer eine Rasse neuer Elfen. Dunkel und fast unverwundbar, strömten die Wesen, halb Wasser-, halb Landgeschöpfe, von Bord ihrer Schiffe und schlachteten jeden ab, der sich ihnen in den Weg stellte. War diese Stadt dazu verdammt, allen den Tod zu bringen?

Hagmu hatte keine Angst. Orte ließen ihn sich nicht fürchten. Er war ein Krieger Tabals und hatte bereits alles gesehen, was die Götter ihm bieten konnten. Da brauchte er sich um ein paar Kleriker, die Bauern in die Schlacht führten, keine Sorgen machen. Er zog Krasuk beiseite und stemmte sich gegen das Tor. Knarrend öffneten sich die schweren Holzflügel.

Der Bauernplatz, so hieß die freie Fläche hinter dem Stadttor im Osten, war menschenleer. Normalerweise standen hier Kisten und Karren, randvoll beladen mit geerntetem Gemüse, Früchten und Getreide von den umliegenden Feldern. Die Bauern stellten ihre Waren nach der Feldarbeit abends hier ab, um sie dann am nächsten Morgen zum Markt zu bringen. Hier waren sie sicher verwahrt, denn das Tor blieb nie ohne eine Wache. Niemand störte sich daran, wenn einer der Soldaten sich einen Apfel oder einen Bund Lauch nahm, um ihn während seiner Wache zu verputzen, dafür passten sie unentgeltlich auf die Waren auf.

Die Häuser hinter dem Platz lagen im Dunst des Nebels, doch konnte Hagmu sehen, dass in keinem von ihnen Licht brannte. Der kleine Ort an der Küste glich einer Geisterstadt. Kein Hundegebell, keine Rufe und keinen Alarm zu hören wirkte auf den Oger fast beängstigend – wenn es etwas gegeben hätte, das ihm Angst machte. Die Spuren auf dem Platz waren frisch, und auch die Fackeln am Tor konnten noch nicht länger als ein paar Stunden brennen. Die Bürger Sandlegs waren gewarnt worden, und so wie es aussah, hatten sie sich zur Flucht entschieden.

Wahrscheinlich hatte die Zeit nicht gereicht, um Vorbereitungen zur Verteidigung zu treffen und die Reservisten mit Waffen und Ausrüstungen zu versorgen, erklärte sich Hagmu selbst. Doch immer noch lag etwas Zweifel in seinen nicht ausgesprochenen Gedanken. Was auch der Grund sein mochte, dass sie die Hafenstadt verlassen vorfanden, es änderte nichts an Hagmus Vorhaben.

Mit Sicherheit hatten die Bürger es nicht geschafft, alle Waren aus den Lagerhäusern mitzunehmen. Trockenfleisch und in Salz eingelegte Fische waren einfach nicht kostbar genug, um sich auf der Flucht mit ihnen zu belasten. In Hagmus Gedanken ging sein Plan schon auf. Karren und Maultiere waren sicherlich auch irgendwo zu finden. Sie würden mitnehmen, was sie transportieren konnten, einen Teil der Stadt in Brand setzen, und während die Armee der Priester versuchte zu löschen, würden die Oger wieder in die Berge flüchten. Es hatte nichts mit ausgeklügelter Taktik zu tun oder einem großartigen Feldherrngeschick, es war nur ein schlichter Plan. Aber schließlich stellten sie sich auch nicht der Garde des Königs, sondern nur einigen Priestern und einer Schar von Bauernlümmeln.

Hagmu wandte sich wieder seinen beiden Gefährten zu. Tastmar streckte ungeduldig den Kopf vor, um auch zu sehen, was hinter den Toren vor sich ging.

»Krasuk, holen die anderen. Gehen in Stadt und plündern Vorrat von Hüttenbauern«, wies Hagmu an.

Krasuk schlich davon und ließ die beiden anderen zurück am Tor. Sobald der Späher außer Sicht war, beobachtete Hagmu wieder den Platz hinter dem Stadttor. Eine kleine Bewegung, ein einzelner Lichtschein hätten ihm ein sichereres Gefühl gegeben als diese Totenstille. Oger waren Krieger. Ihnen war lieber, sie sahen den Feind und wussten, was auf sie zukam, als dass sie still wie Meuchler zwischen den Hauswänden umherschlichen.

Hagmu wurde aus seiner Starre gerissen, als er die schnaubenden und trampelnden Oger hinter sich hörte. Auch sie wollten keine Zeit verlieren, sich ihre Beute zu schnappen und zurück in die Berge zu flüchten. Dieses Belauern war ihnen fremd und unheimlich.

Hagmu stieß das Tor weiter auf; knarrend öffneten sich die beiden schweren Eichenflügel. Das Geräusch hörte sich an wie das Knurren eines riesigen Wolfes. Nach einem erneuten Handzeichen ihres Anführers setzten sich die Oger in Bewegung. Unsicher stapften sie auf den Bauernplatz.

»Jorge, Simon, bleibt stehen«, rief eine Frau. »Kommt sofort zurück. Hört ihr nicht?«

Die Frauenstimme hallte über den Platz. Hagmu blieb stehen. Irgendwo in südlicher Richtung hörte er eine Tür zuschlagen. Schritte näherten sich. Es waren kleine, schnelle, unbeholfene Schritte. Wie aus dem Nichts stürmten zwei kleine Kinder von der Seite auf Hagmu und seine Kampfveteranen zu. Erst im letzten Moment bremsten sie vor dem riesigen Anführer der Oger ab und starrten ihn mit kindlicher Freude an. Angst schienen sie nicht zu haben.

Hagmu erinnerte sich wieder, wie klein und zerbrechlich die Kinder der Hüttenbauer aussahen. Nicht zu vergleichen mit den Neugeborenen der Oger. Menschenkinder kamen haar- und zahnlos zur Welt. Sie brauchten über ein Jahr, um sich aufrecht fortzubewegen, und sie schrien die meiste Zeit oder brabbelten irgendein Kauderwelsch, dass niemand verstand.

Ein junger Oger wurde schon mit Muskeln geboren. Um sie wieder aus seinem Körper zu vertreiben, brauchte es eine lange Zeit der Ruhe und des guten Essens. Haare fehlten ihm genauso wenig wie Zähne, und das Laufen lernten sie innerhalb der ersten Woche. Einzig und allein ihre Sprache war ähnlich wie die des menschlichen Nachwuchses, doch bei den Ogern wurde sie auch im Laufe der Jahre nicht wesentlich verständlicher, nur wohlüberlegter.

»Ich werde auch einmal ein Ogerkrieger«, platzte es aus dem größeren der beiden Kinder heraus. »Ich werde die schwarzen Elfen verhauen und dann alle meine Freunde aus Sandleg befreien.«

Die beiden waren wirklich klein, kleiner als Hagmu sie in Erinnerung hatte. Der eine maß gerade einmal zwei Fuß, der andere keinen Deut mehr als drei. Sie trugen beide genähte Lederkappen mit angeklebten Hörnern. Jemand hatte ihnen auf ihre Hemden ein Wappenzeichen gemalt, das der Darstellung eines Hundes sehr ähnlich kam. Voller Stolz präsentierten sie ihre grob geschnitzten Holzäxte.

»Ich bin Jorge, der Ogerkönig. Der Schrecken aller Orks, Trolle, Goblins und Kobolde«, versicherte der größere von ihnen.

»Oga«, wiederholte der kleinere und taumelte dabei etwas rückwärts.

Hagmu war sprachlos. Was redete der Junge? Warum wollte er Ogerkönig werden? Hatte ihm niemand gesagt, dass die Oger keinen König hatten? Er war ein Mensch, warum wollte er nicht König der Menschen werden?

»Oger nicht haben König«, grollte Hagmu und hoffte, dass es die Jungen zur Raison oder zum Weglaufen bringen würde, am besten aber beides.

»Noch nicht«, erwiderte das Kind störrisch. »Ich bin noch nicht groß genug, aber bald bin ich sieben, dann vielleicht, sagt Mutter.« Er hob die Holzaxt und richtete sie gen Himmel. »Jorge Ogerkönig und seine linke Hand Simon, der Trollschlächter.«

»Oga«, brabbelte Simon und freute sich.

Völlig außer Atem und mit Tränen in den Augen, hetzte eine Frau herbei. Sie war furchtsamer als die Kinder. Auf halber Strecke blieb sie stehen und kniete sich zu Boden. Mit ausgestreckten Armen versuchte sie, die Kinder zu sich zu locken.

»Simon, Jorge, kommt sofort her. Das sind nicht die Oger aus Großmutters Geschichten.« Ihre Stimme klang flehend.

»Oga.«

Hagmu wünschte sich zurück in die Zwergenesse. Welche Schmach hatte man ihm wohl noch zugedacht. Der lange Weg für nichts und wieder nichts. Ein Heer, das nicht bereit war zu kämpfen. Ein Wald, der über ihren Köpfen in Flammen aufging. Eine Stadt, leergefegt wie eine Gruft, und jetzt ein Kind, das sein König werden wollte.

Fast kriechend bewegte sich die Frau auf die beiden Kinder zu und streckte ihnen die Hand entgegen. Tränen rannen über ihr Gesicht.

»Seht ihr, was ihr aus den Menschen gemacht habt?«, keifte die erstickte Stimme eines alten Mannes über den Platz.

Hagmu sah auf. Der Nebel umhüllte eine Gestalt vor den Häusern im Westen. Wie ein Geist sah sie aus mit ihrer langen weißen Robe und dem schulterlangen grauen Haar, gestützt auf einen knorrigen Stab.

Bralba tauchte neben Hagmu auf und legte ihre Hand auf den Speer. Doch Hagmu hielt sie zurück.

»Oga Mamma«, rief Simon vor ihr entzückt auf.

Die beiden Jungen standen immer noch wie angewurzelt vor dem Trupp Oger. Ihre Mutter saß da und hielt sich die Hände vor das Gesicht. Leise hörte man sie ein Gebet zu ihrem Gott Prios sprechen.

»Ihr vergiftet unseren Glauben«, rief der alte Mann. »An dem Tag, an dem wir uns mit euch verbündet haben, zerbrach das Gefüge der Götter. Gut ist gut, und böse ist böse. Wenn wir die nicht mehr unterscheiden können, können wir uns nicht mehr schützen vor dem, was wir einst gefürchtet haben. Es ist kein Wunder, dass sich die Götter von uns abgewandt haben, wenn kleine Kinder danach streben, die Könige des Bösen zu werden.«

»Oger nicht böse«, brüllte Hagmu und zeigte auf sein Auge. »Hüttenbauer voller Bosheit.«

Diesmal hatte Hagmu es geschafft, den Kindern Angst einzuflößen. Der kleine Simon fing sofort an zu weinen, und Jorge duckte sich schützend unter seine Axt.

»Eure Sicht der Dinge interessiert mich nicht«, sagte der Alte. Seine Stimme klang ruhig und überheblich. »Prios hat mich, den Hohepriester Ochmalat, ausgewählt, die Fronten neu zu klären. In diesem Land ist kein Platz für euch und wahrscheinlich auch in keinem anderen. Der Glaube braucht euch nicht in Fleisch und Blut. Er muss die Kreaturen Tabals nicht sprechen hören, damit ihr mit gespaltenen

Schlangenzungen Gift in unsere Ohren spritzt und die Sinne der Menschen trübt. Es reicht, wenn ihr als Geschöpfe des Bösen in den Köpfen der Menschen lebt. Ich, der Hohepriester Ochmalat, bin gekommen, um das Land von euch zu reinigen.«

Der Hohepriester stieß seinen knorrigen Stab auf den Boden und umklammerte den Stein, der an dessen Ende eingefasst war. Hell leuchteten seine Finger auf, fast durchscheinend wirkte Ochmalats Körper. Tastmar versuchte, Hagmu irgendetwas zu erklären, aber der Anführer verstand nicht. Er konnte den Blick nicht von dem Licht abwenden. Es war so warm und sah so friedlich aus.

Ochmalat sprach kein einziges Wort. Der Nebel schien ihn einzuhüllen und durch ihn hindurchzuwandern. Ochmalat öffnete seinen Mund und sah in den Himmel. Der Nebel verdichtete sich und zog Schlieren. Er umschlang den Körper des Hohepriesters und kroch an ihm hoch. Die Brust des Priesters schwoll an, als er den Nebel förmlich in sich einsog. Sein Körper drohte zu zerplatzen. Der weiße Ornat spannte sich wie ein pralles Segel im Wind. Dann senkte Ochmalat den Kopf. Grün leuchtende Augen starrten aus seinem Gesicht.

Hagmu spürte, dass etwas passieren würde, auf das die Oger nicht vorbereitet waren.

»Töten Priester!«, schrie er seinen Gefolgsleuten zu.

Korf und Negol stürmten los. Andere folgten ihnen auf dem Fuße. Bralba ließ ihren Speer in der Hand kreisen wie einen Tambourinstab und wartete darauf, was passierte.

Hohl und kehlig hörte sich der Ton aus Ochmalats Mund an, als er grünen Nebel wieder ausspie. Der Atem des Priesters verformte sich, nahm Gestalt an. Zu Anfang glich er langen Gräsern, die flach im Wind lagen, doch dann nahm er die Form unzähliger Schlangen an, und aus ihren Enden heraus drückten sich Gesichter, Gesichter von Toten, halb zerfallen, verwest und faulig.

Klagende Grimassen flogen auf die Oger zu und peinigten sie mit ihren Blicken. Lang und dürr zogen sie ihre Körper hinter sich her wie flatternde Gardinen bei Sturm. Die Oger schlugen und stießen auf die Geisterwesen ein, doch ihre Klingen durchschnitten die Leiber der Toten wie Luft. Keine irdische Waffe konnte ihnen etwas anhaben. Die gespenstischen Gestalten wiederum suchten nach der Wärme des Lebens und fanden sie. Laut kreischend stürzten sie sich auf die Kinder

Tabals. Ihre Münder öffneten sich weit und weiter, entstellten die Gesichter zu Fratzen und entblößten nadelspitze Zähne.

Die Oger fanden keine Möglichkeit, sich ihrer Angreifer zu erwehren. Denn diese waren wie der Nebel, der Hagmu und seine Krieger umgab, allgegenwärtig, aber nicht zu greifen. Die ersten von Hagmus Kumpanen brüllten entsetzt auf und schlugen mit ihren Waffen wahllos umher, traten mit Füßen oder versuchten, ihre Gegner abzuschütteln. Doch sosehr sie es auch versuchten, sie konnten sich nicht befreien.

Ochmalat stand im Hintergrund. Seine Augen glühten immer noch, und der Stein, den er fest umklammert hielt, pulsierte wie ein schlagendes Herz. Es war kein Herankommen an ihn. Sobald einer der Oger auch nur andeutete, dem alten grauhaarigen Priester entgegenzutreten, stürzten sich knapp ein halbes Dutzend der Geisterwesen auf den Unglücklichen, umklammerten, bissen und zerrten an ihm. Fast einhundert der durchscheinenden Wesen schwebten durch die Luft und suchten gierig nach Opfern.

Hagmu war immer noch gebannt von dem Licht und den Farben. Wie ein Sog zog es ihn an und ließ ihn nicht los. Erst als eines der Geisterwesen sich auf den Anführer der Oger stürzte und seine Zähne tief in dessen Schulter grub, erwachte der Ogeranführer aus seinem Tagtraum. Er brüllte auf, hieb mit seiner Axt nach dem grünen Schleier und wand sich unter den Schmerzen. Sein Blick fiel auf die beiden Kinder zu seinen Füßen. Sie hatten ihre Hände schützend über ihre Köpfe gelegt, die Gesichter tief in den Schößen vergraben. Ihre Mutter wurde gerade von den Geisterwesen fortgezerrt. Sie schrie und strampelte mit Armen und Beinen. Es half nichts, sie konnte ihren Peinigern nicht entkommen.

Hagmu war unklar, warum er es tat, aber er tat es. Er steckte seine Axt zurück und packte die beiden Kinder. Noch immer klammerte sich der grüne Nebel an ihn. Er konnte durch den Kopf des Geistwesens hindurchsehen und erblickte dahinter den ungeschützten Teil zwischen Brustpanzer und Schulterschutz. Spitze Zähne gruben sich tief in sein Fleisch und saugten seinen Lebenssaft aus.

»Vorwärts zu Hafen«, brüllte er seinen Kameraden zu. Er war noch nicht bereit, alles aufzugeben, wofür sie gekämpft hatten. Zuerst einmal mussten sie weg von diesem unsäglichen Ort und raus aus dem

Nebel. Vielleicht bot sich ihnen die Möglichkeit näher am Wasser, durch eine leichte Brise oder dem Schutz einer Lagerhalle.

Die meisten der Oger folgten dem Ruf ihres Anführers sofort. Nur vereinzelt versuchten die Kolosse, vielleicht doch noch eines der Geisterwesen zu töten oder wenigstens zu verletzen. Doch auch sie mussten schmerzhaft feststellen, dass es aussichtslos war, und schließlich folgten sie, übersät mit Blessuren, den anderen Ogern.

Schon auf halbem Wege zum Hafen ließen die grünen Nebel ab von ihnen. Sie kehrten zurück zu ihrem Herrn oder verpufften zu hellgrünen Schlieren, die vom Weiß langsam geschluckt wurden.

»Bauen Barrikade«, brüllte Hagmu.

Er setzte die beiden Jungen vor sich ab und beugte sich zu ihnen herunter. Anscheinend waren sie von den Attacken verschont geblieben.

»Oga«, schluchzte Simon.

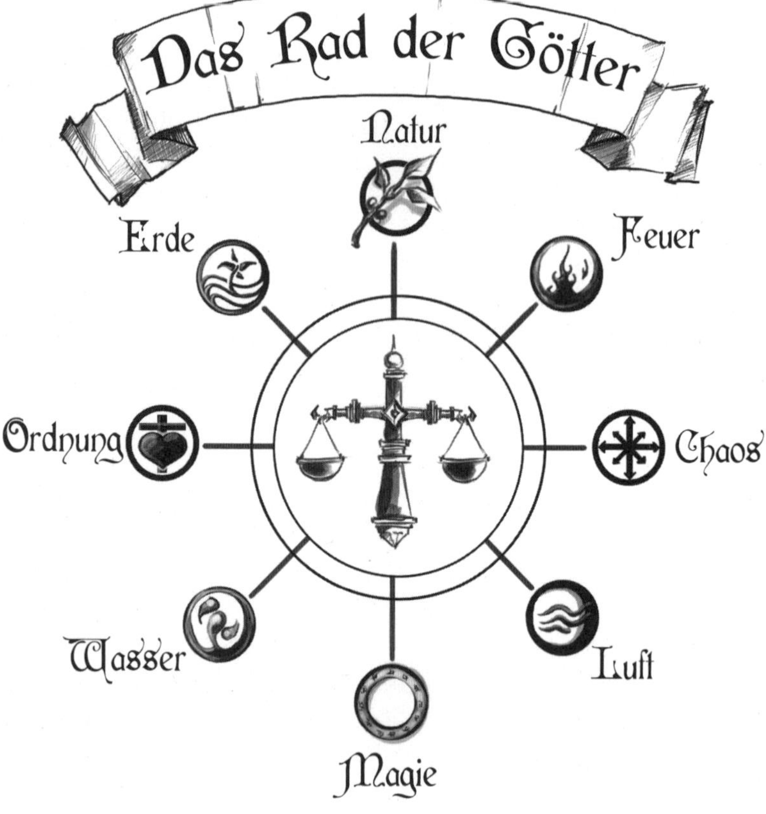
Das Rad der Götter
Natur
Erde
Feuer
Ordnung
Chaos
Wasser
Luft
Magie

19
Gespaltene Lager

»Die Berge haben ihn verändert«, flüsterte Cindiel Hagrim ins Ohr. »Irgendetwas steht zwischen uns.«

Die beiden saßen auf dem Pferd, das ihnen schon bei der Flucht aus Osberg geholfen hatte. Hagrim saß vorne, Cindiel hinter ihm.

»Ja, sein Bauch«, kommentierte Hagrim trocken. »Daran sind aber nicht die Berge schuld, sondern das Essen. Wenn wirklich etwas zwischen euch steht, wäre mir eine hohe und dicke Mauer allerdings lieber. Aber nur wenn ich mir die Seite aussuchen kann, auf der ich stehe. Seit meinem kleinen Scherz mit dem Grab werde ich das Gefühl nicht los, dass er die ganze Zeit überlegt, ob er mich nun mittel- oder doch ganz durchgebraten verspeisen will. Ich will damit sagen, dass er sich bereits vorgenommen hat, mich umzubringen, sich aber noch unschlüssig ist bei der Zubereitungsart. Er will mich, das stand schon fest, als er das zehn Fuß tiefe Loch verlassen hat.« Hagrim nahm seine eigenen Worte recht gelassen hin.

»Du hättest ihn nicht ärgern sollen«, erklärte Cindiel.

»Das weiß ich jetzt auch, Prinzessin. Der Frust der letzten Tage musste irgendwie abgebaut werden. Eine Gelegenheit, ihn zu töten, gab es schließlich nicht, somit musste ich mich anders abreagieren. Ich hätte mich vielleicht auch an seinen noch riesigeren, noch fetteren und noch dümmeren Kumpanen halten können, doch dann wäre ich jetzt auch in keiner anderen Lage. Schlussendlich hätte es nur den Ausweg gegeben, dich zu ärgern. Das alles habe ich somit nur getan, weil ich Rücksicht auf deine zarten Gefühle genommen habe.« Hagrims Stimme strotzte regelrecht vor Selbstaufopferung.

»Willst du damit sagen, du brauchst immer jemanden, den du ärgern kannst?«, fragte Cindiel ungläubig.

»Ja.«

»Dann hast du die richtige Wahl getroffen.«

»Wieso?«, fragte Hagrim verdutzt.

»Hättest du mich geärgert, wärest du schon lange tot«, neckte Cindiel den alten Geschichtenerzähler.

Mogda und Gnunt liefen voraus. Cindiel hatte versucht, den Ogern auszureden, nach Sandleg zu gehen. Doch ohne Erfolg. Mogda hatte auf die wiederholte Bitte von Cindiel nur gefragt, ob es ihr lieber wäre, er stünde mit tausend Ogern vor dem Tempel von Lorast. Dies hatte sie verneint, denn sie wusste nicht genau, ob er einen Scherz machte. Sie fand sein Vorhaben dumm, doch war es ihr lieber, er unternahm eine Dummheit statt einen Krieg. Die meisten Oger kannten den klugen Mogda und vertrauten seiner Meinung. Vielleicht brachte er es zustande, die beiden Parteien zu beruhigen. Viel Hoffnung hegte sie jedoch nicht.

»Es ist das erste Mal, dass ich mich vor ihm fürchte«, gestand Cindiel. »Nicht einmal bei unserer ersten Begegnung hatte ich so viel Angst vor ihm. Und da war ich ein kleines Mädchen.«

»Du tust gut daran, dich vor ihm zu fürchten«, erwiderte Hagrim. »Ich hätte selbst vor meiner eigenen Mutter Angst, wenn sie so riesig und fett wäre. Es reicht schon allein, dass er sich auf dich setzt, dann endet dein jetziges Leben als Kissen.«

Mogda und Gnunt hatten angehalten, wie schon so oft zuvor. Es war nicht so, dass sie Rücksicht auf Cindiel und Hagrim nehmen wollten, aber die weiten freien Flächen zwischen dem Tannenverlies und Sandleg waren schwierig zu überwinden für zwei Oger, die nicht gesehen werden wollten. Und Cindiel hatte entschieden, etwas zurückzubleiben, da sich das Pferd an die Anwesenheit der beiden Kolosse nicht gewöhnen wollte. Mogda und Gnunt hatten sich ins Unterholz geschlagen. Dort verharrten sie regungslos und beobachteten das Grasland vor sich.

»Vielleicht eine Händlerkarawane?«, gab Cindiel zu bedenken. »Ich werde mal sehen, was los ist.« Mit diesen Worten schwang sie sich vom Pferd und lief hinüber zu Mogda und Gnunt. Noch immer hatte sie die Kluft des Stallburschen an.

Mogda nahm keine Notiz von ihr, als sie näher kam. Gnunt allerdings warf ihr ein Lächeln zu, auch wenn es seine Wirkung verfehlte.

»Was ist los?«, flüsterte sie.

»Mogda und Gnunt warten auf andere Feit«, erklärte ihr der tumbe Riese.

Cindiel runzelte die Stirn. »Wie lange? Welche andere Zeit?«

»Sechzig Jahre«, gab Mogda barsch zurück. »Dann ist das Grünzeug auf der Wiese so hoch, dass wir ungesehen nach Sandleg gelangen können – oder wir gehen, wenn es dunkel ist. Hast du dich der einfachen Sprache schon so weit abgewandt, dass du einen normalen Oger nicht mehr verstehst, wenn er mit dir spricht?«

Mogda war wirklich gereizt. Um Gnunt wegen seiner schwer verständlichen Aussprache nicht zu kränken, zog Cindiel es vor, die Frage offen zu lassen.

»Wie wollt ihr nach Sandleg reinkommen?«

»Wie immer«, brummte Mogda. »Da es jedes Mal andere Schwachköpfe sind, die wir dort überrumpeln, reicht es, einen einzigen Weg zu haben. Anscheinend haben die Stadtväter aus ihren Fehlern nicht gelernt.«

»Das soll sogar bei anderen Rassen vorkommen«, entgegnete Cindiel schnippisch.

Sie wusste, welchen Weg Mogda meinte. Die Stadtmauer zog sich nicht weit genug ins Hafenbecken hinein. Ein Oger konnte, ohne schwimmen zu müssen, die Mauer umgehen und landete dann am Pier. Das Schlupfloch war nicht groß genug, um eine ganze feindliche Armee in die Stadt zu bringen, die ohnehin nicht aufgehalten werden konnte, aber es reichte auf jeden Fall für vier Reisende.

Cindiel hoffte, dass es noch nicht zu spät war. Ein fahrender Händler hatte ihr und Hagrim erzählt, während Gnunt und Mogda sich abseits des Weges versteckt hielten, dass die Oger in Sandleg eingefallen waren und sich dort im Hafenviertel verschanzt hielten. Angeblich hatten sie Frauen und Kinder in ihrer Gewalt und drohten, diese zu töten. Cindiel kannte nur eine Hand voll dieser riesenhaften Krieger. Keiner davon wäre zu so einer Schandtat fähig, aber für die übrigen würde sie ihre Hand nicht ins Feuer legen. So viele Jahre war es noch nicht her, dass die Oger wilde Kriegsbestien gewesen waren. Wer konnte schon wissen, ob es einige von ihnen nicht noch immer waren.

Der Tag neigte sich seinem Ende entgegen. Lange Schatten zogen über die Steppe. Fast schien es, als ob sie vor der Dunkelheit flüchten wollten. Mogda und Gnunt hockten noch immer im Schutz der Bäume und beobachteten das freie Tal, das sich bis hinunter nach Sandleg zog.

»Wir sollten nicht noch mehr Zeit verlieren«, rief Cindiel den beiden Ogern zu.

Hagrim und sie lagerten etwas weiter zurück. Der schroffe Tonfall, den Mogda an den Tag legte, und die Scheu ihres Pferdes hatten sie einen Platz etwas abseits wählen lassen. Mogda hatte ihnen sogar verboten, ein Feuer zu entzünden, obwohl es elendig kalt war. Um nicht noch mehr Feindseligkeit aufkommen zu lassen, hatten sie sich daran gehalten. Cindiel sorgte stattdessen mit einem Zauber dafür, dass sie nicht frieren mussten – sie und Hagrim.

»Wir verlieren keine Zeit«, gab Mogda barsch zurück. »Wenn sie sich dazu entschlossen haben, aufeinander loszugehen, können wir auch nichts mehr ausrichten. Dann hat es sicherlich auch schon ein Ende gefunden. Wenn nicht, kann es ewig dauern, bis sich irgendetwas tut. Oger sind sehr ausdauernd, was Belagerungen betrifft, und diese selbst ernannte Armee von Bauern und Händlern scheint mir nicht gerade vor Tatendrang zu strotzen.«

Das erste Mal seit ihrem Aufbruch hörte Cindiel etwas in seiner Stimme, dass sie glauben ließ, er wolle eine friedliche Lösung für den Disput zwischen Menschen und Ogern finden. Sie betete dafür, dass auch die Menschen dies wollten. Eines jedoch war gleich geblieben. Die ganzen Jahre über schien Mogda sich jedes Mal über den Klang seiner eigenen Stimme zu erschrecken. Immer noch hatte er sich nicht damit abfinden können, »der schlaue Oger« zu sein, der er war. Sie konnte in seinem Gesicht sehen, wie er sich fragte, wohin er gehörte und was seine Bestimmung war.

Irgendwann hatten die Schatten den Kampf gegen die Dunkelheit verloren, und die Steppe vor ihnen lag von der Nacht verhüllt. Mogda machte nicht viele Worte, als sie zum letzten Teil ihrer Reise nach Sandleg aufbrachen.

»Kann losgehen«, sagte der Oger, als ob er in die Sprache der früheren Zeiten zurückgefallen wäre.

Niemand widersprach, alle waren des Wartens müde, dennoch war jedem unwohl bei dem Gedanken, was sie in der Hafenstadt vorfinden würden.

Weitere zwei Stunden vergingen, bis sie die ersten Lichter von Sandleg sehen konnten. Der Schein von einem Dutzend Fackeln erhob sich von der Ostmauer. Am Tor hatte man zwei Feuerkörbe entzündet. Keine Bewegung war auf dem schmalen Wehrgang auszumachen, und auch die brennenden Lichter schienen nur in ihre Halterungen gesteckt und dazu verdammt, bis zum Morgengrauen zu verglühen. Cindiel war vom Pferd gestiegen und hatte zu den beiden Ogern aufgeschlossen.

»Es sieht ganz ruhig und friedlich aus«, sagte sie.

»Ruhig ist es auch auf dem Friedhof«, entgegnete Mogda und schürte erneut Cindiels Befürchtungen, dass sie zu spät kamen. »Sandleg ist eine Hafenstadt mit Händlern und Seeleuten von überall her. Im Hafenviertel tummeln sich die Dirnen, und in jedem Gasthaus sollte laut Musik gespielt werden. Aber stattdessen hüllt sich die Stadt in Schweigen. Ruhig ist es, da hast du Recht, aber friedlich sieht anders aus.«

»Woher willst du wissen, wie Frieden aussieht?«, fauchte Cindiel ihn an. »Die Oger haben ihr ganzes Leben lang nichts anderes als Krieg erlebt.«

»Ja, und in den letzten Jahren war es der Krieg, den wir für die Menschen ausgefochten haben. Die Oger waren es, die Illistantheè zur Strecke brachten, während sich die Menschen mit all ihren Intrigen dem leeren Königsthron widmeten und ein jeder versuchte, auf ihm Platz zu nehmen, bevor es ein anderer tat. Vielleicht sind die Götter auch verschwunden, weil sie so enttäuscht waren von den Hüttenbauern.«

Cindiel taten ihre Worte bereits leid. Mogda hatte Recht. Die Menschen hatten sich tatsächlich nicht mit Ruhm bekleckert. Sie ließen die Oger ihre Arbeit machen und versuchten dann zum Dank, diese zu übervorteilen. Und jetzt gaben sie ihnen auch noch die Schuld daran, dass die Götter verschwunden waren.

Cindiel war mulmig zu Mute, als sie sich der Stadt näherten. Es war zwar dunkel, und Stadtwachen zeigten sich auch nirgends, aber ihr Gefühl sagte ihr, dass irgendetwas nicht stimmte. Vielleicht hatten die

Oger die Armee der Menschen zurückgedrängt – oder Schlimmeres – und warteten jetzt hinter der Mauer, um ihnen aufzulauern. Gut, sie waren in Begleitung zweier Oger, doch wie Cindiel schon festgestellt hatte, waren die beiden nicht gerade typische Exemplare ihrer Rasse. Es könnte sein, dass sie diese genauso wenig verschonten wie alle anderen, die nicht ihrem Trupp angehörten. Immerhin kannte sie Hagmu nicht, aber der Name des Ogeranführers eilte ihm bereits voraus, und das nicht gerade verbunden mit den besten Taten. Hagrim schien sich über all diese Dinge überhaupt keine Gedanken mehr zu machen. Seit die Stadt in Sicht gekommen war, hatte er nichts anderes zu tun gehabt, als auf dem Pferderücken zu hocken und seine Geldbörse zu durchwühlen.

»Was machst du eigentlich die ganze Zeit?«

»Es sind genau sechs Gold und dreizehn Silber«, antwortete er, während er seine Rechnung noch einmal überprüfte.

»Und?«

»Was und?« Hagrim sah sie verständnislos an. »Du glaubst doch nicht, dass ich in eine belagerte Stadt reite und mich der Gefahr aussetze, dass mir schon am zweiten Tag das Gold ausgeht. Es gibt nichts Öderes als eine Belagerung, und Ödnis macht mich eben durstig.«

»Du hattest aufgehört zu trinken«, sagte sie vorwurfsvoll.

»Du wiederholst dich«, erwiderte der Geschichtenerzähler. »Ich hatte aber auch damit aufgehört, meine Seele an Hexen zu verkaufen und mich belagern zu lassen. Wer weiß, wie lange ich noch die Gelegenheit haben werde, eine gute Flasche Rotwein zu trinken. Soll ich all mein Erspartes meinen nie geborenen Kindern vererben?«

»Du hast Erspartes?«, fragte Cindiel verwundert.

»Natürlich«, grinste Hagrim. »Sechs Gold, dreizehn Silber.«

»Seid still«, fuhr Mogda dazwischen.

Die beiden schwiegen, wobei Cindiel hätte schwören können, ein Kichern aus Hagrims Mund zu hören.

Cindiels Befürchtungen bewahrheiteten sich nicht. Niemand entdeckte sie, und niemand hatte ihnen einen Hinterhalt gelegt. Dicht an die Mauer gepresst, folgten sie dem schmalen Trampelpfad bis hin zum Wasser. Die Uferböschung fiel hier stark ab. Im Laufe der Jahre hatte die See versucht, sich einen Teil des Landes einzuverleiben, war aber an der robusten Hafenanlage gescheitert. Stattdessen hatte sie sich an der ungeschützten Küste ausgelassen. Es sah aus, als ob Sandleg immer weiter in das Meer hineinwuchs, doch in Wirklichkeit war es die See, die immer weiter ins Land vordrang. Wenn das Wasser schon der Stadt selbst nichts anhaben konnte …

Gnunt war der Erste, der ins Wasser stieg. Es schien ihm überhaupt nichts auszumachen. Er drehte sich nicht erschrocken um, als er mit dem Fuß ins Wasser tippte, rümpfte nicht die Nase oder betete still zu Tabal. Er nahm es hin wie jemand … eigentlich wie jedermann, den Cindiel kannte, mit Ausnahme von Hagrim, der aber nicht das Wasser, sondern nur seine Benutzung scheute. Auch Mogda machte wenig Aufhebens, als er in das von Ogern gehasste Element stieg. Das Pferd hatte Hagrim angebunden, bevor sie zum Strand hinabgestiegen waren. Er wollte es ungern laufen lassen, da es sie verraten konnte, so hatte er ihr zumindest zugeflüstert. Cindiel hingegen wusste genau, dass er den Wert des Pferdes in Gedanken schon in Weinflaschen umgerechnet hatte.

Das Wasser war eisig kalt und ließ Arme und Beine schon nach wenigen Augenblicken taub werden. Das sanfte Rauschen der Wellen übertönte ihre Schritte, als sie langsam durch die Fluten staksten. Drei Fuß tief war es bereits, und mit jedem Schritt führte es sie tiefer in das dunkle, kalte Nass. Als sie den nördlichen Wachturm erreichten, klammerte sich Cindiel halb benommen an das mit Muscheln und Tank bewachsene Fundament.

»Komm her«, sagte Mogda mit ruhiger, sanfter Stimme und zog Cindiel zu sich hinüber. »Halt dich an mir fest, wir haben es bald geschafft.«

Den Ogern reichte das Wasser gerade einmal bis über den Bauch. Auch Gnunt breitete die Arme fürsorglich Richtung Hagrim aus. Der Geschichtenerzähler zog es jedoch vor, ohne fremde Hilfe seinen Weg fortzusetzen. Er zitterte am ganzen Körper, und seine Zähne klapperten geräuschvoll gegeneinander, deshalb antwortete er mit einem bloßen Kopfschütteln. Gnunt nahm die Geste nicht persönlich, bot sich aber auch kein zweites Mal an.

Die schweren geteerten Balken der Pier waren schnell erreicht, und auch eine Leiter, die sie an Land führte, war nicht weit entfernt. Kein einziges Schiff lag an der Kaimauer. Die drei Schiffe, die noch in Sandleg geblieben waren, zwei Schoner und eine Dreimastbark, lagen weit draußen in der Hafenbucht vor Anker. Die spärlichen Positionslichter deuteten darauf hin, dass niemand an Bord war.

Bevor die vier das Ufer erreicht hatten, gellte plötzlich eine Stimme durch die Nacht. Der Redner schien weit entfernt, vielleicht auf dem Marktplatz, aber seine Stimme war klar und durchdringend.

»Auf dass Prios unsere Worte erhört und unsere Gedanken in Taten verwandelt«, hieß es.

Cindiel und Hagrim hatten diese Worte schon hundertfach gehört. Sie waren das Ende einer Gebetszeremonie der Priostempler. Diese Art von Gebeten wurde meist im größeren Kreis abgehalten. Die Kleriker riefen ihre Gläubigen zusammen, um gemeinsam Prios zu lobpreisen. Stets begannen sie mit denselben Worten: »Mächtiger Vater, Beschützer der deinen und Tafelherr der Götterschar, allgewaltiger Prios, erhöre unsere Worte und empfange unseren Dank.« Nach einigen Minuten des stillen Gebets schlossen die Priester dann mit den eben gehörten Worten.

»Der Hohepriester Ochmalat ist auf jeden Fall noch hier«, schlussfolgerte Cindiel zitternd vor Kälte.

Ein barbarisches Gebrüll folgte auf die Worte des Hohepriesters, und der brennende Karren einer Marktfrau flog wie ein Meteorit mit einem Schweif glühender Funken durch die Luft Richtung Stadtzentrum.

»Hagmu auch«, gab Mogda zurück.

Sie warteten, bis der feurige Ball krachend zu Boden ging. Dies war sicherlich nicht Hagmus erster Wutausbruch, denn die Menge, welcher der Angriff gegolten hatte, blieb ruhig. Die panischen Rufe blieben aus, nur vereinzelt hörte man Warnungen wie: »Zurück!« oder: »Passt auf, dort!«

Dann kehrte wieder Ruhe ein, und mit ihr kam die Dunkelheit, die Mogda, Cindiel, Gnunt und Hagrim die Möglichkeit gab, zurück an Land zu klettern. Mogda war der Erste, der die Leiter erklomm. Er war ein Oger und kannte wahrscheinlich die meisten von denen, die sich Hagmu angeschlossen hatten, trotzdem war er vorsichtig.

Hagmu war seit jeher einer der wenigen, die das Bündnis mit den Menschen nie gutgeheißen hatten. Trotzdem schloss er sich damals den Karawanen mit rotem Marmor an, um sie den Händlern der Menschen am Pass nach Nelbor zu verkaufen. Dort hatte er auch sein Auge verloren, und seit dem Tag war sein Hass auf die Menschen jeden Tag weiter gewachsen. Vielleicht hatte er ihn auch ausgeweitet auf alle, die sich nicht direkt zu ihm bekannt hatten. Diese Vorstellung behagte Mogda am wenigsten.

Bevor Mogda seinen Fuß auf die Pier setzen konnte, hielt ihm jemand die Spitze eines Speeres vor die Nase. Bereit zuzustoßen, kreiste das Ende der Waffe ungeduldig vor seinem Gesicht.

»Ich bin Mogda«, sagte der Oger zögernd und hoffte, dass man ihn erkannte. Die dunkle massige Gestalt auf dem hölzernen Bohlenweg antwortete nicht und ließ auch genauso wenig die Waffe sinken.

»Wir sind Freunde und müssen mit Hagmu sprechen«, sagte er halb fordernd.

»Du nicht Freund von Hagmu«, dröhnte die Antwort aus dem Dunkeln. In der Stimme, so tief und grollend sie auch war, lag etwas Sanftes, etwas Ungewohntes. »Freund nicht schleichen wie Meuchler. Freunde nicht kehren Rücken und gehen Berge.«

»Bralba?«, fragte Mogda verwirrt. »Du kannst nicht Bralba sein.«

»Wohl«, dröhnte die Ogerin ihm entgegen.

»Was machst du hier, du solltest im Drachenhorst sein?«

»Nicht gebären Kinder, so werden Krieger«, antwortete sie.

Mogda kannte die Ogerin. Er hatte sie vor Jahren mit Kruzmak gesehen. Sie war groß und stämmig, ausgesprochen kräftig, und sie hatte schon viele Kinder zur Welt gebracht. Sicherlich war sie wie alle Ogerinnen eine gute Jägerin, aber dass Hagmu, ein Kriegsoger, sie mit auf einen Feldzug nahm, war ihm unverständlich, ja, er fand es fast absurd.

»Ich bin auch ein Krieger und kein Fisch, deshalb würde ich es begrüßen, wenn wir endlich aus dem Wasser herauskommen könnten«, schnaubte Mogda.

Bralba richtete den Speer zur Seite und hielt Mogda die Hand hin. Niemals zuvor hatte Cindiel gesehen, dass ein Oger einem anderen eine Geste der Freundlichkeit entgegenbrachte. Sie begrüßten einander herzlich, wenn sie sich nach längerer Zeit wiedersahen. Auch halfen sie einander bei schwierigen Aufgaben oder packten zu, wenn jemand drohte, in den Bergen abzustürzen. Aber einem anderen die Hand zu reichen nur aus Freundlichkeit, obwohl der keine Hilfe benötigte, das war neu für sie. Einem nach dem anderen half Bralba auf den Steg, selbst Cindiel und Hagrim hielt sie zwei ihrer kräftigen langen Finger hin. Hagrims Wollmantel hatte sich so voll Wasser gesogen, dass das Gewicht drohte, die Nähte an den Ärmeln reißen zu lassen. Schlotternd streifte er mit beiden Händen über den groben Stoff, um das Wasser aus den Fäden zu pressen. Die Lache um ihn herum wurde größer und größer. Die anderen drei hatten weniger mit der Nässe als mit der Kälte zu kämpfen.

»Wir gemacht Feuer. Ihr wärmen dort, dann Hagmu sprechen«, erklärte Bralba.

»Wir haben das Feuer schon gesehen«, erwiderte Mogda. »Einiges davon flog hoch durch die Luft und schien nicht gerade zum Händewärmen gedacht, eher zum Priestergrillen.«

Cindiel hatte nie zuvor eine Ogerin gesehen, jedenfalls nicht aus der Nähe. Sie waren nur unwesentlich kleiner als die Männer ihres Volkes, und auch vom Gewicht her standen sie ihnen in nichts nach, nur waren die Proportionen anders verteilt – fraulicher eben. Bralbas Haut war weich und leicht gebräunt, und nirgends konnte Cindiel eine Narbe erkennen. Die lederartige Haut der Krieger war von Narben übersät, und sie trugen diese mit stolz.

Am meisten imponierten der Hexe aber die Haare von Bralba. Wie sie selbst hatte die Ogerin dunkles, fast schwarzes Haar. Doch im Gegensatz zu dem der Hexe hatte es niemand gewagt, die Mähne der Ogerfrau mit einem alten rostigen Küchenmesser abzuschneiden. Gebunden zu drei langen Zöpfen, die so dick waren wie Cindiels Arm, reichten sie fast bis zu Bralbas Hüften. Der erste Zopf entsprang mittig auf ihrem Schädel, und die anderen beiden rafften das Haar um die Seiten zusammen. Einige Lederbänder hielten die Bündel aus Haaren zusammen, und Cindiel hätte schwören können, dass die Zöpfe stark genug gewesen wären, um damit ein Schiff an der Pier zu vertäuen.

Auch ihre Kleidung unterschied sich von der der Krieger. Großzügige Tücher in Erdtönen, geschickt verknotet, ließen nur wenig freie Haut sehen. Dazu trug Bralba eine Hose aus festem Leinenstoff und Sandalen, die mit Lederriemen hoch bis zu den Knien verschnürt waren.

»Sie sieht so gütig und freundlich aus«, flüsterte Cindiel Mogda zu, als sie über die Pier hinüber zum Lager gingen.

»Lass dich nicht von ihrem Äußeren täuschen«, sagte Mogda, nachdem er sich vergewissert hatte, dass Bralba ihn nicht hören konnte. »Sobald sie Nachwuchs in sich tragen, und selbst noch in den Jahren danach, wenn die Racker noch klein sind, ist es besser, man geht ihnen aus dem Weg. Sie sind wahre Furien, die über alles und jeden herfallen, der ihnen und ihren Kindern zu nahe kommt. Grind, der Trollkönig, hatte vor Jahren einmal beschlossen, auch Ogerfrauen mit in den Krieg gegen die Hüttenbauer zu senden. Seine Trollkrieger durchforsteten die Gebirge nach ihnen. Als sie eine von ihnen gefunden hatten, wollten die Trolle sie ihrem Kind entreißen. Die Ogerin nahm ihren Speer und griff an. Die Waffe durchschlug den eisernen Schild des Trollkriegers, als wäre der aus Stroh. Die Ogerfrau tötete ihn und den Troll dahinter.«

»Was passierte dann?«, fragte Cindiel nicht sonderlich entsetzt, eher neugierig.

»Die Trolle haben sie in Ruhe gelassen. Ein halbes Jahr später hat die Ogerin ihren Nachwuchs verlassen, weil er alt genug war, für sich selbst zu sorgen.« Mogda wirkte nachdenklich und schien nach Worten zu suchen. Es war nur ein heiseres Flüstern aus seinem Mund, aber Cindiel konnte ihn trotzdem verstehen. »Vielleicht war es zu früh.«

Cindiel wollte nachfragen, was er damit meinte, doch sie hatten das Lager erreicht. Von dem Dutzend Oger, die um das Feuer herumsaßen, in dem ganze Wagen, Scheunentore und Holzmarkisen brannten, blieb nur ein einziger von ihnen sitzen. Es war Hagmu, der große muskulöse Kriegsoger mit dem schwarzen Stein in seiner linken Augenhöhle. Cindiel kannte ihn aus den Erzählungen von Mogda und Rator. Er war ein unbeugsamer, aber gerechter Anführer.

Es war Mogda, auf dem alle Augen ruhten, nur das von Hagmu nicht. Mit zwiespältigen Mienen betrachteten die Oger den Außenseiter aus den Bergen, der sie vor zwei Jahren verlassen hatte. Jeder Einzelne von ihnen wusste um das magische Anwachsen seiner Intelligenz. Sie hatten ihm viel zu verdanken, aber nicht alles davon war gut. Was jedoch am schwersten wog, war die Tatsache, dass er sie im Stich gelassen hatte, als sie ihn am dringendsten gebraucht hätten, genau wie ihr Gott. Keiner von ihnen wagte jedoch, Mogda zu schelten oder gar die Waffe gegen ihn zu erheben. Es waren nicht nur seine Verdienste, die sie zurückhielten, auch das Runenschwert, das Geschenk der Ettins, jener zweiköpfigen Oger aus Wasserzahn, trug dazu bei. Die Geschichte um die magische Klinge war Hagmus Trupp ebenfalls gut in Erinnerung geblieben.

»Was du wollen?«, grollte Hagmu. Er würdigte Mogda noch immer keines Blickes. Gedankenverloren schaute er in die Flammen und stocherte mit einer Holzlatte in der Glut. »Kommen, um sprechen für Hüttenbauer, oder kämpfen an Seite für Oger?«

Mogda und seine drei Reisegefährten fanden sich umringt von Hagmus Kriegern. Von einem Moment auf den anderen wurde aus ihrem Besuch eine Gefangennahme. Es lag nun an Mogda, sie aus dieser Situation wieder herauszuholen. Das allein würde ihm nicht schwerfallen. Hagmu war zwar nicht sonderlich gut auf Mogda zu sprechen, dennoch würde er niemals das Blut eines anderen Ogers aus Missmut ihm gegenüber vergießen. Die Ehre der Kriegsoger verbot ihnen, die Waffe gegen jemanden aus dem eigenen Volk zu erheben. »Niemals Oger töten Oger«, war der Sinnspruch der Kriegsoger.

Nur Vergehen, die von der Gemeinschaft als Verrat eingestuft wurden, sühnte man mit dem Schwert. Aber Verräter war Mogda nicht. Ein Außenseiter vielleicht, und in Hagmus Augen auch sicherlich ein Feigling, doch des Verrates hatte er sich nicht schuldig gemacht.

Es kam natürlich immer mal wieder zu kleinen Auseinandersetzungen zwischen Ogern, die auch in Raufereien endeten, doch niemals ging so ein Kampf bis zum Äußersten. Oger hatten genug Feinde, da brauchte man nicht in ihren eigenen Reihen danach zu suchen.

Mogda hatte den weiten Weg nach Sandleg aber nicht auf sich genommen, um von Hagmu jetzt wieder fortgeschickt zu werden. Er wollte ihn und die Krieger, die ihm folgten, in seine Pläne mit einbeziehen. Mogda brauchte ihre Hilfe, doch das allein würde nicht reichen, um den Kriegsoger zu überzeugen. Um Hagmu dazu zu bringen, sich in Mogdas Dienste zu stellen, musste dieser geschickt vorgehen. Um das Schwert der auserwählten Krieger Tabals für sich schwingen zu lassen, musste man sie mit Ehre, Mut und Tapferkeit ködern.

»Ich bin nicht gekommen, um für die Menschen zu sprechen«, antwortete Mogda. »Warum auch, sie haben dich herausgefordert, und du hast ihren Krieg angenommen. Du bist auf einen von ihren plumpen Hinterhalten hereingefallen. Darin sind die Menschen gut, sie kennen keine Ehre so wie du oder ich. Doch du hast ihnen gezeigt, dass die Oger sich nicht jagen lassen wie einfaches Vieh. Glaubst du allen Ernstes, du müsstest ihnen noch eine Lektion erteilen und sie alle töten? Die Ehre ist ein schmaler Grad, Hagmu. Wenn du all diese Bauern und

Händler tötest, hat das nichts mit Ehre und Mut zu tun. Du wärst nur ein Henker von hilflosen Menschen und von einigen Priestern, die ohne die Macht ihres Gottes sind.«

Mogdas Worte waren gewagt. Einen Kriegsoger als ehrlos zu bezeichnen war mutig, wenn man ihm gewachsen war. In Mogdas Fall grenzte es an Dummheit. Hagmu sprang auf, einen brennenden Scheit in der Hand, und richtete die glühende Spitze auf Mogda.

»Hüttenbauer nicht hilflos«, brüllte er. »Haben Heer. Sie Oger gelockt in Falle und greifen an mit mächtigem Zauber. Hagmu verloren Dutzend Krieger.«

»Du irrst dich«, erwiderte Mogda. »Es sind Priester ohne Gott. Alles, was sie können, sind Reden schwingen und ein paar kleine Zauber, die ihnen jemand beigebracht hat. Es sind alles Lügen, Illusionen und Trugbilder. Sie haben keine Macht und keine Magie.«

»Wohl.«

Hagmu sprang vor und packte Mogda an der Kehle. Der blickte direkt in den dunklen Stein, der in Hagmus Augenhöhle lag. Der Kriegsoger riss sich den Schulterschutz herunter und zwang Mogda dazu, sich die Bisswunde kurz unterhalb seines Halses anzusehen. Der Abdruck stammte von keinem Tier, so viel war klar. Die Gebissspuren waren gleichmäßig und ohne die tiefen Wunden von Reißzähnen. Sie glichen dem Gebiss eines Menschen, waren aber um einiges größer.

»Gemacht Himmel über Wald brennen. Hagmu verloren viele Krieger. Himmel brennen wie Gotteszorn. In Stadt, Priester spucken Geister. Fliegen umher. Waffen können nicht töten. Geister wie Luft. Mogda sagen, nicht haben Zauber. Mogda nicht wissen. Hagmu gesehen Stein von Götter. Splitter leuchten gelb. Sein Stein aus Baum von Elfen. Gleicher Stein von Mann ohne Schuhe.«

Mogda riss sich aus Hagmus Umklammerung los. Sein Blick fiel auf Cindiel. Natürlich wusste sie nicht, wie die Kleriker an den Stein gekommen waren, wahrscheinlich wusste es noch nicht einmal Rator, der ihn verstecken sollte, doch Mogda hoffte, von ihr einiges über seine Macht zu erfahren. Es handelte sich um einen Funken der Götter, und auch allein die Götter konnten seine Macht lenken. Wie hatten die Priester es geschafft, sich diese Kraft zu eigen zu machen? Hinter Cindiel ragte Tastmar auf. Auch er war bei dem Kampf gegen Eliah dabei gewesen und wurde schwer am Hals verletzt. Der Hüne nickte stumm und bestätigte Hagmus Worte. Es gab keinen Zweifel, die Priester des Prios waren im Besitz des Funkens der Magie.

»Du hast Recht, Hagmu«, sagte Mogda. »Sie sind vielleicht gefährlicher, als sie aussehen. Aber wir sind nicht ihretwegen hier. Ich brauche die Hilfe der Kriegsoger. Es geht um eine alte Prophezeiung.«

Hagmu sah nicht verwundert aus. Er wusste, dass Mogda in Dinge verstrickt war, welche die meisten Oger nicht begriffen. »Oger nicht wissen Prophezeiung. Stimme der Götter nicht sprechen zu Oger.«

»Das ist nicht ganz korrekt«, berichtigte Mogda ihn. »Vor wenigen Jahren noch haben die Kriegsoger alles dafür getan, die Artefakte Tabals zu bekommen, damit er ihnen erschiene.«

»Alles Lügen«, brummte Hagmu.

Das traf zu, jedenfalls was die damalige Zeit anging. Die Nesselschrecken hatten den Kriegsogern die Artefakte für ihre Dienste versprochen. In Wirklichkeit überließen sie ihnen aber nur magischen Tand. Cindiel war es zu verdanken, dass dieser Schwindel aufflog, was zum Bruch mit den anderen Kreaturen Tabals geführt hatte. Keiner der Oger redete über diese Schmach, aber sie saß tief wie ein Stachel im Fleisch und schmerzte von Zeit zu Zeit.

»Wenn ich dir beweise, dass es diese Artefakte wirklich gibt, bist du dann bereit, mir mit deinen Männern zu folgen?«

»Niemand folgen Mogda, wenn reden von Lügen«, gab Hagmu schroff zurück. »Oger nur folgen Oger, wenn Krieger. Mogda nur Oger erzählen Geschichten. Hagmu folgen Mogda, wenn besiegen Armee von Hüttenbauern.«

So sahen sie ihn also, als Geschichtenerzähler und Lügner. Mogda hatte sie aus der Knechtschaft geführt, hatte ihnen ein Leben gegeben in einem eigenen Reich. Die Oger waren zu einem Volk geworden, auch wenn sich nicht alles so entwickelt hatte, wie sie es sich vorgestellt hatten. Er war nicht ihr König, auch kein Anführer, aber ein Lügner war er ebenfalls nicht.

Mogda drehte sich um und zog Cindiel hinter sich her. »Wir müssen reden«, sagte er nur, während er sie fest am Arm gepackt hielt.

»Mogda nur müssen besiegen Armee«, hörte er das höhnische Lachen von Hagmu hinter sich. »Können erzählen Geschichten von Drachen, und Hüttenbauer laufen von Furcht davon.«

Hagrim und Gnunt blieben zurück, als der Pulk von Ogerkriegern sich auflöste. Mogda verschwand mit Cindiel in einer offen stehenden Lagerhalle.

»Es ist nicht so gelaufen, wie du es dir vorgestellt hast«, bemerkte Cindiel mit einem spöttischen Unterton.

»Nicht so gelaufen?«, wiederholte Mogda ungläubig. »Doch natürlich, das ist genau das, was ich wollte. Endlich mal wieder belagert werden. Sich einem größenwahnsinnigen Priester gegenübersehen, der mit der Macht eines Gottes droht, und von meinem eigenen Volk verspottet werden. Und alles, was ich tun muss, ist tausend Mann in die Flucht schlagen, damit ich diese paar Krieger bekomme, mit ihnen die halbe Welt durchreise, nur um mich mit einem Volk von Barbaren zu prügeln, die unbedingt meinen Kopf auf einem Speer aufgespießt sehen wollen. Konnte es überhaupt noch besser laufen?«

Cindiel musste kichern. »Es ist schön zu sehen, dass du wieder zu dir kommst. Ich hatte schon Angst, die lange Zeit in den Bergen hätte dich zu einem Misanthropen gemacht.«

Mogda winkte ab. »Bleib mir fern mit deinen albernen Kräutern, sag mir lieber, welche Macht dieser Stein in den Händen von Ochmalat hat.«

Ab und zu vergaß Cindiel, dass Mogda nur ein Oger war. Sein Äußeres war unverkennbar, und dennoch schien etwas anderes in ihm zu schlummern, etwas, das sich dagegen wehrte, ein Oger zu sein.

»Ich weiß es nicht«, gab sie zu. »Du hast selbst gesehen, zu was die Steine fähig waren, als man sie von ihren Geburtsorten entfernte. Die Gefüge verschoben sich. Natur und Magie begannen, sich zu vermengen, Chaos und Ordnung bekriegten sich, doch die Steine hatten keinen direkten Einfluss auf ihre Träger. Diesmal scheint alles anders. Die Götter bestimmen Magie, Natur und die Elemente nicht mehr. Auch die Steine scheinen zu schlafen, und die Macht, die Ochmalat aus dem Stein zieht, ist nur noch ein Glimmen, an dem er sich wärmt. Er darf den Stein nicht behalten. Stell dir vor, was passiert, wenn die Götter zurückkehren und der Splitter immer noch in seinem Besitz ist. Erinnere dich daran, was vor sechs Jahren geschah, als ihr den Stein gefunden habt und er von den Zwergen fortgeschafft wurde.«

»Ihm wachsen Blätter aus den Ohren, und im Herbst verliert er seine Haare«, spottete Mogda.

»Nein«, fuhr Cindiel ihn scharf an. »Das Gefüge würde wieder auseinandergerissen, und nur die Götter können sagen, was es aus ihm machen würde – vielleicht einen neuen Eliah.«

»Nachdem, was ich bis jetzt von Ochmalat gehört habe, braucht er dazu nur die Schuhe auszuziehen. Ich für meinen Teil mag ihn jetzt schon nicht besonders, und Hagmu würde mir da sicherlich beipflichten. Hab ich dir schon gesagt, dass es nicht gut ist, sich mit Hagmu anzulegen?«

»Das hast du, dennoch wird es nicht lange dauern, bis Ochmalat seine Männer so weit hat, dass sie versuchen werden, die Barrikade zu durchbrechen. Dann werden hunderte von Unschuldigen sterben. Vielleicht zerstört es auch die ganze Stadt.«

»Das müsst ihr verhindern, Herr Mogda«, erklang da eine ängstliche Stimme oberhalb der beiden. Noch bevor der heimliche Lauscher seinen Kopf hinter der oberen Brüstung hervorstrecken konnte, hatte Mogda den Mann gepackt und zu sich heruntergezogen. Unsanft stemmte er den schmächtigen Menschen gegen die Holzwand. Wie ein Bresenhörnchen, das sich tot stellte, während ein Bussard über ihm kreiste, hing der Mann in Mogdas Griff. Arme und Beine hingen schlaff herab wie bei einer Puppe, und den Kopf hatte er schräg gestellt, um dem Schmerz der zupackenden Hand in seinem Genick vorzubeugen.

»Herr Mogda, erkennt Ihr mich nicht mehr?«, winselte der Mann halb flüsternd, halb erstickt. »Ich bin es, Ingert. Ich saß im Ausguck der Sturmwind. Dem Schiff, das Euch nach Wasserzahn gebracht hat. Ich gehöre zur Mannschaft von Kapitän Londor.«

Mogda brauchte einen Augenblick, bevor er verstand, wovon der Mann sprach.

»Ingert, das Wiesel in den Wanten«, bestätigte Mogda, der sich eigentlich nur an den Namen erinnerte, aber kein Bild zu diesem im Kopf hatte. »Warum hockst du dort oben und belauscht uns?«

»Ich habe Euch und den jungen Herrn nicht belauscht.«

»Wenn schon, dann junge Dame«, fuhr Cindiel ihn an.

Erschrocken zuckte Ingert zusammen. »Ihr seid es, Frau Cindiel. Entschuldigt bitte, ich habe Euch nicht gleich erkannt in der Aufmachung. Ihr tragt die Haare kürzer als früher. Es steht Euch sehr gut.«

Cindiels wutentbrannter Blick schien Ingert fast zu durchbohren. Mit der Höflichkeit eines weibischen Eunuchen erdreistete er sich, ihr ins Gesicht zu lügen. Jeder konnte doch sehen, dass es eine Verkleidung war und eigentlich nicht beabsichtigt. »Nun sagt schon, wonach Herr Mogda dich gefragt hat. Warum hast du uns belauscht?« Das »Herr«, betonte sie extra, damit sie nicht die Einzige war, die von dem ungewollten Spott des Seemanns etwas abbekam.

»Ich habe euch nicht belauscht«, wiederholte Ingert betont wehleidig. »Als die anderen Herren Oger kamen, war ich gerade im *Gesunkenen Rettungsboot* und habe versucht, noch etwas Brandwein und Proviant ...« Ingert stockte und biss sich auf die Unterlippe. »Ich habe gerade zu Abend gespeist«, sagte er mit übertriebener Überzeugung.

Mogda sah Ingert einen Moment an, dann lockerte er den Griff und ließ ihn zu Boden gleiten. Freundlich lächelte er den Seemann an. Bevor Ingert sich bedanken konnte, was er sicherlich wieder in höflichster Manier getan hätte, packte Mogda sein Bein und ließ ihn daran baumeln. »Wo ist er?«, hauchte Mogda ihm zu und blies ihm seinen Atem ins Gesicht.

»Wen meint Ihr?«, fragte Ingert in dem Bewusstsein, dass er sich selbst verraten hatte.

»Ich meine den Herrn Kapitän Londor«, verriet Mogda.

»Er wird mich oben im Ausguck festbinden, wenn ich es verrate«, jammerte Ingert. »Er hat gesagt, er würde eher das Nordmeer durchqueren, als es zuzulassen, dass Ihr noch einmal ein Schiff von ihm in die Hände bekommt.«

»Stell dir einfach vor, was *ich* mit dir mache, wenn du es mir *nicht* verrätst«, drohte Mogda, lies den Seemann von links nach rechts ein wenig hin und her baumeln und blies ihm jedes Mal, wenn ihre Köpfe auf derselben Höhe waren, seinen übel riechenden Atem ins Gesicht.

»Die Sturmwind II liegt vor dem Hafenbecken vor Anker. Es ist die Dreimastbark, das Ebenbild der Sturmwind. Sie ist sein ganzer Stolz.«

»Welch wunderbarer Einfallsreichtum bei der Vergabe der Schiffsnamen«, gestand Mogda. Er ließ Ingert wieder zu Boden. Der begann sofort, sich das Blut wieder in die Beine zu streichen.

»Prinzessin«, sagte Mogda zu Cindiel, etwas frohgelaunter als zuvor. »Am besten, du besorgst dir ein paar Kleidungsstücke, die besser zu dir passen. Vielleicht richtest du auch noch deine neue Frisur, du speist heute Abend mit dem Kapitän.«

20
Die Sturmwind II

Die Sturmwind schaukelte im seichten Wasser auf und ab. Wie das Schmatzen eines Tieres erklang das Geräusch, wenn die Wellen gegen den Rumpf des Schiffes schlugen. Nach jeder siebten Welle gab es ein dumpfes Klopfen, wenn die Ankerkette gegen die Bohlen des Schiffsrumpfes schlug und dem freien Treiben der Sturmwind ein Ende setzte. Die spärliche Beleuchtung an Deck ließ nur kreisrunde Ausschnitte der Aufbauten erkennen, als ob man mit einem Fernrohr ein zu nahes Objekt betrachtete. In regelmäßigen Abständen durchwanderten zwei Wachen die Lichtkegel. Leises Flüstern wurde von der Brise herübergetragen, wenn sich die beiden an Deck trafen und einen Moment beieinander verharrten.

Die Sturmwind lag hoch im Wasser, zu hoch, um beladen zu sein. Die kleinen, kaum kopfgroßen Bullaugen im Rumpf schlummerten dunkel unterhalb der Reling, nur ab und zu wurde ein Lichtschein von Land reflektiert und ließ sie kurz aufblitzen, dann verschwanden sie wieder zwischen den ebenholzschwarzen Planken. Nur die Kajüte im Heck des Schiffes war beleuchtet. Ein schwacher Schein, der kaum zum Lesen gereicht hätte, erhellte die drei Butzenfenster, jeweils eins an Back- und Steuerbord und das letzte achtern heraus.

Das kleine Ruderboot trieb dahin wie eine Regenwolke bei Nacht. Niemand an Bord der Sturmwind hörte das Schlagen der Paddel, obwohl sie oft ungeschickt und nicht flach genug angesetzt wurden, um wirklich wirksam zu funktionieren. Das Beiboot steuerte auf die Bark zu.

Eine Bark war kein Haus und ein Schiffsfenster nicht der Einstieg zu einem Gasthaus. Die gelb gefärbten und hohl gewölbten Butzenscheiben ließen nur einen verschwommenen Blick auf die andere Seite zu. Eine Hand betastete den Nussbaumrahmen von der Außenseite und prüfte die Stabilität der Fenster. Das feine, kaum hörbare Knarren, als das Fenster sich unter dem Druck bog, wurde von den ewigen Geräuschen des arbeitenden Plankenholzes geschluckt. Ein einziger, säuberlich polierter Messinghaken an der Innenseite verhinderte, dass das Fenster aufsprang.

Eine zweite Hand, größer und fülliger als die erste, erschien am Fenster. Der zweite Versuch, das Fenster zu öffnen, riss die Öse des Messinghakens aus der dünnen Holzverkleidung. Sie fiel auf den gewachsten Holzboden, klingelte einmal schrill wie eine höfische Tischglocke und landete dann stumm auf dem dünnen Teppich, der die Szenerie einer Seeschlacht darstellte. Behutsam drückte jemand das Fenster auf, und zwei Hände klammerten sich an den Rahmen.

Cindiel schob ihren Oberkörper durch das kleine Fenster und stützte sich mit den Händen auf der Lehne eines Stuhls ab, der direkt vor ihr stand. Die große schemenhafte Hand hinter ihr versuchte, Hilfestellung zu geben, und drückte gegen ihr Hinterteil. Mit erschrockenem Gesicht löste die Hexe eine Hand und presste sie eilig an ihrem Körper vorbei wieder nach draußen, um dann energisch nach der Hand zu schlagen, die drohte, sie ungebührlich zu betatschen. Fast akrobatisch schlängelte sie sich komplett durch die Öffnung und ins Innere der Kapitänskajüte. Bevor sie das Fenster hinter sich schloss, warf sie einen strafenden Blick hindurch nach unten.

Das bernsteinfarbene Licht einer Öllampe ließ die Kajüte warm und gemütlich aussehen. Gleich auf dem Beistelltisch neben dem Fenster fiel Cindiel ein gebogener, blank polierter Drachenzahn auf. Er war auf einer runden Holzscheibe angebracht. Darunter hatte man eine Bronzeplatte mit einer Gravur befestigt. Leider reichte das Licht nicht aus, um den Schriftzug zu entziffern.

In der Kajüte eines Kapitäns gab es allerhand Sehenswertes, das so manchen Dieb angelockt hätte. Souvenirs von weiten Reisen, Schmuckstücke und Tuch aus fernen Ländern oder seltene, edle Weine konnten einen Langfinger schwach werden und ihn die Gefahren des ungesicherten Rückweges vergessen lassen. Cindiel war jedoch keine Diebin, und außer einem neugierigen Blick hatte sie kein Verlangen nach den Kostbarkeiten. Ihr Interesse galt allein dem Kapitän oder besser gesagt, seinem Schiff.

Kapitän Londor lag in seiner Koje, eingehüllt in einen Wulst aus Decken, Tüchern und Kissen. Außer einem schwarzgrauen Schopf, mit einer kahlen Stelle am Hinterkopf, und dem herausgestreckten Hinterteil des Kapitäns war nichts von ihm zu sehen. Londor schlief in voller Montur, wofür Cindiel dankbar war. Der wahre Grund für des Kapitäns Schlafgewohnheit erschloss sich ihr nicht. Sei es aufgrund des überraschend kühlen Wetters oder der Einfall der Oger in Sandleg, der dafür verantwortlich war, Hauptsache, er war bekleidet und ihr blieb eine peinliche Szene erspart.

Die junge Hexe strich ihren neuen Umhang glatt. In Sandleg hatte sie ein Pfandhaus gefunden, das genügend Kleidungsstücke anbot, um sich aus ihrer Stallburschenkluft zu befreien. Sie hatte einige Schwierigkeiten, den Pfandleiher – ein Mann namens Minod Linners – dazu zu bewegen, den Laden bei nachtschlafender Zeit zu öffnen. Zum Glück begleitete Gnunt sie, der so freundlich gewesen war, sich am oberen Fenster zum Schlafgemach von Minod bemerkbar zu machen. Cindiel konnte nicht genau sagen, ob Minod die Tür nicht eher geöffnet hatte, um in Panik aus dem Haus zu fliehen, aber als Gnunt ihn an seinem Umhang festhielt, wurde er plötzlich einsichtig. Er hatte ihr bereitwillig eine Reihe von Beinkleidern, Oberteilen und Umhängen sowie Schuhen gezeigt, und Cindiel hatte sich das Passende herausgesucht.

Der Umhang war besonders nach ihrem Geschmack: Aus schwerem Stoff, gut verarbeitet und in einem dunklen Blau, sah er aus wie neu. Minod hatte ihr erzählt, dass er von einer jungen Dame gebracht worden war, die von ihrem Liebsten verlassen wurde und sich deshalb auch von dem Umhang und einigen anderen Geschenken trennen wollte. Cindiel war sich sicher, dass alle ihre neu erstandenen Kleidungsstücke von ein und derselben Person stammten, die kleine Größe und der gute Zustand des Stoffes waren nur selten in einem Geschäft wie Minods zu finden. Als kleines Extra hatte ihr der Händler noch ein Kopftuch überlassen. Im Nachhinein und beim Betrachten des eigenen Spiegelbilds musste Cindiel zugeben, dass dies bei Weitem das wichtigste Requisit war. Hagrim hatte bei ihrer Frisur ganze Arbeit geleistet, sie selbst erkannte sich selbst kaum wieder.

Cindiel schlich hinüber zum Schreibtisch. Auf der Arbeitsplatte lagen Seekarten, Papiere, ein Sextant, mehrere Federkiele und ein Brieföffner. Sie nahm den Öffner mit der langen silbernen Klinge und dem Griff aus Malachit an sich. Vorsichtig näherte sie sich der Koje von Kapitän Londor. Der alte Seebär schien einen festen Schlaf zu haben, ganz wie Hagrim nach etlichen Flaschen Wein. Sie hockte sich vor ihn hin und stach mit der Spitze leicht gegen seinen Hintern. Londor regte sich nicht. Cindiel probierte es erneut, mit etwas mehr Druck. Der Brieföffner war genauso wenig scharf wie spitz, und deshalb blieb der Stoff der Hose auch unversehrt. Unversehrt blieb aber auch der Schlaf des Mannes vor ihr. Ein drittes Mal wiederholte sie die Prozedur, diesmal so, dass Londor es sicher spüren würde, selbst nach drei Flaschen Wein.

»Ah!«, schrie der Kapitän auf, zuckte zusammen und schreckte im Bett hoch. Wie aus dem Nichts präsentierte er die Klinge eines Dolches und hielt sie schützend vor sich. Er blinzelte, um den Schlaf aus den Augen zu bekommen.

»Du hast dir das falsche Schiff ausgesucht Meuchler«, stammelte er mit drohender Stimme. »Hier gibt es nichts ...«, Londor hielt inne und musterte sein Gegenüber. »Du?«, fragte er entsetzt. »Ich hätte mir denken können, dass sich deine Gesellschaft nicht verbessert hat. Du solltest aufhören, mit diesen Unholden herumzuziehen.«

Londor war älter geworden. Sein Haar war von grauen Strähnen durchzogen und länger, als Cindiel es in Erinnerung hatte. Es verlieh ihm aber einen Ausdruck von Verwegenheit. Auch in seinem Vollbart spiegelte sich ein silberner Glanz wider. Ein Bauchansatz zeigte sich, und die Haut auf seinem Handrücken konnte sein wahres Alter nicht verbergen. Noch immer war er ein gut aussehender Mann und sicherlich ein Frauenschwarm.

»Ich habe mich an unser letztes Abenteuer erinnert und an Eure Hingabe und Loyalität. Niemand würde mir einfallen, mit dem ich lieber die Meere durchkreuzen würde als mit Euch. Außerdem seid Ihr geschult im Umgang mit übergroßen Passagieren und ihrer Bewirtung.«

Kapitän Londor schaute sich in der halbdunklen Kajüte um. Er und die junge Frau waren allein. Der Schlüssel zu seiner Tür steckte immer noch im Schloss, und gewaltsam schien sie nicht geöffnet worden zu sein. Der einzige Weg hier herein war ein Fenster, und dies war unbestreitbar zu klein für einen Oger.

Londor setzte eine selbstsichere Miene auf. »Du musst mich verwechseln mit einem deiner Freunde aus dem Bauerndorf, aus dem du kommst. Ein Kapitän Londor macht einen Fehler nicht ein zweites Mal. Als ich gehört habe, dass diese tumben Kreaturen wieder auf dem Weg nach Sandleg sind, habe ich mich gefragt, was sie hier wohl suchen mögen. Zur Antwort fiel mir nur ein, dass sie wieder einmal ein Schiff brauchen. Du hättest sehen sollen, wie schnell die Mannschaft die Sturmwind enttäut hatte und wir hier draußen, fast fünfhundert Schritt vom Land entfernt, vor Anker gingen. Deine Freunde haben mein letztes Schiff versenkt, die Sturmwind II wird sicherlich nicht das gleiche Schicksal ereilen. Wie dir sicherlich aufgefallen sein wird, sitze ich hier auf meinen eigenen Planken. Solch ein Überraschungsangriff wie letztes Mal wird dir heute nicht wieder glücken.«

Cindiel erinnerte sich noch gut an ihren ersten Überredungsversuch, sie und eine Hand voll Oger nach Wasserzahn zu bringen. Er endete damit, dass Mogda von unten durch den Fußboden in der Kneipe im Hafenviertel brach, sich Londor schnappte, schüttelte und ihre Bitte mit etwas mehr Nachdruck neu verhandelte.

Cindiel lächelte verschämt. »Ich hatte gehofft, die Abenteuer vom letzten Mal hätten Euch zu einem Streiter für ausweglose Situationen gemacht. Wenn dem nicht so ist, könnte ich Euch noch mit meinen weiblichen Reizen locken.«

»Mädchen, du bist flach wie ein Brett und hast die Zunge einer Schlange. Außerdem ist die Art, einem Mann schlaflose Nächte zu bereiten, indem du ihn mit einem Brieföffner aus den süßesten Träumen reißt, nicht gerade förderlich, um ihn zu bezirzen. Ich muss dich enttäuschen, aus uns wird nichts. Du kannst anstellen, was du willst, mein Schiff bekommst du auf keinen Fall.«

»Schade«, kommentierte Cindiel und erhob sich.

Mit einem aufreizenden Gang, der selbst im Loraster Hurenviertel für tumultartige Aufstände gesorgt hätte, stolzierte sie zum Fenster. »Ich lasse nur ein wenig Frischluft herein, es ist stickig hier drin«, sagte sie und klappte das Fenster auf.

Wo man sonst die hervorragende Aussicht auf die Hafenanlage von Sandleg bewundern konnte, hing ein schwarzer struppiger Schopf direkt vor dem Fenster. Irgendjemand hatte eine der Wachen von der Reling kopfüber vor das Fenster gehängt. Der Mann hatte sich seinem Schicksal ergeben und baumelte hilflos hin und her, aber er war am Leben, wie das verdrießliche Grinsen zeigte, als er seinen Kopf drehte.

»Bei den Göttern«, rief Cindiel, »Eure Bordwache ist ja wirklich unermüdlich. Wie gedungene Meuchler stellen sie einem nach. Wie viele dieser Wachen habt ihr an Deck?«

»Zwei«, verriet Londor mit erstickter Stimme. »Mordigwel, mein erster Steuermann, und Keuchel, der Schiffskoch.«

Cindiel griff nach der Schulter des Mannes, der vor dem Fenster hing. »Und welcher der beiden Prachtburschen ist dies?«, fragte sie und drehte das Gesicht des Mannes dem Kapitän zu.

»Keuchel«, gestand Londor.

»Zwei Mann habt Ihr also, um Euer ganzes Hab und Gut zu bewachen. Was denkt Ihr denn, wie viele Oger man in ein Beiboot, wie Ihr es Ingert gegeben habt, um Proviant zu holen, bekommt?«

»Zwei?«

»Ihr seid ein gescheiter Mann, Kapitän Londor. Und jetzt stellt Euch vor, wo diese beiden gerade sind und was passiert, wenn ich ihnen erklären muss, dass sie wieder in diese kleine Nussschale steigen müssen, sich den Gefahren des rauen Hafenbeckens und dem Unmut ihres Anführers stellen müssen, nur weil Ihr nicht gewillt seid, sie zurück an Land zu bringen.«

»Sagt einfach, was Ihr wollt«, erwiderte Londor in seinem unfreundlichsten Ton.

»Ihr kommt schnell zur Sache, das ist gut. Ich möchte, dass Ihr morgen Mittag mit der Sturmwind II an der Pier anlegt und Eure Passagiere entgegennehmt.«

»Was für Passagiere?«, fragte Londor mürrisch.

»Muss ich Euch das wirklich sagen?«

»Lass dir nicht alles aus der Nase ziehen, Hexe, und sprich nicht mit mir, als ob ich ein Orakel befragen würde. Sag, wer es ist, wie viele und wohin die Reise gehen soll.« Londor schäumte vor Wut. Die Ausweglosigkeit seiner Situation ließ ihn nicht wie die meisten Menschen in stumme Verbitterung verfallen, einen Umstand, den Cindiel den rauen Sitten auf See zuschrieb.

»Deine Fracht sind die Oger. Ihre Anzahl kann ich nur schätzen, aber es sind wenigstens fünf Dutzend, und ihr Reiseziel ist die Insel Argaht.«

Kapitän Londor trat einen Schritt zurück und lehnte sich gelassen gegen seinen Schreibtisch. Dann legte er die Arme in den Schoß und schlug die Beine übereinander. Mit starrer Miene sah er Cindiel an. Sein Blick war ernst, dann verzog sich sein Mund zu einem schmalen Lächeln, das weiter anwuchs zu einem breiten Lachen.

»Haha«, er schlug sich klatschend auf den Oberschenkel. »Dass deine Freunde etwas dumm sind, kann ein Blinder in ihren Gesichtern erkennen, doch dass sie vollkommen verrückt sind, ist selbst mir neu. Niemand fährt ins Nordmeer. Schau aus dem Fenster, und du siehst, warum. Es hat angefangen zu schneien, das bedeutet, der Winter naht.«

Londor sah Cindiel an, als ob er ihr ein Geheimnis verraten hatte und jetzt ihre Reaktion abwarten wollte. Doch Cindiel zuckte nur mit den Achseln.

»Und?«

»Und?«, wiederholte Londor entsetzt. »Ihr Landratten seid wirklich erstaunlich. Ihr glaubt, das Wasser sei eine breite Straße, die euch überall hinbringt. Das ist ein Irrglaube! Wasser lebt, und alles, was es will, ist dich ertränken. Wasser lässt dich nur so lange auf sich schwimmen, wie du keine Schwäche zeigst. Ich werde dir sagen, was passiert«, erklärte er und zeigte mit dem Finger auf Cindiel. »Mit jeder Meile, die wir Richtung Norden segeln, fällt die Temperatur auf See. Nach wenigen Tagen schon könnten wir die ersten Eisschollen sehen. Zwei Tage später ist es dann schon so viel Eis, das auf dem Wasser schwimmt, wie Blätter auf einem Tümpel im Herbst. In der Nacht wird der Regen in den Wanten und an Deck gefrieren und sich wie steinerne Spinnenweben über alles legen. Wenig später werden dann die ersten Eisschollen die spröde gewordene Bordwand durchschlagen, der Rumpf wird sich in wenigen Minuten mit Wasser füllen, und dann wird die See uns in unser nasses Grab ziehen. Das alles wird passieren, bevor wir Argaht überhaupt sehen können. Ich hoffe, ich habe dir damit einen kleinen Vorgeschmack auf das gegeben, was euch erwarten würde.«

Cindiel war nicht so beeindruckt, wie Londor es gehofft hatte. Ihr Gesichtsausdruck zeigte Gleichgültigkeit. Hagrim hatte ihr im Laufe der Jahre so viele wunderliche Geschichten erzählt, dass sie das Seemannsgarn eines alten Kapitäns, der seinen Kopf aus der Schlinge ziehen wollte, nicht ängstigen konnte. Anscheinend hatte Londor immer noch das Kind vor Augen, als das er sie vor Jahren kennen gelernt hatte.

»Dann lasst Euch was einfallen«, sagte sie kalt. »Ihr könnt Euer nasses Grab dort draußen haben oder hier im Hafenbecken. Mir ist es egal.«

Cindiels Drohung zeigte mehr Wirkung, obwohl es eine leere Drohung gewesen war. Der Kapitän war ihr nicht egal. Londor hatte ihnen vor Jahren schon einmal geholfen. Auch wenn es zu Anfang nicht ganz freiwillig gewesen war, hatte er sich nach einiger Zeit als Mitstreiter und guter Freund herausgestellt. Sie hatte ihm nie richtig danken können.

»Wir werden die Hilfe der Oger brauchen, wenn wir in See gestochen sind«, sagte Londor. »Ich habe nur sieben Mann Besatzung, der Rest ist in Osberg, Grimmfurt und wer weiß, wo sonst noch. Glaubst du, sie sind dazu bereit?«

»Das werden sie sein.«

Cindiel verschwand, wie sie gekommen war. Alles, was sie zurückließ, waren die beiden Oger an Deck und ein flaues Gefühl im Magen von Kapitän Londor. Eine halbe Flasche Rotwein aus Lorast reichte aber, um seinen Mut und die Abenteuerlust aus vergangenen Tagen wieder zurückzubringen.

21
Zurückgelassen

Kalter Rauch füllte die Lagerhalle. Das große Tor stand einen Spalt breit offen, und das Licht des Tages schien herein. Wie eine zähe Masse versuchte die stickige Luft, sich im Schutz der Wände zu behaupten. Losgerissene Fetzen wurden durch den Spalt herausgesogen und von der frischen, klaren Winterluft ersetzt. Wie schlammiges Wasser, das man mit klarem aufgoss, vermengten sich die Luftschichten, doch verschwand die Trübheit nie ganz.

Mogda war allein. Das Feuer musste irgendwann zum Morgen hin ausgegangen sein, und wie jeden Tag war es kälter als zuvor. Der Winter war hereingebrochen, obwohl der Herbst kaum begonnen haben sollte. Aber es war nicht die Kälte, die Mogda geweckt hatte. Die frostigen Temperaturen im Flachland waren nichts gegen das, was er aus den Bergen kannte. Geweckt hatte ihn eine Stimme oder besser gesagt, ihr unangenehmer Unterton. Wenn ihn nicht alles täuschte, war es die Stimme vom Hohepriester Ochmalat, der zu seinen Gefolgsleuten sprach. Es war nicht der Klang eines Gebetes oder der Zuspruch eines Klerikers für seine Gemeinde in schweren Zeiten, es klang nach Hetzreden, die der Priester da von sich gab. Keifend drangen die Worte an Mogdas Ohren und zwangen ihn, seine Augen zu öffnen und die Hand auf seinen Schwertgriff zu legen. Der Oger konnte nicht alles verstehen, aber immer wieder drangen einzelne Worte oder Wortfetzen zu ihm durch. Allein diese reichten, um den Sinn der Rede zu erfassen.

»Kreaturen des Bösen … Unholde … nicht dulden … vernichten … vertreiben … vom Antlitz dieser Erde schwemmen.«

Mogda hatte solche Reden schon oft vernommen, nur waren sie nicht aus dem Mund eines Menschen gekommen. Damals waren es die Nesselschrecken, die Tabals Kinder mit solchen Reden gegen die anderen Völker Nelbors aufzuwiegeln versuchten. Geändert hatte sich seitdem nicht viel, nur die Seiten waren vertauscht. Gut gegen Böse, Chaos gegen Ordnung, es war immer das Gleiche. Jeder, egal ob ein Kind Tabals oder eins von Prios, alle kannten sie die Ordnung der Götter, und sie wussten, dass Tabal und Prios im Rad der Welt jeweils ein Ende der gleichen Speiche waren.

Es kam darauf an, das Gleichgewicht zu erhalten, denn ohne die andere Seite begann das Rad zu trudeln und von der Achse zu laufen. Es war erst zwei Jahre her, da Eliah es fast geschafft hatte, das Gleichgewicht zu zerstören. Noch immer hatten sich die Götter nicht von diesem Kampf erholt, oder vielleicht waren sie auch gegangen, und dennoch schien es niemand zu begreifen. Noch immer kämpften die Völker gegeneinander und versuchten, jeden, der anders war, zu töten, bis ein Volk allein herrschte.

»Nein, das stimmt nicht«, flüsterte Mogda zu sich selbst, als ob seine Stimme mehr Gewicht hätte als seine Gedanken. »Die Menschen sind es, die dies wollen – nicht wir.«

Als Mogda die Lagerhalle verließ, straften ihn seine Gedanken Lügen. Im Hafenviertel von Sandleg verlief das Leben wie eh und je. Keiner störte sich an seinem Anblick, betrachtete ihn griesgrämig oder war gar feindselig. Händler verteilten ihre Waren an Kinder und Frauen, die hinüber zu den kleinen Gruppen von Ogern liefen und ihnen Nahrung und etwas zu trinken brachten.

»Herr Oger, Ihr seid auf. Bitte hier, ich habe einen Laib Brot und etwas Most für Euch. Ihr trinkt doch Most, oder?«

Es war Mogda unklar, ob sich seine Nackenhaare aufstellten, weil er bei der Einschätzung der Menschen so danebenlag, oder ob sein Körper danach strebte, den Mann zu töten, der ihn immer »Herr Oger« nannte. Er brauchte sich gar nicht umzudrehen, um zu wissen, dass es Ingert war, der ihm da nachstellte. Der Seemann war zusammen mit Cindiel am Vorabend gegangen, um ihr das Beiboot der Sturmwind zu überlassen. Immer wieder hatte er betont, Kapitän Londor nichts davon zu erzählen, weil er den Zorn des alten Seebären fürchtete. Erst als Mogda dem zugestimmt hatte, war er bereit, das Versteck des kleinen Ruderbootes zu verraten. Cindiel war noch in der Nacht zu der Dreimastbark hinübergerudert. Mogda hatte darauf bestanden, dass sie Gnunt und einen anderen Oger mitnahm, um Londor den Ernst der Lage klarzumachen.

»Was ist hier los?«, fragte Mogda, ohne auf das freundliche Angebot einzugehen. »Warum helfen diese Menschen den Ogern?«

Ingert schien verwirrt, was nicht gerade untypisch für den schlanken Mann war. Noch einmal reckte er dem Oger das Brot und einen Krug entgegen. »Sie sind nur freundlich und wollen helfen«, antwortete er.

»Warum, habe ich gefragt?«, wiederholte Mogda.

»Viele der Menschen hier erinnern sich noch daran, wie der Herr Oger Rator einigen von ihnen geholfen hat, als die dunklen Elfen die Stadt besetzt hielten.«

Mogda war froh, dass Rator nicht hier war, er hätte über die haarsträubende Anrede nicht hinweggesehen.

»Schon seit Jahren sind die großen Taten der Oger in aller Munde«, fuhr Ingert fort. »Selbst Kapitän Londor nutzt jede Gelegenheit, um von den gemeinsamen Abenteuern zu berichten. Die Herren Oger sind hier so etwas wie Helden.«

»So etwas wie die *Herren Helden*«, unterbrach ihn Mogda, in der Hoffnung, Ingert würde seine sprachliche Akrobatik langsam unterlassen.

»Natürlich, Herren Helden«, verbesserte sich Ingert, während Mogda die Augen verdrehte. »Ihr müsst wissen, viele der Seeleute und ihre Familien leben nicht gerade gottesfürchtig im Sinne des Klerus. Wir beten zwar auch zu Prios, doch tun wir dies, ohne in einen Tempel zu gehen und den Worten eines Priesters zu lauschen. Das Meer ist kein Platz für einen Verkünder der Worte, und somit haben wir uns mit Prios arrangiert. Wir beten in unseren Kajüten, auf Deck oder im Ausguck. Egal wo wir sind, Prios ist immer bei uns. Wir brauchen keinen Priester, um uns daran zu erinnern, unter wessen Schutz wir stehen. Die Worte, die der Hohepriester aus Lorast dort auf dem Marktplatz verkündet, sind uns fremd. Wir hören auf unsere innere Stimme, und die sagt uns, dass die Herren Oger im Recht sind.«

»Wie schön wäre es, daran glauben zu können«, hörte Mogda eine Stimme hinter sich.

Hagrim stand hinter ihnen und hatte Ingerts Worten gelauscht. Der

Geschichtenerzähler kaute genüsslich auf einem Kanten Brot herum. Er hatte sich zusammen mit Cindiel neu eingekleidet. Der lange, dunkelblaue Mantel und die hohen ledernen Schaftstiefel, die er nun trug, verliehen ihm ein ganz neues Aussehen. Zum ersten Mal erkannte Mogda in ihm nicht den Trunkenbold und Bettler aus Osberg, sondern jemanden, der er vielleicht früher einmal gewesen war. Am Gürtel seiner Hose trug der Alte ein Rapier. Die gebogene Klinge steckte in einer Scheide aus gehärtetem Leder. Der Griff der Waffe war aus Silber und prunkvoll mit Edelsteinen verziert.

»Cindiel wartet auf dich am nördlichen Pier«, sagte Hagrim. »Ich bringe dich zu ihr.«

Hagrim ging voraus, und Mogda folgte ihm stur, ohne Ingert weiter zu beachten. Überall hatten sich Grüppchen von vier oder fünf Ogern gebildet, die um wärmende Feuer herumsaßen. Die meisten Menschen hielten Abstand zu den hünenhaften Kriegern, doch einige schienen ihre Nähe regelrecht zu suchen.

Kinder standen mit großen leuchtenden Augen hinter ihren Vätern und lauschten den Gesprächen zwischen Ogern und Menschen, auch wenn Mogda sich nicht vorstellen konnte, dass sie sich viel zu erzählen hatten. Frauen eilten herbei und brachten den Ogern Proviant und Decken oder Felle, mit denen sie sich warm halten konnten.

Jeweils ein Dutzend Oger hatte Hagmu an den Straßenbarrikaden Stellung nehmen lassen. Alles, was sie hatten finden können, hatten sie dort zu einem Wall aufgetürmt und sich dann dahinter verschanzt. Umgestürzte Wagen, Fässer, Säcke und anderes Gerümpel versperrte die Straße bis zu sechs Fuß hoch. Einem ernsthaften Ansturm der Bauern- und Händlerarmee hätte die Barrikade nicht trotzen können. Dennoch konnte sich jeder ausrechnen, dass die ersten hundert verwegenen Streiter, die versuchten auf die andere Seite zu gelangen, dabei ihr Leben lassen würden. Bauern waren eben keine Söldner, es gab für sie noch ein Leben nach dem Krieg.

»Was hast du vorhin gemeint mit: Es wäre schön, daran glauben zu können«, fragte Mogda, während er hinter Hagrim herlief und der eisige Wind an seiner Kleidung zerrte.

Hagrim blieb stehen und drehte sich um. Sein Lächeln verriet, dass er sich seiner Worte sicher war.

»Du glaubst doch nicht selbst, dass die Händler ihre Waren an euch verschenken, oder?«, sagte er. »Der Winter kommt früher als sonst, ihnen würde ein gutes Geschäft bevorstehen, aber dennoch verabschieden sie sich von ihrem Profit. Warum wohl?«

Mogda hatte das Gefühl, er würde es gleich erfahren, deshalb suchte er gar nicht erst nach einer Antwort.

»Ich will nicht bestreiten, dass es den einen oder anderen gibt, der eurer Sache wohlgesonnen ist«, fuhr Hagrim fort. »Doch die meisten von ihnen haben Angst. Sie hoffen, euch mit den Lebensmitteln gütig zu stimmen, damit ihr sie nicht tötet. Sie wissen, dass ihre Häuser ihnen keinen Schutz bieten, deshalb verkriechen sie sich gar nicht erst. Und dann gibt es noch diese Art von Menschen, die ihren Mantel nach dem Winde hängen. Sobald sie aber eine Schwäche bei euch spüren, brauchst du nur auf die andere Seite der Barrikade zu sehen, und du erkennst dort die gleichen Gesichter, wie sie Brot und Wein verteilen an ihre ... neuen Freunde.«

Mogda sah den Geschichtenerzähler an. Es war ernüchternd, solche Worte aus dem Mund eines Menschen zu hören. Hagrim kannte die Menschen gut, und er machte keinen Hehl daraus.

»Und warum bist du hier?«

Hagrim legte die Hand an sein Rapier. »Ein schönes Stück, nicht? Ich habe es einem Kaufmann zu verdanken, der hofft, dass ich damit sein Leben verteidige, wenn der Sturm losbricht.«

»Warum?«, wiederholte Mogda.

»Sicherlich nicht, weil ich für eure Sache einstehe. Ich finde, man muss beide Seiten der Münze gesehen haben, um eine gute Geschichte erzählen zu können. Jetzt komm, Cindiel wartet.«

Der Geschichtenerzähler drehte sich um und ging. Mogda stand noch einen Augenblick da und sah ihm nach. Er fragte sich, was wohl passiert wäre, wenn es nicht Usil gewesen wäre, den er im Zaubererturm vor Jahren getroffen und der ihm die Welt erklärt hatte, sondern Hagrim. Der alte Bauer hatte nicht viel mit Menschen zu tun gehabt und gab sich nicht viel Mühe, sie zu unterscheiden. Für ihn waren Menschen eben »die Menschen«. Sie handelten aus der Not heraus, allein um zu überleben, sie taten das, was der König ihnen befahl, aber im Grunde waren sie alle friedfertig. In Hagrims Augen sah das alles etwas anders aus. Vielleicht war seine Sichtweise zutreffender, aber sie trug nicht gerade zu mehr Hoffnung bei.

Cindiel saß an der Pier und ließ die Beine über den Rand baumeln. Hagrim war gar nicht ganz bis an sie herangetreten, sondern zeigte nur in ihre Richtung, bis Mogda die junge Hexe entdeckt hatte. Danach wandte er sich ab und hielt auf die nächste Kneipe zu.

»Gegen Mittag wird die Sturmwind einlaufen«, erklärte Cindiel, ohne dass Mogda überhaupt fragen musste. »Er hat sich etwas geziert, doch Gnunt und Tarbur haben ihn überzeugt.«

Cindiel sah nicht einmal auf zu Mogda. Er kannte die Hexe nun schon, seitdem sie ein kleines Kind war, und er wusste, wenn sie ihren Blick abwandte, konnte das nichts Gutes bedeuten.

»Gibt es Schwierigkeiten?«, fragte Mogda.

»Vielleicht«, sagte Cindiel. »Londor sagt, es ist gefährlich, im Winter mit dem Schiff nach Norden zu fahren. Er weiß nicht, ob der Rumpf einen Zusammenprall mit einer Eisscholle aushält. Er müsste die Planken verstärken. Außerdem hat er nur sieben Mann Besatzung.«

»Das ist alles?«, fragte Mogda, als ob sich daraus nicht schon genug Komplikationen ergaben. Er spürte, dass es noch etwas gab, was die Hexe beschäftigte, und das schon seit dem Abend des Vortages.

»Ihr könnt nicht mit dem Schiff abreisen«, erklärte Cindiel. »Ochmalat hat einen der Funken der Götter. Niemand weiß, welche Macht dieser Stein besitzt und wozu der Priester damit imstande ist.«

Mogda setzte sich neben die Hexe. Die Holzbohlen knarrten verächtlich, als er sich niederließ. Der Oger beugte sich nach vorn und blickte abschätzend ins Wasser.

»Ich habe Londor nicht ohne Grund erst zur Mittagszeit hierhergerufen«, sagte er mit sanfter Stimme. »Ich habe vorher noch etwas zu erledigen.«

»Was?«, fragte Cindiel. In ihrer Stimme klang so etwas wie Hoffnung mit.

»Ich muss mehrere Tonnen glühende Kohlen besorgen, sie an der Pier verteilen, rund tausend Spieße fertigmachen und Hagmu und seinen Trupp davon überzeugen, dass Menschenfleisch gut schmeckt. Ist das nicht ein prima Plan?«

Cindiel musste lachen. Es tat gut, sie wieder fröhlich zu sehen. Mogda spürte, wie der Druck auf ihr lastete. Götterlosigkeit, Kinderlosigkeit und der Rausschmiss aus der eigenen Stadt waren keine Dinge, die einen zu Jubelschreien verleiteten. Außerdem gab es noch etwas, das sie für ihn – nein, für alle – tun musste. Sobald sie auf See wären, würde er sie einweihen, noch war es zu früh.

»Ich werde alles richten«, sagte er. »Diesmal werde ich so lange nicht ruhen, bis sich mein Schicksal – und das aller anderen – endlich erfüllt hat. Ich bin es leid, mich als Spielball der Götter zu fühlen. Diesmal wird es enden, so oder so.«

»Du wirst doch keine Dummheiten machen, oder?« Cindiel war unsicher, was der Oger jetzt wieder ausgebrütete hatte. Seine Pläne waren meist genauso kühn wie verzwickt.

»Ich werde nichts tun, was nicht auch ein Oger mit weniger Verstand tun würde«, verriet er.

Die Antwort trug nicht gerade zu Cindiels Wohlbefinden bei, doch ließ sich Mogda ohnehin nicht von seinen Plänen abbringen. Wie er schon sagte, es war sein Schicksal, also sollte er es auch in die Hand nehmen.

In ein Tuch gewickelt, übergab er ihr das Runenschwert und den schwarzen Splitter.

»Pass gut darauf auf, ich hole es mir zur Mittagszeit wieder ab«, sagte Mogda und stand auf.

Cindiel umklammerte den Beutel und raffte das Tuch darum zusammen.

Hagmu saß mit sechs seiner Kameraden um ein wärmendes Feuer. Knisternd wurden glühende Funken mit der Hitze in die kühle Luft gehoben und regneten als Asche wieder zu Boden. Die Krieger ließen einen Sack mit geräuchertem Speck herumgehen, bedienten sich und kauten genüsslich.

Viele von ihnen hatten die Nacht und das Wohlwollen der Bürger dazu genutzt, ihre Ausrüstung zu komplettieren, so gut es ging. Einen Oger in der Rüstung eines Ritters hatte noch niemand gesehen, und keiner der tumben Krieger wäre bereit gewesen, solch eine zu tragen. Ihre Größe und Leibesfülle machten die meisten Rüstungsteile nutzlos.

Aus Kettenhemden wurden Glieder am Halsausschnitt herausgenommen, damit die Oger ihren Kopf hindurchstecken konnten. Angelegt spannten sie sich straff und hingen nur bis kurz unter die Brust. Die

Ärmel wurden ganz entfernt und weggeworfen, oder Teile davon wurden als Handschutz verwendet. Helme und Kettenhandschuhe waren unbrauchbar für die Hünen. Einzig Schienbeinschutz und Schulterplatten konnte man aufbiegen, die Lederriemen darum verlängern und sie entsprechend verwenden.

Alles Übrige wurde von den Ogern je nach Waffenart, mit der sie kämpften, selbst hergestellt. Mit gehärtetem Leder wurde die eine oder andere Körperstelle ausgepolstert, die durch den Gebrauch der Waffe im Kampf ungeschützt blieb. Speerträger schützten den Bereich unter ihrem Waffenarm. Schwertkämpfer versahen ihre Rüstungsteile meist mit Dornen, die ihnen im Handgemenge hilfreich zur Seite standen, und Keulenschwinger polsterten ihre Oberschenkel ab, da ihre schweren Waffen zu langsam waren, um Schläge zu blocken.

Viele Jahre war es her, dass Mogda das letzte Mal so ein Sammelsurium an Waffen und Rüstungen gesehen hatte. Doch anstatt lächerlich oder tölpelhaft zu wirken, ließ es die Oger nur noch barbarischer aussehen. Mogda selbst trug seit Langem schon keine Rüstung mehr. Er mochte es, beweglich zu sein. Im Gebirge war jede Rüstung hinderlich, und jedes Pfund mehr machte die Kletterei zur Strapaze.

Mogda sah, wie die Oger miteinander tuschelten, als er näher kam. Hagmu brach in schallendes Gelächter aus und schlug sich vor Freude auf den Oberschenkel. Die anderen stimmten in das Gelächter ein. Einer aus dem Pulk warf Mogda einen Helm vor die Füße. Scheppernd drehte sich die Schmiedearbeit vor ihm auf den Pflastersteinen. Der Kinnschutz war aufgebrochen und die Seiten hochgebogen. Der Helm sah aus, als ob jemand ihn mit Gewalt über eine Keule gestülpt hatte.

»Mogda brauchen für Schutz von klugen Kopf«, brüllte ihm Hagmu entgegen. »Rest von Körper Mogda nicht wichtig.« Wieder grölten die anderen.

Mogda freute sich nicht wirklich, zur Belustigung beizutragen, aber er spielte ihr Spiel mit. Nur so konnte er ihnen die Lust daran nehmen. Sie verstanden nicht, was er war. Nicht einmal er selber verstand es, doch er musste damit leben, genauso wie mit ihrem Spott, und er versuchte, das Beste daraus zu machen. Er bückte sich, hob den breitgetretenen Helm auf und setzte ihn sich auf den Kopf. Das Gelächter wurde zu einem regelrechten Donnerhall, aber als Mogda sich zu den Ogern gesellte, beruhigten sich die Gemüter langsam wieder, bis

Korf und ein anderer Krieger ihm sogar anerkennend auf die Schulter klopften.

Mogdas Plan war kühn, doch ihm blieb nicht mehr viel Zeit. Die Armee auf der anderen Seite der Barrikade war noch zerfressen von Unentschlossenheit und Angst vor den riesigen Kämpfern. Der Hohepriester Ochmalat würde jedoch mit seinen aufhetzenden Reden nicht mehr lange brauchen, um ihnen genügend Mut für einen Angriff einzuflüstern und sie in den Tod zu schicken. Die Anführer der Menschen waren wortgewandt. Ihre Zungen waren so spitz wie Schwerter. Sie waren es, von denen die Gefahr ausging, nicht die Bauern und Händler in ihrem Rücken. Und die Anführer waren es auch, welche die Schlachten überlebten und neue Heere herbeiführten, um auch diese in den Tod zu schicken.

Mogda nahm den Helm von seinem Kopf und stellte ihn verkehrt herum in die Glut des Feuers. Er griff in den Beutel mit Speck und warf eine Schwarte in den provisorischen Topf.

»Ich esse ihn, wenn ich die Armee vertrieben habe«, sagte Mogda forsch. »Vielleicht kann Hagmu ihn von Zeit zu Zeit umdrehen, damit er nicht anbrennt.«

Hagmu sprang auf und trat Mogda drohend entgegen. Kein Oger forderte einen anderen auf, für ihn das Essen zu bereiten, dies tat man entweder selbst oder ließ es die tun, die zu nichts nütze waren, wie Goblins.

»Mogda Armee vertreiben? Wie Mogda machen ohne Waffe? Denken, alle laufen davon, weil Mogda klug?«

Mogda wandte sich einfach ab von ihm und ging zu einer kleinen Fischerhütte hinüber, die nur ein paar Schritte entfernt von dem Lagerfeuer stand. Hagmu war unsicher, ansonsten hätte ihm der Einäugige einen Schlag in den Rücken verpasst. Die Anführer der Kriegsoger waren nicht zimperlich, was ungebührliches Verhalten anging. Sich abzuwenden, wenn man etwas gefragt wurde, war ungebührlich, auch wenn es ansonsten nur wenige andere Regeln gab.

Mogda griff sich einen Fischhaken, der an der Hütte lehnte. Diese zehn Fuß lange Stange aus Hartholz mit dem geschmiedeten Haken an einem Ende diente den Seeleuten dazu, große Fische aus dem Wasser an Bord zu hieven. Auf dem Rückweg riss Mogda noch ein weißes Bettlaken von einer der Leinen, die zwischen den Häusern gespannt waren.

Er knotete zwei Enden an der Stange fest und stellte sie neben sich wie eine Standarte.

»Das sein Zeichen von Feiglinge«, grollte Hagmu. »Oger niemals ergeben Hüttenbauern. Wenn Mogda Angst, gehen allein. Hagmu niemals laufen weg vor Feinde.«

Diesmal war es Mogda, der dem Kriegsoger entgegentrat. »Dein fehlendes Auge lässt dich die Dinge trübe sehen«, erwiderte Mogda. »Du kannst nur ein weißes Banner erkennen und denkst, es ist die Fahne eines Feiglings. Soll ich dir sagen, was ich sehe? Ich sehe eine Lawine, die von den schneebedeckten Bergen hinunter ins Tal rollt und alles mit sich reißt, was sich ihr in den Weg stellt.«

Mit diesen Worten drängte Mogda sich durch die Gruppe von Ogern und hielt auf die Barrikade zu, welche die zwei Lager voneinander trennte. Rund zehn Oger hielten an der Mauer aus Holz, Stein und Trümmern Wache. Mehrere Fischernetze hielten die Barrikade zusammen und dienten als Fußangeln, falls jemand versuchen sollte, ohne Erlaubnis hinüberzuklettern, egal in welche Richtung. Die Wachen nahmen ihre Aufgabe ernst. Selbst als Mogda sich ihnen näherte, zückten sie die Waffen. Erst auf Hagmus Zeichen hin wandten sie sich wieder ab.

Mogda hatte einige Mühe, sich einen Weg über die Mauer zu bahnen. Immer wieder rutschten lose Teile unter seinem Gewicht weg, und seine Füße verfingen sich in den Netzen. Oben angekommen, drehte er sich um und stellte sich vor, wie es wohl wäre, mit Gewalt auf die andere Seite kommen zu müssen, während man auf ihn einschlug.

Auch auf der anderen Seite, der Menschenseite, lief das Leben nicht in geregelten Bahnen. Mogda brauchte nicht lange, um festzustellen, auf welcher Seite Angst herrschte. Es war eigentlich immer so: Einer fürchtete sich davor, dass der Andere ihm etwas antun könnte. Dazu brauchte es keine Belagerung oder einen Krieg, es reichte, dass sich zwei Gegner irgendwo trafen.

Der Osten der Stadt war auf jeden Fall in der misslichen Lage, sich vor dem Westen zu fürchten. Die Straßen waren wie leergefegt. Die meisten Fensterläden hatte man geschlossen und Türen verbarrikadiert. Mogda brauchte ebenfalls nicht lange, um herauszufinden, wohin er gehen musste. Er brauchte nur der penetranten Stimme zu folgen, die anscheinend gerade wieder einmal über ihn und seinesgleichen herzog und sie als missgebildete Kreaturen des Bösen bezeichnete.

Bis zu dem Priester kam Mogda jedoch nicht. Hinter einem der Fensterläden lugte eine alte Frau kurz hervor, die beim Anblick des Ogers sofort anfing zu schreien. Ihre Stimme war so hoch und schrill, dass sie in den Ohren schmerzte. Mogda entschied, stehen zu bleiben und sich entdecken zu lassen. Nichts konnte einen Plan, auch wenn er noch so gewagt schien, schneller kaputtmachen als eine Panikreaktion. Er brauchte nur auf der Flucht um eine Ecke zu biegen und übereifrigen Wachen in die Hände zu fallen, dann wäre sein Plan dahin.

Nach zweimaligem Zurechtrücken der Fahne stürmten auch schon die ersten Tabalgegner um die Ecke. Angeführt von einem älteren Mann, der durch seine Ruhe und die natürliche Autorität, die er ausstrahlte, nur ein Hohepriester oder Henker sein konnte, sah Mogda sich rund fünfzig Menschen gegenüber. Die Bewaffnung der tapferen Recken reichte von Holzscheiten, was Mogda als besonders mutig empfand, bis hin zu Streitäxten.

Mogda machte gar nichts. Er stand nur da und achtete darauf, dass man die Fahne gut sehen konnte. Er hoffte, dass Ochmalat – Mogda nahm an, dass es sich bei dem Autoritätsgewohnten um Ochmalat handelte – zu den Menschen gehörte, die auch ein weißes Tuch sahen und keine Lawine.

Der Hohepriester beratschlagte sich mit zwei seiner Recken. Anscheinend waren sie mit der Vorgehensweise ihres Anführers nicht einverstanden. Immer wieder schüttelten sie energisch die Köpfe und zeigten auf Mogda. Einer der beiden war ein hochgewachsener Mann mit hervortretenden Muskeln und einem Backenbart. Sein Bastardschwert und die verstärkte Lederrüstung, die er trug, unterschieden ihn vom Rest. Der Mann war sicherlich kein Bauer oder Händler.

In Lorast oder Turmstein wimmelte es nur so von Söldnern, die versuchten, das schnelle Geld zu machen. Anscheinend hatte Ochmalat welche als Berater engagiert, legte aber augenscheinlich nur wenig Wert auf ihre Meinung. Der zweite, ein Glatzkopf, war ein Hüne von Mann, aber seine Körperhaltung verriet dem Oger, dass er nur des Ausschens wegen an der Seite des Hohepriesters stand und kein Kämpfer war. Ochmalat entschied sich anscheinend, der Aufforderung Mogdas nachzukommen und mit ihm, wie es das Kriegsgesetz forderte, zu verhandeln, denn der Hohepriester näherte sich ihm. Backenbart und Glatze folgten Ochmalat. Wie zu einer Amtseinführung schritten sie auf den Oger zu.

Die aufgeregten Rufe des Pöbels im Hintergrund erstarben, als Ochmalat mit seiner persönlichen Leibwache vor Mogda ankam. Gedämpftes Tuscheln und neugierige Blicke beherrschten den Platz. Ochmalat, gekleidet in eine dunkelblaue Robe und die Kapuze weit über den Kopf gezogen, blieb einen Schritt hinter seinen Begleitern stehen. Die Ärmel seines Ornats verdeckten seine Hände, selbst noch, als er den Stab mit dem funkelnd hellen Kristall vorstreckte und mit dem Schaft gen Boden stieß. Backenbart und Glatze verschränkten die Arme vor der Brust und ließen keinen Zweifel daran, dass sie niemanden in die Nähe des Hohepriesters lassen würden.

»Du bist gekommen, um eure Niederlage vor den Augen und Ohren Prios' einzugestehen«, erklärte Ochmalat mit feierlicher Stimme. Seine Worte galten mehr den Männern und Frauen hinter ihm als Mogda. Wenn man jetzt noch die Lautstärke bedachte, mit der er sprach, hätte man glauben können, er wolle ganz Sandleg mit einbeziehen.

Aber so einfach wollte Mogda es ihm auch wieder nicht machen. Usil hatte mal zu ihm gesagt, man schwängerte die Braut nicht, bevor nicht die letzten Hochzeitsgäste nach Hause gegangen waren. Mogda hatte sich der Sinn dieser Regel nie richtig erschlossen, doch er glaubte zu wissen, was der alte Bauer damit sagen wollte. Bei den Ogern sagte man dazu: »Geplündert wird erst, wenn der letzte Feind am Boden liegt.« Genauso wollte Mogda es jetzt halten.

»Nein«, antwortete er nicht minder laut und mit ebenso viel Theatralik in der Stimme.

Sofort legten Glatze und Backenbart die Hände an ihre Waffen. Ochmalat stieß ein verneinendes Brummen aus, mit dem er seine beiden Bluthunde zurückrief. Backenbart beobachtete jede Bewegung von Mogda ganz genau und versuchte zu erahnen, was der Oger vorhatte. Glatze hatte immer noch damit zu tun, zu begreifen, warum er nicht auf den Oger eindreschen durfte, und legte den Kopf schräg. Mogda hielt sich weiterhin an seiner Standarte fest.

»Du hast das Zeichen eurer Aufgabe gehisst. Was willst du?«

»Oger nicht sehen Augen und Ohren von Gott Prios«, erklärte Mogda. Er fand es geschickter, sich als dümmer auszugeben, als er war.

Ochmalat würde sich sicherer fühlen, wenn er dachte, dass Glatze nicht der dümmste in diesem Kriegsrat war, und auch Glatze würde sich besser fühlen, vorausgesetzt, er verstand überhaupt, was hier vor sich ging.

»Habt ihr das gehört, Kinder des Prios?«, rief der Hohepriester aus. »Tabals Kreatur kann den Gott nicht erkennen, dem er sich ergeben will. Kinder des Prios, was antworten wir ihm?«

Die umherstehenden Menschen antworteten wie mit einer Stimme. Selbst Glatze versuchte, bei dem Sprechchor mitzumachen, musste jedoch nach wenigen Worten aufgeben. »Durch seine Kinder sieht und hört Prios alles, was auf dieser Welt geschieht. Prios' Willen verkünden seine Priester.«

Das passt ja, dachte Mogda. *Tausend Stumme, und einer sagt, wo es langgeht.* Wenn man Auseinandersetzungen vermeiden wollte, gab es keinen besseren Weg. Der einzige Unterschied zwischen diesem Mann und den Nesselschrecken war, dass der Hohepriester nicht so hässlich aussah.

»Oger wollen verlassen Land«, sagte Mogda. »Gott von Oger nicht mehr hier. Dies nicht mehr Land von Oger.« Mogda ahnte, dass Ochmalat diese Worte gefallen würden, doch war es nicht ganz das, was er brauchte. Ein früher Sieg würde den Menschen Mut machen, weiterzukämpfen. Der Hohepriester hatte bisher so gut wie kaum einen Mann verloren – das würde noch mehr Gläubige herbeilocken und zusätzlich noch einmal viele hundert Söldner, die hofften, eine schnelle Münze machen zu können.

Alles dies würde einen Krieg gegen die Kreaturen Tabals zwar noch einfacher machen, doch es festigte die Machtstellung des Hohepriesters nicht. Der Krieg gegen Oger, Trolle und Orks diente nicht dem Frieden – Frieden, den es bereits gegeben hatte. Dieser Krieg sollte die Priester an die Macht bringen. König, Lords und Ritter herrschten über das Land, doch nur, solange die Bevölkerung ihnen als Heer zur Seite stand. Wenn die Priester es schafften, einen Krieg zu schlagen, den die Truppen des Königs jahrelang vergebens geführt hatten, gehörte ihnen das Volk.

Ein Sieger war aber nur der, der es schaffte, seinen Feind zur Aufgabe zu zwingen. Ein Feind, der sich selbst entschloss, aus dem Gefecht zu gehen, war kein Feind. Ochmalat musste seine Macht demonstrieren.

Er brauchte zwar die Menschen, die für ihn kämpften, aber ebenso brauchte er einen Feind, der sich wehrte. Der Sieg musste allein ihm gebühren. Einen Triumph gewann man nicht mit Armeen, Schwertern und guter Taktik. Einen Triumph gewann man mit der Demonstration seiner Stärke. Solch ein Triumph war es, der Ochmalats Sieg vollkommen machen würde.

»Prios hört Eure Worte mit Freuden«, rief Ochmalat aus. »Er ist der Gott der Ordnung, der Gerechtigkeit, des Schutzes und des Friedens.«

Mogda wurde speiübel bei den Worten. Am liebsten hätte er gesagt: »Dann hat er aber viel zu tun. Wenn er jetzt noch das Wetter macht, können sich die anderen Götter zur Ruhe setzen.«

Der Hohepriester ließ ihm aber keinerlei Zeit, um überhaupt etwas einzuwenden. Er war so damit beschäftigt, sich und seinen Gott zu lobpreisen, dass seine Euphorie fast sichtbar wurde. Mogda ließ die Worte an sich vorübergleiten, ohne ihnen weiter Bedeutung beizumessen. Er befürchtete, er könne doch etwas mehr von dem Oger in sich zeigen, als im Moment hilfreich war. Erst als der Hohepriester auf seine wirkliche Forderung zu sprechen kam, hörte Mogda wieder zu.

»Die Kreaturen Tabals haben das Unglück über uns gebracht. Wir können sie nicht einfach ziehen lassen, ohne Gerechtigkeit zu fordern. Ihr müsst Prios beweisen, dass ihr wirklich bereit seid zu bereuen. Liefert uns euren Anführer, den Einäugigen, und sechs seiner Kriegsoger aus, damit Prios sie richten kann. Dann könnt ihr Nelbor in Frieden verlassen.«

Seine Forderung war gut durchdacht, bemerkte Mogda, doch bezweifelte er, dass Hagmu damit auch so zufrieden wäre. Ohne die Kriegsoger blieb nur ein Haufen von Raufbolden übrig, auch wenn sie schwergewichtig und schlagkräftig waren. Das Menschenheer würde sie mit der Zeit aufstöbern und ausrotten. Dennoch wollte Mogda dem Hohepriester seine Hoffnung nicht nehmen.

»Oger nur neigen Häupter vor Gott von Hüttenbauer. Oger nicht geben Oger an kleine Männer.«

Diese Erwiderung kam Ochmalat gelegen. Jetzt hatte er nicht nur die Möglichkeit, sich seinen Triumph zu holen, er konnte ihn auch noch für alle Ewigkeit an sich binden. Die nächsten Generationen, falls doch noch einmal Kinder geboren wurden, würden noch von ihm als dem Bezwinger Tabals und der wahren Stimme Gottes reden. Diese Unsterblichkeit konnte er sich nicht entgehen lassen.

»Hört die Stimme Prios'«, schrie er und drehte sich mit erhobenen Armen, den Stab weit von sich gestreckt, um die eigene Achse, damit alle ihn sehen konnten.

Mogda hatte vermutet, dass der Hohepriester den Stein der Magie berühren musste, um einen Zauber zu entfesseln, doch dem war nicht so. Ochmalat drehte sich wieder dem Oger zu, als die ersten gelben Strahlen aus dem Kristall in den Himmel stiegen. Gleißendes Licht erfüllte die Luft und fächerte sich weiter auf. Wie starre gelbe Blitze folgten die Strahlen ihrem Weg bis zur Wolkendecke. Dort, wo das Licht auf den grauen Dunst traf, fraßen sich die Strahlen wie Speere durch Papier. Löcher wurden in den verhangenen Himmel gerissen und zogen den grauen Schleier mit sich. Ochmalats Augen färbten sich gelb, dann begannen sie von innen heraus zu leuchten, bis auch sein Mund nur noch ein grelles Loch in seinem Gesicht war.

Die Demonstration von Macht reichte Mogda. Der Stein war wirklich der Funken der Götter, der Träger der Magie. Kein lebendiges Wesen durfte diese Macht für sich beanspruchen, besonders kein Mann wie Ochmalat. Niemand konnte sagen, wie weit die Macht des Steines reichte, und Mogda hatte auch wenig Lust, es herauszufinden. Die gaffenden Menschen im Hintergrund waren auf ihre Knie gefallen und richteten ihre Blicke gen Himmel. Selbst Glatze und Backenbart verdrehten die Augen so weit, dass man fast nur noch das Weiße in ihnen sah.

Mogda packte den Fischhaken fest mit beiden Händen und stieß zu. Er trieb den dunklen langen Hartholzschaft direkt unter den Kehlkopf von Backenbart. Das stumpfe Ende bohrte sich durch den Hals des Mannes und trat im Rücken zwischen den Schulterblättern wieder aus. Der Kopf des Söldners sackte auf die Brust, während Mogda den Stab wieder herauszog. Backenbarts tote Augen starrten den Oger vorwurfsvoll an.

Bevor Backenbarts Beine nachgaben und er zu Boden sackte, schlug Mogda bereits auf Glatze ein. Die Stange traf den menschlichen Hünen im Genick, welches verächtlich knackte. Sein Brustkorb blähte sich auf und drohte, seine Lederweste zu zerreißen. Auch Glatze war tot, bevor er am Boden aufschlug. Mogda ließ den Fischhaken durch die Hände gleiten.

Erst kurz bevor die Waffe drohte, aus seinen Fingern zu gleiten, packte er wieder zu. Im weiten Bogen schwang er die Stange im Halbkreis, die weiße Flagge flatterte im Luftzug. Ohne einen einzigen Schritt getan zu haben, traf Mogda mit dem stählernen Haken Ochmalats Kopf. Das geschmiedete Metall tat genau das, wofür es in der Hitze einer Esse geformt worden war: Es trat tief in das Fleisch ein, teilte Muskeln und zersplitterte Knochen, bis es festen Halt fand. Der Hohepriester hing an der Stange in Mogdas Griff wie die Stabmarionette eines Schaustellers.

Grelles Licht trat an Ochmalats Schläfe aus, wo der Haken in dessen Kopf steckte, dann – plötzlich – erlosch alles Licht, so als ob man eine Kerze ausblies. Mogda zog den Körper des Priesters zu sich heran. Wie in Trance taumelte der alte Mann auf ihn zu, unfähig zu stürzen, solange sein Peiniger die Stange in Händen hielt.

Mogda griff nach dem Stab mit dem gelben Kristall am Ende. Kraftlos öffneten sich Ochmalats Finger, und sein Körper sank zu Boden. Seine Augen waren trübe und leer, sein Gesichtsausdruck immer noch euphorisch. Mogda riss den Fischhaken aus seinem Opfer und machte kehrt. Er hatte, weswegen er gekommen war. Er brauchte sich nicht am Tod des Priesters zu laben, und er wollte auch nicht die entsetzten Gesichter der Menschen sehen, denen er die Hoffnung genommen hatte, ein Zeichen ihres Gottes zu sehen. Es reichte, ihre Ausrufe des Entsetzens zu hören und ihr Flehen, während er die Barrikade erklomm.

Als Mogda das Hafenviertel betrat, ruhten alle Augen auf ihm. In der einen Hand hielt er den Stab des Hohepriesters, in der anderen den Fischhaken mit der blutverschmierten weißen Fahne. Niemand war empört, dass er die Gesetze des Krieges gebrochen hatte, indem er es gewagt hatte, unter der weißen Flagge zur Waffe zu greifen. Keiner regte sich auf, weil er drei Hüttenbauer erschlagen hatte, die ihm zwar nicht freundlich gesonnen, aber mit Respekt begegnet waren.

Jedoch wunderte sich jeder, dass er, Mogda, es gewesen war, der zu dieser Hinterlist gegriffen hatte. Die meisten sahen ihn als eine Art Vermittler zwischen den Völkern: Vom Aussehen her ein Oger, vom Verstand ein Mensch. Menschen wie Oger dachten, dass er zum Wohle beider Rassen handelte und keine bevorzugte. Sie vergaßen dabei, dass er auch ein Kind Tabals war, dem Gott des Chaos. Mogda unterwarf sich keinen Gesetzen oder Regeln. Er konnte tun und lassen, was er wollte, ohne dass sein Gott ihn dafür zur Rechenschaft zwang. Das Chaos war nicht berechenbar, und es handelte aus einer Laune heraus, genau wie er.

Erleichtert stellte Mogda fest, dass gerade in diesem Moment die Sturmwind an der Pier vertäut wurde. Kapitän Londor hatte sein Versprechen gehalten. Dies war nicht sonderlich überraschend, da Tastmar und Gnunt ihn sicherlich jede Minute der Nacht daran erinnert hatten, aber der alte Seebär war mit allen Wassern gewaschen. Wenn er wirklich gewollt hätte, wäre ihm ein Ausweg eingefallen.

Mogda hielt auf Hagmu und seine persönliche Leibgarde zu. Das Lachen und Scherzen auf seine Kosten war ihnen vergangen. Aber dennoch hatte keiner von ihnen ein Wort des Lobes für ihn übrig. Wahrscheinlich begriffen sie gar nicht, was Mogda für sie getan hatte, oder sie hatten gar nicht erst mitbekommen, was alles passiert wäre. Mogda riss das weiße Banner, getränkt mit dem roten Blut des Hohepriesters, von der Stange und warf es Hagmu vor die Brust.

»Jetzt siehst selbst du die Lawine«, sagte er. Wieder einmal waren die Worte, die Mogda gewählt hatte, gewagt, doch jetzt konnte er sie sich erlauben. Niemand würde sich mehr trauen, seinen Mut und seine Kampfbereitschaft infrage zu stellen, und wenn doch, würde Mogda einfach noch eine Kostprobe austeilen.

»Packt eure Sachen«, rief Mogda. »Wir gehen an Bord des Schiffes. Bis heute Nacht werden wir Nelbor verlassen haben.«

Noch vor einer Stunde hätte Hagmu ihn ausgelacht, und seine Männer wären nicht weniger zurückhaltend gewesen. Doch zum Lachen war Hagmu nicht mehr zu Mute. Der Kriegsoger hatte sich selbst durch seine Verhöhnungen in Mogdas Dienst gestellt, jenem Oger, der nur Geschichten erzählte. Doch Hagmu wollte sich nicht wehrlos ergeben.

»Oger nicht fahren mit Schiff über Meere. Oger niemals verlassen Nelbor.«

Mit einem Schritt war Mogda bei dem einäugigen Kriegsoger. Seine Hand packte Hagmus Hals und drückte gegen dessen Kehlkopf. Hagmu wäre bestimmt in der Lage gewesen, sich dem Griff zu entwinden, doch ihm stand der Schock in die Augen geschrieben.

»Du hast gesagt, du und deine Männer folgen mir, wenn ich die Armee verjage«, knurrte Mogda. »Steige auf die Barrikade und sieh ihnen zu, wie sie von dannen ziehen. Koste den Triumph aus, den ich dir gebracht habe, doch werde nicht wortbrüchig. Ich werde dich vor den Augen deiner Leute demütigen und hier zurücklassen. Glaube ja nicht, dass sie weiterhin zu dir stehen werden. Jeder Einzelne wird an Bord dieses Schiffes gehen. Du kannst dir überlegen, ob du uns folgst oder ob du auf die Rückkehr des Menschenheeres warten möchtest.«

Mogda stieß den Kriegsoger von sich. Hagmu griff sich an den Hals und rieb sich die Stelle, die vom Würgegriff ganz gerötet war. Plötzlich brach er in schallendes Gelächter aus. Mogda hatte mit vielerlei Reaktionen des Kriegsogers gerechnet, auch damit, dass Blut vergossen werden würde, doch dass er Hagmu mit irgendetwas erfreut haben könnte, war ihm nicht in den Sinn gekommen.

»Gehen Land von Barbaren«, sagte Hagmu. »Mogda Geschichtenerzähler träumen Krieg, Hagmu gewinnen Krieg, damit Mogda aufwachen. Mogda nicht Kriegsoger, Mogda Traumoger.«

Das schallende Gelächter von Hagmus Trupp im Hafenviertel klang wie die Freude über eine gewonnene Schlacht, und eigentlich war dem auch so.

22
Die Bleichen

Die große Halle wurde erfüllt vom Klang einer scheppernden Rüstung. Noch weit entfernt hallte das Geräusch durch den Raum, doch es kam eilig näher. Dunkelheit hatte sich in allen Ecken des Saales breitgemacht.

Lediglich kurz unterhalb der sechzig Fuß hohen Decke fiel von der Südwand grelles Sonnenlicht ein. Der ovale Durchbruch schien das Licht zu bündeln. Zuerst war es wie ein gleißender Strahl, dann wurde es durch den kalten Rauch geschwächt, der durch das Gemäuer schwebte wie die Seelen verstorbener Ahnen. Das bisschen Licht, das am Boden ankam, erhellte die Statue eines Zwergs. Vierzig Fuß hoch ragte diese von ihrem Sockel auf und schien die Helligkeit in sich aufzusaugen. Das Licht erweckte das zwergische Abbild regelrecht zum Leben. Es war kein Leben in Fleisch und Blut, von Gottes Hand beseelt, aber die Statue war dennoch mehr als toter Fels.

Wie durch Zauberei hatten es die Baumeister geschafft, Stein und Eis miteinander zu verbinden, als wären sie eins. Der graue Fels war fein geschliffen und jedes Detail genau herausgearbeitet. Die Ausrüstung des mächtigen Zwergen war in jeder Einzelheit dargestellt, sei es eine Falte im Stoff, eine Kerbe im erhobenen Kriegshammer, die einzelnen Glieder des Kettenhemdes oder aber der verzierte Knopf, der den steinernen Umhang am Hals zusammenhielt. Nur Zwerge konnten eine Statue wie diese erschaffen. Ihre meisterlichen Arbeiten waren überall bekannt und säumten viele Hallen von Königen und Prinzen.

Gute Steinmetzkunst war aber nicht selten. Viele derer, die es sich leisten konnten, zierten ihre Eingangshallen, Thronsäle oder Grüfte damit. Dieses gewaltige Meisterwerk war jedoch einzigartig und auch nur den wenigsten zugänglich.

Der Zwergenkörper selbst, unter der steinernen Kleidung und den Rüstungsteilen, bestand vollständig aus Eis. Geschmeidig fügten sich die Übergänge der beiden Elemente ineinander. Durchsichtig schimmerte der Körper an den Stellen, wo im Leben Haut zu sehen gewesen wäre. Äußerst geschickt hatte der Baumeister mit glatt polierten sowie mit angerauten Stellen gearbeitet, die je nach Lichteinfall Bewegungen in den Zügen des Gesichtes vortäuschten. Von einer Seite aus blickte die Statue wild und hasserfüllt auf seinen Betrachter herunter, von der anderen Seite war der Blick gütig.

Kam man in die Halle herein, war der Mund des Zwergs weit aufgerissen und schien zu brüllen, kniete man direkt unter der Skulptur, lächelte sie. Am Fuße des steinernen Podestes war eine Obsidianplatte von drei auf fünf Schritt Größe in den Boden eingelassen, und in goldenen Intarsien konnte jeder den Namen dessen lesen, vor dem er kniete – und er tat besser daran zu knien. König Guntrugar IV., Herrscher über die Lande im Norden und Begründer der Bleichen, I n. n. – CCCLIV n. n.

Das allgemeine Lärmen von Rüstungsteilen hatte sich zu hastigen Schritten gepanzerter Schuhe auf steinernem Boden manifestiert. Eilig trat ein Zwerg in schwarzer Rüstung in den Lichtkegel vor die Statue. Das Metall glänzend wie Obsidian, an den Rändern mit Bronze verkleidet, warf es ein filigranes Muster aus Licht an den Sockel der Statue. Gepanzerte Handschuhe umklammerten einen Kriegshammer. Die Waffe war an einer Seite stumpf geformt wie ein Amboss, auf der anderen waren die Ecken lang gezogen zu spitzen Dornen. Ein Helm verbarg das Gesicht des Zwergs. Ein Bronzeband in Form einer Wirbelsäule lief vom Nacken bis zum Nasenansatz über den Kopfschutz. Unterhalb der Nase begann der Kinnschutz, breit gefächert reichte er über den Ansatz des rot gefärbten Bartes. Schwere Zöpfe, deren Enden in bronzenen Miniaturschmuckbechern hingen, lagen auf der Brust des Zwergs. Nur die Augen, die in hellem Blau hinter den Sehschlitzen erstrahlten, verrieten, dass sich wirklich ein Zwerg aus Fleisch und Blut unter dem ganzen Metall verbarg.

Der Zwergenkrieger fiel auf ein Knie und schlug sich den eisernen Handschuh gegen die Brust, als er vor der Statue stand.

»Möge der Gott dich erwählen, wie du ihn erwählt hast«, keuchte er. »Mein Hammer ist dein.«

Auf den Hammerstiel gestützt, erhob sich der Zwerg wieder und setzte seinen Weg fort. Die Schritte eilten weiter durch die dunkle Halle, bis sie plötzlich endeten.

»König Arbalosch empfängt heute niemanden mehr«, sagte eine rauchige Stimme.

»Ich bin Trumbadin – Amme, Bruder und Vater der Wächter. Habt ihr das Horn nicht gehört und den Gong, der die Ankunft einläutet? Die Neuigkeiten, die ich bringe, können nicht warten. König Arbalosch würde eure Köpfe auf einem glühenden Amboss formen, wenn ihr mir den Eintritt verwehrt. Er selbst hat mir befohlen, unverzüglich zu melden, wenn ein neuer Wächter sein Amt antritt. Ich würde ihn ungern enttäuschen und mein Nichterscheinen mit euren belanglosen Befehlen begründen.«

Einen Augenblick lang herrschte Stille, dann sagte die erste Stimme wieder: »Ihr könnt passieren, Trumbadin, Amme, Bruder und Vater der Wächter.«

Knarrend öffnete sich eine Tür, und fahles Licht erhellte einen kleinen Teil der Halle mitsamt den drei Zwergen. Trumbadin trat durch das Portal hindurch, während die anderen beiden einen unsicheren Blick in die Halle dahinter warfen. Ihre Rüstungen waren ähnlich geschmiedet wie die von Trumbadin, nur weniger verziert. Trumbadin hatte noch keine zehn Schritte in die Halle getan, da hörte er, wie die Tür wieder geschlossen und der Riegel vorgeschoben wurde.

Hatte man gedacht, die Halle mit der Statue wäre groß, wurde man hier eines Besseren belehrt. Selbst Trumbadin, dessen Vater noch mitgeholfen hatte, dieses Gewölbe zu bauen, war immer wieder fasziniert, wenn er den Thronsaal des Königs betrat, was allerdings nicht sehr oft vorkam. Trumbadins letzter Besuch mochte fast dreißig Jahre zurückliegen.

Der Thronsaal von König Arbalosch maß achthundert Schritt in der Breite und über tausend Schritt in der Länge. Hohe steinerne Säulen, die nach oben hin breiter wurden, stützten die Decke. Versetzt daneben standen gemauerte Becken, deren Innenseiten mit Bronzeschalen ausgekleidet waren. Sie dienten als Lichtquelle in dem unterirdischen Gemäuer. Befüllt waren sie mit einer Mischung aus Pech,

Alkohol und Wachs, die sich als besonders ergiebig erwiesen hatte und mit einer hellblauen Flamme brannte.

Trumbadin fröstelte. Hier oben, nahe der Oberfläche war es kälter als in den tiefen Kammern, die bis weit nach unten zum Spalt reichten. Sein Körper hatte sich an die angenehme Wärme seines Laboratoriums gewöhnt, trotzdem tat es seinen Lungen gut, endlich mal wieder klare, saubere Luft einzuatmen. Der Thronsaal war schier endlos, und der weite Weg bis hin zum Thron ermüdete Trumbadins Füße mehr, als ihm lieb war. Er erinnerte sich noch genau daran, wie er seinen Vater gefragt hatte, warum der König so einen großen Saal brauchte. Sein Vater hatte ihn mit strengen Augen angestarrt, wie er es oft getan hatte, und erklärt: »Ein Bittsteller, der zum König vorgelassen werden will, sollte sich auf dem Weg zu seinem Herrscher darüber Gedanken machen, ob er Seine Majestät auch wirklich mit seinem Anliegen belästigen will. Sollte er zu dem Schluss kommen, dass dem nicht so ist, kann er immer noch still und heimlich auf halbem Wege umdrehen.«

Im Laufe seines Lebens hatte Trumbadin noch weitere Mutmaßungen über den Sinn der Größe dieser Halle gehört. Sie war so groß, weil der König gern allein war und so die Möglichkeit hatte, seine Wachen außer Sichtweite zu postieren. Andere behaupteten, der König wolle die Götter selbst einladen, wenn sie wieder erwacht waren, um ihnen ein kräftigendes Mahl anzubieten, und wiederum andere sagten, er bräuchte diese Halle, um all seine Schätze darin aufzubewahren, wenn die Götter ihn entlohnt hatten. Trumbadin dachte, dass sie allesamt falsch lagen. Er war der Meinung, dass König Arbalosch eine so große Halle hatte bauen lassen, weil er König Arbalosch war. Könige waren die einzigen eines Volkes, die etwas taten, nicht weil sie es brauchten, sondern weil sie es tun konnten. Trumbadin selbst reichte seine kleine Kammer tief in der Erde, mit all den Tiegeln, Mörsern, Phiolen und Flaschen, die er dort hortete. Besonders stolz war er auf die Schriften der verschiedenen Völker, die von ihren Göttern und ihrer Geschichte berichteten. Er hatte sie binden und mit einem festen Ledereinband versehen lassen. In Blattgold hatte er dem Buch einen Namen gegeben: »Das Buch der Götter«.

Trumbadin musste sich keine Gedanken darüber machen, ob er beim König wirklich vorstellig werden sollte oder nicht. So viele Jahre hatte er in seiner Kammer gesessen und auf diesen einen Tag gewartet, nun wollte er seine Meldung auch loswerden. Auch König Arbalosch musste ungeduldig auf seine Nachrichten warten. Sicherlich hatte er das Horn und den Gong schon vernommen, doch gab es Neuigkeiten, die nur der Magister der Wächter ihm verraten konnte.

Siebenundzwanzig Säulen waren es, die durch die Länge der Halle führten. In der Mitte, also bei der vierzehnten, würde er auf den König treffen, der in seinem Thron aus Stein saß. Leider war Trumbadin mit seinen Gedanken etwas abgedriftet, und nun wusste er nicht mehr, ob es die siebte oder achte Säule war, die er gerade passierte.

27 mal 17 Reihen von Säulen, dachte Trumbadin, das waren 459 Säulen, die das Dach der Halle stützten. Und hinter jeder Säule, bis auf die im Zentrum, stand ein Soldat der Königsgarde. Man bräuchte eine halbe Armee, nur um allein den Thronsaal einzunehmen. Klein wie Insekten tauchten die Wachen neben den massiven, fast zehn Fuß hohen Beckenlampen auf und verfolgten jeden seiner Schritte. Trumbadin gab sich alle Mühe, offiziell und wichtig zu wirken, aber dennoch nicht abgehetzt vor dem König zu erscheinen. Arbalosch musste nicht unbedingt merken, dass dies der wichtigste Tag in Trumbadins Leben war, oder sein zweitwichtigster, je nachdem, wie lange der letzte Wächter die Stellung hielt.

Sechs Säulen später hatte Trumbadin endlich sein Ziel erreicht. Der steinerne Thron ragte vor ihm auf, kühl und majestätisch. Der Stein war in Form einer Lawine oder Welle gearbeitet, die es aussehen ließ, als ob sie den König vor sich hertrieb. Fast der gesamte Thron bestand aus Kaolin, einem festen weißen Stein, der schwer zu bearbeiten war. Nur die Ausläufer der Wellenform waren aus durchsichtigem Rauchquarz gefertigt. Das Spiel von Licht und Schatten verlieh dem Herrschersitz etwas Lebendiges.

König Arbalosch der Zweite hatte sich nach vorn gebeugt und betrachtete Trumbadin mit einer Mischung aus Neugier und Erstaunen. Der König mochte gut dreihundert Jahre und älter sein. Bart und Haar hingen lang und weiß an ihm herunter. Die Zöpfe, geflochten und mit Öl geschmeidig gemacht, sahen aus wie Eiszapfen, die von seinem milchigen Gesicht herabhingen. Alle Zwerge aus dem Stamm der Bleichen hatten schneeweiße Haut, die durchzogen wurde von blassblauen Adern. Doch König Arbalosch schien der Einzige zu sein, der dieses Aussehen perfektioniert hatte. Haar, Haut und Kleidung, ein silberner Helm mit weißem Federschmuck und ein Kettenhemd aus Mithriel ließen ihn wie gefroren aussehen. Einzig seine strahlend blassblauen Augen zeugten von seiner Kraft, seinem Lebenswillen und der lang vergangenen Jugend.

Der König nickte und gab somit sein Einverständnis, dass Trumbadin seinen Helm abnehmen und frei sprechen durfte.

»Eure Majestät«, begann der Gelehrte, »Ihr habt mich vor vielen Jahren zum Magister der Wächter ernannt. Mein letztes Vorsprechen bei Euch liegt nun schon über dreißig Jahre zurück. Die vergangenen Jahre haben uns auf unserer Suche nach Erlösung dem Ziel näher gebracht.«

»Bei den Göttern«, rief König Arbalosch mit heiserer Stimme aus. »Magister Trumbadin, es mag vielleicht dreißig Jahre her sein, da wir uns das letzte Mal gesehen haben, doch will ich nicht hoffen, dass Euer Vorwort genauso lange dauert. Ich bin alt, wie unschwer zu erkennen ist, doch würde ich Eure Neuigkeiten gern noch hören, bevor ich an Altersschwäche sterbe. Wenn es meine Zeit dann noch zulässt, vielleicht das eine oder andere Fässchen Zwergenbier zu leeren, danke ich den Göttern für ihre noble Geste. Erzählt, weshalb Ihr gekommen seid, oder besser noch, erzählt nur das, was ich noch nicht weiß.«

Noch eine Eigenart von Königen, dachte Trumbadin. Er selbst hatte dreißig Jahre gewartet und trotzdem die Höflichkeit erwiesen, die einem Herrscher zustand, doch König Arbalosch selbst hatte nicht einmal die Zeit, ihn aussprechen zu lassen.

»Der letzte Wächter hat seinen Platz im Spalt angetreten«, sagte er, während der König mit der Hand rollte, um ihn zum Weitersprechen anzuregen. »Wie wir es vorausgesagt haben, ist es eine Kreatur Nassfals oder Tabals, wie der neue Wächter seinen Gott nennt. Der letzte Wächter ist ein Oger, Eure Majestät.«

Der König rieb sich den Bart und suchte in seinen Erinnerungen nach einem passenden Bild. »Diese widerwärtig grünen, übel riechenden Wilden aus den Südlanden?«, fragte er ungläubig.

»Nein, Eure Majestät, was Ihr im Sinn habt, sind Orks. Oger sind wie ihre großen Brüder. Was den Geruch angeht, unterscheiden sie sich zu meinem Bedauern nur wenig. Oger sind kräftiger und größer. Zehn Fuß, würde ich sagen, und vom Gewicht entsprächen sie einem zehn Fuß großen Zwergen.«

»Von Eurer oder meiner Statur?«, wandte der König lachend ein und rieb sich den kugelrunden Bauch. »Erzählt mehr«, sagte Arbalosch, als er merkte, dass sein Gegenüber nicht die gleiche Art von Humor besaß wie er.

»Ich habe ihn jetzt einige Tage beobachtet«, fuhr Trumbadin fort. »Sein Körper ist übersät mit Tätowierungen, alten Runen, wie mir scheint. Ich habe in meinen Unterlagen nachgesehen und tatsächlich etwas über sie herausfinden können. Die Runen zeichnen ihn als eine Art Anführer aus – kein König, mehr so etwas wie ein Heerführer. Diese Heerführer haben sich ihrem Gott verschrieben und sind viele Jahre auf der Suche gewesen nach den Artefakten, die das Auferstehen der Götter möglich machen.«

»Hat er sie dabei?«, fragte der König begeistert.

»Nein, Eure Majestät. Die Oger haben vor Jahren mit der Suche nach den Artefakten aufgehört.«

»Aufgehört – was soll das heißen? Sind sich diese Oger nicht im Klaren darüber, dass ohne die Artefakte die Prophezeiung nicht erfüllt werden kann?« Der König wirkte wie ein trotziges Kind, das jemandem etwas befehlen wollte, aber nicht konnte. »Heißt das, sie kommen mit leeren Händen? Ihr habt gesagt, wenn der letzte Wächter kommt, dauert es keine dreißig Monde mehr, bis die Götter erwachen.«

»Erwachen oder Auferstehen«, berichtigte Trumbadin seinen König.

»Ein schlafender Gott oder ein toter Gott, wo ist da der Unterschied?«

Trumbadin wollte sich nicht weiter auf diese Diskussion einlassen. Zu viele Jahre hatte er mit Gelehrten darüber gestritten, ob sie nun tot oder nur schlafend waren. Für ihn gab es da einen Unterschied, und wie er vermutete, für den König auch, nur wollte er diesen nicht sehen.

»Die Oger haben die Prophezeiungen, die ihnen von den Elfen aus dem Baum Mystraloon übermittelt worden sind, nicht richtig gedeutet, und andere dunkle Mächte haben sich dieses Wissen zu eigen gemacht, um die Oger als willige Kriegsschergen zu missbrauchen. Eure Majestät, Ihr müsst wissen, die Oger sind nicht gerade dafür bekannt, besonders verstandesbegabt zu sein.«

»Sie sind dumm?«, schrie der König aus.

»So könnte man es ausdrücken«, bestätigte Trumbadin.

»Dann verliert keine Zeit. Macht Euch auf den Weg zum Spalt. Redet mit diesem Oger, erklärt ihm, was seine Aufgabe ist, und macht ihm klar, dass – wenn die Artefakte nicht auf irgendeinem Weg zu ihm gelangen, – er dort unten hocken wird, bis er schwarz verfault ist.«

»Ich soll zu diesem Oger hinuntersteigen und mit ihm reden?«, fragte Trumbadin fassungslos.

»Ja, genau das werdet Ihr tun, und Ihr werdet nicht wieder heraufkommen, bis die Artefakte bereitliegen.«

»Der Wächter hat schon die Fesseln der Götterstunde angelegt«, wandte Trumbadin ein. »Er kann aus dem Spalt nicht mehr entkommen.«

»Dann hoffst du besser, dass ihr die Artefakte dort unten irgendwo findet, sonst wirst du dieses jämmerliche Gemüse aus den Körben bis an dein Lebensende mit ihm teilen dürfen.«

»Er mag das Gemüse und die Früchte nicht. Er will Fleisch.«

Der König grinste. Aber es war kein freundliches Grinsen, eher ein gehässiges. »Gut für ihn, schlecht für Euch«, sagte er und winkte Trumbadin fort.

23
Abschied

Kapitän Londor hatte nicht gelogen, was die spärliche Besatzung der Sturmwind anging. Ingert, der drahtige kleine Mann, saß im Ausguck. Mordigwel, genannt Mo, war die rechte Hand Londors und erster Steuermann der Sturmwind. Keuchel, der Schiffskoch, ein Mann, der aussah, als ob er sein eigenes Essen verschmähte, verbrachte die meiste Zeit unter Deck in seiner Kombüse. Die Decksarbeit verrichteten allein Stan und Tinnert, die Zwillinge, Josch, ein gutmütiger sanfter Riese von einem Mann, und Griss, ein Schläger aus den Gassen von Sandleg. Sieben Mann waren es, plus Kapitän Londor.

Ein Schiff von der Größe der Sturmwind II benötigte um die dreißig Mann Besatzung, wenn es voll einsatzfähig sein sollte. Leider waren in der Kürze der Zeit nicht mehr der Männer auffindbar gewesen. Die meisten von ihnen trieben sich in irgendwelchen Huren- oder Wirtshäusern herum. Selbst wenn Kapitän Londor sie ausfindig gemacht hätte, bräuchten sie sicherlich einen halben Tag, um wieder zu klarem Verstand zu kommen – und niemand mit klarem Verstand hätte auf so einer Fahrt angeheuert. Ingert konnte nicht den ganzen Tag und auch noch die ganze Nacht über im Ausguck hocken, genauso wenig wie Mo am Steuerrad und die anderen beim Raffen oder Hissen der Segel, beim Legen der Tampen und was sie sonst noch so rund um die Uhr durchhalten konnten. Londor hatte entschieden, dass nur die Arbeiten verrichtet wurden, die unbedingt nötig waren, um ein Schiff heil über das Meer zu bringen.

Die Männer waren nicht begeistert. Sie hatten sich an ihre Arbeiten auf See gewöhnt und waren nur schwer an neue Aufgaben heranzubringen. Aber auch nur so schwer, wie es einem Kapitän fiel, Befehle an seine Mannschaft auszugeben. Mit Murren und leise geflüsterten Flüchen traten alle ihre neuen Posten an.

Mordigwel am Steuerrad zu ersetzen fiel den Seeleuten leicht. Um den Kurs auf hoher See zu halten, ohne Ausweichmanöver und Richtungswechsel, brauchte es nur jemanden, der imstande war, auf seinen eigenen Beinen zu stehen und das Steuerrad festzuhalten. Bei Ingerts Aufgabe war das schon anders. Der dürre Mann wurde von den meisten seiner Kameraden sonst nur belächelt. Sie sahen ihn nicht als einen der ihren an, da er sich nicht an der regulären Arbeit auf Deck beteiligte. Die meiste Zeit saß er im Ausguck und träumte vor sich hin, wie sie sagten.

Auf normalem Kurs ließ Kapitän Londor ihn zehn Stunden dort oben hocken, bei Nacht war der Ausguck unbesetzt. Die Küste Nelbors war bekanntes Gebiet. Die Seekarten zeigten, wo sich ein Riff befand, und die Fahrrinnen der Schiffe waren so zugeteilt, dass ein Zusammenstoß unmöglich war, wenn sich jeder an die Route hielt. Mit dem Setzen des Kurses auf die Nordlande hatte sich alles verändert. Bei der Hand voll von Schiffen, die das Nordmeer durchkreuzten, bestand eine Bedrohung weniger darin, mit ihnen zu kollidieren, viel höher war die Gefahr, von ihnen geentert oder versenkt zu werden.

Schiffe, die auf das ewige Eis zusteuerten, trieben keinen Handel, und ihre Besatzungen hatten keine Familien, die es zu ernähren galt. Keiner dieser Männer besaß auch nur einen Funken von Ehre, und genauso ehrlos waren auch ihre Absichten. Was jedoch noch schwerer wog als Piraten, auf die man stoßen konnte, waren die Eisberge. Still und leise trieben sie durchs Wasser. Sie zeigten kaum mehr von sich als ein schwarzer Drache in der Dunkelheit, und selbst wenn man sie erspähte, reichte die Zeit oft nicht, um das Schiff auf einen anderen Kurs zu bringen. Hundertmal so schwer wie eine Bark, rammten sie ihre eisigen Dornen in den Rumpf eines jeden Schiffes und ließen es in wenigen Minuten sinken.

Die Seeleute erzählten sich Geschichten von Schiffen, die in den Eisbergen eingefroren waren. Sie sagten, wenn man selbst mit seinem Schiff auf diese treibenden Kolosse stieß, konnte man die erfrorene Mannschaft in den Wanten oder auf Deck und den Kapitän hinter dem Steuerrad sehen. Die Segel seien prall gefüllt, wie im Sturm, und gefrorene Wellen schlugen über die Reling. Bevor man selbst in die Tiefe gezogen wurde, konnte man ihre Stimmen hören, wie sie flehten und weinten und darum baten, endlich sterben zu können.

Auch die Oger hatten diese Geschichte gehört, als Tinnert sie eines Abends erzählte, und sie war nicht spurlos an ihnen vorbeigegangen wie so viele andere Geschichten zuvor. Mogda wusste nicht, wieso, aber er glaubte, es lag daran, dass es eine der wenigen Geschichten war, die die Oger auch verstanden hatten. Auf jeden Fall war Tebolf aufgesprungen und an Deck gegangen. Alles, was er gesagte hatte, war: »Tebolf nicht gefrieren in Eis. Tebolf zerschmettern Insel aus Eis mit Keule.« Die anderen hatten zustimmend genickt. Dann waren ihm Bralba, Korf, Purgol und zwei weitere der Oger gefolgt.

Drei Tage war das jetzt her, und es waren nicht mehr nur diese sechs, die sich inzwischen an Deck wagten. Abwechselnd gingen die Oger nach oben und hielten Ausschau nach Eisbergen. Dies war aber nicht alles, sie halfen der Mannschaft auch bei ihren täglichen Arbeiten auf dem Schiff.

Mogda saß oben an Deck. Er hatte es sich in einem Haufen Tauwerk gemütlich gemacht, der vorn am Bug lag. Zusammen mit einigen anderen hatte er morgens damit begonnen, den vorderen Laderaum von innen zu verstärken. Kapitän Londor hatte ihnen gesagt – nein, er hatte versprochen –, dass, wenn sie nicht bis zum Abend mit den Arbeiten fertig waren, sie sich alle auf dem Grund des Meeres wiederfänden. Mogda kannte Londor, und er wusste, dass in allem, was der Kapitän erzählte, nur ein Fünkchen Wahrheit steckte. Aber genauso wusste Mogda auch, dass ein Fünkchen reichte, um eine ganze Stadt niederzubrennen.

Gemeinsam mit den Kameraden, die handwerklich begabt genug schienen – wobei es reichte, wenn jemand früher Katapulte mit Steinen bestückt hatte –, kleidete er den Bug und den Laderaum mit Brettern aus. Die Hälfte der Arbeit war bereits geschafft, und Mogda hatte eine Pause ausgerufen. Das ewige Hämmern hallte wie dumpfer Trommelschlag in seinem Kopf nach, und der Geruch von Pech hatte sich in seiner Nase festgesetzt. Selbst das Essen, das ihm Keuchel persönlich gebracht hatte, schmeckte danach. Doch ehrlich gesagt war Mogda in diesem Fall sogar froh darüber, denn der Brei auf dem Teller, den Keuchel ihm hinhielt, sah ungenießbar aus.

»Da sind lauter gute Sachen drin«, hatte der Smutje versucht, ihm zu erklären. »Fisch, Erdknollen und Rote Beete, gewürzt mit feinen Kräutern. Und dann alles durch den Fleischwolf gedreht.«

Mogda hatte es wortlos in sich hineingeschlungen, während Keuchel vor ihm stand, um seine Reaktion abzuwarten. Mit vollem Mund brachte Mogda ein Grinsen hervor und brummte begeistert.

»Jaha«, lachte Keuchel, »so etwas Feines gibt es im roten Sumpf nicht.«

Mogda hatte sich den Schleim auf seinem Teller angesehen und gedacht: *Der ganze verdammte Sumpf besteht aus demselben Zeug. Wozu hat der Koch es extra warm gemacht? Hätte Rator den Funken der Götter in dieses Essen geworfen, wäre er für immer verschwunden geblieben*. Es hätte ihn nicht verwundert, wenn Blasen an die Oberfläche gestiegen und in gelbem Schwefeldampf zerplatzt wären.

Das Essen war jedenfalls die größte Herausforderung auf dieser Reise, und sie würde auch nicht durch einen Eisberg, egal wie groß er war, geschmälert werden.

»Dann werde ich deinen Kameraden jetzt auch etwas bringen, damit ich mich mit ihnen ein wenig gütig stellen kann. Es ist immer von Vorteil, ein paar große starke Freunde zu haben«, sagte der Smutje voller Euphorie.

Mogda sah ihm nach, wie er mit dem hölzernen Bottich und der Kelle davontrabte.

»Wahrscheinlich werden wir uns nicht mehr sehen«, flüsterte er, doch Keuchel hörte ihn schon nicht mehr. Er pfiff fröhlich eine Melodie, die er ab und zu unterbrach und mit einigen gesummten Worten untermalte. Wahrscheinlich kannte er nicht den ganzen Text.

Mogda war beruhigt, dass der Seemann als Minnesänger auch nicht mehr taugte denn als Koch. Vermutlich wusste Keuchel gar nicht, in welcher Gefahr er schwebte, wenn er einem Oger diese rote Pampe vorhielt. Wenn sie ihn über Bord warfen, bestand wenigstens die Möglichkeit, dass das Essen besser wurde. Mogda nahm sich vor, dazwischenzugehen, wenn sie ihm wirklich etwas antun wollten – er würde es auf jeden Fall versuchen – wahrscheinlich.

Cindiel wankte an dem Schiffskoch vorbei und hielt sich an der Reling fest. Der stetige Seegang machte ihr zu schaffen, wie auch vielen der Oger, so zum Beispiel Hagmu. Der Kriegsoger hatte sich, seitdem er das Schiff betreten hatte, nicht von seinem Platz im Laderaum gerührt und schien von Stunde zu Stunde schlechtere Laune zu bekommen.

»Ich soll von Kapitän Londor fragen, wie es mit der Arbeit unter Deck vorangeht.«

Mogda sah sie grimmig an. »Warum fragt er mich nicht selber?«

Cindiel hatte mit ihrer Übelkeit zu kämpfen. Sie holte tief Luft und atmete langsam aus.

»Er hat Angst vor dir«, kam Hagrim ihr mit der Antwort zuvor. Der Geschichtenerzähler kletterte umständlich aus dem Klüvernetz vorn an Bug. Mogda hatte ihn überhaupt nicht bemerkt, und Hagrim schien es auch nicht notwendig gewesen zu sein, auf sich aufmerksam zu machen. Er verhedderte sich mehrfach mit den Füßen in dem groben Netz und stützte sich dabei etwas unsittlich an der barbusigen Galionsfigur ab, während er eine Flasche Rotwein in Händen hielt.

»Verzeihung, Gnädigste«, sagte er höflich zu dem Holz. »Es scheint mir, ihr fröstelt etwas.« Dann kicherte er albern. »Dieses Auf und Ab mit den Wellen ist wirklich vorzüglich. Man braucht nur die Hälfte von dem zu trinken, was man sonst so in sich schüttet. Der Seegang besorgt dann schon den Rest.«

Mogda sah den Geschichtenerzähler angewidert an. Er begriff nicht, wie Cindiel es mit so einem Tölpel nur so lange aushalten konnte, und er sah in ihrem Gesicht, dass sie sich das Gleiche fragte.

»Ich kann dir einen Posten im Ausguck beschaffen«, drohte Mogda. »Du bist dann gleich nach Londor dran, wenn er mich noch einmal ›Herr Oger‹ nennt.«

Hagrim wandte den Blick nach oben, musste aber feststellen, dass dieser Ausblick seinem Magen nicht guttat. Er winkte ab und ließ sich wieder in das Netz fallen. Verständnislos zuckte Mogda mit den Achseln und sah zu Cindiel hinüber. Die junge Frau sah traurig zu dem Fleck, wo eben noch der Geschichtenerzähler gestanden hatte. Mogda spürte, dass sie dem Alten irgendetwas sagen wollte, aber nicht die richtigen Worte fand.

Der Oger erhob sich von seiner Lagerstätte. Er hatte sich an den Aufenthalt auf dem Schiff gewöhnt, einzig die für ihn zu niedrige Reling macht ihm immer noch zu schaffen. Den Seeleuten gab die Balustrade Halt, wenn das Wetter rau wurde, für einen Oger hingegen war sie nicht mehr als eine Stolperfalle. Ständig wanderte sein Blick zu der entfernten Küste, und er versuchte abzuschätzen, ob seine Schwimmkünste reichen würden, um das Ufer zu erreichen, falls er ins Wasser stürzte.

»Du machst dir Sorgen um ihn«, sagte Mogda und deutete nach vorn in das Klüvernetz.

Cindiel sah erschrocken auf, als ob die Frage selbst sie ängstigte. »Nein, sein Schicksal hat er selbst bestimmt. Ich frage mich nur, ob er die richtige Wahl getroffen hat. Die Zeit, um sich Sorgen zu machen, ist bereits an uns vorbeigezogen.«

»Ich weiß nicht, worum es geht, doch scheint er mir um einiges voraus zu sein, wenn er seinen Weg selbst bestimmen konnte. Außerdem sehe ich, dass er es mit seiner typisch gleichgültigen Art hinnimmt, wie immer. Was will man mehr?«

»Er ist nicht gleichgültig. Er ist betrunken«, entgegnete Cindiel. »Das ist nicht dasselbe.«

Mogda drehte sich um und warf einen Blick über den Bug. Hagrim lag da wie ein Insekt in einem Spinnennetz, hielt sich die Flasche an den Mund und nahm einen großen Schluck. »Er ist betrunken, aber nicht tot, und nur darauf kommt es an.«

Die Antwort schien Cindiel wenig zu trösten. Sie zitterte am ganzen Körper, und Tränen liefen ihr über das Gesicht. »Ich habe alles falsch gemacht«, sagte sie. »Ich habe in Osberg einen Mann getötet, und anstatt mich der Anklage zu stellen, habe ich mich bei Nacht und Nebel davongeschlichen. Ich habe Finnegan verlassen, anstatt ihn um Hilfe zu bitten. Zu guter Letzt musste Hagrim sein Leben einem Dämonenweib verschreiben – nur weil ich Antworten haben wollte, die ich bereits kannte. Alles, was ich getan habe, sollte allein mein Handeln vor mir selbst rechtfertigen.« Und Cindiel erzählte Mogda, was in Osberg vorgefallen war, wie sie und Hagrim des Nachts aus der Stadt entkamen und was bei Bocco Talis geschehen war. Als sie sich alles von der Seele geredet hatte, wurden ihre Tränen zu regelrechten Sturzbächen.

Mogda packte sie an der Hüfte und stellte sie vor sich auf die erhöhte Luke zum Laderaum. Wie sie da vor ihm stand, war sie immer noch einen Fuß kleiner als er, aber wenn er es richtig betrachtete, hatte er sie niemals zuvor so klein und hilflos gesehen, nicht einmal, als er sie als zwölfjähriges Mädchen kennen gelernt hatte, von Orks verschleppt und eingekerkert in einem Erdloch.

»Ich habe auch getötet. Allein um meinen Hunger zu stillen. Ich habe mein ganzes Volk im Stich gelassen, und nun fordere ich von ihnen, mir in ein Land zu folgen, in dem die meisten von ihnen den Tod finden werden – und das alles nur, um mein Schicksal zu erfüllen. Ich habe meinem Volk und den anderen nur Leid und Gottlosigkeit gebracht«, erklärte er ihr. »Wie du siehst, scheinen die Schwere unserer Probleme und Verfehlungen abhängig zu sein vom Körpergewicht«, flachste er und konnte Cindiel damit tatsächlich ein Lächeln entlocken. Er hätte ihr am Liebsten mit seinem Ärmel die Tränen aus dem Gesicht gewischt, doch befürchtete er, ihr Aussehen mit den Essensresten der vergangenen Tage, die an seinem Hemd klebten, zu verunstalten.

Cindiel sah ihn mit großen verweinten Augen an. »Wie kommt es, dass du jedes Mal, wenn wir uns wiedersehen, ein bisschen klüger und weiser geworden bist? Das Amulett um deinen Hals ist schon lange zerstört, und trotzdem scheinst du immer noch Kraft aus ihm zu ziehen.«

»Ich lese viel«, sagte Mogda und zog ein altes zerfleddertes Buch aus seiner Hosentasche. »Ich habe es zwischen all dem Schutt und Abfall in Meister Trebors Turm gefunden, als ich Gnunt besucht habe. Es war das erste Buch, das ich gelesen habe. Mir gefiel das Bild so gut.« Er reichte Cindiel die vergilbten Seiten, die nur noch durch wenige Fäden mit dem ledernen Umschlag verbunden waren. In das Leder war ein Bild eingebrannt, es zeigte zwei junge Frauen – die eine mit höfischer Kleidung auf einem Thron, die andere in Lumpen, an einen Baum gelehnt. Beide Male war es dieselbe Frau, als Prinzessin unglücklich, als Magd zufrieden mit dem, was sie hatte.

»Die vertauschte Prinzessin«, sagte Cindiel erstaunt. »Du hast mir davon erzählt, als wir uns das erste Mal sahen, im Drachenhorst. Ich habe dir erklärt, dass es sich um ein Kinderbuch handle. Hast du es noch einmal gelesen?«

Mogda schüttelte den Kopf. »Wie du schon gesagt hast, es ist ein Kinderbuch. Für Kinder muss alles einfach sein, und es muss immer gut ausgehen. Die Wirklichkeit ist aber nicht so. Man bekommt nicht immer das, was man will, das durfte ich bitter erlernen. Nur weil ich mir gewünscht habe, den Ogern ein besseres Leben zu bescheren, muss es noch lange nicht wahr werden. Und manchmal kann es sein, dass auch genau das Gegenteil eintritt von dem, was man erreichen wollte, und man alles einfach nur kaputtmacht.«

Cindiel sah zu ihren Füßen hinab, zu den Planken, unter denen es wieder begonnen hatte zu hämmern. Dann sah sie sich an Deck um. Tebolf stand am Heck des Schiffes und bemühte sich gerade, die verschiedenen Flaggen vom Besanmast einzuholen. Seine Hände versuchten, die flatternden Fetzen im Wind zu greifen, und sobald er eine von ihnen hatte, knüllte er sie zusammen und zerrte an den Leinen. Korf saß auf dem Dach der Kombüse und leckte einen der Töpfe aus, die Keuchel ihm reichte, dann schlich er zur Reling, knotete ein Band um den Henkel des Topfes und ließ ihn an der Bordwand hinunter, um ihn abzuspülen.

»Unsere Sicht ist getrübt«, sagte sie. »Genau wie ich nur das Elend und den Kummer sehe, die ich anderen bringe, so siehst du die Veränderungen bei deinem Volk nicht. Die Oger sind vielleicht noch nicht das geworden, was du dir wünschst, aber sie sind auf dem Wege dahin. Sieh dich um, vor Jahren haben sie noch unter Deck gehockt, grimmig und unberechenbar, nur darauf wartend, an Deck zu stürmen und ihre Waffen zu schwingen. Sieh sie dir jetzt an. Sie versuchen, sich einzubringen, lernen von anderen und passen sich an. Du hast Großes vollbracht, und du bist noch nicht am Ende.«

»Noch nicht am Ende«, wiederholte Mogda flüsternd. Wie sollte dieses Ende wohl aussehen? Er zog mit ein paar Dutzend Ogern quer durch die Welt, schlachtete sich durch ein Heer von Barbaren, tötete Suul, was immer sie auch sein mochte, Frau, Königin oder Göttin, nahm sich das Artefakt und rief damit irgendwie die Götter zurück? Zum Dank würde Tabal ihnen dann ein Reich schenken, und die Oger lebten glücklich bis an ihr Lebensende. Über so eine Geschichte würden selbst Kinder den Kopf schütteln.

Wie konnte er dann an all dies hier glauben? Es schien, als folge er nicht seinem Schicksal, sondern einem Kindermärchen. Doch egal, was er auch unternahm, der Strudel zog ihn mit sich – unaufhaltsam.

»Die Prophezeiung«, sagte Cindiel leise und holte Mogda damit zurück aus seinen Gedanken. »Könnte es sein, dass es etwas mit den Ogern und den Artefakten Tabals zu tun hat, die Rator und die anderen Kriegsoger jahrelang gesucht haben?«

»Ich weiß es nicht«, gestand Mogda. »Ich habe selbst schon daran gedacht, doch bis vor wenigen Tagen war ich der Überzeugung, dass diese Geschichte damals von den Meistern erfunden wurde, um die Oger an der kurzen Stange zu halten.«

»Bei der Stange zu halten oder an der kurzen Leine zu führen, heißt es«, berichtigte ihn Cindiel. »Wenn ihr die Prophezeiungen vom Baum Mystraloon genauso gut wiedergebt wie unsere Sprichwörter, könnte es sein, dass die Götter erwachen, es Sand regnet, wir alle auf einer Wolke leben und Wasser atmen, während die Welt unter uns verglüht.«

Mogda grinste. Die Vorstellung, auf einer Wolke zu sitzen, amüsierte ihn irgendwie. »Dann werde ich mich mal lieber wieder an die Arbeit im Laderaum machen, bevor die anderen noch Löcher in den Rumpf stemmen.«

Er wollte gehen, doch Cindiel zog an seinem Ärmel. »Du wirst uns nicht mehr viel weiter mitnehmen. Unsere Wege werden sich bald für immer trennen, stimmt's?«, fragte sie mit trauriger Stimme.

Mogda wusste nicht, wie sie das hatte ahnen können, doch es stimmte. »Du und Hagrim, ihr werdet heute Nacht das Schiff verlassen. Wir setzen euch am Durchbruch zum roten Sumpf ab. Ihr müsst den Funken der Götter wieder in Sicherheit bringen. Bringt ihn zurück zum Baum Mystraloon in den Elfenwald und versteckt ihn dort, sodass ihn nie wieder ein lebendes Wesen erreichen kann. Wenn wir ihn mit in die Nordlande nehmen, und er fällt den Barbaren in die Hände, wird es für uns alle keine Zukunft geben. Ich vertraue euch beiden. Zu eurem Schutz werde ich euch Gnunt und Tastmar mitgeben, sie haben sich schon mehrfach bewiesen, und man kann sich auf sie verlassen.«

Mogda wartete ihre Antwort nicht ab, sondern setzte seinen Weg fort, aber er wusste, dass sie tun würde, was er von ihr verlangte – sie war es ihm schuldig.

Wie geplant wurden die Oger mit den Arbeiten im Schiffsrumpf bis zum Abend fertig. Gemeinsam saßen sie im großen Frachtraum der Sturmwind und kauten auf den Stücken getrocknetem Dörrfleisch herum, die Keuchel ihnen mit verlockenden Worten überreicht hatte – besser schmeckten sie aber dennoch nicht. Aber der Schiffskoch hatte dazugelernt, diesmal wartete er nicht ab, wie es seinen Gästen schmeckte, sondern verzog sich sofort wieder in seine Kombüse.

Es war ruhig geworden im Laderaum. Viele der Oger waren erschöpft von der frischen Seeluft und der ungewohnten Arbeit an Deck. Doch das Schweigen hatte noch einen anderen Grund, sie warteten darauf zu hören, was nun passieren sollte, wenn sie die Nordlande erreichten. Einen Krieg in Aussicht gestellt zu bekommen war ihnen nicht mehr genug. Sie wollten wissen, gegen wen und warum sie kämpfen sollten. Es lag nun an Mogda, sie aufzuklären. Ein Wortgefecht mit Hagrim auszutragen oder einen Oger zu überreden, ihn zu begleiten, war eine Sache, ein kleines Heer anzuführen – und war es noch so klein – war etwas anderes.

»Gnunt und Tastmar«, rief er. Die beiden Oger starrten von ihrem Essen hoch. Tastmar saß ihm genau gegenüber, die Miene des Ogers war ausdruckslos und leer. Gnunt, der nur wenig dahinter Platz genommen hatte und an der Bordwand lehnte, kaute genüsslich und versuchte zu lächeln. Es missglückte aber, da er sich wieder einmal mit dem Finger in der Nase bohrte, während seine andere Hand versuchte, noch ein Stück Dörrfleisch in den ohnehin schon zu vollen Mund zu stopfen.

»Ihr werdet heute Nacht das Schiff verlassen und zusammen mit der Hexe und dem Geschichtenerzähler wieder an Land gehen. Ich möchte, dass ihr sie begleitet. Eure Reise wird euch in die Elfenwälder führen, wo ihr den Funken der Götter hinbringt. Schützt die beiden Hüttenbauer mit eurem Leben. Das Gleiche gilt für den gelben Kristall.« Tastmar nickte einmal kurz und beugte sich dann wieder vor. Gnunt hielt vor Erstaunen den Mund offen und gab einen Einblick auf das, was er die letzten Minuten alles zwischen seine Backen gestopft hatte, doch auch er nickte. Es war ein trauriges Nicken.

Mogda fühlte ein wenig Erleichterung. Der Anfang war getan, doch als er in das Gesicht von Hagmu sah, wusste er, dass es schwieriger werden würde. Offensichtlich war der Kriegsoger nicht begeistert davon, dass Mogda seinen besten Kundschafter wegschickte, während sie auf ein neues Land zusteuerten.

»Die anderen sollten sich darauf gefasst machen, dass das Wetter rauer wird. Nehmt die Felle, die wir geladen haben, und versucht, euch damit einzukleiden. Laut Kapitän Londor werden wir bald die Eisgrenze erreichen.« Mogda wusste nicht genau, was die Eisgrenze sein sollte, aber es hörte sich nach schlechtem Wetter an. »Wir werden die Insel Argaht ansteuern und versuchen herauszufinden, wo sich die Königin der Fremden befindet.« Er sagte bewusst »Königin«, denn erneut von einem Kampf gegen die Götter zu reden würde wenig Zuspruch finden. »Ich habe erfahren, dass sie im Besitz eines der Artefakte von Tabal ist. Wenn die Prophezeiung stimmt, ist es das Letzte, dass wir brauchen, um Tabal wiederzuerwecken.«

Mogda hoffte, dass seine Worte einfach genug waren, um sie zu verstehen, und er hoffte, dass wenigstens ein Funken Wahrheit darin lag.

»Oger nicht haben Prophezeiung«, brüllte Hagmu und sprang auf. »Du benutzen Worte von Meister. Tabals Fluch nicht sein wirklich.«

Mogda hatte damit gerechnet, dass der Kriegsoger sich weigern würde, erneut auf die Suche nach »Tabals Fluch«, wie sie ihn aus unbegreiflichen Gründen nannten, zu gehen. Wenn es eine Schande in der Geschichte der Kriegsoger gab, dann war es die Suche nach genau diesen Artefakten. Man hatte sie zum Narren gehalten, und alle wussten es. Die Oger waren damals die Einzigen, die nach den wundersamen Gegenständen gesucht hatten, um Tabals Ankunft auf der Erde zu ermöglichen. Von der ganzen Geschichte – dem Krieg für eine Belohnung, die es nie gegeben hatte, und dem Versagen der Oger – blieb nur die Schmach. Jetzt erwartete Mogda von ihnen, dass sie diese Schmach noch einmal über sich ergehen ließen.

»Du hast Recht, Hagmu, ich kenne die Prophezeiung auch nicht und weiß noch nicht einmal, ob es sie überhaupt gegeben hat. Tatsache ist aber, dass die Barbaren aus den Nordlanden nach mir und Gnunt gesucht haben, um an Artefakte zu kommen, von denen sie sagten, sie gehören einem Gott namens Nassfal. Sie suchten nach dem Schwert der Ettins und dem schwarzen Kristall, der mir bereits in einem Traum gezeigt worden war, bevor er überhaupt geboren war.«

»Oger nicht Kreaturen von Nassfal«, ging ihn Hagmu barsch an. »Oger Kinder von Tabal.«

»Nassfal oder Tabal, es sind nur Namen, welche die verschiedenen Völker ihren Göttern gegeben haben. Warum wohl besitzen wir diese beiden Gegenstände, die uns gute Dienste leisten, wenn sie einer anderen Gottheit gehören würden? Nassfal und Tabal sind wahrscheinlich ein und derselbe Gott. Alles was wir jetzt noch benötigen ist dieser Schild.«

Hagmu verschränkte die Arme vor der Brust. »Schiff auch in Besitz von Oger, Schiff gute Dienste für Oger, Oger nicht beten zu Wassergott.«

Der Kriegsoger war schwerer zu knacken, als Mogda geglaubt hatte. Außerdem war sein Einwand auch noch berechtigt. Mogda suchte nach Worten, um dagegenzuhalten, doch Worte allein würden nicht reichen, er brauchte Argumente.

Eine gesummte Melodie, die nicht gerade von musikalischem Verständnis und Einfallsreichtum zeugte, ließ Mogda im halbdunklen Laderaum umherschauen und nach der Quelle suchen. Aber erst als sich brummender Gesang dazugesellte, konnte er den übergroßen Minnesänger erkennen. Es war Gnunt, der trotz seiner sprachlichen Beeinträchtigung die Worte klar und deutlich erklingen ließ:

Doch auch die Goblins sterben schnell.
Der Splitter nun ist übrig.
Oger sind es, leuchten hell,
ziehen in die Schlacht wie üblich.
Sie gehen in ein Land so grell.
Der Götterweg, er ist so gütig.

Tabal er heißt in einem Land,
manche nenne ihn Talane.
Als Nassfal ist er auch bekannt,
doch Chaos ist sein wahrer Name.
Die Oger sind als Volk benannt,
sie pflanzen ihres Gottes Same.

Mogda, und anscheinend auch keiner der anderen Oger, hatte dieses Lied je zuvor gehört. Es klang wie ein Schlachtenlied der Orks, obwohl es dafür nicht blutrünstig genug war. Meist sangen sie von aufgespießten Köpfen und brennenden Körpern, aber die kurzen Strophen und die Melodie passten.

»Woher kennst du dieses Lied?«, fragte Mogda erstaunt. Im Laderaum war es still geworden. Jeder wiederholte die Worte in seinem Inneren und versuchte, die Melodie im Kopf zu behalten.

»Fein Lied von Goblinf«, sagte Gnunt, der den traurigen Blick immer noch nicht abgelegt hatte. »Fie Gnunt flagen, wenn Gnunt fingen Ende von Lied. Goblinf nur fingen Anfang.«

»Sing es noch mal, mit allen Strophen.«

Gnunt blickte sich um und suchte mit fragendem Blick nach Hilfe.

»Sing es ganz, meine ich«, erklärte Mogda. Strophen war kein Wort, das oft Verwendung fand im Leben eines Ogers, besonders nicht, wenn man jahrelang allein gelebt hatte. Gnunt ordnete in Gedanken die Worte und versuchte, sich den Text wieder in Erinnerung zu holen. Jetzt erinnerte sich auch Mogda – nicht an den Text des Liedes, aber an die Herkunft von Gnunt. Rator hatte ihm erzählt, welches Martyrium der Oger durchlebt hatte.

Gnunt war als sehr junger Oger von Orks und Goblins verschleppt worden, die ihn fortan als Sklaven hielten. Er wurde in einem Käfig gehalten und täglich geschlagen und mit Brandeisen gequält. Später, als er groß und kräftig war, verlangten seine Peiniger von ihm, dass er seinen schweren eisernen Käfig als Lastenaufzug benutzte. Er musste Proviant, Ausrüstungsgegenstände sowie Orks und Goblins nach oben auf den Gipfel hieven. Seine Qualen hielten über zwanzig Jahre an. Erst als er vom Aufstand der Oger gegen die Meister und ihre Vasallen hörte, lehnte auch er sich auf. Es hieß, er habe über dreißig Kinder Tabals erschlagen, Orks wie auch Goblins. Als man ihn fand, zog er eine Kette hinter sich her, an die er all seine toten Opfer gefesselt hatte.

Gnunt hatte den Text zusammen und sang mit einer tiefen traurigen Stimme:

Tabal, der führt ein Heer so groß:
Trolle, Orks und Goblins trampeln.
Eine Klinge liegt in Gottes Schoß,
die Hüttenbauer am Galgen strampeln.
Die erste Strophe ist famos,
die Goblins wild im Tanze hampeln.

Des Gottes Zorn ist stark und wild.
Die Orks, sie ziehen in die Schlacht.
In seiner Hand er hält den Schild.
Orkenkopf ist schnell vom Hals gemacht.
Die zweite Strophe zeigt ein Bild.
Ein Goblin schreit und lauthals lacht.

Tabal, sein Herz, das geht entzwei,
der Troll als Bollwerk steht.
Auch dieser Krieger geht zu Brei,

die Goblins sind jetzt Gottes Weg.
Die dritte Strophe ist die Beste,
die Goblins rufen auf zum Feste.

Doch auch die Goblins sterben schnell.
der Splitter nun ist übrig.
Oger sind es, leuchten hell,
ziehen in die Schlacht wie üblich.
Sie gehen in ein Land so grell.
Der Götterweg, er ist so gütig.

Tabal er heißt in einem Land,
manche nennen ihn Talane.
Als Nassfal ist er auch bekannt,
doch Chaos ist sein wahrer Name.
Die Oger sind als Volk benannt,
sie pflanzen ihres Gottes Same.

Als Gnunt zu Ende gesungen hatte, sah er sich erschrocken um. Er sah aus wie ein Kind, dass seine Strafe für etwas Ungezogenes erwartete.

Mogda war erstaunt, wie fehlerfrei Gnunt die gemeine Sprache beherrschte und wie gut man ihn verstehen konnte, was bei seinem gesprochenen Wort nicht immer der Fall war. Bei genauerem Betrachten war es jedoch gar nicht so ungewöhnlich. Wenn man zwanzig Jahre angekettet herumhockte und gezwungen war, nur den Worten der anderen zu lauschen, und das tagtäglich, konnte man sogar einem Vogel das Sprechen beibringen – hatte er gelesen. Dennoch war dieser Vogel nicht klüger als zuvor, er war nur abgerichtet. Gnunt war auch wie ein abgerichteter Vogel – nur ohne Flügel.

»Sie haben daraus ein Lied gemacht«, sagte Mogda heiser. »Das sieht diesen kleinen Aasfressern ähnlich. Wer weiß, was von der Prophezeiung noch übrig ist, doch wenn man genau zuhört, kann man es noch erkennen. Sie singen von der Klinge, dem Schild und dem Splitter, Tabal, Nassfal und wer weiß, in welchem Land sie ihn Talane nennen. Es passt alles zusammen.«

Mogda zog das Runenschwert und legte es auf das Fass vor sich. Dann löste er den Beutel an seiner Seite, öffnete ihn und legte den langen dunklen Splitter daneben. »Die Oger sind als Volk benannt, sie pflanzen ihres Gottes Same«, wiederholte er die letzte Strophe und betrachtete die beiden Artefakte.

Hagmu sprang vor und trat Mogda gegen die Brust, der rückwärts stürzte und zwischen einigen Säcken zum Liegen kam.

»Hagmu nicht folgen Lied von Goblins. Schwert nur machen Mogda träumen. Stein nur schwarzer Splitter. Sein Geschichte für Hüttenbauern, machen lachen über Oger.«

Hagmu packte das Schwert, rückte den Splitter in die Mitte des Fasses und schlug mit der Klinge zu. Ein greller Blitz tauchte den Laderaum der Sturmwind für einen kurzen Moment in gleißendes Licht. Die Helligkeit schien alles zu schlucken, selbst die Geräusche, Schreie und den muffigen Geruch nach nassem Tauwerk. Nur noch dunkle Umrisse, umgeben von Licht, waren zu erkennen; sie bewegten sich langsam und wie gelähmt, ertrinkenden Geschöpfen unter Wasser gleich. Dann war der Spuk plötzlich vorüber.

Mogda rieb seine Augen und versuchte, sich wieder aufzurappeln. Er stieß mit einem seiner Kameraden zusammen, konnte aber nicht erkennen, wer es war. Nur eines konnte er sagen: Es war nicht Hagmu. Nachdem der Kriegsoger das Runenschwert gegriffen hatte, hatte Mogda ihn nicht eine Sekunde mehr aus den Augen gelassen, auch nicht, als sie in das Licht getaucht wurden. Hagmu hatte sich seitdem nicht mehr bewegt. Er stand wie zur Säule erstarrt in der Mitte des Frachtraumes, das Fass mit dem Splitter vor sich, das Schwert zu Boden gesenkt.

Langsam wichen die weißen und schwarzen Flecken aus Mogdas Sicht, und seine Umgebung nahm wieder Farbe an.

»Das sein Tabals Fluch«, hörte er jemanden rufen.

Noch immer tanzten kleine Lichtpunkte vor Mogdas Augen, doch er konnte sehen, was die Stimme meinte.

Hagmu stand vor ihm. Seine Haut war schneeweiß, genau wie sein Haar, und die Augen starrten trübe ins Leere, aber er war am Leben. Wie zuvor das Licht, bestand er nur noch aus Schwarz und Weiß. Alles an ihm hatte die Farbe verloren, nur der schwarze Stein in seiner Augenhöhle und die dunklen Tätowierungen der Kriegsoger hoben sich von ihm ab.

Das Schwert und der Splitter schienen unberührt geblieben zu sein.

24
Söldner

Wieder einmal hatte es begonnen zu schneien, nur diesmal war es kälter als zuvor. Die herabfallenden Schneeflocken bildeten eine matschige Schicht auf dem Wasser, die mit den Wellen an die Küste getragen wurde. Von der Sturmwind II waren nur noch die Positionslichter zu sehen, und auch diese würden gleich verschwunden sein. Von ihr zurückgelassen wurden ein Rettungsboot, zwei Sack Verpflegung und vier Gefährten, wie sie ungleicher nicht sein konnten.

Das Schneetreiben zog in die Meerenge und ergoss sich in das dahinterliegende Land. Das fahle Mondlicht konnte nur gelegentlich zwischen den schweren, tief hängenden Wolken hindurchscheinen, aber in diesen kurzen Momenten ließ es die fallenden Schneeflocken aussehen wie Diamanten, die vom Himmel regneten.

Cindiel stand trockenen Fußes auf einem Stein und schaute der Sturmwind nach, während das halb gefrorene Wasser sie umspülte. Gnunt hatte sich hinter sie gestellt, und das eiskalte Wasser schwappte über seine fast nackten Füße. Doch obwohl sie auf einem Stein stand, überragte er sie immer noch um gut drei Fuß.

Die Positionslichter waren verschwunden, als Cindiel sich umdrehte. Gnunt sah immer noch hinaus aufs Meer, als ob sein Blick weiter reichte wie der der jungen Hexe.

»Hilfst du mir herunter?«, fragte Cindiel.

Gnunt sah sie erschrocken an, setzte aber einen Herzschlag später sein fast allgegenwärtiges Lächeln auf. Er nickte zufrieden, packte Cindiel sanft an der Hüfte, hob sie hoch und stellte sie neben sich in das knöcheltiefe Wasser.

Cindiel versuchte, einen Aufschrei zu unterdrücken, trotzdem entfuhr ihr ein schauderndes »Huhu«.

Verwundert sah Gnunt sie an. Er musterte sie und schien sich zu fragen, ob er ihrer zierlichen Gestalt wehgetan haben könnte. Erst als sie sein Lächeln erwiderte und seinen Blick auf ihre Füße lenkte, verstand er – jedenfalls so gut er konnte.

Gnunt nickte verständnisvoll. »Gehen weg von Waffer«, sagte er. »Füfe naff, flecht für Laufen.«

»Ich werde es mir merken«, sagte Cindiel und balancierte auf Zehenspitzen zum Ufer.

Sie war bereits ein Stück vorausgelaufen, als sie sich umdrehte und bemerkte, dass Gnunt immer noch im Wasser stand und dem Schiff nachsah.

»Komm mit, Gnunt, wir müssen Hagrim und Tastmar wieder einholen, sonst verlieren wir sie in der Dunkelheit. Es ist zu gefährlich, wenn wir getrennt werden.«

»Gnunt fich merken«, antwortete Gnunt, warf einen letzten Blick hinaus aufs Meer und folgte ihr.

Gnunt war Cindiel etwas unheimlich, doch sie wollte es ihn auf keinen Fall spüren lassen. Mogda hatte ihr erzählt, dass Gnunt es gewesen war, der Eliah im Elfenwald getötet hatte. Ihm war es zu verdanken, dass überhaupt einer der Oger lebendig zurückgekehrt war. Ganz allein und nur durch seine Beobachtungen hatte er herausgefunden, dass Eliah nicht durch Kraft oder Mut besiegt werden konnte. Schwerter und Äxte prallten einfach an ihm ab, die schweren Faustschläge der Oger konnten ihn nicht zurückdrängen, und Pfeile und Bolzen brachen an seiner Brust wie morsche Äste.

»Mann ohne Fuhe fein wie Waffer«, hatte Gnunt erklärt, als er diesen gepackt und einen abgebrochenen Ast langsam und ohne grobe Gewalt durch dessen Körper getrieben hatte. Es ergab Sinn. Eliah – oder Illistantheè, wie die Nesselschrecken ihn genannt hatten – war ein Dämon aus den Tiefen der Meere. Er brauchte das Wasser zum Leben wie die Menschen die Luft zum Atmen. Sein Körper war aus Wasser, und er verhielt sich auch so. Je stärker man darauf einschlug, desto härter wurde es. Jedem Kind war dies bekannt, und dennoch wäre nicht einmal einem Gelehrten diese Idee gekommen.

Gnunt war kein Gelehrter, er war ein Oger, aber auch von seinesgleichen unterschied er sich. Mogda hatte seine Intelligenz durch ein magisches Amulett bekommen, doch was außer einem langen einsamen Leben in Gefangenschaft hatte Gnunt vorzuweisen, um seine Andersartigkeit zu rechtfertigen?

Tastmar, Cindiels anderer hünenhafter Begleiter, war nicht minder sonderlich. Er hatte eine lange Narbe am Hals, dort, wo Eliah ihm im Kampf ein Schwert hineingerammt hatte. Seit diesem Tage war er stumm. Außer einem zustimmenden Brummen oder einem knurrenden Widerspruch hatte sie von ihm noch nie etwas vernommen. Als Hagrim vor Kurzem eine Fackel entzünden wollte, um ihnen den Weg zu leuchten, hatte er sie ihm aus der Hand gerissen und sie ins Wasser geworfen. Die Miene des Ogers war dabei eisig und starr gewesen – wie stets. Selbst was er auch ohne Worte hätte ausdrücken können, verbarg sein Gesicht dennoch. Nichtsdestotrotz, Mogda hatte diese beiden als Weggefährten für sie ausgewählt, und das sicherlich nicht ohne Grund. Sie wussten um den Stein und würden ihn mit ihrem Leben verteidigen.

Es dauerte nicht lange, bis Cindiel und Gnunt zu Hagrim aufgeschlossen hatten. Auch dem Geschichtenerzähler war scheinbar in Gegenwart des stummen Tastmars mulmig gewesen. Er hatte sich zurückfallen lassen, um auf die Hexe und Gnunt zu warten.

»Lass dir nicht einfallen, mich mit diesem Monstrum noch einmal allein durch die Gegend stampfen zu lassen«, beschwerte er sich, als Cindiel näher kam. »Ich habe mich an Mogda gewöhnt, und ich kann mit ruhigem Gewissen behaupten, dass Tarbur zu meinen Freunden zählte. Doch dieser grimmige Geselle hier ist irgendwie anders. Er sieht mich die ganze Zeit an, als wäre ich daran schuld, dass er nicht reden kann. Meine innere Stimme sagt mir, dass wir ihn irgendwie loswerden müssen, und den anderen am besten gleich mit. Immer wenn ich Gnunt sehe, habe ich das Gefühl, er ist ein Kleinkind mit dem Gewicht von zwei Ponys. Kinder sind unberechenbar. Wenn ich darüber nachdenke, dass er mir seine Keule über den Kopf zieht, nur weil ich gesagt habe, er soll endlich schlafen gehen, stellen sich mir die Nackenhaare auf.«

Hagrim hatte nicht mitbekommen, dass Gnunt neben ihm aus dem Dunkeln aufgetaucht war und seine Zweifel mit angehört hatte. Der plumpe Ogerkrieger stapfte auf den Geschichtenerzähler zu und hob den Alten am Arm in die Luft.

»Wetter kalt«, grollte er. »Hüttenbauer bewegen, sonst erfrieren.« Er schwang Hagrim wie eine Marionette hin und her, achtete aber darauf, ihn nicht zu verletzen.

»Lass mich sofort runter, du Riesentölpel«, schimpfte dieser. Gnunt stellte ihn wieder ab. Die schroffen Worte taten ihre Wirkung. Wie ein ungezogenes Kind, das von seinen Eltern gerügt wurde, sah er zu Boden.

»Gnunt nicht gewollt«, flüsterte er.

»Ist schon gut«, tröstete Cindiel ihn. »Du hast ja Recht, wir sollten immer in Bewegung bleiben, damit wir nicht auskühlen. Doch irgendwann müssen wir eine Rast machen, uns an einem Feuer wärmen und etwas essen.«

Gnunt schüttelte energisch den Kopf. »Nicht Feuer, wenn dunkel. Fumpf überall Feinde. Feuer wenn Fonne an Himmel.« Dann drehte er sich um und folgte der Richtung, in der Tastmar verschwunden war.

»Was soll das?«, flüsterte Hagrim Cindiel zu. Ein weiteres Mal wollte er sich nicht von den Ogern belauschen lassen. »Wir sind hier mitten im Sumpf, eigentlich macht man Feuer, um irgendwelche Bestien von sich fernzuhalten. Wölfe und andere wilde Tiere haben Angst vor Feuer. Außerdem ist es Wahnsinn, hier bei Nacht umherzulaufen. Wir könnten sonst wo hineinlaufen und würden es erst merken, wenn wir mittendrin stünden.«

»Die Oger fürchten sich nicht vor Wölfen, wilden Tieren oder sonst was«, erklärte Cindiel. »Sondern vor Feinden, die das Feuer anlockt.«

Hagrim fragte mit Absicht nicht, welche Feinde das sein sollten. Es reichte ihm schon, hinter zwei Ogern des Nachts durch einen Sumpf zu laufen. Nach noch mehr Gefahren stand ihm im Moment nicht der Sinn. Zwei Dinge musste Hagrim aber im Laufe der Nacht noch feststellen. Erstens: Er fühlte sich sicherer, wenn er die Oger sehen konnte, aus dem einen oder anderen Grund. Zweitens: Wenn ein Oger sagte, er läuft die Nacht durch, lief er die Nacht über durch.

Die Sonne hatte sich über die Berge im Osten und ihrem eigentlichen Ziel, dem Elfenwald, erhoben, als Tastmar seine Axt in den Stamm einer abgestorbenen Birke schlug und den halbhohen Baum mit dem Fuß umstieß.

»Taftmar fagen, hier Lager«, erklärte Gnunt.

Hagrim sah sich um. »Hier oder woanders, das macht keinen Unterschied. Dein stummer Freund soll sich nur nicht einbilden, dass ich mich an dieses Matschloch setzen und für ihn nach Fischen angeln werde.« Er zeigte auf einen grünen Tümpel, in dem faulige Blasen aufstiegen und einen Geruch verbreiteten, der entfernt an Hühnermist erinnerte. »Auch wenn er einen ganzen Wald mit seiner Axt abhackt, um seine Stärke zu demonstrieren, werden wir keine Dienstboten für euch sein.«

Auch diesmal hatte Gnunt nichts von dem verstanden, was der Geschichtenerzähler da von sich gab, aber er fühlte sich irgendwie dazu herausgefordert, etwas zu antworten. Bevor ihm jedoch das Passende einfiel, kam Cindiel ihm zuvor.

»Der Platz ist gut gewählt«, erklärte sie, sodass es auch die beiden Oger hören konnten. Dann wandte sie sich an Hagrim und flüsterte ihm zu. »Tue lieber, was sie sagen.«

Hagrim lachte auf. »Warum sollte ich das wohl tun, nur weil er einen alten morschen Baum mit einem Schlag fällen kann?«

»Deswegen.« Sie packte sein Kinn und drehte es Richtung Osten. Hagrim erkannte mehrere sich bewegende Silhouetten. Die Fremden waren noch über eine Meile entfernt, doch sie hielten direkt auf sie zu.

»Orks?«, fragte der Geschichtenerzähler.

»Hüttenbauer«, erklärte Gnunt. »Ork laufen andere Richtung, wenn fehen Oger.«

Das leuchtete ein, gestaltete die Situation aber nicht einfacher.

Sie hatten bereits ihr Lager aufgeschlagen – was nicht besonders lange gedauert hatte bei der mangelnden Verpflegung und der dürftigen Ausrüstung, die sie bei sich trugen –, als die Männer sie schließlich erreichten. In breiter Front, mit starren Blicken und stumm, kam der kleine Trupp auf ihr Lager zu. Cindiel war sich sicher, dass es sich um Krieger handelte. Fragte sich nur, welchem Herrn sie dienten.

Sechs kräftige Männer, gepanzert mit den unterschiedlichsten Rüstungen und einem regelrechten Waffenarsenal, konnten nur Krieger sein, oder besser gesagt: Söldner. Solche Männer nördlich des Gebirges zu schicken, konnte die unterschiedlichsten Gründe haben, aber bezahlen konnten sie nur die wenigsten. Das sie den Weg quer durch Nelbor, über den Pass und weit hinein in den roten Sumpf gemacht haben sollten, nur um hier ihr Glück zu suchen, schien mehr als unglaubwürdig. Keiner dieser Männer würde auch nur einen Fuß aus der Kneipe setzen, ohne dafür Gold zu verlangen.

Cindiel kannte diese Sorte Krieger. Sie waren bereit, jeden, der ihnen half, großzügig zu entlohnen. Nicht selten war es vorgekommen, dass einer von ihnen an ihre Tür in Osberg klopfte und nach Tränken und Salben fragte. Konnte sie solche entbehren, trennte sie sich davon und bekam mehr als ausreichend Gold dafür gezahlt. Dennoch scheute sie sich auch nicht davor, mal einen Söldner zurückzuweisen, wenn ihre Heilkunst dringender bei friedfertigeren Menschen benötigt wurde. Sie wusste, dass jede Hilfestellung, die sie diesen Männern leistete, einem anderen das Leben kosten würde. Sie versuchte sich einzureden, dass es Mörder, Diebe und Frauenschänder waren, die den Schwertern der Söldner erlagen – eine Lüge, mit der es sich aber zuweilen besser leben ließ. Im Moment konnte sie nur hoffen, dass diese Männer sie nicht eines besseren belehrten.

Gnunt wollte sich erheben, um die Hüttenbauer willkommen zu heißen, doch Tastmar knurrte ihn nur an und bedeutete ihm, sich wieder zu setzen. Anscheinend hegte Gnunt überhaupt keinen Zweifel an der Rechtschaffenheit der Männer. Wobei er auf Nachfragen sicherlich auch Eliah nett gefunden hatte.

Mit jedem Schritt, den die Söldner näher kamen, wanderte auch Tastmars Hand weiter dem Griff seiner Axt entgegen. Doch bevor seine Finger auch nur die Waffe berührten, blieb der Trupp stehen.

»Prios zum Gruße«, rief einer von ihnen. »Habt ihr etwas dagegen, wenn wir uns ein Weilchen zu euch gesellen?«

Prios zum Gruße, dachte Cindiel, *das fängt nicht gerade verheißungsvoll an*. Söldner waren nicht gerade dafür bekannt, besonders gefestigt im Glauben zu sein. Ihre Angelegenheiten ließen es nicht zu, auf den Willen der Götter zu warten, ihre Auftraggeber waren ungeduldige Menschen, und die Entlohnung war umso höher, je schneller der Auftrag ausgeführt wurde.

»Den Göttern zum Gruße«, antwortete Cindiel, nachdem ihr klar wurde, dass niemand anderes die Frage des Söldners beantworten würde. Sie fragte sich, wie es wohl weitergegangen wäre, wenn nicht sie die Stimme erhoben hätte. Die Antwort erschloss sich ihr, als sie Tastmars Hand nach dem Axtstiel greifen sah.

»Kommt her und gesellt euch zu uns«, sagte sie schnell, bevor der Oger das Gespräch in ein Gemetzel verwandeln konnte.

Tastmar blieb ruhig sitzen, aber er war angespannt wie eine Bergkatze beim Belauern ihrer Beute. Er hatte die Fremden noch nicht eines Blickes gewürdigt, und doch sah man, dass er ihren Tod herbeiwünschte. Gnunt hingegen schien die Freude in Person. Er grinste breit und tastete in seinem Beutel nach einigen besonderen Leckerbissen. Für Cindiel stand es außer Frage, dass er den Söldnern, sobald sie näher gekommen waren, etwas davon anbieten würde.

Die Söldner tauschten verstohlene Blicke untereinander aus. Ohne ein weiteres Wort zu sagen, traten sie ins Lager. Scheinbar ohne lange nach geeigneten Sitzgelegenheiten zu suchen, setzten sie sich. Weder blieben sie zusammen, wie man es von Fremden in der Gegenwart von Furcht einflößenden Ogern erwartet hätte, noch hockten sie sich ihren Gastgebern gegenüber, um diese im Auge behalten zu können. Nein, sie verteilten sich wie auf einem Schlachtfeld. Zwei von ihnen nahmen Platz zwischen Gnunt und Tastmar, und jeweils zwei weitere setzten sich an die äußeren Flanken der Oger.

Cindiel wollte den Fremden keine Gelegenheit geben, noch weitere verräterische Blicke auszutauschen, damit sie vielleicht sogar stillschweigend einen Angriff planen konnten. Diese Männer durfte man nicht grübeln lassen, man musste sie fordern – und wenn schon nicht mit der Klinge, dann wenigstens mit Fragen.

»Was hat euch in den roten Sumpf verschlagen?«, erkundigte sie sich neugierig.

Cindiel war schockiert, wie abgeklärt die Männer waren. Nur ein einziger schien überhaupt dazu bereit, ihre Frage zu beantworten, und selbst dieser nahm sich die Zeit, sie in Ruhe zu mustern. Er brach einen trockenen Ast ab und malte zusammenhanglose Linien in die nasse, rote Erde, dabei sah er ihr tief in die Augen. Alle anderen hatten den Blick gesenkt und belauerten die Oger zwischen ihnen.

»Wir sind auf Geheiß von Lord Oulagh unterwegs und erkunden das Land nördlich von Nelbor. Das Land hat sich verändert, und die Lords wünschen, darüber Bescheid zu wissen. Man könnte uns als Kartenzeichner sehen.«

»Kartografen«, berichtigte Cindiel ihn, in der Hoffnung, dass er seine alberne Behauptung überdachte. Albern war sie insofern, dass

Cindiel keinen dieser Männer überhaupt imstande zu sein glaubte, lesen und schreiben zu können. Kartografen waren ausgebildete Gelehrte, die sich mit Land, Leuten, Flora und Fauna ausgezeichnet auskannten. Von diesen Männern vermutete sie, dass sie vielleicht gerade einmal den Namen einer Schenke stotternd abzulesen vermochten. Was die anderen Geisteswissenschaften anging, so befanden sich ihre Kenntnisse sicherlich auf dem Niveau von Ogern.

»Für Lord Oulagh«, sagte Cindiel. »Das ist gut.«

Der Söldner konnte ihre Bemerkung nicht zuordnen. Er lehnte sich vor, und seine Augen verengten sich, während er Cindiel weiter musterte.

»Ich freue mich, dass es dem alten Mann besser geht«, kam sie ihm zuvor. »Bei meinem letzten Besuch war er mit Blindheit geschlagen. Da er aber nun schon wieder nach Karten verlangt, gehe ich davon aus, dass seine Sehkraft sich auf wundersame Weise verbessert hat. Ich konnte ihm mit meinen Zauberkräften nicht helfen. Die Götter scheinen ihm wohlgesonnen.«

Cindiel kannte Lord Oulagh nur vom Hörensagen. Er war ein unbedeutender Lord aus Süden von Nelbor. Einige kleine Bauerngemeinden nannten ihn Lehnsherr, das war aber auch schon alles. Er besaß kein Heer, keine Burg und keine Schiffsflotte, die ihm zu Reichtum verhelfen konnte, aber er war ein Lord und wahrscheinlich nicht blind.

»Lord Oulagh geht es wieder besser«, log der Söldner. »Prios hat ihm sein Augenlicht zurückgegeben, und nun ist er voll Wissbegier, wie das Land sich während seiner Finsternis verändert hat.«

»Das ist schön«, sagte Cindiel, wollte es aber nicht darauf beruhen lassen. »Ich hoffe, er erwartet nicht allzu viel. In dem halben Jahr, in dem er nicht sehen konnte, hat sich die Welt sicherlich nur wenig verändert.«

Mittlerweile dürfte es selbst dem dümmsten Söldner aufgefallen sein, dass er an der Nase herumgeführt wurde. So befremdlich Cindiel ihre beiden Begleiter, Gnunt und Tastmar, auch in der Nacht zuvor gefunden hatte, so glücklich schätzte sie sich nun über ihre Anwesenheit. Ohne die beiden Oger wären Hagrim und sie mit an Sicherheit grenzender Wahrscheinlichkeit bereits tot.

»Ihr stellt viele Fragen für eine junge Dame, deren Aufenthalt im roten Sumpf genauso fragwürdig ist wie der unsere, und das nicht nur bezogen auf Eure Begleitung«, konterte der Söldner. »Findet Ihr nicht, wir sollten uns erstmal einander vorstellen. Mein Name ist Gorthjohn.« Der kräftige Mann mit dem kahl geschorenen Kopf und dem breiten Backenbart erhob sich halb von seinem Platz, deutete eine Verbeugung an, setzte sich aber sogleich wieder. Eine lang verheilte Narbe verlief von Höhe seines linken Auges bis hinunter zum Kinn. »Der alte Griesgram mit dem Vollbart neben mir ist Pollog, der daneben sein Sohn Gunthger.« Er zeigte die Reihe weiter entlang, aber keiner der Männer sah auch nur einmal hoch. »Tyrell, Kordobar und Hallingturn.«

Cindiel vermutete, dass er ihre Namen nicht erfunden hatte, schließlich gab es keinen Grund dafür, da keiner der Männer ihnen bekannt war. Genauso wenig hatte sie Lust, den Söldnern etwas vorzumachen. Wenn sie auf der Suche nach ihnen waren, wussten sie ihre Namen ohnehin. Und wenn nicht, gab es keinen Grund, sie zu verheimlichen.

»Ich bin Cindiel, und mein Begleiter ist Hagrim«, sagte sie mit fester Stimme. »Wir kommen aus Sandleg. Um sicher durch den Sumpf zu gelangen, haben wir diese beiden Oger in unsere Dienste gestellt. Ihre Namen sind Gnunt und Tastmar. Sie sind zwei Kriegsoger und haben uns in den Jahren zuvor schon gute Dienste geleistet, sodass wir sie inzwischen als Freunde betrachten.«

Gorthjohn musterte die beiden Oger. Sein Blick verriet Missachtung, doch als Tastmars Augen den seinen begegneten, wandte er sich ab.

»Ich dachte immer, Kriegsoger seien gezeichnet mit Tätowierungen«, wandte er sich wieder Cindiel zu.

»Fragt sie selber«, erwiderte Cindiel störrisch. »Vielleicht verraten sie Euch ihr Geheimnis, wenn Ihr sie der Lüge bezichtigt. Doch denkt daran, dass ihnen so etwas wie Humor nicht gegeben ist. Geringschätzung wird bei den Kindern Tabals immer noch mit Blut vergolten.«

Gorthjohn lächelte verkniffen. »Wahrscheinlich ist es nur eine Geschichte. Warum sollten sie alle tätowiert sein? Ein König ist schließlich immer noch ein König, auch wenn er seine Krone nicht trägt.«

Typisch Söldner, dachte Cindiel. Sie waren dumm genug, einen Oger der Lüge zu bezichtigen, aber schlau genug, nicht darauf zu beharren.

Das war das Gute an Söldnern, es gab nur zwei Arten dieser käuflichen Kämpfer. Die einen waren jung, unerfahren, für wenig Sold zu haben und ehrgeizig – so ehrgeizig, dass es sie häufig ihr Leben kostete. Die anderen waren erfahrene Kämpfer, die sich nur von Lords und Königen anheuern ließen und oft am Tag mehr kosteten als die gesamte Wache einer Stadt. Solche schien Cindiel vor sich zu haben.

Ihren beträchtlichen Sold verlangten diese Art Söldner nicht ohne Grund. Sie konnten meist auf etliche Jahre im Dienste des Adels zurückblicken, und sie hatten nur selten einen Misserfolg zu verzeichnen. Nicht nur weil sie alle Arten von Hinterlist und Bosheit kannten, sondern auch weil sie immer ein Auge auf ihre Börse hegten. Der großzügige Sold hatte sie vorsichtig werden lassen. Sie wollten ihren Wohlstand selbst genießen und nicht vererben, so es denn Erben gab. Sobald sich das Kräfteverhältnis zwischen ihnen und ihren Gegnern auch nur anglich, zogen sie sich zurück. Sie töteten aus sicherer Position, aus dem Hinterhalt oder bei zahlenmäßiger Überlegenheit und kämpften erst, wenn nicht allein nur die Götter auf ihrer Seite waren, sondern auch alles andere. Jeder von ihnen wusste, dass – sollte es jetzt zum Kampf kommen – wenigstens die Hälfte von ihnen nicht mehr heimkehren würde.

»Ihr seid ein kluger Mann«, schmeichelte Cindiel Gorthjohn. »Ich nehme an, das schlechte Wetter wird euch bald wieder zurück nach Nelbor reisen lassen.«

Gorthjohn legte ein selbstsicheres Grinsen auf. »Hübsches Kind, wir sind Männer aus Turmstein. Schlechtes Wetter ist für uns kein Grund, unser Tun zu unterbrechen. Dunkle Wolken begleiten uns schon unser ganzes Leben lang. Es sind die anderen, die sich unterstellen sollten, wenn Wolken aufziehen.«

Es war das erste Mal, dass auch die anderen Söldner etwas von sich gaben. Zustimmendes Nicken, gemurmelte Bejahungen und leises Gelächter erfüllten ihre Reihe.

Cindiel war die Einzige, die den stillen Blick zwischen Tastmar und Gnunt sah. Es war nur ein winziger Moment, indem sich ihre Blicke trafen, aber dieser genügte. Wie auf Kommando packten die beiden Oger ihre Sitznachbarn. Gnunt nahm Pollog und seinen Sohn Gunthger in den Schwitzkasten, und Tastmar hielt in je einer Hand die Köpfe von Tyrell und Kordobar und presste sie gegeneinander. Die Männer hatten keine Zeit, ihre Waffen zu heben. Und auch die verbliebenen zwei sahen davon ab, um das Schicksal ihrer Kampfgefährten nicht endgültig zu besiegeln.

Cindiel selbst war erschrocken, mit welcher Angriffslust die beiden Oger auf ihre Widersacher losgegangen waren. Von Tastmar hätte sie so ein Verhalten erwarten können, doch Gnunt, der ewig lächelnde, nie erwachsen gewordene Hüne, hatte ebenfalls keine Zeit verloren. Es stand außer Frage, dass auch er nur ein wenig Kraft aufwenden musste, um die beiden Söldner im Nu zu töten. Seinem Blick nach zu urteilen, würde er dies auch ohne zu zögern tun.

»Wie Ihr seht, sind auch meine beiden Begleiter um Euer Wohlergehen besorgt. Es ist nicht der Regen, vor dem Ihr Euch fürchten solltet, sondern Blitz und Donner. Ich glaube, wir haben uns verstanden. Wenn meine beiden Gefährten Eure gleich wieder loslassen, kann ich doch sicherlich davon ausgehen, dass sie keine Dummheiten machen werden, oder?«

»Wie ihr es wünscht«, erklärte Gorthjohn.

So wie besprochen geschah es auch, und Gorthjohn war nicht der Einzige, der darüber glücklich war. Die Söldner zogen wortlos wieder ab, auch ihre grimmigen Blicke versuchten sie zu verstecken. Erst als sie fast außer Sicht waren, wich Cindiels Anspannung, und auch Hagrim fand wieder Worte. »Bei den Göttern, du hast wirklich ein Talent, dir Freunde zu machen«, höhnte er.

Cindiel sah anklagend zu Gnunt und Tastmar. »Warum habt ihr das gemacht? Wahrscheinlich waren sie gar nicht auf der Suche nach uns. Vielleicht kartografieren sie wirklich das Land.«

»Hüttenbauer gekommen für töten Kinder Tabals«, rechtfertigte sich Gnunt. Diesmal zeigte er kein Lächeln in seinem Gesicht.

»Woher willst du das wissen?«, fauchte Cindiel ihn an.

Schweigend warf Tastmar eine Kette in die Mitte des Lagers. Cindiel brauchte einen Moment, um das Schmuckstück genauer zu betrachten. Die vielen verschiedenen Ringe und das einfache Band, das zum Aufziehen diente, erinnerten sie an eine Kordel mit getrockneten Apfelscheiben. Erst als sie genauer hinsah, erkannte sie, um was es sich handelte: um Ohren, abgeschnitten und auf das Band aufgezogen. Die meisten schienen der Farbe und Form nach zu Orks und Goblins zu gehören, obwohl man dies durch den fortgeschrittenen Verwesungszustand kaum noch sagen konnte. Zwei von ihnen gehörten aber unbestreitbar zu einem Oger.

»Sie werden wiederkommen«, flüsterte Cindiel. »Und sie werden Verstärkung mitbringen.«

»Follen tun«, knurrte Gnunt. »Holen Ohren von Hüttenbauer. Werden langef Band.«

25
Der Gelehrte und der Krieger

Trumbadin sah die beiden weißhäutigen Zwerge zweifelnd an. Sie waren gute Männer, immer pünktlich, pflichtbewusst und nicht öfter betrunken als alle anderen auch. Das Arbeiten an der Kette, wie die Zwerge den Aufzug zum Spalt nannten, war einsam und bot nur wenig Abwechslung. Wenn Trumbadin es genau bedachte, waren alle Arbeiten am Spalt einsam und stupide, genau wie das Land, das sie umgab.

In Bleichenstadt wurden sie als Helden gefeiert. Jeder Zwerg würde alles hinter sich lassen, nur um hier seinen Dienst tun zu können. Trumbadin erinnerte sich noch an den Tag, an dem er aus Bleichenstadt aufgebrochen war, um zum Spalt zu reisen. Er *hatte* alles zurückgelassen, und er *war* glücklich gewesen. Jetzt, fast ein halbes Jahrhundert später, würde er alles dafür geben, um wieder zurück zu können – nur leider besaß er nichts mehr außer seinem Leben. Und mit dem Leben war es so eine Sache: Es war gut, es zu haben, doch man konnte sich damit ansonsten kaum etwas erkaufen. Dummerweise tat Trumbadin gerade genau das: Er tauschte sein Leben gegen den Befehl des Königs.

Die beiden Bleichen hatten den Käfig bereits auf die Seite gedreht und die Luke an der Unterseite geöffnet. Die zwei verrichteten ihren Dienst jetzt schon fast genauso lange wie Trumbadin. Sie waren nicht ausschließlich für den Käfig zuständig. Sie waren Wachen – Wachen im Tunnel. Die Eigenheit der Zwerge, überall Gänge in den Fels zu graben, hatte auch ihren Lebensalltag bestimmt. Diese hier waren keine Tunnelbauer, aber was nützte ein Tunnel, der sonst nur wenig Sinn machte, wenn man ihn nicht wenigstens bewachte? Somit schloss sich der Kreis wieder. Sinnlose Grabarbeiten wurden sinnvoll, indem man

Wachen aufstellte, und jenen Zwergen, für die sich keine andere Arbeit fand, grub man einfach einen Tunnel.

Wie eine Mausefalle, dachte Trumbadin, als er den eisernen Käfig betrat. Das stimmte natürlich nicht ganz, schließlich setzte man gefangene Mäuse meist draußen aus und ließ sie nicht in ihrem Käfig vor den Katzen baumeln, so wie man es mit ihm vorhatte.

Die Bleichen sahen die Unsicherheit bei ihrem Maester. Noch bevor er sie selbst aussprechen konnte, antworteten sie ihm: »Ihr braucht keine Angst zu haben, Maester Trumbadin. Wir haben den Käfig und die Kette ein Dutzend Mal überprüft.« – »Wir haben die Winde gereinigt und die Zahnräder neu nachgestellt. Es kann nichts passieren. Die Winde hat immer ihren Dienst getan, sie ist in den ganzen Jahren nicht ein einziges Mal ausgefallen.«

Trumbadin packte die Gitterstäbe und presste sein Gesicht zwischen die Stangen. »Glaubt ihr wirklich, ich mache mir Sorgen um den blöden Käfig?« Er lachte bitter. »Der König hat mir befohlen, hinunter in den Spalt zu steigen und mich dem letzten Wächter zu stellen. Ich soll ihm erklären, was zu tun ist. Ihr habt ihn selbst gesehen – findet ihr, er sieht aus, als ob er darauf wartet, von mir unterrichtet zu werden?«

Trumbadin wartete nicht ab, bis sie ihren fragenden Ausdruck im Gesicht verloren hatten. »Nein, verdammt noch mal, er ist ein Oger, eines der wildesten Geschöpfe Nassfals. Er hockt da unten, und alles, was er kennt, ist, zu töten und zu fressen. Wir füttern ihn die ganze Zeit mit den Resten aus unserer Kohlkammer. Seit Wochen hat er wahrscheinlich kein einziges Stück Fleisch zwischen die Zähne bekommen. Jetzt sitze ich in diesem Futterkorb und werde zu ihm hinuntergelassen. Findet ihr immer noch, ich sollte mir Sorgen machen, dass die Kette reißt?«

Die beiden Bleichen schüttelten entsetzt den Kopf. »Fleisch ist rar. Unsere Jäger haben seit Wochen nur Nager gefunden. Wie hätten wir da diese Bestie füttern sollen?«, erklärte der eine, wobei er selbst zu merken schien, dass die Titulierung »Bestie« nicht besonders glücklich gewählt war.

Trumbadin unterließ es, die Worte zu kommentieren. Er stieß sich vom Gitter ab und hockte sich in die Mitte des Käfigs. Ein energisches Nicken zeigte, dass er bereit war, hinuntergelassen zu werden – so bereit, wie man in dieser Situation eben sein konnte.

Der Maester hatte darauf verzichtet, seine Rüstung anzulegen. Es schien ihm nicht sonderlich sinnvoll, sich kampfbereit jemandem zu stellen, mit dem man auf keinen Fall Streit haben wollte. Er hatte in seinen Unterlagen von Ogern gelesen, aber die spärlichen Aufzeichnungen gaben nicht wirklich Aufschluss über dieses tumbe Volk. Worin sich die Schriften jedoch einig waren, war, dass die Oger ein kriegerisches Volk zu sein schienen, dem man kein großes geistiges Potenzial nachsagte.

Trumbadin hatte auf alles Wissen der Gelehrten verzichtet und sich die Aussage einer der Mätressen des Königs zu eigen gemacht: Wenn man mit Worten nur wenig erreichte, sollte man sein Aussehen sprechen lassen. Auch wenn Trumbadins Ansinnen anders geartet war als das der Königsgeliebten, schien ihm die Vorgehensweise doch die richtige zu sein. Er hatte lange überlegt, um ein passendes Gewand zu finden, das irgendwo zwischen »Kriegerheld« und »Leckerbissen« lag. Seine Wahl war auf ein einfaches Wams, einen Waffenrock, Schulterpolster und lederne Beinlinge gefallen. Um nicht ganz untergeben vor dem Oger zu stehen, hatte er sein bronzenes Kurzschwert angelegt. Die Waffe, die jeder vom König überreicht bekam, der Dienst am Spalt tat.

Ein bronzenes Kurzschwert, dachte Trumbadin. *Hätten wir vorher gewusst, welche Kreaturen im Laufe der Zeit zu den Wächtern Nassfals gehören würden, hätte der König besser daran getan, uns eine Dampfkanone und einen Rammbock zu überreichen.*

Der Schacht im Boden des Gewölbes öffnete sich knarrend und gab einen kleinen Einblick auf das frei, was die Zwerge den Spalt nannten. Eigentlich war es nicht mehr als ein riesiger Riss in der Erde, der mehrere natürliche Höhlen miteinander verband. Die größte von ihnen nannten sie »Nassfals Quelle«, und genau dorthin ließen sie ihn jetzt hinab.

Außer der Quelle – einem dunklen Tümpel, gefüllt mit Pech und Öl, auf dem eine bläuliche Flamme loderte – war in der Dunkelheit von der Höhle nichts auszumachen, und auch nicht von seinem neuen Bewohner. Langsam und gleichmäßig bedienten die beiden Zwerge die Kurbel am Aufzug. Trumbadin verschwand mitsamt dem Käfig im Bodenloch und tauchte in die Dunkelheit ein. Es würde nur noch wenige Minuten dauern, bis er dem letzten Wächter gegenüberstand und sich entscheiden würde, ob Trumbadin als Lehrmeister oder Futter enden würde. Noch nie kamen dem Maester wenige Minuten so lang vor.

Der Käfig hing nur noch fünf Fuß über dem Boden, und schemenhaft konnte der Maester den steinernen Thron im blassblauen Licht erkennen. Trumbadin drehte sich um und presste sein Gesicht gegen die Gitterstangen, um nach der Kette zu spähen, die aus dem schwarzen blubbernden Quell hervorkam und an dessen Ende der Oger gekettet war. Die eisernen Glieder wirkten nach all den Jahren immer noch wie blank poliert. Die Schmiedekunst der Zwerge und jene Magie aus dem Quell selbst hatten sie zu dem werden lassen, was sie war – die Wächterkette.

Die Glieder ragten aus dem Tümpel Richtung Norden, dem Spalt entgegen. Vielleicht war der Wächter jagen gegangen, und Trumbadin hoffte, dass der Oger einen der Wölfe erlegt hatte, um seinen Hunger nach Fleisch zu stillen. Mit welchem Wesen Nassfals man auch zu tun hatte – es war immer besser, wenn sie satt waren.

Trumbadin hing immer noch zwei Schritt über dem Boden, als er hörte, wie ein Ende der Kette hinter ihm zu Boden geworfen wurde. Er wirbelte herum, presste sich mit dem Rücken gegen das Gestänge des Käfigs, derweil sich seine Finger um das kalte Metall verkrampften. Doch es war bereits zu spät. Der Oger war unbemerkt herangekommen, riss an dem Käfig und schleuderte ihn quer durch die Halle. Die Kettenglieder knarrten verächtlich, aber sie hielten.

Trumbadin raste mit dem Käfig durch die Dunkelheit. In einem weiten Bogen kreiste er durch die Halle. Die schroffen Felsen einer Wand kamen näher, und der Zwerg sah sich bereits – in einem Wust aus Metall und Stein – zerquetscht am Boden liegen. Doch bevor der Käfig die Wand erreichte, drehte er ab und schwang zurück. Wieder verfehlte er nur haarscharf den groben Fels der andern Höhlenseite. Der Käfig schoss wenige handbreit über eine Gruppe von Felsen hinweg und rauschte weiter durch die Dunkelheit.

Nur die blauen Flammen dienten Trumbadin als Orientierung und zeigten, wie weit und schnell er sich bewegte. Nach kurzer Zeit schon wurde ihm schwindelig, und er schloss die Augen. Erst als er das Gefühl hatte, das Taumeln hätte ein Ende, öffnete er sie wieder und sah, wie er geradewegs auf das blaue Feuer zusteuerte. Dahinter stand der Oger, der letzte Wächter. Das Licht beschien dessen Körper und ließ es aussehen, als ob die dunklen Tätowierungen über seine Haut krochen.

Aufrecht stehend, würde Trumbadin ihm kaum bis zur Hüfte reichen, und das auch nur, weil die Beine des Unholds ungleich kürzer im Verhältnis zu seinem Oberkörper schienen. Auf den Zeichnungen, die Trumbadin in den Schriften gesehen hatte, wirkten die Oger irgendwie lächerlich, doch dieses Exemplar hier war weit von dem entfernt, was sich ihm auf dem vergilbten Pergament gezeigt hatte. Der letzte Wächter schien mit jedem Muskel, mit jeder Bewegung und – was am Schlimmsten war – mit seinem Gesicht zu sagen: »Komm näher, Zwerg, gleich bist du nur noch ein blutiger Fleck an der Wand.«

Trumbadins Hände verkrampften sich stärker um die Stäbe, und seine Füße stemmte er gegen das Gitter im Boden. Der Käfig hielt mit dem Tempo eines galoppierenden Ponys genau auf den Oger zu.

Als sie zusammenstießen, krallte sich die Ogerhand in die Gitterstäbe. Der Hüne winkelte den Arm an und warf sich seitlich mit der Schulter gegen den Korb. Die Wucht des Aufpralls konnte den Oger nicht zurückdrängen. Stattdessen verbogen sich die Gitterstäbe und rissen aus den Querstreben. Trumbadin wurde nach vorn geschleudert. Seine Füße rutschten ab, das Eisen der Stäbe wurde aus seiner Umklammerung gerissen. Er flog nach hinten und krachte auf der anderen Seite gegen die Stäbe.

Der Maester schien kurz das Bewusstsein verloren zu haben, denn als er die Augen öffnete, lag er bereits am Boden, zu Fuße des Throns. Zwei seiner Fingernägel waren ausgerissen, und der Rest seiner Finger war taub. Seine Schulter schmerzte, und einige Rippen waren geprellt, gaben aber gleichzeitig Aufschluss darüber, wie er aus dem Käfig gelangt war – im freien Fall. Weiterhin gab es ein Dutzend Prellungen und Quetschungen, die seinen Körper übersäten, und wenn er es richtig deutete, hatte ihm der Zusammenprall wenigstens zwei Rippen gebrochen.

Trumbadin zuckte zusammen, als er die Füße des Ogers vor sich sah. Die Kreatur war keine Armlänge von ihm entfernt und schien nun auf dem Thron zu sitzen. Die groben, mit Hornhaut überzogenen Füße steckten in einfachen Sandalen, die mit Lederbändern bis hinauf zum Knie geschnürt waren. Die von Dreck verkrusteten Fußnägel glichen eher den Krallen eines Bären als denen eines Humanoiden. Man hätte eine Schmiedefeile benötigt, um sie zu stutzen.

Sein bronzenes Schwert kam ihm in den Sinn, doch er verwarf den Gedanken sogleich wieder. Es hatte keinen Zweck, sich gegen den Oger zu stellen oder weiterhin so zu tun, als ob er bewusstlos wäre. Trumbadin stöhnte, als er sich aufsetzte. Sein Kurzschwert steckte immer noch in der Scheide an seiner Seite.

So viel dazu, für wie gefährlich er mich einschätzt, dachte der Maester. Er kroch auf die Knie und erhob sich. Erst jetzt wagte er, sein Gegenüber anzublicken. Selbst stehend reichte er dem sitzenden Oger nur bis zum Bauch.

»Du bist ein Oger, ein Kind Nassfals«, sagte Trumbadin halb fragend, halb feststellend. »Ich heiße Trumbadin und bin ein Maester der Bleichen.«

Rator betrachtete den kleinen Hüttenbauer vor sich mit ausdruckslosen Augen. »Du sein Zwerg, sehen aus wie tot von gestern.«

Trumbadin brauchte einen Moment, um zu verstehen, dass der Oger nicht seinen momentanen Zustand meinte, sondern seine weiße Hautfärbung. Bisher kannte er sicherlich nur die Zwerge Grothaks, und seinesgleichen mochten ihm fremd vorkommen.

Unwillkürlich begann Trumbadin, sein seltsames Aussehen zu erläutern: »Ja, im Laufe der Jahrhunderte hat uns das Leben im eisigen Norden zu den Bleichen gemacht. Unser Aussehen hat sich gewandelt, genau wie unsere Götter. Wir sind ebenfalls Kinder Nassfals, des gleichen Gottes, dem du huldigst.«

»Gott von Rator ist Tabal«, knurrte Rator.

»Natürlich, ich weiß«, versuchte Trumbadin den Oger zu beschwichtigen. »Die Namen des Gottes des Chaos sind mannigfaltig, genau wie seine Facetten. Ihr kennt ihn als Tabal, wir nennen ihn Nassfal, aber wir sprechen von demselben Gott.«

Rators Groll schien sich wieder gelegt zu haben. Trumbadin stellte mit Erleichterung fest, dass ihn der Oger besser verstand, als er vermutet hatte. Trotzdem wollte er dem fremden Wesen nicht die Welt erklären und hatte seine Ausführungen über die weißen Zwerge und ihr Götterverständnis kurz gehalten. Trumbadin war hier, um den Oger in seine Wacht einzuweisen, und je schneller er dies getan hatte, desto schneller konnte er wieder zurück zu seinen Papieren, Büchern und Schriften.

»Du bist der letzte Wächter«, erklärte Trumbadin ihm. »Du wirst miterleben, wie Nass ... äh ... Tabal seinen Fuß auf diese Erde setzt und die Götter aus ihrem Schlaf reißt.«

Rator knurrte nur gleichgültig.

»Weißt du, was deine Aufgabe ist?«, fragte der Maester. »Hast du die Artefakte bei dir – oder weißt du wenigstens, auf welchem Wege sie hierherkommen?«

Rator knurrte.

»Ist dir jedenfalls klar, was zu tun ist, wenn Tabal sich vor uns erhoben hat?«

Der Oger erhob sich von seinem Thron. Trumbadin wich einige Schritte zurück. Er befürchtete, seine Worte konnten falsch verstanden worden sein oder sein Tonfall hatte den Oger verärgert. Was war auch in ihn gefahren? Er war ein Gelehrter, kein Lehrer. Er wusste nichts von dem Umgang mit diesen Hünen. Vielleicht hatte er den Oger versehentlich beleidigt?

»Rator gekommen in Hallen von Tabal«, sagte der Kriegsoger. »Nicht wissen Gegenstände Zwerg spricht von. Rator warten zu sehen Tabal. Rator wollen Antwort.«

»Antwort worauf?«, fragte Trumbadin verwirrt.

»Rator töten Kruzmak. Nur Tabal können sagen, falsch oder nicht falsch.«

Trumbadin stutzte. Wollte er damit sagen, er war gar nicht der letzte Wächter? Wer war dieser Kruzmak? Hatte dieser Oger hunderte von Meilen zurückgelegt, nur um von seinem Gott Sündenerlass zu bekommen? Trumbadins anfängliche Euphorie, was das Verständnisvermögen des Hünen betraf, schwand. Seine Aufgabe würde anscheinend länger dauern, als er gehofft hatte. Wie sollte er dem Oger erklären, dass dieser den Weg für einen Gott zurückgelegt hatte, dessen Ankunft vielleicht noch Jahrzehnte dauern würde, und dies alles am besten, ohne gefressen zu werden.

»Ich muss dich auf die Ankunft Tabals vorbereiten«, presste der Maester hervor.

Rator winkte ab. »Zwerg helfen Rator jagen. Rator essen Fleisch. Rator essen Fleisch von Wild. Wenn Zwerg nicht helfen Rator, Rator essen Fleisch von Zwerg.«

Trumbadins Pläne hatten sich schlagartig geändert, jetzt ging es darum, am Leben zu bleiben.

Rator wollte es eigentlich vermeiden, den Zwerg ununterbrochen anzustarren, doch er konnte seinen Blick nicht von dem kleinen weißen Hüttenbauer abwenden. Die Zwerge in Nelbor sprachen oft von den Bleichen. Immer wenn das kleine Volk nach Rache gesonnen hatte, drohten sie mit ihren Brüdern aus dem eisigen Norden, als wenn diese unbesiegbar wären. Rator war nie klar gewesen, warum sie dies taten, doch jetzt, wo er einen von ihnen gesehen hatte, wusste er es. Sie sahen unheimlich aus. Sie verströmten Kälte und Unbehagen. Vor einem Einzelnen brauchte ein Oger keine Angst zu haben, doch bei dem Gedanken, einer ganzen Armee von ihnen gegenüberzustehen, stellten sich ihm die Nackenhaare auf. Sie hatten etwas von Geistern. Sicherlich waren sie nicht unverwundbar, wie Rator beruhigend festgestellt hatte, als Trumbadin aus dem Käfig fiel, doch sie waren zäh, und das allein zählte.

»Was denkst du, wie ich dir helfen soll zu jagen? Ich bin ein Gelehrter«, entgegnete Trumbadin schnippisch. »Außerdem scheint mir der Spalt nicht gerade der richtige Ort, um nach Wild Ausschau zu halten. Und wenn ich dich daran erinnern dürfte – du bist angekettet.«

Was die Kette betraf, hatte der Zwerg auf jeden Fall Recht, alles andere würde sich herausstellen.

»Zwerg haben Schwert«, sagte Rator. »Schwert Waffe von Krieger. Du gehen jagen, oder du sein Köder für Jagd.«

Die Entscheidung fiel Trumbadin leicht. Eine innere Stimme sagte ihm, dass dieses Wesen nur wenig Widerspruch duldete. Wer wusste schon, was mit diesem Kruzmak passiert war? Vielleicht hatte er nur in eine andere Richtung gehen wollen oder darauf beharrt, seinen kleinen Vorrat an Essen für sich zu behalten und nicht zu teilen, und schon hatte dieser Rator ihn ins Jenseits befördert. Der Maester war nicht darauf aus, es herauszufinden. Er legte die Hand auf den Griff seiner Waffe und nickte beflissen. »Auf geht's«, sagte er mit etwas mehr Euphorie, als er tatsächlich verspürte.

Rator gefiel es, wie leicht der Bärtige umzustimmen war. Er kannte dieses Volk nur aus Nelbor, und dort waren sie zäh, unbeugsam und unbelehrbar. Er hoffte nur, dass bei den Bleichen der Mut nicht genauso ausgeprägt war wie ihre Sturheit, denn seinen Mut würde der kleine Mann noch brauchen. Rator tauchte einen trocknen Ast in den schwarzen Tümpel und entzündete ihn an den blau tanzenden

Flammen. Gierig kletterte das Feuer an der provisorischen Fackel empor.

»Trumbadin folgen Rator. Immer bleiben nahe.«

»Mach dir keine Sorgen, Rator aus dem Volk der Oger. Ich werde keinen Schritt von dir weichen, aber wenn die schwere Kette dich in die Tiefe zieht, verlange nicht von mir, dass ich hinter dir herspringe«, warnte der Maester. »Schon kräftigere Kerle als du haben probiert, das Eisen hinter sich herzuziehen und scheiterten. Mit jedem Schritt, den du tust, wird es schwerer werden, und irgendwann wird die Kette so an dir zerren, dass du glaubst, sie reiße dir das Bein ab.«

»Zwerg jagen, Rator halten Kette«, grummelte der Oger.

Er hätte es nicht zugegeben, aber obwohl er den kleinen Mann erst seit einigen Augenblicken kannte, mochte er ihn bereits. Vielleicht lag es daran, dass er einer der wenigen war, die nicht schreiend davonliefen, wenn sie Rator erblickten – oder versuchten ihn zu töten. Vor Jahren, als Mogda noch als Gesandter zwischen den Völkern fungierte, redeten die Hüttenbauer viel und gerne mit den Ogern. Sie hatten zwar meistens nur ihren Vorteil im Sinn, doch sie redeten. Seitdem Mogda verschwunden war und das Bündnis zu bröckeln begonnen hatte, wurden die Hüttenbauer immer wortkarger und misstrauischer. Anstatt zu reden, griffen sie jetzt lieber wieder zu ihren Waffen. Im Grunde genommen war dies Rator nur recht, denn mit der Klinge konnte er besser umgehen als mit Worten, aber die Ausbeute an Informationen und Gefälligkeiten war entsprechend karg.

»Ich muss dich warnen«, sagte Trumbadin. »Wir Zwerge sind mit dem Schwert nicht die besten Jäger. Die meisten Tiere laufen uns einfach davon wie der Wind den Bäumen. Mit etwas Glück können wir ein oder zwei Schneelöffler ausgraben, aber wenn ich dich so ansehe, denke ich, der Aufwand lohnt sich kaum. Wenn uns die Götter wohlgesonnen sind, könnten wir einen ganzen Bau ausheben, doch auch der Inhalt eines Baus wäre für dich nicht mehr als ein kleiner Leckerbissen.«

»Was sein Schneelöffler?«, fragte Rator.

Trumbadin lachte. »Es wundert mich nicht, dass du sie nicht kennst. Es sind kleine Tiere, sehr unscheinbar, sozusagen Meister der Tarnung. Zu vergleichen sind sie mit Kaninchen. Kaninchen kennst du doch, oder?«

»Kleine Tiere, lange Ohren. Mehr Angst als Geschmack«, kommentierte Rator.

»Genau. Ich sehe schon, du bist ein Feinschmecker.«

Rator und Trumbadin hielten auf den Durchbruch zu, der zum Spalt führte. Wie immer lag er im Dunkeln. Nur etwa eine halbe Stunde am Tag schaffte es die Sonne, ihre Strahlen bis auf den Grund zu senden. Die andere Zeit des Tages brach sich das Licht irgendwo an den Felswänden und verlor sich dazwischen. Das blaue Licht der Fackel hüllte die beiden ungleichen Gefährten ein, wie eine Blase im Wasser, während die Dunkelheit nur darauf zu warten schien, sie zu verschlucken. Rator blieb unvermittelt stehen. In seiner Begeisterung für die ungeheure Kraft der Götter, die diesen Riss in der Erde geschaffen hatten, bemerkte Trumbadin nicht, wie er allein weitertrottete.

»Sieh dir diese Gewalt an, mit der der Fels aufgebrochen ist. Wenn das nicht die Kraft der Götter demonstriert! Acht Jahre haben wir gebraucht, um die steinerne Kette aus der Wand herauszuarbeiten. Über dreihundert Zwerge haben Tag und Nacht daran gearbeitet. Die Luft war so kalt, dass sie die Spucke eines jeden Einzelnen gefrieren ließ, bevor diese den Boden berührte. Hacken und Hämmer wurden spröde durch die Temperaturen. Fünfzehn tapfere Steinmetze haben hier ihr Leben gelassen, und hunderte von Zehen, Fingern und Ohren brachen einfach ab wie Eiszapfen vom Fels.«

Trumbadin stockte und blieb stehen, als er an den Rand des Lichtkegels der Fackel kam und feststellen musste, dass der sich nicht mit ihm bewegte. Der Maester drehte sich um und sah Rator auf einem Felsen stehen, die Fackel hoch nach oben erhoben.

»Was machst du da? Komm weiter, hier ist es nicht sicher.«

Das Unbehagen des Zwerges, das dieser anfangs scheinbar in Rators Nähe verspürt hatte, war schneller verflogen, als er gedacht hätte. Die Hüttenbauer konnten sich schnell auf veränderte Situationen einstellen, und wenn sie nicht sofort von ihren Feinden getötet wurden, stellte sich bei ihnen ein Gefühl der Sicherheit ein. Das ging so weit, dass sie es fast als Geborgenheit verstanden, immer noch am Leben zu sein. Rator wollte dieses Vertrauen, das der Zwerg in ihn setzte, nicht gleich wieder zerstören, indem er ihm barsche Befehle erteilte, deshalb versuchte er es auf freundliche Weise: »Zwerg kommen zu Rator. Haben versprochen, nicht laufen weg.«

»Ich laufe doch nicht weg«, entgegnete der Maester. »Ich wollte dich nur vor den Gefahren des Spaltes warnen.« Trumbadin trottete zurück und kletterte zu Rator auf den Felsen. »Ein Felsen schützt vor nassen Füßen, doch der Dunkelheit entkommt man so nicht.«

»Trumbadin haben Angst vor Rator.«

Etwas verunsichert sah Trumbadin zu dem Oger hoch. »Na ja, wenn ich ehrlich sein soll, war mir etwas mulmig zu Mute, als ich in den Korb gestiegen bin. Aber ich bin ein Maester, ich hätte es besser wissen sollen. Man fürchtet nur das, was man nicht kennt, und wir kennen uns doch jetzt, o... oder? Wir haben schließlich denselben Gott. Du hast gesagt, du bist hierhergekommen, um von deinem Gott Gnade zu erfahren, weil du jemanden getötet hast. Kruzmak war sein Name. Er war auch ein Oger, stimmt's. Kinder desselben Gottes sollten sich nicht gegenseitig töten.«

Trumbadins Stimme versagte fast.

»Rator getötet viele Kinder Tabals. Oger töten nicht Oger. Trumbadin nicht Oger.«

Man konnte das Schlucken des Maesters fast hören.

»Rator nicht töten Trumbadin. Trumbadin helfen Rator jagen.«

»Ja, genau«, stimmte der Zwerg aufgeregt und voller neuer Hoffnung zu. »Wir sind so etwas wie Jagdgefährten. In manchen Kulturen bezeichnen sich die Männer, die miteinander jagen, als Brüder.«

Rator brauchte keinen Bruder, erst recht keinen, der so klein war. Er wollte jemanden mit einer Waffe. Lieber wäre es ihm gewesen, die Klinge hätte eine Länge von vier Fuß und der Träger eine von sechs Fuß gehabt, aber so ging es auch.

Wolfsgeheul setzte ein und hallte durch den tiefen Spalt. In der Ferne konnte man hören, wie die Tiere näher kamen – hechelnd, zähnefletschend und wild schnappend sowie nach der besten Position im Rudel ringend.

»Die Meute«, flüsterte Trumbadin.

Noch bevor der Zwerg vom Felsen heruntergeklettert war, stachen die Paare leuchtender Augen aus der Dunkelheit hervor.

»Komm schon! Solange die Fackel brennt, sind wir in Sicherheit. Die Schattenwölfe hassen das Licht. Sie werden uns in Ruhe lassen, solange wir im Licht bleiben.«

Rator sprang mit einem Satz neben den Gelehrten. »Zwerg kann sehen in Dunkel. Wenn Rator kann werden Wächter, Gelehrter kann werden Krieger.« Er warf die Fackel zu Boden und trat sie mit dem Fuß aus.

»Halt, was machst du da? Sie werden uns zerfleischen«, jammerte Trumbadin.

»Stellen vor, sind nur Schneelöffel.«

Der Glanz der leuchtenden Augen, die sie beobachteten, verschwand mit dem Erlöschen der Fackel, und im gleichen Moment erhob sich das tiefe Knurren. Fast konnte man den Geifer spüren, das Zähnefletschen und das drohende Schnappen schien Gestalt anzunehmen.

»Sie kreisen uns ein«, flüsterte der Zwerg.

»Zeigen Rator, wo Leitwolf.«

»Tut mir leid, die Schattenwölfe haben sich mir nicht vorgestellt«, wisperte Trumbadin. »Woher soll ich wissen, wer ihr Rudelführer ist?«

Rator kannte sich mit den Tieren des Waldes aus, er hoffte nur, dass sich die Schattenwölfe ähnlich verhielten wie ihre Brüder und Schwestern in den tiefen Wäldern Nelbors. Es war notwendig zu wissen, welche Tiere einem gefährlich werden konnten und welche nicht. Jagten sie in Rudeln, waren sie Einzelgänger, lauerten sie oder verfolgten sie ihre Beute und hetzten sie zu Tode?

»Leitwolf sein Wolf haben Kopf oben. Meute haben Kopf unten.«

»Ihre Köpfe sind alle auf dem Hals«, spottete der Zwerg. »Nein, halt! Ich verstehe, was du meinst. Er sitzt dort oben auf seinem Felsen und starrt dich an. Die anderen schleichen um uns herum und sehen aus, als ob sie uns gleich an die Kehlen gehen.«

Der Wolf, auf den Rator es abgesehen hatte, saß noch dort, von wo aus das ganze Rudel sie belauert hatte, ein erhöhter, schroffer, kahler Felsen. Sein Blick schien die Dunkelheit zu durchschneiden wie eine Fackel. Fast regungslos saß er vor ihnen, den Blick starr auf Rator gerichtet. Das restliche Rudel kreiste sie ein. Ihre Hinterteile waren hoch aufgestellt, während ihre Köpfe fast über den Boden schleiften. Die Lefzen hochgezogen und die dolchartigen Fangzähne entblößt, machten sie sich bereit, ihre Beute zu erlegen.

»Tu was«, jammerte Trumbadin.

Rator tat bereits etwas – er wartete. Keiner der Wölfe würde sie angreifen, solange der Leitwolf nicht sein Zeichen gegeben hatte. Er war der Rudelführer, und nur er bestimmte, wann der Zeitpunkt gekommen war, die Beute zu reißen.

Wölfe schlugen nicht einfach los, wie wilde Hunde oder Orks im Blutrausch, sie belauerten ihre Beute so lange, bis sie sicher waren, dass sie diese einfach erlegen konnten. Verletzte oder kranke Tiere waren ihre bevorzugten Opfer. Wenn sie der Hunger vorantrieb, versuchten sie, Wildtiere aus ihren Herden zu trennen und so lange zu hetzen, bis sie erschöpft zusammenbrachen.

In der Schlucht war alles anders. Die Wölfe mussten jeden jagen, der sich hierher verirrte, doch um überleben zu können, mussten sie sich auch hier an ihre eigenen Gesetze halten. Ein Zwerg mit einer Waffe und ein Oger waren kein verletztes Reh, an dessen Fleisch man sich einfach gütlich tun konnte. Eine falsche Entscheidung konnte dem Rudel schnell das Leben kosten.

»Trumbadin töten Wölfe in Rücken von Rator. Rator töten Leitwolf.«

»Und wie, wenn ich fragen darf, willst du das machen?«, zeterte Trumbadin. »Du hast noch nicht einmal eine Waffe, und im Dunkeln siehst du so viel wie ein Maulwurf bei Tageslicht. Selbst wenn du das Leittier erledigst, was glaubst du, wie ich die restlichen fünf mit meiner Klinge davon abhalten soll, dich und mich in Stücke zu reißen?«

»Zwerg tun oder sterben hier.«

»Ach so, gut, dass du es mir so einfühlsam erklärst«, keuchte der Maester. »Damit wäre natürlich alles entschieden. Ich wachse einfach über mich hinaus, töte ein Rudel Schattenwölfe, bade in ihrem Blut, werde unverwundbar und gehe in die Lieder und Geschichten der Heldentage ein. Ich sehe schon die hundert Fuß hohe Statue, die sie mir errichten werden, zu meinen Füßen die erlegten Wölfe in Stein gehauen. Meine Nachkommen, sofern ich nach der Heldentat noch welche zeugen kann, werden bestimmt stolz auf mich sein.«

»Rator egal, ob du baden oder machen kleine Zwerge aus Stein. Du töten Wölfe in Rücken – jetzt.«

Der Kriegsoger wusste genau, was zu tun war, um den Zeitpunkt selbst zu bestimmen, in welchem die Wölfe über sie herfielen. Er knickte langsam mit den Beinen ein. Sobald der Leitwolf von seinem Felsen über ihm aufragte, würde das Tier zum Sprung ansetzen. Eine bessere Gelegenheit würde sich ihm nicht bieten. Auf eine Waffe hatte

Rator verzichtet. Seine Axt lag irgendwo in der Schlucht, unerreichbar für ihn. Stumpfe Waffen richteten wenig gegen die sehnigen, fellbesetzten Körper der Wölfe aus, und der kurze Dolch war effektiver in einem Zweikampf bei Tageslicht. Er wählte seine Hände als Waffen. Das Fell der Wölfe war griffig und ihr Gewicht so, dass er sie sich vom Leib halten konnte. Um zu töten, brauchte ein Oger keine Waffe.

Rator hörte, wie lange Krallen sich vom Felsen abstießen. Sofort schnellten seine Arme in die Höhe und versuchten, den Wolf zu packen. Die Tiere waren nicht dumm, wenn es um das Jagen ging. Sie wussten, dass sie einen Gegner von der Größe eines Ogers nur besiegen konnten, wenn sie ihn an der Kehle zu packen bekamen. Sich in seinem Bein zu verbeißen oder nach den Armen zu schnappen, in der Hoffnung, den schweren Krieger umzureißen, war sinnlos. Wölfe brauchten einen schnellen sauberen Tod, wenn sie sich einen Gegner suchten, der ihnen überlegen war, die Kehle war der einzig richtige Punkt dafür. Im Gegensatz dazu reichte ein einziger Hieb eines Ogers auf das Rückgrat oder den Schädel des Wolfes aus, um ihn zu töten.

»Sie kommen«, schrie Trumbadin in der Hoffnung, den Oger rechtzeitig warnen zu können.

Beinahe hätte der Wolf Rator doch umgerissen. Der Oger hatte die Größe und das Gewicht des Tieres unterschätzt. Der Frostriese hatte ihm zwar einen erlegten Schattenwolf in die Höhle geworfen, doch Rator hatte nur wenig Zeit damit verbracht, die fremdartige Bestie zu untersuchen. Eine Stunde nachdem er das unverhoffte Geschenk erhalten hatte, war der Wolf gehäutet, ausgenommen und zerkleinert worden und röstete über den bläulichen Flammen.

Das geschmeidige Fell des Leitwolfs glitt durch Rators Finger, und der nach hinten schmaler werdende Brustkorb schlüpfte durch seinen Griff. Erst an den Hinterläufen bekam er das Tier richtig zu packen. Die gierige Schnauze schnappte nach seinem Hals, doch der Oger drehte noch rechtzeitig den Kopf weg. Dafür bohrten sich ihm die langen spitzen Fangzähne in Kinn und Wange.

Rator löste eine Hand von den Hinterläufen des Wolfes und packte den Schädel des Tieres. Seine Hand legte sich über die Schnauze und drückte die Lefzen auseinander. Jaulend öffnete der Wolf seine Kiefer. Die freien Pfoten schlugen wild um sich und bohrten ihre scharfen Krallen in Rators Unterarm.

In der Zwischenzeit hatte sich ein Tier des Rudels in die Wade des Ogers verbissen und versuchte, einen Fetzen Fleisch aus dieser herauszureißen. Ein anderes Tier näherte sich von vorn, bekam Rators Bein aber nicht zu fassen, sondern nur die Lederbänder der hochgeschnürten Sandalen, und zerrte unverdrossen daran herum. Einer der Wölfe jaulte auf, als Trumbadin ihm das bronzene Kurzschwert durch die Brust bohrte. Das Tier stürzte sich im verzweifelten Todeskampf auf den bärtigen Gelehrten und begrub ihn mit seinem ganzen Gewicht unter sich.

Trumbadin versuchte, sich gegen die Attacken eines weiteren Wolfes zu wehren, indem er mit dem Kurzschwert nach den Beinen des Tieres schlug. Rator umfasste mit beiden Händen den Kopf des Leitwolfes und schleuderte ihn zu Boden. Immer wieder riss er den Wolf in die Höhe, um ihn sofort danach abermals auf die schroffen Felsen zu schlagen. Fünf-, sechsmal wiederholte er die Prozedur, bis er keine Gegenwehr mehr spürte. Dann zog der Kriegsoger das Bein in die Höhe, in das sich die andere Bestie verbissen hatte. Er stampfte wieder auf und begrub die Hinterläufe des Wolfes unter seinem Fuß. Mit einem Griff nach hinten packte er den Kopf der Bestie und riss diesen mit Gewalt herum. Knirschend brach das Genick des Wolfes. Ein anderes Tier jaulte hinter Rator auf, als Trumbadin sein Kurzschwert über die Vorderläufe des Schattenwolfes schlug.

»Die Klinge«, rief der Gelehrte mit erstickter Stimme. »Nimm sie. Sie liegt an deinem Fuß.«

Rator hatte das Klirren nicht gehört, mit dem das Bronzeschwert des Zwerges zu Boden gefallen war. Er tastete im Dunkeln umher und fand die Waffe. Mit einer Hand packte er den Schweif des Wolfes, der weiterhin an seinen Beinbänder zerrte, und stieß die kurze Klinge zwischen dessen Hinterläufe. Mit Gewalt drückte er die Schneide weiter hinein, bis sie sich durch Fell, Fleisch und Knochen gebohrt hatte. Dann war der Spuk plötzlich vorüber.

»Sie fliehen. Wir haben es geschafft«, rief Trumbadin. »Wir haben sie in die Flucht geschlagen.«

Rator tastete im Dunkeln nach dem Zwerg und befreite ihn von dem Leib des getöteten Wolfes. Sofort kramte Trumbadin zwei Flintsteine aus der Tasche hervor und entzündete mit einigen geschickten Funkenschlägen die zertretene Fackel neu. Aufrecht hüpfte der Zwerg umher und focht mit seinem Bronzeschwert gegen einen unsichtbaren Gegner.

Rator hatte schon fast vergessen, wie es war, seinen ersten Sieg nach Hause zu tragen – so viele Jahre war es her, und so viele Freunde waren seitdem gefallen.

»Ich habe mich gut geschlagen, oder?«, triumphierte der Maester, wobei er einige Paraden übte.

»Zwerg gehen Schlucht, suchen Axt von Rator«, grollte ihn der Oger an.

Im Nu war die Jubelstimmung verflogen. Trumbadin schluckte den Kloß in seinem Hals herunter. Als ob ihn sein Schwert Lügen strafte, sah er die Klinge an.

»Zwei der Wölfe sind geflohen«, jammerte er, »und die Fackel brennt auch nicht mehr lange. Vielleicht sollten wir uns erst einmal ausruhen.«

»Wölfe noch Angst, Zwerg noch stolz«, erklärte Rator. »Wenn warten, Zwerg Angst und Wölfe hungrig. Trumbadin gehen gleich.«

Etwas schadenfroh sah Rator dem kleinen Hüttenbauer hinterher, wie der mit hängendem Kopf und glimmender Fackel zwischen den Steinen verschwand. Aber er war sich sicher, dass er unverletzt zurückkehren würde.

26
Immer das Gleiche

Ein weiteres Mal sollte Kapitän Londor Recht behalten. Während Mogda den alten Seebären beobachtete, der nun seit zwei Tagen selbst hinter dem Steuerrad der Sturmwind stand, fragte er sich, woran es wohl lag, dass er den Kapitän nicht mochte. Entweder war es wegen der Titulierung »Herr Oger«, die dieser zuerst aufgebracht hatte und die jetzt an Deck des Schiffes in aller Munde war, oder weil seine düsteren Prophezeiungen von Stürmen, Eisregen und schwimmenden Bergen immer eintrafen. Mogda war einer der wenigen, die sich noch auf Deck wagten. Die meisten der Seeleute sowie der Oger hockten in den Kajüten und Laderäumen – Wenden und Halsen mussten derzeit keine gefahren werden, da der Wind stetig von hinten kam – und warteten darauf, den erlösenden Ruf von Ingert zu hören – Land in Sicht.

Die von Sonne und Salzwasser mürbe gewordenen Planken glichen einer eisigen Spiegelfläche. Auf der Reling hatte sich eine Eisschicht von fast einem halben Fuß Dicke aufgeschichtet, und mit jeder Welle, die gegen die Bordwand schwappte, legte sich ein neuer dünner Film darauf. Die Seile, Gurte, Bänder und Taue waren steif gefroren. Die Mannschaft hatte versucht, sie mit Fischfett zu tränken, um sie geschmeidig zu halten. Das Salzwasser hatte dennoch die Oberhand gewonnen und ließ sie nun wie schwere Äste zwischen den Wanten baumeln.

Das Schlimmste jedoch war der Sprühregen, der vor gut einem Tag eingesetzt hatte. Jeder Tropfen setzte sich am Mast, den Segeln und der Takelage fest, verband sich mit anderen Tropfen und gefror zu langen spitzen Eiszapfen, die von Stunde zu Stunde weiter anwuchsen und irgendwann herabstürzten. Krachend bohrten sie sich mit den Spitzen in die Decksplanken und zersprangen zu tausend funkelnden Splittern. Ein Mann, der von diesen mehrere Pfund schweren Geschossen getroffen wurde, würde auf der Stelle davon erschlagen werden. Niemand der Mannschaft hatte auf dieses Glücksspiel Lust, und somit hielt Kapitän Londor momentan allein die Stellung. Er hatte die »Herren Oger« Mogda und Korf darum gebeten, die eisigen Zapfen mit Fischhaken herunterzuschlagen, bevor sie sich von alleine lösten. Mogda hatte eingewilligt, weil bereits die befremdliche Anrede in ihm die unbändige Lust weckte, einen Fischhaken in die Hand zu nehmen. Korf hatte zugestimmt, weil er eben Korf war und niemals Nein sagte, wenn es darum ging, auf etwas einzudreschen.

Krachend schlug ein Eisbrocken neben Mogda auf die Planken und zersplitterte. Um seine Füße herum rutschten und drehten sich die kleinen Kristallsplitter wie ein Funkenregen, bis sie endlich zur Ruhe kamen und aussahen wie das Abbild des Sternenhimmels. Mogdas Blick wanderte über das Deck bis hin nach achtern, wo Kapitän Londor stand und ratlos mit den Achseln zuckte, als er Mogda sah.

»Ihr müsst versuchen, höher hinaufzukommen«, rief er. »Sonst wird das Gewicht irgendwann den Mast brechen lassen, wie einen Baum unter der Last von Schnee.«

Er hat nicht »Herr Oger« gesagt, dachte Mogda. *Vielleicht sollte ich es heute wagen, ein paar Worte mit ihm zu wechseln, bevor mich wieder dieses Gefühl überkommt, ihn erwürgen zu wollen.*

Er trat mit dem Fuß nach den Eissplittern. Schlitternd verteilten sie sich weiter über das Deck. Mogda wankte vorsichtig hinter ihnen her Richtung Achterdeck, immer mit einer Hand nach etwas Greifbarem tastend, das ihm Halt bot.

Wenn ich jetzt stürze, überlegte Mogda, *wird Londor rufen, »Seid vorsichtig, Herr Oger, wenn ihr von Bord fallt, seid ihr verloren.« Wenn dies geschieht, wird er keine Zeit mehr haben, meinen Tod zu betrauern.*

Mogda schlitterte mehr, als dass er ging. Seine Füße hoben kaum vom Boden ab, und mit den Armen ruderte er, um sein Gleichgewicht zu halten. Am Achterdeck angekommen, blieb er vor dem Ruderdeck stehen. Beim Betrachten der dick vereisten Stufen, die hinauf zu Londor führten, entschied er sich, sein Gespräch von hier unten zu führen. Auf Augenhöhe mit dem Kapitän war er ohnehin schon.

»Wie weit ist es noch bis zur Insel Argaht?«, wollte Mogda wissen.

»Hundert Meilen«, nuschelte Londor.

Der Kapitän hatte seinen Schal wieder bis über die Nase gezogen und seine Kapuze bis hinunter auf die Augenbrauen, sodass nur ein schmaler Schlitz in Höhe der Augen frei blieb. Auch sonst schien er alles angezogen zu haben, was in seiner Kajüte zu finden gewesen war: ein doppeltes Paar Hosen, mehrere Hemden, ein altes Lederwams und darüber ein verschlissenes Bärenfell. Mit all den Schichten, die seinen Körper umgaben, kam er fast einem Oger gleich, nur an Größe fehlte es ihm.

»Wart Ihr schon einmal in den Nordlanden?«, wollte Mogda wissen. »Die Menschen an den Küsten erzählen sich, das Land sei bevölkert von wilden Barbaren, die jedes andere Volk versklaven oder töten.«

Londor zog sich den Schal vom Gesicht und legte die Arme über das Steuerrad. Er blies seinen Atem aus und schaute zu, wie der weiße Nebel vor seinem Gesicht wallte.

»Vor zwanzig Jahren machte sich eine ganze Flotte von Schiffen aus Nelbor auf in die Nordlande. Sechzig Fregatten mit je dreihundert Kriegern im Dienste von König Wigold verließen die Häfen von Sandleg, Trumburg und Lagustenstadt. Achtzehntausend gut ausgebildete und voll ausgerüstete Soldaten des Königs machten sich auf, um die Insel Argaht und das Nordland dahinter von den Barbaren zu befreien.

Nur etwa die Hälfte der Schiffe schafften es überhaupt an die Küste. Stürme, Eisberge, Untiefen und die felsige Küste der Insel forderten ihren Tribut und somit das Leben von fast sechstausend Mann. An der ganzen Küste des Landes findet sich nicht ein einziger Hafen. Die Barbaren fahren mit kleinen Briggs oder Ruderbooten, die sie leicht vom Strand oder aus überfluteten Grotten heraussteuern können. Die Boote sind wendig und schnell, taugen wenig für ein Seegefecht, bieten aber genug Platz für zwei Dutzend Krieger. Die Barbaren benutzen sie für die Jagd auf Robben und Wale, doch damals warfen sie Harpunen und Speere auf die Männer, die im Wasser trieben.

Als der Rest der Flotte anlandete und erschöpft Schutz zwischen den Felsen am Strand suchte, fielen an die fünfhundert Barbaren über sie her. Fünfhundert gegen zwölftausend. Laut den Erzählungen soll es ein furchtbares Gemetzel gewesen sein. Natürlich haben die Männer des Königs gesiegt, aber es kostete weitere dreitausend Mann das Leben. Dreitausend ausgebildete Krieger gegen das Leben von fünfhundert in Felle gekleidete und mit Spießen bewaffnete Wilden.

Die Kämpfe dauerten noch Wochen an, aber über die Insel Argaht kamen die Nelborianer nie hinaus. Nach ungefähr einem halben Jahr kamen vier Schiffe mit je hundertfünfzig Mann Besatzung zurück. Mehr ist von König Wigolds Heer nicht übrig geblieben. Keiner von denen, die zurückkamen, hat je davon gesprochen, was wirklich auf der Insel passiert ist.«

Londor erzählte gern und viele Geschichten. Man wusste nie genau, was davon der Wahrheit entsprach und was bei Tabakqualm, deftigem Essen und jeder Menge Alkohol entstanden war. Mogda erinnerte sich an Wulbart, den bärenstarken Krieger, den Rator und sein Trupp aus Sandleg befreit hatten, nachdem die Elfen über die Stadt hergefallen waren. Mogda hatte ihn bei der Belagerung von Turmstein kennen gelernt. Der meist grimmig dreinschauende Mann hatte ihm erzählt, dass er im Norden gekämpft hatte und dass er einer der wenigen war, die mit dem Leben davongekommen waren. Nur ein einziges Mal kam das Gespräch auf die Barbaren im Norden. Wulbart hatte zu ihm aufgesehen und gesagt: »Ich bin ein Barbar, die Männer aus dem Norden haben nichts mit mir gemeinsam. Sie haben den Weg verlassen. Ich nenne sie Berserker.«

Damals hatte Mogda nicht verstanden, was Wulbart damit sagen wollte. Er wusste nicht, was ein Berserker war, aber es klang abfällig. Erst jetzt, nachdem er Cindiel in Sandleg wiedergetroffen und ihr geschildert hatte, wie merkwürdig sich die fremden Krieger verhalten hatten, hatte er das Wort wiedergehört. Cindiel erklärte ihm, dass Berserker Krieger waren, die sich mit Kräutern, Tinkturen und Giften in den Zustand des Blutrausches versetzten. Sie kämpften so lange, bis kein Gegner mehr auf den Beinen stand. Wenn dies nicht reichte, um ihren Blutdurst zu stillen, kämpften sie gegeneinander oder verstümmelten sich selbst.

»Dann sollten wir warten, bis sie sich selbst besiegt haben«, hatte er gesagt, doch das Lächeln von Cindiel war nur gespielt und barg Bitterkeit und Furcht.

»Wenn Ihr uns auf der Insel Argaht abgesetzt habt, könnt ihr wieder nach Hause segeln«, versuchte Mogda dem Kapitän Mut zu machen.

»Wenn wir es bis dahin schaffen, haben die Götter uns schon genug Wohlwollen gezeigt. Die Chance, unbeschadet zurückzukehren, ist genauso hoch wie ...«

»Wie die Möglichkeit eines Ogers, zweimal hintereinander dasselbe Schiff und denselben Kapitän zu entführen?«, versuchte Mogda den Satz zu beenden.

»Denselben Kapitän schon, wobei ich mich manchmal frage, ob es wirklich so ist. Das Schiff aber ist nur das Gleiche«, beharrte Londor.

Mogda musste einen Augenblick überlegen, um den Sinn der Worte zu verstehen. »Dann ist es bestimmt besser, ihr fahrt nicht auf dem gleichen Weg zurück, sondern auf demselben.«

Londors schallendes Gelächter ließ ihn in Mogdas Augen wieder halbwegs sympathisch erscheinen. Der alte Seebär hatte sich vor Jahren schon als äußerst hilfsbereit und loyal erwiesen, als sie mit seinem ersten Schiff Wasserzahn ansteuerten, doch Mogda hatte nie richtig warm werden können mit dem Haudegen.

»Keuchel«, brüllte Kapitän Londor, »bring mir was zu trinken, damit ich die Eisschollen aus meinem Blut loswerde, ansonsten werden meine Arme am Ruder festfrieren, und wir rammen Argaht.«

Mogda hörte das Scheppern von Tellern und Töpfen aus der Kombüse.

»Bin sofort da, Käpten«, rief der Schiffskoch hektisch von unten. Man hörte, wie einige Klappen aufgerissen und wieder zugeschlagen wurden, dann flog die Kombüsentür zum Deck auf.

Mogda wollte sich gerade umdrehen, als ein Ruck durch das Schiff ging. Was anfänglich noch ein leises Knarren war, wurde schnell zu einem gequälten Brüllen von Holz auf Eis. Hinzu gesellten sich die gebrüllten Befehle von Kapitän Londor.

»Alle Mann an Deck – Eisberg! In die Wanten! Rafft die Segel! Ruder hart Backbord!«

Der letzte Befehl schien ihm selbst zu gelten, da er das Steuerrad mit einigen Schlägen herumwirbeln ließ. Die Sturmwind II neigte sich zur Seite, doch das ächzende Stöhnen der Bordwand wollte nicht abbrechen. Die ersten Seeleute strömten durch die offene Luke an Deck und griffen nach den Wanten und Seilen, um die Segel einzuholen. Ingert brüllte etwas Unverständliches von seinem Ausguck herunter, doch seine Rufe gingen in dem ohrenbetäubenden Krachen unter, als die Sturmwind mit dem Eis zusammenstieß.

Der Bug des Schiffes bäumte sich auf. Von den Masten und Segeln regnete es Eisbrocken herab, die wie gläserne Felsbrocken auf dem Deck aufschlugen und zersplitterten. Menschen und Oger versuchten, sich an irgendetwas festzuklammern, um nicht von Bord katapultiert zu werden. Mogda packte eine der gedrechselten Stangen, die zur Reling des Achterdecks gehörte, doch sein Gewicht riss die Handwerksarbeit aus der Nut. Der Oger stürzte und rutschte quer über das vereiste Deck, bis er mit dem Großmast zusammenstieß.

Der Fockmast brach auf halber Höhe, stürzte ungebremst auf die Planken und begrub mehrere Männer unter sich in einem Wust aus Holz, Tauwerk und Segeltuch. Die obere Spitze des Besanmastes brach ebenfalls, doch wurde sie von den Seilen vom Absturz gehindert. Panische Schreie gellten aus dem Laderaum und den Kajüten. Ein vor Schmerz schreiender Seemann lag verkrümmt auf dem Deck. Die anderen hatten sich mit einem Großteil der Oger am Bug des Schiffes zusammengedrängt oder lagen verschüttet unter den Trümmern.

Die Kollision dauerte nur wenige Momente, doch Mogda kam es vor wie Stunden. Die Sturmwind machte kaum noch Fahrt und lag nach Backbord geneigt im Wasser.

Mogda kam mühsam wieder auf die Beine. Bis auf einige blaue Flecken und zwei oder drei gestauchten Rippen war er unverletzt. Das Deck sah aus wie nach einem Gefecht. Überall verstreut lagen Taue, Holzsplitter, Eisbrocken und dazwischen die Körper von Menschen und Ogern. Knarrend baumelte die Spitze des Besanmastes über dem Achterdeck. Kapitän Londor hing quer über sein Steuerrad, und Blut tropfte von seiner Hand.

»Helft mir. Kapitän Londor ist verletzt«, rief Mogda, doch die Leute an Deck hatten genug damit zu tun, sich selbst zu helfen. Mogda erklomm das Achterdeck und hob Londor vorsichtig von dem Holzrad. Eine der Ruderpinnen war abgebrochen und steckte in seiner Bauchdecke. Nur den vielen Jacken und Hemden hatte er es zu verdanken, dass die Wunde nicht allzu tief war. Keuchend schlug der Kapitän die Augen auf und starrte Mogda an.

»Immer dasselbe mit euch Ogern«, stöhnte er. »Man sollte euch in Ketten legen und im Meer versenken.«

»Immer das Gleiche«, berichtigte ihn Mogda, »und was das Versenken angeht, machen wir momentan gerade große Fortschritte. Was müssen wir tun, damit das Schiff nicht sinkt?«

Londor besah sich die blutigen Fetzen Stoff vor seinem Bauch und knüpfte das Wams auf. »Da die Götter die Augen verschlossen halten, würde ich sagen, schöpfen hilft. Falls es damit nicht getan ist, würde ich meinen, es reicht auch, wenn ihr mein Schiff verlasst und nach Argaht schwimmt.« Während seine Stimme immer mehr zu einem Brüllen anschwoll, übermannte ihn ein Hustenanfall.

»Ich bringe Euch in Eure Kajüte, Kapitän der sinkenden Schiffe«, flüsterte Mogda ihm zu und hoffte, der unsäglichen Titulierung »Herr Oger« damit ein Ende gesetzt zu haben. Londor war stark unterkühlt und dazu auch noch verletzt. Ein wenig Ruhe, etwas zu essen und ein wärmendes Feuer sollten reichen, um ihn wieder auf die Beine zu bringen. Doch angesichts dessen, dass er der Kapitän des Schiffes war, wäre Mogda lieber gewesen, Cindiel hätte sich um ihn kümmern können.

Ob sonst noch jemand an Bord ein Schiff richtig führen konnte, wagte Mogda zu bezweifeln, und die Aussicht darauf, so lange zwischen den Eisschollen herumzudümpel, bis Land in Sicht kam, behagte ihm nicht sonderlich. Er brachte Londor unter Deck und legte ihn in seine Koje. Ein Feuer prasselte bereits in dem geschmiedeten Ofen, der zum Glück unbeschadet geblieben war. Eine unversehrte Flasche Rotwein fand sich auf dem Fußboden zwischen all den Büchern, Seekarten und nautischen Geräten. Mogda warf dem Kapitän eine Decke hin.

»Hier! Ruht Euch etwas aus. Ich bin bald zurück.«

Als Mogda durch die Tür hinauskroch, von der er wieder einmal feststellen musste, dass sie noch kleiner war als die in den Häusern der Hüttenbauer, hörte er Londor mit bleierner Müdigkeit sagen: »Nur wenn ich es nicht verhindern kann, Herr Oger.«

Zurück an Deck, sah er, dass bereits alle mit anpackten, um die Verletzten und Toten zu bergen. Mordigwel hatte den Platz am Ruder übernommen und gab Anweisungen, die beschädigte Takelage loszuschneiden, damit sie nicht weiter über den Köpfen hing und herabstürzen konnte.

So robust die Oger auch an Land waren, so anfällig waren sie auf See. Die Kollision mit dem Eisberg hatte drei Ogern das Leben gekostet, darunter auch Korf, der zusammen mit Mogda an Deck gewesen war. Die abgebrochene Spitze des einen Mastes hatte sich durch seine Brust gebohrt und ihn am Vorderdeck aufgespießt. Von den Seeleuten, die genauso unter der Takelage begraben worden waren, hatte sich allein Josch, der Hüne, verletzt. Sein Arm war gebrochen, und er hatte eine Platzwunde an der Stirn. Alle anderen kamen mit dem Schrecken davon.

Unter Deck sah es noch schlimmer aus. Nach Aussage von Bralba waren zwei der Oger durch Splitter aus der eingedrückten Bordwand getötet worden, und Stan, einen der Zwillinge aus der Mannschaft, hatte ein volles Fass Pökelfleisch erschlagen. Sein Bruder Tinnert war am Boden zerstört.

»Wir haben noch Glück gehabt«, brummte Mo vom Achterdeck. »Normalerweise würden wir jetzt schon auf dem Grund des Meeres liegen und Fischfutter sein. Egal, was jetzt noch kommt, ein Sturm, Eisregen oder eine weitere Eisscholle, das nächste Unglück wird unser letztes sein.«

»Dann bete zu deinem Gott, dass er uns verschont«, gab Mogda verärgert zurück.

»Die Götter hatten ihr letztes Unglück schon«, erwiderte Mo.

Normalerweise hätte Mogda ihn für diese Antwort über Bord geworfen. Die Menschen waren gut darin, den anderen die Schuld an ihren Miseren zu geben, und Mogda hörte am Unterton des Steuermanns, dass er mit »Unglück« die Oger meinte. Einzig und allein die Tatsache, dass Mo in der Lage war, das Schiff zu steuern, bewahrte ihn vor dem Zorn des Ogers.

Mogda wollte noch etwas zum Besten geben, um den Steuermann zurechtzuweisen, doch er wurde von weit entfernten Rufen abgelenkt.

»Hilfe.«

Der Ruf schien zaghaft und war kaum zu vernehmen. Erst beim dritten Mal konnte Mogda die Richtung ausmachen. Er legte seinen Kopf in den Nacken und sah hoch zum Krähennest, wie die Männer den Ausguck nannten. Ingert hing am Ausleger des Großmastes rund zehn Fuß entfernt von seinem Ausguck. Die Kollision musste ihn über die niedrige Reling geworfen haben, und er hatte sich an das dünne Tauwerk und den schmalen Stieg geklammert. Mit der Zeit hatte seine Kraft nachgelassen, und die Vereisung ließ ihn immer wieder zurückrutschen, wenn er versuchte, sich zurück zum Krähennest zu ziehen.

»Was Hüttenbauer machen da?«, fragte Nolka. Die Ogerin stand hinter Mogda und schien belustigt über die akrobatischen Versuche des Seemanns, zurück in den Ausguck zu gelangen.

»Er hält Ausschau nach Eisbergen«, gab Mogda zurück.

Nolka schaute über die verstreuten Trümmer auf dem Deck und dann wieder hoch zu Ingert. »Hüttenbauer nicht guter Späher für Eis. Anderer Hüttenbauer besser vielleicht.«

»Er arbeitet daran.« Mogda sah hinüber zu Mo.

Der Steuermann hatte Ingert auch entdeckt, zeigte aber nur wenig Mitleid mit dem Mann. »Wie können wir ihm helfen?«, fragte Mogda.

An Mos hartem Blick sah Mogda, dass ihm Ingerts Schicksal gleichgültig war. »Er ist eingeschlafen und hat uns alle in Gefahr gebracht«, erklärte Mordigwel. »Ich werde keinen guten Seemann opfern, um einen Taugenichts von dort oben herunterzuholen.«

»Kann man nichts machen?«, hakte Mogda nach, der anscheinend der Einzige war, dem Ingerts brisante Lage naheging.

»Doch, natürlich«, sagte Mo und zeigte ein bösartiges Grinsen. »Nicht dort stehen, wo er aufschlägt.«

»Ich werde dich auffangen, Ingert«, rief Mogda hoch.

Nolka trat erschrocken einen Schritt zurück. Der Hüttenbauer hing fast sechzig Fuß über ihnen. Den Mann aus der Höhe aufzufangen konnte das Todesurteil für beide bedeuten. Jeder Oger, der einmal an den Katapulten gearbeitet hatte, wusste um die Wucht von Geschossen, und Ingert würde nichts anderes sein. Sein vielleicht anderthalb Zentner schwerer Körper würde durch die Planken brechen wie ein Stein, und er würde jeden mitreißen, den er traf.

»Mogda verrückt«, fauchte Nolka ihn an. »Werden sterben, wenn Hüttenbauer fallen.« Um sie herum hatten sich schon Keuchel, Tinnert, Josch und Griss versammelt, um dem Spektakel beizuwohnen. Die Männer standen einen Augenblick da und besahen sich den hilflos zappelnden Ingert hoch oben über ihnen. Anscheinend wussten sie, was zu tun war, denn Tinnert und Griss liefen hinüber zum Vordeck, bis Mo sie stoppte.

»Auf eure Plätze, habe ich gesagt«, schnaufte der Steuermann vor

Wut. »Habt ihr nichts zu tun? Das Schiff ist leckgeschlagen. Wenn ich euch nicht gleich mit Eimern Wasser schöpfen sehe, verspreche ich euch, dass die Fahrt noch länger und härter wird, als sie ohnehin schon ist. Glaubt ihr, ich würde es bedauern, euren Huren in Sandleg zu erzählen, dass ihr das nasse Grab gefunden habt?«

»Aber Ingert«, stotterte Tinnert.

»Um Ingert wird sich gekümmert«, entgegnete Mo. »Ihr habt doch gehört, der Oger will ihn auffangen wie einen Apfel, der vom Baum fällt. Vielleicht fällt er ihm ja in den Schlund, genau wie reife Trauben.« Sein Lachen klang gehässig, aber es passte zu ihm.

Mogda sah wieder hoch zu dem hilflosen Mann im Ausguck. Ingert verließen die Kräfte. Das Seil, an dem er hing, hatte er sich in die Armbeuge geklemmt und seine Hände vor der Brust gefaltet. Er hatte aufgegeben zu versuchen, den rettenden Korb wieder zu erreichen. Mogda musste ihn dazu bringen, nach unten zu schauen, damit er seinen Sturz kontrollieren konnte. Wenn die Kraft ihn erst vollends verlassen hatte oder er sogar bewusstlos stürzte und ins Taumeln kam, konnte ihn auch ein Oger nicht fangen, ohne sein und Ingerts Rückgrat zu brechen.

»Ingert, sieh herunter zu mir«, rief Mogda ihm zu. »Du musst dich nur fallen lassen und die Arme ausbreiten, damit ich dich packen kann.«

Mogdas Anweisungen kamen zu spät. Die Bark legte sich erneut in den Wind und schrammte abermals an den gewaltigen Eisschollen entlang. Der Ruck überstieg Ingerts Kräfte. Seine Finger öffneten sich, der Arm rutschte ab, und er stürzte in die Tiefe. Im selben Moment blähte sich das Großsegel auf, hüllte Ingert für einen kurzen Moment ein und schleuderte ihn von sich. Er trudelte durch die Luft wie die weggeworfene Puppe eines Kindes. Ein Ausleger fuhr herum, legte sich leeseits und stieß mit Ingert zusammen.

Der drahtige Mann wickelte sich förmlich um den Mastausleger, wurde von ihm weit über das Deck hinausgetragen und stürzte über dem Meer in die Tiefe. Mogda konnte sehen, wie sein Körper auf der Scholle aufschlug und langsam über den Rand rutschte und im Meer versank. Übrig blieb nur ein roter Fleck auf dem Eis. Mogda konnte seinen Blick nicht abwenden, erst als die Bark vorübergezogen war, bewegte er sich wieder. Er fuhr herum und brüllte Mo am Steuerrad an.

»Bist du zufrieden?«

»Er ist jetzt zufrieden«, erwiderte Mo. »Er hat es hinter sich.« Diesmal zeigte sein Lächeln Verbitterung.

Nolka zerrte an Mogdas Arm. Sie fühlte, dass es besser war, den Oger von hier fortzubringen, wenn sie die Reise nicht ohne Steuermann fortführen wollten.

»Gib mir deinen Speer«, hauchte Mogda ihr zu.

Sie schüttelte vehement den Kopf. »Mogda können steuern Boot?«, erinnerte sie ihn. »Er nicht wert töten.«

Mogda wusste, dass sie Recht hatte. Er ließ sich von ihr zu der Luke zum Laderaum bringen.

»Mogda gehen Laderaum«, flüsterte sie. »Kriegsoger Mogda brauchen. Haben Angst vor Zeichen.«

»Was für Zeichen?«, fragte er irritiert.

»Mogda sehen selber.«

Nolka drückte ihn hinunter in den Laderaum. Der erste Teil war mit Brettern abgetrennt und ließ nur einen schmalen Gang frei, der bis zum Bug führte. Das Wasser war hier bereits eingedrungen und stand Mogda bis zu den Knöcheln. Eine Öllampe, die durch die Kollision von der Wand gerissen worden war, dümpelte vor ihm im kalten Nass. Im hinteren Teil des Ganges war Tinnert damit beschäftigt, ein kleines Feuer zu löschen, das durch einen Lampenbruch ausgebrochen war. Oben an Deck versuchte Keuchel ebenfalls, etliche Feuer in seiner Küche zu löschen.

»Ein Gutes hat es, wenn der Kahn absäuft«, murmelte Mogda. »Dann brauchen wir uns keine Sorgen mehr um die Brände zu machen.«

Vor ihm tauchten die ersten Oger auf, die sich dicht an die Wand pressten, um Platz zu machen. Mit schweigenden Mienen versuchten sie, seinen fragenden Blicken auszuweichen. Es waren fast zwei Dutzend Oger, die er passierte, bevor er in den vorderen Teil des Schiffes gelangte, und nicht einer besaß den Mut, ihm in die Augen zu sehen. Mit jedem Schritt, den Mogda machte, stieg das Wasser zwei Finger breit.

Als er den Lagerraum unter dem Bug betrat, stand er vor Bralba, Krasuk, Purgol und Tebolf. Die Oger hatten sich vor ihm aufgebaut wie eine Mauer, und ihre Gesichter wurden der Reihe nach von einer schaukelnden Laterne beleuchtet und wieder ins Dunkel getaucht. Die vier hatten sich öffentlich zu ihm bekannt, als Hagmu von »Tabals Frost«, wie es die Oger nannten, durchzogen worden war.

Die meisten der Oger hatten Mogda als ihren neuen Anführer akzeptiert, sei es wegen seiner Intelligenz, der Geschichten, die sich um ihn rankten, oder aus Furcht vor Tabal. Nur eine Hand voll hatte zu Hagmu gehalten. Gemeinsam mit ihrem ergrauten Anführer waren sie in den vorderen Laderaum gezogen und schmiedeten dunkle Pläne, die so einfallsreich waren wie Steinkartoffelsuppe. Sie redeten auf Hagmu ein, doch seit dem Vorfall im Laderaum hatte der alte Anführer kaum ein Wort mehr gesprochen, sondern nickte nur oder schüttelte den Kopf.

»Was ist passiert?«, forderte Mogda zu wissen.

Seine neue Stellung als Oberhaupt der Kriegsoger hatte er schnell angenommen. Er traf klare, einfache Entscheidungen, und die anderen dankten es ihm mit Gehorsam. Mogda hatte nie gedacht, dass es dazu jemals kommen würde, erst recht nicht, wenn er sich daran erinnerte, wie Rator und Hagmu ihn sonst behandelt hatten. Rator war sein Freund, doch traf er seine Entscheidungen immer ohne den Rat von Mogda anzuhören, und so hielten es auch die meisten anderen. Erst jetzt, wo niemand mehr da war, der sein Wissen anzweifelte, wurde er vollends akzeptiert.

Die vier Oger traten beiseite und gaben den Blick auf Hagmu frei. Der Kriegsoger saß an die Bordwand gelehnt, sein Haar hing ihm weiß und triefend nass über die Schultern, und seine Augen waren ausdruckslos und leer. Ansonsten fehlte ihm nichts, nicht einmal das eiskalte Wasser schien ihn zu stören. Links und rechts neben ihm hockten zwei seiner Ergebenen. Mogda kannte ihre Namen nicht – und wie es aussah, lohnte es auch nicht, danach zu fragen.

Der Oger zu Hagmus Linken war von einer Bohle durchbohrt worden, die sie zu Beginn der Reise als Verstärkung an die Innenwand genagelt hatten. Das Holz ragte etwa sechs Fuß aus dessen Brust heraus. Wenn Mogda es richtig deutete, musste die Bohle auch durch die Bordwand gegangen sein, da aus der Brustwunde hellrotes Wasser in einer Fontäne herausschoss.

Der Oger auf Hagmus anderer Seite war in keiner besseren Verfassung. Er war von einem Stapel Fischhaken aufgespießt worden, die ihn an die Planken genagelt hatten. Dazwischen saß nun der Kriegsoger, in einer Hand das Ende der Bohle, die seinem Kumpanen aus der Brust ragte, und in der anderen einen der Fischhaken, und tat so, als ob er ruderte.

»Das sein Zeichen«, erklärte Bralba. »Tabal wollen bestrafen und machen Hagmu zu Sklaven von Toten.«

Die Zeichen, Vorahnungen und Prophezeiungen schienen an Mogda zu kleben wie Trollmist. Auf Schritt und Tritt versuchte man – egal ob Oger, Menschen, Zwerge oder Elfen – einen Sinn in dem zu finden, was geschah. Doch von Mal zu Mal wurde das Bild undeutlicher, bis nichts mehr zusammenpasste.

»Natürlich ist das ein Zeichen«, sagte Mogda, »aber nicht von Tabal.«

»Wer schicken Zeichen?«, fragte Bralba, und Krasuk, Purgol und Tebolf stimmten mit ein: »Zeichen von Götter wer?«

»Kein Gott«, fuhr Mogda sie an. »Es ist das Schiff, das spricht, und es sagt uns, wenn wir nicht gleich anfangen, Wasser zu schöpfen, enden wir auf dem Grund des Meeres. Also besorgt Fässer und bildet eine Kette bis zum Oberdeck.« Mogda war es leid, nach einem Sinn zu suchen. Wenn es einen gab, würde er sich ihnen schon zeigen, wenn es so weit war.

Mogda schritt die Reihe von Ogern, die sich entlang des Ganges aufgereiht hatten, ab und wiederholte seine Anweisungen mit jedem ungläubigen Blick, der ihn traf. Zurück an Deck, löste er einige leere Fässer von der Bordwand, schlug die Deckel ein und rollte sie zur Ladeluke.

»Ich will kein Fass hier oben sehen, das nicht mindestens bis zur Hälfte gefüllt ist. Geht bis an die Reling heran, um das Wasser über Bord zu kippen.«

Die Oger bildeten eine Kette und begannen mit dem Schöpfen. Mogda wusste, sie würden es notfalls tun, bis sie die Insel Argaht erreicht hatten – und wenn er es verlangte, auch wieder zurück nach Nelbor.

»Der Kapitän wird euch dankbar sein«, sagte jemand hinter ihm.

Mogda fuhr ärgerlich herum. Vor ihm stand Keuchel, einen großen Humpen Gerstensaft in der einen und einen Beutel Trockenobst in der anderen Hand.

»Das Obst ist nass geworden und das Fass leckgeschlagen. Bevor ich es wegschmeißen muss, wollte ich fragen, ob Ihr dafür Verwendung habt – Mogda.«

Mogda sah zu dem Koch hinunter. Er fühlte sich schuldig, obwohl er dem dürren Mann gar nichts getan hatte und der sich anscheinend auch nicht angegriffen fühlte.

»Es war nicht Eure Schuld«, sagte der Smutje.

»Was war nicht meine Schuld?«, fragte Mogda mit etwas sanfterer Stimme.

»Ingert.«

»Ich habe ihn überredet loszulassen und ihn dann nicht aufgefangen«, stöhnte Mogda.

»Aber Ihr ward es nicht, der die Bark in den Wind gelegt hat, den Mastbaum auf leeseits umschwenken ließ, die Scholle gerammt hat und den Männern verbot, das Sprungnetz unter Ingert auszubreiten. Das hat jemand anderes zu verantworten«, flüsterte Keuchel und warf einen verstohlenen Blick zum Achterdeck.

Mogda drehte sich um und sah zu Mordigwel, der mit finsterer Miene hinter dem Steuerrad stand.

Manchmal ist es der Wille der Götter, wenn jemand stirbt, dachte Mogda. *Und manchmal ist es reine Bosheit, so wie in Ingerts Fall. Da dürfte es keinen Gott stören, wenn nicht auch mal die Hand eines Ogers das Schicksal eines Mannes besiegelt.*

Mogda sandte Mordigwel ein zweideutiges Lächeln hinüber.

27
Ungleiche Paare

»Stell dich nicht so an«, schimpfte Cindiel. »Ein Krieger, groß wie ein Stadttor und schwer wie ein Ochse, aber jammert wie ein kleines Mädchen. Wenn euch Ogern ein Dolch in den Rücken gestoßen wird oder ein Morgenstern gegen den Schädel prallt, tut ihr es ab, als wäre es normal und nur ein Kratzer. Aber bei einem winzigen Splitter im Fuß schreit ihr nach euren Müttern. Findest du dein Gejammer nicht etwas übertrieben? Waren die Männer, gegen die du auf dem Schlachtfeld gekämpft hast, auch so weinerlich?«

Gnunt sah die Hexe unsicher an. Er wollte auf keinen Fall antworten, bevor sie ihren Wortregen nicht ganz über ihm ausgeschüttet hatte. Erst seit wenigen Tagen waren sie mit den Hüttenbauern unterwegs, doch zwei Dinge konnte er jetzt schon mit Sicherheit über die beiden sagen: Wenn Cindiel redete, unterbrach man sie besser nicht, und wenn der Geschichtenerzähler endlich einmal schwieg, sprach man ihn am besten nicht an, sondern genoss die Ruhe. Jetzt schien die Frau aber am Ende ihrer Standpauke angekommen zu sein.

»Männer auf Flachtfeld nicht weinen. Gnunt treffen, Männer ...«. Er verdrehte die Augen und streckte die Zunge seitlich aus seinem Mund.

Cindiel traute dem Oger diese besonders perfide Art von Humor nicht zu, deshalb lachte sie nicht und nahm das Gesagte für bare Münze.

Gnunt hatte sich auf den Boden gesetzt und sich mit dem Rücken an einen der bizarr gewachsenen Bäume gelehnt. Das Gehölz sah aus wie abgestorben, wären da nicht die stacheligen Samen gewesen, die von den wenigen fingerdicken Astenden herunterhingen. Einige dieser Früchte waren bereits heruntergefallen, und Gnunt schien nichts Besseres vorgehabt zu haben, als sie mit dem Fuß wegzuschießen – jetzt steckte ein Teil der Stacheln tief in seiner Haut.

Die Natur hatte wieder einmal einen Weg gefunden, ihr Überleben zu sichern. Offensichtlich dienten die mit Widerhaken besetzten Stacheln der Samen dazu, von größeren Tieren im Fell mitgeschleift zu wurden, um dann andernorts wieder zu keimen. Außerdem stellte die Pflanzenbewaffnung sicher, dass die Früchte in dieser kargen Gegend nicht gefressen wurden. Nur an eines hatte die Natur nicht gedacht – an einen verspielten Oger mit Füßen so groß wie Schweinetröge. Die stachelige Frucht hatte sich mit ihren Dornen tief in Gnunts großem Zeh verankert und wollte sich nur noch widerwillig von ihm trennen. Cindiel hatte bereits den größten Teil entfernt, nur noch ein Stachel war übrig, aber der hatte es in sich.

»Halt jetzt endlich still«, fauchte sie ihn an. »Wenn du ewig so herumwackelst, bekomme ich den Stachel nie zu fassen. Denkst du, es ist angenehm, wenn du mir deine stinkenden Füße ins Gesicht hältst?«

»Gnunt waffen geftern in Teich«, hielt der Oger dagegen.

Cindiel konnte sich noch zu gut an den blubbernden grünen Morast erinnern, in dem Gnunt herumgesprungen war, als ob er ein Verjüngungsbrunnen wäre. Es hatte sie allein schon Überwindung gekostet, nur in die Nähe zu gehen. Jetzt hatte sie den fauligen Geruch abermals in der Nase, gepaart mit jahrelang getragenen Ogersandalen.

»Wahrscheinlich putzt du dir die Zähne auch mit Grassoden«, zischte Cindiel und versuchte, den Oger damit in Verlegenheit zu bringen.

Einen Wimpernschlag später präsentierte Gnunt einen angespitzten Holzsplitter, dessen Spitze vom häufigen Gebrauch zerfasert war wie ein alter Pinsel. Es war nur ein kleiner Trost, aber jedenfalls hingen keine Essensreste daran, dachte Cindiel.

Cindiel nahm sich vor, nie mehr auf das Hygieneverhalten der Oger einzugehen. Gnunt und Tastmar hatten sie schließlich begleitet, um sie und den Stein zu beschützen, und nicht, um vor Hofe vorzusprechen. Was ihre kämpferischen Qualitäten anging, war sie sich sicher, dass die beiden allen Anforderungen genügen würden. Sie riskierten ihr Leben für eine junge Frau, die sie nicht kannten, und für einen magischen Splitter, dessen Macht ihnen immer verborgen bleiben würde. Warum sollten sie dann nicht auch ihren Spaß mit den Matschgruben haben, die sich im Süden der Wüste überall fanden und die teilweise größer waren als der Markplatz in Osberg und übler rochen als die Gassen in Turmstein.

Cindiel stieß mit einer Hand vor, packte Gnunts großen Zeh, als ob der eine giftige Schlange wäre, und drehte den mit Widerhaken besetzten Stachel mit der anderen Hand heraus. Angewidert warf sie den Dorn weg.

»Und, war das nun so schlimm?«, fragte sie

Gnunt saß da mit vorgeschobener Unterlippe und einem Blick, der einem bettelnden Hund alle Ehre gemacht hätte.

»Wohl«, brummte er und zog seinen Fuß zurück, um sich die unsichtbare Verletzung noch einmal genau zu betrachten.

»Was ist, können wir jetzt endlich weiter?«, rief Hagrim, der versuchte, den Abstand zwischen den beiden und Tastmar in der Waage zu halten. »Wir haben noch einige Meilen vor uns, und der Weg läuft sich nicht von allein.«

Tastmar war bereits vorausgelaufen und kundschaftete die Umgebung aus. Hagrim versuchte, zwischen ihm sowie Cindiel und Gnunt Blickkontakt zu halten. Sein Kopf tauchte in regelmäßigen Abständen über einem der Sandhügel auf, um sich zu vergewissern, dass die Hexe und der kindsköpfige Oger nicht zurückblieben, und verschwand kurz danach, um Tastmars Alleingang weiterzuverfolgen. Er kam ihr vor wie ein junger Hund, der einem Hasen hinterherhetzte, aber auch darauf achtete, sein Herrchen nicht zu verlieren.

Hagrim strecke die Arme den Göttern zum Dank entgegen, als Cindiel und Gnunt sich wieder auf den Weg machten.

Gnunt war noch eine Weile damit beschäftigt, sein Leiden zu pflegen. Bei jedem Schritt verzog er schmerzdurchflutet das Gesicht und bemühte sich, seinen Gang möglichst humpelnd aussehen zu lassen. Doch schon nach dem zweiten Sandhügel schien ihm sein Schauspiel selbst lästig zu werden, und er verfiel wieder in seine normale Gangart.

»Na, es scheint schon wieder besser geworden zu sein«, neckte Cindiel ihn.

Zufrieden nickte Gnunt, während er bei zwei Schritten sein Humpeln noch einmal ausprobierte. »Oger können viel in Beutel tragen«, erklärte er stolz.

Cindiel nahm an, er wollte sagen, dass Oger viel einstecken konnten, doch anscheinend war seine Fähigkeit, Redewendungen zu benutzen, genauso gut ausgeprägt wie sein schauspielerisches Talent. Um nicht noch mehr Verwirrung zu stiften, beließ es Cindiel bei diesem sprachlichen Ausrutscher und verbesserte ihn nicht. Oft genug war sie mit Mogda deswegen aneinandergeraten und hatte auch dort keinen Dank geerntet. Sie musste schmunzeln bei der Vorstellung, was Gnunt wohl aus dem Begriff »Dank ernten« machen würde.

Der Tag war bereits angebrochen, aber Tastmar bestand darauf, den Weg fortzusetzen, bis sie das Ende der Hügellandschaft im Osten erreicht hätten. Nach jeder Erhöhung, die sie hinter sich ließen, hoffte Cindiel, das Flachland zu erreichen und den Pass nach Nelbor endlich sehen zu können. Ein ums andere Mal wurde sie enttäuscht, bis die Sonne fast ihren Zenit erreicht hatte. Tastmar war immer eine Viertelmeile voraus. Als sie ihn vor sich auf einem der sandigen Hügel stehen sah, wie er seinen Arm hob und das Zeichen zum Rasten gab, ließ sie sofort ihr Gepäck fallen und hockte sich einfach dorthin, wo sie gerade noch gestanden hatte. Ein kräftiger Schluck aus ihrer Wasserflasche reichte, um ihren Durst zu stillen. Alles, was sie jetzt noch brauchte, war Schlaf. Um sich vor der Helligkeit zu schützen, legte sie sich ein Tuch über die Augen und legte ihren Kopf auf den Beutel, den sie bei sich trug.

Es dämmerte bereits, als Cindiel aus ihrem Traum aufschreckte. Wie schon so oft in den Nächten zuvor träumte sie von Bocco Talis. Der Traum zog sich in ihrem Schlaf endlos hin, obwohl er sich immer nur mit der einen Frage beschäftigte: Was nahm Bocco als Bezahlung für ihre Antworten? Manchmal war der Albtraum erträglich, ja fast langweilig, und manchmal merkte Cindiel, wie ihr der Schweiß im Schlaf von der Stirn lief, weil allein die Vorstellung, das eine oder das andere zu verlieren, Panik in ihr weckte. Das Ende war immer gleich: Boccos Kopf fuhr herum, und die Vettel starrte mit ihrem hämischen Grinsen Hagrim an. Nach einem kurzen Moment fingen beide an zu lachen.

Der jetzige Traum hatte eine kleine Änderung erfahren. Wieder hatten sich Hagrim und Bocco in die Augen gesehen, doch diesmal hatten beide gewiehert wie ein Pferd. Cindiel blieb keine Zeit, die Deutung im

Traum weiter anzugehen, da dies ohnehin immer der Zeitpunkt war, an dem sie erwachte. Die Bilder in ihrem Kopf verschwanden – doch das Wiehern blieb, und Schreie und Rufe gesellten sich dazu.

Cindiel riss sich das Tuch vom Gesicht und sah sich ängstlich um. Hagrim lag neben ihr – er musste sich irgendwann nach ihrem Einschlafen dazugesellt haben – und räkelte sich. Von Gnunt und Tastmar war keine Spur zu sehen. In den Tagen zuvor waren sie auch bereits immer schnell wieder auf den Beinen gewesen und hatten ihren weiteren Weg ausgekundschaftet, doch waren sie meist nie weit weg. Cindiel fielen die Söldner ein, die ihr Lager am ersten Abend besucht hatten und mit grimmigen Mienen davongezogen waren. Sie würden sicherlich nicht lockerlassen, solange sie Beute witterten. Sie waren den beiden Ogern zwar nicht weit überlegen, wenn es zu einem Streit kam, aber selbst einen ausgeglichenen Kampf konnten sie momentan nicht gebrauchen. Sie mussten so schnell und so unauffällig wie möglich den Stein in Sicherheit bringen.

Cindiel sprang auf, rückte ihre Kleider zurecht und trat dann Hagrim sanft in die Seite, der sich daraufhin knurrend umdrehte. Erst ein neuerlicher Tritt, der auf seinen Hintern gerichtet war, brachte ihn dazu, sich in eine sitzende Position zu begeben.

»Was ist das für ein Geschrei?«, stammelte er.

»Durch Herumsitzen werden wir es nicht herausfinden«, fauchte sie ihn an. »Beweg deine müden Knochen, vielleicht brauchen Gnunt und Tastmar unsere Hilfe.«

Sie erklommen bereits den sandigen Hügel in der Richtung, aus der die Geräusche zu kommen schienen, als Hagrim ihr Anliegen verstand.

»Wenn sie unsere Hilfe brauchen«, wiederholte Hagrim ihre Worte. Er packte sie am Arm und hielt sie zurück. »Tut mir leid, Prinzessin, aber vor meinem inneren Auge will sich einfach keine Szene formen, in der die beiden Hünen unterlegen sind und unsere Anwesenheit dies ändern würde. Alles, was wir dazu beisteuern könnten, wären zwei blutige Flecken auf rotem Sand. Findest du nicht, es ist schlauer, wenn wir uns verstecken und abwarten?«

»Wir würden nur darauf warten, dass sie uns finden«, entgegnete Cindiel. »Wenn es die Söldner sind, wissen sie genau, dass wir uns hier aufhalten, und würden uns früher oder später sowieso ausfindig machen.«

»Und wenn es nicht die Söldner sind, sondern Orks oder Trolle?«

»Ich höre Pferde wiehern. Trolle und Orks reiten nicht auf Pferden«, hielt sie dagegen.

Während Cindiel weiter den Hügel hinaufkrabbelte, fiel Hagrim noch so manches Argument gegen ein Eingreifen ein, doch die junge Hexe war nicht mehr zu bremsen.

Die Söldner hatten auch keine Pferde. Trolle und Orks reiten zwar nicht auf Pferden, aber sie essen sie gern. Die Priester könnten sich zu Pferd auf die Suche nach uns gemacht haben. Reiten zu können schließt nicht aus, Hexen und Geschichtenerzähler zu töten, schwirrten Hagrim die Gedanken durch den Kopf.

Cindiel stand bereits oben auf der Höhe, als Hagrim abermals den Halt im lockeren Sand verlor. Sein noch schlaftrunkener Körper reagierte zu langsam, und er stürzte mit dem Gesicht voran in die rote Erde. Fluchend spuckte er aus und klopfte den Dreck ab.

»Du brauchst nicht auf mich zu warten«, beschwerte er sich. »Es ist schon in Ordnung, wenn sie mich zuletzt töten. Eilt ihr ruhig alle eurem Verderben entgegen, mir reicht es schon, wenn ich mir den Weg hier hinauf spare, bevor sie mich abmurksen. Wer ist schon so dumm, im Schweiße seines Angesichts sein eigenes Grab auszuheben?«

Hagrim stellte mit Beruhigung fest, dass Cindiel auf dem Hügel verharrte, womit sie seine Befürchtungen Lügen strafte. Wenn sie sich tatsächlich in Gefahr befänden, hätte die Hexe bereits reagiert. Untätigkeit passte nicht zu ihr, sie wurde eher von einer Neigung zu leidenschaftlichen Überreaktionen geplagt, wie die Ereignisse von Osberg bewiesen.

»Hört auf! Lasst sie in Ruhe«, schrie Cindiel entsetzt und rannte den Hügel hinunter.

Immer noch ohne zu wissen, was auf der anderen Seite vor sich ging, hatte Hagrim es geschafft, die Anhöhe zu erklimmen. Keuchend hockte er sich hin und besah sich das Schauspiel, das sich ihm bot. Cindiel prügelte mit beiden Fäusten auf Gnunt ein. Die Schläge trafen den Oberschenkel des Ogers wie ein Trommelwirbel, doch schienen sie ihn nicht sonderlich zu beeindrucken. Zumindest verunsicherten sie ihn.

Gnunt und Tastmar standen vor einem der grünlich braunen Tümpel, mit langen knorrigen Ästen bewaffnet, und stießen Männer und

Pferde zurück in den Sumpf. In dem Durcheinander konnte Hagrim fünf Reittiere und sechs Reiter ausmachen. Er ging davon aus, das einige der stinkenden Blasen, die auf der Tümpeloberfläche zerplatzten, von dem fehlenden Pferd stammten. Wenn es weiterhin nach den Ogern ginge, würden bald nur noch Blasen zu sehen sein, ob nun von Mensch oder Tier. Cindiel ließ jedoch keinen Zweifel an ihren eigenen Plänen und nutzte nun auch ihre Füße, um ihr Anliegen durchzusetzen.

»Haut ab, lasst sie in Ruhe«, wiederholte sie erneut. »Ihr dummen, fetten Scheusale, helft mir, sie aus dem Tümpel wieder herauszuziehen. Schmeißt endlich die Knüppel beiseite.«

Die beiden Oger hatten einige Verständnisprobleme. Die vielen verschiedenen Anweisungen brachten sie aus dem Konzept. Tastmar warf verunsichert seinen Ast weg, während Gnunt den seinen wieder aufnahm und ihn einem der Männer in dem sumpfigen Teich entgegenstreckte.

Vier der fünf Pferde schwammen bis zum Hals in der grünen Brühe. Das letzte stand mit den Hinterläufen noch am Ufer, während sein Reiter versuchte, sich an den Zügeln des Tieres aus dem Sumpf ziehen zu lassen. Das Gewicht des Mannes war zu schwer, und sein Pferd kam ihm nur in der Weise entgegen, dass es seine eigene Schnauze von dem stinkenden Schlamm fernhielt. Die anderen Männer dümpelten hilflos neben ihren Reittieren und klammerten sich an Sättel und Mähnen. Ihre Hilferufe und Verfluchungen mischten sich mit dem panischen Wiehern der Pferde.

Erst jetzt erkannte Hagrim das gestickte Wappen auf der Pferdedecke eines der Tiere, das sich verzweifelt dagegen wehrte, in den Sumpf gezogen zu werden. Die goldene Ähre auf grünem Grund war das Zeichen des Hauses Felton, des Lords von Osberg. Die Männer mussten zur Stadtwache gehören, und da würde es nicht verwundern, wenn sie den einen oder anderen sogar persönlich kannten. Momentan war dies nur schwer zu sagen, da sie allein mit den Köpfen aus dem Sumpf ragten und über und über mit Schlamm bedeckt waren.

Das erste Mal in seinem Leben freute Hagrim sich, die Stadtwachen zu sehen – nein, er freute sich, sie *so* zu sehen. Fast fand er es ein wenig schade, dass Cindiel sich so sehr ereiferte, doch er verstand, warum sie das tat. Wenn einer der Männer umkam, während die Oger sie durchs

Land begleiteten, würde die ohnehin schwierige Situation mit Finnegan vollkommen den Bach runtergehen.

Hagrim hastete der jungen Frau zu Hilfe, wobei er aber nicht so viel Tempo vorlegte, als wenn sein eigenes Leben davon abgehangen hätte. Cindiels mittlerweile hysterische Anfälle schienen mehr Aussicht auf Erfolg zu haben als alle Erklärungsversuche zuvor. Hagrim riss sich nicht darum, ihren Erfolg schmälern zu wollen, er redete in gelassenem Tonfall auf Gnunt ein.

»Hilf mir einfach die Männer und ihre Pferde wieder aus dem Sumpf zu ziehen«, erklärte er Gnunt, während Cindiel mit einem der Äste auf Tastmar einschlug, der immer noch nicht begriffen hatte, was sie genau wollte. »Sie wird aufhören zu schreien, wenn wir die ersten Männer an Land gezogen haben.«

»Gnunt hat gefeucht Pferd und Ritter in Tümpel«, rühmte sich der Hüne.

»Das hast du gut gemacht, Gnunt«, bestätigte ihm Hagrim. »Doch jetzt wollen wir sie wieder herausholen. Du musst uns dabei helfen, verstehst du?«

»Ritter alle töten, wenn Gnunt tun«, wandte der Oger ein.

»Es sind keine Ritter«, versuchte Hagrim ihm zu erklären. »Sie ziehen sich nur so an, damit man sie ernst nimmt. Alles, was sie können, ist Betrunkene aus Gasthäusern verscheuchen, Bettler zu den Stadtmauern hinausjagen und ihre Stellung in den Hurenhäusern ausnutzen.«

»Männer böfe«, bemerkte Gnunt. »Werfen furück in Fumpf.«

»Im Grunde genommen hast du Recht«, stimmte Hagrim zu. »Doch wenn wir uns nicht den ewigen Zorn dieser dunkelhaarigen Furie«, er zeigte auf Cindiel, »zuziehen wollen, holen wir sie doch besser heraus. Vergiss nicht, irgendwann ist sie mit Tastmar fertig, und dann sind wir an der Reihe.«

Gnunt zeigte Verständnis, aber wenig Freude. Gemeinsam machten er und Hagrim sich daran, die Soldaten und ihre Pferde aus dem Modderloch zu holen – jeder nach seinem Können. Hagrim wies Gnunt an, wie er es am besten anstellte, die glitschigen Leiber und die in Panik verfallenen Tiere unverletzt herauszuziehen und dabei seinen Umhang nicht zu beschmutzen. Zuerst wollte Hagrim versuchen, eines der Tiere festzuhalten, doch die Gewalt, mit der das Pferd versuchte vor den Ogern zu flüchten, ließ seine Bemühungen scheitern.

Auch Tastmar hatte jetzt begriffen, was Cindiel von ihm wollte, nachdem er Gnunt einige Zeit beobachtete und währenddessen wenigstens noch ein Dutzend Schläge auf den Rücken bekommen hatte. Die beiden Oger zogen einen Soldaten nach dem anderen aus dem Sumpf. Völlig außer Atem und am Ende ihrer Kräfte, sanken die Männer in sich zusammen und versuchten, wieder zu sich zu kommen.

»Finnegan! Finnegan, was tust du hier?«, rief Cindiel aus. In ihrer Stimme schwang Überraschung, Freude sowie ein wenig Empörung mit.

Das Husten und Würgen des Soldaten war weniger facettenreich. Keuchend kam er auf die Knie. »Ich habe dich gesucht«, röchelte er.

»Und die anderen sind nur mitgekommen, um ihre Pferde zu baden«, fiel Hagrim ihm ins Wort. »Mir kannst du nichts vormachen. Sie haben dich geschickt, um uns zurückzubringen nach Osberg, damit sie uns vor Gericht stellen können. Schlag dir das gleich aus dem Kopf, sonst werden es unsere beiden Freunde hier tun, und ich meine das wörtlich.«

»Lord Felton hat uns losgeschickt, die Söldner im Auge zu behalten«, erklärte Finnegan. »Wir haben sie über den Pass verfolgt. Es sind hunderte, die sich aus Turmstein, Lorast und den anderen südlichen Städten aufgemacht haben. Sie jagen die Kreaturen Tabals dort, wo sich die Priester mit ihren Armeen nicht hinwagen. Vor zwei Tagen konnten wir eine kleine Gruppe der Söldner des Nachts belauschen. Sie haben von zwei Ogern, einer jungen Frau und einem alten Mann gesprochen. Da habe ich eins und eins zusammengezählt.«

»Alter Mann!«, platzte Hagrim ärgerlich heraus.

»Eigentlich sprach er von einer kleinen Wildkatze und einem alten zerlumpten Hurenbock«, erklärte einer der Soldaten ungefragt.

Hagrim fuhr herum und funkelte jeden Einzelnen mit bösen Blicken an. »Wir hätten euch alle absaufen lassen sollen«, schrie er.

»Glaubt ihr, wir brauchen eure Hilfe? Ihr seid ja sogar zu blöd, um euch an die beiden hässlichen Fleischklopse anzuschleichen.«

Wutschnaubend wandte der Geschichtenerzähler sich ab und hockte sich abseits des Lagers, um einen Schluck aus seinem gut behüteten Wasserschlauch zu nehmen. Die beiden Oger nahmen ihm die Beleidigung nicht krumm, anscheinend schienen sie gar nicht begriffen zu haben, dass er von ihnen gesprochen hatte.

Cindiel übte sich währenddessen wieder in Fürsorglichkeit. Behutsam wischte sie Finnegan den Schlamm aus dem Gesicht und half ihm sich von der durchnässten Kleidung zu befreien. Die anderen Männer waren auf sich allein gestellt, kamen aber auch ohne die helfenden Hände einer Frau gut zurecht.

Gnunt und Tastmar beäugten die Neuankömmlinge argwöhnisch. Jedes Mal, wenn einer der Soldaten Anstalten machte, eine seiner Waffen zu greifen, und sei es nur, um sie zu reinigen, stießen die Oger ein beängstigendes Knurren aus. Schnell hatten alle begriffen, wie weit sie sich vorwagen durften und was sie besser unterließen.

Die in Panik geflüchteten Pferde hatten sich schnell beruhigt und standen nur wenige hundert Schritt entfernt am nächsten Tümpel, um ihren Durst zu stillen. Auch sie waren von den Strapazen der letzten Minuten stark mitgenommen und benötigten dringend Ruhe. Die Männer entledigten sich ihrer Ausrüstung und breiteten Kleidung und Rucksäcke zum Trocknen auf der warmen roten Erde aus, solange die Sonne noch ihre letzten Strahlen sandte und die Nacht hereinbrach.

Gnunt und Tastmar wechselten fragende Blicke, als sie vor dem blubbernden Tümpel standen. Gnunt nahm einen Stein von der Größe einer Ziege auf und schleuderte ihn mit einer Hand in die Mitte des Teiches. Mit einem schmatzenden Geräusch versank der Brocken und schickte eine kleine Fontäne grünen Schleims in die Höhe, die sich aber nicht vom Rest des Schlammes löste, sondern von der zähflüssigen Masse wieder zurückgezogen wurde.

»Fei Mal Oger tief«, befand Gnunt mit Kennerblick.

Tastmar stimmte mit einem nachdenklichen Nicken zu. Die beiden packten einander an den Unterarmen, während Gnunt sich weit über den Teich beugte und mit seinem Arm in der Brühe fischte. Immer schräger wurde seine Lage, bis er schließlich fast mit der Schulter das Wasser berührte.

»Gnunt hat, Gnunt hat«, rief Gnunt aufgeregt.

Tastmar zog mit ganzer Kraft und stemmte die Füße in den Boden. Stück für Stück zog er Gnunt von der schlammigen Brühe fort. Sie hatten es fast geschafft, doch es sah so aus, als wenn der Teich versuchte, die beiden hineinzuziehen. Gnunt war vor dem Teich in die Hocke gegangen. Sein Arm steckte immer noch bis zum Ellenbogen im Matsch, und von der anderen Seite riss Tastmar an ihm. Es schien bald so, als ob Gnunt zerreißen würde. Er begann zu brüllen und zu ächzen, doch kurz bevor ihn die Kräfte zu verlassen schienen, zog er den Kopf eines Pferdes aus dem Sumpf hervor. Je weiter sie das tote Tier herauszogen, desto leichter wurde es. Sie hievten den Kadaver an Land und ließen ihn auf der Seite liegen. Mit wenigen Schnitten durchtrennten sie die Lederriemen von Zügeln und Sattel und warfen sie achtlos beiseite.

»Hüttenbauer machen Feuer für Rast«, wies Gnunt die Soldaten an. »Essen Pferd, dann ziehen weiter.«

Das Feuer brannte noch nicht richtig, da hatten die Oger schon die beiden Hinterläufe des Pferdes herausgetrennt und abgezogen. Gnunt schnitt noch ein großes fleischiges Stück aus der Brust des Tieres und erklärte es zu seinem persönlichen Proviant. Die Reste des Kadavers stießen sie zurück in den sumpfigen Tümpel.

Alle hatten sich um das Feuer versammelt. Hagrim saß bei Gnunt und Tastmar und zeigte den Neuankömmlingen damit, wie willkommen er sie hieß. Cindiel hatte sich an die Schulter von Finnegan geschmiegt, die übrigen Soldaten hockten mit finsteren Mienen dicht gedrängt zusammen. Niemand sprach ein Wort, bis Finnegan das Schweigen brach.

»Die Kleriker des Prios ziehen durch das Land und versuchen, jeden Bauern, jeden Händler und jeden Söldner zu rekrutieren, den sie bekommen können. Sie nehmen sogar Kinder in ihre Armee auf. Nach dem Tod des Priesters in Osberg hat Ochmalat ein Heer zusammengestellt und zog in den Norden, um die Kreaturen Tabals aus den Bergen zu locken und sie anzugreifen. Es gab eine Schlacht an der Küste, doch ein Trupp von Ogern schaffte es bis nach Sandleg durchzudringen. Dort wurden sie von Ochmalats Truppen belagert, doch mit einer List konnten sie Ochmalat töten, das Heer zerstreuen und auf einem Schiff flüchten. Gerüchte verbreiteten sich. Einige sprachen davon, dass Mogda, ihr Anführer, zurückgekehrt sei. Andere behaupteten, sie wurden von einer Hexe und einem Krieger angeführt.«

Finnegan sah Cindiel tief in die Augen, doch sie schien noch nicht bereit zu sein, ihm zu antworten, stattdessen übernahm Hagrim diese Rolle.

»Das klingt auf jeden Fall schon besser als ›alter Mann‹«, sagte er. »Was die genannten Personen betrifft, gibt es nicht viel hinzuzufügen. Nur dass wir die Kreaturen Tabals anführen sollen, ist ein wenig zu viel der Ehre. Lediglich diese beiden überaus gut aussehenden und ständig wie Waschweiber plappernden Kerlchen hier neben mir begleiten uns. Besser noch, sie laufen den ganzen Tag stur in eine Richtung, und wir folgen ihnen, in der Hoffnung, dass sie wissen, wohin wir wollen. Allerdings habe ich langsam die Befürchtung, sie ändern nie die Richtung, weil sie zu dumm sind, abzubiegen. Ihre Weisungen haben sie von Mogda, der noch sechzig weitere von ihnen kommandiert.«

Hagrim spielte wieder einmal mit dem Feuer. Einzig die Tatsache, dass die beiden Oger seine Unverschämtheiten nicht verstanden, schützte ihn davor, sich zu verbrennen. Der Geschichtenerzähler liebte solche Spielchen und ließ keine Situation aus, dies auszuleben.

»Jetzt verstehe ich«, sagte er zu Finnegan. »Du hattest angenommen, Mogda hier mit uns anzutreffen, und hast darauf gehofft, dass er dich wiedererkennt. Stattdessen bist du hier von Schwachsinn und Trübsinn begrüßt und zu einem unfreiwilligen Bad gezwungen worden.«

»So ähnlich«, stimmte Finnegan gereizt zu. »Das sind aber noch nicht alle Neuigkeiten, die mir zu Ohren gekommen sind. Mein Vater, Tyvell, ist zum Lord der Hohepriester ernannt worden. Er führt eine Armee von Spähern, Söldnern und leicht gerüsteten Kämpfern an. Er durchstöberte das Land nach etwas, von dem er meint, das es ihm gehört. Er sucht einen der Funken der Götter. Irgendwie muss es ihm gelungen sein, in den Besitz des Steins zu kommen und seine Macht zu kontrollieren. Nach dem, was ich gehört habe, hat er ihn an Ochmalat weitergegeben, um die Macht des Tempels unter Beweis zu stellen. Zum Bedauern meines Vaters ist dieser Stein verschwunden, als Ochmalat ums Leben kam. Jetzt ist er der festen Ansicht, einer der Oger habe den Stein genommen und bringe ihn zurück zum Drachenhorst. An jedem Pass und jedem Durchgang hat er seine Männer postiert, damit er wieder in den Besitz des Funkens kommt.«

Cindiel stand auf und sah zu Finnegan herab. Sie schien sich zu fragen, woher Finnegans Vater von dem Funken der Götter überhaupt wusste. Nur wenige wussten, was in den letzten Jahren passiert war. Die Funken der Götter waren seit jeher nicht mehr als eine Geschichte gewesen, und nur die, die bei Eliahs Tod dabei gewesen waren, wussten um ihre wirkliche Existenz. An Finnegans schuldbewusstem Gesicht sah sie, dass sie die Antwort lieber nicht wissen wollte.

Cindiel ging hinüber zu Gnunts Habseligkeiten und kramte in dessen Beutel. Sie holte ein zusammengefaltetes Tuch hervor, trug es hinüber zu Finnegan und legte es ausgebreitet vor ihm hin.

»Danach sucht dein Vater«, sagte sie eisig. »Er wird den Kristall nicht im Drachenhorst finden und auch sonst nirgendwo, dafür werde ich sorgen.«

28
Die Insel Argaht

Die Sturmwind besaß mittlerweile nicht mehr Seetüchtigkeit als eine im Wasser treibende Holztür. Einzig das Großsegel war noch halbwegs einsatzbereit. Sämtliche Wanten, Zugseile und Umlenkrollen waren vereist und taugten höchstens als Stolperfallen, aber nicht, um ein Schiff zu steuern. Kapitän Londor hatte sich von seiner Verletzung erholt und wieder seinen Posten auf dem Achterdeck eingenommen. Mordigwel hatte versucht, ihn zu überreden, seine Verletzung länger auszukurieren, doch der Kapitän stieß ihn rüde zurück.

»Ein Schiff ohne Segel und mit niemandem im Ausguck kann auch von einem Käpten mit Loch im Bauch gesteuert werden«, hatte er gesagt und dabei nicht wie sonst gelacht. Irgendeiner der Mannschaft musste erzählt haben, was mit Ingert passiert war, und nicht ausgelassen haben, dass Mo nicht ganz unbeteiligt am Tod des Seemannes war.

Der Steuermann war unter Deck verschwunden und hatte sich seitdem nicht wieder blicken lassen.

Londor wies seine Männer an, die Leckagen am Bug des Rumpfes mit Decksplanken so gut wie möglich abzudichten. So schnell, wie die Arbeiten begonnen hatten, so schnell mussten sie auch wieder abgebrochen werden. Der vordere Laderaum stand kniehoch unter Wasser, und die Männer unterkühlten schon nach wenigen Minuten. Man benötigte Kraft und Ausdauer für die Reparaturen, aber die Männer spürten ihre Gliedmaßen kaum noch. Mogda, Galok und Purgol boten sich an, die Arbeiten zu beenden. Sie ließen sich zeigen, was zu tun war, doch schon nach den ersten Hammerschlägen stellte sich heraus, dass es unmöglich war.

Das Werkzeug half zwar, die Lecks von den überstehenden Bruchstücken zu befreien, es trieb die eisernen Dornen durch das Holz der Planken, dichtete die Löcher ab, aber es entstanden immer wieder neue Risse. Das eiskalte Wasser ließ die schwarze klebrige Dichtmasse zwischen den Bohlen splittern wie Glas. Mit jedem Hammerschlag wanderten die Risse weiter, und andere Lecks bildeten sich.

Tinnert erklärte, man benötige Kauder und Pech zum Abdichten, doch für solche Arbeiten müsste das Schiff wenigstens im Hafen liegen, besser wäre es noch, es an Land zu bringen. Londor entschied, den vorderen Laderaum so gut wie möglich abzudichten und dann von den anderen Räumen abzutrennen. Tinnert und Griss, die beiden erfahrenen Seeleute, zogen eine halbhohe Wand zwischen dem ersten und zweiten Laderaum. Sie dichteten sie mit altem Segeltuch ab und nagelten Stützen dagegen.

Mordigwel hatte die Arbeit nur mit grimmiger Miene begutachtet und gesagt: »Damit ist die Sturmwind auch nicht zu retten, nur der nasse Tod flüstert jetzt nicht mehr in unser Ohr. Wir werden ihn erst wieder hören, wenn er unsere Namen brüllt.«

Mogda hatte nicht verstanden, was der Steuermann damit meinte, doch Tinnert hatte es ihm erklärt.

»Die Wand schützt davor, dass das Wasser die anderen Laderäume langsam überflutet und die Sturmwind immer mehr Tiefgang bekommt. Somit ist das Schiff besser zu manövrieren. Sollte der Pegel aber irgendwann so hoch sein, dass das Wasser über die Wand schwappt, sinkt die Sturmwind in wenigen Minuten und wird uns alle mitreißen.«

Mogda hatte seit zwei Tagen nicht mehr geschlafen. Die Vorstellung daran, dass er erwachte, weil das kalte Wasser nach ihm griff, hielt ihn wach. Es war egal, ob Mensch oder Oger – wer hier ins eisige Meer fiel, starb nach wenigen Minuten. Mogda wollte nicht trunken vom Schlaf und in Panik sterben, er wollte dem Gott des Wassers seine Verfluchungen entgegenbrüllen, wenn es so weit war.

Um dem Tod ein bisschen ferner zu sein, hatte er sich einen Platz auf dem Achterdeck über der Kombüse gesucht. Dort auf dem Holzdach drang immer etwas Wärme von den Öfen hindurch, und außerdem duftete es angenehm nach Essen. Es gab meilenweit keinen Platz, an dem er hätte lieber sterben wollen, wenn die Götter ihm schon so ein Ende vorherbestimmt hatten. Außerdem saß er hier im Rücken von Londor und spürte nicht ständig die anklagenden Blicke des Kapitäns, die unentwegt zu schreien schienen: »Gebt mir ein Leben nach dem Tod auf einem Schiff in einer Welt aus Wasser, in der es keine Oger gibt.«

»Land!«

Der Ruf von Negol schien alle Probleme mit einem Mal im Wasser zu ertränken. Der Kriegsoger hatte sich selbst zum Nachfolger von Ingert erklärt. Zu jeder Zeit stand er am Bug des Schiffes, umklammerte den Fockmast und sandte seinen Blick so weit es ging voraus.

Oger und Seeleute strömten gleichermaßen auf das Vordeck, um einen Blick auf das rettende Land zu werfen. So klar der Ruf von Negol auch gewesen sein mochte, das Bild, das sich den Kriegern und Seeleuten bot, war weniger eindeutig. Vor ihnen lag eine weiße Wand aus fernem Nebel, Schnee und Eis, die zu verschmelzen schien mit den grauen Wolken am Horizont. Jeder sah etwas anderes: ein Haus, eine Felswand und sogar einen Hafen, doch waren es nur Trugbilder in ihren Köpfen, gesät von der Hoffnung.

»Dort!«, zeigte Negol. »Rauch von Feuer.«

Mogda brauchte einen Augenblick, um zu erkennen, was der Oger versuchte, ihm zu zeigen. Ein dünnes schwarzes Band zog sich in die Höhe. Für Mogda hätte es sonst etwas sein können, doch Negol bestand darauf, Rauch zu sehen. Je näher sie kamen, desto mehr musste Mogda ihm Recht geben. Das dünne schwarze Band tanzte im Wind wie ein Flugdrachen für Kinder. Es war Land – ob es die Rettung war, würde sich noch herausstellen müssen.

Jeder an Bord der Sturmwind wagte einen Blick, und jeder spekulierte darüber, was vor ihnen lag. Nur zwei Seelen an Bord blieben von den Neuigkeiten unbeeindruckt, wobei Mogda bezweifelte, dass einer von ihnen wirklich noch eine Seele besaß. Hagmu, der einäugige Anführer der Kriegsoger, saß immer noch unter Deck. Sie hatten ihn zu dritt in einen anderen Lagerraum geschafft. Obwohl er nicht verletzt war und auch sonst gut bei Kräften, weigerte er sich, auch nur einen Schritt zu tun. Umso erleichterter war Mogda, als er sich widerstandslos zu den anderen gesellte, als man ihn hinführte. Anfangs zierten sich die anderen jedoch, sich neben ihn zu setzen, da sie befürchteten, die Götter würden sie strafen, wie jene unglücklichen Platznachbarn, die beim Zusammenstoß mit dem Eisberg umgekommen waren. Als Mogda sie jedoch mit den leicht zu verstehenden Worten »Aufpassen oder Ausguck« konfrontierte, fiel ihnen die Wahl leicht.

Das andere Besatzungsmitglied, das keinerlei Interesse an ihrer Rettung zu haben schien, war Kapitän Londor. Er stand hinter dem Steuerrad und verzog keine Miene. Mogdas fragende Blicke wurden von Keuchel beantwortet.

»Er hat sich noch nie gefreut, wenn wir wieder in einen Hafen einliefen. Diesmal wird nicht einmal ein Hafen dort sein, und er weiß, dass er das Schiff auf Grund setzen muss, damit wir es bis ans Land schaffen. Die Sturmwind ist manövrierunfähig. Er kann sie nicht aus dem Wind ziehen, und er kann die Segel nicht reffen, ohne dass die Gezeiten mit uns tun, was sie wollen. Und was sie wollen, haben sie uns gezeigt – sie wollen uns auf dem Grund des Meeres sehen.«

Mogda blieb noch so lange mit den anderen auf dem Vorderdeck, bis er sicher war, das Gleiche zu sehen wie alle anderen. Dann wandte er sich ab, überquerte das Deck und nahm wieder seinen alten Platz auf dem Dach der Kombüse ein. Er nahm all seinen Mut zusammen, um Londor anzusprechen. Er brauchte den alten Seebären eigentlich nicht zu fürchten, da ihm Londor wie alle Menschen körperlich unterlegen war, sich geistig nicht mit einem Gelehrten messen konnte und die Armee in seinem Rücken von sieben Mann auf fünf geschrumpft war. Dennoch war ihm nicht wohl zu Mute. Mogda schuldete ihm etwas. Und zwar ein weiteres Schiff, so wie es aussah. Er hätte Londor zur Versöhnung anbieten können, ihm ein neues zu kaufen, doch mit Geld hatten es die Oger nicht so. Als letzte Möglichkeit blieb nur, dem Kapitän eigenhändig ein neues Schiff zu bauen, doch dies würde dessen Hass nur noch weiter schüren, nahm Mogda an. Zumindest, wenn Londor das fertige Schiff erblickte.

»Euer nächstes Schiff solltet ihr anders benennen«, sagte Mogda. »Der Name hat euch nicht sonderlich viel Glück gebracht.«

Londor fuhr herum und funkelte Mogda vorwurfsvoll an. »Es ist nicht die Sturmwind, die mir Unglück bringt. Es sind Namen wie Tabal, Oger und Mogda, die an mir kleben wie die Fliegen auf der Scheiße.«

Mogda konnte ihm seine Worte nicht verübeln. Er hatte den alten

Seebären eingespannt, so wie die Götter ihn – oder war selbst Londor ein Teil des göttlichen Plans?

»Wenn ihr euch umblickt, was seht Ihr dann, Londor?«, fragte Mogda.

»Eis, Schnee, ein zugefrorenes Meer, ein Schiff vor dem Untergang und eine Horde Dummköpfe, die glauben, die Götter hielten eine Aufgabe für sie bereit.«

Genau das hätte Mogda vor Jahren auch noch gesehen, doch nun war alles anders. Ihm war gleichgültig geworden, ob die Götter einen Plan hatten oder nicht. Barbaren machten Jagd auf sie, und die Götter schenkten ihnen keine neuen Kinder. Es gab im Grunde genommen nichts zu verlieren, kein Schiff, keine Freunde, und auch kein Leben. Die Welt war so, wie sie war, am Ende angelangt, und mit ihr die Mannschaft. Alles, was ihnen blieb, war ein schmaler Weg, der sich Schicksal nannte.

»Ich sehe noch etwas«, erklärte Mogda. »Die Sturmwind segelt seit zwei Tagen durch diese schmale Fahrrinne. Zu beiden Seiten ist das Meer zugefroren, doch diesem Schiff hat sich keine weitere Eisscholle mehr entgegengestellt, seitdem wir auf direktem Kurs nach Argaht sind. Wer auf noch mehr Zeichen der Götter wartet, verdient ihre Hilfe nicht. Das Schicksal findet immer einen Weg, um uns zu lenken, das habe ich schmerzhaft lernen müssen.«

»Und damit ich auch ein bisschen von dem Schmerz abbekomme, habt Ihr es Euch zur Lebensaufgabe gemacht, meine Schiffe zu versenken, stimmt's? Ich frage mich, was ich den Göttern getan habe, dass sie mich so strafen?«

Mogda kannte die Antwort nicht. Dieselbe Frage hatte er den Göttern auch schon gestellt – und keine Antwort erhalten. Doch er wollte Londor zumindest einen kleinen Vorgeschmack darauf geben, was die Götter antworten könnten.

»Nach den Geschichten, die man sich von Euch erzählt, würde ich meinen, Ihr seid zu einer von ihren Frauen ins Bett gestiegen.«

Londors schallendes Gelächter zog die Blicke aller auf ihn.

»Wenn das die Wahrheit ist, wäre es besser, die Götter schenkten mir kein neues Leben. Denn in meinem nächsten würde ich ihnen allen Hörner aufsetzen und mir eine Armee von Bastarden heranzüchten, um sie zu stürzen.«

Mogda fragte sich, wie jemand, der den Göttern so wenig Respekt entgegenbrachte, so alt werden konnte. Wenn ihre Strafe allein darin bestand, seine Schiffe zu versenken, waren sie gnädiger, als er es je vermutet hätte. Usil war stets ein gläubiger Mensch gewesen, und dennoch hatten die Götter ihm ein Schicksal auferlegt, das härter war als das der meisten.

Londor lachte noch immer, und beinahe wären Tinnerts zaghafte Rufe darin untergegangen.

»Boote! Da kommen Boote.«

Diesmal hielt es auch Londor nicht mehr auf dem Achterdeck. Zusammen mit Mogda drängte er sich durch die gaffende Menge von Menschen und Ogern. Wie Tannenzapfen auf einem halb zugefrorenen Teich wirkten die kleinen Boote, die auf sie zusteuerten. Es waren wirklich nur Boote. Keines von diesen Gefährten hätte sich Schiff nennen dürfen, ohne Gelächter bei einem wirklichen Seemann hervorzurufen. Mogda hatte Schwierigkeiten, sie zu zählen. Sie waren klein und drohten von dem weißen Flimmern der Luft verschluckt zu werden. Es mochten vielleicht fünf oder sechs sein, aber selbst wenn ein Dutzend Mann darauf Platz hatten, konnten sie keine wirkliche Bedrohung darstellen. Oger und Menschen zählten im Kampf nicht eins zu eins, versuchte sich Mogda einzureden.

»Wir sollten uns vorbereiten«, sagte Londor. »Sie werden uns nicht viel Zeit lassen. Vielleicht eine halbe Stunde, wenn wir Glück haben, auch eine ganze – dann werden sie uns erreicht haben.«

Mogda fehlte in Londors Stimme die Belustigung über die fremde Armada. Er tat fast so wie ein Heerführer, der zehntausend Mann in die Schlacht schickte. Sah er die Angreifer wirklich als Bedrohung an?

»Nicht jeder, der auf einem Boot im Wasser schwimmt, ist unser Feind«, gab Mogda zu bedenken. »Vielleicht sind es nur Fischer.«

»Ihr habt nicht zugehört, Herr Oger«, mahnte ihn Londor. »Die Barbaren haben keine Kriegsschiffe. Das, was Ihr dort kommen seht, ist ihre Flotte. Ich versichere Euch, sie würden uns sogar schwimmend und ohne Boote angreifen, wenn sie müssten. Und so seeuntüchtig, wie die Sturmwind momentan ist, könnte uns sogar ein Schwarm Makrelen versenken.«

Mogda wollte gar nicht wissen, was es mit diesen »Makrelen« auf sich hatte. Anscheinend gab es im Wasser mehr Untiere, als der Mut eines Ogers verkraften konnte. *Egal was passiert*, dachte Mogda, *wir müssen es irgendwie schaffen, über Wasser zu bleiben.*

Die kleinen Segelboote kamen näher. In halsbrecherischen Manövern kreuzten sie gegen den Wind, tauschten ihre Positionen und schienen danach zu ringen, in Führung zu gehen. Mit ihren grauen Segeln sahen sie aus wie ein Schwarm Fledermäuse. Jeder freie Fleck an den zwei kleinen Masten war bespickt mit Tuch, um jedes Lüftchen einzufangen und den Booten mehr Tempo zu verleihen. Von den Männern an Bord war nicht mehr zu sehen als ein Schatten. Manchmal zeigte sich ein Arm oder ein Oberkörper, wenn die Pinne umgelegt wurde oder der Mastbaum auf die andere Seite schwang. Tief geduckt hockten die Männer im offenen Rumpf der Boote und warteten darauf, in Reichweite der Bark zu kommen. Mit ihren fellbedeckten Leibern sahen sie aus wie eine Bärenfamilie, die sich zum Winterschlaf in ihrer Höhle verkroch.

Als die Boote in Reichweite der Sturmwind gelangten, nahmen die Barbaren die Segel aus dem Wind und reihten ihre Jollen hintereinander ein. In einer langen Linie hielten die kleinen Boote frontal auf die Sturmwind zu. Auf jedem der Boote prangte nun ein Langschild am Bug. Die fremden Seeleute schienen damit zu rechnen, von Bogen- oder Armbrustschützen attackiert zu werden. Die Frage nach ihren Absichten stellte sich somit nicht mehr. Nur wie sie es bewerkstelligen wollten, an Bord zu kommen, gab Mogda ein Rätsel auf.

»Verteilt euch an der Reling«, brüllte Londor seinen Befehl. »Wartet, bis sie längsseits liegen, und dann werft alles, was nicht niet- und nagelfest ist, auf sie herunter. Keuchel, bring das heiße Wasser nach vorn, und Tinnert, mach die Fässer los. Jeder Mann und jeder Oger, der eine von diesen Nussschalen versenkt, bekommt von mir hundert Goldstücke.«

Jetzt kam die dezimierte Mannschaft der Sturmwind in Wallung. Keuchel schob einen Topf nach dem anderen, gefüllt mit heißem Wasser, durch die Kombüsenluke auf Deck. Die leeren Fässer wurden losgebunden und mit überflüssigem Zeugs gefüllt, damit sie mehr Gewicht bekamen. Mo schnitt die schweren Umlenkrollen aus der zerstörten Takelage und wog sie zufrieden in der Hand.

»Wer davon eins an den Schädel kriegt, hat erst mal Landurlaub auf dem Grund des Meeres«, rief er stolz.

»Jeder Mann hat ein Messer bei sich«, schrie Londor dazwischen. »Ich will nicht einen Enterhaken an der Reling meines Schiffes sehen, an dem noch ein Strick dranhängt. Wo ein Strick hängt, zeigt sich auch bald ein Hals, schneidet am besten beides durch. Mit den Haken zerfetzt ihr ihre Segel, habt ihr gehört?«

Das dumpfe Signal aus einem Horn ließ für einen kurzen Augenblick alle Aktivitäten an Bord ersterben. Der lang anhaltende Ton schien direkt aus dem Meer zu kommen. Er hörte sich an wie das erstickende Flehen ertrinkender Männer, doch er kam aus einem Horn von einem der Segelboote, nicht aus den Tiefen des Meeres. Neugierig beugten sich alle an Deck über die Reling, um zu sehen, welche List die Fremden wohl ausgeheckt haben mochten.

Kurz vor der Sturmwind teilte sich die kleine Flotte. Erst in letzter Sekunde, als die Jollen drohten vom Bug der Sturmwind erfasst zu werden, scherten sie aus. Boot für Boot lenkte entweder auf die Back- oder Steuerbordseite der Bark. Dicht an der Bordwand glitten sie vorbei. Die Spitzen ihrer Segel reichten gerade einmal hoch bis zur Reling.

»Versenkt sie«, schrie Londor von seinem Platz hinter dem Ruder.

Im selben Moment flog der erste Ballast über Bord. Fässer, gefüllte Säcke mit Sand und die Trümmer vom Mastbruch hievten die Männer über die Reling und ließen sie auf ihre Angreifer niederregnen. Bralba stieß mit ihrem Speer in die Segel der Jollen, Gortolk versuchte, die fremde Takelage mit seinem Schwert zu erreichen. Die Wurfgeschosse prallen an den kräftigen Verstrebungen der Jollen ab, verhedderten sich oder wurden vom Segeltuch gebremst. Nur die wenigsten fanden ihr Ziel in der geduckt liegenden Mannschaft der kleinen Boote. In Windeseile halfen die Kameraden ihren getroffenen Freunden, befreiten sie von dem herabgestürzten Unrat und warfen ihn abermals über Bord. Mogda kam die ganze Situation sehr befremdlich vor. Keine Kriegsrufe, kein Lärm von aufeinanderprallenden Klingen war zu hören, und von ihren Gegnern war immer noch nicht mehr zu sehen als die breiten Rücken, die sich schützend in den Rumpf ihrer Schiffe drängten.

Die Sturmwind machte kaum noch Fahrt, und trotzdem waren die Jollen zu schnell an ihnen vorbeigezogen, um sie wirklich attackieren zu können. Als die ersten Boote das Heck der Bark erreichten, dröhnten dumpfe Schläge durch den Rumpf. An das Achterdeck hatte sich kaum einer der Oger oder der Mannschaft gestellt. Die Aufbauten dort reichten noch sechs bis sieben Fuß höher als das Deck, und von dort waren die niedrigen Jollen kaum zu erreichen.

Londor stürmte an die Reling. »Sie schlagen Spreizkeile in die Zwischenräume der Bohlen«, schrie er. »Rafft die Segel, werft den Anker.«

Nur die wenigsten an Bord schienen zu begreifen, was es mit den Spreizkeilen auf sich hatte, dennoch reagierten sie sofort. Klirrend ratterte die Ankerkette durch die Klüse. Das lärmende Geräusch wurde einzig und allein begleitet von den dröhnenden Schlägen am Heck, wenn wieder eine der Jollen die Bark passierte. Die kleinen Boote wendeten hinter ihnen wieder und begannen mit der Aufholjagd.

Mogda konnte die alten ledergegerbten Gesichter der Angreifer sehen, als sie sich beim Wendemanöver von einer Seite zur anderen legten. Lange, strähnige, fast graue Haare und volle Bärte lugten aus ihren Fellkapuzen hervor. Nur langsam holten die sechs Jollen wieder auf, bis ein Ruck die Sturmwind erschütterte. Ganze Bohlen brachen aus dem Rumpf und ächzten mit dem Geräusch von gefällten Bäumen. Mogda starrte über das Heck. Im eisigen Wasser trieben die herausgerissenen Bohlen, zum Teil hatten sie die Länge eines Ogers. Ihre schwarz kalfaterten Ränder ließen keinen Zweifel daran, dass es sich um Bruchstücke aus dem Schiffsrumpf handelte. Mogda sah zur Backbordseite hinüber. Ein breites Loch klaffte kurz über der Wasseroberfläche, und mit jeder Welle schwappte Salzwasser in den Laderaum der Sturmwind.

Ein Schmerzensschrei ließ Mogda herumfahren. Londor lag auf dem Deck vor seinem Steuerrad. Der hölzerne Stern drehte sich wie von Geisterhand so schnell, dass die Pinnen miteinander verschwammen. Dann gab es einen erneuten Ruck. Am Heck riss das Ruderblatt heraus, mitsamt dem Gestänge. Übrig blieb nur das Steuerrad am Achterdeck, das sich haltlos in der Verankerung drehte.

Londor war schnell wieder auf den Beinen. Er hielt sich den Arm.

»Versucht, die Lecks zu dichten«, brüllte er, »sonst werden wir volllaufen wie ein Schaf bei Hochwasser. Stopft Tuch oder Säcke in die Löcher, nagelt eine Tür davor oder macht sonst was, wenn ihr nicht ersaufen wollt.« Hektisch blickte sich Londor um und sah an dem beschädigten Besanmast hoch. »Mo, du und drei Oger, ihr müsst das Segel mit der Hand richten. Diese Aasgeier haben uns das Ruder herausgerissen. Wenn wir es nicht schaffen, das Schiff mit dem Hecksegel zu steuern, jedenfalls ein bisschen, werden wir auflaufen.« Mit suchenden Blicken überflog er das Gewusel an Deck. »Tinnert, lös die Ankerkette von Deck, bevor der Anker uns herumreißt und das Schiff volllaufen lässt. Wir müssen in Fahrt bleiben, sonst stürmen diese Barbaren die Sturmwind und weiden uns aus wie ein totes Tier.«

Sofort reagierte die Mannschaft, und auch die Oger stürmten durcheinander. Es hatte nicht den Eindruck, als wüssten sie genau, was zu tun war, aber nach wenigen Momenten waren die meisten von ihnen unter Deck verschwunden. Bralba und Purgol gesellten sich zu Mogda. Mordigwel war währenddessen damit beschäftigt, einige der Seile am Mast zu lösen.

»Achte auf meine Ruderbewegungen«, rief Londor seinem Steuermann zu. »Ihr müsst das Segel so umsetzen, dass der Wind das Heck herumdrückt, wenn wir Gefahr laufen, das Eis zu rammen. Ich weiß nicht, wie stark das Schiff reagiert, aber es wird nur minimal sein, deswegen müssen wir früh mit dem Gegensteuern beginnen.«

»Aye, Käpten«, gab Mo zurück. »Passt auf«, wandte er sich an Mogda und die anderen beiden Oger. »Ihr müsst versuchen mit den Seilen das Segel immer in die Richtung zu ziehen, die ich mit der Gaffel angebe.« Er stellte sich ans Ende des Decks und zog den querliegenden Mast mit einem Seil von einer Seite zur anderen. »Seht ihr, das ist ganz leicht.«

Mogda sah es, aber leicht schien es nicht zu sein. Die Gaffel war einfach zu bewegen, doch ein Segel herumzureißen, auf dem der Wind lag, war etwas ganz anderes. Zu dritt mussten sie das Tau halten, obwohl nur eine leichte Brise wehte. Wenn der Wind zunähme, würde er die Oger einfach mitreißen. Immer wenn das Segel die richtige Position eingenommen hatte, verzurrte Mogda das Ende an einer der Klüsen, damit sie neue Kraft schöpfen konnten, wenn Mo die Gaffel wendete.

Ein Enterhacken verkrallte sich hinter Mogda in der Heckreling. »Sie versuchen, an Deck zu kommen«, brüllte er.

»Feind am Entern!«, schrie Londor. »Alle Mann an Deck!«

Falls das der Plan der Barbaren gewesen war, hatte er funktioniert. Von allen Seiten flogen Enterhacken heran und verkanteten oder verkrallten sich im Holz. Schon zeigten sich die ersten Köpfe hinter der Reling, während die Männer unter Deck noch mit dem Leck kämpften. Tebolf und Marmu waren die Ersten, die sich an der Lücke zeigten und auf Deck stürmten.

Mogda sah die schweren Leiber der Fremden in ihren weiten Pelzumhängen an Bord klettern. Die Männer waren alt oder sahen zumindest so aus. Ihr Haar war ergraut und ihre Haut faltig. Die Ersten zogen ihre Bastardschwerter blank. Langsam füllte sich das Deck mit Barbaren und Ogern, die aufeinander losstürmten. Diesmal war es kein lautloser Kampf. Ächzen und Stöhnen sowie das Klirren von Schwertern und Äxten erfüllte die Luft.

Zwei der Barbaren tauchten plötzlich hinter Mogda auf. Bewaffnet mit kurzen Handbeilen, stürmten sie auf Mogda zu. Die Bewegung der Fremden war schwerfällig und langsam, doch ihre Hiebe strotzten vor Kraft. Weitere Männer erklommen die Sturmwind, und auch Bralba und Purgol mussten sich gegen feindliche Attacken wehren. Mogdas zwei Angreifer drängten den Oger weiter zurück. Das Achterdeck war klein und eng, überall lagen Stolperfallen oder ragte Takelage in den Weg. Mogda war nur damit beschäftigt, die Angriffe zu blocken und darauf zu achten, nicht von Deck zu stürzen.

Der Kampf auf dem Mitteldeck war in vollem Gange. Die anderen Oger schienen ähnliche Schwierigkeiten zu haben wie er. Viele der Barbaren hatten sich auf die niedrigen Aufbauten geflüchtet, um ihren Gegnern Auge in Augen entgegentreten zu können. Mogda sah mit an, wie einer der Krieger einem Oger seine Klinge in die Kniekehlen stach und ein weiterer vom Rand der Ladeluke einen Fischhaken in das Gesicht des Hünen stieß.

In der Nähe des Vorderdecks bedrängten drei Barbaren einen Oger, schlugen ihm den Mastbaum gegen die Brust, und als er ins Wanken kam, hebelten sie ihn über die Reling. Die fremden Krieger hatten eine ausgezeichnete Taktik. Sie griffen ringförmig an und stellten damit sicher, dass die Oger sich gegenseitig behinderten. Viele von Mogdas Kameraden konnten einfach nur zusehen, wie andere sich gegen die Angriffe erwehrten.

Fast bedauerte Mogda es, dass er Hagmu das Kommando entrissen hatte. Dem erfahrenen Kriegsoger wäre dies sicher nicht passiert. Noch immer wurde quer über das Deck gekämpft. Immer öfter schien Mogda in dieselben Gesichter zu sehen. Keiner ihrer Angreifer war mehr im jugendlichen Alter. Die Männer hatten die Blüte ihres Lebens schon lange hinter sich gelassen. Einer fiel ihm besonders ins Auge. Der Mann hatte ein Holzbein und schwer damit zu kämpfen, die Stufen zum Bug zu erklimmen. Mogda fragte sich, wie er es überhaupt geschafft hatte, an Bord zu kommen.

Mogda packte die Wut. Hatte denn jeder auf dieser Welt den Respekt vor den Ogern verloren? In Nelbor wurden sie von Bauern gehetzt, und hier dachten ein paar alte Männer, sie könnten ihnen einen schnellen Garaus machen. Es wurde endlich Zeit, die anderen Völker wieder in ihre Schranken zu weisen. Wütend stieß Mogda den Gaffelmast beiseite. Seine beiden Angreifer duckten sich unter dem Holz hinweg, aber ein dritter, der versuchte, Bralba einen der Enterhacken ins Bein zu schlagen, bekam den Balken ins Kreuz. Der Mann stolperte vorwärts, direkt in die Arme der Ogerfrau.

Bralba zögerte keinen Moment, sie packte den Kopf des Mannes und drehte seinen Unterkörper um die eigene Achse. Sein Genick brach mit der Leichtigkeit, mit der man einem Huhn den Kopf umdrehte, und ein Schwall Blut schoss aus seinem Mund hervor.

Mogda riss noch gerade rechtzeitig den Arm in die Höhe, als einer seiner Gegner einen Ausfallschritt machte, der auf seine Schulter abzielte. Der Schlag streifte unter Mogdas Achsel hindurch und hinterließ einen schmerzhaften Schnitt. Mogda packte den Mann am Arm und zwang ihn, seine Axt in das Holz der Reling zu treiben. Der Barbar hielt den Griff seiner Waffe so verkrampft, dass ihm das Handgelenk brach, als der Stiel aus seinen Fingern gerissen wurde.

Mogda griff nach einem losen Tau, das von der Takelage herunterhing, und schlang es dem Mann um den Hals. Der andere Angreifer erkannte seine Chance und drosch auf Mogda ein. Schützend hielt Mogda das Tau vor sich und fing den Schlag damit ab. Die Wucht des Angriffs riss Mogda das Seil durch die Hände und hinterließ blutige Striemen in seinen Handflächen. Der Krieger fiel nach vorn und rammte die Axtklinge zwischen Mogdas Füße. Mogda riss das Seil hoch, und sein Gegner verfing sich mit einem Bein darin. Mogda warf das lose Ende über die Besangaffel und zog das Seil stramm. Seine beiden Gegner wurden in die Höhe gezogen, der eine am Hals, der andere am Fuß. Hilflos klammerten sich die beiden Männer aneinander, als Mogda die Klinge seines Runenschwertes durch ihre Leiber stieß.

Auch unten auf Deck lag der Kampf in den letzten Zügen. Einige der

Barbaren waren zurück in ihre Boote geflüchtet. Von denen, die sich noch auf der Sturmwind befanden, lag die eine Hälfte bereits tot auf den Planken, die andere wehrte sich mit letzten Kräften. Die ersten Männer sprangen von Bord, doch ihre schwere Kleidung sog sich sofort voll und ließ sie kein zweites Mal mehr die Oberfläche erreichen.

»Helft mir«, schrie Mordigwel, der sich hinter Mogda auf der anderen Seite des Achterdecks immer noch gegen seinen Gegner zur Wehr setzte. Der alte Krieger schlug mit einem Bastardschwert auf den Steuermann ein. Mo hatte bereits seine Klinge verloren und parierte mit einem zerbrochenen Fischhaken. Bralba wollte ihm zur Hilfe eilen, doch Mogda hielt sie zurück. Ein einfaches Kopfschütteln genügte, und die Ogerfrau verstand. Auch sie hatte die Gerüchte um den Tod von Ingert gehört.

Mordigwel erkannte, dass die Oger ihm die Hilfe versagten, doch anstatt seinen Gegner wegzustoßen und die Flucht anzutreten, packte ihn die Wut über Mogdas Entscheidung. Er warf den Fischhaken nach Mogda und traf diesen an der Schulter. Der Haken prallte einfach ab und fiel zu Boden, nicht so aber die Klinge, die der Barbar dem Steuermann in den Hals stieß. Mordigwels Augen waren die ganze Zeit über auf Mogda gerichtet, selbst noch, als ihm der Krieger den Fuß auf die Brust setzte, um seine Klinge aus dessen Hals zu ziehen.

Mogda brüllte und stürmte vor. Der Krieger wirbelte herum und riss das Schwert in die Höhe. Die Runenklinge durchschnitt Stahl, Fell, Fleisch und Knochen. Mogdas Hieb trieb die Klinge von der Schulter des Barbaren bis hinunter zu dessen Becken. Der Mann starb mit einem ungläubigen Blick auf den Rest seines Schwertes in seiner Hand.

Die Kämpfe waren beendet, und Mogda beugte sich hinunter zu Mo. »Danke mir, ich habe deinen Tod gerächt«, flüsterte er in sein Ohr. »Mehr hast du nicht verdient.«

Die Hälfte der Oger wurde von den Beinen gerissen, als die Sturmwind auf das Eis auflief. Sie hatten Glück, denn die Bark machte nur Schritttempo, als sie mit dem schwimmenden Land kollidierte, sonst wären mit Sicherheit einige von ihnen über Bord geschleudert worden.

»Alle von Bord«, schrie Londor. »Die Sturmwind wird sinken. Lasst alles zurück und rettet euch auf die Scholle.«

Londors Mannschaft flüchtete aus dem Laderaum an Deck. Die Seeleute wussten, wie man ein sinkendes Schiff verließ, und die Oger taten es ihnen nach. Alles, was nützlich erschien, wurde von Bord geworfen und in Sicherheit gezogen. Mogda und Londor waren die beiden Letzten, die von Bord gingen. Sogar Hagmu hatte es mit einiger Hilfe geschafft, das Schiff zu verlassen

»Ich habe gesehen, was Ihr mit Mordigwel gemacht habt«, sagte Londor.

»Ich habe ihm die gleiche Hilfe zugestanden, die er bereit war, Ingert zu geben.«

Londor nickte traurig.

Übrig blieben fünf Menschen und nicht ganz sechzig Oger, die mit ansahen, wie die Sturmwind innerhalb von wenigen Minuten sank. Als nur noch ein paar Fässer und Reste der Takelage auf dem Wasser schwammen, wandten sie sich ab und zogen auf der riesigen Eisscholle Richtung Norden. Von den geflüchteten Barbaren waren bereits nur noch kleine Punkte im weißen Nichts zu sehen. Irgendwann würden sie die Krieger wieder eingeholt haben.

29
Pass zum Sumpf

»Es gibt tausende von Söldnern in diesem Land«, flüsterte Cindiel, »die meisten sind oft betrunken oder treiben sich in Hurenhäusern herum. Warum müssen ausgerechnet wir auf die Einzigen treffen, die Enthaltsamkeit geschworen haben? Sie stehen da, als ob sie die gesammelten Goldschätze aus Turmstein bewachen.«

Die junge Frau lag flach auf dem Boden, während über ihr der Nachthimmel dunkel glänzte. Zu ihrer Linken lag Finnegan, der seinen Kopf hin und her drehte, in der Hoffnung, die genaue Anzahl der Söldner auszumachen, die oben auf dem Pass rund um das Feuer saßen. Hagrim lag zu Cindiels Rechten. Er hatte die Hände gefaltet und sein Kinn daraufgelegt. Seine schweren Augenlider zeugten davon, dass er eher träumte als beobachtete.

»Es sind mindestens zwanzig ... vierundzwanzig«, korrigierte Finnegan sich. »Da kommen gerade vier von ihrem Patrouillengang zurück. Sie schicken immer je eine Patrouille zum Fuß der Nord- und Südseite des Passes. So erhalten sie alle zwei Stunden Bericht. Diese Söldner sind besser organisiert als die Stadtwachen in Osberg«, stöhnte er.

»Auf jeden Fall besser bezahlt«, schnaubte Hagrim. »Sie werden uns niemals ziehen lassen. Über unseren Hälsen schweben die Golddukaten wie ein Heiligenschein – nur eben ohne Köpfe.«

Finnegan stieß sich mit den Händen rückwärts, bis er eine kleine Mulde erreichte, in die er sich hineinhockte und den Rückweg zu seinen Kameraden und den beiden Ogern antrat. Auch Cindiel und Hagrim hatten genug gesehen, um festzustellen, dass ihnen der Weg über den Pass versperrt bleiben würde. Insgeheim hatten sie ohnehin schon entschieden, sich durch das Grindmoor zu wagen. Der Weg war zwar schwieriger, langwieriger und bei Nacht so gut wie nicht zu meistern, doch er führte ohne Umwege zum Elfenwald – und was am besten war: Er lag nicht in Nelbor.

Als Cindiel und Hagrim das Lager erreichten, war Finnegan schon in Verhandlung mit seinen Männern. Sie hockten um die Kuhle herum, die sie ausgehoben hatten, und wärmten sich ihre Finger an der darin befindlichen Glut. Tastmar hatte zugestimmt, dass sie ein Feuer machten, als Finnegan ihm versprach, dass es in der Nacht nicht zu sehen sein würde. Aufmerksam hatte der Oger zugeschaut, wie die Soldaten das zündelnde Feuer sofort mit einer Schweinehaut bedeckten, nachdem die ersten Flammen in die Höhe geschossen waren. Als sie das Leder nach wenigen Augenblicken wieder weggezogen hatten, war nur noch die warme Glut übrig geblieben, die sich nun langsam durch die Holzscheite fraß. Auch Gnunt schien von der unauffälligen Art, Feuer zu machen, begeistert zu sein. »Feuer ohne Flamme«, murmelte er mehrfach vor sich hin und wurde seine Aufregung erst wieder los, als Cindiel ihm beruhigend auf den Rücken klopfte.

»Wir werden euch helfen, über den Pass nach Nelbor zu kommen«, eröffnete Finnegan der Hexe und dem Geschichtenerzähler.

»Das braucht ihr nicht«, sagte Cindiel. »Wir werden einfach weiter durch den roten Sumpf gehen. Gnunt und Tastmar kennen sich hier gut aus. Wenn wir erst einmal das Grindmoor erreicht haben, kommen wir zwar nicht mehr so schnell voran, aber wir haben dann längst alle möglichen Verfolger abgehängt.«

Finnegan kaute verlegen auf seiner Unterlippe herum. Cindiel kannte diesen Gesichtsausdruck nur zu gut. Jedes Mal, wenn die Sprache auf ihre Hochzeit kam, verhielt er sich ähnlich. Auch Hagrim wusste im Gesicht des Soldaten zu lesen, doch im Gegensatz zu der jungen Frau hielt er mit seinen Gedanken nicht so hinter dem Berg.

»Immer wenn du den Mundwinkel so verziehst, ist es für mich eigentlich an der Zeit, das Haus zu verlassen und mir eine Karaffe Rotwein zu gönnen. Wie dir bereits aufgefallen sein dürfte, ist mein Schlauch seit gestern leer, und die nächste Herberge ist hundert Meilen entfernt. Also raus mit der Sprache, schlimmer kann es ohnehin nicht mehr werden.«

Finnegans Nervosität zeigte sich jetzt, indem er weiterhin auf der

Unterlippe herumkaute, den Mundwinkel verzog und hektisch seinen Blick zwischen Hagrim und Cindiel hin und her wandern ließ.

»So schlimm ist es?«, fragte Hagrim spöttisch. »Sag nicht, du hast eine andere geschwängert.« Diese Bemerkung brachte Hagrim einen rüden Schlag auf die Schulter ein, den ihm Cindiel verpasste.

Finnegan zog die beiden beiseite und flüsterte geheimnisvoll. »Ich habe mit meinen Kameraden gesprochen. Wir haben uns entschieden, euch zu helfen über den Pass zu kommen. Wir werden euch begleiten, bis ihr die Berge im Osten erreicht.«

»Kannst du oder willst du uns nicht verstehen?«, unterbrach ihn Hagrim jäh. »Wir wollen nicht über den Pass. Unser Weg führt uns in den Osten zu den Elfenwäldern, und zwar durch das Grindmoor. Warum sollten wir also den Umweg über Nelbor machen?«

Natürlich hatte Cindiel mit der Hilfe von Finnegan gerechnet. Dass sich ihnen jetzt auch seine Kameraden anschließen wollten, war mehr, als sie zu hoffen gewagt hatte. Der Vorschlag, über den Pass zu gehen, war sicherlich auch nicht schlechter als der Weg durch den Sumpf. Was Cindiel jedoch verdutzte, war die Beharrlichkeit, mit der Finnegan sie in diese Richtung lenken wollte.

»Was ist mit dem Grindmoor?«, fragte Cindiel.

»Das Moor ist unsicher«, antwortete Finnegan wie auswendig gelernt. Der Satz hörte sich an, als ob er von den alten Frauen in Osberg stammte, die den Kindern von unheimlichen Orten aus den Ländern jenseits von Nelbor erzählten: In den Elfenwäldern spukt es. Die Zwergenminen werden bewacht von den toten Gefolgsleuten König Braktobils. In den Nordlanden gibt es Drachen aus Eis – das Grindmoor ist unsicher.

»Was ist im Grindmoor?«, fragte Hagrim, dem der Unterton in der Stimme des Soldaten ebenfalls missfiel.

»Sie warten dort auf euch«, platzte es aus ihm heraus. »Lord Felton hat Männer ins Moor geschickt, weil sie glauben, ihr bringt den Stein dorthin zurück.«

»Halt, halt, halt!«, unterbrach ihn Hagrim abermals. »Du bist der mieseste Geschichtenerzähler, dem ich je lauschen durfte. Du hast den ganzen Mittelteil ausgelassen. Außerdem hast du vergessen zu erzählen, was für eine Rolle du bei dem Ganzen spielst. Ich würde vorschlagen, du fängst noch einmal ganz von vorne an, sonst werde ich Beinbrecher und Kopfabbeißer dort drüben noch einmal bitten, mit dir ein ernstes Gespräch zu führen. Ich bin aber der festen Überzeugung, sie werden es verstehen, wenn du ihnen erklärst, warum deine Kameraden sich in ihrem Land breitmachen. Sie sind wirklich ausgesprochen einfühlsam und verständnisvoll, wenn es darum geht, dass man auf sie Jagd machen will.«

Cindiel hatte noch kein Wort von sich gegeben. Sie konnte nicht glauben, was sie da hören musste, und es würde noch schlimmer werden, dafür würde Hagrim sicherlich sorgen. Der Geschichtenerzähler war niemand, der sich nur einen Teil erzählen ließ. Er würde so lange nachfragen, bis er alles herausbekommen hatte, das war er seiner Berufsehre schuldig. Auch Finnegan war klar, dass jede Ungereimtheit neue Fragen aufwarf, auf deren Aufklärung Hagrim unweigerlich bestehen und sicher nicht davor zurückschrecken würde, die übellaunigen Oger als Druckmittel zu verwenden.

»Habt ihr gedacht, die Lords aus Nelbor würden einfach mit ansehen, wie die Priester ihnen die Macht wegnehmen? Nur weil das Land noch keinen König hat, heißt das nicht, dass sie auf die Ansprüche des Adels verzichten. Sie stellen zwar kein Heer auf, um sich gegen den Klerus zu stellen. Doch die Lords haben andere Möglichkeiten. Sie agieren mit der Hilfe von Spionen, im Verborgenen. Sie wissen genau, dass nur die Götter, vertreten durch die Priester des Prios, dem Volk Trost spenden können, doch sie werden nicht mit ansehen, wie man ihnen die Macht entreißt.«

»Und du denkst, du bist jetzt einer ihrer Spione?«, fragte Cindiel entsetzt.

»Ganz sicher nicht«, erwiderte Finnegan. »Die Lords haben andere Leute, unscheinbare, fast unsichtbare Schergen. Haran zum Beispiel.«

»Haran?«, rief Cindiel erschrocken. »Woher kennst du Haran?«

»Ich kenne ihn nicht«, sagte Finnegan. »Ich weiß noch nicht einmal, wie er aussieht. Aber es dauerte keinen Tag, nachdem die Meldung kam, Ochmalat sei tot und der Funken verschwunden, da hat er mich besucht. Er stand hinter mir und hielt sein Messer an meine Kehle. Er hatte nur eine einzige Frage. Er wollte wissen, wo die Oger den Funken versteckt hatten, bevor mein Vater ihn in die Hände bekam. Als er wieder ging, sagte er nur, ich solle dafür sorgen, dass der

Stein niemals zurück in die Hände des Klerus falle. Wenn es Probleme geben sollte, würde er auf mich im Grindmoor warten. Wenn ich den Stein nicht in meinen Besitz bekäme, sollte ich denjenigen, der ihn hätte, ins Grindmoor schicken – wenn nicht freiwillig, dann mit einer List. Er sagte, er würde sich um jeden kümmern, den ich ihm schicke.«

»Das hat dich eingeschüchtert«, lachte Hagrim. »Ein größenwahnsinniger Spinner. Ich kümmere mich um jeden, den du mir schickst«, äffte er eine Stimme nach, die er als unheimlich genug empfand. »Was glaubt er, was er ist, dieser ...«

»Haran«, kam Cindiel ihm zuvor und vervollständigte seinen Satz.

»Wer ist dieser Haran?«, wollte Hagrim von ihr wissen.

Cindiel wusste selbst nicht, was sie antworten sollte, deswegen sagte sie: »Niemand.«

Das stimmte natürlich nicht. Haran war jemand. Jemand, der für Lord Felton arbeitete. Natürlich hieß er nicht wirklich Haran. Cindiel hatte ihn in den letzten Jahren ein paar Mal getroffen. Immer war es in Situationen gewesen, über die man besser nicht sprach, und immer hatte es Tote gegeben. Wie er aussah, war schwer zu sagen. Durchschnittlich, würde sie meinen. Seine Haarfarbe war weder sonderlich hell noch dunkel. Der Schnitt war nicht lang und auch nicht kurz. Er war nicht dick, aber auch nicht dünn, weder groß noch klein. Er war genauso, wie Finnegan gesagt hatte: nahezu unsichtbar.

Einmal hatten Mogda und sie ihm das Leben gerettet, sonst war es meist andersherum gewesen. Doch auf Dankbarkeit durfte man bei Haran nicht hoffen. Er war dankbar, wenn man ihm dafür Gold gab, und er tötete einen im nächsten Augenblick, wenn jemand anderes mehr bezahlte. Das bisschen, was Cindiel über diesen Mann wusste, reichte aus, um ihre Entscheidung zu treffen. Sie würde sich lieber der ganzen Armee des Klerus stellen als diesem Mann. Wenn er sagte, er würde sich kümmern, tat er dies auch.

»Wie ist euer Plan?«, fragte Cindiel.

Hagrims verbittertes Lachen änderte ihre Entscheidung nicht.

Finnegan war zufrieden, aber etwas in seinem Inneren sagte ihm, dass er es eigentlich nicht sein sollte. Cindiels schneller Sinneswandel zeigte ihm, dass es keinen Grund gab, zu denken, sie wären in Sicherheit. Jedenfalls hatte er einen Plan, hoffte er.

»Wir haben uns überlegt, alle Embleme der Stadtwachen von unseren Lederharnischen und den Sätteln zu entfernen. Mit ein wenig Verwandlungskunst und Dreck sollten wir es schaffen, wie Söldner auszusehen. Dich und Hagrim werden wir als getötete Kameraden über die Pferde legen, und den beiden Ogern legen wir Fesseln an. Wir werden sagen, dass wir zurück nach Osberg reisen, um unsere Belohnung einzustreichen und die Oger zu übergeben, damit sie verhört werden können. Wenn wir es geschafft haben, an ihnen vorbeizukommen, reiten wir auf dem schnellsten Weg Richtung Osten, entlang der Berge, vorbei an der Mine des Vergebens bis hin zu den Ruinen von Tobotha, der verlassenen Zwergenfeste.«

Finnegan schien selbst beeindruckt von seinem Plan zu sein und nickte zufrieden. Hagrim stimmte in die wackelnde Bewegung mit ein und verzog das Gesicht zu einer Grimasse.

»Was?«, fauchte Finnegan ihn an. »Was passt dir jetzt schon wieder nicht?«

»Nichts«, sagte Hagrim mit wehleidiger Stimme. »Ich gewöhne mich schon mal ein wenig an die Rolle einer Leiche. Das solltest du übrigens auch ruhig tun. Aus meiner Sicht hört sich der Plan wirklich genial an. Jetzt warte ich nur noch ab, wie Hackebeil und Baumstumpf reagieren, wenn du ihnen erzählst, dass du sie gefesselt und entwaffnet zu den Söldnern auf den Pass bringen willst. Geh ruhig zu ihnen, wir warten noch so lange, bis sie mit dir fertig sind. Danach werden wir das, was von dir übrig ist, einfach in eine der Satteltaschen stopfen und uns auf den Weg zum Sumpf machen.«

»Genau das werde ich tun«, sagte Finnegan beleidigt und stampfte hinüber zu Gnunt und Tastmar.

»Willst du nicht hinterher, um ihn aufzuhalten?«, fragte Hagrim Cindiel.

»Nein, sie werden ihn nicht töten«, erwiderte die Hexe. »Gnunt und Tastmar scheuen sich auch, durch das Moor zu gehen. Sie fürchten Grind, den Trollkönig, immer noch, obwohl er schon seit über einem halben Jahrhundert tot ist. Wenn sie denken, Finnegans Plan könnte gelingen, werden sie ihm folgen. Wenn nicht, werden sie einen anderen Plan haben.«

»Ja, genau. Sie wirken auch richtig wie ausgefuchste Pläneschmieder. Der Stumme wird bestimmt gleich mit einer Flut von Weisheiten heraussprudeln, und der andere wird uns sicher mit einem Unsichtbarkeitszauber beeindrucken können. Oder besser noch: Er zaubert uns gleich in den Elfenwald, dann ersparen wir uns den langen Fußmarsch. Dieses einfältige Gestammel von ›Feuer ohne Flamme, Feuer ohne Flamme‹ ist nur ein Manöver, um uns von seiner wahren Genialität abzulenken. Stinkemaul und Stummdumm sind in Wirklichkeit Meister Weisheit und Geselle Schlau.«

»Sie heißen Gnunt und Tastmar, gewöhn dich lieber daran. Vielleicht retten sie dir eines Tages das Leben«, ermahnte sie den Geschichtenerzähler.

Plötzlich tauchte Finnegan wieder hinter Hagrim auf. Er tippte dem Geschichtenerzähler auf die Schulter, was diesen zusammenzucken und herumfahren ließ. Finnegan strahlte Selbstsicherheit aus. Er zeigte auf die beiden Oger, die dabei waren, einander Fesseln aus groben Stricken anzulegen.

»Ich soll dich von Stinkemaul fragen, ob er dir bei deiner Verkleidung als toter Mann behilflich sein soll.«

Hagrim schnappte nach Luft. Eine passende Antwort wollte ihm beim besten Willen nicht einfallen.

Gnunt fing langsam an, daran zu zweifeln, dass es eine gute Idee gewesen war, sich fesseln zu lassen. Der Strick um seine Füße scheuerte an den Gelenken. Das Seil war zu kurz, um große Schritte zu machen. Der Weg den Pass hinauf war zwar gut befestigt und von Geröll befreit, doch jedes Mal, wenn er einen Fuß vorsetzte, spannte sich der Strick und schnitt unangenehm über seine Knöchel. Auch die Fesseln um seine Handgelenke schnürten schmerzhaft. Er war gezwungen, die Hände vor dem Bauch zu halten, und falls er stürzen sollte, würde er sich nicht mit ihnen abstützen können. Einer der Hüttenbauer hatte ihnen geholfen, die Seile zu verschnüren, und gemeint, es wäre wichtig, dass es echt aussähe.

Echt sahen sie jedenfalls aus, und Gnunt hoffte nur, dass sie sich nicht als zu echt erweisen würden, falls sie gezwungen wären, sich zu wehren. Noch hatte man sie nicht bemerkt, obwohl sie keine halbe Meile mehr entfernt waren vom Pass. Der junge Hüttenbauer und Freund der Hexe hatte abgewartet, bis die Patrouille auf dem Rückweg war. So zogen sie hinter den Söldnern her, bis sie oben auf der Höhe mit den anderen zusammentreffen würden.

Cindiel und der alten Hüttenbauer, der ständig redete, lagen bäuchlings zusammen auf einem Pferd. Die anderen hatten ein breites Leinentuch über ihnen ausgebreitet und einige Flecken mit rotem Matsch auf dem Stoff verteilt. Anscheinend gingen sie davon aus, dass die Hüttenbauer auf dem Pass dachten, es sei getrocknetes Blut. Gnunt wäre nicht auf diese Finte hereingefallen. Das Tuch roch modrig, wie das nasse Fell von einem Reh. Blut roch anders, nach Metall, auch wenn es schon getrocknet war. Jedes Kind Tabals würde den Unterschied merken, nur die Hüttenbauer nicht. Sie waren schwach, und ihre Sinne waren getrübt, dennoch durfte man sie nicht unterschätzen. Hüttenbauer waren listig und schnell. Es gab kaum welche, denen man trauen konnte. Die Hexe war eine von denen, die es gut mit den Ogern meinten. Sie war eine Freundin.

Umso misstrauischer war Gnunt, was die anderen betraf. Die einzigen beiden, denen er auch nur halbwegs vertraute, lagen auf dem Pferd unter einem Tuch. Wenn die anderen sie verraten würden, wären sie ihnen fast hilflos ausgeliefert. Gnunt zog zur Probe an seiner Fessel. Das Ende zwischen seinen Handgelenken hatte nicht viel Spiel. Es würde schwierig werden, sie zu zerreißen, wenn es darauf ankam.

Und dann war da noch das Problem mit seiner Waffe. Der junge Hüttenbauer, der Freund der Hexe, hatte darauf bestanden, sie zurückzulassen. Er hatte gesagt, ein Baumstumpf sei keine Waffe. Sie mitzuschleppen sei unnötig. Auf der anderen Seite des Passes gäbe es genügend davon. Was für ein Unsinn, fand Gnunt, sein Essen warf man schließlich auch nicht weg, nur weil es woanders wieder etwas Neues gab. Er hatte lange gebraucht, um den Griff seiner Keule so zu formen, dass seine Hände genau hineinpassten. Nun war sie weg, und er musste sich eine neue machen. Sollten die Hüttenbauer sie verraten, würde er den jungen, den Freund der Hexe, zuerst töten. Er schien so etwas wie der Anführer der anderen zu sein.

Gnunt warf einen Blick zur Seite auf Tastmar. Der Kriegsoger schien weniger Schwierigkeiten mit den Fesseln zu haben. Wo Gnunt auf seine Füße schaute, um nicht zu stürzen, sah er nur starr geradeaus und versuchte, das Feuer der Söldner nicht aus den Augen zu lassen. Seine

Waffe hatten sie nicht zurückgelassen. Die große Breitaxt hing verschnürt an der Seite eines Pferdes unter dem Gepäck der anderen.

»Halt, bleibt stehen«, schrie ihnen jemand von der Passkrone nahe vom Feuer zu.

»Oger! Das sind Oger«, brüllte ein anderer.

Sofort entzündeten die Söldner lange Speere, an deren Spitzen pechgetränkte Lumpen gewickelt waren, und schleuderten sie weiträumig um die Ankömmlinge. Einer der Speere flog direkt über Gnunt und Tastmar hinweg und bohrte sich zehn Schritt hinter ihnen in den Boden. Der Wind zerrte an den Flammen, als die brennenden Spieße durch die Luft flogen.

»Nehmt die Waffen runter«, rief Finnegan ihnen entgegen. »Wir sind Söldner aus Osberg und haben zwei Gefangene bei uns, die wir dem Hohepriester Tyvell übergeben sollen.«

Gnunt stieg der Gestank von brennendem Pech in die Nase. Ein Geruch, den Oger nur zu oft wahrnahmen, wenn sie gegen die Siedlungen von Hüttenbauern stürmten. Die Kinder Tabals schleuderten mit ihren Katapulten brennende Pechgeschosse auf die Häuser, und die Hüttenbauer wehrten sich, indem sie flüssiges Pech von den Stadtmauern auf ihre Feinde gossen. Der Geruch in Gnunts Nase trug nicht gerade dazu bei, dass er ruhiger wurde. Tastmar schien weitestgehend unbeeindruckt. Sein Gesicht war ausdruckslos, und seine Augen sprangen zwischen den Hüttenbauern hin und her. Gnunt wusste, dass er die Reihenfolge derer festlegte, die er töten würde, falls es zu einem Kampf kam.

Die Söldner waren wenig beeindruckt von Finnegans Worten. In breiter Front teilten sie sich halbkreisförmig vor ihnen auf, die Waffen zum Kampf bereit.

»Ich glaube, ihr *sollt* sie nicht nach Osberg bringen«, rief ihr Anführer. »Es scheint mir doch eher, ihr *wollt* sie dort hinbringen.«

Der Mann war groß und kräftig, trug einen Lederharnisch und einen Helm mit Nasenschutz. Sein langes dunkles Haar quoll unter der Kopfbedeckung hervor und legte sich auf seine Schultern. In seiner Hand ließ er die drei stacheligen Kugeln eines Morgensterns kreisen. »Ich wusste gar nicht, dass Osberg auch eigene Söldner hat«, sagte er mit finsterer Miene.

»Und ich wüsste nicht, warum es euch interessieren sollte, woher wir kommen.« Finnegan versuchte, genauso arrogant zu wirken wie sein Gegenüber, doch sein Aussehen strafte ihn Lügen.

»Schon gut, schon gut«, lenkte der Söldner ein. »Ich wollte euch nicht zu nahe treten. Wir sind doch alle Männer des blutigen Handwerks.«

»Wir haben keine Zeit, um uns gegenseitig den Speichel vom Mund zu wischen. Alles, was ich will, ist, meine Männer und die beiden Gefangenen nach Osberg zu bringen. Jeden Tag, den wir verlieren, zahlt uns Tyvell weniger. Außerdem haben wir den Tod von zwei Kameraden zu beklagen. Es wäre gut, wenn wir sie unter die Erde bringen könnten, bevor sie mehr stinken als eine Gosse im Hurenviertel.«

Der Söldner hob entschuldigend die Arme. »Blutgeld ist nichts, was einem in den Schoß fällt. Sie werden nicht die Ersten und auch nicht die Letzten sein, die für unsere Sünden bezahlen. Ihr könnt passieren.«

Die Gruppe von Söldnern trat beiseite und beobachtete stumm, wie die Prozession vorüberzog.

Niemand versuchte mehr, sie aufzuhalten, ihnen entgegenzutreten oder seine Waffe gegen sie zu richten. Zwei der Männer klopften den Pferden beruhigend gegen die Hälse und auf den Rücken. Als das Pferd mit Cindiel und Hagrim an ihnen vorüberschritt, senkten sie betrübt ihre Häupter und flüsterten ihren Segen. Ebenso viel Mitgefühl, wie sie den Toten entgegenbrachten, brachten sie den Ogern an Hass entgegen. Einige der Männer spuckten aus und stießen Verwünschungen hervor, doch keiner von ihnen richtete seine Waffe gegen sie. Die Beute eines Söldners schien ihnen heilig.

Die Söldner verschwanden hinter ihnen in der Dunkelheit. Finnegan warf alle paar Schritt einen Blick zurück, um zu sehen, ob ihnen vielleicht doch einer folgte. Er sah, wie die brennenden Speere wieder eingesammelt und gelöscht wurden. Langsam, fast schleichend, fand sich ein Söldner nach dem anderen wieder am Lagerfeuer. Bald war von den Söldnern nicht mehr zu sehen als die langen Schatten, die sie entlang des steilen Passweges warfen und die sich mit denen der Oger und Pferde vermischten. Dann umschloss sie die Nacht wieder vollends.

Der Feuerschein auf der Passhöhe hob sich vom Sternenhimmel nur noch durch seine orange Farbe und das leichte Flackern ab, als das leise Kichern auf dem Packpferd begann. Immer lauter und unverhohlener wurde es, bis schließlich das schmutzige Leinentuch, das sie über Cindiel und Hagrim gebreitet hatten, wild zu hüpfen begann.

»Sei still, du alter Narr«, fluchte Finnegan und riss das Tuch, das die Hexe und den Geschichtenerzähler bedeckte, von ihnen herunter. »Du bringst uns alle in Gefahr mit deinen Albernheiten.«

Hagrim rutschte vom Pferderücken und konnte sich kaum auf den Beinen halten. Er verkrallte sich in der Mähne des Tieres, während seine Beine vor Lachen wegsackten.

»Was ist mit dir, bist du verrückt geworden?«, fluchte Finnegan.

Hagrim drehte sich um, und obwohl es dunkel war, erkannte man die Lachtränen in seinen Augen.

»Gegenseitig den Speichel vom Mund wischen«, prustete der Geschichtenerzähler heraus, »und ... und stinken wie eine Gosse im Hurenviertel, ist wirklich ausgesprochen bildlich. Du solltest überlegen, ob du nicht in meine Fußstapfen treten möchtest. Mit deiner Erzählkunst könntest du ein reicher Mann werden.«

Hagrim klopfte sich vor Freude auf die Schenkel. Mittlerweile war auch Cindiel vom Pferderücken heruntergerutscht. Sie stand neben Hagrim und versuchte, ernst zu bleiben, doch irgendwann steckte der Frohsinn des Alten sie an.

»Was ist so lustig?«, fauchte Finnegan. »Ihr hättet es auch nicht besser gemacht.«

»Was hätten sie nicht besser gemacht?«, fragte eine Stimme aus der Dunkelheit.

Schlagartig löste sich die gute Laune in Wohlgefallen auf. Finnegan fuhr herum und versuchte einen Blick auf den Fremden zu werfen, der da gesprochen hatte.

»Sie sind anscheinend froh über den fetten Fang«, sagte jemand anderes. Die Stimme kam von einer anderen Seite als die erste.

Insgesamt waren es vier Söldner, die wie aus dem Nichts auftauchten und sie bedrohten. Grimmige Gestalten, in schwere Lederpanzer gehüllt, umringten sie, Hellebarden in Vorhaltestellung und bereit, sich eine schnelle Belohnung einzuheimsen. Dies war anscheinend die Patrouille, die den Südhang des Passes bewachte, und wie es aussah, hatten diese vier ihre ganz eigene Art, mit Neuankömmlingen umzugehen. Die Spitzen ihrer Hellebarden bewegten sich drohend in Armlänge vor Finnegan und seinen Männern.

»Wir sind Söldner aus Osberg und im Auftrag von Lord Tyvell unterwegs. Wir bringen diese beiden Oger zum Verhör in die Stadt«, verkündete Finnegan, diesmal nicht ganz so überzeugend wie noch zuvor. Auch die rührselige Ansprache über ihre schweren Verluste musste er sich verkneifen, da Hagrim und Cindiel zwar mitgenommen, aber nicht tot aussahen.

»Söldner aus Osberg? Bring mich nicht zum Lachen, Junge«, grunzte der Krieger. »Du mit deinen zwanzig Jahren träumst wohl noch davon, ein Söldner zu sein. Euer ganzer Trupp ist doch nicht mehr als ein Haufen Strauchdiebe, die versuchen, im blutigen Geschäft einen Platz zu finden, damit sie sich nicht mehr nachts aus den Stadtmauern flüchten müssen. Ihr seid es wahrscheinlich leid, euch vor den Stadtwachen verstecken zu müssen, und hofft, mit diesem Fang eure Begnadigung erkaufen zu können. Einen richtigen Söldner rieche ich eine Meile gegen den Wind. Ihr jedoch riecht nur ein wenig nach billigem Fusel, wenn man nah genug herankommt.«

Finnegan verließ der Mut, seine Geschichte weiter auszubauen, doch jedenfalls ließ er sich nicht so weit verunsichern, um klein beizugeben. Er zog es vor, einfach den Mund zu halten. Hagrim war diese Gabe nicht gegeben.

»Wenn ihr so stolz darauf seid, schon so viele Jahre unter uns zu weilen, frage ich mich, warum ihr das jetzt alles aufs Spiel setzen wollt. Mir sind ja schon so einige Großschnauzen aus Turmstein und Lorast untergekommen, doch keine, die es so nötig hatten, in den Boden gestampft zu werden, wie ihr. Hätte euch eure Mutter beigebracht, wie man zählt, würde euch auffallen, dass wir zwei zu eins überlegen sind. Ich gebe euch den guten Rat: Trollt euch zu den anderen und nehmt Platz an ihrem Feuer, bevor wir dafür sorgen werden, dass eure Gebeine hier im Dunklen auskühlen, ehe man sie findet.«

Dem Söldner stand die Wut ins Gesicht geschrieben. Er schnappte nach Luft und wollte gerade mit einer passenden Antwort kontern, da fiel Hagrim ihm erneut ins Wort.

»Bevor du glaubst, du müsstest jetzt mit einer deiner Heldengeschichten aus der Zeit der Trollkriege angeben, solltest du wissen, dass die junge Frau neben mir eine Feuermagierin ist, die wenig für Geschichten übrig hat, die deinem dumpfen und überaus hässlichen Kopf entspringen. Sie hat wahrscheinlich mehr Menschen ihren Flammen zum Fraß vorgeworfen, als du überhaupt kennst. Der Junge, wie du ihn genannt hast, hat wirklich noch nicht viele Jahre hinter sich gebracht, doch wenn du nicht ständig besoffen wärst oder dich in Hurenhäusern herumtreiben würdest, hättest du vielleicht den Namen Finnegan schon einmal gehört. Er ist *der* Finnegan.«

Hagrim schaute den Söldner trotzig an. Der Mann hatte aufgehört, etwas erwidern zu wollen, und stierte jetzt nur noch mit fragendem Blick sein Gegenüber an.

»Du weißt nicht, wer Finnegan ist?«, polterte Hagrim heraus. »Er ist das Mündel der Schwestern des schwarzen Briefes. Die drei Frauen haben ihn im Alter von zwei Jahren aus dem Waisenhaus geholt und ihn in den Künsten der Assassine unterrichtet. Er ist ein Meister ihrer Zunft geworden, bevor er sein sechzehntes Lebensjahr erreicht hatte. Man sagt, er töte seine Opfer so schnell, dass er schon wieder verschwunden ist, bevor ihnen auffällt, dass sie tot sind. Und was meine Wenigkeit betrifft, kann ich nur sagen, dass es einen Grund dafür gibt, dass wir nur nachts reisen.«

»Jetzt formte der Söldner bereits Worte mit dem Mund, ohne dass ein Laut hervordrang. Hagrim kannte diese Geste, und es zeigte ihm, dass der Kopf des Mannes mit den vielen Worten und Namen nicht mehr zurechtkam und deshalb versuchte, sie mit dem Mund nachzuformen. Er durfte jetzt nur nicht nachlassen, gleich würde alles vorbei sein.

»Aber eines muss ich Euch zugestehen«, lenkte er ein. »Im Grunde genommen habt Ihr Recht. Wir haben zwei Oger gefangen genommen, wovon nur einer sprechen kann. Der faselt zwar genauso wie ein dreijähriges Kind, doch für ein Verhör wird es sicherlich reichen. Ich persönlich bewache lieber nur einen von diesen hässlichen Ungetümen, und selbst das wird schwer genug werden, wenn wir durch das Tannenverlies müssen.«

Hagrim wandte sich Tastmar zu und ging zu ihm hinüber. Er packte den Oger und zog ihn an den Handfesseln hinter sich her.

»Den könnt ihr haben, wenn ihr wollt. Er bringt euch bestimmt hundert Goldstücke ein.«

Hagrim stellte Tastmar vor dem Söldner ab, und beim Weggehen zog er die Schlinge, mit der die Fesseln des Ogers verknotet waren, auf.

»Ihr müsst aber gut auf ihn aufpassen«, flüsterte er. »Er ist manchmal ein wenig eigensinnig und reagiert dann äußerst entfesselt.«

Noch bevor der Söldner begriff, was passiert war, packte Tastmar den Kopf des Mannes mit einer Hand und drehte ihn auf den Rücken. Das knackende Geräusch glich einem brechenden Ast, und trotzdem sorgte es bei Cindiel für einen kalten Schauer. Mit der anderen Hand packte Tastmar die Hellebarde des toten Söldners und stieß sie beiläufig und ohne große Anstrengung dem danebenstehenden Krieger durch den Hals. Mit der einen Hand umklammerte der sterbende Mann die Waffe an der Einstichwunde und mit der anderen dort, wo sie in seinem Genick wieder austrat. Tastmar ließ ihn einfach zur Seite fallen.

Den anderen beiden Söldnern war die Sicht durch die Pferde versperrt, und sie konnten nur durch die gurgelnden Geräusche vermuten, was geschehen war. Einer von ihnen tauchte einfach unter dem Pferd vor ihm hindurch, während der andere einen Schritt auf Gnunt zumachte und versuchte, den Oger zurückzudrängen. Gnunt ließ sich aber nicht einschüchtern und machte gleichfalls einen Schritt auf den Söldner zu, was bewirkte, dass die Spitze der Lanze nicht mehr auf ihn zeigte, sondern schon an ihm vorbeiragte. Die Pferde scheuten, als der Oger ihnen zu nahe kam, und begannen, auf der Stelle zu treten. Der Söldner, der gerade unter dem einen Pferd hindurchkroch, trat die Flucht nach vorn an. Auf allen vieren kam er unter dem Tier hervor und bemühte sich, den stampfenden Hufen nicht zu nahe zu kommen.

Hagrim trat auf die Hellebarde des Mannes und klemmte ihm damit die Finger ein. Sein Aufschrei ließ das Pferd weiter scheuen. Unter lautem Wiehern stieg die braune Stute hoch und trat mit den Vorderläufen. Der Söldner konnte seine Hand befreien und versuchte, sich mit einem Hechtsprung zu retten. Er hätte es beinahe geschafft, doch ein beschlagener Vorderhuf der Stute traf ihn an der Schläfe.

Halb benommen stürmte er vorwärts und zog sein Kurzschwert aus der Scheide. Cindiel stand vor ihm wie angewachsen. Die junge Frau sah wie in Trance dem heranstürmenden Söldner und der blitzenden Klinge entgegen. Dann tauchte Finnegan hinter ihr auf, stieß sie beiseite und ließ sein Schwert vorschnellen. Die über einen Fuß längere Klinge traf zuerst ihr Ziel. Der blanke Stahl schnitt mit Leichtigkeit durch Lederharnisch und Fleisch des Söldners. Die Spitze des Kurzschwertes kam einen Finger breit vor Finnegans Brust zum Stehen. Der Söldner starrte ihn mit großen ängstlichen Augen an. Er wusste, dass er starb, nur begriff er es noch nicht. Finnegan ließ den Schwertgriff los, und der Mann stürzte neben Cindiel zu Boden.

Gnunt hatte das scheuende Pferd am Zügel gepackt und zwang das Tier zu einem Kniefall. Die Nüstern der Stute blähten sich auf, und die weit aufgerissenen Augen starrten ins Leere. Noch immer waren Gnunts Hände gefesselt, doch zwischen seinen Armen hing der schlaffe Körper des letzten Söldners, aus dessen Mundwinkel ein dünnes Rinnsal Blut lief. Der linke Arm des Kriegers ruhte seltsam verdreht hinter seinem Hals und zeigte mit drei Fingern strafend auf Gnunts Kopf.

Keuchend kam Cindiel auf die Beine und betrachtete die Blutspritzer auf ihrem Kleid.

»Warum hast du das getan?«, schrie sie Hagrim an. Sie gab ihm die Schuld an dem Gemetzel. Die Oger hatten nur das getan, was sie immer taten, wenn die Situation für sie zu unübersichtlich wurde. Mogda hatte es einmal »ausdünnen« genannt, und das traf es auf den Punkt. »Sie hatten deine Geschichte schon fast geglaubt. Sie waren so eingeschüchtert, sie hätten uns ziehen lassen.«

»Meine Geschichte war erlogen und erstunken von Anfang bis Ende. Sie konnte keinen überzeugen. Sie verschaffte uns nur ein kleines bisschen Zeit, gerade mal so viel, wie ihr Staunen angehalten hätte. Bevor sich die Söldner abgewandt hätten, wären wir aufgeflogen. Selbst wenn es ihnen nicht aufgefallen wäre, hätten sie sicherlich mit ihren Kameraden am Pass gesprochen. Was meinst du, was passiert wäre, wenn die von einer kleinen Wildkatze, einem alten Mann und zwei Ogern gehört hätten?«

Cindiel sah zu Finnegan, in der Hoffnung, von ihm etwas Unterstützung zu bekommen. Der Blick ihres Geliebten ließ sie erkennen, dass der alte Geschichtenerzähler im Recht war.

»Alles, was wir gewonnen haben, sind drei oder vier Stunden«, sagte Hagrim. »Die anderen werden sie irgendwann finden, und spätestens dann sollten wir weit genug weg sein, damit sie unser Blutgeld nicht mehr riechen und uns finden können.«

30
Gesäte Kälte

»Das ist doch kein Dorf«, schnaubte Mogda. »Seht es euch an, es sieht aus wie ein riesiger Schweinepferch. Wir müssen falsch gelaufen sein.«

Mogda, Bralba und Kapitän Londor hatten sich bis auf eine halbe Meile an die Siedlung herangewagt. Verschanzt hinter einer Schneewehe, lagen sie auf den Bäuchen und beobachteten, was in dem Ort vor sich ging.

»Es gibt auf der ganzen Insel Argaht nur ein einziges Dorf, und das ist Uthna«, erklärte Londor. »Wenn wir die Insel verfehlt hätten, wären wir nicht einen halben Tag gelaufen, um Land zu erreichen, sondern fast drei Tage. Außerdem gibt es auch an der Küste der Nordlande keine Stadt, die man hätte ansteuern können. Nördlich des roten Sumpfes gibt es nichts mehr außer Wasser, Eis und kahle Wildnis. Es gibt also nur ein einziges Dorf, das ist Uthna, und das steht vor uns.« Londor sprach langsam und betont, außerdem klang seine Stimme mehr als nur genervt.

Sie hatten tatsächlich nur einen halben Tag gebraucht, um Land zu erreichen. Mogda wäre der Unterschied zwischen Land und Eis zwar gar nicht aufgefallen, doch der Berg im Norden und das bewaldete Gebiet im Nordwesten deuteten auf festen Untergrund hin. Mogda hätte schwören können, dass sie von Anfang an auf Land gelaufen waren, doch Londor beharrte darauf, das tief unter ihnen die ganze Zeit Wasser gewesen war. Als Beweis dafür zeigte er Mogda eine Karte, die mit geschwungenen Linien so durchfurcht war, dass man hätte glauben können, die ersten Malversuche eines Kindes vor sich zu haben.

Unaufhörlich hatte der Kapitän immer wieder auf verschiedene

Punkte gezeigt und gesagt: »Wasser, Wasser, Küste, Wasser.« Irgendwann hatte Mogda dann aufgegeben zu fragen. Er war stehen geblieben, hatte sich um die eigene Achse gedreht, die Landschaft in ihrer weißen Unendlichkeit in alle Richtungen betrachtet und gesagt: »Ach, hier sind wir also.« Dann hatte er die Arme gen Himmel gereckt und gerufen: »Dann kann es nicht mehr lange dauern, bis wir endlich dort sind.«

Als schwarzer Pulk im weißen Nichts waren die Schiffbrüchigen losgezogen, aber mit der Zeit hatten sich die ersten Oger an der Spitze abgesetzt, und die Verwundeten waren ein Stück zurückgefallen. Als sie Argaht erreichten, waren sie ein Tross von einer halben Meile Länge. Wie ein schwarzes Band zogen sie sich quer durch den Schnee. Jeder, der sie sehen wollte, konnte sie sehen. Ein Verstecken oder Anschleichen erlaubte diese Landschaft nicht. Mogda tröstete sich damit, dass dies auch für ihre Feinde galt.

»Ihr könnt erzählen, was Ihr wollt«, sagte Mogda, »es passt nicht zusammen. Die Geschichten erzählen von den Nordlanden und den Barbaren. Sie berichten von großen Kriegen und Schlachten, die sich über lange Zeit hingezogen haben. Tausende von Soldaten gegen ein Heer von wilden Kriegern. Eine Flotte von Schiffen, die in einem Seegefecht versenkt wurde. Viele der Männer, die von hier zurückkamen, finden kaum Worte für das, was ihnen angetan wurde. Sie beschreiben den Krieg mit den Barbaren als ein Massaker.«

»Und was stört Euch daran?«, fragte Londor schnippisch.

»Eigentlich alles«, entfuhr es Mogda. »Ich frage mich, was die Menschen aus Nelbor hier wollten? Schaut Euch um, so weit ich sehen kann, gibt es nichts, für das sich ein Oger auch nur von seinem Lager erheben, geschweige denn eine lange Schiffsreise mit all ihren Strapazen in Kauf nehmen würde. Dieses Land und alles, was ich sehen kann, ist so abschreckend wie verfaultes Essen. Aber selbst wenn jemand dumm genug ist, hierher zu reisen, frage ich mich, gegen wen er Krieg führen wollte. Nehmen wir einmal an, dieses Dorf, nenn es ruhig weiter Uthna, war wirklich einmal so etwas wie der Sitz der Barbaren. Wie viele Krieger passten dann da hinein? Ich unterstelle den Nordmännern mal einfach, dass sie auch in Familien – zusammen mit Frauen und Kindern – leben. Somit würden dort vielleicht dreitausend Hüttenbauer leben können. Sagen wir, die Hälfte davon sind Frauen, und von den Verbleibenden sind noch einmal die Hälfte Kinder und

Greise, dann bleiben nur tausend über, die zu den Waffen greifen konnten. Gegen wen hat dann die Armee so lange gekämpft?«

»Es bleiben nur siebenhundertfünfzig Krieger«, berichtigte Londor.

»Seht Ihr, noch mehr Kinder und Alte«, billigte Mogda ihm zu, ohne auf Londors Rechenergebnis weiter einzugehen. »Sie hätten uns Oger schicken sollen. Wir hätten für die paar Hütten keine zwei Tage gebraucht, und das Land wäre unser gewesen.«

»Eure Geschichte macht auch nicht mehr Sinn«, wandte Londor ein. »Immerhin habt Ihr mein Schiff gekapert, seid mit sechzig Eurer Krieger an Bord gekommen und habt mir befohlen, in die Nordlande zu segeln. Jetzt seid Ihr hier und zweifelt Euer eigenes Tun an. Aber was soll's, wenn ich Euch richtig verstanden habe, dauert es ja nur zwei Tage und Ihr habt, was Ihr wollt.«

Mogda knurrte verächtlich. Was wusste der alte Seebär schon davon, was er wollte – er wusste es schließlich nicht einmal selbst. Was den Krieg gegen die Nordlande anging, zweifelte Mogda nicht daran, dass es ein wüstes Gemetzel gegeben oder dass die Barbaren sich erbittert gewehrt hatten. Man hatte ihm immerhin schon eine Kostprobe von der Kampfkunst der Nordmänner geboten. Er wollte sich nur etwas Mut zusprechen, indem er seine Feinde klein und kraftlos erscheinen ließ. Was wusste Londor schon? Über die Schneewehe zu steigen und sich diesem verlassen aussehenden Dorf zu stellen bereitete ihm genauso viel Angst, als wenn er allein gegen Turmsteins Mauern hätte antreten müssen. Aber er hatte keine Angst vor dem, was er sah, er hatte Angst vor dem, was er nicht sah.

Mogda zählte die Hütten, sofern dies möglich war. Der Erdwall, den die Stadt umgab, war an einigen Stellen abgerutscht, und zwischen Palisade und Wall klafften Löcher, durch die ein Mann leicht hindurchkrabbeln konnte. Außerdem hatten Kälte und Wind den Einpfählungen bereits schwer zugesetzt. Windschief und mit losen Pfählen präsentierte sich der Schutz des Dorfes. In erster Reihe hinter der sicherlich einst robusten Palisade befanden sich zehn Langhäuser, dahinter waren zwei weitere Reihen selbiger und einige einzeln stehende Gebäude sowie zwölf Wachtürme rund um die Stadt.

Fast alles in Uthna war aus Holz oder Stein gebaut. Die sagenumwobene Küstenstadt der Barbaren hatte den Charme eines heruntergekommenen Bauerndorfes in Nelbor. Auf den ersten Blick hatten überhaupt nur noch zwei der Langhäuser ein intaktes Dach. Die anderen Dächer waren ganz oder teilweise eingestürzt. Wenn hier noch Menschen lebten, hockten sie entweder zusammengepfercht in einem der Häuser oder trugen wärmere Kleidung, als Mogda sie kannte. Von dem schweren Stadttor, das dem gigantischen Gatter eines Schweinepferches glich, war nur eine Hälfte übrig, die sich mit der äußeren Ecke in den Schnee gebohrt hatte. Die andere Hälfte, so schien es, lag davor und zeigte nicht mehr von sich als die Querstreben, die den Schnee ausbeulten wie eine Teppichfalte.

»Wie Mogda wollen stürmen Dorf?«, fragte Bralba.

Mogda sah hinüber zu dem eingestürzten Tor. Bralba hatte Recht, es war ein Dorf, oder vielmehr die Ruine eines Dorfes. Die Heimat der Barbaren als Stadt zu bezeichnen würde jede Ogerbehausung zu einem Palast machen.

»Wir brauchen das Dorf nicht stürmen. Er hat uns eingeladen«, sagte er.

»Mogda sprechen von ›er‹? Bralba denken, Dorf ist Heimat von kalten Kriegern in Bärenfell.«

Mogda zeigte an das östliche Ende des Erdwalls. Dort stand eines der Häuser, das noch intakt schien. Ein schaler dünner Rauchfaden kräuselte sich aus dem Schornstein und verlor sich im Grau des Himmels.

»Ich weiß nicht, wer hier wohnt – vielleicht niemand, aber dort drinnen ist jemand, der versucht, sich Hände und Füße an einem Feuer zu wärmen. Selbst wenn alle Barbaren des Landes um dieses brennende Holzfeuer herumstehen, meine Füße werden sich dazugesellen. Wenn es denen da drinnen nicht recht sein sollte, werde ich ihnen zeigen, was man mit großen Füßen noch so alles machen kann. Hol die anderen, wir gehen los.«

Es dauerte nicht lang, bis sich alle aus ihren Verstecken erhoben hatten. Die triste Landschaft bot ohnehin kaum Schutz, und falls es in Uthna Wachen gab, hatte man sie ohnehin längst entdeckt. Mit tief gesenkten Häuptern und wahllos in Decken, Pelze oder Leinenstoffe gehüllt, die sie zusammengesucht hatten, schlichen die restlichen Oger auf Mogda zu. Die wenigen Seeleute, die noch übrig geblieben waren, drängten sich zwischen die massigen Körper der Oger, um Schutz zu suchen – Schutz vor dem eisigen Wind. Ihr gemeinsamer Feind hatte einen Namen: Kälte.

Inmitten seiner Krieger entdeckte Mogda Hagmu. Der einäugige Kriegsoger schritt kerzengerade und mit steif gefrorenen Gliedern auf ihn zu. Er schien die Kälte gar nicht zu spüren. Mit seinem ergrauten Haar, der hellen Haut und den starren Gesichtszügen wirkte er wie jemand, der hier zuhause war. Von seinen wulstigen Augenbrauen hingen kleine Eiszapfen herab, und seine langen, ruhigen Atemzüge hüllten sein Gesicht bei jedem Schritt in eine Dunstwolke. Seine Axt schien mit der Sturmwind in die Tiefe gesunken zu sein, denn jetzt zog er eine einfache Holzkeule hinter sich her, die eine Furche im frischen Schnee hinterließ.

Sechzig Oger hatten gereicht, um eine Stadt wie Sandleg einzunehmen. Sie hätten auch gereicht, um Osberg in Schutt und Asche zu legen, aber was tat man mit sechzig Ogern in den Ruinen eines Bauerndorfes? Jeder der gefallenen Krieger, die unter König Wigold versucht hatten, diesen Wall aus Erde und Holz einzunehmen, hätte ihm eine Antwort geben können, doch sie waren tot. Mogda war sich sicher, dass er das Geheimnis dieses Landes lüften würde, entweder hier oder anderswo. Jetzt lag es an Tabal, darüber zu entscheiden, ob er es anschließend noch weitererzählen konnte oder nicht.

Sie traten durch das Tor von Uthna. Tausende von Kriegern hatten ihr Leben gelassen für diesen Augenblick. Eine ganze Flotte lag hier auf dem Grund des Meeres, und alles, was Mogda verloren hatte, war eine Hand voll der Seinen und ein Schiff.

Kein Pfeilregen ergoss sich über sie, kein feindliches Heer stellte sich ihnen entgegen, und kein flüssiges Pech wurde von den Wällen gegossen. Es war schlimmer, als Mogda erwartet hatte. Am liebsten wäre er umgedreht und hätte sich in seiner Höhle in den Bergen verkrochen.

An der Innenseite des Erdwalls zog sich eine breite nicht befestigte Straße entlang. Tiefe, vereiste Furchen zeugten davon, dass es auch eine Zeit geben musste, in der Eis und Schnee tauten. Einen Wagen oder Karren jetzt hier entlangzuziehen würde unweigerlich zum Radbruch führen, und ein galoppierendes Pferd würde sich ebenso die Beine brechen. Gleich hinter der unwegsamen Straße standen die Langhäuser auf ihren kurzen Pfählen. Uthna unterschied sich in so gut wie allem von jeder Stadt und jedem Dorf, dass Mogda bislang gesehen hatte.

Normalerweise war es so, dass gleich hinter dem Stadttor ein Platz zu finden war, auf dem ankommende Händler und Bauern aus der Umgebung ihre Waren feilbieten konnten, ohne mit ihren Wagen die ganze Stadt durchqueren zu müssen. Egal wie groß oder klein eine Stadt in Nelbor war, verbunden waren die Stadttore immer durch breite Prunkstraßen, an deren Seiten die Auslagen der wohlhabendsten Händler präsentiert wurden. Irgendwo in den Städten erhob sich immer ein Tempel über die Dächer der anderen Häuser, und überall zeigten Schilder und Wegweiser den Weg zur nächsten Herberge.

In Uthna waren alle Häuser gleich hoch und hatten denselben ungastlichen Charme. Allein ein Stamm erhob sich über die Dächer, an dessen Ende eine zerrissene Windreuse hing. Durchnässt und steif gefroren, klammerte sie sich an die Spitze des Holzes. Die Prachtstraßen waren nicht mehr als schmale Trampelpfade, die in der Mitte eine Rinne für Abwässer führten, die dann irgendwo im Erdboden versickerten.

»Dort entlang«, befahl Mogda und zeigte in eine Gasse, die kaum breit genug war, um einen Pferdekarren hindurchzulenken. An ihrem Ende stand das Langhaus, aus dessen Schornstein sich weiterhin der dünne Rauchfaden kräuselte.

Zum ersten Mal fiel Mogda auf, dass er wirklich das Kommando über die sechzig Oger hatte. Er sagte an, was getan werden musste, und sie folgten ihm. Er hoffte nur, dass er sie nicht enttäuschen würde.

»Es sind schon einmal Krieger nach Uthna gekommen«, sagte Kapitän Londor. Der alte Seebär lief direkt hinter dem Oger und nutzte Mogdas massigen Körper als Schutz gegen den kalten Wind. »Woher wollt Ihr wissen, dass es ihnen nicht genau ergangen ist wie uns. Vielleicht sind sie genau wie wir durch das Tor gelaufen und haben etwas gefunden, mit dem sie nicht gerechnet haben. Wie kommst du auf die Idee, dass du erfolgreicher sein wirst als ein ganzes Heer?«

Mogda stieß mit dem Schwertgriff einen Fensterladen zu seiner Rechten auf und wagte einen Blick in das Innere des Langhauses.

»Die Soldaten, die hierhergekommen sind, haben nach wilden Barbaren gesucht und den Tod gefunden. Wir aber sind hier, weil wir den Tod suchen.«

»Wenn das so ist, werden wir euch eure Beute bestimmt nicht streitig machen«, erwiderte Londor. »Vielleicht sollte ich mit meinen Männern besser hier warten.«

Mogda drehte sich um, packte Londor an der Decke, in die der Kapitän sich gewickelt hatte, und hob ihn hoch zu den Fenstern des Langhauses.

»Worauf willst du warten? Dass sie wiederkommen und dir ein Schiff bringen oder dass der nächste König mit seinen Soldaten hier anlandet und dich rettet?«

»Habe ich die Wahl?«, fragte Londor hoffnungsvoll.

»Nein, Blödsinn, ihr kommt natürlich mit«, brummte Mogda. »Keuchel macht einfach zu gutes Essen, um ihn gehen zu lassen.«

»Auch Keuchel macht aus Schnee keine gute Suppe«, wandte Londor ein.

»Aber daraus vielleicht«, sagte Mogda und zeigte auf die gefrorenen Abdrücke zweier riesiger Tatzen im Schnee.

»Was soll das sein?«, staunte Londor. »Für die Abdrücke eines Bären sind sie zu groß.«

»Ich habe sechzig Mäuler zu stopfen«, sagte Mogda. »Bären, die zu groß sind, gibt es nicht.«

Sie marschierten weiter, bis sie das Langhaus am Ende des Erdwalls erreicht hatten. Drei Stufen führten an der Stirnseite des Hauses hinauf zum Eingang. Alle Fensterläden waren verschlossen, und auch die Tür schien noch intakt.

»Ihr wartet hier«, sagte Mogda zu Londor, Bralba und den anderen, die ihn hören konnten.

Mit einem Schritt war Mogda auf der obersten Stufe und stellte mit Wohlwollen fest, dass die Bohlen, so alt sie auch waren, seinem Gewicht standhielten. Die Tür war groß genug, dass er hindurchpasste, und die Einblicke in die anderen Langhäuser hatten ihm verraten, dass er aufrecht in ihnen stehen konnte. Er drückte gegen die Tür. Sie war von innen verriegelt. Ein kräftiger Stoß ließ das Holz zersplittern, und die Tür sprang auf.

Aus dem Inneren drang ein Geruch von kaltem Rauch und ranzigem Fett. Schmale Lichtspuren teilten den Raum dort, wo die Wände und Fenster undicht geworden waren, und in der Mitte des Bodens schien das Licht von unten aus einem Loch hervorzuquellen. Am Ende des fast hundert Schritt langen Raumes hockte eine Gestalt auf Knien vor einem Bett. Das glimmende Feuer aus dem Kamin beschien ihre Umrisse. Mogda trat vorsichtig ein.

Die langen Bodenbretter knarrten und ächzten unter dem Gewicht des Ogers. Der Raum war nicht weiter unterteilt, und die Decke zog sich hoch bis in den Giebel. Mogda brauchte sich nicht anzuschleichen. Man wusste ohnehin, dass er und seine Oger hier waren, und wenn nicht, hatte das Öffnen der Tür ihn verraten.

Die Gestalt vor dem Kamin zeigte jedoch keinerlei Regung. Mogda durchschritt den Raum bis zur Hälfte, bis er an dem Loch im Fußboden ankam. Die Bodenbretter waren hier zersplittert und lagen um den Rand herum oder waren hinabgestürzt. Das Licht kam aus dem Zwischenraum zwischen Erdboden und Hüttenboden, da das Langhaus ja auf Stelzen stand, doch das Loch bohrte sich noch weiter in die Tiefe des gefrorenen Bodens. Es sah aus, als ob sich etwas aus dem Erdreich nach oben gebohrt und keine Rücksicht darauf genommen hatte, was über ihm lag. Keine Balken, keine Stützen, es war einfach nur ein Loch in der Erde. Wozu es diente, war ihm schleierhaft.

»Du hast meine Tür zerbrochen«, keifte die kniende Gestalt am Ende des Raumes. Es war die Stimme einer alten Frau, die erschöpft, aber herrisch zugleich klang. »Komm näher, ich kann dich nicht erkennen.«

Mogda folgte der Aufforderung zögerlich. Er war es gewohnt, dass man einen anderen Tonfall anschlug, wenn man mit ihm sprach. Seitdem die Meister weg waren, hatte sich niemand mehr erlaubt so mit ihm zu sprechen. Die Stimme der Frau klang anders als die krächzende, näselnde Sprechweise der Nesselschrecken, doch der Tonfall war derselbe.

Als sich Mogda der alten Frau näherte, sah er, dass sie sich einem Greis zugewandt hatte, der vor ihr im Bett lag. Behutsam tupfte sie die Stirn des Alten und hielt seine Hand, die unter der Decke hervorlugte. Beide schienen etwa gleich alt zu sein – wie alt, vermochte Mogda nicht zu sagen –, doch seinem Gefühl nach hatte sie den Tod schon um einige Jahre betrogen. Die Haare der Frau waren lang und weiß. Noch immer hatte sie den Oger keines Blickes gewürdigt. Der Mann hatte einen kahlen Schädel, eingefallene Wangen, und sein Blick war weiß und trübe wie Ziegenmilch. Die knorrigen Finger, die einander umklammerten, glichen den Wurzeln von Bäumen in den Bergen, wenn sie nicht genügend Wasser und Halt fanden.

»Ich suche Suul«, sagte Mogda, ohne dabei allzu fordernd zu klingen.

Jetzt drehte sich die alte Frau zu ihm um. Ihr Gesicht war eingefallen, ihre Lippen schmal und ihre graue Haut faltig. Ihr Gesicht schien älter, als es hätte werden dürfen, doch ihre Augen glänzten voller Leben und Hass. Dieser Blick galt einzig und allein Mogda. Sie zeigte keine Verwunderung oder Furcht vor dem Oger, einem Wesen, das ihr fremd und abnorm hätte sein müssen.

»Du hast die Tür kaputtgemacht«, wiederholte sie. »Repariere sie, und ich beantworte dir deine Fragen.«

Der Handel schien Mogda angemessen. Es gab wahrscheinlich nichts, was er ihr sonst hätte bieten können. Und ihr damit zu drohen, ihr Leben zu nehmen, würde sie nicht beeindrucken. Jemand, der so alt geworden war, ließ sich auch von einem Muskelprotz nicht mehr einschüchtern.

»Kapitän Londor«, brüllte Mogda, »schickt einen eurer Leute, damit er die Tür repariert.«

Einen der Oger mit dieser Aufgabe zu betreuen hieße, den Verlust der Tür oder noch mehr in Kauf zu nehmen. Das handwerkliche Geschick eines Ogers reichte allenfalls dazu aus, ein Loch zu graben – wenn es kein genaues Maß brauchte.

Von der Tür hörte er Londor fluchen und Tinnert mit der Aufgabe betreuen. »Was denkt er, was man mit einem Axtkopf alles reparieren kann? Demnächst sollen wir das Dorf wieder aufbauen und die Felder bestellen, alles mit einer verdammten Axt. Wir sind Seeleute, keine Zimmermänner, und er ist ein verdammter Oger, nicht unser König.«

Mogda verstand Londors Groll, aber er wusste auch, dass der Kapitän alles tun würde, was er ihm auftrug. Wenn der Kapitän hoffte, je von hier wegzukommen, dann nur mit Mogdas Hilfe.

»Zufrieden?«

Die alte Frau nickte und wandte sich wieder dem Mann im Bett zu. Sie tauchte einen Lappen in eine Schüssel mit Wasser, wrang ihn aus und tupfte erneut die Stirn des Alten.

»Wo finde ich Suul?«, fragte Mogda erneut.

»Wärest du vor sechs Dekaden gekommen, wärest du jetzt am Ziel deiner Reise. Einst war ich Suul und dieser Mann hier der Anführer meiner Brut. Doch irgendwann verebbte das Blut zwischen meinen Schenkeln, und es gab eine neue Suul und danach noch eine und noch eine und noch eine.«

»Ich denke, Suul ist eine Göttin?«, unterbrach Mogda sie. »Kann bei euch jeder einmal Gott werden, vielleicht reicht es schon, wenn man eine Tür reparieren lässt.«

»Du bist lieber still, Mogda«, sagte sie und funkelte ihn an. »Gerade du solltest wissen, was die Götter aus einem machen können. In einem Moment bist du noch eine Jungfrau und im nächsten schon eine Göttin. In einem ein dummer Oger und im nächsten Augenblick ein …«

Sie kannte seinen Namen. War sie vielleicht eine Schamanin? Mogdas Mitleid für die Alte schlug um in Hass. Jetzt hatte er endlich das Land verlassen, in dem jeder zu wissen schien, welche Aufgabe die Götter ihm übertragen hatten. Er hatte ein Eismeer überquert und war tausend Meilen von seiner Heimat entfernt, und die erste Person, auf die er traf, wusste mehr über ihn als er von sich selbst.

»Wo ist Suul, und wo ist dieser Schild von Nassfal?« Diesmal gab Mogda an seinem Tonfall zu erkennen, was passieren würde, wenn er keine ausreichende Antwort bekam.

»Suul hat das Land in Richtung Norden verlassen mit allen Kriegern, deren Blut noch kocht. Den Schild hat sie bei sich wie auch alle anderen Artefakte. Doch das Schild Nassfal ist anders, es birgt wirkliche Magie. Wir haben sie alle zusammengetragen bis auf einige wenige, die wir nicht finden konnten oder die der Lauf der Zeit noch nicht hervorgebracht hat. Das Schild hat uns über Dekaden gute Dienste geleistet, doch vor einiger Zeit verlor es an Kraft, genau wie das Land. Suul hat Krieger ausgesandt, um die letzten Göttergaben zu suchen, doch es dauerte zu lange. Das Land konnte unser Volk nicht mehr ernähren. Und so zog sie aus, um den Hunger unseres Volkes zu stillen.«

»Dann ist sie dümmer, als ich dachte«, sagte Mogda. »Wenn es nur darum geht, ein Volk von Wilden zu ernähren, hätte sie besser daran getan, in den Süden zu gehen. Im Norden wird sie auch nur Schnee und Eis finden. Außerdem hatte ich immer gedacht, nur wir Oger laufen hinter unserer Nahrung her. Warum züchtet ihr kein Vieh oder pickt euch Löcher ins Eis, um zu angeln? Die Menschen sind doch so erfindungsreich.«

Ein Lächeln tat sich im Gesicht der Alten auf. »Das Vieh, das wir essen, züchtet sich selbst und lebt in Städten aus Holz und Stein. Der Hunger der Krieger des kochenden Blutes lässt sich nur mit Fleisch stillen, das auch eine Waffe tragen kann. Gehe ruhig zurück in dein Land und warte auf sie, sie werden kommen und sich durch die Straßen, Gassen und Häuser fressen.«

Mogda wurde unwohl zu Mute. Wollte die Alte ihm erzählen, dass die Krieger dieses Volkes sich von anderen Menschen ernährten? Früher hatte man den Ogern nachgesagt, dass sie Menschen fraßen, doch hatten sie das nur verbreitet, um die Angst der Hüttenbauer zu schüren.

»Was ist in dem Loch da?«, wollte Mogda wissen. Er hatte genug von den Geschichten alter Frauen. In Nelbor hatte ihn die Trollschamanin schon in ihre wirren Prophezeiungen und Geschichten von Schicksal verstrickt, und hier setzte diese Hüttenbauerin es fort. Er wollte nur ein paar Antworten und dann schleunigst verschwinden.

»Jedes Land«, begann die Alte, »das Suul hinter sich lässt, weihen die Krieger des kochenden Blutes ihrer Macht. Sie setzen ihren Samen in die Erde und sehen, wie die Frucht gedeiht. Wir nennen ihre Kinder Götterfrost.«

»Was für ein schöner Name«, spottete Mogda. »Die kleinen werden bestimmt wenig Freunde haben. Wie würde es Suul gefallen, wenn wir ihren Lieben einen Besuch abstatteten? Ach, ich vergaß, es sind dann ja auch deine Kinder.«

»Töte mich, deshalb bist du doch gekommen«, sagte die Frau mit eisiger Mine.

»Ich will nicht dich«, sagte Mogda. »Ich will keine alte Frau, die ihrem vergangenen Leben als Göttin nachtrauert. Ich will die Göttin selbst und das, was mir gehört.«

Die Frau wandte sich wieder ab und kümmerte sich um den greisen Mann im Bett. Mogda schnaufte verächtlich und trieb die Klinge seines Runenschwertes durch den Bretterboden.

»Du solltest mal lüften, hier stinkt es nach Tod.«

Er steckte das Schwert zurück in die Scheide und ging in Richtung Ausgang. Als er abermals an dem Loch vorbeikam, sah er hinunter und glaubte, einen Fackelschein zu sehen, doch das Schauspiel wiederholte sich nicht.

»Kapitän Londor, sagt Bralba, ich brauche sie und drei weitere Krieger. Sie sollen herkommen und eine Fackel mitbringen«, rief er.

Eine Fackel zu entzünden stellte sich als schwieriger und langwieriger heraus als angenommen, doch nach einer Weile kamen Bralba, Purgol und zwei weitere Krieger mit brennenden Holzscheiten herein.

»Pech hart wie Stein«, entschuldigte sich Bralba.

»Schon gut«, erwiderte Mogda. »Wir wollen dorthinunter. Vielleicht ist dort unten etwas, was uns weiterhelfen kann. Vielleicht haben sie Vorräte dort unten gelagert.«

Er entzündete einen umherliegenden Span an ihrer Fackel, und als er genügend Feuer gefangen hatte, um nicht von allein wieder zu verlöschen, warf er ihn hinunter. Das brennende Holz fiel rund zwanzig Fuß in die Tiefe und landete in einem Haufen aus Geröll und Eis. Dort unten schien es einen Tunnel zu geben, der in entgegengesetzte Richtungen verlief. Anscheinend hatte man hier einen Zugang geschaffen, oder einen Ausgang – je nachdem, wie man es sehen wollte. Mogda bezweifelte, dass sich Leute aus dem Dorf dort unten versteckt haben konnten. Nirgends hing ein Seil oder Kletterhaken, an denen sie sich hätten herunterlassen können, doch irgendetwas musste dort unten sein, und er wollte nicht gehen, bevor er herausgefunden hatte, was es war.

Etwas unterhalb des Holzfußbodens hatte sich ein vorstehender Balken zwischen den Stützen des Langhauses verkeilt. Er ragte nur einen Fuß in das Loch hinein, doch Mogda beschloss, dass er als Halt reichen würde, um sich von ihm aus hinabzulassen. Er zwängte sich durch das Loch im Boden des Langhauses, setzte sich an den Rand des Lochs und ließ die Beine baumeln. Dann griff er nach dem Balken und ließ sich vorsichtig herunter, bis er mit seinem vollen Gewicht daran hing. Er schwang zwei Mal vorsichtig hin und her und ließ sich dann in die Tiefe fallen. Sein Sturz wurde von dem Geröllhaufen abgefangen, sodass er unverletzt wieder auf die Beine kam und sein Runenschwert blankzog. Zu seinen Füßen flackerte der brennende Holzscheit.

»Niemand zu sehen«, rief er hoch. »Ihr könnt nachkommen.«

Erst im Nachhinein fiel ihm auf, wie abgedroschen die Anweisung geklungen haben mochte. Er überlegte sich, wie sein Befehl wohl gelautet hätte, wenn er von einem Trupp Barbaren erwartet worden wäre – vielleicht: *Oh, fünf böse Krieger. Bleibt bloß oben, bis ich sie alle getötet habe. Ich rufe, wenn ich fertig bin*. Natürlich sollten sie nachkommen. Wenn er sich einer Horde Barbaren gegenübergesehen hätte, würde er auf ihre Dienste auch nicht verzichten können. Irgendwie hatte ihn seine neue Rolle als Anführer dazu übergehen lassen, alles zu kommentieren, auch wenn es unnötig war.

»Wirf mir deine Fackel herunter, Bralba«, rief er der Ogerfrau zu. »Halt dich an dem Balken fest, mach es so wie ich.« *Schon wieder*, dachte er.

Die stämmige Ogerfrau tat, wie ihr geheißen. Die anderen drei folgten ihr, auch ohne Aufforderung. Einer nach dem anderen kletterte das Loch hinunter. Der Tunnel erinnerte entfernt an die Kanalisationen unter den Städten der Hüttenbauer, nur war die nicht so sauber gegraben und abgestützt. Außerdem durchflutete den Tunnel nicht der so typische Geruch, den Mogda aber auch nicht vermisste. Der Tunnel endete in beiden Richtungen in Dunkelheit. Mogda hielt die Fackel vor sich und beobachtete das Spiel der Flammen. Wie eine Bauchtänzerin wanden sie sich einmal zu dieser und einmal zu jener Seite, nur die gelbe züngelnde Spitze reckte sich stetig nach oben.

»Kein Wind«, murmelte Mogda. »Vielleicht ist der Tunnel irgendwo eingestürzt, oder sie haben ihn verriegelt.«

Wieder einmal ergab das alles keinen Sinn. Ein Tunnel war ja schön und gut, aber einen Zweck musste er auch erfüllen. Wenn dies ein Fluchttunnel sein sollte, warum hatte man dann einfach den Fußboden durchbohrt und keine Klappe darübergebaut? So konnte ihn jeder sehen und den Flüchtenden folgen. Außerdem machte es wenig Sinn, die eine Seite zu verschließen und die andere offen zu lassen. Eine Kanalisation kam auch nicht in Frage, wie der Geruch bereits bestätigt hatte. Vielleicht hatten sie nach irgendwelchen Bodenschätzen gesucht, doch auch die würde das Loch im Hüttenboden nicht erklären, und Werkzeuge waren nirgends zu sehen. Mogda ließ es auf sich beruhen. Sie würden dem Tunnel in eine Richtung folgen und dort hoffentlich auf eine Antwort stoßen.

»Nach Norden«, befahl er. »Wir folgen dem Tunnel immer weiter in nördlicher Richtung, bis wir etwas finden. Haltet eure Waffen bereit, vielleicht haben sich einige von den Kriegern hier unten verschanzt.«

Mogda bildete die Vorhut, zusammen mit Bralba. Er mochte die Ogerfrau. Wann immer er sie sah, rief sie ihm allein durch ihre Anwesenheit in Erinnerung, dass sich die Oger doch ändern konnten. Schließlich hatte sie es geschafft, zu einem Kriegsoger zu werden, warum sollten sich dann nicht auch alle anderen seines Volkes weiterentwickeln können? Sie mussten sich nur entscheiden, wozu. Auch er hatte sich verändert, er war innerhalb weniger Jahre von einem dummen, gefräßigen, aber frohgelaunten Oger zu einem schlauen, grimmigen und immer noch gefräßigen Oger geworden. Wenn das nichts war, womit man angeben konnte.

Mogda führte den kleinen Trupp an. Die Höhe des Tunnels gestattete es ihm, fast aufrecht zu gehen, wenn er sich mittig hielt. Überall lag loses Gestein herum, das aus den Wänden gebrochen war. Aus der Decke stachen in einigen Abständen die Pfähle, auf denen die Häuser standen, heraus, hölzernen Säulen gleich. Die nächste Biegung lag nie weit genug entfernt, um sicher zu sein, nicht von Feinden überrascht zu werden. Sie waren noch nicht weit genug gegangen, um schon außerhalb des Dorfes zu sein, als Mogda plötzlich innehielt.

Direkt vor ihm hatten Gestein und Sand nachgegeben und ein Loch in der Mauer verursacht. Dort, wo das Erdreich weggebrochen war, zeigte sich eine matte blassgelbe Wölbung von der Größe eines Wagenrades. Mogda hob die Hand zum Zeichen, dass die anderen stehen bleiben sollten. Er beleuchtete die Stelle mit seiner Fackel. Ähnlich wie heller Marmor und leicht durchscheinend wirkte das Gebilde, nur war Marmor nicht von Natur aus so glatt und mit dünnen schwarzen Fäden durchzogen. Vorsichtig setzte der Oger die Spitze seines Schwertes auf die Fläche. Die Spitze drang mühelos einen Daumen breit ein, doch der Widerstand wurde stärker. Mogda ließ das Schwert wieder sinken und betastete die Stelle.

Kleine Krümel hatten sich gelöst, die er zwischen Zeigefinger und Daumen hin und her rollte. Es fühlte sich an wie erkaltetes Kerzenwachs, nur roch es leicht bitter. Bralba beobachtete Mogda bei dem, was er tat, und als dieser die Nase rümpfte und ausspukte, nachdem er von den Krümeln probiert hatte, brachte sie ihren Speer in Position, um der gelben Platte zu Leibe zu rücken.

»Nicht«, hielt er sie zurück. »Es könnte sonst was sein. Vielleicht ist es eine Falle. So etwas wie eine riesige Wachsblase, die ausläuft und uns alle hier unten ersäuft, wenn man sie ansticht.«

Bralba schien nicht sonderlich überzeugt, ebenso wenig wie die anderen, aber keiner der Oger wagte es, sich Mogdas Befehl zu widersetzen. Sie setzten ihren Weg den Tunnel entlang fort, und jeder einzelne betrachtete den gelben Fleck an der Wand mit Missbilligung, als sie ihn passierten.

Das ist doch mal ein Anfang, dachte Mogda. Normalerweise war es so, dass alles, was einem Oger fremd vorkam, zuerst eine Keule oder eine Axt zu spüren bekam, und erst dann machte man sich darüber Gedanken, wozu es wohl gut war. Er musste sie dazu erziehen, vorsichtiger zu sein. In den letzten Jahren hatten sich so viele Wesen und Dinge in der Welt der Oger gezeigt, denen man am besten nicht die Stirn bot, wenn man an seinem Leben hing.

Mogda mochte sich gar nicht vorstellen, was passiert wäre, wenn einer versucht hätte, die Funken der Götter zu zerstören. Dann war da noch Eliah gewesen, der geradezu unbesiegbar schien. Erst nachdem Gnunt ihn lange genug beobachtet hatte, konnte er das Rätsel um den Gott lösen. Mogda fragte sich, ob es ein Fehler gewesen war, Gnunt fortzuschicken. Der einfältig wirkende Oger hatte eine Gabe, Dinge zu betrachten wie sonst keiner seines Volkes. Er wird Cindiel bessere Dienste leisten als mir, beruhigte er sich.

Mogda führte den Trupp jetzt langsamer voran. Bald sollten sie die Grenze des Dorfes erreicht haben, dann musste er sich entscheiden, ob sie weiter unter der Erde wandern oder zurück zu Londor und den anderen gehen wollten.

Mogda ließ seinen Blick durch den Gang schweifen und hielt einen Moment inne. Vor Schreck ließ er die Fackel fallen und warf sich rücklings gegen die Tunnelwand. Halb in sich zusammengesackt, hockte er da und starrte auf die eisige Fratze, die aus der Tunnelwand ragte, während Sand auf ihn niederrieselte. Er hatte gerade die nächste Biegung erreicht, als vor ihm dieses *Ding* genau auf Augenhöhe aufgetaucht war und ihn aus gefrorenen Augen anstarrte. Mogda hatte versucht, auf alles gefasst zu sein, was sich ihm und den anderen hier unten stellte. Doch eine Ekel erregende Made mit menschlichen Zügen und einem weit aufgerissenen Maul, das bis in den tiefen Schlund hinein nur aus Zähnen zu bestehen schien, stand nicht auf seiner Liste.

Bralba und Purgol hatten das Untier noch nicht gesehen, doch bei Mogdas Reaktion stürmten sie mit gezogenen Waffen vor, bereit, alles in Stücke zu hauen, was sich ihnen stellte.

»Es ist tot«, keuchte Mogda. »Keine Sorge, es ist tot. In der Erde erfroren oder verhungert, wer weiß das schon.«

Er musste einen jämmerlichen Anblick abgegeben haben, deshalb kam er so schnell wie möglich wieder auf die Beine und griff nach seiner Fackel. Sein Blick war die ganze Zeit über nach oben gerichtet, während er nach dem brennenden Scheit tastete. *Lieber verbrannte Finger, als dieses Ding auch nur einen Moment aus den Augen zu lassen*, dachte er. Als Anführer eines Orktrupps hätte ihn diese Panikattacke sicherlich seinen Posten gekostet und über kurz oder lang auch sein Leben. Orks waren nicht zimperlich mit denen, die Schwäche zeigten. Dies war ebenso ein Grund dafür, dass sie nie an Altersschwäche starben. Dies und das Zusammentreffen mit Ogern. Glücklicherweise hatte kaum jemand sein Missgeschick mitbekommen, weil Bralba ihnen die Sicht versperrt hatte. Er glaubte, sie gut genug zu kennen, um zu wissen, dass sie ihn nicht verraten würde. Für Hagmu, wäre er noch bei Verstand, wäre dieser Vorfall ein gefundenes Fressen gewesen.

Bralba und Purgol starrten ungläubig auf den Wurm, der fast drei Fuß aus der Tunnelwand herausragte. Sie hatten kaum einen Blick für Mogda.

»Es ist tot«, erklärte er ihnen abermals, doch er konnte verstehen, warum sie nicht die Augen von der Kreatur lassen konnten.

»Lasst uns weiter, vielleicht kommt dahinten ein Aufstieg, dann können wir zurückkehren zu den anderen. Ich glaube, hier unten werden wir nichts finden.«

Mit gebührendem Abstand zwängte sich Bralba an der Schreckgestalt aus dem Erdreich vorbei. Die anderen folgten.

Mogda hatte bereits die nächste Biegung erreicht, da rief er sich noch einmal die Worte der alten Frau in Erinnerung: *Suul pflanzt ihren Samen in die Erde. Ihre Kinder heißen Götterfrost.*

Dieser Wurm, war er vielleicht einer von Suuls Geschöpfen? Die bleiche gelbe Haut … genau wie die gewölbte Stelle vorhin in der Wand.

Mogda fuhr herum und drängte sich an den anderen vorbei. Er stieß Bralba unsanft beiseite und blickte zurück in die Richtung, aus der er gekommen war.

Die letzten beiden Oger aus der Kolonne standen gerade vor dem Ungetüm. Einer schlug sanft, aber angewidert mit seinem Axtgriff seitlich gegen den Kopf des Wurmes, der andere hielt seine Fackel so, dass er weit in den Schlund blicken konnte. Die beiden warfen einander

Blicke zu. Noch bevor Mogda sie warnen konnte, war es passiert. Der Fackelträger, Wrotak oder so ähnlich war sein Name, stieß den brennenden Scheit tief in das Maul des Ungetüms. Einen Moment lang passierte nichts.

»Nein«, brüllte Mogda. »Geht weg da.«

Wrotak lächelte. Das Maul des Wurmes klappte noch ein Stück weiter auf, genauso weit wie der Oberkörper des Ogers maß. Das Wesen begann, in der Wand zu rotieren. Es drehte sich um die eigene Achse, immer weiter und weiter. Dann schnellte es in einem Bogen auf den Oger zu und stülpte sein Maul über Wrotak. Dabei drehte es sich immer weiter und schraubte sich hinunter bis zum Bauch des Ogers. Blut und Fetzen liefen aus dem Maul des Wurms wie Abwässer aus einem Schacht. Der Oger neben Wrotak wich in Panik zurück, stolperte und kroch auf allen vieren davon. Von Wrotak blieb innerhalb weniger Sekunden nicht mehr übrig als zwei Beinstümpfe.

»Blutrach«, schrie einer der Oger. Mogda wusste es besser. Die Meister hatten Rator und ihm diesen Dämon aus einer anderen Welt vor Jahren einmal hinterhergeschickt. Blutrach war fast doppelt so groß wie der Wurm und die Ausgeburt einer anderen Welt. Jene dämonische Bestie war nicht zu besiegen, aber sie war zu überlisten. Dieses Wesen hier war etwas anderes, wenn auch dem Dämon äußerlich ähnlich. Mogda hoffte, dass Stahl genügen würde, es dorthin zurückzuschicken, wo es herkam, in die kalte nasse Erde.

Schwerter und Äxte wurden gezückt. Die hinteren Oger drängten nach vorn und trieben Mogda vor sich her. In diesem Augenblick verspürte er keine Angst mehr. Sie mussten die Bestie töten. Mogda stürmte vor, das Runenschwert hoch erhoben.

Die Bestie hatte ihren Hunger noch nicht gestillt und versuchte, nach den übrig gebliebenen Beinen des getöteten Ogers zu schnappen. Mogdas Runenschwert fuhr dicht an der Wand entlang herab; der Oger versuchte, den Körper des Wurms bündig am Fels abzutrennen. Der Körper des Wesens war weich wie Wachs und wand sich unter der stählernen Klinge.

Neben Mogda zuckte Bralbas Speer nach vorn. Sie trieb die Spitze dicht neben dem Auge in den Kopf des Ungetüms. Bralba drückte den Schaft weiter hinein, und eine gelbe eitrige Flüssigkeit quoll an den Wundrändern hervor und tropfte zähflüssig zu Boden.

Purgol holte mit einem weiten Hieb aus. Die Schneide seines Schwertes krachte auf das geöffnete Maul. Die Klinge schnitt eine Hand breit in das sehnige Fleisch der Bestie, bis die Wucht des Hiebs an den schier unendlichen Zahnreihen im Schlund des Wurmes verebbte. Die einzelnen Zähne stellten sich auf wie das Nackenhaar eines Wolfes und umklammerten den blanken Stahl. Purgol musste seine Waffe mit Gewalt aus dem Schlund zerren, damit sie nicht von dem Wurm verschluckt wurde.

Er stieß seinem Nebenmann versehentlich den Ellenbogen ins Gesicht, der daraufhin zu Boden ging. Blut rann aus der Nase des Ogers, der versuchte, mit seinen Handflächen das rote Rinnsal zu stoppen. Der Wurm spuckte Brocken klebrigen Schleimes und traf Purgol damit an Brust und im Gesicht. Der Kriegsoger begann zu taumeln und zu stöhnen. Sein Kamerad, der zu seinen Füßen hockte und immer noch versuchte, die Blutung zu stillen, kam hoch, um nicht noch einmal einen unbeabsichtigten Schlag abzubekommen.

Der Wurm zog sich blitzartig zusammen, wie eine Ziehharmonika, und schnellte auf den gerade aufgestandenen Oger zu. Der Krieger streckte den Arm aus, um sich seinen Gegner vom Leib zu halten, doch das Maul schnappte zu und verschlang den Arm bis zur Schulter. Purgol taumelte umher und versuchte, sich den Schleim aus dem Gesicht zu wischen, während der Wurm wieder anfing, sich in der Wand zu drehen, um das Fleisch vom Arm seines Gegners abzuraspeln.

Bralba wurde bei der Drehbewegung der Speer aus der Hand gerissen, der mit dem Schaft gegen die Tunneldecke schlug und zerbrach. Mogda sah das rotierende abgebrochene Ende, das neben dem Auge des Wurms steckte und mit zunehmender Geschwindigkeit der Drehbewegung zu einem dünnen silbernen Band wurde.

Der Schlund des Wurmes stülpte sich weiter über den schreienden Oger, bis seine Stimme im Maul des Ungeheuers verstummte und Blut wie eine Fontäne gegen die Wand spritzte. Mogda nahm das Runenschwert zwischen beide Hände und rammte es mit der Spitze tief in den gallertartigen Körper des Wurmes. Beinahe wäre auch ihm die Waffe aus den Händen gerissen worden, doch er umklammerte sie, so fest er konnte. Der Wurm drehte sich weiter, während die Klinge in seinen Leib schnitt. Immer tiefer trieb Mogda den Stahl. Gelbes Blut, Schleim und klebrige Fetzen quollen aus dessen Schlund. Wie ein Töpfermesser, das man zu tief in sein drehendes Werkstück gleiten ließ, durchtrennte das Runenschwert den Wurm. Der Kopf fiel herab und riss den bereits halb verschlungenen Oger von den Füßen. Gedärm und Körpersäfte spritzten aus der Wurmhälfte, die immer noch in der Wand steckte. Dann schloss sie sich wie der Kelch einer Blume bei Nacht und kroch zurück, tief in das Erdreich.

»Raus hier«, keuchte Mogda. »Hier unten finden wir nichts außer den Tod.«

Seine Kameraden brauchten keine weitere Aufforderung. Purgol hatte sich mittlerweile von dem Schleim auf seinem Gesicht befreit. Dort, wo die Haut mit dem Auswurf in Berührung gekommen war, bildeten sich kleine rote Bläschen, und sie wurde rissig. Man konnte erahnen, was für Schmerzen er haben musste, doch er war ein Kriegsoger, und das verbot ihm, seine Leiden offen zu zeigen. Stumm nickte er, weil seine Lippen zu zwei roten Wülsten angeschwollen und die Bereiche um seine Mundwinkel blutig zerfurcht waren.

Wieder lief Mogda voraus und führte sie zurück. Keiner der anderen hätte es gewagt, bei einem Rückzug die Vorhut zu bilden, dies war die Aufgabe eines Anführers. Wenn ihm der Ruhm zustand, musste er auch die Schmach ertragen können. Leider lagen zwischen Sieg und Niederlage manchmal nur wenige Tote, und auch ein Sieg hatte meist Tote zu beklagen. Einen richtigen Sieg hatte Mogda noch nicht zu verzeichnen, doch die Verluste waren anhand seiner ohnehin schon wenigen Männer schlimm genug.

Er konnte sich ausrechnen, wie weit diese wenigen ihn noch bringen würden, wenn das Sterben so weiterging. Zeit, über seine missliche Lage nachzudenken, hatte er jedoch nicht. Seine Gedanken wurden überschattet von einem Geräusch, das wie das Mahlen eines Mühlsteins klang. Doch anstatt aus der Ferne zu kommen oder wenigstens aus ihrem Rücken, hallte es um ihn herum.

Als sie den gelben Fleck an der Wand wieder erreicht hatten, wusste Mogda, woher das Geräusch kam. Das Loch in der Tunnelwand war größer geworden, fast doppelt so groß, und hinter ihm zog die sich riffelnde gelbe Oberfläche vorbei. Mogda konnte sich nur zu gut vorstellen, was das zu bedeuten hatte. Aber seine Neugier auf einen Wurm, der riesig genug war, seinen ganzen Trupp in einen blutigen Haufen Brei zu verwandeln, war nicht groß genug, um ihn wirklich mit eigenen

Augen sehen zu wollen. Der Gedanke an die mahlenden Kiefer ließ ihn schneller laufen, doch nicht schnell genug, um Abstand zwischen sich und die anderen zu bringen, schließlich wollte er nicht als Feigling dastehen.

Direkt vor ihm stieß unvermittelt einer der Stützbalken des Langhaus durch die Decke und riss einige Klumpen Sand und Gestein mit. Er konnte gerade noch rechtzeitig ausweichen, um nicht mit ihm zusammenzuprallen. Die Decke schien hier etwas nachzugeben. Zwei Biegungen noch, und sie hatten es geschafft. Überall rieselten Kiesel und Sand von der Tunneldecke, Wände stürzten ein, sackten in sich zusammen und ergossen Erdreich vor ihre Füße. Da sah Mogda den bleichen Lichtschein vor sich, den der Schacht nach unten hier heruntersickern ließ, und in ihm keimte neue Hoffnung auf.

»Dort«, schrie er und zeigte nach vorn.

Sie erreichten das Loch, das zurück ins Innere des Langhauses führte. Der Boden war abgesackt und der rettende Griff nach einem der verkeilten Balken in erreichbarer Nähe. Mogda packte das Holz und zog sich daran hoch, während er sich mit den Füßen an den Seitenwänden des Schachts abstützte. Als er das Innere des Langhauses erreichte, musste er feststellen, dass seine hier oben verbliebenen Gefolgsleute bereits nach draußen geflüchtet waren. Das Gebäude war nur teilweise abgesackt und stand nun so schräg, dass sich die langen Dielenbretter mitunter von den darunterliegenden Sparren gelöst hatten und wippend hochstanden. Mogda half den anderen Ogern aus dem Tunnel nach oben, und gemeinsam suchten sie Schutz im Freien.

»Du hast den Götterfrost geweckt«, hörte er eine krächzende Stimme hinter sich. »Er wird dich jagen. Er wird jedes Feuer verschlingen und jeden warmen Körper zermalmen. Er wird keine Ruhe geben, bis er das letzte bisschen Wärme aus der Erde gesaugt hat. Suuls Brut bringt das ewige Eis.«

Mogda hatte nicht darauf geachtet, ob die Alte immer noch an dem Bett saß und den Greis pflegte. Es war ihm auch egal. Sollte sie sich doch mit diesem grässlichen Wurm herumschlagen, schließlich war sie nicht ganz unschuldig an seiner Existenz.

Vor dem Eingang warteten schon die anderen auf sie. Ihren Gesichtern war anzusehen, dass sie die Stellung nicht viel länger gehalten hätten.

»Nach Norden«, schrie Mogda. »Raus aus diesem Dorf.«

Sie rannten zwischen den Länghäusern durch. Immer wieder sackten Gebäude ab und drohten, die Flüchtenden zwischen ihren Wänden zu zerquetschen. Fensterläden sprangen unvermittelt auf, und loser Schnee rieselte von den Dächern. Dann erreichten sie den Erdwall im Norden von Uthna. Das Hindernis war hier genauso einfach zu überwinden wie im Süden des Dorfes. Mogda verlangsamte das Tempo erst, als sie einige hundert Schritt weiter die ersten Hügel erreichten.

Die Oger hatten sich bereits um Mogda versammelt, als er seinen Blick zurück auf das Dorf richtete. Londors Seeleute hatten es gerade erst geschafft, den Wall von Uthna hinter sich zu lassen, brachen ihre Flucht aber nicht ab. Mogda sah, wie hinter den Palisaden ein gewaltiger Wurm aus der Erde hervorbrach und das halbe Dach eines Langhauses mit in die Höhe riss. Holz und Grassoden regneten um das Ungetüm herab. Sein Körperumfang maß mindestens zehnmal so viel wie der des Wurms, den Mogda getötet hatte. Seine Länge war nur zu schätzen, doch nahm Mogda an, dass sie mindestens tausend Fuß betrug. An der Stelle, an welcher der Kopf der Bestie in den Körper überging, wuchsen kleinere Würmer hervor. Sie bewegten sich wie drohende Schlangen und schnappten wild um sich, verbissen sich ineinander, ließen aber schnell wieder von ihresgleichen ab und suchten nach etwas anderem.

»Lasst uns von hier verschwinden«, sagte Mogda zu seinen Gefährten. »Wir müssen weiter in den Norden, damit wir die Mutter dieses Ungeheuers töten können.«

Mittlerweile hatte auch Kapitän Londor die Hügel erreicht. Keuchend blieb er vor Mogda stehen.

»Vor nicht allzu langer Zeit hätte ich noch dafür gestimmt, alle Oger im Meer zu ersäufen, doch dann kamen die veränderten Elfen aus dem Wasser, und ich stellte mir vor, was dieser Illistantheè aus euch erschaffen hätte.« Londor blickte sich um und bekam gerade noch mit, wie der Wurm wieder in der Erde versank. »Vor wenigen Wochen hätte ich dafür plädiert, euch in ein Loch in der Erde zu werfen. Gibt es denn keinen Platz auf dieser Welt, wo ihr kein Unheil anrichtet?«

»Nicht, solange es Menschen gibt«, erwiderte Mogda. »Aber keine Sorge, wir arbeiten daran.«

31
Zwergenruinen

»Sind sie noch hinter uns?«, fragte Cindiel, ohne den Kopf zu wenden.

»Wenn du noch öfter fragst, werde ich mir überlegen, ob ich nicht besser andersherum im Sattel sitzen sollte. Mein Nacken ist schon ganz steif vom ständigen Nach-hinten-Sehen.«

Sie und Hagrim mussten sich ein Pferd teilen. Hagrim hatte laut protestiert, als er sich hinter Cindiel auf dem Pferderücken wiederfand. Erst als ihm bewusst wurde, dass er sich an ihr würde festklammern müssen, hatte er mit einem hämischen Grinsen zugestimmt. Jedes Mal, wenn sein Griff von ihrer Taille hochrutschte und die Hände drohten, weiter nach vorn zu wandern, schlug Cindiel ihm mit einer Weidenrute gegen die Unterschenkel.

»Ja, sie sind noch hinter uns«, sagte er mit einem flüchtigen Blick nach hinten.

»Sind es immer noch dieselben zwölf?«, wollte Cindiel wissen.

Diesmal beantwortete er ihre Frage, ohne sich nochmals umzudrehen, dennoch suchte er nach festerem Halt.

»Nein, ich glaube, es sind jetzt zwölf andere, die nur zufällig so aussehen wie die ersten zwölf. Bestimmt versuchen sie uns damit zu verwirren. Das muss wirklich schwierig gewesen sein, so viele Söldnerzwillinge zu finden, die auch noch dieselben Pferde haben – aber uns können sie mit so einem billigen Trick nicht täuschen. Aua!«

Peitschend knallte die Weidenrute auf seinen Unterschenkel. »Ich war erst kurz über dem Bauchnabel«, beschwerte sich Hagrim. »Aua.«

»Der war für das Betatschen, der Erste war für die dumme Antwort.«

Hagrim umklammerte wieder schmollend die Taille der jungen Frau und rutschte auf dem Pferderücken hin und her, während er sich vor den strafenden Blicken von Finnegan versteckte. Gnunt und Tastmar liefen vor den Pferden her. Sie hatten keine Schwierigkeiten, das hohe Tempo zu halten. Wenn das Gelände zu wenig Einsicht gewährte, lief Tastmar sogar voraus, um zu kundschaften, ohne dass sie langsamer werden mussten.

Unterhalb der Berge zeichnete sich ein breites Waldgebiet ab. Cindiel war vor Jahren schon einmal hier gewesen, als sie Eliah verfolgt hatten, um ihm den Funken der Götter abzunehmen. Damals war sie von einem großen Heer von Ogern und einer Hand voll Zwergen umgeben gewesen, und zu diesem Zeitpunkt waren sie die Jäger gewesen.

Heute war es umgekehrt: Ihr kleiner Trupp wurde gehetzt von Söldnern, und sie versuchten, einen anderen Funken der Götter vor ihnen zu verstecken. Die wenigen Häscher waren noch keine Gefahr. Die zwölf würden einen Angriff nicht wagen, Söldner handelten nicht aus Überzeugung, sondern aus Goldgier. Wenn es eines gab, dass die Geschichte sie gelehrt hatte, war es das, dass Tote kein Gold ausgeben konnten. Die Gefahr lag nicht bei den zwölf, sondern vielmehr in den Männern, die sie nicht verfolgten.

Im vollen Galopp waren sie davongeritten, um Verstärkung zu holen. Es würde nicht lange dauern, und jeder wusste, wen es zu jagen galt. Eine junge Frau, einen alten Mann und zwei Oger, in der Begleitung von Stadtwachen, kamen nicht häufig vor, und die Priester würden eins und eins zusammenzählen und wissen, was sich in ihrem Besitz befand. Wenn das passierte – und es war nur eine Frage der Zeit –, würden sich hunderte auf die Suche nach ihnen begeben. Bis dahin mussten sie die Ruinen der Zwergenfeste erreicht haben, sonst waren sie verloren. Cindiel hoffte, dass das halb zerfallene Gemäuer ihnen mehr Glück bringen würde als ihren einstigen Bewohnern.

Die Zwergenfeste Dornenfels war erbaut worden, um die angrenzenden Minen mit Arbeitern, Werkzeugen und Vorräten zu versorgen. Die Zwerge versprachen sich nicht viel von dem Gebirge im Osten. Sie hofften, allein ihre Kosten mit den Erträgen aus Erz und Silber decken zu können. Der eigentliche Grund für den Tunnelbau galt einem schnellen Zugang zum Wald der Elfen. Damals waren das kleine Volk und die Waldbewohner schon zerstritten. Die ersten Fehden wurden blutig beendet, und keines der beiden Völker wollte auch nur im Geringsten nachgeben oder den letzten Verlust zu beklagen haben. Sobald nur der Verdacht bestand, ein Toter sei das Opfer eines Anschlages, wurde dieser doppelt gesühnt.

So ging es Schlag auf Schlag, fast zehn Jahre lang. Die Zwerge waren von Uneinsichtigkeit zerfressen, und sie nahmen sich vor, den Elfen einen Verlust beizufügen, von dem sich das Volk des Waldes nie wieder erholen sollte. Von Nelbor aus gruben sie Tunnel weit in den Berg hinein. Die Tunnelbauten waren von langer Hand vorbereitet. Von außen betrachtet, sahen sie aus wie ganz normale Silberminen, schmale abgestützte Tunnel mit einfachem Schienensystem, um Loren in ihnen fahren zu lassen.

Der Bergfried, gerade groß genug, um hundert Krieger und ein paar Bedienstete zu beherbergen, war ebenfalls nichts, was den Betrachter verwundert hätte. Die Entfernung zwischen Mine und Zwergenlager schien zwar nicht optimal, doch auch nicht so, dass man sie nicht durch widrige Umstände hätte erklären können. Die Berge und der damit verbundene Bergbau folgten ihren eigenen Gesetzen. Jahrelang schufteten die Zwerge in den dunklen Gängen, und was anfänglich von den Elfen noch mit Argwohn und Misstrauen beobachtet wurde, geriet in Vergessenheit.

So bemerkte keiner der elfischen Späher, dass jede Woche hundert neue Arbeiter in die Minen hineingingen, aber nur fünfzig von ihnen wieder herauskamen. Mittlerweile hatten die Zwerge ein feudales Tunnelsystem und riesige Hallen geschaffen, in denen eine ganze Armee Platz hatte. Die riesigen Massen an Abraum konnten sie in unterirdischen naturgewachsenen Kavernen lagern, ohne dass die Außenwelt etwas davon mitbekam. Lange waren die Geologen der Zwerge auf der Suche nach solchen Hohlräumen in den Bergen gewesen.

Irgendwann, auf dem Höhepunkt des Zwistes zwischen Zwergen und Elfen, stand dann eine Armee von sechstausend Kriegern der Bärtigen unter dem Bergwall bereit, um über die Bewohner des Waldes herzufallen und der Fehde ein Ende zu setzen. In den Tagen vor dem Angriff begann es, so heftig zu regnen, dass das Erdreich die Wassermassen nicht mehr schlucken konnte und die Tunnel der Zwerge einer nach dem anderen überflutet wurde. Die Zwergenkrieger konnten sich zwar vor dem Ertrinken retten, doch als der Regen endete und die Tunnel wieder passierbar waren, hatten die Elfen das Land bereits verlassen.

Die Geschichte von König Braktobil und Königin Lilsantis von den Elfen war nichts, was in Liedern und Geschichten erzählt wurde. Erst jetzt, Jahrzehnte später, wo das Zwergenreich zerstört und die Elfen wieder auf dem Grund der Meere ruhten, flüsterte man von ihren Schicksalen.

Der Waldrand kam näher und somit auch die Möglichkeit, ihren Häschern eine falsche Fährte zu legen oder sie wenigstens etwas aufzuhalten. Cindiel war sicher, dass Gnunt und Tastmar sich damit auskannten, ihren Verfolgern zu entkommen. Nicht umsonst hatte Mogda ihr die beiden zur Seite gestellt.

Hohe Tannen und Kiefern reihten sich neben noch größeren Eichen und Buchen ein. Obwohl schon der erste Schnee gefallen war, hatten die Bäume noch keine Zeit gehabt, sich auf den Herbst einzustellen. Die immer noch grünen Blätter klammerten sich an die zarten Äste und versuchten, ihren natürlichen Gang fortzusetzen und dem verkehrten Verlauf der Jahreszeit zu trotzen. Doch was half es, wenn die Wurzeln kein Wasser mehr in die Triebe leiteten? Mit der Farbe des Sommers, aber ausgetrocknet und in sich zusammengezogen, hingen die Blätter von den Ästen und sanken einer nach dem anderen zu Boden, um dort in den Kreislauf zurückzugelangen.

Gnunt und Tastmar waren bereits zwischen den Bäumen verschwunden. Cindiel sah Finnegan an, dass er es ebenfalls gern gesehen hätte, wenn sie bereits zwischen den mächtigen Stämmen und dichten Baumkronen verschwunden wären. Doch der junge Soldat hielt sich mit seiner Unruhe zurück und versuchte noch nicht einmal, sie anzutreiben. Geduldig hielt er seinen Trupp zurück, um sich dem Tempo ihres Pferdes anzupassen.

Die Erleichterung war bei allen zu spüren, als sie in das Grün und Braun des Waldes eintauchten. Selbst die Pferde schnauften zufrieden, als ob sie verstanden hatten, was vor sich ging. Gnunt und Tastmar standen auf der anderen Seite einer schmalen Furt, die sich über die Jahre tief in den Waldboden gefressen hatte. Der Hang war zu steil und zu sehr mit freiliegenden Wurzeln und Steinen durchsetzt, um reitend auf die andere Seite zu kommen.

»Ein genialer Streich«, sagte Hagrim, als sie vom Pferderücken absaßen. »Ein Dutzend Männer ist uns auf den Fersen, weil sie uns als Verräter an Prios hängen wollen, und was machen wir? Wir reiten in einen Wald mit lauter Bäumen und so kräftigen Ästen, dass man einen Oger daran aufknüpfen könnte. Um ihnen jetzt wirklich ein Schnippchen zu schlagen und den Tag zu versauen, sollten wir uns selber hängen. Vielleicht bringen wir sie damit um ihre Belohnung. Deren Gesichter würde ich gerne sehen.«

»Deren Gesichter wären nichts gegen deins«, erwiderte Finnegan und zog eine Grimasse, bei der er die Zunge zur Seite herausstreckte und mit einem Auge blinzelte.

»Bleib so«, entgegnete Hagrim. »An den Anblick könnte ich mich gewöhnen.«

Dieser Ausspruch brachte dem Geschichtenerzähler einen weiteren Hieb mit Cindiels Weidenrute ein. Hagrim unterließ es aber diesmal, sich zu beschweren, und sog stattdessen nur schmerzerfüllt Luft zwischen den Zähnen ein. Cindiel zeigte ihm nur ein kurzes Lächeln und wandte sich ab. Finnegan schien es derweil gar nicht so recht, dass die junge Frau für seinen Disput mit dem Geschichtenerzähler einstehen musste.

»Ich brauche keine Unterstützung von dir, um mit dem alten Mann fertig zu werden«, sagte er, was ihm ebenfalls einen Schlag mit dem Stock einbrachte.

»Und ich brauche keinen von euch, wenn ihr nicht eure kindischen Streitereien unterlasst«, ermahnte sie die beiden. »Wir müssen den Stein in Sicherheit bringen, das ist alles, was mich interessiert. Wenn ihr weiter wie zwei Kampfhähne aufeinander losgehen wollt, tragt das woanders aus, oder ich werde Gnunt bitten, die Sache für euch zu Ende zu bringen.«

Es war schwierig zu sagen, ob Gnunt verstanden hatte, was Cindiel den beiden Männern androhte, doch der Oger verzog das Gesicht zu einem breiten Grinsen und schlug sich mit seiner neu erworbenen Keule in die hohle Hand. Das Grinsen des hünenhaften Kriegers, bei dem er seine Hauer entblößte, war so viel- und nichtssagend zugleich, dass es einen Dämon zur Verunsicherung hätte bringen können.

»Folgen Bach in Wald«, dröhnte er. »Hüttenbauer nicht warten auf Gnunt und Tastmar. Reiten in Bach, bis Abend. Wald enden, dann reiten bis Tag kommen Osten. Morgen früh, Hüttenbauer erreichen Zwergenburg.«

Cindiel war nicht wohl bei dem Gedanken, ohne die Oger weiterzureisen. Außerdem empfand sie es als zu riskant für die beiden zurückzubleiben. Was, wenn sie auf die Söldner trafen? Sie konnten unmöglich hoffen, alle zu töten. Sic fragte sich, ob Gnunt und Tastmar ihr Leben für ihre Sicherheit oder für die Sicherheit des Funkens gaben. Keiner der beiden kannte sie oder jemand anderen aus dem Trupp sonderlich gut. Warum sollten sie ihre Leben aufs Spiel setzen, nur um einigen Fremden zu helfen? Andererseits hatten sie auch nicht viel mit dem Funken der Götter zu schaffen. Was interessierte es einen Oger, ob es Magie auf der Welt gab oder nicht?

Gnunt öffnete seinen Beutel und zog das zusammengebundene Lederstück hervor, in dem Cindiel den gelben Splitter, den Funken der Magie, eingewickelt hatte. Ohne eine große Geste oder auch nur das geringste Zeichen von Gottesfurcht zu zeigen, warf er das Bündel zu ihr hinüber.

Cindiel war keine besonders gute Werferin, und mit dem Fangen verhielt es sich ähnlich. Als sie bemerkte, dass niemand von ihren Begleitern reagierte oder Anstalten machte, das Bündel zu fangen, geriet sie in Panik. Sie sah, wie der braune Lederfetzen sich aus Gnunts Hand löste und über den Bach flog. Halb stolpernd, stürzte sie vor, die Arme weit ausgebreitet und das kleine Bündel nicht einen Moment aus den Augen lassend. Immer dichter kam es heran, zum Greifen nah. Dann umschlossen sich ihre Hände, und sie fühlte, wie das Leder ihre Finger streifte. Einen Moment schien ihr Herz stehen zu bleiben. Sie drehte sich um und sah den Lederbeutel am Boden liegen. Fein säuberlich umschloss die Kordel immer noch das Bündel, und sie fragte sich, was sie wohl gedacht hatte, was passieren würde, wenn der Splitter zur Erde fiel?

»Prinzessin, was war das denn? Wir bewachen einen Stein und nicht die letzte Flasche Rotwein auf dieser Welt. Hattest du Angst, er würde zerbrechen?«

Cindiel erkannte Hagrims Stimme, aber auch ohne sie gab es keinen Zweifel daran, von wem dieser Ausspruch gekommen war. Sie konnte nicht erwarten, dass jemand, der sein Leben damit verbrachte, in einer Welt aus Geschichten zu leben, ihre Befürchtungen teilte. Besonders nicht, wenn dieser jemand die paar Silberlinge, die er dafür bekam, dafür verschwendete, in die Traumwelt des Traubensaftes zu flüchten. Um ihn ins Hier und Jetzt zu holen, verpasste sie ihm einen neuen Hieb mit der Weidenrute, verfehlte ihn jedoch.

»Hey, hey«, beschwerte er sich. »Du hast bereits zu viel Ogerblut in dir.«

Cindiel hob das Bündel mit dem Funken auf und verstaute ihn sicher in ihrer Tasche.

»Wir sollten machen, dass wir loskommen«, sagte Finnegan. »Wenn wir uns beeilen und die Nacht durchreiten, können wir uns einen guten Vorsprung verschaffen. Mit etwas Glück können Gnunt und Tastmar die Söldner noch einige Stunden aufhalten.«

Finnegan führte sein Pferd den Abhang hinunter und saß unten im Bach wieder auf. Die anderen Soldaten taten es ihm gleich.

Als Cindiel unten im Bach auf ihrem Pferd saß und Hagrim hinter ihr ungeduldig auf dem Pferderücken hin und her rutschte, warf sie noch einen Blick auf Gnunt und Tastmar. Die beiden Oger zeigten keine Gemütsregung. Ausdruckslos beobachteten sie den Waldrand, der vor ihnen lag. Vielleicht wussten sie, was sie erwartete, vielleicht taten sie aber auch nur das, was Mogda von ihnen verlangte, ohne über die Gefahren nachzudenken. Hagrim erkannte die Sorge in Cindiels Gesicht und legte eine Hand auf ihre Schulter.

»Sieh dir die beiden Hünen an«, flüsterte er ihr ins Ohr, »und jetzt stell dir vor, Gnunt, Tastmar und die Söldner hinter uns sind alle deine Freunde. Um wen machst du dir mehr sorgen?«

Der Gedanke war mehr als abwegig, doch er hatte Recht. Die beiden Oger waren den Söldnern überlegen, dennoch fürchtete sie um die beiden. Sie hoffte, sie würde sie wiedersehen. Dann verpasste sie dem Pferd einen leichten Schlag auf das Hinterteil und trieb es vorwärts.

Noch in der Nacht hatten sie den Wald wieder verlassen. In der Dunkelheit waren sie nur langsam vorangekommen, der flache Bachlauf mit dem vielen losen Geröll war tückisch und barg eine hohe Verletzungsgefahr für die Pferde. So, wie Gnunt es gesagt hatte, mussten sie der Furt nur weiter folgen, um auf dem rechten Weg zu bleiben. Jetzt dämmerte es bereits, und die Sonne zeigte sich als goldene Scheibe hinter den Bergen.

Finnegan ließ sich mit seinem Pferd zurückfallen und ritt neben Cindiel und Hagrim her. Er deutete nach Osten in die Berge.

»Siehst du die Steilwand, die geformt ist wie ein großes Blatt?«, fragte er. »Genau dort befindet sich der Eingang zur Zwergenfeste.«

Cindiel musste die Augen zusammenkneifen, fand dann aber die Steinformation, auf die er zeigte.

»Was ist das für ein graues Band am Fuß der Berge?«, fragte sie.

»Das ist die Wehrmauer«, erklärte er. »Sie ist an vielen Stellen verschüttet oder durchbrochen. Wir werden keine Probleme haben, sie zu passieren. Wenn wir erst einmal hinter den Mauern verschwunden sind, haben wir es geschafft. Die Söldner werden es nicht wagen, uns dorthinein zu folgen. Die Gefahr, dass wir sie in einen Hinterhalt locken, ist zu groß.«

Cindiel missfiel der Gedanke, dass die Söldner Gnunt und Tastmar getötet haben könnten und immer noch ihrer Fährte folgten. Sie wagte es aber nicht, Finnegan dies zu sagen. Ihr Liebster hatte sich irgendwie verändert. Zu Anfang dachte sie, es läge daran, dass sie zusammen mit Hagrim aus der Stadt geflüchtet war. Dann schob sie seine Zurückhaltung auf den Disput mit seinem Vater. Doch mittlerweile war sie davon überzeugt, dass Finnegan seinen Auftrag, sie zu beschützen, so ernst nahm, dass in ihm kein Platz für etwas anderes mehr war. Sicherlich war er jemand, der seine Aufgaben mit Bravur erledigen wollte, doch hatte er diese Seite bislang noch nie gezeigt, solange er mit ihr zusammen gewesen war.

Hagrim war zu müde, um einen seiner lästerlichen Kommentare abzugeben, und dafür war Cindiel den Göttern dankbar, wo immer sie auch sein mochten.

Das feine graue Band am Fuß der Berge wuchs weiter an, bis schließlich die Mauer sichtbar wurde, ihre klaffenden Lücken und die riesigen, zum Teil sechs Fuß hohen Quader, die davorlagen wie verstreute Ziegel. Jeder dieser Steine mochte das Gewicht von mehreren Ochsen haben. Sie zu bewegen schien unmöglich, und dennoch musste es jemanden geben, der sie bearbeitet und zusammengefügt hatte. Umso deutlicher wurde es, dass nur die Kraft der Götter diese Mauer zum Einsturz gebracht haben konnte. Ein schmaler Spalt, der zuvor nicht mehr gewesen war als ein hoher dünner Riss zwischen den Steinquadern, wurde beim Näherkommen zu einem Durchbruch. Jetzt, wo sie ihn erreicht hatten, konnten sie zu zweit nebeneinander hindurchreiten.

Eine halbe Meile vor ihnen lag der Eingang zur Zwergenfeste. Auf dem Weg dorthin passierten sie die Überreste von mehreren Wachgebäuden und einem Beobachtungsturm, der mittlerweile nur noch bis zum zweiten Geschoss reichte und von innen ausgehöhlt war. Cindiel fragte sich, warum der Eingang zur Zwergenfeste so schmucklos und kahl dalag, bis ihr auffiel, dass es sich bei dem Tunnelende gar nicht um den Eingang handelte, sondern nur um einen eingestürzten Teil davon. Ein Erdrutsch musste den ganzen vorderen Teil der Zwergenfeste mit sich gerissen haben. Übrig blieben nur die kahle Wand im Felsmassiv und ein Stück Tunnel, das in die Feste führte.

»Was ist hier passiert?«, fragte Cindiel verwundert. »Wer hat das alles zerstört? Es sieht aus, als ob die Feste einer Belagerung zum Opfer gefallen ist. Waren das die dunklen Elfen aus dem Meer?«

Mittlerweile schien auch Hagrim wieder aufgewacht zu sein. Cindiel spürte, wie er sich an ihren Schultern festhielt und sich von einer Seite zur anderen beugte. »Das waren nicht die schleimigen Spitzohren. So viel Verwüstung kann man nur mit großen Belagerungsmaschinen anrichten. Stein beugt sich niemals Stahl. Nur Stein zertrümmert Stein.«

Finnegan mischte sich wieder ein. Noch immer hielt er an seiner kühlen und überlegten Art fest, dennoch hörte Cindiel in seiner Stimme etwas Schadenfreude heraus. Schadenfreude darüber, dass Hagrim von der Zerstörung nichts wusste.

»Glaubst du nicht, alter Mann, dass du von einem Krieg in Nelbor gehört hättest, der eine ganze Feste in Schutt und Asche gelegt hat? Es hätte tausende Krieger gebraucht und wenigstens ein Jahr gedauert, diese Mauern zum Einsturz zu bringen.«

»Und, was soll mir das jetzt sagen?«, fragte Hagrim gereizt.

»Es ist noch kein halbes Jahrhundert her, da dieses Bollwerk gebaut und zerstört wurde. Ein Krieg um diese Zwergenfeste wäre sicherlich nicht spurlos an dir vorübergegangen, alter Mann. Du wärest sicherlich dabei gewesen – auf der einen oder anderen Seite.«

»Spann uns nicht auf die Folter mit deinem unerschöpflichen Vorrat an Wissen«, krächzte Hagrim mit flehender Stimme.

Finnegan überging Hagrims Respektlosigkeit einfach. »Einige behaupten, die Zwerge seinen voreilig gewesen bei der Wahl des Standortes. Das Gestein war porös und der Untergrund nicht fest genug, um solche Bauten zu halten. Andere wiederum sagten, die Götter haben den Krieg zwischen Zwergen und Elfen nicht gutgeheißen. Timuleé, die Göttin der Natur, befahl den Elfen, das Land zu verlassen, und Grothak ließ zur Strafe die Bauten der Zwerge zusammenstürzen wie Sandburgen.«

Hagrim knurrte verächtlich. »Klingt, als ob du dir das alles ausgedacht hast.«

»Ich habe mich erkundigt, bevor ich losgeritten bin«, erwiderte Finnegan scharf. »Nur Narren und Trinker gehen auf eine Reise und wissen nicht, wohin sie der Weg führt.«

»Irgendwann wirst du bestimmt mal ein großer Feldherr, wenn du so weitermachst«, spottete Hagrim. »Vielleicht führst du demnächst schon dein eigenes Heer gegen die Priospriester in den Krieg.«

Finnegan trat seinem Pferd in die Flanken, galoppierte wutschnaubend davon und schloss sich wieder seinen Männern an. Cindiel wusste, was an ihm nagte. Gewollt oder nicht gewollt, Hagrim hatte ihn auf das Problem mit seinem Vater gestoßen. Selbst wenn Finnegan kein Heerführer werden würde, irgendwann musste er sich seinem Vater stellen, spätestens, wenn die Lords sich dazu entschlossen, etwas gegen ihren Machtverlust zu unternehmen.

»Das war nicht besonders klug von dir«, schalt sie Hagrim. »Wir brauchen Finnegan und die anderen Soldaten.«

»Hagrim knurrte verächtlich. »Wenn du etwas Schlaues hören wolltest, wärest du besser auf dem Schiff bei Mogda geblieben. Die Oger sind jedenfalls nicht so dumm, dass sie sich wegen ihres Glaubens selbst zerfleischen. Bei den Menschen gehen sogar Vater und Sohn aufeinander los. Was für ein Schicksal haben wir wohl verdient?«

»Eines, in der es auch in Zukunft noch Väter und Söhne gibt.«

Vom Eingang zur Zwergenfeste war nichts als ein kahler Tunnel geblieben, mit Rissen durchzogen und halb verschüttet von Trümmern. Den einstigen Glanz und die prunkvollen Steinmetzarbeiten konnte man nur noch erahnen, wenn man sich die Mühe machte, einige der Bruchstücke oder die Reste der Säulen genauer zu untersuchen. Ehemals zehn oder zwölf Schritte breit, blieb nun nicht mehr als ein schmaler gewundener Gang zwischen Schutt und Geröll. Einzig und allein die Höhe von fast dreißig Fuß deutete darauf hin, dass dies einmal ein stolzer Zwergenbau gewesen war.

Finnegan hatte beschlossen die Pferde mit in das große Foyer zu nehmen. Er wollte verhindern, dass die Tiere ihr ohnehin schon auffälliges Versteck schon von Weitem verrieten. Die Tiere würden, wenn sie Hunger und Durst bekämen, allein den Weg hinausfinden, versicherte er Cindiel, als er ihren misstrauischen Blick sah. Eigentlich hatte sie sich gar keine Sorgen um die Pferde gemacht, sondern wunderte sich vielmehr über Finnegan selbst, den sie nie zuvor so energisch und selbstsicher gesehen hatte. Für sie war er immer noch der Mann, der sich nicht entscheiden konnte, was er essen wollte, wenn er heimkam – und wenn er es doch einmal tat, sich von Hagrim seine Mahlzeit wegnehmen ließ.

»Ihr wartet hier«, sagte er zu seinen Männern, nachdem sie die Tiere abgesattelt hatten. »Ich gehe zurück zum Eingang, um zu sehen, wie viele der Söldner uns noch folgen. Wenn sie bis Mittag nicht auftauchen, haben es Gnunt und Tastmar vielleicht geschafft, sie aufzuhalten. Bis dahin ruht euch aus. Wir werden die Pferde zurücklassen und zu Fuß weitermarschieren. Nehmt nur Sachen mit, die wir unbedingt brauchen, den Rest lasst hier. Stellt euch darauf ein, dass wir schnell aufbrechen müssen.« Finnegan wandte sich von seinen Männern ab und kehrte zurück zum Eingang.

»Ich komme mit dir«, rief Cindiel und lief ihm nach.

Sie holte Finnegan erst ein, als er bereits nahe dem Eingang hinter einer umgestürzten Säule in Deckung ging, um das dahinterliegende Tal zu beobachten. Einen Moment saßen sie schweigend beieinander.

»Was ist mit dir?«, fragte Cindiel.

»Nichts«, antwortete Finnegan, ohne ihr den Blick zuzuwenden.

»Ist es wegen mir und deinem Vater?«

Einen Augenblick schwieg er, dann drehte er sich zu ihr um. Tränen standen in seinen Augen.

»Was soll ich tun? Auch wenn er im Unrecht ist, er ist und bleibt mein Vater. Irgendwann wird er alles kaputtgemacht haben. Sein ganzes Leben lang hat er alles darangesetzt, Menschen zu manipulieren, damit sie das taten, was er wollte. Ihm war egal, ob sie frei und glücklich oder in Fesseln waren, Hauptsache, er konnte sie befehligen. Seit dem Vorfall auf dem Marktplatz in Osberg, und dann später in Sandleg, gibt es für ihn nur noch zwei Dinge: Er will dich mir wegnehmen, und er will den Stein zurück. Wenn er herausfindet, dass sich beides hier befindet, wird er alles unternehmen, um herzukommen. Er wird nicht ruhen, bis er den Splitter wieder in Händen hält und dich ...« Finnegan versagte die Stimme.

Cindiel schloss ihn in die Arme und strich ihm wie einem Kind über das Haar.

»Wenn er mich dazu zwingt, werde ich ihn umbringen«, schluchzte er.

Das war mehr, als Cindiel erwarten konnte und wollte. Aber noch war es nicht so weit, und noch konnten sie den Stein in Sicherheit bringen, bevor jemand herausfand, wo er steckte. Was mit ihr und Finnegan geschah, war derzeit zweitrangig. Ohne die Götter würde es für sie ohnehin keine Zukunft geben – für sie nicht und für niemanden.

»Ich liebe dich«, flüsterte er, küsste sie und schloss sie in seine Arme.

Cindiel hätte ewig so dastehen können, doch ein Blick über Finnegans Schulter verriet ihr, dass sie nicht mehr lange allein sein würden.

Der Eingang zur Zwergenfeste lag etwas erhöht. Von hier aus hatte man eine gute Aussicht über die Mauer und das dahinterliegende Tal. Von der weiten Fläche Grünland und dem anschließenden Wald hob sich deutlich eine einzelne Gestalt ab, gehetzt von einer dreißig bis vierzig Mann starken Reiterei.

»Sie kommen«, flüsterte Cindiel.

Finnegan stieß die junge Frau erschrocken zurück und wirbelte herum.

»Sie haben Verstärkung bekommen«, sagte er. »Wir haben keine Zeit mehr. Lass uns abhauen, vielleicht hält sie der Oger noch ein wenig auf.«

»Ist das Gnunt oder Tastmar?«, fragte Cindiel, als ob sie gar nicht verstanden hatte, was er von ihr wollte.

»Welchen Unterschied macht das?«, fragte er fassungslos. »Wir müssen verschwinden, hörst du?«

Cindiel drehte sich zu Finnegan um und legte ihm zwei Finger auf die Lippen. Sie nahm seine Hand und drückte sie fest.

»Du und die anderen, ihr werdet schon vorausgehen. Sucht nach dem Ausgang auf der Ostseite. Sobald ich hier fertig bin, werde ich nachkommen.«

»Fertig womit?«, fragte Finnegan entsetzt. »Er wird es nicht schaffen, und du auch nicht, wenn du nicht mitkommst.«

»Mogda war immer für mich da. Jeder Oger, den er mir bislang zur Seite gestellt hat – und er selbst auch – hätte sein Leben gegeben, um mir zu helfen. Ich kann jetzt keinen von ihnen zurücklassen, ohne alles in meiner Macht Stehende zu tun, ihn zu retten«, erklärte sie. »Es wird Zeit, dass wir uns ein wenig Respekt verschaffen, und damit auch etwas Vorsprung. Wenn wir sie nicht aufhalten, werden sie uns weiterjagen und zu Tode hetzen, wie ein Rudel Wölfe ein Stück Wild. Gehe jetzt!«

»Was hast du vor?«, stammelte Finnegan und wollte sie erneut umarmen. Cindiel stieß ihn zurück.

»Geh jetzt!«

Finnegan wich einige Schritte nach hinten, dann drehte er sich um und begann zu laufen. Cindiel sah ihm nach, bis er in der Dunkelheit des Tunnels verschwunden war. Als sie sich dem Schauspiel vor den Ruinen der Zwergenfeste zuwandte, hatte der Oger bereits die Hälfte der Strecke hinter sich gelassen. Seine Verfolger waren ihm immer noch dicht auf den Fersen, doch schafften sie es nicht, ihn einzuholen. Eine Bewegung an der Innenseite der hohen steinernen Wehrmauer zog ihre Aufmerksamkeit auf sich. Hinter einem der großen Quader hockte Gnunt, wie sie unschwer erkennen konnte. Die riesige Keule und seine massige Gestalt ließen keinen Zweifel daran, dass er es war. Er belauerte die Hetzjagd, die auf ihn zustürmte.

»Ihr habt einen Plan, stimmt es?«, flüsterte sie gedankenverloren. »Ihr seid mutig wie kein anderes Volk, doch werdet ihr es ohne Hilfe nicht schaffen. Sie sind zu viele.«

Cindiel zog das Lederbündel mit dem gelben Funken aus der Tasche und öffnete vorsichtig das Band. »Wenn du aus einem Kleriker einen Zauberer machen kannst, was machst du dann aus mir?«, sprach sie zu dem Kristall. Zaghaft zog sie an dem Ledertuch und ließ den gelben Kristall in ihre Hand rutschen. Kaum merklich begann der Stein im Rhythmus ihres Herzschlages mit einem blassen Licht zu pulsieren. Cindiel umschloss den Götterfunken mit beiden Händen und konzentrierte sich auf das, was sie tun wollte. Wenn er dem Hohepriester Ochmalat so einfach geholfen hatte, warum dann nicht auch ihr?

Tastmar rannte auf den Durchbruch in der Zwergenmauer zu. Hinter sich hörte er das Dröhnen der Pferdehufe und die Rufe der Söldner, die ihre Tiere zum Äußersten trieben. Ein Oger konnte einem berittenen Mann nicht davonlaufen, schon gar nicht einer ganzen Meute, doch das wollte Tastmar auch gar nicht. Es würde reichen, wenn er sie einfach nur dazu brächte, hinter ihm herzulaufen, bis er die Mauer erreicht hatte. Die Möglichkeit, dass sie aufgeben würden, ihn zu jagen, bestand nicht, doch sie konnten ihn vorher einholen, zu Fall bringen oder ihm den Weg abschneiden. Er musste es bis zur Zwergenmauer schaffen, das hatte er dem dünnen Mann versprochen.

Tastmar wusste, dass er ihn beobachtete. Wahrscheinlich hatte er sich wieder unter die Reiter gemischt, die ihn verfolgten. Der dünne Mann hatte sich wie einer der Söldner gekleidet, und beinahe hätte er ihn erschlagen, als er sich an Gnunt und ihn herangeschlichen hatte. Der dünne Mann hatte kein bemerkenswertes Aussehen, fand Tastmar, aber seine Stimme und der merkwürdig gebogene Dolch hatten ihn verraten. Der dünne Mann hatte ihm schon damals gegen den Mann ohne Schuhe geholfen. Und der dünne Mann hatte ihn einmal in einem fairen Kampf überwältigt, ihn, Tastmar, der zehn Mal so viel wog wie der Hüttenbauer. Der dünne Mann hatte ihn verschont, und als der Mann ohne Schuhe ihm die Klinge durch den Hals gerammt hatte, war es auch der dünne Mann gewesen, der seine Blutung gestillt hatte. Die anderen hatten ihn nicht gesehen. Sie waren zu sehr mit ihrem Feind beschäftigt gewesen, doch Tastmar erinnerte sich an seine Stimme. Er hatte ihm ins Ohr geflüstert. »Du kannst noch nicht sterben. Du bist mir noch einen Gefallen schuldig.« Heute war es so weit, und Tastmar hatte vor, sein Versprechen zu halten.

Er rannte, obwohl er am Ende seiner Kräfte war. Normalerweise wäre er stehen geblieben und hätte sich seinen Feinden gestellt. Mit der Waffe in der Hand zu sterben und so viele Feinde zu töten wie möglich, solch ein Ende hätte er sich gewünscht. Aber so weit war es noch nicht, seinen Tod hatte Tabal noch nicht gefordert.

Tastmar spürte die Hufschläge eines Pferdes, das direkt hinter ihm war. Die Söldner kämpften mit Schwertern oder Morgensternen, somit konnte ihn der Reiter nicht angreifen, ohne neben ihn zu ziehen. Eine Attacke über den Pferdekopf hinweg konnte das Tier verletzen. Tastmar drehte bei und gab seinem Verfolger so die Möglichkeit, mit ihm gleichzuziehen. Der Söldner nutzte seine Chance, und Tastmar sah neben sich den Pferdekopf auftauchen. Die Pferde schienen trainiert im Kampf mit den Kindern Tabals. Das Tier starrte geradeaus und hatte nicht einen Blick für den Oger übrig. Drei Fuß fehlten noch, dann würde er in die Reichweite der gegnerischen Waffe gelangen, doch das hatte Tastmar nicht vor.

Pferde sind dumm, hatte Rator ihm beigebracht. Wenn sie neben einem Oger herliefen und keine Angst hatten, waren sie darauf abgerichtet, um die Wette zu laufen, ohne darauf zu achten, mit wem sie liefen. Er würde dem Pferd eine Lektion erteilen. Eine richtige Attacke würde ihn zu langsam werden lassen, aber ein Pferd war auch kein Ritter. Tastmar beobachtete den Gaul aus dem Augenwinkel. Noch ein kleines Stück musste er näher kommen.

Dann war das Tier nah genug heran. Tastmar ballte die Hand zur Faust und spannte den Arm an. Mit einem Schlag zur Seite war es geschehen. Seine Faust donnerte auf die braunweiße Pferdeblesse nieder. Genau zwischen Nasenrücken und Augen rammte er seine Fingerknöchel auf den harten Schädel. Es war genau, wie Rator ihm gesagt hatte, das Pferd schaffte es übergangslos vom vollen Galopp in die Bewusstlosigkeit. Die Vorderbeine knickten weg, das Tier rollte über den Hals ab, und der Söldner wurde im hohen Bogen aus dem Sattel gerissen. Hinter sich hörte Tastmar das Wiehern anderer Pferde und warnende Rufe der Söldner.

Er schaffte es. Sein Vorsprung würde ausreichen, die Mauer zu erreichen. Tastmar hielt auf die Lücke zwischen den Quadern zu. Als er nur noch einen Steinwurf entfernt war, sprang Gnunt aus seinem Versteck. Sein bulliger Mitstreiter hielt die Keule in einer Hand und schwang diese, als ob sie kein Gewicht hätte. Er hielt geradewegs auf Tastmar und die Reiter zu. Wieder einmal ging der Plan des dünnen Mannes auf. Die Sonne stand niedrig über den Bergen, und die meisten ihrer Häscher sahen Gnunt erst, als er an Tastmar vorbeilief und mitten zwischen Pferde und Reiter stürmte.

Er hörte das Schnauben und Schreien von Tier und Mensch, als

Gnunt mit den Söldnern zusammenstieß. Ein kurzer Blick über die Schulter zeigte ihm, dass er noch nicht außer Gefahr war. Gnunt schlug mit seiner Keule einem der Pferde gegen die Brust. Das Tier bäumte sich auf, warf den Reiter ab und stürzte rückwärts auf den am Boden liegenden Mann. Ein weiteres Pferd hatte der Oger im Würgegriff und versuchte, das Tier zu Boden zu reißen. Fünf der Söldner waren bereits am Boden und versuchten, entweder wieder auf die Beine zu kommen oder sich vom Gewicht ihrer Reittiere zu befreien. Keines der Pferde ließ sich mehr an Gnunt heranführen, und so waren die Männer gezwungen, von ihren Rössern abzusteigen und sich dem Oger zu Fuß zu stellen.

Viele ihrer Häscher zogen jedoch am Kampfgeschehen vorbei und jagten immer noch hinter Tastmar her. Mit einem weiten Sprung rettete er sich durch die Lücke in der Mauer. Die berittenen Söldner hinter ihm schleusten ebenfalls ihre Tiere durch die Mauer, nur verloren sie im Gegensatz zu ihm dabei kostbare Zeit. Tastmar hatte wieder einige Längen Abstand zwischen sich und die Söldner gebracht, doch lange würde er den Vorsprung nicht mehr halten können. Spätestens eine halbe Meile weiter, wenn er den Anstieg zu dem kleinen Tunneleingang überwinden musste, würden die Pferde ihn eingeholt haben.

Tastmar erkannte gerade noch rechtzeitig den Steinquader von der Größe eines Weinfasses, der direkt vom Himmel zu fallen schien. Keine zehn Schritt vor ihm schlug der Brocken ein, versprühte eine Menge Sand und Staub und grub sich zwei Fuß in die Erde, bevor er wie erstarrt liegenblieb. Einschlagende Felsbrocken auf dem Schlachtfeld waren nichts Ungewöhnliches für den Oger, doch normalerweise war er es gewöhnt, hinter einem Katapult zu stehen und zuzuschauen, wie die Geschosse sich in die Reihen der Feinde fraßen. Selbst einmal unter Beschuss zu geraten war etwas anderes.

Tastmar richtete den Blick nach oben. Von irgendwoher mussten die Steine schließlich kommen. Ein Katapult war nirgends in Sicht, und außer Drachen hätte kein fliegendes Wesen dieses Gewicht tragen können. Ein weiterer Stein hing hundert Fuß über ihm, wie von einem unsichtbaren Band getragen. Diesmal schlug der Brocken hinter ihm ein, dennoch spürte er deutlich die Erschütterung. Das Schreien der Söldner und das Wiehern der Pferde wurde wieder lauter. Immer noch sah er nicht, woher die Geschosse kamen. Vor ihm tat sich ein regelrechtes Trümmerfeld auf. Umgestürzte Säulen, Reste der inneren Wehrgänge, die damals zum Schutz der Zwergenfeste angelegt worden waren, und eingestürzte Wachbauten versperrten den Weg. Wie von Geisterhand schwebte ein Dutzend der Trümmerteile vor ihm in die Höhe. Die halbe Wand eines Wachgebäudes brach vom Fundament ab, riss Sand und Grassoden mit sich, schwebte einen Augenblick, bis sie wie von einem Katapult abgefeuert über Tastmar hinwegraste. Andere Brocken tanzten in der Luft wie dicke Käfer und schossen dann ebenfalls über ihn hinweg.

Tastmar erreichte die Anhöhe, die zum Tunneleingang führte. Sein Herz raste, und er verstand nicht, was hier vor sich ging. Dann bemerkte er Cindiel, die im Eingang stand, die Hände vor der Brust verschränkt und einen leuchtenden Kegel umklammernd. War sie es, die Steine durch die Luft tanzen ließ, deren Gewicht nicht von zehn Ogern getragen werden konnte? Tastmar kannte die junge Hexe schon seit vielen Jahren, doch außer ihren Heilkräften und einigen Zaubern, die für einen Oger kaum sichtbare Wirkung hinterließen, dachte er immer, sie sei so etwas wie ein Kräuterweib. Dass sie zu so etwas imstande war – dass überhaupt jemand so viel magische Kraft besaß –, hatte er nicht geahnt.

Ein erneuter Blick hinter sich zeigte ihm, dass man mit Magie mehr erreichen konnte als mit einem Dutzend Katapulten. Über die Hälfte der Söldner lag, unter Trümmern begraben, schwer verletzt am Boden. Auch viele der Pferde hatten ihr Leben lassen müssen. Einige humpelten umher oder lagen auf dem Bauch und versuchten, sich mit letzter Kraft wieder zu erheben. Dennoch war es anderen gelungen, dieses Inferno heil zu durchqueren.

Zwei Hand voll saßen noch auf ihren Pferden, die Waffen gezückt, und verfolgten Tastmar immer noch. Er wandte sich wieder Cindiel zu. Die junge Frau stand nun mit gesenkten Armen im Eingang zur Zwergenfeste. Die Erschöpfung war ihr anzusehen. In der Hand hielt sie den Götterfunken. Auf ihre Hilfe schien Tastmar nicht mehr hoffen zu können, und er selbst war auch nicht mehr in der Lage, gegen knapp ein Dutzend Männer gleichzeitig zu kämpfen.

Er rannte weiter auf Cindiel zu. Jetzt galt es, nicht mehr nur sich zu retten, sondern auch die Frau und den Stein. Er hatte es dem dünnen Mann versprochen.

Tastmar stürmte durch den Eingang und riss Cindiel von den Füßen. Ihr Gewicht war nichts, was einen Oger besonders behinderte, und da sie kaum mehr die Kraft hatte, selbst zu laufen, musste er sie tragen.

Er hatte sie einfach an der Taille gepackt und rannte mit ihr den Tunnel entlang. Hinter sich hörte er die Hufschläge von Pferden in dem langen Gang widerhallen. Sie würden es nicht schaffen, ihren Häschern zu entkommen. Er stellte Cindiel wieder auf den Boden.

Er packte ihre Hand, die immer noch den Stein umklammerte. Wie das flackernde Licht einer fast erloschenen Kerze pulsierte der gelbe Kristall in ihrer Hand. Er tippte auf den Stein und zeigte in Richtung des Ausgangs. Cindiel verstand, was er wollte, nur hatte sie kaum noch die Kraft zu sprechen, geschweige denn zu zaubern.

»Es geht nicht mehr«, flüsterte sie. »Ich bin zu erschöpft.«

Ihre Worte gingen fast unter in den Hufschlägen und dem Gebrüll der Männer, doch Tastmar verstand sie auch so. Er zückte ein Messer aus seinem Gürtel, drehte die junge Frau in Richtung des Ausgangs und zog ihr die Schneide der Klinge langsam über den Handrücken.

Cindiel erwachte wie aus einer Trance. Ihr Schrei gellte durch den Tunnel und hallte von den Wänden wider. Ihre Hand verkrampfte sich um den Stein, und Blut lief an ihrem Arm hinab. Mit der anderen Hand schien sie einen unsichtbaren Türknopf drehen zu wollen. Steine, Schutt und Geröll formten sich zu einer waagerechten Windhose. Immer mehr Erdreich riss der Zauber mit sich, und immer weiter dehnte sich der Strudel aus. Als ihr Schrei erstarb, lösten sich die größten der Brocken und rasten auf den Ausgang zu. Pferde, Männer und Säulenreste wurden mitgerissen und zermalmt, bevor sie das Tageslicht wieder erreichten. Dann stürzte der vordere Teil des Eingangs zusammen und begrub jeden unter sich, der es geschafft hatte, dem Zauber zu entkommen.

Eine Wand aus Staub umhüllte Tastmar und Cindiel. Der Oger spürte, wie der Frau die Beine wegsackten, doch er konnte ihren Sturz auffangen und nahm sie in die Arme. Sanft strich er ihr mit zwei Fingern über die Stirn. Dann nahm er den pulsierenden gelben Stein auf, der sich aus ihrem Griff gelöst hatte und zu Boden gefallen war, und steckte ihn in seine Tasche. Damit verlosch auch das letzte bisschen Licht, und er trug sie fort in die Dunkelheit.

32
Eisige Begleitung

Mogda rief sich die Worte der alten Frau aus Uthna wieder in Erinnerung: *Das Vieh, das wir essen, züchtet sich selbst und lebt in Städten aus Holz und Stein. Der Hunger der Krieger des kochenden Blutes lässt sich nur mit Fleisch stillen, das auch eine Waffe tragen kann.*

Mit einem Schaudern betrachtete er den Haufen von Knochen und Schädeln vor sich. Die Gebeine reichten ihm fast bis zur Brust. Hundert und mehr Menschen mussten hier ihr Leben gelassen haben. Die blank polierten Knochen der Anwohner, die eingestürzten Dächer der Hütten sowie die bereits zur Hälfte mit Schnee gefüllten Wohnräume zeugten davon, dass der Angriff bereits mindestens ein halbes Jahr her sein mochte. Vom Verteidigungswall des kleinen Dorfes standen lediglich noch einige Palisaden und die Reste zweier abgebrannter Wachtürme.

»Hüttenbauer schwach«, sagte Bralba. Ihr Kommentar schien erklären zu wollen, wie so eine Gräueltat zustande gekommen war – und bei den Göttern, es war eine Gräueltat, selbst in den Augen eines Ogers.

Die Ogerfrau stand zusammen mit Purgol und Kapitän Londor hinter Mogda: Die drei versuchten, sich ihren Teil der Geschichte zusammenzureimen. Alle anderen waren auf der Suche nach etwas Essbarem. Unter den Trümmern konnten bereits zwei Leinensäcke mit getrockneten Früchten, eine Kiste mit gesalzenem Fisch und ein Fass gefrorenes Bier geborgen werden. Die magere Ausbeute würde gerade einmal reichen, um die Mannschaft des Kapitäns bei Kräften zu halten – wenn sie es schafften, das Bier bei der Kälte wieder aufzutauen.

»Was für Bestien tun so etwas?«, fragte Londor empört. Auch ihm war bereits aufgefallen, dass die Gebeine wahllos verstreut lagen. »Die Knochen sehen aus, als seien sie abgenagt worden.«

»Das sind sie auch«, bestätigte Mogda.

»Kein Tier greift Menschen in Dörfern an, frisst sie auf, legt ihre Knochen fein säuberlich auf den Marktplatz und reißt die Häuser ein. Nicht einmal die Krea... äh, die Orks würden so etwas tun«, wandte Londor ein.

Mogda spürte, dass er eigentlich »die Kreaturen Tabals« hatte sagen wollen, doch anscheinend fand der Kapitän dies in Gegenwart von fünf Dutzend Ogern nicht sonderlich klug, und da stimmte Mogda ihm zu.

»Ihr kennt Euch gut aus mit Orks, scheint's mir«, knurrte Mogda, »doch die Bestien, nach denen Ihr sucht, findet Ihr in Eurem eigenen Volk. Das hier ist das Werk der Barbaren. Sie ziehen von Dorf zu Dorf, um sich dann satt zu essen. Sobald das Land sie nicht mehr ernährt, ziehen sie weiter.«

»Die Barbaren?«, fragte Londor ungläubig. »Dieselben, die wir verfolgen?«

»Genau die«, antwortete Mogda. »Eigentlich bin ich nur hinter ihrer Königin her oder besser gesagt, einem Gegenstand, der sich in ihrem Besitz befindet. Dennoch glaube ich nicht, dass wir ihnen aus dem Weg gehen können. Wenn sie uns zu fassen bekommen, enden wir genau wie diese Leute hier.« Mogda zeigte auf den Haufen Knochen.

»Das ist sehr entgegenkommend von Euch«, lachte Londor verzweifelt. »Wir werden als die ersten Leckerbissen in die Geschichte eingehen, die ihren Köchen hinterherlaufen.«

Londor besah sich die Knochen noch einmal und drehte sich dann um die eigene Achse, um das Dorf in Augenschein zu nehmen. »Dann werden wir sie alle töten müssen«, befand er. »Wie groß ist ihr Trupp wohl?«

»Der Trupp, wie Ihr ihn nennt, ist eine Armee von etlichen tausend Kriegern. Dachtet Ihr, dass ein halbes Dutzend diese hundert Menschen verspeist hat?«

Kapitän Londor hatte sich bereits abgewandt, bevor Mogda den Satz zu Ende gesprochen hatte. Kopfschüttelnd ging er zu seinen Männern, die ein kleines Feuer entfacht hatten und versuchten, das Bier aufzutauen.

»Wenn Ihr denkt, Ihr könnt vor ihnen davonlaufen, dann erinnert Euch daran, was passiert, wenn sie hier nichts mehr zu essen finden. Irgendwann kommen sie auch nach Nelbor«, rief Mogda ihm nach.

Kapitän Londor blieb stehen und drehte sich um. »Ich will gar nicht nach Nelbor«, sagte er. »Ich suche einen großen Topf, den ich mit heißem Wasser füllen kann.«

Mogda konnte den Frust des Mannes verstehen. Er selbst war es, der den Kapitän aus seiner gewohnten Umgebung gerissen hatte. Ihm verdankte er den Verlust seines Schiffes und einiger seiner besten Kameraden. Und zu guter Letzt zog Mogda ihn auch noch mit in einen Krieg hinein, in dem sie hoffnungslos unterlegen waren, mit der Aussicht darauf, von wilden Barbaren verspeist zu werden.

Wer hätte nicht in so einer Situation daran gedacht, sich selbst zu töten, um diesem grauenvollen Schicksal zu entgehen? Mogda glaubte natürlich nicht, dass der alte Seebär sich wirklich in einen Topf setzen würde, um sich umzubringen. Obwohl es nicht so abwegig schien, wie es sich anhörte. Wenn Londor einen Tod im Wasser bevorzugte, war er gezwungen, Schnee zu schmelzen und sich in einem Topf zu ertränken oder auf den Sommer zu hoffen. Es reichte jedoch schon, wenn er seine Männer nahm und versuchte, mit ihnen zurückzugehen, von wo sie gekommen waren. Tagelang bei der Kälte und ohne etwas zu essen ... Spätestens auf See würden sie irgendwo auf halber Strecke erfrieren.

»Kapitän Londor, tut nichts Unüberlegtes«, rief Mogda dem Seebären nach. »Wir werden einen Weg finden.«

Londor winkte ab. »Vergesst es. Mit Bier kenne ich mich aus. Wenn wir es langsam genug auftauen, wird es auch nicht schal werden. Meine Männer haben es gefunden, und meine Männer und ich werden es auch trinken.« Er rief Tinnert und Keuchel zu. »Wir drehen jeden Stein um, bis wir eine Wanne oder einen Bottich gefunden haben, der groß genug ist für das dämliche Fass. Wenn wir schon an Land sterben, dann wenigstens mit feuchten Kehlen.«

Es war ein glücklicher Zufall, dass Galok gerade in diesem Moment zwischen ihn und den Kapitän trat. Denn als Londor sich abermals umdrehte, konnte er Mogda so nicht mehr sehen, der mit offenem

Mund und fragendem Blick nur dastand und darüber nachdachte, wie er so falsch hatte liegen können.

»Galok gefunden Ziegenkeule«, berichtete der Kriegsoger, der die meisten seiner Haare anscheinend gegen Körpergewicht getauscht hatte. Mogda hatte bisher noch nie eine geräucherte Ziegenkeule gesehen, doch war er sich sicher, dass sie beim Abhängen nicht gewachsen sein konnte. Der Hinterlauf, den Galok ihm entgegenreckte, gehörte zu einem Tier, das sicherlich gewaltiger war als eine Ziege.

Mogda verkniff es sich, Galok zu berichtigen, was die vermeintliche Herkunft der Keule betraf. Ein Fettnapf am Tag reichte. Er wollte sich nicht dabei ertappen, wie er abermals staunend in der Landschaft stand und eine zwei Meter große Ziege bestaunte.

»Gut gemacht, Galok«, lobte er den Oger. »Tragt alles zusammen, was wir an Essbarem gefunden haben. Wir werden hier ein Lager aufschlagen.«

Eine Rast würde allen guttun, befand Mogda. Dieses Dorf war jetzt schon das dritte, das sie gefunden hatten. Die anderen beiden lagen näher an der Küste und schienen schon vor Jahren überfallen worden zu sein. Knochen hatte sie dort keine gefunden, genauso wenig wie etwas zu essen. Beinahe wären sie an ihnen vorübergezogen, ohne sie zu bemerken. Gebäude, Wachtürme und Schutzwall ragten nur noch zwei Fuß über der Erde auf, der Rest war entweder verbrannt oder im Laufe der Zeit verwittert. Schnee und Eis hatten sich über die Ruinen gelegt, und nur ein einsames Schild, dessen Aufschrift nicht mehr lesbar war, hatte ihre Aufmerksamkeit auf den Ort gelenkt.

Wenn es stimmte, was die alte Frau aus Uthna ihm erzählt hatte, musste es so gewesen sein, dass die Barbaren zuerst die Dörfer rund um die Insel Argaht angegriffen hatten. Als dann keine Städte mehr in Reichweite waren, mussten sie sich entschlossen haben, die Küste entlang und dann landeinwärts zu ziehen. Genau wie Mogda und seinem Trupp konnte es ihnen nicht schwergefallen sein, von der Insel herunterzukommen, da das Meer nördlich der Insel die meiste Zeit des Jahres zugefroren war. Den Ogern wäre es noch nicht einmal aufgefallen, dass sie wieder über Eis liefen, unter dem das Meer schlummerte, doch Kapitän Londor hatte es sich nicht nehmen lassen, es lauthals herauszuposaunen. Er liebte die verunsicherten Blicke der Oger und ihre leisen Stoßgebete an Tabal.

Mogda setzte darauf, weiter im Landesinneren noch andere Dörfer zu finden. Mit etwas Glück stöberten sie jemanden auf, der ihnen sagen konnte, wo sich die Barbaren und ihre selbst ernannte Göttin gerade aufhielten. Wenn es schlecht lief, würden die Barbaren sie zuerst finden.

Es tat gut, wieder an einem Feuer zu sitzen und sich Hände und Füße zu wärmen. Keuchel hatte darauf bestanden, aus dem gepökelten Fisch und dem Trockenobst eine Suppe zu kochen. Mit vollmundigen Worten hatte er gesagt: »Fisch und Frucht, das passt zusammen, beides beginnt mit F.«

Mogda fiel dazu nur ein, dass man Fleisch auch mit F schrieb, doch er erwähnte es nicht, weil er die überdimensionale Ziegenkeule nicht auch an die Kochkunst des Smutjes verlieren wollte.

Die Männer hatten einen Holzbottich gefunden, so einen, in dem sich die Menschen sonst die Füße wuschen. Keuchel hatte ihn fürsorglich mit Schnee ausgewischt und dann begonnen, in vielen kleinen Töpfen Wasser zu kochen und damit einen Sud anzurühren. Nachdem Keuchel bestimmt zum hundertsten Mal heißes Wasser in die Suppe gegeben hatte, verkündete er, sie müsse noch eine Stunde ziehen, damit sie richtig schmecke. Weil er jedoch keine Möglichkeit fand, sie köcheln zu lassen, bestand Londor darauf, gleich mit dem Mahl zu beginnen.

Als Mogda sich seine Schüssel vor die Nase hielt, um an der lauwarmen und trüben Brühe zu riechen, fielen ihm noch zwei Worte mit F ein: Fäulnis und furchtbar. In einem Zug leerte er die Schüssel und ließ den Inhalt den Rachen herunterlaufen in der Hoffnung, er würde nichts schmecken. Leider war dem nicht so. Erst als er ein Stück der Ziegenkeule bekam und darauf herumkaute wie auf einem Stück Leder, nach dem es sich auch anfühlte, wich der faulige Geschmack in seinem Mund. Zu seiner Überraschung bot ihm Kapitän Londor sogar einen Schluck des Bieres an, dass sie durch ständiges Drehen des Fasses nahe dem Feuer wieder geschmolzen hatten. Das kühle Bier schmeckte fad, aber es war genießbar, besonders nach Fisch und Frucht.

»Na, Käpten, wie schmeckt Euch die Suppe?«, fragte Keuchel.

Londors Gesichtsausdruck schien eigentlich Antwort genug zu sein, damit der Schiffskoch seine Frage bereits bereute, doch Londor setzte noch einen drauf: »Du bist mit den Zutaten durcheinandergekommen. Fisch und Obst passen nicht zusammen. Wenn ich jemals wieder ein Schiff bekommen sollte, erinnere mich daran, dass wir jemanden für den Ausguck brauchen.«

Londors unverblümte Art schaffte es immer wieder, seine Männer in den ausweglosesten Situationen zum Lachen zu bringen, jedenfalls alle bis auf einen. Selbst einige Oger, die von der Suppe gekostet hatten, stimmten in das Gelächter mit ein, so wie auch Mogda.

Die ausgelassene Stimmung hatte ein Ende, als die dumpfen Schläge begannen. Mogda sprang auf und sah zu Galok. Der Oger saß auf seinem Posten und beobachtete die Umgebung südlich des Dorfes. Sofort fuhr Mogda herum und sah zu Marmu, die nach Norden hin Ausschau hielt. Die Ogerfrau drosch mit einem Holz auf einen der Stützpfeiler des nördlichen Wachturmes ein.

»Zu den Waffen«, schrie Mogda und rannte hinüber zur Ruine des Nordturmes. Er wollte nicht darauf warten, bis sich von allein herausstellte, ob der oder die Fremden mit guten oder bösen Absichten kamen. Sein erstes Kommando sollte nicht damit enden, dass seine Krieger lächelnd und mit einer Ziegenkeule in der Hand abgeschlachtet wurden. Obwohl, wenn er es recht betrachtete: Die Vorstellung, beim Essen getötet zu werden, klang gar nicht so schlecht. Am liebsten hätte Mogda weiter Anweisungen gegeben, wer sich wo postieren sollte, aber seine Neugier ließ ihm keine Ruhe, er musste herausfinden, was sie erwartete. Als er sich zusammen mit Marmu in den Grundmauern des abgebrannten Wachturmes wiederfand und durch die Trümmer hinausschaute, fragte er sich, was sie wohl gesehen haben konnte.

»Was hast du gesehen?«, flüsterte er ihr zu, unsicher, ob seine Vorsicht angebracht war.

Stumm zeigte die Ogerfrau auf die weiße Fläche am Horizont.

»Ich kann nichts sehen, was soll da sein?«

Marmu korrigierte ihren Fingerzeig um einen Zoll. »Dort!«, schnaufte sie. »Schiffe!«

Mogdas Kopf wirbelte herum. »Schiffe? Bist du verrückt? Wir starren nach Norden. Vor uns liegt nichts außer einer eisigen Steppe. Wenn du Schiffe sehen willst, musst du in die andere Richtung blicken, nach Süden.«

Mogda wollte schon fast wieder umkehren und seinen Leuten Entwarnung geben, als er Marmu flüstern hörte: »Ziehen weiße Bären weiße Schiffe mit weiße Segel.«

Mogda hatte vor Jahren einmal mitbekommen, wie Cindiel über Hagrim hergefallen war, weil er wieder einmal betrunken nach Hause gekommen war. Der Geschichtenerzähler hatte ihr etwas von Elfen vorgelallt, die ihn verfolgten und entführen wollten. Sie tat seine Befürchtungen mit den Worten ab: Du siehst schon überall weiße Mäuse. Jetzt fragte Mogda sich, wie viel man wohl getrunken haben musste, um weiße Bären zu sehen.

Was ihn misstrauisch machte, war der Gedanke daran, dass ein Oger sich so etwas nie hätte ausdenken können. Erneut folgte Mogda ihrem Fingerzeig auf den weißen Horizont. Er kniff die Augen zusammen und suchte im Weiß nach etwas Weißem. Wie der Rand eines Pergaments auf einem anderen hob sich die eckige Form vom Hintergrund ab. Es war kaum mehr als ein Luftflimmern, nur ein Schatten, der nichts oder alles hätte sein können.

»Da«, keuchte Mogda. »Drei Segel, jetzt sehe ich sie auch.«

»Fünf Segel, acht Bären«, korrigierte ihn Marmu.

Mogda wollte nicht schon wieder anzweifeln, was die Ogerfrau ihm berichtete. Schließlich war es vielleicht nicht egal, wie viele es sein würden, doch ändern konnte er es auch nicht. Sie mussten vorbereitet sein. Was ihn vielmehr verunsicherte, war die Frage, warum Schiffe über Land fuhren und wie man sie bekämpfen konnte, wenn es nötig sein sollte.

»Wir gehen hier in Stellung«, rief er den anderen zu. »Verschanzt euch in den Gebäuden und wartet auf meine Befehle. Niemand greift an, bis ich das Zeichen dazu gegeben habe. Londor, sagt Euren Leuten, sie sollen sich im nördlichen Teil des Dorfes verstecken und sich aus den Kämpfen heraushalten, es sei denn, sie werden angegriffen. Euch brauche ich hier bei mir. Ich will, dass Ihr Euch das anseht.«

Zu seinem Erstaunen taten alle ohne zu murren das, was er ihnen aufgetragen hatte. Anscheinend zweifelten sie nicht an der Richtigkeit seiner Entscheidungen, so wie er selbst es tat.

Londor gesellte sich zu ihm und blickze über die Mauer.

»Fünf Schiffe«, sagte Londor teilnahmslos und trat wieder einen Schritt zurück.

»Und acht Bären«, fügte Marmu fast im gleichen Tonfall hinzu.

»Mal abgesehen davon, dass hier jeder mehr zu sehen glaubt als ich und sich die Bären beim Laufen zu vermehren scheinen, kommt es keinem komisch vor, dass Schiffe über Land segeln?«, fragte Mogda erbost.

Kapitän Londor warf einen erneuten Blick über die Mauer und schnaubte kurz. »Nein.«

»Nein, was?«, grollte Mogda.

»Zum einen sind mir die Bären wirklich nicht aufgefallen, aber die Ogerfrau hat Recht, es sind Bären. Zum anderen kann ich euch beruhigen: Es sind nicht wirklich Schiffe, eher Schlitten. Sie sind gebaut wie Katamarane mit zwei schlanken Rümpfen, so ähnlich wie Kufen. Die Segel lassen sie über das Eis gleiten, nur anscheinend reicht die Stärke des Windes nicht aus, sie vollends voranzutreiben, deshalb die Bären. Solche Gefährte sind eigentlich unüblich und nur schwer zu lenken. Der Untergrund muss glatt und eben sein, sonst drohen die Kufen auseinanderzubrechen. Außerdem kann man mit solchen Eisseglern nicht richtig manövrieren. Sie fahren eigentlich immer nur geradeaus. Wenn man die Richtung wechseln will, hält man an und schiebt sie per Hand auf den neuen Kurs. Der einzige Vorteil, den die Gefährte haben, ist, dass man viele Männer oder viele Waren schnell von einem Ort zum anderen bringen kann, wenn das Terrain es zulässt.«

Mogda war verblüfft. Londor hatte sich bisher nicht als jemand gezeigt, der viel und gerne sprach, besonders nicht mit Ogern. Aber sein Kommentar zu dem kaum sichtbaren weißen Flimmern am Horizont überstieg alles, was der Oger erwartet hatte. Nichtsdestotrotz war die Antwort nicht sonderlich erfreulich. Wenn es stimmte, was der Kapitän behauptete, mussten sie sich darauf einstellen, einer großen Anzahl Gegnern entgegenzutreten. Sechzig Oger gegen vielleicht …

»Wie viele Männer kann so ein Schiff transportieren?«, fragte Mogda.

Londor sah ihn verwundert an. »Woher soll ich das wissen? Ich habe so ein Ding noch nie gesehen.«

Mogda kam sich veralbert vor. »Ihr habt doch gesagt …«

»Ich habe gar nichts gesagt«, kam ihm der Kapitän zuvor. »Es sind so etwas wie Schlitten – ja. Aber alles, was ich von ihnen weiß, ist vom Hörensagen. Geschichten von Leuten, gekritzelte Bilder auf Papier, gestammeltes Wissen von Betrunkenen aus irgendwelchen Kaschemmen. Gesehen habe ich noch keines dieser Eisschiffe, und mein Erstaunen über ihre wirkliche Existenz ist nicht geringer als Eure.«

Mogda musste seine Meinung über Londor wieder ein klein wenig zurechtrücken. Dennoch wollte er auf seine Meinung nicht verzichten. »Was glaubt ihr, wie viele Leute haben auf so einem Eisschiff Platz?«

Erneut warf Londor einen Blick über die Mauer. »Von der Größe der Segel und der Breite zwischen den Kufen her, würde ich sagen ...« Er grübelte einen Moment.

»Sagt schon«, drängte ihn Mogda. »Wenn Ihr Euch noch länger Zeit lasst, kann ich sie bald selbst zählen.«

»Sechzig pro Schiff.«

Mogdas schlimmste Befürchtungen wurden wahr. Londors Schätzung zufolge konnten dreihundert bewaffnete Barbaren auf den Schiffen sein und wahrscheinlich dreißig Bären, die sie zogen, wenn sie sich so weitervermehrten. Sein Trupp bestand zwar aus sechzig Ogern, aber so, wie er die Krieger aus dem Norden einschätzte, waren die Oger ihnen körperlich höchstens zwei zu eins überlegen, nicht fünf zu eins. Am liebsten hätte er den Rückzug befohlen, doch dann würden seine Kameraden ihm nie wieder folgen. Ein Rückzug war in ihren Augen blanke Feigheit.

Was mache ich hier eigentlich?, schalt er sich selbst in Gedanken. *Ich führe sechzig Oger in ein fremdes Land, um mich ihrer Königin, die als Göttin verehrt wird, und vielen tausend Kriegern entgegenzustellen. Doch sobald die ersten von ihnen auftauchen, bekomme ich Zweifel. Dreihundert – eigentlich sollte ich mich freuen. So bleibt uns etwas Verschnaufpause, bis wir den Rest von ihnen unterwerfen. Wir sind gekommen, um ihnen zu beweisen, dass wir die größten Kämpfer sind und uns nicht von ihnen unseres Gottes berauben lassen. Dreihundert heißt, dass wir ins Schwitzen kommen werden, und etwas Wärme können wir hier ruhig gebrauchen.*

Erschrocken stellte Mogda fest, dass seine Hand auf dem Schwertknauf ruhte. Die Stimme in ihm war seine eigene gewesen, doch die Gedanken selbst schienen noch einen anderen Ursprung zu haben. Schon des Öfteren hatte ihn das Runenschwert zu waghalsigen Unternehmungen verleitet. Bis jetzt war es nicht so, dass es ihn in Gefahr gebracht hätte. Auch hatte es ihm seinen Willen nicht aufgezwungen, nur hatte es eben immer ein wenig nachgeholfen, wenn er zu zweifeln begonnen hatte. War es, wie es wollte – das Schwert hatte ihm immer gute Dienste im Kampf geleistet, vielleicht war es auch gut als Berater. Und vielleicht sogar ein Freund.

Die Eissegler kamen schneller heran, als Mogda vermutet hätte. Die sonderbaren Gefährte standen ihren Geschwistern, die auf hoher See unterwegs waren, in nichts nach. Zuerst waren es nur die schwarzen Tatzen der Bären, die im Weiß des Schnees wie flimmernde Punkte aufstoben und sich wieder legten. Dann wurden langsam die ersten Umrisse der Schiffe sichtbar. Mogda erstaunte die Größe der Kufensegler, da zuerst von Schlitten die Rede gewesen war. Er kannte die dahingleitenden Kutschen aus Nelbor. Viele Hüttenbauer nutzten sie im Winter, um Brennholz aus dem Wald zu holen oder bei hohem Schnee Lebensmittel vom Dorf in die Stadt zu bringen.

Diese Eissegler hatten mit einem Schlitten nur so viel gemeinsam wie ein Goblin mit einem Oger. Dreißig Fuß und mehr ragten die Segel über den geteilten Rumpf auf. Zwischen den Holzkufen waren große bogenförmige Zelte errichtet worden, in denen die Ladung Schutz vor der Witterung und vor neugierigen Blicken fand. Londor hatte nicht übertrieben, was den Platz an Deck der Eissegler anging, sechzig Mann waren leicht in einem der Zelte unterzubringen. Die schweren Holzrümpfe schienen weiß gekalkt und später mit Fett oder Wachs behandelt worden zu sein, um ihre Gleitfähigkeit zu verbessern. Kräftige Bohlen hielten die Kufen zusammen, und darüber hatte man weißen Leinenstoff auf einer bogenförmigen Lattung straff gespannt.

Von Zeit zu Zeit fuhr der böige Wind so stark in die großen Segel, dass die Kufen auf einer Seite kurz abhoben. Ein normales Schiff, wie es Londor besessen hatte, war für Mogda schon ein Wunderwerk an Technik. Immer wieder erstaunte es ihn, wie sie sich über Wasser halten konnten und wie sie den Wind aus seitlicher Richtung nutzten, um dennoch vorwärtszukommen. Das Zusammenspiel aus Tuch, Holz und Tauen wirkte auf ihn fast wie Magie. Schiffe besaßen aber einen entscheidenden Nachteil, sie fuhren nur auf Wasser, und wie es sich mit Ogern und Wasser verhielt, war ausreichend bekannt.

Diese Vehikel jedoch waren wie für Oger geschaffen. Sie waren stabil genug, schnell, fernab vom Wasser … und gehörten jemand anderem. Mogda fiel es schwer, seinen Blick von den beeindruckenden

Fahrzeugen abzuwenden, doch gab es etwas, das seiner ganzen Aufmerksamkeit bedurfte – die Bären. Etwa zwei Dutzend weißer Bären zogen die fünf Eissegler und stellten sicher, dass diese nicht allein auf den Wind angewiesen waren.

Die pelzigen Tiere würden einem Oger bis zu Hüfte reichen, wenn sie auf allen vieren liefen. Aufrecht stehend, würden sie jeden Oger überragen. Selbst die Größe eines ausgewachsenen Höhlenbären reichte nicht an diese Tiere heran. Sie waren Ausgeburten an Kraft und Muskeln, und die Tatsache, dass sie die Eissegler quer durch das Land zogen, ließ keinen Zweifel an ihrer Ausdauer. Ihr Pelz war schneeweiß und ihre Tarnung damit fast perfekt. Allein die Unterseite der vier Tatzen, ihre Augen und die Nase waren schwarz. Jeweils fünf von ihnen zogen einen Eissegler. Schweres Zaumzeug aus Leder lag über ihren Schnauzen und überkreuzte sich vor der Brust der Bären. Die Zügel liefen weit hinter ihnen zusammen und endeten am Kutschbock, Vorderdeck – oder wie man es sonst nennen wollte. Die Lederriemen liefen in eine Apparatur, die entfernt an das Steuerrad eines Schiffes erinnerte, aber wesentlich kleiner war.

Die Eissegler kamen hundert Schritt vor dem Dorf zum Stehen. Die Bären schnaubten und bäumten sich auf. Auf dem Vorderdeck jedes Schiffes stand eine kleine Gestalt, von der Mogda zuerst dachte, sie sei ein junger Bär. Doch als eine Strickleiter am Rumpf entrollt wurde und er den watschelnden Gang und die umständliche Kletterpartie von Deck betrachtete, wurde ihm klar, dass es sich um Zwerge handeln musste, gehüllt in dicke Pelze. Die fünf begannen, die Bären zu füttern. Aus Holzbottichen warfen sie ihnen rohen Fisch hin, auf den sich die Tiere stürzten und ihn gierig verschlangen. Vier dieser Kapitäne blieben bei ihren Gefährten, der fünfte watschelte schwerfällig auf die Überreste der Dorfmauer zu.

Mogda schaute sich verunsichert zu seinen Leuten um. Auf keinen Fall sollte man sie vorzeitig entdecken, wenn es zu einem Kampf kam. Solange er sich noch nicht sicher war, wie viele Zwerge, Barbaren oder sonst was unter den Zelten an Deck hockten, würde er stillhalten.

Die Zwergengestalt stapfte bis auf zwanzig Schritt heran, dann blieb sie stehen und warf die Kapuze zurück. Ein kurz geschorener grauer Bart, das Haar zu dicken Zöpfen geflochten, bestätigten Mogdas Verdacht – es war ein Zwerg. Was ihn jedoch von denen Unterschied, die

Mogda aus Nelbor kannte, waren die aschfahle, fast weiße Haut und die strahlend blauen Augen.

»Ihr braucht keine Angst zu haben«, verkündete er seinen unsichtbaren Zuhörern. »König Arbalosch, König der Bleichen, Behüter der Erde und des Eises im Norden, Kind von Grothak und Mündel von Nassfal, dem Gott des Chaos, auch bekannt als Gott Tabal, hat uns zu euch geschickt, damit wir euch zu ihm bringen.«

Mogda stand aus seinem Versteck auf.

»Ich bin Mogda, ein Oger«, sagte er und fühlte sich dabei in die Zeit zurückversetzt, da ihn das Amulett noch nicht mit Intelligenz gesegnet hatte.

Fehlt nur noch, dass ich wieder anfange zu grunzen, dachte er.

33
Der Elfenwald

Cindiel stand auf einem Berg, dessen Spitze plan war und abgeschnitten wirkte, wie von dem Messer eines Titanen. Sie war allein, und um sie herum stapelten sich Felsbrocken in allen erdenklichen Größen. Jeder dieser Steine besaß ein Gesicht, aber wenn man sie genauer betrachtete, war es immer wieder dasselbe. Es war das Gesicht von Finnegans Vater, dem Hohepriester Tyvell.

Vom Fuße des Berges hörte sie erzürnte Rufe und klagende Schreie. Ohne die Füße zu bewegen, glitt sie über den sandigen Boden, an den Felsbrocken vorbei und bis zum Rand des Plateaus. Weit unter sich sah sie tausende von Menschen, Ogern, Orks, Zwergen und Elfen, die versuchten, die steilen Hänge zu erklimmen. Immer wieder stürmten sie in Heerscharen heran, und ihre Leiber brachen wie Wellen an einem Riff.

Orks stürzten von den glatten Felsen herunter, und ihre Körper zerschmetterten auf den groben Steinen unter ihnen. Gierig griffen Zwerge nach den geschundenen Leibern und zerrten sie hinunter, um aus ihnen eine Treppe zu bauen. Doch Beben und Erdrutsche machten jedes Bemühen zunichte, auch nur ein Stück weit den Berg zu erklimmen. Tausende und abertausende eines jeden Volkes versuchten, sich untereinander zu helfen oder sich gegenseitig zu bekriegen. Keinem von ihnen gelang es, auch nur ein Stück weit den Berg zu erklimmen.

»Sie hat keine Macht«, hörte Cindiel Rufe von unten. »Sie kann die Treppe der Götter nicht erschaffen.« Jemand anderes rief: »Ihre Stimme ist nicht klar genug, um die Allväter zu wecken. Ihre Rufe verstummen im Wind.« Fremde Stimmen dröhnten in ihrem Kopf: »Sie ist nicht rein genug. Niemand kann alles fordern, ohne vorher alles gegeben zu haben. Sie ist nicht bereit zu verschmelzen.«

Selbst aus dem Himmel taten sich Stimmen auf und drangen an ihr Ohr. »Sie kann nicht gehen, wie soll sie es da schaffen, den Stein zu beschützen? Der Kristall hat ihr die Kraft geraubt, sie hätte niemals seine Magie heraufbeschwören dürfen.« Eine andere Stimme sagte: »Sie muss den Felsen bewegen, sonst werden wir hier verrotten.«

Die Stimme kam Cindiel seltsam bekannt vor.

»Wie soll sie einen Stein bewegen, den noch nicht einmal ein Oger bewegen kann?«

Auch diese Stimme war ihr vertraut.

»Du hast gesehen, zu was sie imstande war, als sie den Splitter benutzt hat.«

»Ich habe gar nichts gesehen.«

»Dann bist du blinder als ein Maulwurf. Sie hat Felsen von sich geschleudert, die so groß waren wie Kühe. Gebt ihr den Stein zurück, und sie stößt diesen hier beiseite, wie ein Oger ein Kind.«

»Er hat Recht. Tue es! Er hat Recht«, hörte Cindiel verschiedene Stimmen flüstern.

Kurz darauf spürte sie ein warmes, wohliges Gefühl in den Händen, das langsam ihren ganzen Körper durchzog. Sie schlug die Augen auf.

»Was ist passiert?«, wisperte sie.

Sie lag auf der Erde, ihr Kopf auf einer zusammengerollten Decke. Über ihr thronten die Gesichter von Hagrim und Finnegan, und darüber schwebte der Kopf von Tastmar.

»Du hast geschlafen«, sagte Finnegan sanft.

»Du hast mit Felsbrocken um dich geschleudert, Pferde und Männer zermalmt und dann den Tunnel hinter uns zum Einsturz gebracht«, erklärte Hagrim. »Dann bist du zusammengeklappt wie eine leere Hülle.«

»Wasser«, stöhnte sie. »Gebt mir einen Schluck Wasser.«

Sofort reichte ihr jemand, dessen Gesicht sie nicht sehen konnte, einen halb gefüllten Schlauch. Kraftlos zog sie den Korken heraus und benetzte vorsichtig ihre Lippen, dann nahm sie einen großen Schluck. Sie versuchte sich aufzusetzen, doch ihre Arme gaben unten dem Gewicht nach. Hagrim und Finnegan packten sie gleichzeitig und stützten sie, um sie gegen einen Felsen zu lehnen.

»Wo sind wir?«, fragte sie verwirrt und sah sich um.

Der Schein von Fackeln leuchtete einen kargen Gang oder eine lange Halle aus.

»Wir sind in der Zwergenfeste. Erinnerst du dich nicht mehr? Wir mussten fliehen, um den Söldnern zu entkommen. Wir wollen den Funken der Götter dorthin zurückbringen, von wo er stammt. Du hast uns gerettet, doch jetzt sitzen wir hier fest. Ein Felsen blockiert den Ausgang«, erklärte Finnegan.

Cindiel wandte ihren Blick zu dem mannshohen Steinblock, der den Ausgang blockierte. Jemand hatte den Stein passgenau bearbeitet und in die Öffnung gerollt. In König Braktobils Zwergenesse hatte sie zahlreiche dieser natürlich wirkenden Sperren gesehen. Die Bärtigen verschlossen Geheimgänge mit solchen Felsen, doch immer gab es einen Weg, sie zu bewegen.

»Tastmar, hilf ihnen, den Stein beiseitezurollen«, sagte sie.

»Nein, nein, wir haben es schon versucht. Er sitzt fest. Nicht einmal mit der Kraft von zehn Ogern lässt er sich bewegen«, erwiderte Finnegan.

Cindiel sah in das Gesicht des Ogers. Die groben Züge verrieten den meisten Menschen nicht viel von dem, was die hünenhaften Krieger dachten, doch Cindiel hatte im Laufe der Jahre gelernt, in ihnen zu lesen.

»Versucht es noch einmal«, keuchte sie und nickte Tastmar dabei zu.

Erst jetzt bemerkte sie den pulsierenden Splitter in ihrer Hand. Sie erinnerte sich wieder, wie er aus ihrer Hand geglitten war, als die Erde bebte, und wie sich mit dem Stein auch die Kraft aus ihrem Körper gelöst hatte. Der Funken gab ihr die Macht, Zauber zu sprechen, die um einiges größer waren, als ihre Fähigkeiten ihr erlaubt hätten. Alles, was sie dafür tun musste, war, sich dem pulsierenden Leuchten hinzugeben und ihre Kraft mit der des Steines zu vereinen.

So musste es auch der Priester Ochmalat getan haben, um das gleißende Licht in den Himmel zu schicken. Ein einfacher Lichtzauber, den jeder Lehrling der arkanen Magie beherrschte, wäre dazu in der Lage – in seiner Potenz vervielfacht durch den Götterfunken. Anscheinend brauchte es etwas Zeit, um sich aus dem Artefakt zurückzuziehen, deshalb war sie ohnmächtig geworden, als sie es aus der Hand verlor. Wer weiß, wie lange sie hier gelegen hätte, wenn Hagrim den Stein nicht zurück in ihre Hand gegeben hätte. Immer noch hatte sie Schwierigkeiten, die Bilder in ihrem Kopf zu sortieren. Ihr war unklar, was zum Traum und was zur Wirklichkeit gehört hatte.

Tastmar grunzte mürrisch und klopfte gegen eine Vertiefung im Stein. Mehrere natürlich aussehende Mulden klafften an seiner Oberfläche, und Tastmar versuchte, den Soldaten zu zeigen, wo sie anpacken und in welche Richtung sie drücken sollten. Mit einem tiefen Grollen schob sich der Block Stück für Stück seitlich in die Wand, und mit vereinten Kräften räumten sie den Ausgang frei.

Vor ihnen lag ein kleines Tal und gleich dahinter das schützende Grün des Elfenwaldes. Die Zwerge hatten ganze Arbeit geleistet. Wenn es ihnen gelungen wäre, ihren Angriff von hier aus zu starten, wären die Elfen von den Zwergenkriegern überrannt worden.

»Er hat die ganze Zeit gewusst, wie man den Stein bewegt«, beschwerte sich Hagrim. »Wir wären schon seit zwei Tagen raus aus diesen verdammten Tunneln. Warum hat er uns nicht geholfen?«

»Der Stein war in Sicherheit«, erklärte Cindiel. »Warum hätte er einen anderen Ort aufsuchen sollen?«

»Du meinst, er hätte uns hier unten verrotten lassen, wenn du nicht wieder aufgewacht wärst? Das sind ja schöne Aussichten.«

»Mogda hat uns seine Kameraden nicht zur Seite gestellt, damit sie auf uns aufpassen, sondern damit sie auf den Funken Acht geben.«

Behutsam half Finnegan der jungen Frau auf die Beine, doch die Erschöpfung war ihr noch anzumerken. Tastmar drückte den Soldaten zur Seite und nahm Cindiel auf den Arm.

»Komisch«, schnaubte Hagrim. »Jetzt sieht es doch fast so aus, als ob er dich tragen würde. Aber wahrscheinlich macht er das auch nur, weil du den Stein hast.«

Cindiel nickte.

»Kann ich ihn auch mal haben?«, schnaubte der Geschichtenerzähler.

Gemeinsam verließen sie die Zwergenfeste. Der Ausgang lag nicht höher als dreihundert Fuß über dem darunterliegenden Tal. Der Abstieg war seicht und einfach, wie geschaffen für eine Armee. Cindiel hätte sich gewünscht, genauso viele Krieger bei sich zu haben wie damals bereitstanden, um über die Elfen herzufallen, doch sie waren nur ein tauber Oger, ein alter Geschichtenerzähler, eine Hand voll Stadtwachen und eine geschwächte Kräuterfrau.

»Was ist mit Gnunt passiert?«, fragte Cindiel Tastmar. Sie wusste nicht genau, ob sie das Schicksal des sonderbaren Ogers nicht mit angesehen hatte oder ob es irgendwo in ihren lückenhaften Erinnerungen schlummerte.

Der Oger schüttelte nur den Kopf. Er wusste genau, was passiert war, nur wollte er es ihr aus irgendeinem Grund nicht verraten. Da er nicht sprechen konnte, hätte eine einfache Geste genügt – oder aber auch nicht. Vielleicht war sein Tod zu grauenhaft und qualvoll gewesen, um ihn mit einem Fingerzeig zu beschreiben, versuchte sie sich einzureden.

Es begann bereits zu dämmern, als sie den Wald erreichten und in das Dickicht eintauchten, das sie vor neugierigen Blicken schützte.

Vier Tage war es her, dass sie die Söldner am Eingang der Zwergenfeste zurückgetrieben hatten. Finnegan und die anderen Soldaten versuchten, Cindiel Mut zu machen, indem sie ihr erklärten, dass ihre Häscher es unmöglich geschafft haben konnten, in dieser Zeit die andere Seite der Berge zu erreichen, ohne die Tunnel zu benutzen. Auch Hagrim und Tastmar wussten keinen anderen Weg, doch das bedeutete nicht, dass es keinen gab. Die Belohnung für ihre Köpfe war sicherlich hoch genug, dass sich der eine oder andere einen außergewöhnlichen Plan einfallen ließ. Und selbst wenn diese Söldner keine Möglichkeit fanden, die Berge zu überqueren, es gab genug von ihnen, die überall im Land auf sie lauerten. Schließlich gab es nicht viele Orte, zu denen sie gehen konnten, und diese kannten auch die Söldner.

Wenn er auch weit von Osberg entfernt lag, wirkte der Wald auf Cindiel heimisch – und mochten hier noch so schlimme Dinge passiert sein. Die Wälder waren ihr immer näher als jede Stadt. Manchmal hatte sie Usil um sein Schicksal beneidet, fernab von jedem Ort, tief im Tannenverlies zu wohnen. Die Elfen, die zwischen diesen Bäumen gelebt hatten, wussten um die Magie der Pflanzen, kannten ihre geheimen Wirkungen und verstanden sie anzuwenden. Sie beneidete auch die Elfen, wie konnte sie da den Ort fürchten, an dem sie zuhause gewesen waren.

Cindiel sah sich unter den angespannten Gesichtern der Männer um, die sie begleiteten. Sie fürchteten diese für sie fremde Welt, und sie erinnerten sich an Eliah und seine Armee von dunklen Elfen, die hier spurlos verschwunden waren. Mit hektischen Blicken zu den Seiten und zusammengekniffenen Augen durchsuchten sie das Unterholz nach vermeintlichen Hinterhalten. Selbst Finnegan, der den Wald kannte und mit ihr zusammen an der Verfolgung von Eliah teilgenommen hatte, schien nichts mehr von der Selbstsicherheit innezuwohnen, die er zuvor gezeigt hatte.

Hagrim schien noch am wenigsten erschrocken. Er kannte all diese Gegenden, wenn auch nur aus Geschichten, doch er hatte diese so oft erzählt, dass es ihm vorkommen musste, als sei er selbst schon einmal hier gewesen. Trotzdem machte er ein Gesicht, als ob ihm die letzte Flasche Rotwein auf der Welt gerade eben zu Boden gefallen wäre.

Ein Blick hinauf in das grobe Gesicht des Ogers zeigte Cindiel, dass auch er finster dreinblickte – doch im Gegensatz zu den anderen sah Tastmar immer so aus. Ihm schien der Elfenwald nicht fremd zu sein. Er bewegte sich sicher, und jeder Schritt schien von ihm einmal gegangen worden zu sein.

»Von wo kommst du, Tastmar?«, fragte Cindiel leise.

Der Oger blickte kurz nach links und rechts und dann zu Boden, dabei grunzte er zufrieden.

»Du kommst aus dem Elfenwald?«

Er grunzte erneut.

Sie wusste, er konnte nicht in die Zukunft sehen. Er wusste über ihr oder sein Schicksal nicht mehr als jeder andere, doch er sah die Welt, wie sie war, und er würde sie nicht belügen, nicht einmal, um ihr Mut zu machen.

»Werden wir den Baum Mystraloon erreichen und den Stein dort verstecken können?«

Fast traurig sah er zu ihr herunter und schüttelte den Kopf.

34
Unter dem Eis

Der Wind riss an dem hellen Leinenstoff und ließ ihn in einem schnellen Takt gegen die gebogenen Stangen der Konstruktion klatschen. Das Innere des Eisseglers unterschied sich kaum von der Landschaft außerhalb. Trübe schimmerte das Sonnenlicht durch den dünnen und fleckigen Stoff, dessen Schattierungen einem Himmel glichen. Die Streben zwischen den Kufen und das darübergespannte Netz hatten die Bleichen mit Fellen der weißen Bären ausgelegt. Sie sahen aus wie frisch gefallener Schnee in einer weiten Hügellandschaft. Jede Bewegung des seltsamen Gefährtes wurde begleitet von dem stumpfen Geräusch, das die Kufen im Schnee verursachten. Nur ab und zu wurde es übertönt von dem Brüllen eines Bären, dem Knallen einer Peitsche oder dem lauten Stöhnen, wenn das Holz über einen Stein schabte.

Zwei Tage mochte ihre Reise schon andauern, und Mogda hatte erst wenige Male das Zelt verlassen, um neben dem Schiff herzulaufen und sich denen anzuschließen, die einen Fußmarsch einer Schlittenfahrt vorzogen. Nur etwa die Hälfte aller Oger wagte sich an Bord der Eissegler. Das geheimnisvolle Gespann aus Bären, Segeln und weißhäutigen Zwergen schien einigen von ihnen unheimlich. Andere wollten sich nicht wieder blindlings verfrachten lassen, wie auf der Fahrt mit der Sturmwind – und abermals einem Ende der Reise im kalten Eiswasser entgegensehen. Kälte machte einem Oger weniger aus als Ungewissheit.

Mogda hatte versucht, mit den Bleichen ins Gespräch zu kommen, doch musste er feststellen, dass sie den Bären, die das Schiff zogen, ähnlicher waren, als er angenommen hatte. Bis auf ein mürrisches Brummen oder einige unverständliche Worte bekam man aus ihnen nicht viel heraus. Er war gezwungen, sich aus den kargen Antworten einen Sinn zusammenzureimen. Ihr König hieß Arbalosch und herrschte über die ganze Region von seinem Thron nahe dem Riss. Auf die Frage, was der Riss sei, reagierten die Bleichen gar nicht. Weiterhin fand Mogda heraus, dass das Zwergenvolk die Ankunft der Oger bereits erwartet hatte oder zumindest davon gewusst hatte. Ihr Zusammentreffen mit den Bleichen war also kein Zufall. Mogda bemerkte, wie der Blick des Zwergen immer wieder auf das Runenschwert an seiner Seite fiel und wie es den Bärtigen Überwindung kostete, sich wieder abzuwenden.

Mogda entschloss sich, den Bleichen genauso viel und genauso wenig zu vertrauen wie jedem anderen Volk. Dennoch musste er sich eingestehen, dass ihre Hilfe von großem Nutzen war – wenn sie den Ogern wirklich helfen wollten.

Kapitän Londor saß unterdessen mit seinen Männern auf einem eigens für sie freigehaltenem Eissegler. Seit Beginn der Fahrt hatte er sich nicht mehr blicken lassen. Anscheinend genoss er die Abwesenheit der Oger. Umso grimmiger wurde sein Blick, als er sah, dass Mogda auf ihr Schiff aufsprang und zu ihnen ins Zelt kletterte. Schlagartig verstummten alle Gespräche, und alle Augen ruhten auf dem Oger.

»Hier gibt es nichts, was ihr nicht auch auf einem anderen Segler findet, Herr Oger«, begrüßte ihn Londor.

Mogda musste feststellen, dass das tagelange Ausbleiben von »Herr Oger« seine Laune etwas verbessert hatte, doch leider war sie innerhalb von Sekunden wieder auf dem Tiefpunkt angelangt. Trotz der blumigen Sprache des Kapitäns fiel es selbst einem Oger nicht schwer, die Abneigung darin herauszuhören. Ob dieses ablehnende Verhalten allen Ogern galt oder nur dem einen, der die Sturmwind jetzt zum zweiten Mal versenkt hatte, wollte Mogda gar nicht erst herausfinden. Viel wichtiger als persönliche Aversionen waren ihm Londors Einschätzungen der sonderbaren Zwerge. Der Kapitän hatte viel Zeit bei den Zwergen verbracht und mit ihnen Handel getrieben, er kannte eine Menge Geschichten und hatte so gut wie jedes Meer überquert. Wen gab es da Besseres als ihn, den man über die vermeintlichen Absichten der Bleichen befragen konnte? Londors Gesichtsausdruck zufolge jeden – doch leider war »Jeder« tausend Meilen entfernt.

»Ich möchte mit Euch sprechen«, sagte Mogda höflich.

»Was bleibt Euch anderes übrig?«, fragte Londor höhnisch. »Kaputtmachen könnt Ihr schließlich nichts mehr. Alles, was ich je besessen habe, liegt jetzt auf dem Grund des Meeres. Ich hoffe, mit der Zerstörung meines Lebenswerkes bereite ich Euch ein klein wenig Freude.«

Mogda ahnte bereits, dass es ein Fehler gewesen war, sich zu dem rauen Seebären zu gesellen, doch er hatte das Bedürfnis zu reden. Aber selbst wenn es umschlagen sollte und er unbedingt jemandem wehtun wollte, war er hier an der richtigen Adresse.

»Ich möchte mit Euch über die Bleichen sprechen«, verriet Mogda. »Was meint Ihr, können wir ihnen trauen?«

Londor sah ihn mit großen Augen an. »Fragt der Wolf den Hasen: Sind Eichhörnchen gefährlich?«, gab Londor ungläubig wieder.

Mogda überlegte einen Augenblick, zuckte dann jedoch ratlos mit den Schultern. »Weiß nicht. Sind sie?«

»Wer ist denn aufgesprungen und hat gerufen: Hier sind wir! Nehmt uns mit! Jetzt wollt Ihr von mir die Absolution für Euer Handeln? Die werde ich Euch nicht geben. Sobald es so aussieht, als ob sie Euch das Fell über die Ohren ziehen, werden meine Männer und ich uns sicherlich aus dem Staub machen. Noch kann ich Euch beruhigen, die fünf Milchbärte und die zwei Dutzend Bettvorleger werdet ihr noch schaffen. Doch wenn sie uns erst einmal zu ihren bleichen Brüdern gebracht haben und die schweren Tore hinter uns zugefallen sind, wäre es besser, Ihr habt einen Plan, falls es nicht so gut läuft. Ihr habt doch einen Plan, oder?«

Mogda fand es besser, dem Kapitän und seinen Männern nicht die ganze Wahrheit zu sagen. »Natürlich habe ich einen Plan.«

Mein ganzes Leben ist geplant, dachte Mogda, *doch leider konnte ich noch nicht herausfinden, von wem.*

Mogda musste einsehen, dass er auch von Londor wenig Zuspruch erwarten konnte. Er wusste nicht genau, worauf er gehofft hatte, doch je länger er sich ihre Situation bedachte, desto klarer wurde ihm, dass es egal war, was sie taten. Er war in dieses Land gekommen, obwohl seine Gefolgsleute noch nicht einmal ausreichten, eine Stadt einzunehmen. Wenn sich alle gegen ihn verschworen hatten, machte es keinen Unterschied, ob die Bleichen ihnen wohlgesonnen waren oder nicht. Er brauchte ihre Hilfe, oder sein Weg würde hier enden.

Mogda suchte nach einer guten Ausrede, um Londor und seine Männer wieder zu verlassen, ohne wie ein geschlagener Hund davonzukriechen. Er fand die Antwort in den gellenden Rufen des Bleichen, der ihr Schiff steuerte. Die Rufe galten den Bären zum Ansporn. Eine Peitsche knallte, und der Eissegler machte einen Ruck nach vorn. Die anderen Kapitäne stimmten in die groben Befehle an ihre Tiere mit ein.

Mogda krabbelte auf allen vieren durch das Zelt und begab sich in den vorderen Teil des Schiffes. Er streckte seinen Kopf durch eine Öffnung in der Zeltwand. Der Bleiche stand mit dem Rücken zu ihm. Seine Peitsche knallte erneut durch die Luft und traf einen Bären am Hinterteil. Das Tier wandte sich nur einen Moment um, schnappte erfolglos nach den Lederriemen und brüllte, dann hetzte es weiter.

»Was ist los?«, wollte Mogda von dem Bleichen wissen.

Der Zwerg zeigte wortlos in Richtung Westen.

Kaum eine halbe Meile entfernt, stand ein einzelner Krieger auf einer Anhöhe. Es war ein Mensch, einer der Barbaren, wie Mogda an den dichten Fellen und der großen Zweihandaxt in dessen Hand erkennen konnte. Stolz und anmutig thronte er auf dem weißen Hügel und verfolgte, wie die Eissegler an ihm vorüberzogen. Er reckte den Arm mit der Axt in die Höhe und stieß einen fast unmenschlichen Schrei aus.

Wie aus dem Nichts tauchten hinter ihm weitere Krieger auf und strömten an ihm vorbei. Zuerst dachte Mogda, es wär nur eine Hand voll von ihnen, doch dann stellte er mit Entsetzen fest, dass es nur die Oberkörper von Riesen waren, die den Hügel noch nicht einmal erklommen hatten. Der Rest der kleinen Armee lauerte im Schatten des Erdwalls. Die Riesen waren fast dreimal so groß wie Menschen und überragten jeden Oger somit noch um die Hälfte. Ihre langen grauen und braunen Bärte waren zu Zöpfen geflochten, an denen ein Mensch ohne Schwierigkeiten hochklettern könnte. Aus ihrer Stirn ragten zwei gewaltige gebogene Hörner, und die Waffen in ihren Händen schienen nicht nur durch ihre Größe grotesk. Äxte mit beidseitiger Klinge sowie Schwerter mit Widerhaken, die Mogda bisher nur von den Orks kannte, deren Länge aber höchstens ein Drittel betrug. Die Riesen steckten ihre Waffen in die Höhe und zeigten sie wie Banner.

Als die Riesen, deren Zahl Mogda auf fast zwanzig schätzte, den Hügel bereits überquert hatten, gaben sie die Sicht auf ihr Fußvolk frei.

Es mussten wenigstens zweihundert der Barbaren sein, die ihnen folgten. Obwohl sie kaum Schritt halten konnten, wirkten sie nicht minder angriffslustig.

»Wie weit ist es noch?«, fragte Mogda hastig.

Der Bleiche, von dem Mogda noch nicht einmal den Namen wusste, zeigte regungslos nach Norden. Die Bleichen schienen nicht nur äußerlich erfroren. Wenn man einmal von ihrer Körpergröße absah, hätte man meinen können, sie stammten von Ogern ab.

Mogda versuchte, in der Richtung, in die der Zwerg zeigte, etwas zu erkennen. Vor ihnen lag nichts außer einer ewigen weißen Landschaft. Zu ihrer Linken lagen die tristen Hügel, die sich wie ein großer Wall weit in den Norden erstreckten und hinter denen sich die Barbaren verschanzt hatten. Und zu ihrer Rechten meinte Mogda in weiter Ferne einen Wald erkennen zu können.

»Sie haben uns eine Falle gestellt«, knurrte Mogda.

»Nein«, erwiderte der Bleiche. »Sie haben uns nur durch Zufall entdeckt. Manchmal lagern sie dicht am Riss, weil von unten warme Luft heraufströmt und der Wall ihnen Schutz vor dem eisigen Wind bietet. Sie hatten nur Glück.«

»Glück?«, brüllte Mogda. »Soll ich das meinen Männern erzählen, wenn sie von diesen Riesen in Stücke gehackt werden?«

»Sie heißen Hrimthorsen oder Frostriesen, aber sie werden uns nicht einholen bis zum Glastor, also hört auf so herumzuschreien, das macht die Bären nervös.«

Für einen kurzen Moment überlegte Mogda, ob auch er so einen Segler steuern konnte und ob sie den Bleichen wirklich brauchten. Vielleicht kannten die Bären den Weg nach Hause auch ohne Kapitän, doch er entschied sich dagegen, den Bärtigen hier abzusetzen, und hockte sich brummend neben diesen.

»Falls sie uns doch einholen sollten, werde ich gezwungen sein, etwas Ballast abzuwerfen«, drohte Mogda ihm.

Der Bleiche starrte ihn nur eisig an und verzog keine Miene.

Mogda sah sich zu seinen Gefolgsleuten um. Viele von ihnen hielten das Tempo nicht durch und retteten sich auf die Eissegler oder hielten sich an den Rümpfen fest und ließen sich mitziehen. Die Bären vor den Seglern stemmten sich mit ganzer Kraft in das Geschirr. Weißer Atem umhüllte ihre Köpfe, und mit den Pranken rissen sie Schnee und Eis vom Boden und warfen ihn hinter sich. Mogda zog das Runenschwert aus der Scheide und richtete sich auf. Es war das erste Mal, dass der Zwerg eine Reaktion auf das zeigte, was er tat. Verheißungsvoll starrte er auf die Klinge und die zarten eingravierten Runen auf dem Stahl. Seine Augen klebten förmlich an der Waffe des Ogers. Erst als Mogda sich abwandte, kam der Bleiche wieder zu sich.

»Ihr könnt es wieder einstecken«, sagte er. »Sie werden uns nicht einholen. Der Angriff war nicht geplant. Sie hoffen nur, leichte Beute zu machen.«

Aus dem Augenwinkel sah Mogda einen schwarzen Streifen am Himmel, der sich in einem weiten Bogen auf sie niedersenkte. Zu spät erkannte er, dass es ein Speer oder ähnliches war. Bevor er reagieren konnte, bohrte sich ein Dreizack von zehn Fuß Länge direkt vor ihm in den Holzrumpf des Eisseglers und blieb aufrecht stecken, wie eine Standarte. Die Waffe war aus grobem, unbearbeitetem Eisen gegossen und deshalb gänzlich schwarz.

»Nicht geplant«, zischte Mogda.

»Das war nur Glück«, erwiderte der Bleiche. »Die Hrimthorsen sind sehr stark, und sie können Speer und Dreizack weiter schleudern, als so mancher Bogenschütze einen Pfeil schießt. Dennoch, ihre Waffen sind minderwertig und ihr Kampfgeschick beschränkt. Es war nur Glück«, wiederholte er.

»Glück ist etwas, was die Götter uns zugestehen«, wandte Mogda ein. »Die Götter schlafen und geben uns ihren Segen nicht. Dann wird es wohl nicht nur etwas mit Glück zu tun haben.«

»Ihre Göttin ist Suul und schläft niemals.«

Mogda hätte ihm nur zu gern widersprochen, doch der Bärtige schnitt ihm das Wort im Munde ab.

»Dort«, sagte er und zeigte auf eine Senke im Boden.

Die Eissegler rasten auf eine breit angelegte Vertiefung im Boden zu. Die Bleichen hatten eine sich verengende Schneise in den Boden gegraben, die leicht abschüssig auf ein massives Doppelportal aus Stein zulief. Dahinter musste die unterirdische Stadt der weißen Zwerge liegen – Bleichenstadt. Mogda hatte sich nie eine Vorstellung von dem gemacht, was dieser geheimnisvolle Ort wohl zu bieten hatte. Nur in den Verwünschungen und Drohungen der Zwerge aus Nelbor hatte er je Erwähnung gefunden: »Die Bleichen werden dich holen«, oder »Die

Weißen aus Bleichenstadt werden kommen und all jene richten, deren Bart kürzer ist als der Fuß eines Mannes.« Solche Sprüche stießen die Zwerge aus Nelbor gern und oft aus, um ihren Drohungen mehr Glaubwürdigkeit zu verleihen. Im Laufe der Zeit hatte man ihnen keine Bedeutung mehr zugemessen. Zu oft wurden die Verwünschungen über kleinere Vergehen ausgegossen, und so verblassten sie wie der Ursprung – die Bleichen.

Mogda zuckte zusammen, als der Zwerg zweimal kurz in das gekrümmte Horn stieß, das an einem Lederband über seiner Schulter hing. Noch bevor das Signal richtig verhallt war, bewegten sich die gewaltigen Steintüren und gaben einen schmalen Spalt frei, der schnell breiter wurde und in das Innere der Zwergenstätte führte. Die abschüssige Rampe wirkte wie eine Spiegelfläche. Dickes, milchiges Eis überzog den abschüssigen Weg bis hinunter zum Tor. An den Seitenwänden, dort, wo Schnee und Eis durch kantigen dunklen Fels abgelöst wurden, zierten Reihen von zwei Fuß breiten Löchern das Massiv. Aus ihrem Inneren hing trübes Eis bis auf den Boden, das aussah wie lange Zungen, die aus dem Maul eines hechelnden Wolfes heraushingen.

»Was ist das?«, wollte Mogda wissen.

»Wasserspeier«, kommentierte der Bleiche. Bei einem Angriff versprühen sie Wasser auf den Feind.«

Mogda starrte ungläubig auf die kahlen Löcher in der Wand. »Ihr besprüht eure Feinde mit Wasser? Das ist äußerst ... nett. In Nelbor sind wir dazu übergegangen, sie mit richtigem Stahl zu vertreiben. Die meisten von ihnen lassen sich durch Waschen nicht abschrecken.«

Der Bleiche sah ihn höhnisch an. »Das Land, von dem Ihr sprecht, lässt einen durchnässten Mann sicherlich auch nicht innerhalb weniger Minuten erfrieren. Im Norden schneidet die Kälte tiefer als Stahl, das solltet Ihr euch merken.«

Der Eissegler begann zu schlingern, das Heck des Schiffes brach seitlich aus, und die Rümpfe stellten sich quer. Mogda musste sich festhalten, um nicht von Deck zu stürzen. Er sah, dass es den anderen Schiffen ähnlich erging. Die weißen Bären zogen ihre Last nicht mehr, sondern schienen vor ihr zu flüchten. Einige der Oger, die es nicht an Deck eines Eisseglers geschafft hatten, versuchten, nebenherzulaufen, konnten aber auf der spiegelglatten Fläche ihr Gleichgewicht nicht halten, stürzten zu Boden und rutschen neben Holz und Bärentatzen weiter auf das Tor zu. Sie versuchten, mit Armen und Beinen Halt zu finden oder sich wenigstens von den massigen Rümpfen der Segler fernzuhalten, um nicht von ihnen zermalmt zu werden.

Mogda erkannte, wie die hinteren beiden Schiffe und einige seiner Kameraden in einem Regenschauer verschwanden, der von beiden Seiten über sie hergetrieben wurde. Die Speier versprühten ihre nasse Ladung über die gesamte Breite der Einfahrt. Nacheinander schoss aus weiteren Löchern Wasser, bis hinter Mogda alles in einem Schleier aus Dunst und Nebel verschwand.

Mogda klammerte sich an eines der vorderen Segel, als sie sich ein zweites Mal drehten und rücklings in die große dunkle Halle eintauchten. Die Bären wurden vom Gewicht des Seglers mitgerissen, und keuchend und brüllend versuchten sie, ihre Krallen in das Eis zu schlagen, um der Rutschpartie ein Ende zu setzen. Mogda betrachtete die sechzig Fuß hohen Steinportale, an denen sie vorbeiglitten, und die zwei Gruppen zu je drei Dutzend Zwerge, die sich am Portal versammelt hatten, um den Eingang zu schützen. Schwer gerüstet, mit Piken und Armbrüsten bewaffnet, standen sie bereit, jeden Feind zu töten, der hilflos den Hang hinunterrutschte und ihnen in die Hände fiel.

Schnell hatten die Bären es geschafft, das Gefährt zum Stehen zu bringen, und sofort eilten einige Zwerge aus dem Dunkeln herbei, um die Tiere zu beruhigen. Mogda sprang von Bord und eilte zurück zum Tor, als gerade zwei der Segler gleichzeitig in die Halle rutschten. Die Kufen hatten sich ineinander verhakt, und die Bären schienen sich nicht einig zu werden, in welche Richtung sie nun ziehen sollten. Mogda musste sich mit einem Hechtsprung zur Seite retten, um nicht von einem der Rümpfe getroffen zu werden.

»Geh weg da. Da kommen noch zwei«, schrie ihm einer der Wächter entgegen. Der Zwerg, wie auch alle anderen, schien sich überhaupt nicht zu wundern, einen Oger in den Hallen zu sehen.

Schon raste der vierte Segler durch das Tor, und gleich dahinter ein einzelner zersplitterter Rumpf. Mogda hörte das Brüllen seiner Kameraden und das Fauchen der Eisbären, aber die Wasserfontänen gaben nichts davon Preis, was hinter ihnen geschah. Kurz darauf schlitterten weitere Trümmer, das Großsegel und einige Oger und Bären den eisigen Abhang hinunter.

Mogda erkannte Purgol, der über einem auf dem Rücken liegenden

Eisbären hockte und mit einer Keule wieder und wieder auf das Tier einschlug. Gemeinsam rutschten auch sie dem Portal entgegen. Die Bärentatzen schlugen wild um sich, doch Purgol hielt die rechte Pranke fest, und mit einem Fuß stand er auf dem linken Hinterlauf des Tieres. Seine Keule hob und senkte sich und drosch immer wieder auf den Schädel des Bären ein. An vielen Stellen färbte sich das weiße Fell des Tieres bereits rosa, und Purgol war der Armschutz heruntergerissen, sodass man die drei tiefen blutigen Furchen sehen konnte, die der Bär ihm zugefügt haben musste. Bevor sie die Halle erreichten, stieß der Oger dem Bären die Keule mit einem gewaltigen Hieb ins Maul und brach ihm den Schädel.

Die Wächter am Tor zögerten keinen Moment. Sie traten vor und legten mit ihren Armbrüsten auf Purgol an. Mogdas Kamerad hockte erschöpft über dem toten Tier und schien von den Wachen um ihn herum gar nichts mitzubekommen.

»Nein, nicht«, brüllte Mogda. »Er ist einer meiner Männer.«

Die Wachen reagierten überhaupt nicht auf Mogdas Rufe. Er packte einen von ihnen am Arm und schleuderte den Zwerg quer durch die Halle, gegen einen der Schiffsrümpfe. Bralba, Negol, Marmu und ein Dutzend weitere Oger waren bereits hinzugekommen und standen um die Bleichen herum. Die Wachen schienen keinen Kommandanten zu haben und zielten mit ihren Armbrüsten blindlings auf jeden, der sie zu bedrohen versuchte.

»Wenn sich nur ein Bolzen von euren Sehnen lösen sollte, werden wir euch kleinen, hässlichen Eiszapfen in die Erde stampfen, egal ob sie gefroren ist oder nicht«, drohte Mogda ihnen. Bralba half Purgol wieder auf die Beine. Er umklammerte seinen Bizeps, aus dessen Wunden mit jedem Herzschlag Blut hervorquoll.

»Habt ihr einen Heiler und einen Koch?«, fragte Mogda. »Lasst seine Wunden verbinden und brutzelt den Bären. Bringt Brot und etwas zu trinken dazu.«

Die Zwerge ließen sich durch Mogdas Anweisungen irritieren und schauten sich gegenseitig fragend an.

»Sprecht ihr nicht unsere Sprache?«, fauchte Mogda, packte einen der Bärtigen und zog ihn zu sich hoch.

»Sie sprechen die Sprache genauso gut wie ich«, rief der Kapitän des Eisseglers Mogda zu. »Sie sind es nur nicht gewohnt, ihre Befehle von

Wilden zu erhalten. Haltet ihr das in eurem Land Nelbor genauso, dass ihr eure Reittiere tötet und aufesst? Dann wundert es mich nicht, dass ihr so gut zu Fuß seid.«

Mogda ließ den Zwerg achtlos fallen. Scheppernd stürzte er zu Boden und krabbelte auf allen vieren davon, bis seine Kameraden ihm aufhalfen. Mogda baute sich vor dem Kapitän der Bleichen auf und legte seine Hand auf den Schwertknauf.

»Der Bär hat in seiner Panik einen meiner Männer angegriffen und schwer verletzt. Purgol hat sich nur gewehrt.«

»Recht erfolgreich, wie es aussieht«, sagte der Bleiche.

»Außerdem gibt es in Nelbor keine Reittiere, die einen Oger tragen würden. Wir essen Bären, Ziegen, Schafe, Kühe und Pferde ... wenn uns die Zwerge ausgehen. Wir haben nicht vor, unsere Angewohnheiten abzulegen. Habt Ihr das verstanden?«

»Natürlich habe ich verstanden«, entgegnete der Zwerg. »Trotzdem solltet Ihr euch von den Bären fernhalten. Ihr werdet nicht immer so viel Glück haben und den Kampf gewinnen.«

»Ich habe Euch schon einmal gesagt, dass Glück nur von den Göttern verteilt wird«, knurrte Mogda. »Wir sind Oger, wir brauchen kein Glück, um zu töten. Aber Ihr braucht es sicherlich, wenn Ihr uns noch einmal in falscher Sicherheit wiegt.«

Mogda sah zu Negol. Er hatte den Oger als Beobachter eingesetzt, weil er einer der wenigen war, der in der Lage schien, begrenzt zählen zu können. Er summierte seine Kameraden zu Dutzenden auf. Unsicher hielt Negol eine Hand hoch, klappte den Daumen und den kleinen Finger mit der anderen Hand zurück und steckte die restlichen drei Finger in die Höhe.

»Drei meiner tapfersten Krieger habe ich verloren, nur weil ihr gesagt habt, die Angreifer würden uns nicht einholen. Wenn Ihr jetzt wieder behauptet, die Barbaren hatten nur Glück, werde ich Euch kochen und mit einer Mohrrübe im Mund den Bären zum Fraß vorsetzen. Wollen wir doch mal sehen, ob die Reittiere in diesem Land sich auch davor scheuen, ihre Reiter zu fressen.«

Mogda brach seine Ansprache ab, als er einen Zwerg in weiter Robe mit einer Fackel auf sich zukommen sah. Das große Portal wurde hinter ihnen geschlossen und eine Reihe von Fackeln entlang der Wand entzündet. Unter der Robe trug der Zwerg eine schwarze Rüstung mit bronzenen Intarsien. All die Schichten aus Metall, Fell und Stoff ließen den Bärtigen genauso breit wie hoch erscheinen.

»Ihr müsst Mogda sein«, rief der Zwerg von Weitem. »Soweit ich weiß, hat noch niemals ein Oger einen Zwerg gegessen. Doch falls Ihr es einmal probieren solltet, sagt mit später Bescheid, wie er geschmeckt hat. Ich würde meinen Hammer verwetten, dass er zäh und tranig ist.«

Der Zwerg lachte. Als er näher kam, streckte er Mogda die Hand zur Begrüßung entgegen. Mogda hielt ihm zwei seiner Finger hin und ließ sie durchschütteln.

»Ich bin Maester Trumbadin – Amme, Bruder und Vater der Wächter. Rator hat mir viel von Euch erzählt. Ich soll Euch ausrichten, dass Ihr Recht hattet, was den Bau von Schneehütten anging, aber ich soll Euch auch sagen, dass Oger zu groß sind und es zu lange dauert, Hütten von geeigneter Größe zu errichten. Außerdem fallen sie sehr schnell zusammen.«

»Rator ist hier?«, stammelte Mogda.

»Ja, er ist der letzte Wächter. Seine Aufgabe besteht darin, Nassfal auf diese Welt zu holen. Er wird so lange an dessen Thron wachen, bis er erwacht.«

»Ich will zu ihm«, sagte Mogda, der seine Fassung schnell wieder zurückgewonnen hatte.

»Zu Nassfal oder zu Rator?«, fragte Trumbadin erstaunt.

»Ich will Rator sehen«, verkündete Mogda. »Und ich will, dass Ihr mir sagt, wer oder was dieser Nassfal wirklich ist.«

Trumbadin lächelte höflich. »Das mit Rator muss noch etwas warten. Er schickt Euch die Keule eines Schattenwolfes. Ich habe das Tier zusammen mit ihm erlegt. Na ja, ich war auf jeden Fall dabei, als er ihn erlegt hat. Er sagte, Ihr müsst sie unbedingt probieren, so etwas hättet Ihr nicht in Nelbor. Aber zuerst solltet Ihr und Eure Männer euch ausruhen. Danach bringe ich Euch zu König Arbalosch, er brennt darauf, Euch kennen zu lernen. Brennt darauf«, wiederholte der Bleiche und kicherte dabei. »Ach, und was Nassfal angeht, glaube ich, kennt Ihr ihn unter dem Namen Tabal.«

Trumbadin zeigte umständlich an Mogda vorbei und deutete auf das Tor. Mogda drehte sich um und rang nach Luft. Auf der Innenseite des steinernen Doppelportals hatten die Zwerge den brennenden Turm mit goldenen Intarsien eingefasst – das Zeichen Tabals.

35
Wie schon einmal

Als Gnunt erneut zu sich kam, hatten sie bereits das Stadttor von Osberg erreicht. Schon seit Tagen kam er immer wieder für kurze Zeit zu sich, doch die Schläge und die Tränke, die ihm die Hüttenbauer einflößten, ließen ihn zurück in eine Welt flüchten, die aus Dunkelheit bestand. Er erinnerte sich nur noch bruchstückhaft an das, was vor und nach dem Angriff auf die Zwergenfeste geschehen war.

Zusammen mit Tastmar hatte er die Nachhut gebildet. Sie wollten den Söldnern eine Falle stellen, als plötzlich der dünne Mann vor ihnen auftauchte. Tastmar schien ihn zu kennen, und auch Gnunt kam das Gesicht des Hüttenbauers irgendwie bekannt vor, obwohl er wie ein Söldner gekleidet war. Der dünne Mann erinnerte Tastmar daran, dass er ihm noch etwas schuldig war. Tastmar schien es ebenfalls nicht vergessen zu haben. Er forderte sie auf, sich den Söldnern entgegenzustellen und damit die Flucht der jungen Hexe zu gewährleisten. Er hatte sogar schon einen Plan.

Ehe Gnunt sich versah, war die Sache abgemacht, und ihn hatten sie für eine Aufgabe auserkoren, die mehr von Wahnsinn geprägt war, als einem wirklichen Plan glich. Das Nächste, woran er sich erinnerte, war, dass er einem halben Heer von Söldnern entgegenrannte, die Stimme des dünnen Mannes in seinem Kopf: *Reiß so viele Pferde nieder, wie du kannst. Töte jedes Reittier, dass du zu packen bekommst, aber verschone die Söldner. Sie werden versuchen, dich gefangen zu nehmen, und genau das wirst du ihnen ermöglichen. Sie werden dich schlagen und treten, aber sie werden dich nicht töten. Du wirst mit ihnen gehen und alles über dich ergehen lassen . . . bis wir uns wiedersehen.*

Dann hörte er nur noch sein eigenes Kampfgebrüll und wie Pferde und Reiter versuchten, ihn mit ihren eigenen von Panik erfüllten Schreien zu übertönen.

Kurz erinnerte er sich daran, wie er in Ketten hinter einem Pferd herlief. Dann wieder, wie ihn mehrere Tiere hinter sich herschleiften, und irgendwann erwachte er in diesem Käfigwagen, in dem er immer noch saß. Die Schläge und Tritte, die ihm zuteil wurden, vermischten sich in Traum und Dunkelheit. Nur die zahlreichen Schürf- und Platzwunden, die gebrochene Nase und einige gestauchte Rippen zeigten ihm, dass vieles davon wirklich geschehen war, genauso wie das blutige Büschel Haar, das er fest umklammert in den Händen hielt.

Er hockte zusammengesunken zwischen den Gitterstäben. Der Platz im Inneren des Wagens reichte nicht, um die Beine auszustrecken, geschweige denn um sich aufzurichten. Die Stäbe hatten sich schmerzhaft in seinen Rücken gedrückt, dennoch fand er nicht die Kraft, sich zu bewegen. Hinter dem Tor, gleich als sie die grimmig dreinschauenden Wachen passiert hatten, erwarteten den Trupp eine Menge Schaulustiger. Die Hüttenbauer aus Osberg waren gekommen, um dem Unhold ihre Aufwartung zu machen. Aufgeregter Protest wurde laut. Die Menge schrie nach Vergeltung und Rache.

»Hängt ihn auf. Spießt seinen Kopf auf eine Lanze und stellt sie vor das Stadttor, damit die Kreaturen Tabals erkennen, was geschieht, wenn sie weiterhin in Nelbor ihr Unwesen treiben.«

Gnunt verstand nicht, was er diesen Leuten getan haben konnte, was sie so erzürnte. Er hatte den Menschen von Osberg überhaupt nichts getan, und auch aus Sandleg waren sie geflüchtet, bevor die Stadt in Schutt und Asche lag. Alles, was man ihnen zur Last legen konnte, war, dass sie sich selbst verteidigt hatten.

Essensreste und die Inhalte von Abtritten wurden nach ihm geworfen. Ein fauliger Kohlkopf klemmte sich zwischen die Gitterstäbe, und als Gnunt danach griff, weil sein Hunger größer war als die Schmach, schlug ihm einer der Söldner mit dem Schwertknauf auf den Handrücken. Sofort krümmte Gnunt sich wieder zusammen.

»Nicht hier in der Stadt«, hörte er einen Mann zu dem Söldner sagen. »Sie sollen nicht denken, dass wir Unholde sind.«

»Übergebt ihn den Leuten hier, dann werdet Ihr sehen, was für Unholde in ihnen schlummern.«

»Lasst ihn in Ruhe, hab ich gesagt«, zischte der andere wieder. »Es gibt genug Menschen, die unserer Sache noch nicht zustimmen, wir wollen ihnen kein Futter geben, damit sie sich gegen uns wenden. Bringt ihn einfach in den Kerker wie Euch befohlen, dann bekommt Ihr euren Sold.«

Gnunt wagte einen vorsichtigen Blick auf den Mann. Er kannte ihn nicht, aber er trug die Robe eines Priesters. Sein braunes Haar lugte unter der Kapuze hervor, genauso wie seine hakenförmige Nase. Er war bei Weitem nicht so kräftig wie der Söldner, mit dem er sprach, doch schien der Schwertmann Respekt vor ihm zu haben.

Unter den zornigen Rufen und dem Regen aus fauligen Eiern und altem Obst setzten sie ihren Weg fort. Mit jedem Straßenzug, den sie hinter sich ließen, schwanden auch die aufgebrachten Menschen vom Tor. Statt ihrer zeigten sich hilflose, betroffene und ängstliche Gesichter in den Fenstern der Häuser. Zu Gnunts Erstaunen begleiteten plötzlich zwei Kinder den Käfigwagen und winkten dem Oger fröhlich zu.

»Hallo, Herr Oger«, rief das Mädchen. »Seid ihr gekommen, um die Statue von Tarbur zu reparieren? Sie liegt draußen im Bach, und die Fische knabbern an seiner Nase. Ihr seht stark genug aus, um sie aus dem Wasser zu ziehen. Unsere Mutter hat gesagt, wir dürfen nicht dahin – die Statue ist ein schlechtes Oben.«

»Omen«, korrigierte der Junge seine Schwester. »es heißt Omen, du dumme Kuh.«

»Macht, dass ihr nach Hause kommt«, fuhr einer der Söldner sie an und verscheuchte die Kinder. Er schlug dem Jungen mit der flachen Hand auf den Hinterkopf und versuchte, das Mädchen mit dem Stiefel zu treten, doch er verfehlte sie knapp. Die beiden rannten davon, aber nicht ohne Gnunt dabei fröhlich zuzuwinken. Gnunt versuchte, ihren Gruß zu erwidern, doch seine Kraft reichte nur aus, um mit der Hand über den Boden zu wischen.

»Kinder«, knurrte der Söldner. »Ihre Eltern sollten ihnen mehr Vernunft einbläuen. Wenn *sie* es nicht tun, wird man ihnen später Verstand mit einem glühenden Eisen einbrennen.« Gnunt sah den Mann böse an, bis ihre Blicke sich trafen.

»Glotz nicht so blöd. Ein glühendes Eisen würde dir auch ganz guttun.«

Gnunt zuckte wieder zusammen, als der Söldner mit seinem Schwert gegen die Gitter schlug. *Er ist ein Ork, der aussieht wie ein Mensch*, dachte Gnunt.

Sie passierten das Haupttor zur Kaserne der Wachsoldaten. Die vereinzelten Menschen, die ihnen immer noch folgten, blieben dahinter zurück und bedachten Gnunt noch mit einigen Pöbeleien, die er zwar nicht verstand, aber die durch ihren Tonfall nichts Gutes versprachen. Die Söldner stellten den Wagen mit ihm und den vier altersschwachen Gäulen auf der Mitte des Hofes ab und traten einige Schritte zurück. Gnunt sah, dass sich auf der inneren Wachmauer einige Hüttenbauer in dunklen Roben versammelt hatten und zu ihm hinunterstarrten. Sie zeigten mit Fingern auf ihn und schienen belustigt darüber, ihn so eingepfercht zu sehen.

»Gut!«, rief einer von ihnen herunter. »Bringt ihn weg und bereitet ihn vor. Demnächst will der Hohepriester Tyvell ihn selbst befragen. Stellt sicher, dass er die richtigen Antworten gibt. Kettet ihn im Kerker an, dann könnt ihr euch den Sold abholen kommen.«

Feierlich verließen die Männer die Mauer wieder und verschwanden im Inneren eines Wachturmes.

Zwei überaus kräftige Schergen mit kahl geschorenen Köpfen betraten den Innenhof und gesellten sich zu den Söldnern. Die beiden stellten sich mit verschränkten Armen vor dem Käfig auf und betrachteten den Oger.

»Man ist immer wieder überrascht, wenn man sieht, wie groß sie wirklich sind«, schnaubte der Linke.

»Stimmt«, sagte der andere.

»Der hier ist, glaube ich, noch größer als Tarbur damals, wenn die Geschichten über ihn wahr sind.«

»Stimmt«, raunte der andere wieder.

Einer der Söldner drängte sich zwischen sie und legte ihnen die Arme über die Schultern.

»Worauf wartet ihr?«, fragte er. »Dass er abnimmt oder schrumpft? Werdet ihr zu schlecht bezahlt, um endlich mal einen wirklich schweren Jungen in euren Kerker einzusperren?«

»Wenn du es nicht erwarten kannst, mach es selber«, erwiderte der Linke und hielt dem Söldner einen großen eisernen Ring hin mit einem Dutzend Schlüssel daran.

»Stimmt«, pflichtete der andere bei.

»Macht schon«, befahl der Söldner.

Die beiden sperrten mürrisch die Käfigtür auf und warfen sich einen Blick zu.

»Ich hatte den Letzten, diesmal bist du dran.«

»Stimmt«, sagte ›Stimmt‹, doch als er seinen Fuß auf den Wagen setzte, zögerte er einen Augenblick und drehte sich zu seinem Kollegen um.

»Es war dieser Rodney nach der Schlägerei in der Eichengasse«, kam sein Kollege seiner Frage zuvor.

Stimmt drehte sich wieder um und runzelte die Stirn. »Stimmt«, murmelte er und kletterte in den Wagen. Er öffnete das Schloss der Kette, mit der man Gnunt an die Stäbe gefesselt hatte. Er kettete die losen Enden wieder mit dem Schloss zusammen und verlies den Käfig.

»Kannst du allein herausklettern?«, fragte Stimmts Kollege.

Gnunt nickte und kroch vom Wagen. Erst jetzt spürte er seine unzähligen Verletzungen. Sein Körper schien übersät von Schürfwunden und Prellungen. Jeder Knochen in seinem Leib schmerzte.

»Was habt ihr mit ihm gemacht?«, fragte der Glatzkopf einen der Söldner. Habt ihr ihn bis Osberg hinter dem Wagen hergezogen?«

»Was geht es dich an, Kerkermeister. Scher dich um deinen eigenen Kram.«

Vier der Söldner begleiteten sie, als der Kerkermeister und sein Kollege Gnunt in den Turm brachten.

»Nach unten«, wies der Kerkermeister die übrigen an.

Die gewundene Steintreppe war steil und schmal. Gnunts Fußketten ließen es kaum zu, mehr als eine Stufe auf einmal zu nehmen. Seine Füße fanden nur zur Hälfte auf den Stufen Platz, und den Kopf musste er einziehen, um nicht gegen die Decke zu stoßen.

»Ich gehe allein vor«, sagte einer der Söldner. »Er wird ja wohl kaum nach unten flüchten.«

»Stimmt«, krächzte eine Stimme hinter ihnen.

Obwohl die Treppe nur dreißig Fuß in die Tiefe führte, kam sie Gnunt schier unendlich vor. Er kam nur langsam voran, und das tagelange Sitzen in dem Wagen hatte seine Glieder taub und starr werden lassen.

»Beeil dich, Fettsack«, pöbelte ihn der Söldner vor ihm an. »Auf uns wartet eine fürstliche Belohnung. Der Klerus wiegt jeden Pfund von dir mit Gold auf.«

Zum ersten Mal betrachtete Gnunt den Mann vor sich. Bei jedem Schritt hatte er darauf geachtet, die Stufen mit den Füßen zu treffen, doch jetzt blieb er stehen und schaute in das zornige Gesicht des Mannes schräg unter ihm. Es war derselbe, der die Kinder verscheucht hatte – der Ork in Menschengestalt.

Der Söldner verpasste Gnunt einen Schlag mit dem Schwertknauf auf die Kniescheiben. Der eigentliche Schmerz war geringer als die Demütigung, die dahintersteckte, dennoch rang Gnunt sich ein Lächeln ab.

»Ihr seid genauso hässlich, wie ihr blöd seid«, fluchte der Söldner und verpasste Gnunt einen weiteren Schlag. Diesmal lächelte Gnunt nicht mehr. Er knickte mit dem Bein weg und ließ sich einfach fallen. Der Weg bis nach unten betrug nicht mehr als zwanzig Stufen, und Gnunt nahm sich vor, möglichst weich zu fallen. Er packte mit den gefesselten Händen zu und umklammerte die Schwerthand des Söldners, damit ihm die Klinge beim Sturz nicht versehentlich in seinen Bauch gerammt wurde. Dann klemmte er den Kopf des Mannes zwischen seine Arme und überließ den Rest den Göttern.

Gnunt spürte, wie der Mann mit Armen und Beinen um sich schlug und versuchte, sich aus dem Griff des Ogers zu befreien. Er versuchte zu schreien, doch das Gewicht auf ihm erstickte jeden Ton. Dann hörte Gnunt, wie die Knochen des Söldners barsten und sein Körper erschlaffte. Noch zwei weitere Male überschlug er sich, den Söldner fest umklammert, und prallte dann mit dem Schädel gegen die Wand. Für kurze Zeit musste er das Bewusstsein verloren haben, denn als er die Augen wieder aufschlug, standen die anderen um ihn herum und versuchten, seinen Körper von dem Mann unter ihm fortzuzerren. Gnunt rollte sich zur Seite und sah die verdrehten Beine des Mannes, wie sein Kopf nicht mehr mittig auf den Schultern saß und den Knochen, der aus seinem Bizeps ragte.

»Was für ein Trottel«, lachte einer der Söldner. »Was hat er gedacht, dass ein Oger nur schwer aussieht, aber leicht wie eine Feder ist? Er hätte laufen sollen, dann würde er immer noch leben.«

»Ist doch egal«, sagte ein anderer. »Ein Beutel weniger, mit dem wir teilen müssen.«

Sie ließen den Mann einfach dort, wo er lag, und brachten Gnunt zu seiner Zelle. Der Oger befürchtete, sie hätten gesehen, dass er sich absichtlich hatte fallen lassen, doch es schien niemand bemerkt zu haben oder bemerken zu wollen. Der Kerkermeister schloss eine schwere Stahltür auf und stieß sie mit dem Fuß an, während er in die dunkle Zelle zeigte.

Zwei der Söldner stießen Gnunt mit etwas Hartem in den Rücken und trieben ihn vorwärts. Gnunt tauchte durch die zu kleine Tür in die Dunkelheit. Der Kerkermeister entzündete eine Fackel, und Stimmt sah es als seine Aufgabe an, den Oger an die beiden großen Eisenringe, die in der Wand eingelassen waren, zu ketten.

»Ich dachte, die Zelle ist leer, habt ihr gesagt?«, wandte einer der Söldner ein.

Stimmt leuchtete die Zelle aus. Der Söldner hatte Recht. Gegenüber an der anderen Wand hockte eine kleine Gestalt, in lumpige Decken gewickelt, und schien zu schlafen.

»Manchmal bringen die Stadtwachen selbst Mörder und Diebe hier herunter«, erklärte der Kerkermeister. »Meine Bezahlung ist nicht gut genug, um Tag und Nacht hier zu wachen. Was stört es dich? Wenn die Ratte aufwacht und mitbekommt, wer sein neuer Zellenkamerad ist, wird er ohnehin vor Schreck tot umfallen. Also lass ihn in Ruhe.«

Die Söldner schienen es eilig zu haben, wieder nach oben zu kommen und dem Zahlmeister einen Besuch abzustatten. Der Kerkermeister steckte die Fackel neben die Tür in die Wandhalterung und warf einen letzten Blick auf Gnunt.

»Ich lass die Fackel stecken, damit du dich an dein neues Zuhause gewöhnen kannst. Wenn sie abgebrannt ist, wird es hier wieder dunkel wie in einem Bärenarsch, also versuch, dich dran zu gewöhnen. Einmal am Tag gibt es etwas zu essen und einen Schluck Wasser, mehr ist nicht drin. Versuch also deine Kräfte zu sparen, brüll nicht die ganze Zeit rum oder reiß an den Ketten. Du bekommst sie ohnehin nicht aus der Wand gerissen. Ach übrigens, es wäre schön, wenn du die Ratte auf zwei Beinen dir gegenüber nicht verspeist, Lord Felton ist es lieber, wenn er selbst über seine Gefangenen Gericht halten kann, ohne dass schon jemand an ihren Knochen genagt hat. Verstehst du?«

Gnunt blickte auf. Hinter dem Kerkermeister, der in der Tür stand, zeigte sich das neugierige Gesicht von Stimmt.

»Oger nicht effen Hüttenbauer«, stammelte Gnunt. »Gnunt mag Ffafe und Ffeine.«

»Ffafe und Ffeine«, lachte der Kerkermeister, als er die Tür hinter sich schloss und den schweren Schlüssel herumdrehte. »Dazu würden wir auch nicht Nein sagen.«

»Stimmt.«

Die Schritte der Männer verhallten schnell in dem kalten, nassen Gewölbe. Das Letzte, was Gnunt von ihnen hörte, war das Schlagen der eisernen Tür dreißig Fuß über ihm.

Mit einem Ruck warf Gnunts Mitgefangener die Decken von sich und gab sich einem keuchenden Hustenanfall hin. »Was in aller Welt veranstalten diese dreckigen Söldner nur mit ihren Decken?« schimpfte er. »In jedem Hurenhaus sind die Laken sauberer.«

Der Mann stand auf, klopfte seine Kleidung penibel ab und trat in den Schein der Fackel.

»Dünner Mann«, entfuhr es Gnunt.

»Richtig, mein dicker Freund«, sagte er. »Du scheinst dich nicht so leicht täuschen zu lassen wie die meisten Menschen in dieser Stadt. Trotzdem wäre es schön, du würdest mich auch wie alle anderen, die mich nicht kennen, mit Haran ansprechen. Dünner Mann ist schon etwas zu verräterisch für meinen Geschmack. Selbst in meiner Stammkneipe weiß die Schankmaid zwar, wer Haran ist, doch wäre sie nicht imstande zu sagen, ob er groß oder klein, dick oder dünn, mit langem oder kurzem Haar gesegnet ist.«

Und tatsächlich, als er sich drehte und den Kopf neigte und hob, sah es aus, als ob sein Haar länger oder kürzer werden würde, und auch schien er Gnunt gar nicht mehr so dünn wie in dem Wald. Unverkennbar jedoch waren für Gnunt seine zwei verschiedenfarbigen Augen, von denen er versuchte, immer nur eines seinem Gegenüber zu zeigen.

»Wie ich mit Bedauern feststellen muss, ist deine Reise nicht ganz so angenehm verlaufen wie die meine«, sagte er mit einem traurigen Unterton. »Aber im Gegensatz zu mir wird deine Reise bald vorüber sein, wenn du dich an das hältst, was ich dir sage. Verstehst du?«

»Gnunt verftehen«, stöhnte Gnunt.

»Gut, dann hör mir zu. Sie werden wiederkommen und dich vorbereiten. Man wird dir wehtun, aber nur äußerlich. Es werden zwei oder drei Folterknechte des Klerus kommen, um sicherzustellen, dass du dem Hohepriester Tyvell Rede und Antwort stehst. Sie werden dich so lange quälen und dir Fragen stellen, bis sie von dir erfahren, was sie wissen wollen.«

»Gnunt nicht verraten Freunde.«

Haran lachte auf. »Weiß du, dass dies hier alles schon einmal passiert ist? Tarbur stand an deiner Stelle, und an der Wand ihm gegenüber saß Slick, ein wirklich schlechter Mensch. Beide sind tot, und das Schicksal hat sich nicht erfüllt. Es liegt jetzt in deinen Händen, alles zum Guten zu wenden. Du wirst ihnen alles sagen, was du weißt, hörst du. Sie werden dich auch nach Dingen fragen, auf die du die Antwort nicht kennst. Dann wirst du ihnen auch dies erzählen. Mach dir keine Sorgen, niemand wird sich von dir verraten fühlen, wenn du dich an das hältst, was ich dir sage.«

Gnunt nickte verschämt. Haran trat aus dem Fackelschein hervor auf ihn zu. Zwischen seinen Händen spannte sich ein Draht, dessen Enden an zwei Holzgriffen befestigt war. Er trat hinter Gnunt an die Wand und zog an den schweren Eisengliedern der Kette. Gnunt konnte nicht sehen, was er tat, nur das schleifende Geräusch von Metall auf Metall war zu hören. Es dauerte einige Zeit, bis Haran wieder hervortrat. Er hielt den Draht vor sich, tippte zaghaft mit einem Finger dagegen und zog ihn erschrocken wieder zurück.

»Das hier ist des Schicksals dünner Faden«, erklärte er. »Meistens lässt er das Schicksal enden, doch dieses Mal spinnt er den dünnen Faden weiter. Eine Garotte kann keine Eisenfessel durchschneiden, aber der Lehrling eines Schmiedes liebt vielleicht ein Mädchen, dessen Vater sie schlägt. Irgendwann wird er sie totschlagen, es sein denn, das Schicksal hat andere Pläne für den Vater. – Du wirst alle Fragen beantworten«, drängte er erneut. Du wirst dir wehtun lassen, aber nur äußerlich. Sobald sie anfangen, dir wirklich wehzutun, wirst du gehen. Schau dich genau um, eine Tür wird für dich offen stehen, du folgst ihr, und wenige Stunden später bist du frei. Aber um eines muss ich dich bitten, bevor du gehst – du musst sicher sein, dass niemand mehr ...«, er machte eine kurze Pause, »... dass niemand mehr sehen kann, wohin du verschwindest. Ihre Augen müssen geschlossen sein. Hast du das verstanden? Ihre Augen *müssen* geschlossen sein, wenn du Osberg verlässt.«

Gnunt hatte verstanden.

Haran drehte sich um und öffnete die Zellentür, als ob sie niemals verschlossen gewesen wäre. Dann ging er hindurch und schloss sie hinter sich. Kurz darauf öffnete er die kleine Luke in der Eisentür und blickte noch einmal zurück.

»Sie denken, sie könnten den Lords ihre Macht nehmen und ihr Land und die würden dabei nur zusehen. Lord Felton ist ein guter Mann, vergiss das nie. Sag deinem Volk, nicht alle Menschen sind schlecht. Und denke daran: Ihre Augen müssen geschlossen sein.«

Dann schob er die Sichtklappe wieder zu, und Gnunt war allein. Kurz darauf erlosch die Fackel, und es wurde dunkel.

36
König Arbalosch

Das Licht der wenigen Fackeln in den Hallen, Tunneln und Gängen der Heimat der Bleichen versuchte zu entkommen wie die Ratten von einem sinkenden Schiff. Polierte Metallschilde oder blanke Steinplatten bündelten es und warfen den Schein weit zurück, bis er an Kraft verlor und irgendwann erstarb. Trotz der ausgefeilten Technik schien der Zwergenbau immer ein wenig düster und kalt.

Beeindruckende Statuen aus Fels und Eis säumten die langen Korridore. Schmuckvolle Mosaike verzierten Decken und Böden sowie reich verzierte Rüstungen und Waffen die Wände.

Mogda kannte die Zwergenesse in Nelbor, das einstige Reich von König Braktobil. Dort hatte er schon immer das Empfinden gehabt, der handwerklichen Kunst aus Metall und Stein seien keine Grenzen gesetzt, doch diese Arbeiten ließen alle Schätze der Zwerge aus Nelbor wie billigen Plunder erscheinen. Die Bleichen hatten es geschafft, Materialien unterschiedlicher Art so ineinanderzufügen, dass nicht zu erkennen war, wo das eine aufhörte und das andere begann. Holz, Stein, Eis, Knochen und Metall fügten sich aneinander, als seien sie miteinander verschmolzen.

»Und vergesst nicht«, ermahnte ihn Trumbadin, während sie an einer gigantischen Statue eines Zwerges vorbeigingen, »König Arbalosch möchte niemals unaufgefordert angesprochen werden. Antwortet nur auf seine Fragen.«

Mogda knurrte verächtlich. »Vielleicht sollte ich mir auch solche Eigenheiten angedeihen lassen. Ein Unterhändler wäre vielleicht gut, der alles das weitergibt, was gesprochen wird. Nein, nein, ich hab es«, rief er aus und machte dabei einen Freudensprung wie ein Goblin, der einen wertlosen bunten Glassplitter gefunden hatte. »Ich werde nur noch mit solchen sprechen, die größer sind als ich. Was haltet ihr davon? Dann kann ich bestimmt schnell zurück in diese Zelle, die ihr meine Unterkunft nennt. Ich und der König, wir starren uns einfach nur einen Augenblick an und gehen dann wieder auseinander und widmen uns den wirklich wichtigen Dingen, wie Ausschlafen und Eisbären essen. Was haltet ihr davon?«

Trumbadin schüttelte entnervt den Kopf. »Rator hat mir bereits berichtet, dass Ihr etwas seltsam seid, doch dass es so schlimm ist, habe ich nicht vermutet.«

Mogda hätte sich gern eingeredet, dass Rator ihn nicht als merkwürdig empfand, doch er wusste es besser. Dem kampferfahrenen Oger waren Magie und andere unerklärliche Dinge zuwider, und somit auch Mogda selbst, der sich durch Magie verändert hatte. Allein ihren gemeinsamen Abenteuern war es zu verdanken, dass sie so etwas wie Freunde geworden waren.

Seit ihrer Ankunft bei den Bleichen wurden Mogda und die Oger, und auch Kapitän Londor und seine Mannschaft, wie Gäste behandelt. Man gab ihnen zu essen und zu trinken, wies ihnen ihre Unterkünfte zu, die Mogda zwar als Zellen empfand, aber kleineren Gästen jeglichen Komfort boten. Es gab nichts, woran es ihnen mangelte, doch einige Dinge lehnten ihre Gastgeber auch strikt ab. Darunter zum Beispiel Mogdas Verlangen, Rator zu sehen, die Wachposten vor ihren Türen zu entfernen und noch weitere Bären zu schlachten.

Außerdem hatte Mogda noch nichts über die Bleichen selbst oder über die Barbaren erfahren können, auch sämtliche Informationen über Suul oder Nassfal blieben ihm verwehrt. Mogda hoffte, dass das Gespräch mit König Arbalosch etwas mehr Aufschluss über die genaueren Umstände in den Nordlanden ergeben würde, und er hoffte auf eine Armee, auch wenn diese Hoffnung nur verschwindend gering war.

Trumbadin hatte sich jegliche auch nur erdenkliche Zeit genommen, in Mogdas Unterkunft aufzutauchen und ihn mit Fragen zu löchern. Jedes Mal, wenn der Zwergenmaester in den Raum kam, fiel sein Blick zuerst auf das breite Runenschwert, erst dann nahm er Mogda wahr. Genauso beharrlich wie seine Besuche waren seine Fragen den schwarzen Splitter betreffend. Mogda hatte nur jedes Mal abgewunken und darauf verwiesen, dass er zuerst mit Rator sprechen wolle. Maester Trumbadin schien von der Verweigerung Mogdas nicht sonderlich erbaut, aber er nahm sie hin. Jedes Mal, wenn es dazu kam, zeigte der Bleiche eine zwergenuntypische Eigenart: Er redete.

Die Zwerge, die Mogda bislang kennen gelernt hatte, konnte man wahrlich nicht als Quasselstrippen bezeichnen. Eine Eigenheit der Zwerge schien es zu sein, sich wortkarg und schlecht gelaunt zu geben. Es gab bislang nur eine einzige Möglichkeit einen Zwerg aus dieser unfreundlichen Stimmungslage zu befreien, und das war Alkohol. Entweder war Trumbadin keine richtiger Zwerg, oder er war ständig besoffen, redete Mogda sich ein.

»Ihr habt noch nichts zu meiner wundervollen Rüstung gesagt«, bemerkte der Zwergenmaester fast empört und befingerte die bronzenen Intarsien zärtlich.

»Sie ist schön«, erwiderte Mogda, ohne den Zwerg genau zu betrachten.

»Schön, sagt Ihr«, rief Trumbadin ein weiteres Mal empört. »Diese Rüstung ist ein Prunkstück, eine Meisterleistung sondergleichen. Ich wette, Ihr habt noch nie etwas ähnliches gesehen. Berührt einmal den Brustpanzer, wenn Ihr wollt. Er ist so glatt und hart, dass er jede Klinge von sich abgleiten lässt.«

Mogda blieb stehen, beugte sich genervt zu dem Zwerg hinunter und wischte mit dem Daumen über das glatte Metall.

»Das ist wirklich beeindruckend«, befand er spöttisch. »Rüstungen machen ja so viel Spaß.«

Trumbadin runzelte die Stirn. »Wieso Spaß, Rüstungen werden wohl kaum zum Spaß getragen. Eine gute Rüstung kann einem auf dem Schlachtfeld das Leben retten.«

»Es macht keinen Spaß, sie zu tragen«, erklärte Mogda, »aber es gibt dieses herrliche Geräusch, wenn man sie mit der Keule trifft, sie hoch durch die Luft wirbelt und anschließend verbeult und verdellt gegen eine Mauer klatscht.«

Mogda hoffte mit dieser Anspielung den Redefluss des Maesters etwas gebremst zu haben.

»Auf dem Schlachtfeld gibt es keine Mauern«, erklärte der jedoch ein drittes Mal empört.

»Nein, wir bringen sie immer extra mit, wenn wir gegen Blechdosen kämpfen.«

Trumbadin verlor tatsächlich kein weiteres Wort mehr, bis sie die Halle des Königs erreicht hatten. Der Eingang zum Thronsaal war verschlossen durch ein massives Metalltor, das durch seine Schlichtheit fast erschreckte. In der Mitte des Tores befand sich eine einfache Tür, die ähnlich massiv schien wie der Rest. Zwei voll gepanzerte Zwergenkrieger bewachten den Eingang.

»Halt, stehen bleiben«, grunzte sie einer der beiden an, bevor sie richtig herangetreten waren. »Wer seid ihr und was wollt ihr?«

Mogda vermochte nicht zu sagen, welcher von beiden die Stimme erhoben hatte. Durch ihre Vollhelme hallte die Stimme noch mehr als ohnehin schon in dem großen Raum und vertuschte somit ihren Ursprung.

»Ich bin Trumbadin – Amme, Bruder und Vater der Wächter. König Arbalosch erwartet uns.«

»Ist er das?«, fragte eine der beiden Wachen.

Mogda schnitt Trumbadin das Wort ab. Er war es langsam leid, diesen übertriebenen Prozeduren und militärischen Protokollen beizuwohnen. »Ja, ich bin es, der rasierte Bär, euer König will mich zum Nachtisch verspeisen. Aber ich sage euch gleich, es wird Stunden dauern, mich über einer Kerze zu garen.«

»Das ist Mogda, der Anführer der Oger und Überbringer der Artefakte Nassfals«, fuhr Trumbadin dazwischen, als er erkannte, dass die Wachen zu ihren Kriegshämmern griffen.

»Spielverderber«, brummte Mogda.

Die beiden Wachen schritten energisch auf Mogda zu und bauten sich vor ihm auf. »Leg deine Waffe ab«, klang es hohl aus der Rüstung.

Trumbadin wollte einschreiten, doch Mogda hielt ihn mit einer Handbewegung zurück.

»Das würde euch wohl so gefallen, ihr kleinen Fellbüschel«, grollte Mogda. »Ihr solltet mit euren Hämmerchen lieber jemanden bedrohen, dem ihr nicht nur aufs Knie schlagen könnt.«

Diese Zurechtweisung war zu viel für die beiden Wachen. Gleichzeitig griffen sie nach ihren Hämmern und schwangen sie in blinder Wut. Mogda hörte, wie Trumbadin zurückwich und dabei wimmerte: »Nein, nicht, das Schwert, er soll es behalten. Ich verbürge mich …«

Schon bekam Mogda den ersten zu fassen, packte ihn am Brustpanzer und schleuderte ihn hinter sich und quer durch die Halle. Dem anderen trat er vor die Brust. Die Wache taumelte rückwärts und brach scheppernd am Tor zusammen, wobei ihm sein Helm vom Kopf rutschte.

»Das ist das Geräusch von Rüstungen, das ich so liebe«, knurrte er.

Mogda trat vor und schnappte sich den zusammengebrochenen Zwerg. Er hob ihn hoch und schüttelte ihn.

»Mach das Tor auf, oder sie werden einen Amboss und eine Esse brauchen, um dich aus der Rüstung zu pellen.«

Er setzte den Zwerg wieder auf die Füße und stieß ihn von sich. Der Bärtige taumelte auf die halbhohe Tür zu und öffnete sie.

»Er scheint mehr abbekommen zu haben, als man sieht«, murmelte Mogda. »Soll ich etwa auf allen vieren zu eurem König kriechen? Mach das große Tor auf«, befahl er.

Die andere Wache war immer noch nicht wieder auf den Beinen. Mogda hörte, wie er scheppernd versuchte, wieder hochzukommen, aber immer wieder wie ein Käfer zurück auf den Panzer stürzte.

»Mach schon«, brüllte Mogda.

Trumbadin und die Wache tauschten einen schnellen Blick aus. Trumbadin nickte, und daraufhin löste der Zwerg ein Horn von seinem Gürtel und stieß zweimal kurz hinein. Der Ton hatte nichts Weltliches an sich. Lang und hohl überschnitten sich die Signale, bis sie schließlich gemeinsam endeten.

Gold glühende Runen erstrahlten auf dem großen Stahltor, als wenn sie von Geisterhand geschrieben wurden. Nach und nach verblassten sie wieder und verschwanden, während sich neue Runen bildeten, denen das gleiche Schicksal zuteil wurde. Als der Zauber vollends vorüber schien, schob sich das tonnenschwere Tor Stück für Stück mit einem leisen Scharren nach oben, bis es in der Decke verschwunden war.

»Das nenne ich angemessen groß«, sagte Mogda mit Genugtuung.

Zusammen mit Trumbadin betrat er die Halle von König Arbalosch. Mogda war sich sicher, dass der architektonische Größenwahn der Zwerge, den er bereits von König Braktobil kannte, ihn auch in Bleichenstadt nicht mehr erschüttern konnte, doch dem war nicht so. Wenn man sich schon in Braktobils Thronsaal gefragt haben mochte, wozu eine Deckenhöhe von hundert Fuß wohl gut war, wenn jeder Zwerg noch nicht einmal fünf Fuß überschritt, fragte man sich bei Arbaloschs Halle, ob es in der Dunkelheit über einem eine Decke gab.

Mogda – und jeder andere Besucher – hätte sicherlich die wunderbaren Fresken, Intarsien und Steinmetzarbeiten an den Wänden bestaunt, wenn denn eine Wand in Sichtweite gewesen wäre. Sich umzudrehen, nur um nicht die Orientierung zu verlieren, schien ihm albern. Die dunklen Säulen, die sich nach oben leicht trichterförmig öffneten, bildeten ein undurchdringliches Gewirr. Zu ihren Füßen standen brennende Brunnen, die die Halle in ein düsteres Licht tauchten. Es dauerte etwas, und sie hatten die ersten Säulen bereits passiert, als Mogda klar wurde, was diese Halle wirklich war – ein Wald unter der Erde. Anstatt aus mächtigen Stämmen aus Holz und einem dichten Blätterdach bestand dieser Wald aus Steinsäulen und einem Geäst aus geformtem Fels. Das Sonnenlicht strahlte nicht wie sonst zwischen den Blättern hindurch auf den moosbewachsenen Boden, sondern Messingschalen schickten ihren Schein entgegengesetzt an die Decke. Dies war der Wald der Zwerge, und er stand dem der Elfen in nichts nach.

Zwischen den Säulen sah Mogda immer wieder einzelne Wachen, die regungslos ihren Dienst verrichteten. Wenn dies ein Wald sein sollte, schienen sie die Pilze darin.

Als Trumbadin und Mogda den Thron von König Arbalosch erreichten, hatten sie fast eine halbe Meile zurückgelegt. Der Thron in Form eines Gletschers und der Zwerg in seiner hell schimmernden Rüstung sowie den weißen Haaren und der fast durchscheinenden Haut ließen keinen Zweifel daran, dass dies der König der Bleichen war, sowohl in Amt und Ehren als auch äußerlich. Mogda wusste, dass Zwerge alt wurden. Sie erreichten nicht die Jahre der Elfen, doch lebten sie wesentlich länger als jeder Mensch und wahrscheinlich auch als jeder Oger. König Arbalosch war der lebende Beweis dafür.

»Ich danke dir, Trumbadin«, flüsterte der König, ohne mehr als seine Lippen zu bewegen. »Lass uns bitte allein.«

Mogda spürte, wie Trumbadin nach etwas suchte, das seine Anwesenheit weiter erforderlich gemacht hätte, doch er fügte sich der Anweisung des Königs. Ohne sich umzuschauen, trat er den Rückweg an.

Die hellblauen Augen des Königs musterten den Oger von oben bis unten. Sein Blick verweilte einen Moment auf dem Runenschwert, doch nicht lange genug, um von einer wirklichen Gier zu sprechen. Es dauerte einige Momente, bis König Arbalosch sich an dem Oger sattgesehen hatte. Fast hätte Mogda das unangenehme Schweigen seinerseits gebrochen, doch schließlich kam ihm der König zuvor.

»Ihr seid also ein Oger«, sagte er mit einem leicht vergnügten Unterton in der Stimme und beugte sich dabei vor. »Ich hatte gedacht, Ihr seid irgendwie dicker.«

»Und Ihr also seid der König der Bleichen«, antwortete Mogda. »In meiner Vorstellung wart Ihr irgendwie jünger.«

Der König lachte. »Unser Maester Trumbadin hat mir schon berichtet, dass Ihr kein typisches Exemplar Eurer Rasse seid. Er meinte, Ihr wäret irgendwie intelligenter als der Rest.«

»Euer Majestät, es wäre mir lieb, wenn wir unser gegenseitiges Beschnüffeln auf ein anderes Mal verschieben könnten. Meine Krieger und ich sind Euch überaus dankbar für die Gastfreundschaft, die Ihr uns entgegengebracht habt, aber wir haben schon zu viel Zeit verloren.«

Der König schaute erschrocken auf. Anscheinend kam es nicht oft vor, dass jemand mit ihm so offen sprach. Dennoch wich seine Überraschung schnell einem zaghaften Lächeln.

»Zeit, sagt Ihr«, erwiderte er nachdenklich. »Zeit könntet Ihr nur verlieren, wenn sie sich um jemand anderes drehen würde. Momentan jedoch seid Ihr es, um den sich die Zeit der anderen dreht. Ihr seid die treibende Kraft, und Ihr bestimmt, wann etwas geschieht und ob bestimmte Ereignisse eintreffen oder ob sie von jemand anderem zu einer anderen Zeit erledigt werden. Sicher ist nur, dass sie eintreffen – wenn nicht heute, dann morgen.«

»Ihr seid nicht der Erste, der mir erzählen will, dass ich ein Schicksal zu erfüllen habe«, erklärte Mogda. »Glaubt ja nicht, dass Ihr mich in Eure wissenden Machenschaften um der Götter willen verstricken könnt. Wir werden Bleichenstadt wieder verlassen, ob mit oder ohne Eure Hilfe.«

Der König ließ sich mit einem überlegenen Lächeln zurück in den Thron fallen. Mogda missfiel dieses Schmunzeln stets, egal, bei wem er es beobachten konnte. Nur die Tatsache, dass der König seine Waffe nicht gezogen hatte, besänftigte ihn.

»Ihr habt Bleichenstadt bislang genauso wenig gesehen wie fliegende Zwerge«, höhnte der König.

Mogda zeigte in Richtung des Tores zum Thronsaal. »Fliegende Zwerge gibt es bei Euch dort vorn . . .«

»Schweigt«, schrie Arbalosch ihn an. »Ich werde Euch sagen, was Schicksal ist. Schicksal ist eine schmale Goldader im Fels. Ihr grabt über oder unter ihr. Sobald ihr die Seiten wechselt, trefft ihr auf dieses dünne Band voll Glanz und Schönheit. Entweder folgt Ihr ihm, oder Ihr grabt unbeirrt weiter und werdet nichts finden außer Dreck. Wenn Ihr euch das Gold nicht holt, wird es ein anderer tun. Das Schicksal ist nichts, wozu einen die Götter zwingen, es ist eine Chance, das zu tun, was richtig ist. Ihr wollt etwas vom Schicksal hören, dann lauscht dem, was ich Euch erzählen werde.«

Der König machte eine Handbewegung.

»Setzt Euch, ich bin alt und habe keine Lust, die ganze Zeit nach oben zu sehen. Mir reicht schon Euer betrübter Gesichtsausdruck, da brauche ich nicht auch noch einen steifen Nacken, um mich schlecht zu fühlen.«

Mogdas Gesichtsausdruck musste tatsächlich etwas von Betrübtheit offenbart haben. Irgendwie ahnte er, dass das, was der König ihm zu berichten hatte, nicht wie eine lustige Anekdote von Hagrim klingen würde. Außerdem hatte ihn die unerwartete Vitalität des wie tot aussehenden Königs erschreckt. König Arbalosch schenkte sich einen Weinkelch voll und sank in seinem Thron zusammen. Mit den traurigsten und müdesten Augen, die Mogda je gesehen hatte, begann der König der Bleichen zu erzählen.

»Vor tausenden von Jahren geriet das Rad der Götter schon einmal aus dem Gleichgewicht. Um die Achse von Chaos und Ordnung brach ein Krieg aus. Auf der unteren Hälfte erstritt sich ein mächtiger Dämon die Führung aller Wesen des Wassers. In Anbetracht seines Alters besaß er weit reichende Magie, um sich diese Wesen ebenfalls Untertan zu machen. Er verband Wasser und Magie miteinander und schaffte es somit, das Rad ins Trudeln zu bringen. Doch die Achse von Chaos und Ordnung war zu stark, um das Gefüge brechen zu lassen. Schließlich entschloss sich der Dämon, auch der Luft Herr zu werden. Er verdunstete ganze Meere und ließ sie niederregnen, nur um dem Gott der Luft sein Reich streitig zu machen.

Zu dieser Zeit wäre es an den Zwergen gewesen, die Speichen des Rades zu festigen. Zwerge und Feuer waren seit jeher einer engen Verbindung treu. Nun ergab es sich, dass uns die Elfen einen Bündnispakt anboten und die Reiche in Wälder und Berge zu teilen. Vielleicht hatten die Elfen den bevorstehenden Götterkrieg erkannt und machten den ersten Schritt auf uns zu, um den Zwergen den Eintritt in das Bündnis zu erleichtern. Doch verblendet, wie wir waren, lehnten wir ab.

Damals schon, vor tausenden von Jahren, gaben die Elfen ihr Leben hin, um das Gleichgewicht wiederzuerhalten. Fast hunderttausend von ihnen stürzten sich in das Feuer eines Vulkans und überließen ihr Leben den Flammen. So wie das Wasser die Magie geknechtet hat, so unterwarf sich die Natur dem Feuer, nur um das Gleichgewicht zu halten, und die Achse zwischen Erde und Luft drehte sich weiter, anstatt zu brechen.

Grothak, der Gott der Erde, erkannte das Versagen der Zwerge und verstieß ein ganzes Volk. Er schenkte ihnen keinen Segen mehr, verbannte sie in eine ewige Eiswüste und nahm ihnen die Farbe des Steines. Der Gott Nassfal, oder Tabal, wie ihr Oger ihn nennt, gab uns eine zweite Chance. Er sagte uns, irgendwann würde er auf der Welt erscheinen, um die anderen Götter aus ihrem tiefen Schlaf zu wecken. Bis dahin sollten wir an seinem Thron Wache halten. Wenn uns dies gelänge, solle uns vergeben werden.

Doch die Macht des Dämons blieb weiterhin groß, und er behielt seine Führung im Reich des Wassers.

Zu der Zeit, als du vielleicht geboren wurdest und ich ein Zwerg im besten Alter war, begann der Dämon abermals sein Ränkespiel, diesmal in und um die Lande Nelbors. Er schaffte es sogar, Chaos und Ordnung gegeneinander aufzubringen. Er flüsterte Grind, dem Trollkönig, zu, er solle sich die Menschen und Zwerge Untertan machen. So zogen die Kreaturen Tabals gegen das Reich der Menschen. Der Dämon erhoffte sich, dadurch die Reiche der anderen Götter so zu schwächen, dass seine Bemühungen nicht erneut durchkreuzt werden konnten. Diesmal ging sein Plan auf. Grind schwächte die Menschen zwar nicht so stark, wie der Dämon es gehofft hatte. Man sagte dem Trollkönig nach, dass er die Machenschaften des Dämons durchschaut hatte und sich selbst für das Wohlergehen der Götter opferte. Aber der Dämon hatte weitere Vorkehrungen getroffen.

Du wirst unschwer erkannt haben, von welchem Dämon ich spreche«, sagte König Arbalosch.

Mogda nickte, »Illistantheè oder Eliah, der Mann ohne Schuhe.«

»Richtig«, stimmte der König zu. »Er sponn sein Netz aus Lügen und Intrigen weiter. Die Elfen erkannten wieder einmal als Einzige, was zu tun war. Erneut machten sie sich auf den Weg, sich zu opfern, um das Überleben der Götter zu sichern. Doch Illistantheè war vorbereitet. Er griff ihrem Suizid vor und zog sie samt ihrer Schiffe in seine Welt, wo er sie nach seinem Ebenbild neu erschuf. Er schaffte es sogar, mit den Nesselschrecken Herrschaft über die Kreaturen Tabals zu erlangen. Der Krieg zwischen Chaos und Ordnung wurde, soweit meine Späher es mir berichteten, von einem schlauen Oger namens Mogda vereitelt. Er war es, der das goldene Band des Schicksals gefunden hatte.

Doch anstatt ihm zu folgen, wich er immer wieder ab, weil er sich selbst nicht in dieser Rolle wiederfand. Illistantheè nutzte die Schwäche und griff mit seiner Armee der dunklen Elfen das Land an. Ihm war zu Ohren gekommen, dass einer der Funken der Götter gefunden worden war. Von einem zweiten Funken wusste er durch die Elfen. Abermals waren es die Oger, die ihn in die Knie zwangen. Du und einige tapfere Recken haben ihn im Elfenwald zur Strecke gebracht. Leider waren die Bemühungen des Dämons nicht ganz umsonst – die Götter waren geschwächt vom Kampf und legten sich schlafen. Anstatt die Funken der Götter wieder in der Versenkung verschwinden zu lassen und mit dem letzten Artefakt von Nassfal hierherzukommen, um eine neue Zeit einzuläuten, hast du es vorgezogen, jemand anderem den schwarzen Splitter zu überlassen und in die Berge zu ziehen. Hättest du vor sechs Jahren das Schicksal erfüllt, hätten dir die Tore von Bleichenstadt offen gestanden. Begleitet von einer Armee, wärest du zum Spalt gezogen. Jetzt haben wir Bleichenstadt an die Barbaren verloren, und außer dreitausend Kriegern ist uns nichts mehr geblieben. Die Götter meinen es gut mit dir, du bist erneut auf die Goldader des Schicksals gestoßen, und ich hoffe, du weißt jetzt, was zu tun ist.«

Mogda war schockiert und wütend zugleich. Der König hatte schon gewusst, warum er ihn gebeten hatte, sich zu setzen, würde er stehen, wäre er auf den altersschwachen Zwerg losgegangen. *Dieser ranzige, schrumplige Speckstein hockt hier unten in seinem Erdloch und weiß über alle Geschicke der Götter Bescheid*, dachte Mogda. *Auf all die Fragen, die mich die ganzen Jahre gequält haben, hat er die passende Antwort. Doch anstatt mir seine Hilfe anzubieten, lässt er mich kreuz und quer durch alle Lande reisen und wartet darauf, dass unsere Wege sich kreuzen. Zu guter Letzt besitzt er auch noch die Frechheit und gibt mir die ganze Schuld an allem.* Mogda atmete ein paar Mal tief durch, um nicht doch aufstehen zu müssen.

»Ihr schreibt es mir zu, dass Ihr Eure Stadt an die Barbaren verloren habt«, keuchte Mogda.

»Ich schreibe Euch gar nichts zu!«, brüllte König Arbalosch Mogda an. »Ich schreibe Euch noch nicht einmal genügend Selbstzweifel zu, um Euch selbst ins Gericht zu nehmen. Vielleicht mag Euch aufgefallen sein, dass ich nicht einmal den Namen des Zwerges erwähnt habe, der den Vertrag mit den Elfen vor tausend Jahren abgelehnt hat. Ich gebe Euch nicht mehr Schuld an allem, was passiert ist, als ich einem Apfel Schuld gebe, vom Baum gefallen zu sein, oder einer Schneeflocke, eine Lawine ins Tal gestürzt zu haben. Alles, was ich will, ist zu wissen, ob wir weitere tausend Jahre darauf warten müssen, von unserer Knechtschaft befreit zu werden. Ich bin alt, aber ich würde gern der sein, der das Volk der Bleichen zurück in den Frieden der Götter gebracht hat. Wenn ich jetzt meinen Maestern sagen soll, sie müssen mich weitere tausend Jahre am Leben erhalten, glaube ich, werden sie mit ihrem Walrossfett und den Kräutertinkturen nicht weit kommen. Versteht Ihr, was ich sage? Mein Volk hat genug gelitten, es wird Zeit, unsere Schuld als beglichen anzusehen.«

Mogda war abermals erstaunt, wie viel Leben noch in dem Alten schlummerte. Anscheinend hatten die Erinnerungen eine vitalisierende Wirkung auf ihn. Mogda wollte ihn nicht weiter reizen. Er befürchtete, der Alte würde sich irgendwann so frisch fühlen, dass er meinte, er könne sich mit einem Oger anlegen.

»Wie viele Krieger könnt ihr mir zur Seite stellen?«, erkundigte sich Mogda.

»Keinen«, krächzte der König. »Wir haben gerade mal dreitausend Mann. Als ich sagte, Grothak hat uns seinen Segen genommen, meinte ich das auch so. Seitdem er uns verbannt hat, wurde in unserem Volk kein einziger Säugling mehr geboren. Wir waren ein Volk von sechzigtausend Zwergen. Nur die Götter wissen, warum wir nicht schon lange alle an Altersschwäche gestorben sind. Vielleicht hält uns diese verdammte Kälte jung. Auf jeden Fall bin ich nicht gewillt, den kläglichen Rest meines Volkes für eine weitere Prophezeiung zu opfern.«

»Eure Majestät, ich habe achtzig Oger, was denkt ihr, kann ich damit gegen eine fremde Armee anrichten?«

»Nichts«, erwiderte der König trocken. »Aber sie können hier warten, bis Ihr zurück seid. Ihr habt mein Wort darauf, dass es ihnen an nichts mangeln wird bis zu Eurer Rückkehr.«

»Ich soll allein gegen eine Armee kämpfen?«, fragte Mogda ungläubig. Jetzt schien sich das Alter des Königs doch bemerkbar zu machen.

»Ihr stellt Euch keiner Armee. Die Barbaren haben keine Armee. Es ist ein Volk von über zwanzigtausend hungrigen Mäulern. Sie gieren nach Essen und nach Blut. Sie sind schlimmer als jeder Soldat, der sich einem stellen kann. Sie dienen keinem König, sie kämpfen nicht für Geld, sie töten und essen im Blutrausch – sie sind Berserker. Keiner von ihnen ist auf der Suche nach Schätzen oder neuem Land. Sie werden vorangetrieben von Hunger und fressen sich durch die Städte wie ein Wurm durch einen Korb voll Äpfel.«

Mogda zögerte etwas. Wenn König Arbalosch versucht haben sollte, ihm Mut zuzusprechen, hoffte er, der König würde dies nicht noch einmal versuchen. Zwanzigtausend blieben zwanzigtausend, egal ob es nun Krieger oder alte Frauen waren.

»Ich kann auch kein ganzes Volk töten«, erwiderte Mogda.

»Ihr hört nicht zu«, fuhr Arbalosch ihn an. »Ihr werdet zu Suul gehen. Sie wird nicht behandelt wie eine Königin. Sie wird verehrt wie eine Göttin. Und wie es sich für eine Göttin geziemt, umgibt sie sich nicht mit ihrem Volk. Sie lebt mit sieben blinden Riesen zusammen in Bleichenstadt. Niemand ihres Volkes würde es wagen, dorthinzugehen.«

Der König schlug mit dem Hammerstiel auf den Boden.

»Eure Audienz ist beendet«, sagte er. »Ich bin müde. Alle weiteren Fragen wird Euch Maester Trumbadin beantworten. Beim nächsten Neumond werdet ihr aufbrechen. Der Maester kann Euch begleiten, wenn er will. Seine Dienste werden fortan nicht mehr benötigt, wenn das Schicksal uns wohlgesonnen ist.«

37
Der Baum Mystraloon

»Komm hier rüber«, hörte Cindiel den heiseren Ruf von Hagrim.

Der Geschichtenerzähler hockte in einem dichten Gestrüpp aus Efeu und Lorbeer, das sich zwischen zwei mächtigen Buchenstämmen erstreckte. Sein Versteck hatte er mit Bedacht gewählt, genau wie sonst die Etablissements, die er in Osberg besuchte. Was die Vergnügungen anging, denen Hagrim während der späten Abendstunden in der Stadt frönte, konnte Cindiel seinen Geschmack nicht teilen, doch die Auswahl seines Versteckes schien wesentlich viel versprechender als die ihre. Sosehr sie sich auch über die neuen Kleidungsstücke aus Sandleg gefreut hatte, im Moment wären ihr die braune Hose und das helle Wams des Stallburschen lieber gewesen. Egal, wie gut ein Versteck war – wenn man aussah wie ein schillernder Vogel, musste man damit rechnen, erspäht zu werden. Vögel allerdings konnten fliegen, Cindiel hocke lediglich wie eine bunte Kröte zwischen den weiten Ausläufern der Wurzeln.

»Die Kröte verliert immer«, keuchte Cindiel und sah wehleidig zu dem Gebüsch, aus dem Hagrims Arm hervorschaute und mit einem Grasbüschel winkte.

Noch immer hörte sie die schweren Hufschläge der Pferde. Finnegan und seine Freunde hatten dafür gesorgt, dass die Söldner ihnen folgten, damit sie und Hagrim entkommen konnten. Tastmar musste noch irgendwo hier in der Gegend sein. Als weitere Reiter aufgetaucht waren, hatte er sie in ein Gebüsch gestoßen und war losgerannt. Um nicht nur untätig herumzusitzen, begannen Cindiel und Hagrim bald sich von Versteck zu Versteck zu flüchten. Hagrim wurde mit der Zeit immer waghalsiger, und die Entfernungen zwischen den Verstecken wurden immer weiter. Irgendwann musste er ein verräterisches Geräusch gemacht haben, oder einer der Söldner hatte ihn zwischen den Bäumen vorbeihuschen sehen, auf jeden Fall schwärmten ihre Häscher jetzt schon geschlagene zwei Stunden um sie herum wie Bienen um den Honig.

Mal waren die Hufschläge weit entfernt, mal waren sie so nah, dass Cindiel ihre Erschütterungen spürte. Im Moment traf das Erstere zu. Cindiel streckte den Kopf aus ihrem Versteck. Bis zu Hagrim war es nur einen Steinwurf entfernt, doch die zerklüftete Waldlandschaft machte ein Vorankommen schwierig. Sie würde einen umgestürzten Baumstamm überwinden müssen, dann an dornigen Brombeerbüschen vorbei und, was das Schwierigste war, die Furt abermals überqueren müssen. Ein Dutzend Mal war sie in den vergangenen Tagen die steile Böschung am Bachlauf hinunter- und wieder hochgeklettert. Ein aufs andere Mal schien das Flüsschen sich tiefer in das Erdreich gegraben zu haben, und nie konnte Cindiel voraussagen, in welche Richtung es gerade floss, bevor sie es sah.

Noch einmal horchte Cindiel in den Wald hinein, dann nahm sie all ihren Mut zusammen und sprang auf. Eine Hand legte sie auf den Lederbeutel mit dem Kristall, den sie sich um die Hüfte gebunden hatte, in der anderen hielt sie ihren Dolch. Cindiel rannte los. Mit einem Sprung war sie über den Baumstamm hinweg. Sie schlang ihren Mantel enger um sich und raffte ihn in der Taille etwas zusammen. Das Dornengewirr der Brombeeren krallte sich in den Stoff, aber sie riss ihn los. Die Dornen zerkratzten ihr die Beine unterhalb der Knie, doch sie lief weiter. Mit weiten Schritten sprang sie durch den verwelkten Farn auf das Bachufer zu.

»Nein, nicht!«, hörte Cindiel Hagrims erstickenden Schrei.

Direkt aus dem Bachbett vor ihr tauchte der schnaubende Kopf eines Pferdes auf. Mühsam schob sich das Tier die steile Böschung hinauf. Der Söldner auf seinem Rücken klammerte sich an den Hals des Pferdes und trieb es mit Stiefeltritten an. Mit einem letzten Sprung brach das Pferd aus der Furt hervor. Ungebremst stieß Cindiel mit der mächtigen Brust des Tieres zusammen und wurde zu Boden gestoßen. Der Söldner hatte die junge Frau bereits entdeckt, sprang mit seinem Pferd über sie hinweg, wendete und zog dabei seine Klinge.

Hagrim sprang aus seinem Versteck auf der anderen Seite. »Schnell über den Bach«, schrie er. »Komm her zu mir.«

Cindiel wusste, dass sie es nicht schaffen konnte. Die tiefe Furt würde sie in eine Falle locken. Sie wäre gezwungen, durch das knietiefe Wasser zu flüchten, und bevor sie den Hang auf der anderen Seite erreicht hätte, wäre der Söldner bei ihr. Der Söldner grinste und schien abzuwarten, wofür sie sich entschied. Anstatt nach Verstärkung zu rufen, ritt er langsam und gemächlich auf Cindiel zu. Er war sich seiner Sache sicher und wollte anscheinend seine Beute nicht mit den anderen teilen. Sein kantiges Gesicht, der unrasierte Bart und dieses hämische Grinsen versprachen nichts Gutes. Cindiel täuschte zwei Schritte nach links an und rannte dann in die entgegengesetzte Richtung am Bachufer entlang.

»Hoho, eine richtige Wildkatze«, rief der Mann auf dem Pferd ihr nach. Er gab seinem Pferd die Sporen und galoppierte ihr hinterher.

Hagrim warf mit Steinen nach dem Söldner. Einer traf den Mann am Kopf, doch der Halbhelm schützte ihn, und anstatt vom Pferd zu fallen, gab es nur ein leises »Klonck«.

»Zu dir komme ich gleich, alter Mann, wenn ich mit diesem Kätzchen zu Ende gespielt habe«, rief der Söldner erbost.

Cindiel rannte weiter. Sie spürte, wie die Dornen der Büsche ihre Haut an Armen und Beinen aufritzten. Die Hufschläge des Pferdes kamen näher. Ihr Herz raste. Sie durfte nicht in Gefangenschaft geraten, nicht solange sie im Besitz des Steines war. Ihre Hand umklammerte den ledernen Beutel. Der Saum ihres Umhangs verhakte sich in einem Ast. Sie riss ihn los, trat in einen Kaninchenbau und verlor das Gleichgewicht. Der Länge nach stürzte sie hin und schlug sich den Kopf an einer hervorstehenden Baumwurzel an.

Der Söldner trieb sein Pferd in vollem Galopp auf sie zu. Cindiel befürchtete, die schweren Pferdehufe würden sie zertrampeln, doch kurz vorher riss der Söldner an den Zügeln des Pferdes, und das Tier bäumte sich vor ihr auf. Bedrohend traten die Hufe über ihr in die Luft. Hagrims panische Rufe erstarben, als sich ein Schatten über Cindiel legte.

Tastmar stand breitbeinig über ihr. Der Oger packte das Pferd, als ob er es umarmen wolle. Das Reittier tänzelte auf der Stelle und versuchte, Tastmar zurückzudrängen. Der Oger hielt dagegen. Mit einer

Hand griff er nach dem Schwertarm des Söldners, während er das Pferd weiter vor sich herschob. Cindiel rollte sich zur Seite weg in eine Gruppe von Farnen, um dem Gewirr aus Beinen zu entkommen. Das Pferd wieherte ängstlich, als es mit den Hinterläufen an den Rand der Böschung geriet. Es trat Steine und Grassoden los, die den Abhang hinunterrollten.

Noch einmal stemmte sich Tastmar mit aller Gewalt gegen den Brustkorb des Reittieres. Zusammen mit dem Pferd und Reiter stürzte Tastmar in das tiefe Bachbett. Cindiel kroch auf allen vieren an die Böschung heran. Der Söldner lag zur Hälfte begraben unter seinem Reittier. Das Pferd selber versuchte, wieder auf die Beine zu kommen, doch Tastmar hockte über ihm und schlug mit Fäusten auf das Tier ein.

Hagrim hatte einen Weg in den Bachlauf gefunden und versuchte, den Hang auf der anderen Seite zu erklimmen. Cindiel wollte ihm zur Hilfe eilen, doch dann sah sie einen weiteren Söldner, der sein Pferd durch die Furt jagte. Spritzend trieben die Pferdehufe das Wasser auseinander. Im vollen Galopp hielt er auf Tastmar zu.

»Tastmar, hinter dir!«, versuchte Cindiel den Oger zu warnen.

Tastmar fuhr herum und richtete sich auf. Er musste seine Waffe bei der Flucht vor den Söldnern verloren haben. Ihm blieb keine Zeit. Er griff in das seichte Wasser, grub einen Stein von der Größe eines Kohlkopfes aus dem schlammigen Untergrund und schleuderte ihn dem Angreifer entgegen. Der Söldner riss sein Pferd zur Seite, und der Stein rauschte nur haarscharf an ihm vorbei. Der andere Mann schaffte es nicht, sich unter dem Pferdekörper herauszuwinden, aber er bekam den Schwertarm frei und stieß dem Oger die Klinge in die Wade.

Tastmar brüllte auf, hatte aber nur einen kurzen Blick für den Mann übrig. Der berittene Söldner war bereits zu nahe, um ihn aus den Augen zu lassen. Tastmar hob den Fuß und setzte ihn auf den Kopf des unter ihm liegenden Mannes. Das Gewicht des Ogers drückte das Haupt seines Gegners ins Wasser und tief in das schlammige Flussbett. Für einen kurzen Moment lang schlug der Mann panisch um sich und verletzte Tastmar ein weiteres Mal am Bein. Schließlich aber fielen seine Arme zurück ins Wasser, und seine Finger lösten sich von dem Schwertgriff.

Tastmar drehte seinen Fuß hin und her, als ob er ein lästiges Insekt unter sich zertrat, konzentrierte sich aber ganz auf den heranstürmenden Gegner. Zum Schlag bereit und mit erhobenem Schwert, trieb dieser das Pferd auf den Oger zu. Erst kurz vorher riss er sein Tier herum, preschte an Tastmar vorbei. Der Oger duckte sich unter dem Schlag hinweg und packte die Hinterläufe des Pferdes. Das Tier keilte aus und riss den Oger mit sich zu Boden. Das Wasser spritzte in einer Fontäne über sie hinweg.

Das am Boden liegende Pferd trat wild um sich. Auch Tastmar schlug und trat nach allem, was in seine Reichweite kam. Er riss das Pferd am Halfter hoch, schob den Brustkorb des Tieres über den am Boden liegenden Mann und warf sich mit seinem Gewicht obendrauf. Der Kopf des Pferdes schlug hin und her, um nicht unter Wasser gedrückt zu werden. Mehrere Faustschläge brachten das Tier zur Besinnungslosigkeit. Tastmar blieb erschöpft und blutend über dem Tier liegen, bis er sicher war, es und den Reiter bezwungen zu haben.

»Mach das nie wieder«, keuchte Hagrim und stützte sich erschöpft auf Cindiels Schulter.

»Du hast mich zu dir herübergewunken«, sagte sie nicht weniger abgehetzt.

»Sonst hörst du auch nie auf mich, warum denn gerade dann, wenn ich so falschliege?«, erklärte er empört.

Cindiel stöhnte nur und zuckte mit den Schultern. Sie klopfte sich den Schmutz vom Mantel und betrachtete traurig das Loch im Saum, als ob es irgendeine Bedeutung hätte.

Tastmar erhob sich ebenfalls keuchend aus dem Bach. Das Pferd des ersten Söldners stand bereits wieder auf den Beinen und humpelte durch das Wasser. So wie es aussah, hatte es sich beim Sturz einen der Vorderläufe gebrochen und wurde damit nutzlos für sie. Das andere Tier lag mit dem Kopf halb im Wasser, die Augen starr aufgerissen. Tastmar zog es von dem Söldner herunter und brachte den Mann an Land. Er riss ihm Kettenhemd sowie Helm vom Leib und warf beides zu Hagrim hoch. Dann sammelte er die beiden Schwerter seiner Feinde ein und kletterte ebenfalls die Böschung hinauf. Eines der Schwerter reichte er Hagrim, das andere Cindiel.

Zögerlich nahm Hagrim die Waffe entgegen und stierte dabei auf die Kettenrüstung zu seinen Füßen. »Was denkst du, was ich bin?«, schnaubte er. »Die Jahre, in denen ich ein Schwert geführt habe, sind endgültig vorbei. Ich bin besser mit der Zunge als mit der Waffe.«

Tastmar stieß ihm unsanft den Knauf des Schwertes gegen die Brust.

»Ich glaube, er ist der Meinung, dass ein alter Schwertarm momentan besser ist als eine flinke Zunge. Die Söldner scheinen wenig Lust zu haben, sich deine Geschichten anzuhören«, erklärte Cindiel ihm.

Hagrim probierte einige Stöße und Hiebe mit dem Schwert aus. Seine Fechtkunst hätte allerdings höchstens gereicht, um bei einer Schauspielertruppe den einfältigen Bösewicht zu mimen.

»Die Meute täte gut daran, uns fernzubleiben«, posaunte er. »Wahrscheinlich haben sie die Geschichte von Brendom dem Barden nie gehört. Tanzend hat er eine ganze Bande von Strauchdieben in die Flucht geschlagen und die ehrenwerte Elfenjungfer Gwinnith aus ihren Fängen befreit.«

Tastmar schlug mit der flachen Hand auf Hagrims Klinge. Die Wucht riss dem Geschichtenerzähler den Griff aus der Hand.

Cindiel kicherte. »Vielleicht solltest du lieber mit beiden Händen zupacken, anstatt mit so großen Gesten in die Luft zu zeichnen.«

»Mit dem Degen bin ich besser«, schnaubte Hagrim. »Dies ist eine Waffe für Barbaren.«

»Wir müssen Finnegan und die anderen wiederfinden«, sagte Cindiel. »Wir können nicht mehr weit vom Baum Mystraloon entfernt sein. Eine oder zwei Meilen sind es vielleicht noch. Finnegan wartet dort sicherlich auf uns.«

Tastmar deutete Richtung Norden.

Cindiel wusste immer noch nicht, was sie tun würde, wenn sie den Elfenbaum tatsächlich erreichte. Überall im Land waren sie auf der Suche nach ihr. Die Priester wollten sie, den Stein und alle Geheimnisse, die er barg, in die Finger bekommen. Jeder Ort wäre sicherer als dieser, doch die Kraft des Steines musste seine Wirkung hier entfalten. Falls sie ihn woanders hinbrachte, konnte es sein, dass das Gefüge der Götter abermals auseinanderbrach. Vielleicht würde sich die Magie verändern, vielleicht verschwände sie aber auch gänzlich von der Welt. Niemand wusste, was passieren würde, und Cindiel wollte nicht diejenige sein, die es herausfand.

Tastmar führte sie am südlichen Ufer des Bachlaufes entlang Richtung Osten. Bald änderte das Gewässer die Richtung und floss in den Norden. Der Weg war beschwerlich. Umso weiter man in das Zentrum des Elfenwaldes gelangte, desto unwegsamer wurde das Gelände. Riesige Baumwurzeln versperrten einem den Weg, ganze Flächen mit Tollnesseln taten sich vor ihnen auf, und die Uferböschung hob und senkte sich mit ihren moosbewachsenen Steinen und ließ jeden Schritt zu einem Wagnis werden.

Immer wieder erklang das dumpfe Dröhnen von Pferdehufen. Einmal patrouillierten sogar zwei Söldner direkt unter ihnen durch das Flussbett Richtung Süden. Tastmar befahl in seiner eigentümlichen Gebärdensprache, in Deckung zu gehen und die beiden vorüberziehen zu lassen. Anscheinend schien ihm die Gefahr, weitere Söldner mit ihrem Kampfeslärm anzulocken, zu groß zu sein. Hagrim fiel es schwer, dem Befehl zu folgen, plötzlich hätte er zu gern seine Fechtkünste unter Beweis gestellt. Ein kurzes Brummen von Tastmar hatte ihn aber eines Besseren belehrt, und so fügte er sich der Anweisung.

»Wir hätten sie von oben angreifen können«, protzte Hagrim mit seinen Kampfkünsten, als die beiden Söldner außer Sichtweite geritten waren und er wieder auf die Beine kam. »Ich wäre von hier oben hinter einem auf den Gaul gesprungen und hätte ihn meinen Stahl kosten lassen. Mit einem wärest du ja wohl allein fertig geworden«, stichelte Hagrim. »Wenn nicht, hätte dir Cindiel sicherlich geholfen. Ihre Pferde wären jetzt unser, und wir müssten nicht länger zu Fuß durch dieses ewige Grünzeug laufen. Hier muss man ja verrückt werden. Egal, wo man hinsieht, überall grün. Ich glaube, wenn mir Meister Ostmir noch einmal einen Salat auftischt, gehe ich ihm an die Gurgel.«

»Es ist die Heimat der Elfen«, erklärte Cindiel ihm. »Für sie gibt es nicht Schöneres als die Natur. Genau wie die Zwerge die Berge lieben, lieben die Elfen die Bäume.«

»Das ist es«, lachte Hagrim auf. »Genau das kann man auch in ihren Gesichtern wiedererkennen. Zwerge haben Nasen, die aussehen wie Wackersteine, und sie sind stur wie Granit. Die Elfenohren jedoch sehen aus wie junge Triebe, und ihre Körper sind biegsam wie grüne Zweige. Jedes Volk sieht mit der Zeit aus wie das Land, in dem es lebt.«

»Aha«, erwiderte Cindiel mit geheucheltem Interesse, »und was ist mit Menschen und Ogern?«

Hagrim stockte, doch er wäre kein Geschichtenerzähler, wenn ihm nicht eine passende Antwort schon auf der Zunge läge. »Das liegt doch auf der Hand. Menschen haben gleichmäßig schöne Züge. Alles passt zueinander, wie in einer Stadt, wo Straßen und Gebäude voneinander getrennt sind, aber alles zusammen wird von der Stadtmauer sauber eingerahmt. So wie jeder Mensch, so hat auch jede Stadt ihr Gesicht.«

»Und Oger?«, hakte Cindiel nach.

»Sie leben in einem blubbernden, stinkenden Sumpf – muss ich wirklich mehr erzählen?«

Cindiel lachte. »Lass es lieber, sonst wird Tastmar dir die Ohren langziehen und die Nase platt hauen. Mit so einem Gesicht wüsste ich gar nicht, wo du wohnen solltest. Vielleicht auf einem Baum in den Bergen.«

Tastmar unterbrach ihre Diskussion und packte Cindiel und Hagrim am Arm.

»Das mit den Ogergesichtern war nicht so gemeint«, erklärte Hagrim sofort. »So lange lebt ihr ja noch gar nicht im Sumpf. Vielleicht könntet ihr einige Entwässerungsgräben ziehen und – duftende Rosen pflanzen?«

Cindiel erkannte sofort, dass der Oger nicht auf Hagrims Beleidigungen anspielte. Das helle Klirren von Stahl auf Stahl durchbrach die Stille des Waldes.

»Das muss Finnegan sein«, rief sie. »Wir müssen ihm zu Hilfe kommen.«

Tastmar zeigte in Richtung Nordwesten, am Bachlauf entlang, dann lief er los. Cindiel konnte kaum Schritt halten. Sie befürchtete, Tastmar aus den Augen zu verlieren. Immer heller und klarer wurden die Geräusche der sich kreuzenden Klingen. Pferde wieherten, Männer brüllten sich an, und der Kampfeslärm begleitete alles wie eine Melodie. Hohe Töne, wenn Stahl auf Stahl traf, und dumpfe Paukenschläge, wenn Klingen mit Schildern pariert wurden.

Cindiel hatte ihren eigenen Kampf auszutragen. Sie schlug auf niedrig hängende Zweige, Dornengestrüpp und Nesseln ein. Alles, was sich ihr in den Weg stellte, hackte sie mit dem blanken Stahl im Vorbeilaufen nieder. Sie schlug sich durch ein halbhohes Dickicht von jungen Trieben und blieb stehen. Direkt vor ihr führte eine morsche Brücke über den Bachlauf. Aus halben Stämmen und breiten Rindenstücken gebaut, wirkte sie wie ein Teil des Waldes. Grobe Hanfstricke verbanden die einzelnen Stämme miteinander. Die ganze Konstruktion sah eher wie gewachsen aus als von Menschenhand erbaut. Nichtsdestotrotz schien sie zu halten, denn Tastmar stand mitten auf ihr, den Blick auf die dahinterliegende Lichtung mit dem kleinen Weiher und dem alten Baum gerichtet.

Cindiel stockte der Atem. Finnegan und drei seiner Männer erwehrten sich den Angriffen eines halben Dutzends Berittener. Sie kämpften genau dort, wo sich vor zwei Jahren die Oger und Eliah das Gefecht um die Götter geliefert hatten.

»Hilf ihnen«, schrie Cindiel Tastmar an. »Sie werden Finnegan töten, wenn du ihnen nicht hilfst.«

Tastmar rührte sich keinen Zoll breit. Er stand wie angewurzelt und bestaunte den Kampf.

Cindiel blickte sich um. Von Hagrim fehlte jede Spur. Wahrscheinlich hatten sie ihn im Dickicht des Waldes abgehängt, oder er war in das Bachbett gestürzt und versuchte vergeblich, wieder herauszukommen. Sie rannte los, auf die Brücke zu.

»Was ist los mit dir?«, schrie sie den Oger an, während sie hinter ihm über die Brücke balancierte.

»Komm schon«, flehte sie und riss an seinem Gürtel.

Plötzlich packte Tastmar zu und umfasste ihr Handgelenk. Mit hohlen Augen starrte er sie an. Sosehr sie auch riss und zerrte, er ließ nicht locker.

»Hilf mir«, bettelte sie, begann zu weinen und drehte sich zu Finnegan und den anderen um.

Cindiel brauchte einen Augenblick, um zu begreifen, was an dem Weiher und dem Baum Mystraloon vor sich ging. Wie eingefroren standen sich die Söldner und Stadtwachen gegenüber. In der Bewegung erstarrt, mit eisigen, angst- oder hasserfüllten Blicken, erhobenen Schwertern und blockenden Schilden.

»Was geht hier vor?«, keuchte Cindiel.

Tastmars Griff lockerte sich. Dann sah er Cindiel an, und sein Blick wanderte weiter, hinunter zu den Rindenbrettern, auf denen sie standen, zwischen den Ritzen hindurch, in das schattige Labyrinth aus Ästen und Stämmen unter der Brücke. Cindiel scheute sich, seinem Blick zu folgen, schon seit frühester Kindheit an saß tief in ihr diese Angst vor dem, was unter der Brücke lauerte. Aber genauso wie ihre

Angst es ihr verbot, drängte ihre Neugier sie, diese Finsternis zu ergründen. Ein Augenblick reichte schon, und sie schreckte zurück. Ein Paar gelbe Augen stierte sie aus dem Dunkeln heraus an und schien sie verschlingen zu wollen.

»Der Troll unter der Brücke«, hauchte sie ängstlich.

»Nicht jedes Märchen ist erfunden«, tönte die krächzende Stimme unter der Brücke, »genauso, wie nicht jede Erzählung wahr ist. Manchmal vermischen sich Wahrheit und Lüge miteinander, und alles, was übrig bleibt, ist ein Troll unter einer Brücke.«

»Was willst du von mir, und warum hast du die Zeit angehalten?«

»Ich habe die Zeit nicht angehalten, Liebes. Ich habe sie nur etwas verrückt. Sieh dir deinen tapferen Helden an, er ist damit beschäftigt, am Leben zu bleiben. Wir haben uns nur die Zeit genommen, es genau zu beobachten, denn darin besteht die eigentliche Aufgabe. Jetzt liegt es an dir, zu entscheiden, ob er so langsam stirbt, wie ein Stein vom Wasser rund geschliffen wird, oder ob die Klinge sein Herz schneller durchbohrt, als seine Augen es erfassen können.«

Cindiel wischte sich die Tränen aus den Augen. Der Troll hatte Recht, die Zeit war nicht angehalten, sie verrann nur viel langsamer. Zentimeter um Zentimeter bewegten sich die Männer. So langsam, wie ein Schwert vorzuckte, so langsam wurde auch ein Schild zum Schutz erhoben. Einem der Stadtwachen steckte die Spitze eines Schwertes im Oberschenkel. Cindiel konnte mit ansehen, wie die Klinge sich tiefer in das Fleisch bohrte. Die Augen des Mannes weiteten sich mit der Trägheit einer Blüte, die sich bei den ersten Sonnenstrahlen öffnete, und sein Mund stieß einen stummen Schrei aus. Jetzt erst nahm Cindiel die beiden Söldner, die Finnegan in die Zange genommen hatten, richtig wahr. Der eine beugte sich weit über sein Pferd und zielte mit seiner Klinge auf die Brust ihres Liebsten. Der andere schwang einen Morgenstern in Finnegans Rücken und hatte es auf seinen Kopf abgesehen. Cindiel konnte abermals die Tränen nicht zurückhalten.

»Ich will nicht, dass er stirbt. Was muss ich tun, damit er am Leben bleibt? Ich werde alles tun, was du verlangst.«

»Ich verlange von dir, dass du dich entscheidest, zwischen ihm und dem Funken der Götter.«

»Ich kann ihnen den Stein nicht geben«, schluchzte sie. »Sie würden seine Macht missbrauchen und die Welt nach ihren Vorstellungen formen. Die Götter würden es mir nie verzeihen.«

»Ja«, krächzte der Troll, »mein erster Eindruck von dir war also richtig. Auch Mogda hat sich in der Wahl deiner Person nicht getäuscht. Du bist noch nicht so stark wie deine Großmutter, aber in Weisheit stehst du ihr in nichts nach. Du hast die gleißende Macht des Steines gekostet, und trotzdem hat sie dich nicht verblendet.«

»Wer bist du, dass du das alles weißt?«

Ein leises bösartiges Kichern drang aus den Tiefen der Brücke hervor. »Wir haben uns vor Jahren schon einmal gesehen. Damals wusstest du bereits um die Macht der Steine, doch du hast es Mogda überlassen, sich ihrer anzunehmen. Mogdas Schicksal ist zwar mit dem der Steine verbunden, aber es ist deine Aufgabe, über sie zu wachen. Du kennst mich unter dem Namen Tusfell. Ich lag in Ketten, als ihr mit den Ogern gegen Ellah zogt. Mir und meinem Behüter gelang die Flucht, doch konnten wir das Schicksal damals nicht in die richtigen Bahnen lenken. Diesen Fehler versuche ich jetzt wiedergutzumachen.«

Cindiel erinnerte sich noch genau an die Trollschamanin Tusfell und Nokrat, den Kriegertroll. Schon damals hatten sie ihr Angst eingeflößt, obwohl sie in einem Käfig gesessen hatten und ein halbes Heer von Ogern um sie herum lagerte. Eine Schamanin war eine der wenigen aus jedem Volk, die über den Willen der Götter Bescheid wusste. Wie alle Wissenden auch gab diese hier ihr Wissen nur stückweise preis.

Cindiel starrte wieder auf die Szene um Finnegan. Die Schwertspitze war nur noch zwei Handbreit von seinem Herzen entfernt, und die Kugeln des Morgensterns kreisten über seinem Kopf.

»Kannst du ihn nicht retten?«, flehte Cindiel erneut. »Die Götter können nicht wollen, dass ich sein Leben für ihres gebe.«

»Du allein kannst ihn retten«, erwiderte Tusfell. »Gib den Söldnern des Klerus das, was sie begehren.«

»Ich kann ihnen den Funken nicht überlassen.«

»Es ist nicht der Stein, den sie wollen, es ist das, was er darstellt. Kein Mensch ist in der Lage zu erfassen, welche Macht in den Funken steckt, und kein Wesen auf dieser Welt ist imstande, sie zu nutzen. Alles, was die Kleriker der Menschen für sich beanspruchen, ist die

Macht über andere Menschen. Gib ihnen nur den Schein von Macht, und sie werden sich darauf stürzen und dieses Blendwerk nutzen, wie sie es immer getan haben. Märchen werden zur Wahrheit, und die Wahrheit wird zum Märchen. Ich bezweifle, dass einer von ihnen den Unterschied überhaupt erkennen würde – und selbst wenn, würden sie es abstreiten.«

»Wie soll ich ihnen nur den Schein von Macht geben?«, fragte Cindiel verwirrt.

Cindiel hörte, wie die Trollin ins knietiefe Wasser sprang. Mit ihren langen knochigen Fingern durchfurchte sie das Wasser, grub Steine aus dem Schlamm und warf sie wieder zurück in den Bach. Cindiel ertappte sich dabei, wie ihr Blick abschweifte und zu Finnegan hinüberglitt. Schon wieder war die Klinge zwei Finger breit dichter an sein Herz gerückt. Seinem Kameraden stach die Spitze des Schwertes seines Gegners bereits durch den Oberschenkel. Die Augen der Stadtwache waren geschlossen, und sein Mund war schmerzverzerrt.

»Hier, nimm den«, krächzte die Trollin und gewann Cindiels Aufmerksamkeit zurück. »Die Zauber einer Hexe sollten reichen, um aus einem Flintstein das Artefakt eines Gottes zu machen, jedenfalls für diejenigen, die daran glauben wollen. Ein Lichtzauber, eine magische Aura, etwas unergründliche Wärme und ein mystisches Glimmen aus seinem Inneren heraus sind alles, was die Menschen brauchen, um Demut zu zeigen.«

Cindiel sprach die Zauber wie in Trance, genau in der Reihenfolge, in der Tusfell sie aufgegeben hatte. Zwischen jedem einzelnen Zauberspruch warf sie einen kurzen Blick auf Finnegan. Ihm blieb nicht mehr viel Zeit.

Als sie den Stein in Händen hielt, vermochte sie kaum selbst mehr zu sagen, ob er echt war oder nicht. Pulsierendes Licht erstrahlte aus seinem Inneren, und er verbreitete eine wohltuende Wärme.

»Was soll ich damit tun?«, fragte sie, den Blick nach unten gerichtet. »Sie würden uns trotzdem töten, auch wenn sie den Stein bereits haben. Auf unsere Köpfe ist eine Belohnung ausgesetzt.«

»Du enttäuschst mich, Kindchen«, flüsterte Tusfell. Ihre Stimme klang jetzt entspannter. »Du weißt, was zu tun ist, doch du traust dich nicht, zu handeln und ihn zu fragen. Du willst meine Zustimmung. Aber die werde ich dir nicht geben. Frag ihn selber, er ist stumm, nicht taub. Vergiss aber nicht: Das Schicksal kommt immer zu seinem Recht.«

Cindiel hob den Kopf und sah in das Gesicht von Tastmar. Die Augen des Ogers waren hohl und leer, aber auf seinem Gesicht glaubte sie ein Lächeln zu erkennen.

»Rette ihn, er ist alles, was mir geblieben ist, und ich liebe ihn.«

Tastmar nahm ihr den leuchtenden Stein aus der Hand und umschloss ihn mit seiner Faust. Mit zwei Fingern strich er ihr über das kurz geschorene Haar, dann stürmte er los.

Sobald er die Brücke verlassen hatte, war auch der Zauber der Trollschamanin vorbei. Die Zeit floss wieder so schnell wie zuvor, und Cindiel hatte den Eindruck, sie würde gar versuchen, etwas von dem Stillstand wieder aufzuholen. Tastmar stürmte auf das Schlachtfeld. Aus seiner Kehle löste sich ein fauchender Schrei. Für einen winzigen Augenblick bockte das Pferd des Morgenstern schwingenden Söldners und der, dessen Schwertspitze auf Finnegans Brust zielte, war für einen kurzen Moment abgelenkt. Die stacheligen Kugeln sausten über Finnegans Kopf hinweg. Der zuckte zusammen und drehte sich zur Seite weg. Die Spitze des Schwertes streifte seine Schulter und schnitt über sein Schlüsselbein.

Tastmar brüllte abermals. Ein Pfeil ragte aus seinem Nacken. Cindiel fuhr herum und sah den Schützen. Er musste schon vorher dort gestanden haben, nur hatte sie ihn übersehen, weil er sich am Rand der Lichtung aufhielt. Tastmar stürmte auf Finnegan und die zwei Schergen zu. Mit dem Pfeil im Nacken taumelte er genau in den schwingenden Morgenstern, der ihn unter dem Kinn traf. Blut spritzte, als sein Kopf nach hinten kippte.

Tastmar sank auf die Knie. Er streckte einen Arm aus und öffnete die Hand. Wie ein pulsierendes Herz lag der leuchtende Stein in seiner Hand.

»Er hat den Funken der Götter«, schrie der Söldner mit dem Schwert. Der Mann riss sein Pferd herum, streifte Finnegan, der rückwärts taumelnd mit dem Baum Mystraloon zusammenstieß, wo er in sich zusammensackte.

Der Söldner sprang vom Pferd und richtete seine Klinge auf Tastmar. Der Oger versuchte noch nicht einmal, sich zu wehren, er hielt einfach den Stein vor sich.

Dann stieß der Söldner zu und trieb Tastmar das Schwert durch den offen stehenden Mund.

»Der Funken ist unser«, rief er und schwang sich wieder auf das Pferd, noch bevor Tastmar zur Seite umkippte.

Die Aussicht auf Belohnung ließ die käuflichen Häscher einen schnellen Rückzug antreten. Anscheinend wollten sie nicht Gefahr laufen, ihren Fund wieder zu verlieren. Für Cindiel stand außer Frage, dass sie in Osberg berichten würden, alle getötet zu haben. Bevor ihnen jemand das Gegenteil hätte beweisen können, wären sie längst zurück in Turmstein oder Lorast und würden ihr Blutgeld in billigen Hurenhäusern verprassen.

Cindiel wollte zu Tastmar und Finnegan eilen, doch die Stimme Tusfells hielt sie zurück.

»Warte noch, Kindchen. Niemand darf bei dir sein, wenn du den Stein im Baum versteckst. Vorher solltest du ihn verblassen lassen, auf dieselbe Art und Weise, wie du den Flintstein hast erstrahlen lassen. Niemand darf je auch nur auf die Idee kommen, hier nach etwas zu suchen, das wesentlich mehr ist, als es scheint.«

»Aber Finnegan und Tastmar«, wandte sie ein. »Sie brauchen meine Hilfe.«

»Keinem von beiden kannst du im Moment das geben, was er braucht. Finnegan wird dich suchen, jedoch ohne Erfolg, weil du genau weißt, dass wenn er bei dir und dem Funken bleibt, sein Leben in Gefahr ist. Wenn er wieder nach Osberg kommt, werden die Priester ihren neuen Glauben bereits eingeläutet haben.«

»Und Tastmar?«, fragte Cindiel zögerlich.

»Er ist tot«, sagte Tusfell. »Bete für ihn, dass die Götter bereits erwacht sind, wenn er die Halle seiner Ahnen betritt. Bleib einfach auf der Brücke, bis dieser Geschichtenerzähler auftaucht. Niemand kann dich hier sehen, wenn ich es ihm nicht gestatte.«

»Hagrim? Was ist mit Hagrim?«

»Mit ihm ist nichts, er hat sein eigenes Schicksal zu erfüllen.«

38
Schicksalsweg

»Wäret Ihr lieber bei ihnen?«, fragte Trumbadin.

Mogda schüttelte den Kopf. »Nein, es wäre mir lieber, sie befänden sich überhaupt nicht hier. Ich wollte nicht, dass sie in all das mit hineingezogen werden.«

»Ihr habt sie nicht mit hineingezogen«, widersprach der Zwerg. »Sie sind ein Teil davon, ob es Euch nun gefällt oder nicht.«

Trumbadin und Mogda standen an einem geheimen Ausgang, weit oben am nördlichen Gebirge des Spaltes oder des Risses, wie ihn die Bleichen nannten. Das Massiv erhob sich kaum tausend Fuß über die Ebene und war bei Weitem nicht zu vergleichen mit den Bergen, die Mogda aus Nelbor kannte. Doch von hier aus hatte man einen ausgezeichneten Überblick. Südwestlich von ihnen klaffte der Riss, in dem nach Trumbadins Auskunft Rator darauf wartete, Tabal zu empfangen, wenn er auf der Welt erschien. Trotz seiner Bemühungen hatten sie Mogda nicht zu ihm gelassen, und nun war es zu spät. Sie mussten den Neumond nutzen.

Im Westen lag eine weite Ebene, deren Größe sich nur anhand der kleinen Armee, die über sie hinwegzog, erahnen ließ. Nur zu genau wusste Mogda um ihre Zahl: fünf Dutzend Oger, achthundert kampfbereite Zwerge und vierzig weiße Bären, die zehn der Eissegler zogen. Mogda hoffte, dass ihnen ein Kampf erspart bleiben würde. Sie sollten sich nicht der Übermacht an Barbaren stellen, es reichte, wenn sie die meisten der Krieger in den Süden lockten, damit es ihm und Trumbadin gelang, Bleichenstadt unbemerkt zu erreichen. Kein einziger seiner Freunde war zurückgeblieben, selbst Hagmu hatte sich ihnen angeschlossen. Der ergraute Kriegsoger war kaum mehr als ein Schatten seiner selbst. Seitdem er die Runenklinge in den Händen gehalten hatte, wirkte er ständig benommen, sprach kaum ein Wort und starrte einfach nur vor sich hin. Trotzdem reagierte er, wenn man ihn ansprach, und erledigte leichte Arbeiten.

Im Norden erstreckte sich ein hohes Gebirge, wo nach Trumbadins Erzählung noch vor wenigen Jahren nach Erzen gegraben worden war. Jetzt war dieser Ort verloren, genau wie Bleichenstadt. Die Barbaren vertrieben die Zwerge ebenso von ihren Arbeitsstätten wie aus ihrer Heimat. Die Bleichen waren gezwungen, sich immer weiter zurückzuziehen. Sie konnten sich der Übermacht des ständig wachsenden Volkes nicht erwehren. Die Taktik der Berserker ging auf. Sie schnitten den Zwergen die Versorgungswege ab, zerstörten alles, was von Nutzen für das kleine Volk war, und splitteten sie auf. Anstatt zu versuchen die Festung der Bleichen zu stürmen oder die Minen zu besetzen, schickte Suul ihre Kinder aus. Götterfrost, wie sie selbst die Kreaturen nannte, bohrten sich durch die Erde auf der Suche nach Wärme. Die Bleichen selbst waren kalt wie Stein, doch ihre glühenden Essen zogen die bestialischen Würmer an. Dort, wo das Erdreich es zuließ, bohrten sich die nach Wärme gierenden Würmer hervor und verschlangen jeden, der sich ihnen entgegenstellte. Tag für Tag verloren die Bleichen mehr Männer, und irgendwann war König Arbalosch gezwungen gewesen zu handeln: Er versammelte sein Volk und wagte einen Ausbruch aus ihrem Gefängnis. Sie verließen Bleichenstadt und zogen zum Riss. Zwei Tage und zwei Nächte dauerte es, bis sie ihn erreicht hatten, König Arbalosch verlor in etlichen Gefechten die Hälfte seiner Untertanen. Ihre neue Heimat bot kaum genug Möglichkeiten, die Überlebenden zu ernähren oder nach Erzen zu graben, um neue Waffen zu schmieden, doch waren sie sicher vor den Götterfrost, denn der Spalt bestand aus massivem Gestein. Mit der Zeit lernten die Bleichen mit ihrer neuen Umgebung zurechtzukommen. Sie säten Pilze, Moose und Flechten, von denen sie sich ernährten, und gewannen Tauwasser aus den Felsen zum Trinken. Kein Stück Metall wurde verschwendet. Alles, was unbrauchbar geworden war, wurde wieder eingeschmolzen und zu etwas Neuem geformt. Ihr Dasein in den Tiefen des Spaltes war vom täglichen Kampf ums Überleben geprägt.

»Was ist mit Euch, warum begleitet Ihr mich?«, fragte Mogda.

»Das ist einfach«, antwortete Trumbadin. »König Arbalosch mag mich nicht besonders.«

Mogda runzelte die Stirn. »Er hat Euch befohlen, auf mich aufzupassen? Dann mag er Euch wirklich nicht.«

»Hat Euch Euer König auch auf diese Reise geschickt?«, fragte Trumbadin. »Vielleicht hatte er gehofft, Ihr erfriert hier oben im ewigen Eis.«

»Wir Oger haben keinen König«, brummte Mogda.

»Keinen König?«, wiederholte der Bleiche fassungslos. »Wer macht denn bei euch die Gesetze, bekommt all die Schätze, die ihr in Schlachten erbeutet, und verhandelt mit anderen Königreichen?«

Jetzt musste Mogda grinsen. Ein ganzes Volk hauste unter der Erde, von Feinden im Eis eingeschlossen, und ernährte sich von Pilzen, während es seit hunderten von Jahren keine Nachfahren zeugte. Dies schien alles gleichgültig, solange sie einen König besaßen.

»Alles, was wir in Schlachten erbeuten, sind Nahrungsmittel«, gestand Mogda. »Niemand verhandelt mit uns, deshalb brauchen wir auch keine Gesetze.«

»Keine Gesetze?«, fragte Trumbadin erneut nach. »Wer hat euch zum Beispiel gesagt: Esst keine Zwerge!«

Mogda beugte sich hinunter zu dem Zwergenmaester und schnüffelte an ihm. »Der gute Geschmack«, knurrte er.

Das schallende Signal eines Hornes beendete die Unterhaltung.

»Es geht los«, verkündete der Zwerg. »Die Berserker haben Witterung aufgenommen.«

Mogda drehte sich um und betrachtete die weiße Ebene unter sich. Zahlreiche kleine Gruppen zu fünfzig bis hundert Kriegern strömten sternförmig auf die Armee aus Zwergen und Ogern zu. Sie schienen aus dem Nichts aufzutauchen und von niemand außer ihrem Blutdurst geführt zu werden.

»Sie sind schlecht organisiert«, sagte Mogda. »Dem ersten Ansturm könnten wir standhalten.«

»Nein«, widersprach Trumbadin. »Für jeden, den wir töten, strömen zwei weitere nach. Es würde nicht lange dauern, und meine und deine Männer befänden sich in einem Kessel aus brüllenden und nach Blut dürstenden Berserkern. Außerdem sind wir ihnen zahlenmäßig drei zu eins unterlegen. Der Lebensfaden der Berserker scheint irgendwie dicker zu sein als bei anderen. Ihr habt selbst schon gegen sie gekämpft, Ihr müsst es wissen.«

»Den Ersten von ihnen habe ich mit einem Brett zerquetscht«, erinnerte sich Mogda.

»Und, war es schwer?«, fragte der Bleiche nach.

»Nein, nicht sonderlich, es war ein Brett von meinem alten Tisch, mit dem ich seine Brust zerquetscht habe. Irgendwie mochte ich ihn.«

»Den Berserker?«

»Nein, den Tisch«, stellte Mogda richtig. »Ich habe ihn selber gebaut. Er war schön groß, und man konnte die Essensreste durch seine breiten Ritzen einfach auf den Boden fegen. Unwahrscheinlich praktisch.«

Trumbadin griff schweigend zu den beiden Bärenfellen, die er für sie beide mitgebracht hatte. Er reichte das große Fell an Mogda. Das Kleinere, anscheinend von einem Bärenjungen, warf er sich selbst über.

»Sie beginnen mit dem Ausfall«, kommentierte er und zeigte auf die keilförmige Formation in den Zwergenreihen unter sich. Sie werden sich freikämpfen und dann nach Süden ziehen. Vielleicht schaffen sie es, fünfzig der Barbaren zu töten, aber es wird uns hundert der eigenen Krieger kosten.«

»Höchstens zehn«, erwiderte Mogda. »Oger kämpfen nicht in der zweiten Reihe, und wir sind ihnen fünf zu eins überlegen.« Traurig dachte Mogda daran, wer wohl diese Zehn sein würden, die ihr Leben für sein Schicksal hingaben.

»Wie auch immer«, sagte Trumbadin. »Sie werden versuchen in die südlichen Wälder zu gelangen und noch darüber hinaus. Sobald sie den Großteil des Barbarenvolkes hinter sich herschleppen, werden sie zum Riss zurückkehren und über die Kette in Sicherheit gelangen.«

»Was ist diese Kette?«, wollte Mogda wissen.

»Ihr werdet sie sehen und wissen, wofür sie da ist, wenn ich sie Euch zeige. Jetzt sollten wir uns beeilen, wir haben noch einen Abstieg vor uns, und es wird bald dunkel. Werft Euch das Fell über.«

Mogda musste lachen, als er Trumbadin betrachtete. Der Bleiche sah mit dem Fell tatsächlich aus wie ein kleiner weißer Bär.

»Ihr glaubt tatsächlich, sie werden auf den Schwindel hereinfallen?«

»Niemand wird sich die Mühe machen und genau hinsehen. Außerdem wollen wir hoffen, dass unser Ablenkungsmanöver funktioniert und niemand da ist, der uns sieht.«

»Wartet«, rief Mogda. »Sprechen wir uns auch mit Papa Bär und Baby Bär an?«

»Sprecht mich am besten gar nicht mehr an, bis wir Bleichenstadt erreicht haben. Ihr werdet Eure Kräfte noch brauchen.«

Trumbadin sollte Recht behalten. Die Reise zu der gefallenen Stadt der Bleichen war beschwerlich. Schon am ersten Tag schmerzte Mogda jeder Knochen im Leib. Die Kälte machte seine Haut spröde und rissig. Alles, was man essen konnte, war gefroren, und seinen Durst stillte man, indem man Schnee kaute. In der ersten Nacht ruhten sie nur drei Stunden. Zusammengekauert in den Bärenfellen lagen sie auf der nackten, hart gefrorenen Erde. Mogda tat kein Auge zu, und so entschlossen sie sich weiterzuziehen. Der darauf folgende Tag war ein einziges Martyrium. Starker Wind und Schneetreiben ließen sie nur langsam vorankommen. Die Sicht schwand unter hundert Schritt, und ihr sonst so deutlich erkennbares Ziel, der Berg von Bleichenstadt, verschwand hinter einem Schleier. Trumbadin schien das Wetter nichts auszumachen, und von Erschöpfung war bei ihm keine Spur zu erkennen. Als das Schneegestöber über sie hereinbrach, schien sich der Zwerg sogar zu freuen.

»Jetzt wird uns niemand mehr sehen«, lachte er. »Eisbär im Schneesturm ist die beste Tarnung, die es gibt.«

Mogda fehlte die Kraft zum Lachen, außerdem war ihm auch nicht danach zu Mute. Er wusste, dass ihnen noch einmal die gleiche Strecke bevorstand.

In der zweiten Nacht legten sie überhaupt gar keine Pause ein. Diesmal war es Mogdas Vorschlag, zwar hätte er eine Rast nötig gehabt, aber er bemerkte, dass auch Trumbadin anfing zu schwächeln. Mit jedem erschöpften Stöhnen, das der Zwerg von sich gab, schien Mogdas Kraft zu wachsen. Er nahm sich vor, diesem kleinen Eiszapfen schon zu zeigen, wer von ihnen beiden der Zähere war.

Kurz bevor er sich geschlagen geben wollte, endete der Schneesturm, und einige Meilen vor ihnen tauchte Bleichenstadt aus dem

Dunstschleier auf. Der Eingang zum Königreich der Zwerge lag nur wenige hundert Schritt hoch im Bergmassiv. Trumbadin zeigte auf ein schmales Band, das sich um den Berg zu schlängeln schien.

»Das ist der Aufstieg zum Tor«, erklärte er.

Auf ihrer ganzen Reise hatten sie nur zwei Mal andere Lebewesen gesehen. Das erste Mal war es ein einzelner weißer Bär gewesen, der einen weiten Bogen um sie machte, das zweite Mal eine Hand voll Barbaren, die rund eine Meile südlich an ihnen vorüberzogen und sie keines Blickes würdigten, genau wie Trumbadin es vorhergesagt hatte. Mogda hoffte, der Aufstieg zum Tor würde ähnlich leicht verlaufen, und so war es auch.

»Wir haben Glück«, sagte Trumbadin. »Das Tor steht offen. Man braucht vierzig Zwerge, um nur einen Flügel zu bewegen, wenn das Tor nicht verriegelt ist. Wenn es von den Zahnrädern des Schlosses erst einmal verriegelt ist, würde eine ganze Armee es nicht schaffen, hier durchzubrechen.«

»Das nenne ich wirklich Glück«, stimmte Mogda zu. »Was hätten wir getan, wenn es verschlossen gewesen wäre?«

»Wir hätten geklopft«, sagte Trumbadin und zeigte auf einen bronzenen Ring von der Größe eines Wagenrades.

»Irgendwann solltet ihr Zwerge lernen, Dinge in eurer Größe zu bauen«, erwiderte Mogda.

Als sie durch das Haupttor von Bleichenstadt traten, gab es keinen Zweifel mehr, dass die einstige Heimat der bleichen Zwerge verlassen war. Der Wind hatte den Schnee durch das offen stehende Tor getrieben und ihn zu drei Fuß hohen Wehen aufgetürmt. Vor Jahren musste die Eingangshalle ein wahres Kunstwerk aus Licht und Farben gewesen sein. Sonnenlicht fiel durch große ovale Schächte in der Decke und bündelte die Strahlen über einem Monument aus weißem Marmor. Die Bildhauerkunst stellte eine Gruppe Zwerge dar, die über einen erlegten Eisbären mit drei Köpfen hinwegkletterte. Jeder der Zwerge hielt seinen Schild in die Höhe und reflektierte das Licht auf verschiedene Punkte in der Halle. Irgendwie hatten es die Zwerge geschafft, jedem Strahl eine andere Farbe zu geben, und so wirkte das Spiel aus Licht und Farben wie ein geborstener Regenbogen. Zwei waren kurz über ihren Hüften abgebrochen und die Trümmer lagen verstreut in der Halle, ein dritter Zwerg stand am Rand, seine Arme waren abgeschlagen worden.

Ein halbes Dutzend Löcher im Fußboden der Halle ließen Mogda ahnen, was hier geschehen sein musste. Lose Erde und zersplitterte Bodenfliesen sammelten sich um die Löcher, die etwa drei Fuß Durchmesser besaßen und in endlos tiefe Schwärze hinabreichten.

»Hier tauchten sie das erste Mal auf«, erzählte Trumbadin. »Angezogen von der Wärme, suchten sich die Götterfrost zunächst den leichtesten Weg in unser Heim. Wir waren nicht darauf vorbereitet, uns in unseren eigenen Wänden gegen Feinde wehren zu müssen. Pfeile und Bolzen können diesen Kreaturen nicht viel anhaben, somit versuchten wir sie mit Feuer zu bekämpfen – danach wurde es erst richtig schlimm. Sie kamen in unsere Gemächer, bohrten sich durch die Böden der Küchen und Schmieden. Für jeden Wurm, den wir erlegten, starben fünf unserer Krieger und zwei weitere dieser Bestien tauchten auf. Als es dann so weit war, dass sie nicht nur aus den Böden hervorschossen, sondern auch aus den Wänden und Decken, gab König Arbalosch den Befehl, Bleichenstadt zu verlassen. Seitdem haben nur noch einige wenige Bleiche diese Hallen betreten. In regelmäßigen Abständen schickt der König Späher hierher, um ihm Bericht zu erstatten. Doch es scheint so, als wenn der Frost hier für immer Einlass gefunden hätte.«

»Dann haben eure Kundschafter sie gesehen?«, fragte Mogda verblüfft. »Wer ist diese Suul? Ist sie eine Frau, ein Dämon? Irgendetwas müssen sie doch berichtet haben. Konnten eure Spione sie angreifen? Haben sie versucht sie zu töten oder ihr den Schild wegzunehmen?«

Trumbadin schüttelte stumm den Kopf. »Nein, sie hatten Befehl, nur zu beobachten. Nach unserem Wissen können wir nichts gegen die Macht von Suul ausrichten. Dem König genügte es zu wissen, wo sich der Schild befand. Hätten wir ihn gestohlen und mit zum Riss genommen, hätten wir ihre Vergeltung zu spüren bekommen. Suul hätte ihr ganzes Volk vor unsere Tore gesandt. Die Portale halten zwar viel aus und die Wasserspeier können einige Feinde zurückdrängen, doch wenn sich tausende vor den Toren versammeln, würde uns nur Nassfal helfen können. Da wir aber nur den Schild gehabt hätten, wäre uns selbst seine Hilfe versagt worden. Nur wenn alle drei Artefakte zusammenkommen, wird sich die Prophezeiung erfüllen. Die Zeit war noch nicht reif. Was Suul selbst angeht, wissen wir über sie nicht mehr als Ihr. Die meisten Kundschafter beobachten Bleichenstadt nur aus der Entfernung. Sie berichten von Kriegern, die in der Nähe lagern. Ab und an sieht man Frostriesen, wie sie die Stadt betreten oder verlassen. Einige der Späher, die sich hineingewagt haben, berichteten von einem gleißenden Licht, andere wiederum kehrten ohne Verstand und Geist zurück. Bis zum heutigen Tage ist alles, was sie gesehen haben, tief in ihnen vergraben.«

»Gleißendes Licht, sabbernde Zwerge«, stöhnte Mogda. »Entweder sieht sie verdammt gut aus, oder sie ist potthässlich. Die alte Frau in Uthna, von der ich Euch berichtet habe, sagte mir, sie sei vor langer Zeit selbst Suul gewesen. Ich denke, Suul ist so etwas wie eine Königin, die nur eine gewisse Zeit regieren kann, und danach wird es jemand anderes.«

Trumbadin grunzte verächtlich. »Vielleicht ist es ein Geist oder Dämon, der sich der Körper junger Mädchen bemächtigt und in ihnen lebt, bis er sich den nächsten Körper holt.

Zuerst gefiel Mogda diese Idee. Einem jungen Mädchen den Schild zu entreißen hörte sich nicht schwer an. Als er jedoch genauer darüber nachdachte und sich vorstellte, welche Magie solch ein Dämon imstande wäre zu benutzen, war er nicht mehr so angetan. Es würde ihm missfallen, eine junge Frau zu töten, egal welches Wesen in ihr hockte. *Bitte, Tabal, lass es einen Krieger sein, der mit Axt oder Schwert auf mich losgeht und der blutet, wenn man ihn verletzt*, hörte er sich in Gedanken beten.

Hinter dem Marmordenkmal der Zwerge führte die Halle dreihundert Schritt weiter in den Berg hinein. Überall, wo der Boden hochgebrochen war, beäugte Mogda vorsichtig die Tunnel, die in die Tiefe führten. Auch Trumbadin bemerkte die Besorgnis des Ogers.

»Ihr braucht Euch keine Sorgen zu machen«, sagte er. »Die Götterfrost reagieren nur auf große Wärme. Ein einzelnes Wesen strahlt nicht genug Hitze aus, um sie anzulocken.«

Mogda wusste nicht, was ihm weniger gefiel, dass er seine Angst so offen vor sich hertrug oder dass der Zwerg immer eine Antwort zu haben schien, aber nur selten etwas davon preisgab.

Am Ende der Halle führte eine fast sechzig Schritt breite Treppe nach unten und endete vor einem großen Tor mit der Darstellung eines langen Schlittengespanns der Zwerge, gezogen von Eisbären.

Links und rechts neben dem Abstieg führte je eine Treppe in Bogenform nach oben. Vor einer steinernen Tür trafen sie wieder zusammen und bildeten ein breites Podest mit einer niedrigen Balustrade.

Mogda hielt auf die breite Treppe zu, die nach unten führte.

»Sie ist oben im Panthenoptikum«, erklärte Trumbadin.

»Im wo?«, fragte Mogda ungläubig und hoffte, dass der Zwerg eine verständliche und kurze Antwort fand.

»Im Panthenoptikum«, wiederholte Trumbadin. »So nennen wir die gläserne Kuppel über Bleichenstadt. Von dort aus hat man an klaren Tagen einen Blick über unser ganzes Reich, und bei Nacht scheint jeder Stern des Nordhimmels zum Greifen nah.«

Mogda blieb stehen und grübelte einen Moment. Sein Blick wanderte abwechselnd zur breiten Treppe nach unten, dem Aufgang nach oben und wieder zurück. Er hatte vermutet, dass Suul sich in den Königsgemächern aufhielt oder wenigstens im Thronsaal. Sie besaß kein Heer, das sie bei einem Angriff hätte schützen können, nur diese sieben blinden Frostriesen. Es schien ihm wenig sinnvoll, sich hoch oben auf dem Berg hinter einer Glaskuppel zu verschanzen, wo einen jeder sehen konnte. Entweder war sie sich ihrer Sache sicher, oder sie war verrückt. Mogda hoffte auf Letzteres.

»Was ist dort oben noch?«, fragte er.

Trumbadin sah hinauf zu dem steinernen Tor, als ob es ihn plötzlich selbst verwunderte, dass dort oben Zwerge gelebt haben mochten. »Vielleicht hat er gar nichts gegen mich persönlich, sondern nur gegen die Wissenschaft«, sinnierte der Zwerg flüsternd. Dann schreckte er aus seinen Gedanken hoch. »Dort oben, ach ja. Dort befinden sich die Quartiere der Maester und ihre Laboratorien. Dort befanden sie sich jedenfalls einmal«, korrigierte er sich.

Mogda erkannte die Selbstzweifel in Trumbadin. Der Zwerg fühlte sich wie ein Ausgestoßener und versuchte diese Abneigung seines Königs gegen ihn zu ergründen.

»Wisst Ihr, warum die Köche in Tavernen und Gasthäusern immer hinter geschlossenen Türen auf der Rückseite des Tresens zu finden sind und niemals der Koch, sondern immer die vollbusige Schankmagd das Essen bringt?«

Trumbadin zuckte die Schultern. »Nein«, sagte er störrisch. »Hilft uns das irgendwie weiter?«

»Uns nicht, aber Euch vielleicht«, erwiderte Mogda. »Ich werde es Euch sagen. Niemand will wirklich wissen, was die Köche in das Essen hineintun. Es reicht vollkommen, wenn es gut schmeckt.«

»Wenn das so etwas ist wie eine Ogerweisheit, behaltet Sie bitte das nächste Mal für Euch.«

Trotzig drehte er sich um und stampfte die Treppe hinauf. Mogda folgte ihm stumm. Er verstand, was in den Zwergen vor sich ging. Er selbst fühlte sich manchmal wie ein Koch oder ein Maester, der anderen etwas nach ihrem Geschmack vorsetzte, aber nicht verraten sollte, welche Zutaten darin steckten.

Die Tür zum Reich der Maester war ebenfalls nicht verschlossen. Hinter ihr betraten sie einen kleinen Flur und eine weitere Treppe, die nach oben führte. Es folgten weitere Flure, kleinere Hallen, enge steile Treppen aus Holz und breite Wendeltreppen aus Stein. Irgendwann, Mogda kam es wie eine Ewigkeit vor, standen sie vor einer einfachen Holztür mit dem goldenen Symbol der Sonne.

»Dreitausendfünfhundertsechsundsechzig«, verkündete Trumbadin stolz.

Mogda runzelte die Stirn. »Bitte, Herr Zwerg, sagt mir, dass dies die geheime Losung für die Tür ist und nicht das, was ich befürchte.«

»So viele Stufen sind es von hier bis in das Panthenoptikum.«

»Ach, ich hatte es geahnt«, stöhnte Mogda. »Jetzt wird mir einiges klar. Wenn man dort oben sitzt, braucht man keine Armee. Ich hoffe, ich besitze noch genug Kraft, mein Schwert zu heben, wenn ich oben bin.« Mogda starrte auf die kaum drei Fuß hohe Holztür. »Und als ich sagte, ihr solltet von eurem architektonischen Größenwahn wegkommen, meinte ich, erst wenn ich hier wieder raus bin.«

»Ihr werdet es schon hinaufschaffen«, sagte Trumbadin. »Die Treppe ist so steil, dass Ihr Euren Kopf sicherlich nicht einziehen müsst.«

Als Trumbadin die Tür öffnete, verstand Mogda zwar, was der Zwerg meinte, doch glauben konnte er nicht, was er sah. Ein steiler Kriechtunnel erstreckte sich weit in den Gipfel des Berges hinein und verschwand einige hundert Stufen weiter hinter einer leichten Biegung. Mogda nahm sich vor, jede einzelne Stufe zu zählen. Es würde ihm Genugtuung bereiten, wenn Trumbadin sich mit der Anzahl geirrt hätte. Der Maester ging voraus, Mogda musste eher krabbeln, weil die Treppe zu steil und die Stufen zu klein für seine Füße waren.

Er hatte es bis hundertsiebzehn geschafft, dann verzählte er sich. Trumbadin hörte anscheinend seine geflüsterten Flüche und fragte leicht überheblich: »Sollen wir noch einmal umdrehen, damit Ihr von vorne beginnen könnt?«

»Nein«, brummte Mogda, »es wird reichen, wenn ich Euch von oben herunterstoße, dann kann ich in aller Ruhe die blauen Prellungen auf Eurer bleichen Haut zählen.«

Dies blieben die letzten Worte, die zwischen den beiden gewechselt wurden während der Stunden, in denen Mogda sich fragte, ob er je wieder aufrecht würde gehen können.

Sie erreichten einen breiten Flur, der mit schwarzen Steinkacheln ausgelegt war und auf ein halbkreisförmiges Doppelportal zuführte. Auf der anderen Seite führte ein Durchbruch weitere Stufen hinauf, ein Schild darüber wies den Weg zum Panthenoptikum. Jemand hatte sich die Mühe gemacht und auf dem Portal den Sternenhimmel abgebildet. Unter verschiedengroßen silbernen Punkten standen in goldenen Buchstaben die Namen der Sterne. Mogda betrachtete die Abbildung einen Moment und wandte sich dann an Trumbadin.

»Euch muss langweilig gewesen sein, oder?«

Der Zwerg schüttelte lehrmeisterhaft den Kopf. »Wer die Sterne zu deuten versteht, weiß, was ihn in der Zukunft erwartet.«

»Dann solltet Ihr Euren Baumeistern etwas Nachhilfe in Sternenkunde geben. Es ist wenig sinnvoll, einen Kaninchengang wie diesen zu graben und an sein Ende ein Tor zu setzen, das einen Riesen hindurchlässt.«

»Ein Tor ist nicht nur dazu da, in einen Raum zu gelangen, es soll auch das präsentieren, was dahinterliegt.«

Zwerge sind merkwürdig, entschied Mogda erneut. »Wart Ihr schon einmal in Turmstein?«

Trumbadin schüttelte den Kopf.

»In Turmstein tragen die Deckel zur Kanalisation das königliche Wappen, einen König habe ich da aber noch nicht gesehen.«

»Dahinter liegt die Halle der Sterne«, verkündete Trumbadin stolz, ohne auf Mogdas Beleidigung einzugehen. »Das Herzstück unserer Astronomen. Wenn man weiß, wie die Spiegel und Lichter im Inneren zu justieren sind, kann man alle erdenklichen Sternkonjunktionen darstellen.«

Mogda konnte nur erahnen, wovon der Gelehrte sprach, doch er wollte sich nicht bloßstellen lassen. »So etwas haben die Oger auch«, knurrte er. »Wir nennen es Nachthimmel. Es ist sogar noch besser als dies hier, man muss nämlich nicht erst dreitausend Stufen in die Höhe klettern.«

»Dreitausendfünfhundertsechsundsechzig«, berichtigte ihn Trumbadin. »Es gibt auch einen Höhenbeförderer, doch ich dachte mir, es sei zu gefährlich, ihn zu benutzen, da man ihn leicht sabotieren kann.«

Ganz knapp, dachte Mogda, *ein bisschen weniger der Erklärung, und Ihr hättet keine Sterne mehr gebraucht, um in die Zukunft zu sehen.*

»Wollt Ihr die Halle bewundern?«, fragte der Maester.

»Nein«, brummte Mogda, »Ich bin gekommen, um den Schild zu holen, und das sollten wir auch endlich tun.«

Trumbadin zeigte auf den Durchbruch und die Stufen, die nach oben führten. Der Zwerg ging wieder voraus, Mogda folgte ihm. Das letzte Stück hatten sie schnell hinter sich gebracht. Mogda ärgerte sich über jedes Geräusch, das die Zwergenrüstung von sich gab, doch er tröstete sich damit, dass Suul wahrscheinlich ohnehin schon wusste, dass sie kamen. Vor einer Holztür endeten die Stufen. Mogda war froh, dass sie groß genug für ihn war. Sich durch einen Türrahmen zu pressen und auf allen vieren seinem Feind entgegenzukrabbeln erschien ihm irgendwie würdelos.

Mogdas Plan war einfach. Er würde hineinstürmen und sich Suul stellen. Nachdem beide ihre Waffen gezückt hatten, würde sich herausstellen, wer der Stärkere war. Vor Magie fürchtete er sich wenig. Oft genug hatte man versucht ihn zu rösten, zu blenden oder tot umfallen zu lassen, doch bis jetzt war es noch keinem gelungen, vielmehr hatten sich seine Gegner damit eher selbst geschadet. Ein guter Treffer sollte reichen, selbst für eine Barbarenfrau, redete er sich ein. Er warf einen kurzen Blick auf die Tür, dann trat er sie ein und stürmte hindurch.

Das Panthenoptikum war genau das, als was es Trumbadin beschrieben hatte: ein runder Raum, bis in drei Fuß Höhe mit weißem Marmor umrandet, darüber befand sich eine gläserne Kuppel. Mittig im Raum stand eine steinerne Bank ohne Lehne und darauf saß – Suul.

»Was hast du erwartet?«, fauchte sie, während Mogda sein Schwert sinken ließ und stehen blieb. »Dachtest du, ich wäre ein junges hübsches Ding oder vielleicht eine greise alte Hexe, gestützt auf einen knorrigen Holzstab?«

Mogda konnte sich nicht mehr darauf besinnen, was er gedacht hatte, nur war es sicherlich nicht das gewesen. Vor ihm hockte eine Ogerfrau, oder zumindest schien sie es einmal gewesen zu sein. Sie war gut und gern genauso groß wie Mogda, wog mindestens das Doppelte, und wenn man sich fragen wollte, wie alt ein Oger werden konnte, war sie die Antwort darauf. Kopf und Oberkörper gingen ohne Hals ineinander über, auf ihrem fast kahlen Schädel wehten einige übrig gebliebene Haare, die man noch nicht einmal mehr zu einem einzigen Zopf hätte zusammenbinden können. Die einzelnen Konturen ihrer Gliedmaßen waren kaum auszumachen, da sie unter den Massen von Fett und glasiger Haut verschwanden. Ihr Gesäß ragte über die Bank hinaus, und die formlose Masse, die ihren Körper bedeckte, drohte herunterzutropfen und schien allein von der Haut zusammengehalten zu werden. Ihre äußerst knappe Bekleidung in Form von zwei Ziegenhäuten bedeckte gerade einmal Brust und Scham. Alles in allem wirkte Suul wie eine mehrere Wochen alte Wasserleiche. Die einzigen Punkte, die farblich herausstachen, waren ihre rosafarbene Zunge, die in kurzen Abständen über die fahlen Lippen huschte, und zwei bösartig gelb funkelnde Augen. Durch Arme, Beine, Schultern sowie den Hals hatte sie sich schwere Fleischerhaken getrieben, an deren Enden stählerne Ketten hingen, die sich zu ihren Füßen schlängelten und hinter ihr in den offenen Schacht des Höhenbeförderers führten. Vor ihrem Bauch trug sie die stachelbesetzte Schuppe eines Drachen, die mit Lederbändern hinter ihrem Rücken befestigt war.

»Du bist eine Ogerfrau«, presste Mogda hervor.

»Na, da hat das Volk der Oger ja ein richtiges Prachtexemplar hervorgebracht«, spottete Suul. »Deine Auffassungsgabe ist wirklich erstaunlich. Ogerfrau trifft es jedoch nicht ganz. Die Alten unseres Volkes nannten mich eine Vettel.«

»Das sieht man.«

»Eine Vettel ist eine Schamanin«, keifte sie. »Tabal hat uns erwählt, das Wissen der Alten von Generation zu Generation weiterzugeben. Wir waren es, die den jungen Ogern die alten Werte vermittelt haben, doch sie vergaßen sich zu erinnern. Geblendet vom Kriegertum, degenerierten sie zu tumben Bestien und endeten in der Versklavung.«

Mogda begann Suul zu umrunden. Er hoffte, dass sie zu dick war, ihn mit ihrem Blick zu verfolgen. Trumbadin hatte das Panthenoptikum nicht betreten, sondern war davor zurückgeblieben und versteckte sich.

»Die Sklaverei ist schon vor vielen Jahren beendet worden«, erwiderte Mogda.

Suul fuhr schwerfällig herum, wobei ihre Ketten rasselten. »Ihr habt eure Sklaverei höchstens für einen kurzen Moment unterbrochen, doch ihr seid zu einfältig, um weiterhin in Freiheit zu leben. Ihr versteht nicht, wie die Welt funktioniert. Ihr seid dazu verdammt, eurem Schicksal ewig hinterherzulaufen.«

»Dann erkläre es mir, wenn du so allwissend bist.«

Suul schnaubte verächtlich. »Du glaubst, dass du auserwählt bist, die Prophezeiung zu erfüllen. Ich muss dich enttäuschen, du wirst nur einer der vielen sein, die scheitern. Seit tausend Jahren führen immer wieder irgendwelche Ereignisse dazu, dass Einzelne sich auserwählt fühlen und einer Laune der Götter hinterherjagen. Vor dir haben es schon viele andere versucht. Einige haben wenig Reden von sich gemacht, andere sind als große Kriegstreiber bekannt geworden, doch kamen ihrem Ziel kaum näher. Grind, der Trollkönig, war einer von ihnen. Ja, da staunst du, was? Du trittst in seine Fußstapfen. Vor langer Zeit waren die Ettins erwählt worden, das Schicksal zu erfüllen, doch ihr Verlangen nach Wissen war stärker als ihr Willen, der Prophezeiung zu dienen. Ihr Versagen straften die Götter mit der Missbildung eines zweiten Kopfes. Du hast es wenigstens geschafft, halbwegs intelligent mit nur einem Kopf zu wirken, auch wenn es ein hässlicher Kopf ist. Und noch etwas hast du geschafft, du hast zwei der drei Artefakte gefunden. Glaube ja nicht, dass die Artefakte der Schlüssel sind. Die Zeit selbst entscheidet, wann es so weit ist. Ich habe es am eigenen Leib erfahren. Auch ich habe eines der Artefakte gefunden, doch die Zeit machte mir einen Strich durch die Rechnung. Aber anstatt aufzugeben, habe ich begonnen mein eigenes Schicksal zu formen.«

Mogda hatte alle Mühe, sein Erstaunen zu verbergen. Wenn all das stimmte, warum wusste er davon nichts? Warum hatten die Ettins ihm nicht erzählt, dass sie einst auserwählt waren, der Prophezeiung zu folgen? Wussten sie es vielleicht gar nicht, oder wollten sie ihm ihr Versagen nicht eingestehen?

»Die Götter haben ihren Blick abgewandt, und die drei Artefakte wurden gefunden. Wenn die Zeit zur Erfüllung nicht jetzt gekommen ist, wann dann?«, fragte er schließlich.

»Irgendwann anders oder nie«, fauchte Suul. »Der geeignete Zeitpunkt war jedes Mal zum Greifen nah. Es fanden sich immer Hinweise darauf, dass es jetzt so weit sei, doch dann gab es plötzlich neue Zeichen, neue Omen, die alles veränderten. Ich selbst habe den Schild vor langer Zeit bekommen. Auch mein Schicksal deutete darauf hin, dass ich diejenige wäre, die Tabal zurück auf diese Erde führt. Als die Zeit der Vetteln abgelaufen war, die Ogerfrauen nur noch zum Gebären gut schienen und die Krieger der Oger die Führung übernahmen, bin ich mit dem Artefakt in den Norden geflüchtet. Die Bleichen wussten vom Schicksal zu dieser Zeit genauso wenig wie ich. Sie ketteten mich im Spalt an und verkündeten, ich sei der Wächter Tabals. Fünfzehn Jahre später war ich nur *einer* der Wächter und wurde von einem Höhlentroll abgelöst. Plötzlich war ich nicht mehr die Auserwählte, sondern nur ein namenloses Rädchen in den Machenschaften der Götter. Ich ging, aber ich nahm das Artefakt mit mir. Keiner der Bleichen hatte seine Bedeutung begriffen, und so ließen sie mich ziehen.«

Je länger Mogda darüber nachdachte, desto klarer schienen die Worte von Suul. Vielleicht war es wirklich so, dass das Schicksal seinen Lauf änderte wie Wasser, das einen Berghang hinunterrann. Der Weg, den das Wasser nahm, war immer ein anderer, doch der Fluss, den es speiste, blieb derselbe. Von Anfang an war Mogda nicht versessen darauf gewesen, der Spielball der Götter zu sein. Sollte sich herausstellen, dass er tatsächlich erwählt worden war, würde er sich damit abfinden. War er nur ein Teil eines neuen Planes, sollte ihm dies auch recht sein. Alles, was er wollte, war die Sache hinter sich zu bringen.

»Wo ist der Schild?«, fragte er. »Ich bin gekommen, um die drei Artefakte zu vereinen, und genau das werde ich auch tun. Sollte meine Aufgabe damit beendet sein, werde ich sicherlich nicht nach einem Weg suchen, weiterhin den Sklaven des Schicksals zu spielen.«

»Du bist als Sklave geboren, und du wirst auch als solcher sterben«, erwiderte Suul. »Du denkst, du bist auserwählt? Du erkennst das letzte Artefakt ja nicht einmal, wenn du genau davor stehst.«

Mit ihren dicken grauen Fingern riss sie sich die Drachenschuppe vom Bauch und warf sie vor sich auf den Boden.

»Nimm sie, wenn du kannst«, keifte sie. Ich werde dich nicht daran hindern. Doch vergiss eines nicht, ob du mit oder ohne sie aus Bleichenstadt gehst, mein Volk und meine Kinder werden dich finden und töten. Dann gehören die Artefakte mir, und ich werde es sein, die bestimmt, wann der Zeitpunkt gekommen ist, Tabal zu wecken. Ich werde es sein, der die Götter zu Dank verpflichtet sind. Die Welt, in die ich die Götter zurückrufe, wird nach meinen Vorstellungen gestaltet sein.«

»Wenn du nicht so hässlich und fett wärest und Illistantheè nicht schon tot, würdet ihr wirklich ein gutes Paar abgeben«, schnaubte Mogda. »Jetzt gib mir den Schild, und ich lasse dich leben.«

»Das ist zu großzügig von dir«, sagte sie und zeigte auf die Drachenschuppe. »Komm, hol ihn dir.«

Mogda wartete auf ein Zeichen, ein Gefühl oder irgendetwas, was ihm sagte, er tat das Richtige. Doch selbst das Runenschwert, das ihm mit Träumen und Vorahnungen stets zur Seite gestanden hatte, schwieg. Mogda ging auf Suul zu und streckte die Hand dem am Boden liegenden Schild entgegen. Langsam und wohlüberlegt schritt er auf die Ogerfrau zu. Keinen Moment ließ er sie oder den Schild aus den Augen. Die Spitze seines Schwertes zeigte auf Suuls qualligen Leib, während seine andere Hand durch die Luft tastete, nach dem letzten Artefakt. Eine innere Kälte durchfuhr ihn. Mit jedem Zoll, den er sich näherte, wurde es kälter – nein, er kühlte aus. Nur drei Schritte entfernt lag der Schild, und seine Finger begannen zu schmerzen. Die Luft in seinen Lungen begann zu frieren. Er streckte den Arm weiter aus, und die Kälte biss zu, wie ein hungriger Wolf. Mogda wollte den Schild, er wollte ihn mehr als alles andere. Jetzt und hier würde er es zu Ende bringen, egal, welche widerwärtigen Zauber sie auch einsetzen mochte. Zwei Schritte nur noch, und er hatte es geschafft. Suul strahlte ihn mit einem breiten siegessicheren Grinsen an. Ihre fahlen Lippen bebten regelrecht vor Verzückung, während die Haut auf Mogdas Arm rissig wurde. Einen weiteren Schritt machte er auf sie zu, und es fühlte sich an, als ob er sich selbst auf einen gigantischen Eissplitter spießte. Seine Beine wurden taub und gaben nach. Er geriet ins Wanken. Die Welt um ihn herum drehte sich und begann in einem eisigen Hauch zu erfrieren. Mogda taumelte rückwärts, fort von Suul und dem Schild. Er fühlte sich erfasst von einer Lawine, nur statt Schnee schlug ihm eisige Kälte entgegen. Er stolperte weiter rückwärts und fiel. Die kleine, schwielige Zwergenhand war zum Greifen nah. Der taube Druck unter seinem Fuß konnte nur eine Stufe sein. Suuls Lachen begleitete ihn, als seine Augen von Trumbadin, zur Decke, darüber hinaus und in den steilen dunklen Schacht der Treppe wanderten. Er stürzte wie ein toter Baum im Winter, dessen Wurzeln keinen Halt mehr fanden. Und Suul lachte.

39
Böse Erinnerungen

Laut scheppernd rollte der Blechnapf über das holprige Pflaster des Kerkerbodens, stieß gegen die Zellentür und drehte sich mehrmals im Kreis, bis er mit einem Tusch liegen blieb. Gnunt wog die Kette, an deren Ende der Dorn hing, den er aus der Wand gerissen hatte, zielte und warf. Er verfehlte den Napf nur um wenige Fingerbreit und zog die Kette wieder zu sich heran, um es erneut zu versuchen. Diesmal reihte er die Kettenglieder fein säuberlich in seiner Hand auf, so wie er es bei den Tauen auf dem Schiff gesehen hatte. Zuletzt positionierte er den Dorn so, dass das schwere Ende nach vorn zeigte. Er zielte, holte Schwung und ließ die Kette aus den Fingern gleiten. Pfeilgerade flog der Dorn auf den Napf zu, zog die Kette wie einen Kometenschweif hinter sich her und landete im Inneren der Schüssel. Gnunt lächelte zufrieden. Vorsichtig holte er die Kette wieder ein und zog dabei den Napf zu sich heran.

Mit jedem Tag, den Gnunt im Kerker saß, hatte er das Gefühl, die Zelle werde kleiner, die Wände bewegten sich auf ihn zu und irgendwann würde er zwischen ihnen zerquetscht werden. Obwohl er in den Tiefen dieses Gewölbes saß und vor Wind und Regen geschützt war, klebte seine Kleidung am Körper. Der muffige Geruch war allgegenwärtig und ließ ihn die Beklommenheit umso deutlicher spüren. Im roten Sumpf roch es modrig, im Tannenverlies nach verwittertem Laub und Tannennadeln. Die Gerüche selbst unterschieden sich nur minimal, doch diese kleine Nuance brachte den Unterschied zwischen etwas, das nach Freiheit roch – oder eben danach, zwischen den Wänden eines Kerkers vergessen zu werden.

Ein bisschen Ablenkung verspürte Gnunt, wenn der Kerkermeister mit seinem Gesellen in seine Zelle trat. Drei Mal am Tag kamen sie. Morgens brachten sie das Essen. Der Kerkermeister trug immer die breite Schöpfkelle, mit der er einen Moment lang in dem Bottich herumrührte, den sein Geselle ihm hinhielt. In den ersten drei Tagen hatte er immer viel Aufhebens darum gemacht. Er rührte genüsslich, hob eine Kelle Brei hervor und ließ die grüngraue Pampe wieder zurück in den Bottich platschen. »Hm, was für ein Wohlgeruch«, hatte er gesagt. »Da hat sich aber heute jemand besonders viel Mühe gegeben. Dieses feine Aroma von Kloake.«

Jedes Mal hielt er seine Nase über den Bottich und begann zu schnuppern wie ein Wolf, der Witterung aufnahm.

Gnunt wusste nicht genau, was dieses »Kloake« für ein Tier sein sollte oder ob es vielleicht nur ein Gewürz war, aber es schmeckte tatsächlich ganz gut. Ein richtiges Stück Fleisch wäre ihm zwar lieber gewesen, aber eine Stadt war kein Wald, und Tiere waren hier sicherlich selten. Er war schließlich ein Gefangener, da konnte man nicht mehr erwarten. Um den Hüttenbauern eine Freude zu machen, brummte er genüsslich, schmatzte zufrieden und leckte sogar noch die Schüssel aus. Anfangs schien der Kerkermeister zu spüren, dass ihm Fleisch und ein paar Waldbeeren lieber gewesen wären. Mit grimmiger Miene verschwand er dann wieder, schlug die Tür hinter sich zu und fluchte leise. Mittlerweile bekam Gnunt sogar noch Nachschlag, wenn er darum bat.

Wenige Stunden später kamen dann beide Hüttenbauer erneut. Dieser Besuch war der unangenehmste von den dreien. Sie befahlen Gnunt jedes Mal aufzustehen und sich zur Wand zu drehen. Mit einer geflochtenen Lederpeitsche oder einem langen Holzstab schlugen sie ihn dann eine Weile. Gnunt war Schmerzen gewöhnt, und die beiden Folterknechte strengten sich nicht sonderlich an, ihm wehzutun. An den ersten beiden Tagen war es am schlimmsten. Die Schläge zerrissen sein Hemd, und er spürte, wie das Blut seinen Rücken hinunterlief. Mit einem eisernen Rohr schlugen sie ihm in die Kniekehlen und auf die Schultern. Gnunt bemühte sich, nicht zu schreien. Er wusste, dass Schreie alles nur noch schlimmer machten. Seine Folterer der vergangenen Tage hatten es genossen, wenn er schrie und tobte. Wie durch seine Qualen angespornt hatten sie sich immer bestialischere Foltermethoden einfallen lassen. Außerdem bedrängten sie ihn mit Fragen, die er nicht verstand, weil sie in seinem Wehklagen untergingen. Jedes Mal, wenn er keuchend nachfragen musste, schlugen sie ihn zuerst erneut und wiederholten sich erst dann. Der Kerkermeister und sein Geselle waren nicht zu vergleichen mit den Folterern der Orks, Trolle und Goblins. Schon nach den ersten paar Malen schienen sie die Lust zu verlieren. Gnunt war sogar der Meinung, dass ihnen die Schmerzen und Verletzungen, die sie ihm zufügten, leidtaten. Von Tag zu Tag wurden ihre Schläge lascher, und sie stellten ihre Fragen anstatt dreimal nur noch einmal. Mittlerweile versetzte ihm lediglich der Geselle nachlässig ein paar Schläge, während der Kerkermeister seine Fragen herunterbetete und kaum noch Gnunts Antworten abwartete.

Kurz bevor es draußen dunkel wurde, kamen die beiden ein drittes Mal. Sie warfen ihm einen Schlauch Wasser hin, überprüften seine Ketten und sahen nach seinen Wunden, damit sie sich nicht entzündeten. Als Gnunt den Dorn aus der Wand gerissen hatte, ihn aber aus Angst vor Bestrafung abends wieder in das Loch drückte, dauerte es einige Tage, bevor sie es bemerkten. Sie unterließen es aber, den Stahl erneut in der Wand zu verankern.

»Reiß nicht mehr daran«, forderte der Geselle nur. »Du würdest eine Flucht aus der Stadt ohnehin nicht schaffen. Erinnere dich an Tastmar.«

Gnunt wollte gar nicht fliehen – noch nicht. Er hatte es dem dünnen Mann versprochen. »Erst wenn sie dir richtig wehtun«, hatte Haran gesagt, was immer er auch damit gemeint hatte.

Das tägliche Verhör stand an, und Gnunt lauschte den Geräuschen im Kerker. Sein Zeitgefühl hatte ihn schon vor Tagen im Stich gelassen. Ohne ein Fenster oder einen schmalen Schacht, durch den das Sonnenlicht fiel, dämmerte er die meiste Zeit vor sich hin. Die Trostlosigkeit in seinem Gefängnis machte die Stunden zwischen den Besuchen zur Qual. Gnunt war bereits so weit, dass er das Verhör und die Schläge als willkommene Ablenkung ansah. Entweder verlief die Zeit inzwischen wirklich langsamer, oder der Kerkermeister und sein Geselle verspäteten sich heute.

Es verging noch knapp eine Stunde, die sich Gnunt mit Tellerwerfen vertrieb, bis er die Schritte der Wärter hörte. Er versuchte ein letztes Mal, den Napf mit Hilfe der Kette an sich heranzuziehen. Der Dorn landete auf dem Tellerboden, hüpfte jedoch wieder heraus. Der große eiserne Schlüssel wurde ins Schloss geschoben, bewegte die rostigen Zylinder, und knarrend öffnete sich die Tür. Der Kerkermeister und sein Geselle traten ein. Der Alte trug einen gefüllten Ziegenschlauch und sein Ziehsohn ein hölzernes Tablett mit einer dampfenden Schüssel voller Köstlichkeiten.

»Heute wird es kein Verhör geben«, verkündete er, »jedenfalls nicht von uns und nicht hier unten. Die hohen Herrn Kleriker wünschen dich zu sehen und ihre Fragen direkt an dich zu richten. Sie werden dir dieselben Fragen stellen wie wir auch. Antworte ihnen dasselbe wie uns. Wenn sie mit deinen Antworten zufrieden sind, wirst du es schnell hinter dir haben.«

Mürrisch sah er auf das Tablett mit Essen in der Hand des Gesellen.

»Es ist normalerweise Brauch, dass du dir ein Essen wünschen darfst. Der Hohepriester Tyvell hat es abgelehnt, dir etwas nach deinem Geschmack vorzusetzen, er meinte …« Der Kerkermeister kam ins Stocken und suchte nach den richtigen Worten. Nach einem kurzen Moment gab er jedoch auf. »Egal! Wir haben dir etwas aus der Küche besorgt, von dem wir meinen, es ist das Richtige. Der Junge hier hat dir sogar ein paar frische Beeren aus dem Hinterhof gepflückt, und ich habe hier noch einen Schlauch Gewürzbier.«

Mit bitterer Miene stellten sie Essen und Trinken vor Gnunt ab und traten einen Schritt zurück.

Die Schüssel war randvoll gefüllt mit Hammelbraten und Sülze. Unter dem Fleisch lugte etwas Kraut hervor, das verlockend nach Wacholderbeeren roch. In einem kleineren Behältnis befand sich eine Hand voll gezuckerter wilder Himbeeren. Gnunt mochte sie zwar lieber ungezuckert, dennoch war es alles in allem ein richtiges Festmahl. Er konnte sich kaum mehr daran erinnern, wann ihm das letzte Mal so gut aufgetischt wurde.

»Gnunt nicht verftehen«, stammelte er. »Effen ift Belohnung?«

»Mehr so etwas wie ein Tausch«, entgegnete der Kerkermeister. »Lass es dir schmecken. In einer Stunde kommen sie und holen dich ab.«

»Dankefön«, sagte Gnunt, als die beiden den Kerker verließen und die Tür wieder hinter sich schlossen.

Das Essen schmeckte noch besser, als es roch, und auch bei der Portionsgröße hatte der Koch nicht vergessen, wem es serviert wurde. Zusammen mit dem Gewürzbier konnte Gnunt mit ruhigem Gewissen behaupten, dass er nie etwas Besseres gegessen hatte. Wenn es nach ihm gegangen wäre, hätten sie ihn jeden Tag für so ein Essen peitschen können. Wenn man wie er gezwungen war, sein Essen erst zu jagen, musste man häufig härtere Prüfungen bestehen, als ein paar Peitschenhiebe auf dem Rücken zu ertragen. Gierig verschlang er die Fleischbrocken sowie das Kraut und spülte sie mit Kräuterbier herunter. Zu guter Letzt nahm er die Finger und befreite die Schüssel von Soßenresten, leckte sie genüsslich ab, wobei ihm die braune Tunke über das Kinn lief.

Er hatte gerade den letzten Schluck aus dem Weinschlauch geleert, als abermals Schritte durch den Kerker hallten. Im Gegensatz zu den gemütlich schlurfenden Geräuschen, die der Kerkermeister und sein Geselle machten, dröhnten jetzt die Fußtritte von schweren Stiefeln, begleitet vom Klirren mehrerer Kettenhemden von der Treppe. Der Schlüssel knarrte im Schloss, der Riegel wurde zurückgeschoben und die Tür mit einem Fußtritt aufgestoßen. Im hell erleuchteten Gang standen vier Stadtwachen. Sie trugen Halbhelme mit Nasenschutz, Kettenhemden, Beinschienen und Lederstiefel. Wie eine Abordnung standen sie regungslos vor der Tür, präsentierten ihre Hellebarden und beäugten die kleine Kerkerzelle aufmerksam, bevor sie eintraten.

Die Wachen hatten Angst vor ihm, Gnunt sah es in ihren Augen, und er glaubte es an ihrem Schweiß riechen zu können. Unschlüssig standen sie vor ihm und betrachteten Schloss und Kette um seine Gelenke aus der Ferne.

»Wir nehmen dich jetzt mit«, erklärte einer von ihnen und stieß seinen Kameraden an, damit er Gnunt von den Ketten befreite. Der, auf den die Wahl gefallen war, schien am jüngsten zu sein. Sein unrasierter Bart war mehr eine Art Flaum, der nicht ganz durchgängig seine Mundpartie verdeckte. Zögerlich tastete der Mann sich vorwärts, die Spitze der Hellebarde auf Gnunt gerichtet. Je näher er kam, desto klarer wurde, dass die Stangenwaffe wenig geeignet war, so nah an einen Feind heranzutreten.

Gnunt fühlte sich wenig bedroht und erst recht nicht wie ein Feind. Seine Gefangenschaft war gewollt, auch wenn das die Hüttenbauer nicht so sahen. Trotzdem hatten sie ihn bislang besser behandelt, als er befürchtet hatte. Die Hand des jungen Soldaten wanderte am Schaft der Hellebarde immer weiter nach vorn, bis der hintere Teil der Waffe in seinen Fingern so schwer wurde, dass die Spitze sich nach oben neigte. Gnunt konnte nicht mit ansehen, wie sich der zitternde Junge abmühte, und schob vorsichtig den Fuß unter das Ende der Stangenwaffe, um sie zu entlasten. Der Junge war so aufgeregt, dass er es gar nicht bemerkte. Mit unheilvoller Miene zerrte er am Schloss der Ketten herum, um sie zu lösen, doch auch dies wollte mit einer Hand nicht gelingen. Auch hierfür fand Gnunt eine passable Lösung: Langsam hob er seine Hand und präsentierte voller Stolz den herausgerissenen Dorn aus der Wand. Der Kopf des jungen Mannes flog zwischen dem daumendicken Loch in der Wand, dem herausgerissenen Dorn und Gnunts grinsendem Gesicht hin und her, als ob ihn eine Salve Ohrfeigen getroffen hätte. Er brüllte auf, ließ vor Schreck seine Waffe fallen, taumelte rückwärts und stürzte zu Boden. Mit den Füßen trat er auf Gnunt ein, um sich weiter zurückzuschieben, landete dabei auf dem Bauch und rettete sich zwischen seine Kameraden, die ihm wieder aufhalfen.

»Er hat sich losgerissen«, schrie er. »Schnell, schließt die Tür!«

Die anderen waren sofort zur Stelle und sprangen mit gezückten Waffen vor. »Bleib, wo du bist, sonst spießen wir dich auf«, drohte ein anderer.

Gnunt saß immer noch auf dem Boden, den saubergeleckten Teller in der Hand.

»Was ist hier los?«, fragte der Kerkermeister und betrat die Zelle.

»Er hat sich losgerissen«, wiederholte der Soldat stotternd.

»Das Gemäuer ist alt«, knurrte der Kerkermeister. »Die ewige Feuchtigkeit und das kalte Wetter lassen den Stein spröde werden. Er hat sich nicht losgerissen, die Verankerung hat einfach nur nachgegeben. Wovor habt ihr Angst? Er ist ein Oger. Jahrelang habt ihr ihnen zugejubelt, wenn einer von ihnen in die Stadt kam. Sie waren unsere Freunde, habt ihr das vergessen?«

Einer der Soldaten tippte dem Alten mit der Spitze seiner Hellebarde auf die Brust.

»Wenn du dir so sicher bist, kannst du ihn ja losmachen«, sagte er.

Der Kerkermeister kam auf Gnunt zu und zog den geschmiedeten Schlüsselring von seinem Gürtel. Er ließ ihn vor sich baumeln und beäugte die verschiedenen Schlüssel. Dann griff er nach dem größten, ging vor Gnunt in die Hocke und schloss auf.

»Ihr seid mir vielleicht ein Haufen von Memmen. Was macht ihr, wenn ihr abends in den Straßen Wache lauft? Scheucht ihr kleine Kinder und alte Frauen zurück in die Häuser? Da können wir ja froh sein, dass uns die Oger den roten Marmor nur verkauft haben und nicht damit vor den Stadtmauern gestanden haben, um Katapulte zu beladen.«

Der Kerkermeister erklärte Gnunt, dass die Wachen ihn jetzt zu dem Hohepriester Tyvell bringen würden, damit er seine Fragen an ihn stellen konnte. Der Alte ging voraus, und Gnunt folgte ihm. Hinter ihnen liefen die Wachen und passten auf, dass der Oger nicht wieder zurück in seine Zelle flüchtete, wie es der Kerkermeister höhnisch ausdrückte. Wieder drängte sich Gnunt durch den schmalen Treppengang hinauf zu dem großen Platz auf dem Kasernenhof. Oben angekommen, verabschiedete sich der Kerkermeister.

»Zugegeben, ich war nie ein großer Freund der Oger, doch was Unrecht war, bleibt Unrecht. Bestimmt habe ich keinen Ruhm auf dem Schlachtfeld erlangt, doch auch die Gesetze des Kerkers haben Grenzen. Ich bringe jemanden zum Sprechen, und ich glaube, dass ich Lord Felton im Laufe der Jahre gute Dienste geleistet habe. Ich habe Männer gebrochen, ihnen die Ehre und Selbstachtung genommen, doch wenn sie mir gesagt haben, was ich wissen wollte, habe ich sie gut behandelt. Niemand, der bereit war, seine Geheimnisse preiszugeben, ist je unter meiner Folter gestorben. So ist das Leben. Neue Fürsten bringen neue Knechte.« Mit traurigen Augen sah der Kerkermeister zu Gnunt hoch. »Mach es gut«, sagte er und wandte sich ab.

Gnunt hatte nicht einmal die Hälfte von dem verstanden, was der Alte ihm gesagt hatte. Irgendwie hatte er den Eindruck, dass der Kerkermeister für etwas um Verzeihung bat, nur verstand er nicht, für was.

»Peitfenmann fein Freund von Gnunt«, rief er hinter dem Alten her. »Peitfenmann fammelt Beeren für Gnunt. Wenn Gnunt wiederfehen Peitfenmann, Gnunt fammeln Beeren.«

Der Kerkermeister hielt kurz inne, als Gnunt zu ihm sprach, doch er drehte sich nicht um. Dann setzte er eilig seinen Weg fort und verschwand im Inneren eines der Wachtürme.

»Peitfenmann Freund«, sagte Gnunt erneut.

»Du solltest dir deine Freunde besser aussuchen«, fuhr ihn einer der Wachsoldaten an. »Komm jetzt, der Hohepriester Tyvell wartet bereits.«

Dann stieß ihn die Wache mit dem Schaft der Hellebarde gegen die Schulter. Der Schlag selber schmerzte nicht, dennoch traf er Gnunt im Inneren. Er verspürte tiefe Traurigkeit.

»Du nicht Freund von Gnunt«, knurrte der Oger.

»Das ist wirklich schade«, sagte der Soldat. »Ich hatte gehofft, du sammelst mir auch Beeren. Los, beweg dich!«

»Kleiner Hüttenbauer gehen vor Gnunt auf Treppe«, drohte der Oger dem Wachsoldaten.

Sie führten Gnunt über den Platz, durch eine enge Gasse zwischen den Unterkünften der Soldaten entlang auf einen Innenhof, der von zwei Seiten durch die Stadtmauer begrenzt schien und zu einer großen Halle führte, die durch ein eisernes Tor verschlossen war. Die Soldaten öffneten das eiserne Gatter und geleiteten Gnunt durch einen hohen breiten Flur. Ein schäbiger graublauer Teppich erstreckte sich über die ganze Länge des Korridors, und an den Wänden hingen Gemälde von Hüttenbauern. Neben jedem hing eine brennende Fackel an der Wand, da es sonst keine Fenster gab, die den Raum beleuchteten. Gnunt schaute interessiert auf die Gemälde, die sie passierten. Jeder der Männer war schon älter und präsentierte sich in Rüstung und Umhang.

Der Flur führte auf eine schwere Tür aus Eichenbohlen zu. Davor hatten sich auch zwei Wachen postiert, die sie mit grimmigen Mienen betrachteten. Gnunts Blick fiel auf das vorletzte Bild an der Wand. Irgendwie kam ihm der Hüttenbauer auf dem Gemälde bekannt vor. Er hob die gefesselten Hände und zeigte auf das Bild.

»Gnunt kennen Hüttenbauer.«

»Das ist Hauptmann Barrasch«, erklärte eine Wache. »Er ist nach dem Krieg gegen die Elfen in Turmstein geblieben und bildet dort jetzt Rekruten aus. Er war der Vertraute von Lord Felton und derjenige, der Tarbur damals in die Stadt brachte. Er ist ein Freund der Oger, doch das wird dir hier nichts nützen. Hier hat der Hohepriester Tyvell das Sagen, und du tust gut daran, ihm zu gehorchen.«

Gnunt erinnerte sich gut an Barrasch. Er hatte es geschafft, Tarbur, den Kriegsoger, nach Osberg zu bringen. Er war ein richtiger Krieger, nicht so einer wie die Wachsoldaten. Er hatte es geschafft, Tarbur in einem Zweikampf zu überwältigen. In den Jahren darauf hatte er sich für das Bündnis zwischen Ogern und Hüttenbauern stark gemacht. Er war weit an der Seite von Mogda und Rator gereist, außerdem war er ein guter Freund von der jungen Hexe. Er hatte die Oger stets gegen die Meister und den Mann ohne Schuhe unterstützt. Das Letzte, was er von ihm gehört hatte, war, dass er seine Hand verloren hatte, als ihn seine eigenen Leute folterten – die Männer des damaligen Königs.

Die beiden Wachen öffneten die Tür, während die anderen Gnunt in den hallenartigen Raum dahinter drängten. Die Tür war groß und breit, dennoch war er gezwungen, sich beim Hindurchgehen zu bücken. Der Raum dahinter glich einem großen Speisesaal. Doch anstatt mit Tischen und Bänken gefüllt zu sein, befand sich nur am hinteren Ende ein ovaler Tisch, an dem sechs Männer in weiten dunkelblauen Roben im Halbkreis Platz genommen hatten und das Eintreten des Ogers beobachteten. In der Mitte des Raumes stand ein Holzgestell von zwölf Fuß Höhe. An den Seiten sowie am Boden waren daumendicke Eisenringe befestigt. Neben dem Holzgerüst standen zwei schwarz gewandete Gestalten, die in mehreren Bronzeschalen glühende Kohlen wendeten. Die breite Fensterfront auf einer Seite der Halle zeigte hinaus auf einen Friedhof. Die Begräbnisstätte war keine von denen, die Gnunt schon so oft gesehen hatte. Normalerweise lagen sie außerhalb von Ortschaften, in kleinen Waldgebieten oder auf Hügeln. Die Gräber erkannte man an länglichen Erdhügeln, die meist mit Kreuzen oder Steinplatten gekennzeichnet waren. Auf diesem Friedhof fanden sich kleine Gebäude aus Stein und Statuen, die über die Toten zu wachen schienen. Mogda hatte ihm von solchen Friedhöfen berichtet. Er hatte ihm erklärt, dass die Größe eines Grabes nichts mit der Größe der Person zu tun hatte, die in ihm lag. Auch ganz kleine Hüttenbauer konnten in großen Steingräbern beerdigt sein. Er sagte, es käme nur darauf an, wie wichtig diese Menschen gewesen waren.

Gnunt nahm an, dass diese Hüttenbauer hier wohl die wichtigsten Menschen in ganz Osberg gewesen sein mussten. Er vermutete, dass dort Schmiede, Schlachter und die Erbauer der steinernen Hütten zu Grabe getragen wurden.

»Bringt ihn her und kettet ihn an die Ringe«, rief einer der Männer in den blauen Ornaten von hinten.

Gnunt war zu weit entfernt, um die Priester genauer zu erkennen.

Für ihn sahen die Kleriker des Priosordens ohnehin alle gleich aus. Die meisten von ihnen waren alte Männer mit ergrauten Haaren und finsteren Mienen. Gnunt mochte sie nicht; schon bevor sie zu den Fahnen gerufen hatten, empfand er sie als überheblich und falsch. Schon zu oft in seinem Leben hatte Gnunt sich täuschen lassen. Diesmal fiel er nicht auf sie herein. Argwöhnisch betrachtete Gnunt die Bronzebecken mit den glühenden Kohlen. Die Soldaten zogen die Kette, die seine Handschellen mit den Fußfesseln verbanden, durch die eisernen Ringe. Sie breiteten seine Arme aus und ketteten seine Füße zusammen.

Gnunt suchte den Raum nach einer offen stehenden Tür ab, doch der einzige Zugang zu der Halle war das Portal in seinem Rücken. Wie sollte er flüchten, wenn er nicht wusste, wann und wohin? Außerdem war die Kette zu stark, um sie zu zerreißen, und die Priester wären nicht so dumm, ihn loszumachen. Gnunt begann an den Worten des dünnen Mannes zu zweifeln. Hatte er ihn belogen, um ihm Geheimnisse zu entlocken?

Betretenes Schweigen erfüllte den Raum, derweil die Wachsoldaten die Halle verließen. Gnunt fühlte sich mehr als nackt, so angekettet und von düsteren Blicken angestarrt. Die Kleriker am Tisch beäugten ihn eine Weile stumm, blieben jedoch an dem dunklen schweren Eichentisch sitzen. Gnunt hörte, wie die beiden Kapuzenmänner hinter ihm die Kohlen in den Bronzeschalen wendeten und neue hinzugaben. Tiefe Traurigkeit überkam ihn. Er wollte alles richtig machen. Der dünne Mann hatte ihnen immer geholfen. Was mochte den Spion Lord Feltons dazu veranlasst haben, sein Wort zu brechen und ihn in diese Falle zu locken? Konnte man denn keinem Menschen trauen?

Gnunt mochte die Hüttenbauer. Ihre quirlige Art und die ganzen Dinge, die sie ständig erfanden, beeindruckten ihn. Sie errichteten diese wunderbaren großen Städte, in denen sie zusammenlebten, und einer sorgte für den anderen. Hüttenbauer waren klein und schwach, doch durch ihren Zusammenhalt schienen sie fast unbesiegbar. Bei den Kreaturen Tabals gab es keinen Zusammenhalt – lediglich Gehorsam oder Sklaverei. Gnunt hätte es nie jemandem erzählt, doch er beneidete die Hüttenbauer. Warum nur waren sie so getrieben vom Hass auf seinesgleichen? Die Oger hatten versucht friedlich mit ihnen zusammenzuleben. Beide Völker hätten viel voneinander lernen können.

Doch die Lügen und Intrigen der Menschen machten alles zunichte. Freunde wurden plötzlich zu Feinden und Versprechen zu Lügen. Zum ersten Mal in seinem Leben schämte Gnunt sich dafür, so dumm zu sein. Wo er auch hinkam, verspotteten sie ihn, machten ihn zum Sklaven, schlugen und quälten ihn. Jetzt würden sie sogar versuchen ihn zum Verräter zu machen, doch er würde ihnen nichts mehr geben als sein Leben. Er war es denen schuldig, die ihm vertraut hatten. Er schuldete es Mogda, Cindiel und denen, die für ihre Sache kämpften.

»Wie ich gehört habe, bist du sehr kooperativ gewesen«, sagte einer der Männer vom Tisch mit dröhnender Stimme.

Gnunt blickte auf und versuchte die Stimme einer der Kapuzen zuzuordnen, doch die Gesichter der Männer blieben ihm genauso verborgen wie die Bedeutung des Wortes kooperativ. Anscheinend war es nun an ihm, etwas zu sagen. Schweigend starrten ihn die Kleriker aus ihren schwarzen Löchern hinter ihren Ornaten an. Zwei von ihnen steckten ihre Köpfe zusammen und tuschelten sich etwas zu. Gnunt hatte genug von ihren Lügen, Intrigen und Geheimniskrämereien. Er wandte den Blick ab und sah aus der breiten Fensterfront, hinaus auf den Friedhof mit seinen akribisch angelegten Wegen aus weißem Kiesel, den akkurat geschnittenen Hecken und den hohen säulenförmigen Bäumen.

Er erinnerte sich, wie er auch damals, als ihn die Orks, Trolle und Goblins gefangen nahmen, stundenlang in seinem Käfig hockte und seinen Blick über die Gipfel der Berge schweifen ließ. Er beobachtete die Natur, und seine Seele schien darin umherzuwandern, obwohl sein Körper gefangen war. Stunden über Stunden konnte er so aus seiner quälenden Umgebung entkommen und ein wenig von der Freiheit genießen, die ihm verwehrt wurde. Schon damals half es ihm über die Folter hinwegzukommen und alles das zu ertragen, was sie ihm angetan hatten. Genauso würde er es auch machen – bis sie ihn erlösten.

Gnunt beobachtete einen Mann, der auf dem Friedhof zu arbeiten schien. Hinter einer halbhohen Wacholderhecke war er immer nur für kurze Zeit zu sehen, wenn er vertrocknete Äste und Laub in einen Bottich warf. Er schob den Eimer langsam vor sich her, während er hackend und jätend den Weg entlangkroch. Gnunt gesellte sich in Gedanken zu dem Mann. Er betrachtete die kleinen dunkelblau-violetten Früchte, die hohen Eiben, und er fragte sich, ob nach seinem

Tod auch jemand in der Nähe seines Grabes die Büsche und Bäume schneiden würde. Am schönsten wäre es, wenn ein Strauch mit wilden Himbeeren an seinem Grab stünde – Himbeeren mochte er am liebsten.

Gnunt wurde aus seinem Tagtraum gerissen, als der Schlag einer Ledergerte die Haut auf seiner Wange aufplatzen ließ. Verwundert starrte Gnunt den kleinen Mann, der wutschnaubend vor ihm stand, an. Er war einer der beiden, die hinter ihm die Kohlebecken anheizten.

»Wirst du wohl antworten, wenn der Hohepriester Tyvell dich etwas fragt«, schrie der schwarz gekleidete Folterknecht. Zum ersten Mal erblickte Gnunt einen der Männer, denen er gegenüberstand. Sein pockennarbiges Gesicht, die aufgequollenen Lippen und das lichte Haar ließen ihn unsympathisch und wenig vertrauensvoll aussehen, auch ohne dass er einen schlug.

»Sag uns endlich, wohin sie verschwunden sind und was sie vorhaben«, schrie er.

Gnunt wusste nicht, von wem er sprach, doch es war ihm auch egal. Es schien, als hätte er einen Teil dieser recht einseitigen Unterhaltung übersprungen. Sein Blick glitt wieder hinüber zum Fenster. Ein weiterer Schlag traf ihn auf der anderen Wange und ließ seinen Kopf zurückzucken.

»Was ist mit eurem Anführer, diesem Mogda? Was hat er vor? Ich werde nicht noch einmal fragen. Das nächste Mal, wenn du mich mit deinem aufgedunsenen dummen Lächeln angaffst, werde ich dir die Zähne einschlagen.«

Gnunt lächelte und präsentierte die Lücken seiner bereits verlustigen Vorderzähne. Der Folterknecht schien für einen kurzen Moment verunsichert.

»Hüttenbauer nicht können Gnunt geben Ffmerzen«, keuchte Gnunt.

Der Folterknecht holte ein weiteres Mal mit der Gerte aus, doch die schneidend scharfe Stimme eines Klerikers ließ ihn in der Bewegung erstarren.

»Halt! Wir brauchen ihn nicht mehr, um zu wissen, was sie vorhaben. Im Grunde genommen ist es egal. Er soll mir nur noch eine einzige Frage beantworten, dann kann er uns verlassen.«

Der Mann stand auf und nahm eine Holzschatulle vom Tisch. Die kleine Kiste war in bronzene Bänder eingefasst und konnte von dem Priester bequem in einer Hand getragen werden. Er umrundete den Tisch und kam auf Gnunt zu. Der Folterknecht trat beiseite. Der Priester stellte sich vor Gnunt hin und präsentierte die kleine hölzerne Kiste, als ob Gnunt hätte wissen müssen, was in ihr verborgen lag. Der Mann streifte sich die Kapuze zurück und starrte Gnunt mit eisigen blauen Augen an. Gnunt kam das Gesicht merkwürdig bekannt vor. Das breite Kinn, die strahlenden Augen und die hohen Wangenknochen erinnerten ihn an jemanden. Nur sein ergrautes schulterlanges Haar sowie der kurz geschorene Bart passten nicht dazu.

»Wie ich gehört habe, kennst du meinen Sohn, Finnegan, bereits. Ich bin sein Vater, der Hohepriester Tyvell. Er hat versucht euch zu helfen, den Funken der Götter fortzubringen. Ich weiß alles über dich, deinen stummen Mitstreiter, die kleine Hure und den Suffkopf. Wie kamt ihr nur darauf zu glauben, dass wir euch nicht finden? Das ganze Land hat nach euch gesucht. Ihr hattet niemals den Hauch einer Chance.«

Stolz präsentierte er erneut das Kästchen und öffnete langsam den Deckel. Schon mit dem ersten Spalt drang pulsierendes Licht heraus. Strahlend gelb und voller Kraft zeigte sich der Splitter im Inneren. Gebettet auf blauem Samt lag er in dem Kästchen aus Eichenholz und schien die ruhige Glückseligkeit seines Trägers zu offenbaren.

Gnunt stockte der Atem. Sollten tatsächlich alle ihre Bemühungen umsonst gewesen sein? Mogda hatte ihm erklärt, warum der Splitter wieder zurück an seinen Ursprungsort gebracht werden musste.

»Die Kraft der Götter liegt in den Steinen«, hatte er gesagt. »Nur wenn die Kräfte ausgewogen sind und ihre Quellen sich auf der Welt in der Waage halten, kann das Gefüge weiter bestehen.«

Gnunt verstand von Gefügen, Kräften und Göttern nicht viel, dennoch schienen ihm Mogdas Worte bedeutsam zu sein. Er hatte versprochen, den Stein wieder in den Wald der Elfen zu bringen. Er hatte es ihm mit seinem Leben versprochen. Jetzt war der Stein hier, in den Händen von Lügnern, genau wie sein Leben.

»Was habt ihr mit ihm gemacht?«, stieß der Hohepriester ärgerlich hervor. »Welche Schurkerei habt ihr euch einfallen lassen, um seine Macht vor unseren Augen zu verbergen?«

Tyvell streckte Gnunt den Kasten entgegen und tauchte das Gesicht des Ogers in das pulsierende Leuchten. Gnunt musste die Augen zusammenkneifen, weil das Licht in seinen Augen schmerzte. Zwinkernd betrachtete er das Artefakt. Etwas stimmte nicht. Das Leuchten, das vom Funken der Magie ausging, blendete nicht. Gnunt hatte gesehen, wie Ochmalat ihn zum Zaubern benutzte, und auch, als Cindiel ihn in den Händen hielt. Sein Licht war warm und hatte ihn mit Freude erfüllt. Gnunt konnte die Magie in ihm spüren. Das Licht hatte ihn angezogen wie ein Insekt. Dieser Stein hier strahlte nur Kälte aus, und das Leuchten brachte seine Augen zum Tränen. Gnunt betrachtete den Stein genauer, als das Glühen nachließ. Feine Risse zogen sich über den Kristall, und in seinem Inneren lag eine Trübung. Form und Größe passten zu dem Funken der Magie, und auch das Leuchten kam dem nahe, an was Gnunt sich erinnerte – aber es kam ihm nur nahe. Dies war keiner der Funken der Götter. Konnten die Hüttenbauer das nicht erkennen? Er würde es ihnen nicht sagen.

»Fföner Ftein«, brabbelte Gnunt. »Ift Ftein von Gott Fauber.«

»Das weiß ich selbst, du Dummkopf«, fauchte ihn der Hohepriester Tyvell an. »Ich will wissen, was ihr mit ihm gemacht habt, dass wir seine Macht nicht mehr benutzen können.«

Gnunt hätte am liebsten gelächelt, doch dieses eine Mal verkniff er es sich. »Ftein immer noch Fauber.«

»Wenn immer noch Zauber in ihm ist, zeig mir, wie ich ihn beherrschen kann.« Erfüllt von hochgestimmter Aufregung hielt der Hohepriester Gnunt das Kästchen hin, sodass er es mit seiner angeketteten Hand berühren konnte. Die anderen Priester am Tisch wollten Tyvell warnen, doch der tat ihre Befürchtungen mit einer barschen Handbewegung ab. Gnunt nahm den Deckel des Kästchens zwischen Daumen und Zeigefinger.

»Zeig es mir«, stöhnte Tyvell erregt.

Gnunt öffnete und schloss das Kästchen, öffnete und schloss es und öffnete und schloss es wieder.

»Licht, dunkel, Licht, dunkel, Licht dunkel«, wiederholte er monoton und freute sich dabei wie ein kleines Kind.

Auf dem Gesicht des Hohepriesters spiegelte sich seine Demütigung wider – eine herrliche Demütigung. Mogda wäre stolz auf Gnunt.

»Schluss jetzt mit dem Unsinn«, kreischte Tyvell. »Kerkermeister, bringt ihn zum Sprechen, wenn Ihr nicht wollt, dass Ihr der Nächste seid, der in Ketten vor mir steht.«

Tyvell ließ das Kästchen zuschnappen und eilte zurück auf seinen Platz. Gnunts Peiniger begannen ihr grausiges Werk. Gemeinsam stellten sie zwei der Bronzeschalen mit den glühenden Kohlen unter die Ketten, die Gnunts Arme an das Foltergestell fesselten. Die eisernen Glieder schwebten über dem rot glühenden Kohlebecken, und die Luft um sie herum flimmerte, während das Öl auf dem Metall zischend verpuffte. Es dauerte einige Minuten, bis die Wärme Gnunts Handgelenke erreichte, doch dann ging es immer schneller. Erst war es wohlig warm, dann wurde es langsam unangenehm, bis die ersten Schmerzen begannen.

»Macht weiter«, schrie Hohepriester Tyvell.

Jemand riss Gnunt das Hemd herunter. Er spürte ihre erstaunten Blicke.

»Sieh dir das an«, hörte er die Stimme des Folterknechtes sagen. »Da hat jemand schon ganze Arbeit geleistet. Die Narben sind alt. Sie müssen ihn fast zu Tode gefoltert haben.«

»Bringen wir zu Ende, was sie begonnen haben«, erwiderte der andere.

Gnunt kannte das Geräusch, das ein eiserner Schürhaken machte, wenn man ihn im Feuer drehte. Er würde nicht schreien, diese Genugtuung würde er ihnen nicht gönnen, nahm er sich vor.

Als der glühende Haken sich in seinen Rücken bohrte, brüllte er. Der Schmerz rief alle Erinnerungen in ihm wach. Seine Folter auf den Gipfeln des Berges, seine Peiniger, Trolle und Orks, die lachten und vor Freude johlten, wenn er sich unter Schmerzen wand. Ihm stiegen Tränen in die Augen. Er weinte nicht wegen des Schmerzes, er war traurig. In seinem ganzen Leben hatte er nie einen Oger weinen sehen, doch er weinte jetzt schon zum zweiten Mal. Vielleicht gehörte er nicht hierher, vielleicht gehörte er noch nicht einmal zu den Ogern. Tränen waren ein Zeichen der Schwäche. Er war froh, dass Tabal ihn so nicht sehen konnte.

Das glühende Eisen presste sich in seinen Nacken. Er spürte, wie die Adern in seinem Körper vor Anspannung zu platzen drohten. Die Handfesseln brannten sich in seine Gelenke. Es roch nach verkohltem Fleisch und nach verbrannten Haaren.

Die Hüttenbauer in diesem Raum waren keine Hüttenbauer. Sie waren Orks und Trolle, die aussahen wie Hüttenbauer.

Der dampfende Haken presste sich gegen Gnunts Ohr. Er warf seinen Kopf herum, um der Hitze zu entkommen. Sein Blick irrte umher, wieder auf den Friedhof. Wenn er schon sterben musste, wollte er dies mit der Aussicht auf etwas Schönes tun. Doch sein Blick fiel nicht auf die Bäume und Pflanzen oder auf die Vögel und Statuen. Sein Blick fiel auf die beiden Gestalten auf dem Friedhofsweg. Sie standen neben der halb geöffneten Tür einer Gruft. Der eine war ein kräftiger Mann, dem eine Hand fehlte. Seine Haut war braun und faltig und sein Haar grau und mittellang. Der andere war ein – ein dünner Mann. Haran und Barrasch beobachteten ihn. Gnunt konnte ihre Traurigkeit sehen. Wie zwei Geisterwesen zeigten sie auf die geöffnete Gruft.

»Sieh dir das an. Was ist mit den Ketten los?«, hörte er die entsetzte Stimme des Folterknechts.

Gnunt hörte das Zischen und Brodeln im Becken. Die Kette löste sich auf – sie schmolz.

»Das ist kein Eisen, das ist Blei«, keuchte der andere.

Es war nur ein halbes Kettenglied, das sich verformte und wie der Körper einer Schlange um das glühende Eisen legte. Immer dünner wurde der Strang aus Blei und immer schnelle tropfte das flüssige Metall in die glühenden Kohlen. Es war nur ein halbes Kettenglied, doch das reichte. Gnunt riss an seinen Fesseln. Die heißen Bänder um seine Gelenke bohrten sich schmerzhaft in sein Fleisch. Das halbe Kettenglied bog auf und riss aus seiner Verankerung. Bevor die beiden Folterknechte reagieren konnten, hatte Gnunt dem ersten das kurze Ende der Kette ins Gesicht geschlagen. Blutüberströmt brach der zusammen und riss die Bronzeschale mit sich. Glühende Kohlen und heiße Asche ergossen sich auf den Boden. Der andere Folterer wich in Panik zurück.

»Wachen«, schrie er. »Die Bestie ist frei!«

Klirrend zog Gnunt das lange Ende durch die eisernen Ringe des Foltergestells, um die andere Hand und die Füße zu befreien. Hoffend schaute er draußen zu der Gruft. Beinahe wäre er einfach losgerannt und hätte alles hinter sich gelassen, doch dann sah er Haran. Der dünne Mann sprach zu ihm. Gnunt war zu weit entfernt, um die Worte zu verstehen, doch er wusste, was Haran sagte. Er wiederholte die Worte.

»Wenn du gehft, werden Augen gefloffen sein.«

Gnunt wandte sich den geschockten Priestern zu. Wie von Angst gelähmt, hockten sie dicht zusammengedrängt um den dunklen ovalen Tisch. Gnunt ließ das lange Ende der Kette durch die Luft peitschen. Die eisernen Glieder schlugen quer über den Tisch und wickelten sich um den Hals eines Mannes. Mit einem Ruck riss Gnunt ihn vom Stuhl und schleifte ihn über den Boden. Mit einem Sprung war er heran und trat dem Mann auf das Rückgrat, das knirschend zerbrach.

»Hilfe, Wachen!«

Die Kleriker strömten auseinander und versuchten die Tür zu erreichen. Der Folterknecht riss und zerrte bereits an dem Portal, doch es war verschlossen.

»Wachen, macht auf! Öffnet die Tür!«

Doch die Tür öffnete sich nicht, und niemand kam. Gnunt nahm die andere Bronzeschale und schleuderte sie den Priestern entgegen. Ein Funkenregen ergoss sich über sie. Zwei Ornate fingen sofort Feuer, und die alten Männer rannten schreiend durcheinander, versuchten die langen dunklen Roben abzustreifen, doch Gnunt ließ ihnen keine Chance. Wie ein Rachegott schlug und trat er auf die Männer ein. Er brauchte keine Waffe, um zu töten. Die Kette hatte ihm damals gute Dienste geleistet, sie würde es auch wieder tun. Vor seinen Augen verschwammen die Gesichter der Hüttenbauer und verformten sich zu den bulligen grünen Köpfen der Orks oder wurden lang und schmal wie die der Trolle. Er tobte, raste und brüllte, während er Männer gegen die Wände warf, ihre Schädel zertrat oder ihnen mit der Kette Arme und Beine ausriss. Erst als kein Schrei, kein Schluchzen oder Stöhnen mehr zu hören war, kam er langsam wieder zu sich. Die Halle war erfüllt von Rauch und Blut – und Stille.

Haran und Barasch waren verschwunden, aber die Tür zur Gruft stand immer noch offen.

Eine Stunde später hatte Gnunt Osberg durch einen engen Kriechtunnel tief unter der Erde verlassen. Alles, was er zurückließ, waren acht tote Hüttenbauer in der Halle und einen gelb pulsierenden Stein.

40
Sieben blinde Hunde

Mogda spürte die leichten Schläge. Unaufhörlich tätschelte ihm jemand gegen Wange und Nasenrücken. Die ständige Berührung, denn mehr war es eigentlich nicht, machte ihn langsam wahnsinnig, doch er konnte sich nicht dagegen wehren. Seine Arme und Beine hingen taub und schlaff an seinem Körper, als ob sie gar nicht zu ihm gehörten. Sein Nacken hatte sich so verspannt, dass er glaubte, ihm würde der Hals brechen, wenn er den Kopf zur Seite bewegte. Außerdem war ihm kalt.

»Mogda, könnt Ihr mich hören?«, flüsterte ihm eine Stimme ins Ohr. »Wacht auf, wir müssen verschwinden.«

Die Stimme kam ihm seltsam bekannt vor. Ihr tiefer schroffer Ton passte nicht dazu, geflüstert zu werden, deshalb gingen die Laute in einem heiseren Gurgeln unter.

»Ihr müsst aufstehen. Ihr seid zu schwer für mich, um Euch zu tragen. Keine zehn von mir würden es schaffen, Euch die Treppe hinunterzubringen. Ihr müsst mir helfen, sonst bin ich gezwungen, Euch zurückzulassen.«

Mogda fühlte sich wie durchgekaut. Eine riesige Bestie musste ihn verschluckt und wieder ausgespuckt haben. Er war müde und wollte eigentlich nur noch schlafen, doch die Kälte und diese Stimme, die ihm sagte, er sei zu dick, hinderten ihn daran. Somit tat er das Einzige, was ihm übrig blieb – er schlug die Augen auf.

»Ihr lebt, Nassfal sei Dank«, keuchte Trumbadin.

»Die Götter schlafen, also sucht Euch jemand anderen, den Ihr mit Euren Lobpreisungen überschütten könnt«, stammelte Mogda.

Das Sprechen fiel Mogda ungewohnt schwer. Seine Lippen klebten zusammen und fühlten sich taub an. Langsam erinnerte er sich wieder daran, was geschehen war. Suul hatte versucht ihn bei lebendigem Leibe einzufrieren, und er war rückwärts die Treppe hinuntergestürzt. So wie es aussah, lag er immer noch an ihrem Fuße, doch genau vermochte er es noch nicht zu sagen, denn alles, was er sah, war das bärtige und staunende Gesicht von Trumbadin, der auf seiner Brust saß und sich weit über ihn gebeugt hatte.

Jedenfalls meine Augen kann ich noch bewegen, dachte Mogda. *Jetzt brauche ich nur noch jemanden, der mich immer in die richtige Richtung dreht.* »Geht runter von mir«, stöhnte er. »oder hat der Sturz meine Arme und Beine so verdreht, dass ich aussehe wie ein Muli?«

Trumbadin wirkte peinlich berührt. »Ich dachte, ich müsste Euch wiederbeleben und ...«

»Seid still, Ihr macht es mit jedem Wort nur noch schlimmer«, knurrte Mogda.

Er hatte eine ungefähre Vorstellung von dem, was der Maester mit wiederbeleben meinte. In den Schlachten hatte er beobachten können, wie Krieger versuchten ihre Kameraden wieder ins Leben zurückzubringen. Der Gedanke daran, aus Tabals Reich herausgerissen zu werden, die Augen aufzuschlagen und die Lippen eines knollennasigen Bärtigen auf den seinen zu spüren, ließ ihn erschaudern.

»Wenn ich jemals wieder in diese Situation geraten sollte, denkt gar nicht erst daran, es zu versuchen, oder Ihr würdet Euch wünschen, ich wäre auf der anderen Seite geblieben, Herr Zwerg.«

Trumbadins peinlich berührtem Ausdruck nach hatte er verstanden, was Mogda damit sagen wollte.

»Wie lange liege ich hier schon?«

Der Zwerg verzog die Unterlippe. »Ungefähr einen halben Tag.«

»Helft mir auf«, bat Mogda.

Zitternd vor Anstrengung, hielt der Oger Trumbadin seinen steifen Arm hin. Der Zwerg packte mit beiden Händen zu und versuchte wenigstens Mogdas Oberkörper aufzurichten. Doch außer einem leichten Heben und Senken des Brustkorbs ließ er sich nicht bewegen.

»Ihr habt es gleich«, spornte Mogda den Maester an.

Trumbadin versuchte es erneut, jedoch mit dem gleichen Resultat. Der Zwerg stellte sich hinter Mogda und versuchte ihn unter den

Armen zu packen. Diese Vorgehensweise stellte sich als ähnlich schwierig heraus, da die Arme des Bleichen kaum lang genug waren, um über Mogdas breite Brust zu fassen.

»Bleibt ruhig liegen«, stöhnte Trumbadin. »Es wird auch gehen, ohne dass Ihr mithelft.«

Er packte Mogdas Kopf und zerrte daran.

»Aua«, knurrte Mogda.

»Psst, Ihr müsste leise sein«, warnte Trumbadin ihn. »Sie ist immer noch dort oben.«

»Na und, Ihr habt sie doch gesehen – sie ist fett. Wahrscheinlich ist sie genauso beweglich wie ich im Moment. Und selbst wenn sie es schaffen sollte, bis zur Tür zu kommen, was dann? Soll sie warten, bis sie dreihundert Pfund abgenommen hat, damit sie hindurchpasst?«

»Ihr vergesst, sie ist eine ...«

»Eine Göttin?«, fiel Mogda dem Zwerg ins Wort. »Eine Königin? Sie ist nichts außer einer Ogerfrau, die denkt, die Erfüllung des Schicksals sei allein ihre Aufgabe. Sie ist fett, sie glaubt, sie ist im Recht, und sie ist der Überzeugung, dass wir ihr nichts anhaben können. Warum, bei den Göttern, sollte sie sich also die Mühe machen, hier herunterzukommen?«

Trumbadin packte Mogda an dem Leinenhemd und riss daran.

»Vielleicht kommt sie nur, um uns zu töten.«

Mogda knurrte abermals verächtlich. »Wenn ich zu jedem hinlaufen sollte, den ich gern töten würde, hätte ich in meinem Leben noch nicht viel gesessen. Sie ist eine Ogerin. Sie wird so lange dort sitzen, bis sie Schwielen am Hintern hat.«

Der Zwerg riss weiter an Mogda herum, ohne auf die Beschwichtigungen zu hören.

»Ihr zerreißt mein Hemd«, beschwerte sich Mogda.

Trumbadin ließ ihn erschöpft los.

»Ihr seid gefroren wie ein Eiszapfen über zweihundert Stufen in die Tiefe gestürzt und macht Euch Sorgen um ein Hemd!«

»Mein Hemd«, bestand Mogda. »Mir ist kalt, wenn Ihr jetzt noch anfangt, mich auszuziehen, werde ich bestimmt als Eiszapfen enden.«

»Wir müssen Euch ins Warme bringen«, erklärte Trumbadin.

»Ihr seid ein wahrer Gelehrter«, stöhnte Mogda. »Woher habt Ihr nur all die Weisheit? Ich sollte Euch bei mir behalten, damit Ihr auf mein Feuer aufpassen könnt, wenn ich gerade schlafe, mich darauf vorbereite, gleich zu schlafen, oder noch einige Zeit brauche, um von meinem Schlaf richtig zu erwachen. Ihr könntet mir Essen machen oder eine heiße Brühe reichen, damit ich mich nicht erkälte, und mir warme Sachen rauslegen, falls ich irgendwann mein Heim verlassen möchte, um mich etwas Eurer Bemutterung zu entziehen. Ihr seid fürsorglicher als meine wirkliche Mutter. Ihr habt selbst gesehen, wie Ogerfrauen sein können.«

Trumbadin schien ihn gar nicht zu hören. Er stand mittlerweile breitbeinig über Mogdas Kopf und zeigte auf die Füße des Ogers.

»Macht das noch mal«, flüsterte er geistesabwesend.

»Was?«, fragte Mogda.

»Ihr habt die Zehen bewegt.«

»Na und«, erwiderte Mogda. »Zehen bewegen ist das Erste, was ein junger Oger so lernt. Gefällt es euch? Dachtet ihr, ich hätte mir bei dem Sturz das Rückgrat gebrochen? Glaubt Ihr in allem Ernst, dann würde ich Euch die ganze Zeit an mir herumreißen lassen? Natürlich kann ich mich noch bewegen, ansonsten hätte ich Euch gebeten, mich den Rest der Treppe auch noch hinunterzurollen. Glaubt Ihr, das Zehenwackeln reicht, um mich die Treppe hinunterzubringen? Ihr hattet doch etwas von einem Höhenzieher erzählt, wenn jetzt nicht eine passende Gelegenheit wäre, ihn zu benutzen – wann dann?«

Trumbadin schüttelte verdrießlich den Kopf und schlug mit der Faust auf die dunkel gebeizten Eichbohlen. »Nein, das Tor ist massiv und von innen verriegelt, außerdem ...«

Er schlug erneut dagegen, und knarrend öffnete sich die Zwergentür, die allein dazu diente, nicht immer das große Portal öffnen zu müssen, wenn man ohne irgendwelchen Krimskrams hinein- oder hinausgehen wollte.

»... außerdem haben sie vergessen, die Wachtüren zu schließen«, bemerkte er fassungslos.

Er versetzte der Tür einen vorsichtigen Stups mit Zeige- und Mittelfinger, die daraufhin knarrend aufschwang. Dahinter zeigte sich eine schwach beleuchtete Halle, deren Wände sowie Decke und Boden schwarz getüncht waren. Ein Schwall warmer Luft ergoss sich in das Treppenhaus. Mogda fühlte, wie die Wärme an seinen Beinen entlangkroch und die eisigen Gelenke zu tauen begannen. Trumbadin schob seinen Kopf vorsichtig am Türrahmen vorbei und wagte den ersten Schritt hinein. Golden leuchteten die Bronzebänder seiner Rüstung, während der Rest mit dem Schwarz der Halle der Sterne verschwamm.

Mogda hörte den Schlag des Hammers, genau wie Trumbadin seinen Luftzug spüren musste. Nur um wenige Fuß verfehlte der steinerne Hammerkopf von der Größe eines zwergischen Bierfasses den Maester. Trumbadin taumelte zurück, stolperte über den niedrigen Absatz und stürzte rücklings zu Boden. Ein zweiter Schlag des Riesenhammers schabte am Tor entlang. Trumbadin krabbelte auf allen vieren zurück in den Flur und legte sich keuchend neben Mogda auf den Boden.

»Was war das?«, flüsterte Mogda dem Zwergenmaester zu.

Der Gelehrte brauchte einen Moment, um wieder zu Atem zu kommen, dann ließ er den Kopf zur Seite fallen und stöhnte.

»Entweder der Pendel einer gigantischen Uhr oder der Hammer eines Frostriesen. Wenn ich wählen müsste, würde ich mich für Zweiteres entscheiden.«

»Das sind die sieben blinden Riesen, von denen mir König Arbalosch berichtet hat. Sie wachen über Suul«, hauchte Mogda.

»Er hat mich um fast zwei Fuß verfehlt«, stellte Trumbadin fest. »Natürlich ist er blind oder ein hoffnungsloser Fall.«

Mogda spürte, wie das Gefühl in seine Beine zurückkam. Er winkelte sie an und schob sich zurück an die Wand. Auch seine Arme taten langsam ihren Dienst wieder, doch um seine Klinge gegen die Riesen zu schwingen, würde es noch nicht reichen. Ein Fellstiefel und das Bein eines Riesen zeigten sich im Türdurchbruch.

»Was tun sie hier?«, fragte Mogda leise.

»Das, was alle Riesen seit Anbeginn aller Zeiten tun: Sie stehen im Dunkeln, warten darauf, dass ein Zwerg vorbeiläuft, und hauen dann drauf.«

Eine deprimierende Aufgabe«, entschied Mogda.

»Ja, besonders für Zwerge«, erwiderte Trumbadin.

Das Bein verschwand wieder, und Mogda hörte die schwerfälligen Schritte, die durch die Halle führten. Ein unzufriedenes Knurren begleitete den davontrottenden Riesen.

»Was war da, Leconda?«, hörte Mogda die brüllende Stimme eines Frostriesen aus dem hinteren Teil der Halle.

»Irgendeiner von diesen kleinen bärtigen Ungeheuern«, antwortete der Riese. »Ich glaube, ich habe ihn erwischt. Ich habe das Scheppern seiner Rüstung gehört, wie er zu Boden ging. Auf jeden Fall wird er aber so viel Angst bekommen haben, dass er rennt, bis er zurück am Riss ist. Wo kommen diese kleinen Biester nur immer her? Es scheint, als ob sie wie Mäuse unter den Türschwellen hindurchkriechen können.«

»Sie sind viel hässlicher als diese winzigen Nager«, rief ein anderer quer durch die Halle.

Tiefes dumpfes Lachen erfüllte den Raum und schien aus Bleichenstadt hinauszuschallen und über die weite öde Eiswüste getragen zu werden.

»Wir müssen dorthinein«, knurrte Mogda.

Trumbadin stemmte sich hoch, ließ die offen stehende Tür dabei aber keinen Moment aus den Augen. Er lehnte sich gegen Mogda an die Wand und betastete die Stirn des Ogers.

»Gebrochen scheint nichts zu sein«, flüsterte er. »Auch erscheint er mir nicht matschiger als zuvor, was soll also dieses unsägliche Gefasel von: ›Wir müssen da rein‹? Zugegeben, die Frostriesen sind blind, aber ich möchte nicht wissen, wie viele meiner Kameraden umgekommen sind, nur weil ein Riese unbeabsichtigt auf sie getreten ist. Da macht es keinen Unterschied, ob sie sehen können oder nicht. Ein Riesenfuß bleibt ein Riesenfuß, auch wenn oben der Mund offen steht und die Augen geschlossen sind.«

»Trotzdem. Wir müssen da rein«, beharrte Mogda ebenfalls im Flüsterton, obwohl es ihn einige Überwindung kostete, ruhig zu bleiben.

Der Zwergenmaester strich sich über den Bart. Sein Blick wanderte hinein in die Halle und schien nach etwas Ausschau zu halten, was nur er sehen konnte.

»Sie sind blind«, sagte er. »Dann wollen wir mal sehen, was sie tun, wenn ich ihnen einen weiteren ihrer Sinne raube.«

Trumbadin begann die Teile seiner Rüstung zu lösen und vorsichtig auf den Boden zu legen. Unter seiner schwarzen und bronzenen Rüstung trug er eine einfache braune Hose und ein dunkelblaues Hemd. Er griff sich den Helm und eine der Beinschienen, nickte Mogda zuversichtlich zu und schlich hinüber zur Tür.

»Wenn die Sonne aufgeht, könnt Ihr nachkommen«, murmelte er.

Mogda konnte noch nicht einmal sagen, wie spät es jetzt war, geschweige denn, wann die Sonne aufging, doch er vertraute darauf, dass es noch etwas dauern würde und er die Zeit fand, sich noch weiter auszuruhen. Ohne ein Fenster würde es schwierig werden, den Zeitpunkt des Sonnenaufgangs zu bestimmen, doch auch hier hoffte er darauf, dass Trumbadin ihn nicht vor unlösbare Aufgaben stellte. Trumbadin stand einen Moment lang bewegungslos im Türrahmen, dann holte er mit einem Arm Schwung und warf den Helm weit in die dunkle Halle. Scheppernd rollte der stählerne Kopfschutz über den Marmorboden. Noch bevor er die Rutschpartie über den glatten Boden beendet hatte, wurde er unter dem dröhnenden Schlag eines Riesenhammers zerquetscht. Der Boden bebte, und aus den Ritzen der Steinplatten in der Decke rieselten Kalk und Sand.

»Hab ihn«, triumphierte einer der Riesen. »Er wollte genau zwischen meinen Beinen hindurchschlüpfen. Ich glaube, etwas von ihm klebt noch unter meinem Schuh.«

Schon warf Trumbadin den Beinschutz hinterher. Mogda hörte, wie er schlitternd über den Boden rutschte. Sofort reagierten die Riesen. Ihre Schritte hallten durch den Raum. Wenigstens zwei von ihnen hielten auf den Köder zu. Drei Mal krachten die zermalmenden Waffen zu Boden, bis sie die Beinschiene unter sich begruben.

»Pass doch auf, wo du hinläufst«, beschwerte sich ein Riese.

»Der kleine Fellpuschen lief genau in meine Richtung«, hielt ein anderer dagegen. »Du solltest dich lieber um deine eigenen Sachen kümmern, als ständig in meinem Revier zu wildern.«

»Er ist direkt hier entlanggekommen«, erwiderte der Erste. »Du warst nur wieder so gierig darauf, eine weitere Kerbe in den Hammerstiel zu schnitzen. Für das nächste Mal kannst du dir gleich merken, dass ich sicherlich keinen von ihnen in deine Hände laufen lasse. Also mach dir gar nicht erst die Mühe, in meine Richtung zu sprinten.«

»Darf ich dich daran erinnern, dass du auch den hättest erledigen sollen, der drei Tage lang keine zwei Schritt von dir gestanden und gezittert hat wie Espenlaub. Jeder von uns hat gehört, wie seine Rüstung vor Angst klapperte, doch du warst ja sicher, ihn schon lange erledigt zu haben. Als er vor Schwäche, Durst und Hunger endlich umgekippt ist, hast du getan, als ob es ein neuer war.«

»War es auch«, bestand der Riese.

Grollendes Lachen erhob sich in der Halle der Sterne. Trumbadin nutzte seine Chance und schlüpfte durch die Zwergentür. Schon nach wenigen Schritten schluckte ihn die Dunkelheit. Die Riesen schienen gern und lange zu lachen. Als das Gelächter beinah drohte zu verebben, wiederholte einer von ihnen »War es auch« und das Gejohle begann von vorn. Dies wiederholte sich zwei weitere Male, bis plötzlich ein schroffer Ruf für Ruhe sorgte.

»Ruhe! Hört ihr das auch? Seid still, ihr Dummköpfe!«

Mit einem Mal erstarben alle Stimmen. In Mogdas Ohren klang immer noch das Lachen der Riesen, doch nach und nach wurde es übertönt von einem monotonen Quietschen. Zuerst dachte Mogda, es sei Vogelgezwitscher, doch dann wurde ihm bewusst, wie absurd diese Idee war. Zu dem Quietschen gesellte sich das Knarren eines Gestänges sowie das Rattern eines Kettenzuges.

»Von wo kommt das?«, brüllte einer der Riesen.

»Es ist direkt hinter dir, Bigote.«

Nein, es muss irgendwo bei Paxtoran sein«, rief ein anderer.

»Ich glaube, es ist über uns«, schrie ein Dritter.

Die Geräusche erfüllten die ganze Halle bis in den letzten Winkel. Wie tausend Stimmen quietschten, ratterten und knarrten sie durcheinander. Mogda versuchte auf die Beine zu kommen, und es gelang ihm. Die Kälte wich langsam aus seinem Körper, doch dafür spürte er jetzt die Prellungen und Stauchungen von seinem Sturz. Schwerfällig schaffte er es bis zur Tür und hockte sich vor den fünf Fuß hohen Durchgang. Einer der Riesen stand nur etwa zehn Schritt von ihm entfernt. Seinen Hammer schwang er am ausgestreckten Arm vor sich hin und her, während er den Kopf von einer Seite zur anderen neigte. Seine hellblaue Haut und die langen weißen Haare ließen ihn fast wie einen Geist erscheinen. Eines der beiden gebogenen Hörner, die aus seiner Stirn ragten, war zur Hälfte abgebrochen. Der Riese wirbelte herum und starrte genau in Richtung der Tür. Mogda wollte gerade zurückspringen, als er die dunklen leeren Augenhöhlen des Riesen sah. *Er spürt wahrscheinlich nur den Luftzug*, beruhigte Mogda sich selbst. *Sie sind allesamt blind, und bei dem Lärm, den Trumbadin veranstaltet, könnte ich mit einer Herde Schafe durch die Halle laufen, ohne dass sie mich bemerken würden.* Am liebsten wäre Mogda vorgestürmt und hätte dem Riesen das Runenschwert in den Leib gerammt, doch die Schmerzen geboten ihm Einhalt. Zuerst musste er wissen, was er überhaupt in der Halle suchte. Trumbadin riskierte für ihn sein Leben, nur weil er,

Mogda, so ein Gefühl hatte. Natürlich waren die Riesen nicht grundlos hier, doch allein das Wissen darum brachte ihm auch keinen Vorteil. Er musste ihr Geheimnis lüften, bevor er etwas unternahm.

Ob wohl schon die Sonne aufgegangen war, fragte sich Mogda und sollte wenig später die Antwort darauf bekommen. In der Mitte der Halle, umschlossen von Dunkelheit, löste sich plötzlich ein schwacher Schein aus den schwarzen Marmorplatten. Zuerst war es nicht mehr als ein zaghaftes Glimmen am Ende eines Tunnels, dann wurde es zu einem strahlenden Licht, und als sich ein gleißender Feuerball aus dem Boden erhob, wusste Mogda, was Trumbadin mit dem Sonnenaufgang gemeint hatte. Gezogen von einer Kette, die über mehrere Winden an der Decke entlanglief, stieg ein runder Metallkäfig, gefüllt mit glühenden Kristallen, auf. Die künstliche Sonne tauchte die Halle der Sterne für kurze Zeit in ein diffuses Licht. Mogda sah die Riesen, die mit erhobenen Waffen darauf lauerten, jemanden unter sich zu zerschmettern. Er sah aber auch, wie hilflos sie waren, wie sie um sich tasteten, beraubt um den einzigen Sinn, der ihnen half: das Hören. Von der kuppelförmigen Decke führte eine Vielzahl von Ketten, Seilen und Gestängen hinunter in kleine, kaum zwergenhohe Nischen. Insgesamt sechs von diesen Höhlungen waren zu finden, und in einer von ihnen saß Trumbadin auf einer Apparatur aus Holz und Metall. Wie auf einem an die Wand gelehnten Stuhl hockte er darin und betätigte mit den Füßen die Pedale. Holpernd und knarrend trieb er damit ein Zahnrad an, das wiederum mit einer Kette und weiteren Zahnrädern verbunden war, die irgendwelche Gestänge bewegten, die sich quer über die Decke verteilten. Hastig sprang der Zwerg von dem Gerät herab und rannte quer durch die Halle, an den Frostriesen vorbei, um sich in einer anderen Nische auf ein ähnliches Gefährt zu setzen und dort weiterzustrampeln. Der glühende Feuerball verschwand langsam in einer schwarzen Pyramide, die von der Decke hing. Bevor der Schein der künstlichen Sonne gänzlich erlosch, strömte aus tausenden von Löchern in der Pyramide neuer Glanz und beschien ebenso viele Kristalle, die von der Kuppel herabhingen. Ein Sternenhimmel, wie Mogda ihn noch nie zuvor zu sehen bekommen hatte, erstrahlte. Nur schwerlich konnte er seine Augen von dem funkelnden Spektakel abwenden, doch ihm gegenüber befand sich der offene Schacht des Höhenbeförderers. An einem Kettenbündel, das in dem Schacht baumelte, hingen mehrere dünne, weiß gekleidete Gestalten. An Armen und Beinen gekettet, wirkten sie wie Marionetten, die ein Puppenspieler nach der Vorstellung alle zusammen über einen Haken gehängt hatte.

Mogda schob vorsichtig die Arme durch die Zwergentür und krabbelte hindurch. Sein Körper schmerzte, als er sich aufrichtete und die Runenklinge zog. Helle Lichtpunkte wanderten über seinen Körper und fanden zurück an die Wand, um sich erneut einem der Sternenbilder anzuschließen.

Trumbadin hetzte von einer Ecke der Halle in die nächste. Einmal musste er sich unter dem Schlag eines Riesen ducken, doch der Wächter schien ihn nicht wirklich bemerkt zu haben und versuchte es nicht erneut. Mogda tastete sich Schritt für Schritt durch die Halle. Er versuchte den fast doppelt so großen Kriegern fernzubleiben, doch auch sie veränderten stets ihre Position. Gebannt lauschten sie auf das Konzert aus Kettenklirren und Zahnradquietschen, um das eine verdächtige Geräusch herauszuhören, das ihnen verriet, wo ihr Gegner war. Mogda hatte den Schacht des Höhenbeförderers fast erreicht. Er konnte erkennen, dass es junge Frauen waren, die mit eisernen Fesseln an die Ketten gebunden waren.

»Einst war ich Suul«, hörte er die Stimme der alten Frau aus Uthna sagen. So sah also die Herrschaft der jungen Frauen der Barbarenstämme aus. Festgekettet und in Trance einer fetten Ogerfrau dienend, die der Meinung war, um ihr Schicksal betrogen worden zu sein. Zwei der jungen Frauen waren offensichtlich schwanger. Ihre dicken Bäuche strafften den weißen Leinenstoff, in den sie gehüllt waren.

Mogda war nur noch fünf Schritte von ihnen entfernt, als ihm plötzlich einer der Frostriesen in den Weg sprang. Mit seinen toten Augen blickte er Mogda starr an. Blitzschnell hob er den Hammer über seinen Kopf und schlug zu. Donnernd krachte der steinerne Kopf zu Boden und ließ die Marmorplatten splittern. Mit einer schnellen Bewegung riss er den Hammerstiel herum und schlug im weiten Bogen einen Halbkreis vor sich. Mogda taumelte zwei Schritt zurück. Er hätte im Zweikampf keine Chance gegen den Hünen. Selbst wenn ihm ein Treffer gelingen würde, hätte er wenig Aussichten, den Riesen mit einem Schlag töten zu können. Der Gewalt dieses Kolosses hatte er nichts entgegenzusetzen.

Zu Mogdas Füßen lag der zertrümmerte Helm des Zwerges. Von ihm war nicht mehr übrig als ein flaches Stück Metall, über das ein bronzenes Band lief. Ganz vorsichtig knickte Mogda mit den Beinen ein, um das plattgewalzte Rüstungsteil aufzuheben. Er selbst konnte das zaghafte Schaben des Metalls auf dem Boden nicht hören, doch der Riese reagierte sofort. Mit einem einzigen Schritt nach vorn stand er über Mogda und ließ den riesigen Kriegshammer auf ihn niederrasen. Mogda rollte sich zur Seite, und der steinerne Klotz verfehlte ihn nur um einen Fußbreit. Er spürte, wie die Risse des Marmors unter ihm entlangkrochen. Staub und Splitter regneten auf ihn nieder. Zusammengekrümmt blieb er liegen. Der Riese ließ den Hammerkopf an Ort und Stelle ruhen und lauschte. Aus dem Handgelenk schleuderte Mogda den zertrümmerten Helm einige Schritt seitlich hinter den Riesen. Noch im Flug holte der Wächter erneut aus, streifte den Helm, und bevor das Scheppern verklungen war, begrub er ihn unter seiner Waffe.

Mogda nutzte diese wenigen Sekunden und krabbelte auf den Schacht zu. Als er ihn erreicht hatte, ließ der Riese den Kopf bereits erneut wandern, um seinen Gegner auszumachen. Behutsam zog Mogda sich an der Wand hoch. Die jungen Frauen hingen frei im Schacht, weit unter ihnen loderte ein Feuer. Vom Höhenbeförderer selbst war nichts zu sehen. Keines der jungen Mädchen schien den Oger oder sonst etwas, was um sie herum geschah, wahrzunehmen. Ihre Augen waren verdreht, und ihre Lippen formten lautlose Worte. Wahrscheinlich träumte jede Einzelne von ihnen, eine Göttin zu sein, dachte Mogda. Junge Mädchen als träumende Göttinnen für eine größenwahnsinnige Ogerfrau.

Der Schacht war zu breit, als das Mogda an die Kette hätte gelangen können, darum nahm er das Runenschwert zu Hilfe. Er packte die Waffe an der Klinge und versuchte eine der Ketten mit dem Griff heranzuziehen. Das metallische Klirren, als der Schwertgriff die Kette berührte, ließ den Frostriesen herumfahren. Er griff nach dem Helm und schleuderte ihn wie eine Sichel im Mogdas Richtung. Das scharfkantige Metall verfehlte Mogda um eine Armlänge, doch eines der Mädchen im Schacht wurde von dem Rüstungsteil am Kopf getroffen. Blut lief aus einer langen Schnittwunde an ihrer Schläfe, und ihr Kopf sackte zur Seite.

Die grollende Stimme eines Riesen übertönte den Lärm in der Halle.

»Das Blut der Jungfrau ist verebbt. Ich leiste meinem Schwur folge, oh Suul. Noch bevor der Mond die Farbe wechselt, werdet Ihr eine neue Tochter haben. Der Stamm der Gatosen wird Euch eine Jungfrau übergeben, die für Euch die Götterfrost gebärt, auf das Eure Kinder die Welt beherrschen. Ich bin Euer ergebener Diener.«

Der Riese sprach, als ob er nicht bei Sinnen war. In all dem Lärm und den funkelnden Lichtern steckte er seinen Hammer zurück in die Schlaufe an seiner Hose und ging zum Tor. Mit einem Griff hatte er den schweren Riegel zurückgeschoben und stieß die Flügeltür auf. Dann verschwand er auf der Treppe nach unten.

Dafür brauchte Suul also die Frauen aus den Dörfern. Sie dienten ihr als Leihmütter, damit sie diese gottlosen Kreaturen zur Welt bringen konnte. Angewidert starrte Mogda auf die dicken Bäuche der beiden schwangeren Frauen. Er wusste, dass er ihnen nicht helfen konnte. Für sie kam jede Hilfe zu spät. Er wandte den Blick nach oben und sah den Schacht hinauf. Durch einen schmalen Spalt im oberen Ende fiel Licht hinein. Dort oben musste Suul irgendwo sitzen. Mit einem Mal wusste er, was zu tun ist. Er packte die Runenklinge am Griff und schlug mit der flachen Seite gegen die Kette. Das Rasseln der eisernen Glieder war wie ein Glockenschlag in der Stille. Laut brüllend fuhr der Frostriese herum und starrte ins Leere. Mit hoch erhobenem Hammer stürmte er auf den Schacht zu. Krachend fuhr die Waffe in die dünne Wand und brachte sie zum Einsturz. Steine und getrockneter Lehm rieselten auf den Frostriesen nieder. Der Hammerkopf hatte sich im Mauerwerk verkeilt. Mogda stürmte seitlich heran und trieb sein Schwert durch das Knie des Riesen. Dem Hünen sackten die Beine weg, und er verlor das Gleichgewicht. Vor Schmerzen schreiend, sank er gegen die Mauer des Schachts und trommelte mit den Fäusten gegen die losen Ziegel. Das Gewicht des Riesen war zu viel für die marode Wand. Sie gab nach wie das morsche Dach einer alten Scheune. Der Frostriese fiel vornüber und versuchte Halt zu finden. Er stürzte in den Schacht, aber alles, was er zu packen bekam, waren die Ketten, die von oben herabhingen. Der Koloss hing mit seinem gesamten Gewicht in dem Knäuel aus Metall und jungen Frauen. Sie stürzten fünf Schritt in die Tiefe, bevor es einen Ruck gab und ihr Fall gestoppt wurde.

Gellende schrille Schreie drangen von oben aus dem Schacht herunter. Die erste Kette stürzte rasselnd in die Tiefe und mit ihr eine der jungen Frauen.

»Das Blut der Jungfrau ist verebbt. Ich leiste meinem Schwur folge, oh Suul.« Der nächste Riese betete seinen Spruch herunter, während sein Gefährte zappelnd und keuchend in dem Schacht hing.

Eine weitere Frau stürzte in die Tiefe, und ein weiterer Riese begann mit seinem Gebet. Dann rissen sich die letzten Ketten los, und die verbliebenen Frauen stürzten mit dem Riesen in den Schacht. Ein Schwall von Blut und Fleischfetzen regnete hinter ihnen herab. Im gleichen Moment erhob sich ein Chor von tiefen Bassstimmen. Die letzten vier Riesen kamen ihrer Verpflichtung nach, sagten ihren Spruch auf, wobei sich immer nur die Namen der Barbarenstämme unterschieden. Gemeinsam machten sie sich auf den Weg und quetschten sich durch die enge Tür.

Das Spiel aus Licht und Geklapper endete nach wenigen Augenblicken. Trumbadin kam erschöpft durch die Halle gewankt.

»Habt Ihr die Kette gesehen?«, keuchte er, als er neben Mogda stand. Der Zwergenmaester stützte sich mit den Händen auf die Knie und schnaubte erschöpft.

»Ehrlich gesagt habe ich mehr auf die Riesen und die Frauen geachtet als auf die Kette. Es schien mir wichtiger, dem tonnenschweren Hammerkopf auszuweichen, als mich von der Schmiedekunst der Zwerge beeindrucken zu lassen. Ich hoffe, Ihr könnt meinen Frevel verzeihen.«

Trumbadin trat dicht an den Rand des Schachtes heran und wagte einen Blick nach unten. Als ihm dickflüssiges Blut auf den Kopf kleckerte, seine Wange herunterlief und in seinem dichten Bart versickerte, wandte er den Kopf nach oben.

»Ich habe den Ketten zuerst auch keine Beachtung geschenkt«, sagte er. »Doch die matte schwarze Färbung der Glieder und ihre anscheinende Makellosigkeit haben mich aufmerken lassen. Die Ketten waren von der gleichen Magie wie die Kette des Wächters. Sie verbanden den Quell mit der Schale.«

Mogda grunzte verächtlich. »Wenn ich die roten Flecken in Eurem Bart richtig deute, haben wir die Schale gerade geknackt.«

»Ihr versteht nicht. Suul war nicht die Schale, sie war der Quell. Die Kette ist dafür gemacht, Gegensätze aneinanderzubinden und sie davor zu schützen, das Gleichgewicht zu stören. Etwas Heißes wird an etwas Kaltes gebunden, und beide Energieformen bleiben erhalten, wenn die Kette sie vereint. Es ist so wie Licht und Schatten, die durch eine Mauer getrennt sind. Die Mauer ist dazu da, das Licht zu reflektieren und sichtbar zu machen. Licht, das nirgends auftrifft, ist für niemanden sichtbar. Auf der anderen Seite wirft die Mauer aber auch einen Schatten. Somit können Licht und Schatten nur existieren, wenn es die Mauer gibt.«

Mogda packte den Zwerg am Arm und zog ihn zu sich heran.

»Verzeiht, wenn ich Eurem philosophischen Gebrabbel nicht richtig folgen konnte, irgendwo zwischen Schale und Quell habe ich den Faden verloren. Sagt, was Ihr sagen wollt, aber beeilt Euch, ich habe einen Krieg zu führen.«

Trumbadin räusperte sich. »Die Kette hat Suul die Macht verliehen, die sie brauchte, und gleichzeitig durch die Jungfrauen auf der anderen Seite das Gleichgewicht erhalten. Suul gab ihnen den Samen zum Gebären, dafür gaben sie ihr die Kraft, so alt zu werden. Wenn Ihr so wollt, waren die Jungfrauen die Reinheit in Person und Suul ...« Trumbadin stockte.

»... und Suul die Verderbtheit, wolltet Ihr sagen«, kam Mogda ihm zuvor. »Das ist furchtbar interessant, doch warum erzählt Ihr mir das alles?«

»Die Kette«, stöhnte Trumbadin. »Sie ist vor langer Zeit von meinem Volk geschmiedet worden. Wir hatten uns schuldig gemacht, indem wir in den Willen der Götter eingegriffen haben. Wir haben einen der Funken der Götter in unseren Besitz gebracht und ihn von seinem Ursprungsort entfernt. Die Kette verbindet nun, was durch Götterhand geschützt lag.«

»Faden verloren«, brummte Mogda, dem dieses Gespräch langsam lästig wurde.

»Wir haben die Wächter an einen der Funken gekettet – an den Funken der Ordnung.«

Jetzt verstand Mogda, was Trumbadin ihm sagen wollte. Um das Gleichgewicht zu erhalten und die Kräfte voreinander zu schützen, verband man die Quellen der Götter mit dem Element, welches ihnen im Rad gegenüberlag. Wahrscheinlich hatte man den Funken des Feuers im Meer versenkt und den Funken der Luft tief in der Erde vergraben. Der Stein der Magie ruhte in dem alten Baum Mystraloon, sofern Cindiel mit ihrer Mission Erfolg gehabt hatte, und der Stein der

Natur wurde bei den magischsten Wesen, die dieses Land zu bieten hatte, gefunden – den Drachen. Es war Mogdas Aufgabe, nach dem Kampf mit Eliah den Splitter der Natur fortzubringen. Ungewollt hatte er das richtige Versteck für den Rubin gefunden, ein Ort, der dem Alten ebenbürtig schien. Doch jetzt stellte sich die Frage, ob der Platz, den die Zwerge für den Funken der Ordnung gesucht hatten, richtig gewählt war. Konnte der Splitter in den Händen eines Gottes noch existieren? Wenn Tabal auf der Welt erschiene, würde er der Gegensatz zur Ordnung sein oder würde er den Stein mit seiner Macht zerquetschen und das Gefüge abermals erschüttern? Stürzte Tabal mit seiner Ankunft die Welt ins Chaos? War das Schicksal vielleicht nur eine düstere Prophezeiung?

Mogda sah Trumbadin dieselben Zweifel an, die auch in ihm hochkamen. Beide waren sie Anhänger desselben Gottes – Tabal, dem Herrn des Chaos. Solange Mogda sich erinnerte, hatte er für die Macht und die Verbreitung seines Glaubens gekämpft. Er war sich sicher, dass auch der Zwerg seinen Teil geleistet hatte, um Tabal zu huldigen. Doch eine Welt, die allein unter der Herrschaft des Chaos geleitet wurde, war es das, was sie erwartete – und war es das, was sie wollten? Noch vor Jahren hätte Mogda dem zugestimmt, doch nun, mit dem Wissen um das Gleichgewicht, hatte sich alles verändert.

»Wir werden tun, was das Schicksal für uns bereithält«, sagte Mogda. »Das Schicksal ist kein dünner Faden, es ist ein Gespinst wie ein Netz. Wenn man die Augen und Ohren offenhält, hat man die Möglichkeit, abzubiegen und auf einem anderen Faden weiterzuklettern. Wir können nur versuchen unser Bestes zu geben. Jetzt folgen wir dem Weg weiter, den wir eingeschlagen haben.«

»Und was ist, wenn dieser Faden keine weitere Abzweigung hat, sondern nur noch genau ins Zentrum führt?«, gab Trumbadin zu bedenken.

»Die Mitte ist nicht das Ende, sondern nur die Möglichkeit, von dort aus woanders hinzugelangen. Kommt, ich brauche das Schild.«

Trumbadin und Mogda verließen die Halle der Sterne wieder und wandten sich erneut den Stufen zum Panthenoptikum zu. Bevor Mogda die ersten der zweihundert Stufen betrat, blickte er noch einmal den Maester an.

»Ihr wisst viel über die Götter und ihren Willen. Ihr kennt sogar die

Macht der Funken. Wisst Ihr auch, wo sich der Splitter des Chaos befindet?«

Der Maester sah zu Boden und schien zu überlegen, ob es weise sei, dem Oger zu sagen, wo der Quell von dessen Macht lag.

»Warum interessiert Euch das? Es ist nicht gut, sich mit Wissen zu belasten, das einen dazu bringen kann, eine Dummheit zu begehen.«

»Es ist vielleicht vonnöten, wenn das, was wir gerade tun, eine Dummheit ist.«

Trumbadin nickte verständnisvoll. »Ich muss Euch warnen. Wenn ein tonnenschwerer Stein ins Wanken gerät, besteht die Lösung nicht darin, dass man von der anderen Seite dagegenhält. Wer klug ist, versucht zu flüchten.«

»Das mag vielleicht für Zwerge gelten, doch ich bin ein Oger«, wandte Mogda ein. »Wenn es Steine regnet, haben wir sie vorher auch mit einem Katapult abgeschossen. Steine fallen nicht einfach irgendwo herunter. Sagt es mir. Wo ist der Funken des Chaos?«

»Er befindet sich in einem Land namens Kasithien. Ich selbst war noch nicht dort, doch man sagt, die größten Wälder und die höchsten Bäume wären dort zu finden. Kasithien ist ein friedliches Land. Der Funken des Chaos liegt in einem Wald in einem Tal, bewacht von einem Einhorn.«

»Einhorn?«, fragte Mogda ungläubig.

»Ja, es ist ein Wesen, so rein und unschuldig, wie es kein zweites auf der Welt gibt. Sein weißes Fell wird nur noch von dem Glanz der Sonne übertroffen, und das Horn auf seiner Stirn soll jedem Wesen seine Unschuld zurückgeben. Man sagt, nur eine Jungfrau dürfe auf dem Rücken eines dieser Pferde reiten, und nur sie würden ihre Sprache verstehen.«

»Ein Einhorn ist ein Pferd?«, stieß Mogda spöttisch hervor. »Sie lassen Tabals Quell von einem Gaul bewachen?«

»Sie sind magische Wesen, wie Drachen«, gab Trumbadin zu bedenken.

Mogda wusste, dass der nächste Bissen in ein saftiges Stück Pferdefleisch ihm sicherlich im Halse stecken bleiben würde, wenn er an das Einhorn dachte.

»Ein Pferd«, maulte Mogda halblaut. »Hoffentlich gibt es in diesem Land Zwiebeln und Äpfel. So mag ich sie am liebsten.«

Mogda ging voraus, die Treppe hinauf. Die Menge an Blut und die heiseren Schreie von Suul hatten ihn glauben lassen, die Ogerfrau sei tot. Dennoch ging er voraus, da es ihm nicht sonderlich kriegerisch erschien, einen alten Maester der Zwerge die Vorhut bilden zu lassen. Als Mogda das Panthenoptikum betrat, tauchte die untergehende Sonne die Wände des Solars in blutrotes Licht. Suul lehnte an der hinteren Wand vor dem schmalen Spalt eines Schachts. An ihren Armen, Beinen und Schultern klafften tiefe Wunden so groß wie eine Ogerhand, wo die Ringe der Ketten ihr das Fleisch herausgerissen hatten. Eine blutige Spur zog sich von der Steinbank bis hinüber zu ihr. Ihre Augen waren nur noch schmale Schlitze, und ihr Brustkorb hob und senkte sich in schnellen flachen Bewegungen. Krampfartig zuckte sie zusammen und sackte zu Boden, als Mogda den Raum betrat.

Der Schild lag immer noch vor der Steinbank. Mogda hielt Trumbadin zurück, der nach ihm den Raum betreten wollte.

»Wartet hier«, sagte er. »Das ist meine Aufgabe.«

Er ging zu dem Schild und hob es auf. Es fühlte sich leicht an und lag gut in der Hand, trotz seiner ungewöhnlichen Form.

Innere Unruhe beschlich ihn, als er das letzte Artefakt in die Hand nahm. Am liebsten hätte er sofort kehrtgemacht und wäre seinen Kameraden zur Hilfe geeilt, doch die wehklagenden Blicke der Vettel ließen ihn näher kommen.

Ihre Verstümmelungen mussten mehr Schmerzen verursachen, als irgendjemand hätte ertragen können. Ströme von Blut liefen aus den Wunden wie vergossener Rotwein. Erst jetzt sah er die Wunde am Hals, wo der letzte der Ringe in ihren Körper getrieben worden war. Ihr halber Nacken war weggerissen, bis hoch zum Haaransatz. Ihre wulstigen, blassen Lippen versuchten Worte zu formen, doch mehr als ein unverständliches Wispern brachte sie nicht hervor. Mogda kniete nieder und lauschte ihrem Flüstern.

»Meine Kinder werden dich töten«, hauchte sie. »Sobald du Bleichenstadt verlässt, werden sie dich jagen. Sie werden dich töten und an deinen Knochen nagen, bis von dir nicht mehr übrig ist als ein Skelett.«

Mogda konnte ihren Hass verstehen. Er übernahm jetzt die Aufgabe, für die sie sich auserkoren gefühlt hatte. All die Jahre hatte sie geplant, jeden Winkel der Welt durchsucht und sich ein ganzes Volk

Untertan gemacht, um am Ende von einem Oger ihrer eigenen Sippschaft getötet zu werden. Nach all den Jahren, in denen sie dem Tod getrotzt hatte, würde sie jetzt nicht einmal mehr mit ansehen können, wenn sich die Prophezeiung erfüllte. Mogda empfand Mitleid mit ihr, doch es zu zeigen, würde sie abermals kränken.

»Ich werde deinen Kindern mit dem Respekt entgegentreten, den sie verdient haben. Wenn sie an mir die Rache für deinen Tod finden sollten, werde ich ihnen geben, wonach sie suchen. Dennoch sollten sie nicht darauf hoffen, ihren Hunger an mir zu stillen. Ein Oger steht am Ende der Nahrungskette.«

Suul versuchte sich ein Lächeln abzuringen, doch nur Blut und Speichel tropften aus ihrem Mund und besudelten ihre weißen Brüste.

Mogda erhob sich und schob seine Hände in den Spalt zwischen den Türen des Höhenbefördererschachtes.

»Vielleicht solltest du es dir ansehen, wenn Tabal diese Welt betritt. Warte, ich helfe dir nach unten.«

Mogda zog die Türen auf, und Suul stürzte in die Tiefe des Schachtes.

41
Lauf, Mogda

»Lauf weiter, Mogda«, sagte die Stimme.

»Ich kann nicht mehr«, stöhnte Mogda. »Ich will nicht mehr. Nur einen Augenblick ausruhen.«

Seitdem er Bleichenstadt verlassen hatte, rannte er unentwegt – und warum – weil eine Stimme zu ihm sprach? Es hatte Jahre gedauert, bis er sich an seine eigene Stimme gewöhnt hatte. Von dem Tag an, als er sich das magische Amulett von Meister Trebor umgelegt hatte, wohnte in ihm dieser Fremde. Seine Gedanken, seine Sprache, sein Verhalten, alles hatte sich verändert. Erst als ihm das Amulett vom Hals gerissen worden war, stellte er fest, dass all diese Dinge schon immer in ihm geschlummert hatten und die Magie des Kleinods nur den Anstoß gegeben hatte. Jetzt jedoch war es anders. Als er das Schwert bekommen hatte, waren Visionen in seinem Kopf entstanden. Das Schwert und der schwarzen Splitter zusammen steuerten Gefühle und Empfindungen, die ihn betrafen. Jetzt, da alle göttlichen Gegenstände in seinen Händen lagen, formte sich diese Stimme in seinem Kopf, die ihm unentwegt Befehle gab.

Womit habe ich das verdient?, fragte sich Mogda. Fast jeder seines Volkes kam damit zurecht, seine Gedanken allein um die nächste Mahlzeit kreisen zu lassen und dies, falls nötig, in bruchstückhaften Sätzen von sich zu geben. Sie schienen nicht weniger unglücklich als er, hatten nicht dieses Gefühl, über alles nachdenken zu müssen, und mussten vor allen Dingen nicht auf jemanden hören, der in ihrem Kopf sprach.

»Lauf weiter, Mogda, das Schicksal wartet nicht.«

Am liebsten hätte Mogda die Hände um den Hals der fremden

Stimme gelegt, wenn es nicht sein eigener gewesen wäre. Die Erfüllung eines Schicksals und auf den Spuren einer tausend Jahre alten Prophezeiung zu wandeln hatte er sich anders vorgestellt, als allein und gehetzt durch den Schnee zu laufen, um ein Schwert, einen Schild und einen Kristall in eine Erdspalte zu bringen. Mogda wünschte sich, Trumbadin wäre bei ihm. Leider standen die kurzen Beine des Zwerges im Gegensatz zu der Eile, die die Stimme ihm geboten hatte. Der Maester hätte ihm sicherlich einiges darüber sagen können, wie es war, ein billiger Lakai der Götter zu sein. Schließlich hatte er fast sein ganzes Leben damit zugebracht, am Riss zu hocken und zuzusehen, wie ein Wächter nach dem anderen seinen Dienst antrat.

Mogdas Beine wurden von Wärme durchflutet, und seine Muskeln spannten sich an. Die Artefakte hatten ihn in ihren Bann gezogen und ihn zu einer Marionette gemacht. Sie lenkten seine Gefühle, sprachen in seinem Kopf, und nun trieben sie auch noch seine Beine vorwärts.

»Anstatt meine Beine zu wärmen, könntet ihr lieber meinen Magen füllen«, fluchte er. »Was nütze ich euch, wenn ich erschöpft und halb verhungert einer Armee entgegentreten soll?«

»Du wirst nicht zu kämpfen brauchen«, erwiderte die Stimme. Deine Aufgabe ist es, uns zum letzten Wächter zu bringen.«

Mogda zuckte zusammen, doch es hatte wenig Zweck, vor etwas zu erschrecken, was in einem war. Dennoch, bislang hatte die Stimme noch nie auf eine seiner Fragen reagiert. Jetzt, wo er das erste Mal eine Antwort bekommen hatte, fürchtete er sich, weitere Fragen zu stellen. Er hatte sein Schicksal zu erfüllen, doch wie sah es mit seinen eigenen Wünschen aus?

»Was muss ich tun?«, flüsterte er, weil er nicht wusste, ob die Stimme ihn hörte, wenn er die Worte nur in Gedanken formte.

»Laufen«, dröhnte es wieder in seinem Kopf.

»Was passiert, wenn ich euch dem letzten Wächter übergeben habe?«

Die Stimme schwieg.

Euch, dachte Mogda. *Jetzt ist es schon so weit gekommen, dass ich mit Gegenständen rede.* Wie tief konnte man sinken? Wenn die anderen Oger ihn schon früher als merkwürdig empfunden hatten, wie würden sie darauf reagieren, wenn sie sahen, dass er sich mit seinem Schwert unterhielt? Er tröstete sich damit, dass es nicht selten vorkam, dass andere seines Volkes mit ihrem Essen sprachen. Doch waren sie nicht so verrückt, auf eine Antwort zu hoffen.

»Was passiert mit mir, wenn ihr den Thron erreicht habt?«, forderte er erneut zu wissen.

»Du wirst sterben!«

Es war nicht das erste Mal, dass man Mogda prophezeite zu sterben. Wie viele mutige Recken hatten sich ihm schon entgegengestellt und behauptet, sie würden ihn töten, wenn er nicht ihr Vieh in Ruhe lassen würde, dies oder jenes zurückgab, nicht dahin ginge, wo er herkam, oder nicht tat, was von ihm verlangt wurde. Fast jeder von ihnen lag jetzt als Gerippe unweit von dem Ort entfernt, dem sie Mogda zugedacht hatten. Allesamt hatten sie sich überschätzt, und es waren nicht nur großspurige Ritter, dummdreiste Orks oder vor Angst schlotternde Bauern, unter ihnen fand sich auch der eine oder andere Meister der Nesselschrecken wieder. Jedem von ihnen hatte Mogda mit seinem Leben getrotzt. Diesmal jedoch war es anders, diesmal war es ein Gott oder wenigstens eines seiner sprechenden Ausrüstungsgegenstände, der ihm sagte, er würde sterben. Das Sterben selbst empfand Mogda nicht unbedingt als angsteinflößend, vielmehr ärgerte ihn, welche Strapazen ihm abverlangt wurden, um den Weg alles Weltlichen zu gehen. Dem Tod ins Auge zu sehen war für einen Oger nichts Ungewöhnliches. Trotzdem wäre es ihm lieber gewesen, die Zeit zwischen Geburt und Tod allein mit Schlafen und Essen verbringen zu dürfen. Wenn man schon dazu gezwungen wurde, sich ständig abzumühen, war es nur fair, wenn einem am Ende auch etwas dafür geboten wurde.

Und Mogda wurde etwas geboten …

Erschöpft und hungrig erreichte er eine kahle, eisverkrustete Höhe. Zwei Meilen vor ihm lag das Zentrum des Risses. Die kleine Armee, dessen Aufbruch Trumbadin und er vor Tagen beobachtet hatten, drängte sich dicht vor dem Abgrund an der Stelle, wo die in Stein gehauene Kette bis tief hinunter zu dem Ort führte, von der die Prophezeiung sagte, dort würde Tabal die Welt betreten. Um sie herum hatte sich ein Heer versammelt, dessen Größe nur von dem Mangel an Koordination übertroffen zu werden schien. Sie zu zählen wäre genauso schwierig, wie die Anzahl an Bienen in einem Stock zu bestimmen. Wenigstens zehntausend Barbarenkrieger und etwa zweihundert Riesen mussten hier versammelt stehen. Die großen weißhäutigen Krieger drängten sich zwischen die in Felle gekleideten Barbaren und versuchten einen Platz in erster Reihe zu finden. Noch immer strömten weitere Kämpfer heran, immer enger schnürte sich der Ring um Zwerge und Oger. Speere wurden geschleudert, und mit Steinen antwortete man ihnen. Die Feinde strömten heran wie ein gigantisches Wolfsrudel und belauerten ihre Beute.

Mogda konnte sehen, wie sie ihre Rituale abhielten, indem sie sich mit den Waffen selbst verletzten, um in Blutrausch zu geraten. Die Frostriesen warteten ungeduldig darauf, endlich über die Zwerge und Oger herfallen zu dürfen, und beschränkten sich derweil darauf, den Pulk an Feinden mit Geschossen zu traktieren.

Die Verteidiger zeigten bislang nicht mehr Einsatz. Sie versuchten die Barbaren zurückzuhalten und gleichzeitig über die steinerne Kette in den Riss zu fliehen. Was für einen Einzelnen leicht schien, war für ein kleines Heer so gut wie unmöglich. Zu lange dauerte es, denn nur einer konnte jeweils an der monströsen Kette hinabklettern. Erst wenn er hinter der schroffen Felskante verschwunden war, konnte der nächste die Kletterpartie beginnen. Zudem wollten Riesen und Barbaren ihr Essen nicht vom Tellerrand flüchten lassen. Speere und Steine prasselten auf jeden nieder, der es wagte, auch nur in die Nähe der Kette zu kommen. Die Zwerge hatten ihre Eissegler im Halbkreis in Stellung gebracht und die weißen Bären angespannt gelassen. Bald aber war das Heer an Feinden komplett versammelt und die Barbaren durch ihren Blutrausch genügend angeheizt, um sich nicht mehr von Barrikaden, ob nun Schiffe oder wilde Bestien, zurückhalten zu lassen.

Ein Tonkrug flog über das vergilbte Segel eines Schiffes hinweg und zerschellte vor den Füßen eines Riesen. Gelbes Pulver verteilte sich großflächig daraus und legte sich über den Schnee. Flammen krochen darüber und wuchsen bis fünf Fuß Höhe an. Gelber Rauch stieg aus den Flammen hervor und hüllte die umstehenden Feinde ein. Hustend und keuchend zogen sich die Barbaren zurück, und auch die Riesen neigten ihre Häupter hin und her, um den Dämpfen zu entgehen.

Ein zweites und ein drittes Geschoss zerbarsten kurz dahinter und schlugen eine Bresche in die Reihen des Feindes. Einer der Barbaren wurde von dem Tonkrug am Kopf getroffen, das Pulver hüllte ihn ein wie zuvor den Schnee. Der Mann versuchte, sich von dem gelben Staub zu befreien, doch im Nu stand er in Flammen und schlug in

Panik um sich. Einer der Frostriesen stieß ihm seinen Speer durch den Körper, damit der Barbar nicht wie eine Fackel durch die anderen rannte, und drohte noch mehr Krieger in Brand zu setzen.

Mogda wendete seinen Blick wieder auf den Pulk seiner Kameraden. Hagmu stach daraus hervor. Flüchtig betrachtet hätte man meinen können, einer der Frostriesen wütete zwischen den Zwergen. Seine helle Haut und die ergrauten Haare ließen ihn fast wie einen der gigantischen Krieger der Nordlande wirken, doch auf den zweiten Blick erkannte man die fehlende Größe und die klobigen Gliedmaßen, die ihn von den Riesen unterschieden. Hagmu stieß mehr beiläufig einige Zwergenkrieger zurück, die versuchten, ihn daran zu hindern, weitere Tonkrüge zu nehmen. Anscheinend war ihnen unwohl bei dem Gedanken, alchemistisches Feuer in den Händen eines tumben Ogers zu sehen. Er hatte keine Mühe, sich den kaum ernst gemeinten Attacken der Bleichen zu erwehren. Die Zwerge achteten viel zu sehr darauf, einen Platz in der Reihe zu ergattern, der ihnen den Abstieg in den Riss garantierte.

Hagmu hatte zwei weitere Gefäße vom Stapel genommen und warf sie in die Reihen der Feinde. Die Bresche schnitt sich weiter hinein und ließ einen klaffenden Spalt in Richtung Mogda wachsen.

»Das ist euer Plan?«, stieß Mogda enttäuscht hervor.

Er wusste noch nicht einmal, zu wem er sprach, doch seine Frage blieb nicht unbeantwortet.

»Lauf, Mogda. Der Weg wird nicht lange offen bleiben«, sagte die Stimme in seinem Kopf.

»Das sind die Pläne der Götter!«, fluchte Mogda. »Ich dachte immer, ich wäre der Einzige, der Dummheit als Plan verkaufen kann. Das hat nichts mit einem Plan zu tun, das ist ... Ich verstehe, hättet ihr mir vorher gesagt, worin meine Aufgabe besteht, wäre es mir selbst nicht schwergefallen, mein Ende zu bestimmen. Es ist leicht, die Zukunft vorauszusagen, wenn man den Weg so wählt, dass es nur ein Ende geben kann.«

»Sie werden dich nicht bemerken, bis du am Riss angekommen bist. Lauf, Mogda, lauf«, befahl die Stimme.

Er tat, wie ihm die Götter geheißen hatten. Dies war also das Nadelöhr, auf das sie ihn all die Jahre hingedrängt hatten. Entweder starb er hier zusammen mit all seinen Kameraden, ohne das Schicksal zu ändern und damit eine neue Prophezeiung erwachen zu lassen, die jemand anderem aufgebürdet werden würde. Oder er starb, indem er die Prophezeiung erfüllte und darauf hoffen konnte, wenigstens einige seiner Kameraden zu retten.

Mogdas Haut war von der Kälte gespannt und spröde, doch in seinem Inneren tat sich eine wohlige Wärme auf. Irgendwie war Mogda froh, dass es sich hier und jetzt entscheiden würde, was die Götter für ihn bereithielten. Die Anstrengungen all dieser Jahre, so hoffte er, würden ihm wenigstens einen Platz in Tabals Halle der Krieger einbringen – wenn nicht, würde ihm auch ein Platz in der Küche reichen.

Er lief und lief, überholte die heranströmenden Barbarenkrieger, die ihn kaum beachteten und nur vereinzelt Verwünschungen hinter ihm herriefen. Erst kurz bevor er auf die dicht gedrängten Reihen der Feinde stieß, zog er das Runenschwert aus der Scheide. Er legte den Schild über den Ellenbogen und sah, wie sich die Stacheln auf der Drachenschuppe aufstellten.

Keiner der Krieger vor ihm hatte ihm den Blick zugewandt, alle starrten auf den Riss und die Wenigen, die für ihre Sache kämpften. Als Mogda in die Reihen der Feinde eintauchte, bohrte er sich zwischen sie wie ein durchgegangener Stier in eine Herde Schafe. Die Stachel seines Schildes fuhren in die Rücken der Barbaren. Mogda blieb keine Zeit, sich zu vergewissern, ob sie ihm nachstellten oder nicht. Er hielt auf das gelbe Band aus Flammen und Rauch zu, das ihm Hagmu beschert hatte.

Noch immer flogen Tonkrüge durch die Luft und zerbarsten brennend zwischen den Kriegern. Mogda hielt das Runenschwert seitlich und strich mit der messerscharfen Klinge über die Leiber der in Felle und Stahl gekleideten Barbaren. Die Klinge hatte sich rot gefärbt. Träge und zähflüssig tropfte das Blut der Feinde an ihr entlang und vermischte sich mit dem der nächsten Opfer. Ein Frostriese tauchte vor ihm auf, er stand mit dem Rücken zu ihm. Mogda zog die Klinge über die Innenseite seines Knies und stürmte an ihm vorbei.

Das Brüllen des Riesen verfolgte ihn, und er hörte die panischen Rufe der Barbaren, wie sie auseinanderströmten, als der Gigant zwischen ihnen zusammenbrach. Das gelbe Band, das die fremden Krieger auseinandertrieb, war keine hundert Schritt mehr entfernt, als sie den Oger das erste Mal wahrnahmen. Einige der Barbaren drehten sich zu ihm, aufgebracht durch das Brüllen des Riesen. Mit glasigen Augen, halb in die Trance ihres Blutrausches versetzt, stellten sie sich ihm entgegen. Dicht aneinandergedrängt, mit erhobenen Waffen versuchten sie seinen Vorsturm zu blocken. Die Klinge einer Axt prallte gegen den Schild, doch das Metall der Waffe hinterließ noch nicht einmal eine Schramme auf der Drachenschuppe.

Mogda stieß dem Mann den Schild entgegen und spürte, wie die Stacheln sich durch Fell und Fleisch bohrten. Zwei weitere Krieger rannte er einfach nieder, sie konnten ihre Waffen nicht mehr rechtzeitig heben, und einem Dritten trennte er mit dem Runenschwert den Arm kurz unterhalb des Ellenbogens ab. Wer sich ihm auch entgegenstellte, er wurde niedergemäht. Eine Klinge traf ihn oberhalb der Hüfte und ein Dolch bohrte sich von hinten in seine Schulter – Mogda spürte die Verletzungen kaum.

Ein Tonkrug kam auf ihn zugeflogen. Mogda riss den Schild in die Höhe und ließ das Gefäß an der Drachenschuppe zerplatzen. Der gelbe Staub verteilte sich in einer brennenden Wolke über seine Widersacher und setzte Fell, Haar und Haut der umstehenden Barbaren in Flammen.

Mogda erreichte das Band aus gelbem Qualm und Flammen. Er tauchte darin ein und bahnte sich seinen Weg bis zum Riss. Seine Augen tränten, und die Lungen schmerzten, so beißend war der Gestank. Niemand stellte sich ihm hier entgegen außer der alchemistischen Tinktur der Bleichen. Er spürte, wie sich das gelbe Pulver auf seiner Haut mit dem Schweiß verband und zu einer ätzenden Flüssigkeit wurde, doch er gab nicht auf. Mit einem weiten Sprung über das Meer aus orangenfarbenen und blauen Flammen erreichte er einen der Eissegler. Die weißen Bären stoben wild brüllend auseinander, als er zwischen sie fuhr. Sein Schild brannte immer noch, und von seiner Haut stieg dampfender Qualm auf. Mogda konnte nicht aufhören zu rennen, und so preschte er zwischen seine Kameraden, die kaum weniger in Furcht vor ihm zurückwichen.

Erst als er den Riss erreicht hatte, kamen seine Beine zur Ruhe. Die tränenden Augen verschleierten seine Sicht, doch er glaubte Bralba zu erkennen, die Eisbrocken auf ihre Feinde niederregnen ließ, und Hagmu, der sich einen Weg zur Kette bahnte und dabei einige der Bleichen unter lauten Protesten beiseitestieß. Mogda drehte sich um zu den Reihen an Feinden, die er zurückgelassen hatte. Keine fünf Schritt vor ihm stand Kapitän Londor, der ihn fassungslos anstarrte, als ob er gerade ein weiteres Schiff von ihm versenkt hätte.

»Du hast es geschafft«, sagte die Stimme in Mogda mit einem ruhigen, fast gleichgültigen Tonfall.

Aus den Schlieren von gelbem und schwarzem Qualm löste sich der Schaft eines Speeres. Zuerst befürchtete Mogda, das Wurfgeschoss könnte den Kapitän treffen, doch dann sah er, dass es zu hoch gezielt war. Knirschend bohrte sich der lange bronzene Speer in seine Brust. Nur um zwei Fingerbreit hatte er den Schild verfehlt und ihn auf Höhe des Brustbeins aufgespießt. Die Spitze bohrte sich durch Fleisch und Knochen, bevor sie wippend in seinem Körper stecken blieb. Es war die Waffe eines Frostriesen, erkannte Mogda. Die Wucht, mit der ihn der Speer getroffen hatte, ließ ihn einige Schritte rückwärtswanken. Seine Füße ertasteten den Rand der Klippe, doch sein Körper reagierte nicht. Er spürte keine Schmerzen, aber auch sonst kein Gefühl außer dem, es geschafft zu haben und endlich frei zu sein. Kerzengerade kippte er über den Abhang.

Im Fallen sah er die Kette hinauf. Er erkannte Hagmu, wie sich der Kriegsoger von einem steinernen Glied zum nächsten hangelte. Ein Zwerg stürzte hinter ihm in die Schlucht und nahm seine Verfolgung in den Tod auf. Einen Herzschlag lang freute sich Mogda darüber, den mühsamen Weg hinunter so einfach und leicht hinter sich zu bringen, doch dann kam die Gewissheit über ihn, zu sterben, wenn er auf die Felsen aufschlug. Der Lichtschein des Risses wurde schmal und lang, bevor er in die Dunkelheit eintauchte. Für einen kurzen Moment dachte er zu spüren, wie seine Knochen barsten, die Luft aus seinen Lungen gepresst wurde und er zerschmettert am Grunde der tiefen Schlucht lag, doch dies war nur eine Täuschung.

»Du hast es geschafft«, hörte er die Stimme.

Dann war sein Sturz beendet, genau wie sein Leben.

42
Die Prophezeiung

Rator riss mit aller Kraft an der Kette. Klirrend schabte das Metall über die Felsen. Ein Zwerg kam dem Oger entgegengerannt, scherte sich aber nicht um ihn. Mit einem von Furcht gezeichneten Gesicht floh der Bleiche in den Schutz der Höhle, aus der Rator kam. Weitere Zwerge hatten sich im Spalt versammelt. Rator konnte sie in der Dunkelheit nicht sehen, doch ihre aufgeregten Stimmen und die Verwünschungen, die sie ausstießen, dafür umso besser hören.

»Rator, letzter Wächter von Thron von Tabal«, brüllte er einem der Zwerge zu, die sich vor ihm aus dem Schatten lösten.

Der Bleiche stockte kurz, drehte sich zu Rator um und warf ihm einen mürrischen Blick zu.

»Seh ich aus, als ob ich dir deinen Posten streitig machen wollte?«, fauchte er. »Dort oben hat sich das gesamte Heer der Barbaren versammelt. Du kannst gern weiter darauf aufpassen, dass sie den Riss nicht mitnehmen. Alles, was ich für dich tun kann, ist zu vermeiden, dass sie meinen toten Leib und den meiner Kameraden dazu benutzen, ihn dicht zu schütten. Ein Sprichwort sagt: Ein Zwerg auf der Flucht sollte sich nicht länger aufhalten lassen, als seine Beine sind. Viel Glück noch!«

Schon rannte der Zwergenkrieger weiter, und zwei andere schlossen sich ihm an. Rator glaubte für einen kurzen Moment einen größeren Umriss in der Dunkelheit zu erkennen. Als er ihm nachstellen wollte, prallte er mit weiteren Zwergen zusammen, die ihn trotz ihrer Dunkelsicht übersehen haben mussten.

»Falsche Richtung, Fleischklops«, blaffte ihn einer der Bleichen an.

»Selbst euer Anführer hat es geschafft, den Weg nach unten zu finden. Er ist nicht auf halbem Wege umgedreht – na ja, wäre ihm auch schwierig gefallen ohne Flügel.«

Rator dachte einen Tritt gegen sein Schienbein zu spüren, war sich aber nicht ganz sicher, deshalb ließ er die flüchtenden Zwerge ziehen. Anscheinend hatten sie ihn als Oger erkannt, doch von welchem Anführer sprachen sie? Er musste sich einen von ihnen greifen, damit der Licht für ihn machte. In der Dunkelheit würde er sicher nicht herausfinden, was hier vor sich ging. *Zur Kette*, dachte er, *wenn sie von oben kommen, ist dies der einzige Weg*. Rator tastete sich weiter vorwärts. Die Kette konnte nicht weit entfernt sein. Sie war groß und klobig, sie in der Dunkelheit zu finden konnte nicht schwer sein. Als Rator die Felswand auf der anderen Seite erreichte, tastete er sich einen Augenblick an ihr entlang, dann fühlte er den glatt behauenen Stein unter seinen Fingern.

Rator stellte sich davor, und als er keuchenden Atem hörte, packte er zu. Er bekam einen der Kletterer zu packen. Grober Leinenstoff und ein Stück Fell hüllten ein Bein ein, das zu zart und zu lang für das eines Zwergs war.

»Hey, hey, nicht so gierig vor der Hochzeit«, pöbelte ihn eine raue Männerstimme an.

Rator packte den Mann mit der anderen Hand, riss ihn von der Kette und presste ihn zu Boden.

»Machen Licht«, befahl Rator.

Der Mann stöhnte auf, schien aber unverletzt zu sein. Rator hörte, wie die Schnalle einer Tasche geöffnet wurde, dann kramte der Mann einige Gegenstände hervor. Ein Dolch fiel klirrend auf Gestein. Rator drückte kräftiger zu. Der Mann ächzte mühsam, einen Augenblick später schlugen zwei Flintsteine gegeneinander. Beim dritten Versuch entzündete sich der Docht einer kleinen Öllampe.

»Ist die Maid auch noch so hässlich, lösch das Licht, das ist verlässlich«, sagte der Mann, dessen Gesicht vom ersten flackernden Schein erhellt wurde.

»Ihr?«, rief der Mann wenig begeistert aus.

»Rator kennen Gesicht von Hüttenbauer«, erwiderte Rator. »Hüttenbauer Anführer von Schiff fahren Wasserzahn.«

»Wir nennen uns nicht Anführer, sondern Kapitäne«, erklärte

Londor. »Momentan wäre es mir lieber, mein Gesicht würde in einem Pferdehintern stecken, statt dass eine wild gewordene Horde Barbaren meinen Hintern über ihrem Feuer rösten will. Es tut mir fast leid, dir zu sagen, dass du zu spät kommst, um mein neues Schiff zu versenken. Dein fetter Weggefährte ist dir bereits zuvorgekommen und hat mein Leben das zweite Mal zerstört.«

Rator hatte nicht die leiseste Ahnung, wovon Londor sprach. Sie waren weit weg vom Meer, mitten im Eisland. Was hatte der Kapitän hier zu suchen, und von welchem Weggefährten war die Rede? Wer hatte wen umgebracht? Der Kapitän der Hüttenbauer stand doch vor ihm, kamen sie alle aus dem Reich der Toten?

»Londor gesehen Kruzmak?«, fragte Rator.

Kapitän Londor schien einen Augenblick nachzudenken. Dann schüttelte er energisch den Kopf.

»Kruzmak? Nein, der ist nicht dabei. Dieser Einäugige ist hier und einige Ogerfrauen, dazu noch etliche weitere eures Volkes, alle mit kurzen unaussprechlichen Namen, die sich anhören, als ob ein Betrunkener sich im Hinterhof erbricht – und eben dieser Mogda.«

»Mogda hier bei Kapitän?«, fragte Rator.

Von oben stiegen weitere Zwerge die Kette hinab. Über ihnen zeigte sich die Silhouette eines Ogerkriegers, der darauf wartete, dass die Bleichen ihm Platz machten.

Londor sah bedrückt zu Boden. Die Zwerge liefen an ihm vorbei, ohne die beiden weiter zu beachten.

»Herr Mogda ist tot«, offenbarte Kapitän Londor. »Er hat versucht dieses Artefakt zu finden, mit dem man die Götter erwecken kann. Als er zurückkam, durchbohrte ihn ein Speer, und er stürzte unweit von hier in den Spalt.«

Rator hatte befürchtet, dass so etwas geschehen würde. Er hatte Mogda als einen Freund kennen gelernt, auch wenn der Ton zwischen ihnen nicht immer herzlich gewesen war. Lange Zeit waren sie gemeinsam mit Cindiel durch das Land gereist und hatten versucht die Oger aus der Sklaverei und Kriegsknechtschaft zu befreien. Mogda war in vielen Angelegenheiten, die Oger und Menschen betraf, die treibende Kraft gewesen. Sein hohes Maß an Intelligenz hatte ihn für diese Aufgaben bestimmt. Die Götter hatten ihn für ihre Dienste im Ränkespiel benutzt, doch Rator hatte stets bezweifelt, dass er diesen Aufgaben auch gerecht werden konnte. Mogda war unumstritten der klügste Oger, den das Land oder die Götter je hervorgebracht hatten, doch seine mangelnde Kampferfahrung musste ihm irgendwann zum Verhängnis werden. Nicht ohne Grund hatte Tabal die Kriegsoger zu ihren persönlichen Abgesandten gemacht. Vielleicht war es für Mogda an der Zeit gewesen, die Zügel aus der Hand zu geben. Dennoch hätte sich Rator ein anderes Ende für seinen Freund gewünscht.

»Mogda gefunden Artefakte von Tabal?«

Londor zuckte mit den Achseln.

»Wie bei den Göttern soll ich das wissen? Soweit ich verstanden habe, waren zwei von ihnen seit jeher im Besitz der Oger. Zum einen das Schwert mit den magischen Runen, das Mogda bei sich führte – das Schwert aus Wasserzahn, das ihm von den Ettins gegeben wurde. Dann war da noch so ein schwarzer Kristallsplitter. Sah für mich aus wie ein Stück Onyx, doch Herr Mogda hat immer ein großes Geheimnis darum gemacht. Soweit ich verstanden habe, ist er in die Nordlande gereist, um Suul zu finden. Sie soll eine Königin sein. In ihrem Besitz befindet oder befand sich das dritte Artefakt – ein Schild. Als Mogda hinabstürzte, hielt er einen Schild in Händen. Es sah aus wie mit Leder bespannt und mit Zacken darauf. Genau konnte ich ihn aber nicht sehen, ich war damit beschäftigt, mir diese Wilden vom Hals zu halten. Wenn du mich fragst, ist diese alte Prophezeiung nichts weiter als irgendeine Geschichte, damit irgendjemand hinter ihr herläuft und glaubt, alles wird gut werden. Ich sage dir, die Götter haben uns verlassen, weil wir so leichtgläubig sind und auf jedes Geschwätz hören, das alte Frauen in den Gassen der Städte vor sich hinbrabbeln. Wir sind es nicht wert, ihre Gunst zu erhalten.«

»Wo Rator finden Mogda?«, schnaubte der Kriegsoger.

Kapitän Londor reckte den Kopf seitlich an Rator vorbei. Der Schein seiner Öllampe reichte nicht aus, um bis dorthin zu leuchten, wo er Mogdas Leichnam vermutete. Ein Blick nach oben half seiner Orientierung.

»Er müsste dort, keine zwanzig Schritt hinter dir aufgeschlagen sein. Ich gehe einfach mal davon aus, er ist gerade hinuntergefallen. Flügel schien er nicht zu haben, und wenn er nicht getrödelt hat, war er auf jeden Fall schneller als ich.«

Rator verstand die Anspielung nicht. Außerdem wollte er nicht zusammen mit dem Kapitän über den Tod seines Freundes lachen. Auch Londor hatte dies verstanden und übernahm wortlos die Führung.

Wie Kapitän Londor vermutet hatte, lag Mogdas Körper nahe der Felswand. Seine Verletzungen ließen darauf schließen, dass er mehrfach gegen die schroffen Felsen geschlagen sein musste. Sein Arm war mehrfach gebrochen, Kopf, Arme und Beine mit Schürfwunden übersät. Der Bronzespeer hatte sich beim Aufprall mehrfach verbogen und umwickelte seine Brust fast wie eine schmale goldene Schärpe. Unter ihm hatte sich eine Blutlache gebildet, die nur langsam zwischen Fels und Sand versickern wollte. Auffällig war, dass er immer noch Schild und Schwert in der Hand hielt.

Rator kniete sich neben die Leiche seines Freundes. Trotz der zahlreichen Verletzungen sah er so ruhig und zufrieden aus, zufriedener, als er im Leben gewirkt hatte. Rator erkannte den Schild als das, was er war: die Schuppe eines alten schwarzen Drachen. Rator streckte die Hand aus, um das Artefakt zu berühren, doch bevor seine Finger über den matten dunklen Glanz streichen konnten, riss jemand an seiner Kette und schleifte ihn zurück. Rator fiel vornüber und schlug mit dem Kopf auf einen Felsen. Die scharfkantigen Steine schürften ihm die Haut an den Ellenbogen ab, und der Ring um seinen Fuß schnitt sich tief in seinen Knöchel. Rator drehte sich auf den Rücken, um seinem Feind entgegenzublicken. Die Kette und er selbst wurden mit einer Leichtigkeit gezogen, dass Rator davon ausging, einer der Riesen hätte ihn in den Fängen. Er riss seine Axt in die Höhe und hielt sie schützend vor die Brust, gewappnet, eine acht Fuß lange Klinge abzuwehren oder was ihn sonst erwarten mochte. Da fiel ihm auf, dass etwas nicht stimmte. Keiner der Zwerge schrie oder versuchte den Widersacher anzugreifen. Niemals wäre ein Riese unbemerkt zu ihnen hinabgestiegen, ohne ein heilloses Gemetzel anzurichten. Plötzlich fiel die Kette zu Boden, und aus der Dunkelheit der Felsen löste sich eine Gestalt.

Rator stemmte die Füße gegen den Boden, um besseren Halt zu finden. Die Zeit, um aufzustehen, ohne seine Deckung zu verlieren und sich seinem Gegner von Angesicht zu Angesicht zu stellen, war bereits verstrichen. Außerdem sprach die Leichtigkeit, mit der er Rator von den Beinen geholt hatte, dafür, dass sein Gegner dies jederzeit wiederholen konnte.

Der bedrohlich erscheinende Umriss sprang mit einem Satz auf den am Boden liegenden Kriegsoger zu. Rator wollte mit der Axt zum Schlag ausholen, doch sein Gegner war schneller. Mit dem Fuß trat er auf den Stiel der Waffe und presste ihn zurück auf Rators Brustkorb.

»Oger töten niemals Oger«, grollte der Hüne.

Erst jetzt erkannte Rator seinen Kriegsgefährten. Dessen Haar war ergraut, die Haut schimmerte unnatürlich hell, und die Schichten an Kleidung und Rüstungsteilen ließen ihn bulliger erscheinen, als er in Wirklichkeit war. Eines jedoch war geblieben und machte ihn unverkennbar für jeden – der schwarze Stein in seiner Augenhöhle.

»Hagmu«, stieß Rator hervor. »Mogda finden Artefakte von Tabal. Zeit für Tabals Fluch kommen.«

Hagmu beachtete seinen Kameraden nicht weiter. Er stieß sich mit dem Fuß ab, presste Rator damit die verbliebene Luft aus dem Brustkorb und sprang über ihn hinweg. Knurrend stapfte er auf Kapitän Londor zu, der mit seiner Öllampe bewaffnet die Stellung hielt, wobei es mehr aussah, als ob er vor Angst erstarrt war.

»Ihr habt mein Schiff gekapert, zugelassen, dass diese Wilden es versenkt und mich und meine Männer in diese trostlose Eiswüste verschleppt haben, wo wir uns nun in einem tiefen Erdspalt vor zehntausend menschenfressenden Berserkern verstecken müssen. Ihr könnt mich nicht dafür verantwortlich machen, dass ...«

Hagmu stieß ihn mit einer Handbewegung beiseite, und der alte Seebär landete auf dem Hosenboden. Die Öllampe geriet zu dicht an seinen Bart und setzte ihn binnen eines Herzschlages in Brand. Panisch klopfte Londor in seinem Gesicht herum, um die Flammen zu ersticken.

»Das ist der Grund, warum die Götter dafür gesorgt haben, dass Zwerge im Dunkeln sehen können«, rief einer der Bleichen aus der Dunkelheit heraus.

»Sie hätten dafür sorgen sollen, dass unser Fleisch so zäh ist, dass die Barbaren daran ersticken«, fügte ein anderer mit einem traurig klingenden Lachen hinzu.

Londor beachtete sie nicht weiter, genauso wenig wie Hagmu. Der Kriegsoger ging in die Hocke und ergriff Mogdas Leichnam. Er packte ihn unter Armen und Beinen und hievte ihn in die Höhe. Nur sein keuchender Atmen verriet, wie schwer er an der Last zu tragen hatte.

Mogda schien nur unwesentlich kleiner und leichter zu sein als Hagmu, und zusammen mit der Ausrüstung und den Waffen wog jeder von ihnen sicherlich so viel wie ein ausgewachsener Bulle. Bei jedem Schritt hörte man das Knirschen von Kieseln unter Hagmus Füßen. Unbeirrt marschierte er auf den schmalen hellen Spalt zu, der zur Höhle führte, aus der Rator gekommen war. Er lief langsam und sicher voran, als ob er sein ganzes Leben hier unten verbracht hätte.

Rator kam keuchend auf die Füße. Er griff nach Londor und zog ihn mit sich. Der Kapitän leuchtete den Weg aus. Lang wanderten ihre Schatten die felsigen Wände hinauf, während immer noch Zwerge die riesigen Kettenglieder hinab in den Riss kletterten. Sie folgten Hagmu zurück in die Höhle. Der Kriegsoger hatte bereits das zweite Podest erreicht, passierte den brennenden Tümpel und hielt auf den aus Stein gemeißelten Thron zu. Rator raffte hinter sich die Kette zusammen, damit sie sich nicht wieder hinter einem der Felsen verhakte und ihn zum Stolpern brachte. Zwei Dutzend Zwerge hatten sich bereits auf dem untersten Podest versammelt und wandten den Blick zur Höhlendecke.

»Lasst den Korb herunter, unser Rückweg ist abgeschnitten«, rief einer der Bärtigen. Ein anderer schwenkte eine Fackel, um auf sich aufmerksam zu machen. Rator hätte ihnen sagen können, dass es wenig Aussicht auf Erfolg gab, solange die Luke an der Höhlendecke verschlossen war. Niemand konnte sie sehen, und niemand würde sie hören. Er unterließ es; solange die Bleichen dort standen und sich Hoffnungen machten zu entkommen, waren sie beschäftigt und kamen ihm nicht in die Quere.

Hagmu erreichte den Thron und legte Mogda davor ab. Er schritt über ihn hinweg und ließ sich in den Herrschersitz fallen. Mit grimmiger Miene blickte er sich um, ohne dabei merklich bei irgendetwas zu verharren. Selbst über Rator schien er hinwegzusehen. Die kleine blaue Flamme aus dem brennenden Pechtümpel reflektierte in dem schwarzen Stein in seiner Augenhöhle und gab ihm ein dämonisches Aussehen. Er beugte sich vor und lehnte sich über Mogdas zerschundenen Körper, zerfetzte das blutverschmierte Hemd seines toten Kameraden, ergriff eine Kette um Mogdas Hals und riss sie ab. Gierig betrachtete er den Anhänger, befand ihn als wertlos und warf ihn achtlos weg. Er beugte sich abermals vor und begann von neuem zu suchen.

Rator konnte es nicht fassen. Dort oben drohte ein Krieg, die Ankunft Tabals stand bevor, und Hagmu durchsuchte die Habseligkeiten eines Toten. Kriegsoger fledderten und schändeten nicht, diese wenig ehrenvolle Aufgabe gebührte den Goblins oder andern Aaskriechern. Hatte Hagmu den Verstand verloren, oder wollte er nur in den Besitz der Artefakte gelangen? Vielleicht fühlte er sich als der Auserwählte? Rator konnte nicht zulassen, dass er Schwert und Schild an sich nahm. Falls er die Artefakte in Händen hielt und sich entschloss, die anderen wären ihm im Wege, dürfte es schwierig werden, ihn zur Besinnung zu bringen, ohne dabei eine Halle von Toten zurückzulassen. Tabals Ankunft stand vielleicht direkt bevor, ihm zu erklären, warum sein Thronsaal voller Leichen und Körperteile lag, dürfte schwierig werden. In den Überlieferungen, die von dem Herrn des Chaos sprachen, war niemals die Rede davon, dass Tabal sonderlich verständnisvoll war oder es als Ehrung verstand, wenn sich sein Volk gegenseitig dahinmetzelte.

Rator blickte sich nach Unterstützung um.

Oger tötet niemals Oger.

Die Bleichen suchten ihr Heil in der Flucht, sie zu überzeugen, Hagmu von seinem Vorhaben abzubringen, versprach wenig Aussicht auf Erfolg. Übrig blieb Kapitän Londor. Den alten Seebären bewaffnet mit einer Öllampe auf Hagmu loszulassen würde einer Opferung gleichkommen. Außerdem verriet der Blick des Kapitäns, dass er sich lieber mit seinem Schiff hätte versenken lassen, als von einem Kriegsoger mit einer lässigen Handbewegung in den Fels gestampft zu werden.

Rator umklammerte den Stiel seiner Axt, der Waffe, mit der er bereits Kruzmak getötet hatte. Das Klirren seiner Kette verriet ihn, doch Hagmu schien zu beschäftigt, um sein Näherkommen zu bemerken. Die Klinge der Axt stieg in die Höhe, doch bevor er seine tödliche Attacke beenden konnte, packte eine grobe, kräftige Hand sein Gelenk und hielt ihn zurück.

»Nicht vergießen Blut von Oger. Hagmu kennen Geheimnis von Tabal.«

Rator fuhr herum und wollte sich losreißen. Er drehte seinen Arm, ließ den Axtstiel durch die Finger gleiten, packte die Klinge am Griff und hielt sie seinem Widersacher entgegen. Die schartige Schneide zeigte auf das Gesicht der Ogerfrau. Rator blickte in die traurige Miene von Bralba.

»Bralba kämpfen an Seite von Hagmu?«, fragte Rator verwirrt. »Wieso kommen an Ort, wo Tabal betreten Welt?«

»Mogda Oger geführt«, antwortete sie. »Hagmu auch Teil von Prophezeiung, genau wie Rator. Hagmus Wissen Prophezeiung. Tabal gesprochen zu Hagmu. Hagmu gemalt mit Weisheit, Rator können sehen.«

Natürlich hatte Rator gesehen, dass Hagmus Haar ergraut war und die Haut einen matten weißen Schimmer besaß, doch bezweifelte er, dass die Hüttenbauer, wenn sie von Weisheit sprachen, eine Farbe meinten. Nichtsdestotrotz hätte er ihr nicht widersprechen können. Sie war Kruzmaks Gefährtin oder hätte es vielleicht werden sollen. Sie hatte Kruzmak am nächsten gestanden, und Rator hatte ihn getötet. Natürlich wusste sie, was im Elfenwald passiert war. Hagmu hatte es ihr sicherlich erzählt. Rator fühlte sich ihr gegenüber schuldig.

Er nickte stumm und schaute zurück auf Hagmu. Der Kriegsoger schien gefunden zu haben, wonach er suchte. Mit Gewalt riss er den Lederbeutel von Mogdas Gürtel, wog ihn einen Moment in seiner Hand. Das gesunde Auge kniff er zusammen, als ob er durch die Tierhaut hindurchblicken könnte. Er packte den Beutel an der Naht und riss ihn auseinander. Der schwarze Kristall fiel auf Mogdas blutverschmierte Brust. Rator erkannte den Stein wieder, es war derselbe, den Mogda Gnunt gegeben hatte, als Andenken für den Kampf gegen Eliah. Hagmu griff sich den Splitter und hielt ihn hoch. Der schwarze Stein in seiner Augenhöhle schien zu funkeln. Nicht nur die blaue Flamme reflektierte sich darin, es war noch etwas anderes. Tränen quollen zwischen Fleisch und Stein aus Hagmus Augenhöhle. Tränen, die aussahen, als ob sie aus purem Licht bestünden. Hagmus Faust umklammerte den schwarzen Stein, dann stieß er ihn hinab.

Rators Herz setzte einen Moment aus, als ob es seine Brust war, die von dem Splitter durchbohrt wurde. Er starrte auf Mogdas Leichnam. Der Splitter steckte tief in dessen Brust, dort, wo früher sein Herz schlug. Hagmu wich keuchend zurück, hielt sich an der Lehne des Throns fest und kniete daneben, den Blick zu Boden gerichtet.

Der Splitter in Mogdas Brust versackte langsam, wie ein Stein, den man ins Moor warf. Nach einem Augenblick war nichts mehr von ihm übrig als ein schwarzer Fleck auf der Brust. An der Stelle, wo der verbogene Bronzespeer aus seinem Körper ragte, zischte und brodelte es. Blut vermischte sich mit flüssigem Metall. Beißender Geruch stieg Rator in die Nase. Der Schaft des Speeres neigte sich und fiel klirrend zu Boden. Die flüssig gewordene Bronze versickerte in der Wunde und wurde von dem schwarzrot geronnenen Blut übertüncht. Knochen barsten im Körper seines Freundes, Schnitte und Schürfwunden schlossen sich. Der schwarze Fleck auf seinem Herz, der von dem schwarzen Splitter übrig geblieben war, verformte sich, zog sich in die Länge, teilte sich wie die Triebe einer jungen Pflanze und wucherte über den Körper. Von Zeit zu Zeit drangen sie in den Körper ein, um sich an anderer Stelle wieder herauszuwinden. Blut ergoss sich über die Linien, färbte einige Teile rot oder vermischte sich mit dem Schwarz. Die Linien schienen den ganzen Körper bedecken zu wollen, sie zierten sogar Mogdas Hals. Eine wanderte unter seinem Kinn entlang, kroch über die Wange und endete plötzlich an der Schläfe. Einige Stellen verblassten wieder, und erst jetzt erkannte Rator, was sie wirklich waren: Runen wie die, die auch er auf dem Köper trug, nur waren sie zahlreicher und in Rot und Schwarz gefärbt. Jeder Kriegsoger trug diese Bemalung, sie war heilig. Nur wurde die an seinem Körper wie auch bei den anderen von einem Orkschamanen tätowiert und war nicht wie bei Mogda durch eine unsichtbare Hand entstanden. Weder er noch seine Kameraden wussten, was die Runen zu bedeuten hatten, für sie waren es nur Zeichen der Zusammengehörigkeit und Symbole Tabals.

Von den zahlreichen Wunden an dem Leichnam war nichts mehr zu sehen, selbst die Prellungen schienen verschwunden. Mogda wirkte, als ob er schlief – bis der Brustkorb sich hob und anschwoll, als ob er platzen wollte. Einen Augenblick lang verharrte er so, dann stieß er seinen Atem zwischen bebenden Nasenflügeln mit einem tiefen Brummen heraus. Sein Mund öffnete sich einen Spalt und gab einen gequälten Laut von sich. Hände und Füße zuckten, suchten Halt auf dem steinigen Boden und ließen ihn zur Seite rollen. Mühsam erhob sich Mogda und schlurfte auf den Thron zu. Er sackte in sich zusammen und ließ sich auf den Herrschersitz fallen wie ein alternder König.

»Mogda sein Tabal«, hörte sich Rator selbst sagen.

43
Die Götter erwachen

Mogdas Glieder schmerzten, doch war es nicht so wie sonst, wenn er vom Kampf geschunden oder nach einem Sturz wieder zur Ruhe kam und sich seine Blessuren besah. Der Schmerz war taub und schien nicht zu ihm zu gehören. Er hatte Schwierigkeiten zu atmen. Etwas steckte in ihm – kalt und eisig. Er würgte und hustete. Scharfkantig schnitt es durch seine Kehle und kroch in seinem Hals nach oben. Er hustete ein letztes Mal, bekam den Fremdkörper in den Mund und spie ihn aus. Klirrend hüpfte der kleine Bronzezylinder auf den Steinen umher und rollte in einen Felsspalt. Mogda erinnerte sich nur noch wie aus einem Traum an den Speer des Riesen, der ihn durchbohrt hatte. Dies schien der Rest davon zu sein.

»Ekelhaft«, stieß er hervor und spuckte zu Boden.

Seine Stimme war tief und dröhnend, schien aus seinen Lungen widerzuhallen und alles um ihn herum zu schlucken. Als er von dem Spalt aufsah, in dem das Bronzestück verschwunden war, fiel sein Blick auf seine Hände. Schwarze und rote Runen zeichneten sie und liefen an den Armen entlang. Er drehte eine Hand hin und her, betrachtete sie, als ob sie zu jemand anderem gehörte, doch die zwei abgetrennten Finger erinnerten ihn an den Kampf mit dem Höhlenbären.

Wo war er, und wie war er hierhergekommen? Seine Erinnerungen tropften zähflüssig wie Honig aus einem Krug. Eine Stimme ließ Mogda aufblicken.

»Tabal betreten Welt von Oger.«

Die Stimme kam Mogda merkwürdig bekannt vor, und als er in Rators Gesicht sah, wusste er, warum er an diesem Ort war. Er hatte die

Artefakte ihres Gottes zusammengetragen und hier zum Riss gebracht. Den Schild hatte er Suul entrissen, einer Ogerfrau – einer Vettel –, die dachte, sie sei eine Göttin. Er hatte sie eines Besseren belehrt.

»Mogda sein Tabal«, sagte Rator voller Ehrfurcht.

Mogda starrte erneut auf seine Hände und wendete sie hin und her. »Ich bin Mogda, ein Oger – kein Gott.«

Erst jetzt nahm er richtig wahr, dass er auf einem steinernen Thron saß, umringt war von Ogern, Menschen und Zwergen, die zu ihm hinaufsahen und stille Gebete abzuhalten schienen.

»Ich bin kein Gott«, wiederholte Mogda. »Ich habe nur mein Schicksal erfüllt – die Prophezeiung, die uns so viele Jahre getrieben hat.« Er überraschte sich selbst dabei, wie er Schild und Schwert betastete und weiter nach dem Beutel mit dem schwarzen Kristall suchte. Plötzlich fiel ihm der zerrissene Beutel zu seinen Füßen auf. Er zeigte mit seinem Finger darauf, fürchtete aber auszusprechen, den Splitter vielleicht verloren zu haben.

»Er steckt in Eurer Brust, Herr Mogda.«

Kapitän Londor trat vor und neigte sein Haupt. Vielleicht hatte Mogda sich an die Anrede gewöhnt, oder aber die Tatsache, dass er einen Stein in der Brust stecken hatte, machte ihn immun gegen die ärgerliche Titulierung. Mogda betrachtete seinen Oberkörper, konnte den Kristall aber nirgends entdecken.

»Er steckt in Eurem Herzen«, erklärte Londor.

Mogda wollte lieber nicht wissen, wie er dahin gelangt war, trotzdem überschattete die Tatsache, einen Stein in der Brust zu tragen, die Freude am Leben zu sein.

»Wenn Mogda nicht Tabal, warum Mogda Runen auf Haut und Augen sehen aus wie Flammen?«, wandte Rator erneut ein.

Mogda selbst fiel noch eine bessere Frage ein: Warum war er nicht tot? Die Sache mit seinen Augen würde sich sicherlich irgendwann klären, und vielleicht ließen sich auch die Runen wieder abwaschen, doch was sein Leben betraf, würde er es gern noch etwas fortsetzen.

»Vielleicht soll es so sein. Vielleicht hat Tabal niemals beabsichtigt, diese Welt zu betreten. Die Prophezeiung war niemals eindeutig. Jeder hat sie sich zurechtgelegt, wie er sie haben wollte. Ich auf jeden Fall bin …«

»… der Gesandte Nassfals, des Herrn des Chaos, dem Bezwinger der Ordnung und der Sohn des Gottes Tabals. Ihr seid der Erwecker der Götter«, rief einer der Bleichen aus. Vierzig oder fünfzig dieser hellhäutigen Zwergenkrieger hatten sich mittlerweile in der Höhle versammelt und neigten nun alle gleichzeitig die Köpfe. Früher hatten die Hüttenbauer ihn Vieh geschimpft, das war sicherlich nicht nett gewesen war, doch im Moment wäre es ihm wesentlich lieber gewesen.

»Kapitän Londor«, flehte Mogda, »sagt ihnen, wer ich bin.«

Der Kapitän öffnete und schloss den Mund mehrfach, eine Reaktion, die man nur selten bei diesem Mann zu sehen bekam.

»Ihr seid Herr Mogda – der Berührte eines Gottes, sein Gesandter auf Erden.«

Mogda verspürte den Wunsch, ein weiteres Schiff des Mannes zu versenken, doch solange der keines besaß, würde auch ein wenig Rumschreien helfen.

»Ich bin nicht der, den ihr erwartet«, brüllte er. »Tabal hat mir das Leben geschenkt, weil ich die Artefakte gebracht habe, mehr nicht.«

»Ihr seid der, den wir erwartet haben, und Ihr seid alles, was wir bekommen werden«, hallte eine Stimme von der Höhlendecke herunter.

Mogda wandte den Blick nach oben. Ein eiserner Käfig wurde heruntergelassen, quietschend und knarrend sank er Fuß um Fuß herab. In seinem Inneren klammerten sich zwei Bleiche an die Stäbe und versuchten trotz der ruckhaften Bewegungen auf den Füßen zu bleiben. Bralba und Rator eilten dem Zwinger entgegen und packten ihn, sobald er in Reichweite war. Rator stemmte den Käfig vorsichtig auf die Seite und öffnete das Gatter. Zum Vorschein kamen König Arbalosch und Trumbadin. Auf etwas unsicheren Beinen wankten sie dem Thron entgegen.

»Trumbadin, wie habt ihr es so schnell hierher geschafft?«, rief Mogda verblüfft.

»Ich habe mich beeilt«, erwiderte der Zwerg stolz. »Dachtet Ihr, ich würde die Ankunft des Gesandten verpassen wollen? Sie alle haben mit dem, was sie sagen, Recht. Ihr seid ein Berührter, der Sohn eines Gottes, der Überbringer einer Botschaft. Seht Euch an, seht Eure Haut, seht Eure Augen in einem Spiegel an, sie alle sagen dasselbe. Ihr seid die Prophezeiung. Zieht das Runenschwert und legt den Schild an, dann erhebt Euch, und Ihr werdet wissen, wovon ich spreche.«

Mogda hatte keine Lust mehr, ständig zu widersprechen, wenn man ihm immer andere Namen gab. Die Liste mit Namen, die man ihm im Laufe der Zeit gegeben hatte, wäre länger gewesen als die Liste in dem Buch von Meister Trebor, in dem alle Kreaturen Nelbors verzeichnet waren. Was konnte noch geschehen? Wo sich alle so sicher waren, was er zu tun hatte und was er zu sein schien, würde es nur wenig ausmachen, wenn er tat, was sie von ihm verlangten. Er erhob sich von dem Thron, packte den Schild und zog die Runenklinge aus der Scheide.

Er hörte keine Stimme, die zu ihm sprach. Auch durchflutete ihn nicht ein einziger göttlicher Gedanke, und zum Glück traf ihn auch kein Blitz. Dennoch wusste er plötzlich, was zu tun war. Er würde die Götter wieder erwecken.

»Lass uns zurück an die Oberfläche, wir haben einen Krieg zu gewinnen«, dröhnte er.

Betretenes Schweigen war die Antwort. Alle Häupter senkten sich, die Mutlosigkeit war ihnen anzumerken. Allein Rator blickte ihn an, zeigte wie immer keinerlei Gefühlsregung.

»Was ist mit euch?«, grollte Mogda.

»Fast mein ganzes Heer steht an den Toren unserer Feste«, erklärte König Arbalosch. »Die Barbaren belagern den Haupteingang mit fast viertausend Kriegern. Wir selbst zählen nicht mehr als dreitausend Bewaffnete. Selbst wenn wir es schaffen sollten, ihre Vorhut zu durchbrechen, würdet Ihr nur wenig Verstärkung erhalten.«

»Dort oben haben sich mehr als zehntausend Wilde versammelt«, rief Londor dazwischen. »Wie können wir da hoffen, die Schlacht zu gewinnen?«

»Schaut mir in die Augen«, brüllte Mogda ihnen zu. »Ihr habt gesagt, sie funkeln wie die eines Gottes, trotzdem glotzt ihr mir alle auf die Füße. Glaubt mir, sie riechen schlimmer, als sie aussehen. Sie tragen den Geruch von Wüste, Eis, Feuer, Wasser und zerstampfter Erde. Auf ihnen habe ich dieses Land und ganz Nelbor mehrfach durchquert. Wenn ihr glaubt, dass ich jetzt auf ihnen einfach wieder zurückkehre, habt ihr euch getäuscht. Ich bin gekommen, um einen Krieg zu führen, und das werde ich jetzt tun. Ich werde so lange auf meinen Füßen stehen und kämpfen, bis sie wenigstens ein bisschen nach Gott riechen. Dies ist nicht euer Krieg, dies ist der Krieg der Oger. Sechzig Oger gegen zehntausend Barbaren hört sich nicht gerecht an, aber glaubt mir, wir werden unseren Feinden die Möglichkeit bieten, rechtzeitig aufzugeben.«

Ein Knacken, so laut wie das Bersten einer Lanze, erfüllte die Halle, und alle Umstehenden blickten sich fragend um. Rator ließ sich auf ein Knie nieder und hob die Kette auf, an die er gefesselt gewesen war. Das Eisen um sein Gelenk war geborsten und hatte ihn freigegeben. Er hob sie hoch und reckte sie König Arbalosch entgegen.

»Rator gehen in ewige Schlacht«, knurrte er.

»Zeigen wir den Wilden, wie unser Stahl schmeckt«, rief Mogda und trat vom Podest.

Zögerlich folgten ihm die anderen. Auch König Arbalosch und Trumbadin zogen ihre Hämmer aus den Schlaufen und reihten sich in die Prozession ein. Trumbadin befand sich direkt hinter ihm, als Mogda den ersten Ring der steinernen Kette umklammerte.

»Wie wollt ihr die Götter erwecken?«, fragte er.

»Manchmal kann allein das Fällen einer Entscheidung viel lauter sein als die Schreie und das Lärmen eines ganzen Volkes. So laut, dass es selbst Götter aus dem Schlaf reißt.«

Es schien eine halbe Unendlichkeit zu dauern, bis Mogda den ersten Schnee zwischen den Fingern spürte und das letzte Glied hinaufstieg. Er war kein bisschen erschöpft, im Gegenteil, mit jedem Meter, den er hinaufgestiegen war, schien seine Kraft zuzunehmen. Was ihn jedoch am meisten erleichterte, war die Tatsache, dass ihm während der ganzen Kletterpartie nicht ein einziges Mal Selbstzweifel gequält hatten. Noch vor wenigen Stunden hatten Gedanken jeden seiner Schritte getrübt, doch sie waren fortgespült worden, wie die Wüste, aus der er gekommen war.

Noch immer verteidigte ein Großteil der Oger und Zwerge den Abstieg zum Riss. Die Bleichen hatten einen breiten, halbkreisförmigen Teppich aus Feuer gelegt, um das Heer von Barbaren zurückzuhalten. Zwei der Eissegler standen bereits in Flammen, und von den Bären lebte nur noch ein einziger, aus dessen Hinterteil bereits zwei Pfeile ragten. Das Tier stand auf den Hinterbeinen und drohte jedem, der ihm zu nahe kam, brüllend mit den Pranken. Etwa ein Drittel der Zwerge war gefallen, und Mogda sah drei Oger am Rand des Risses liegen, dazu einen weiteren, der verkohlt neben einem brennenden Schiff lag. Das Heer der Barbaren und die Frostriesen beschränkten sich weiterhin darauf, ihre Feinde nur einzukreisen und von Zeit zu Zeit ihre Speere zu werfen oder ein paar Bolzen und Pfeile zu verschießen.

»Zwerge nicht wollen gehen in Erde«, berichtete der fette Galok. »Zwerge bleiben bei Zwerge verwundet. Zwerg verwundet kann nicht klettern Erde.«

Er zeigte auf eine kleine Gruppe von Bleichen, die hinter einem Eissegler in Deckung saßen. Die meisten von ihnen waren von Pfeilen getroffen worden, aber Mogda konnte auch Schwertwunden erkennen. Galok war außer Atem und keuchte, weil sich der beißende Nebel in seinen Lungen festgesetzt hatte. Er beschränkte sich darauf, Eis und Felsen vom Rand des Risses herauszubrechen und auf die Feinde zu schleudern. Als Galok sich die Tränen aus den geschwollenen Augen wischte, wich er erschrocken zurück.

»Mogda sein ... sein ...«, stammelte er.

»Ja, ich weiß«, sagte Mogda, »ich habe die Füße eines Gottes oder so. Mach dir nichts daraus, unten haben sie bestimmt noch ein paar passendere Ohren.«

Mogda ließ den Oger gaffend zurück. Er lief zu einem der Eissegler hinüber und betrachtete einen Moment lang schweigend das Heer der Barbaren. Mittlerweile hatten sich alle um sie herum versammelt. Nur die vordersten Linien waren im Kampfgeschehen. Sie schleuderten Speere, warfen Steine und schossen ihre Bögen ab, doch die meisten ihrer Angriffe fielen dem gelben Qualm zum Opfer. Von zehntausend Kriegern waren höchstens fünf- bis sechshundert in Kampfesstimmung, nämlich genau die, die darauf hoffen konnten, sich wenigstens einem ihrer hoffnungslos unterlegenen Feinde stellen zu können. Der Rest machte den Eindruck eines gigantischen Heerlagers. Einzelne Lagerfeuer brannten zwischen ihnen. Andere versammelten sich in Gruppen und versuchten sich gegenseitig durch Kriegsgebrüll anzuheizen.

Zwischen den ganzen barbarischen Kriegern stachen immer wieder große zottelige Reittiere heraus. Ihr graues Fell hing fast bis zum Boden und verdeckte ihre Beine. Zwei gewaltige Hörner stachen aus ihrer Stirn, die drohten, jeden, der ihnen zu nahe kam, aufzuspießen. Auf ihren Rücken lagen breite lederne Sättel, die fast wie Stühle geformt waren. Darauf saßen bullige Krieger in schweren Rüstungen und mit aufwendig geformten Helmen. Die Barbaren um sie herum riefen ihnen lobpreisende Worte zu und neigten ihre Häupter tief, wenn der Gruß erwidert wurde.

»Sie fürchten das Feuer«, sagte eine Stimme hinter Mogda.

Mogda drehte sich um und sah zu Trumbadin. Der Maester der Bleichen hielt seinen Kriegshammer fest umklammert.

»Sie fürchten sich vor nichts«, erwiderte Mogda. »Sie sind nur zu viele, um den Kampf gegen uns wenige zu schmecken. Sie sind gelangweilt und wiegen sich in Sicherheit. Nur das Töten eines Feindes bringt ihr Blut in Wallung, doch sie können sich ausrechnen, dass nur jeder hundertste sein Schwert oder seine Axt gegen einen von uns treiben kann. Sie versprechen sich von dem Kampf nicht mehr als ein sättigendes Mahl.

Was sind das für Krieger, die auf den langhaarigen Kühen reiten?«

»Büffel«, erklärte Trumbadin.

»Ist ein Büffel so etwas wie ein Zauberer?«

»Nein«, berichtigte sich Trumbadin. »Die Reittiere heißen Büffel. Die Männer, die auf ihnen reiten, sind ihre Clanführer, so etwas wie Häuptlinge.«

»Wie schmecken die?«, erkundigte sich Mogda.

»Die Häuptlinge?«

»Nein, die Büffel natürlich.«

Trumbadin atmete erleichtert aus. »Gut, glaube ich, etwa so wie Rindfleisch«, erklärte er.

»Mogda haben Plan?«, erkundigte sich Rator, der ebenfalls das Heer beobachtete.

»Natürlich«, gab Mogda zurück. »Siehst du den Büffel dort?« Er zeigte auf eines der Tiere, das recht weit hinten im Feld stand und von zwei Riesen geführt wurde.

Rator nickte grinsend.

»Ich will ihn haben und sehen, ob er wirklich zart und saftig ist. Du solltest dir übrigens auch einen holen und vielleicht einen Dritten, um zu sehen, ob man ihn pökeln kann. Vielleicht wollen die anderen auch einen?«

Rator lachte grunzend auf.

»Rator rufen Oger zur Schlacht – zur ewigen Schlacht.«

Während der Kriegsoger seine Kameraden um sich versammelte, zog Mogda Trumbadin zu sich heran.

»Ihr haltet hier die Stellung«, befahl er ihm. »Ihr beschützt den Kapitän und seine Mannschaft. Ich brauche ihn vielleicht noch. Außerdem passt ihr auf König Arbalosch auf. Könige sehen nur gut aus und überschätzen sich oft. Ich will nicht, dass er getötet wird. Ein toter König ist schlecht für die Moral. Habt Ihr verstanden?«

Trumbadin nickte.

»Dann geht und bewaffnet euch mit euren Armbrüsten. Ach noch etwas – ich will auch Euch lebend wieder sehen.«

Trumbadin rang sich ein Lächeln ab. Dann drehte er sich um und lief zu seinem König, er hielt jedoch noch einmal inne und drehte sich um, bevor er seine Anweisungen weitergab.

Rator hatte alle verbliebenen Oger um sich versammelt. Jeder von ihnen war so kampfbereit, wie man es sein konnte. Gortolk streckte seine beiden Äxte in die Höhe, und Bralba riss ihren Speer hoch. Alles in allem waren sie einundfünfzig der besten Krieger ihres Volkes.

Der gelbe beißende Qualm lag zwischen ihnen wie eine Mauer. Ein Heer von zehntausend Barbaren lag vor ihnen, darauf wartend, die wenigen Feinde weiter zu bedrängen und ihnen durch ihre Übermacht den Garaus zu machen. Sie fühlten sich als Armee, als eine Streitmacht und nicht als das, was sie waren – berserkerhafte, einzelgängerische Krieger, die nach Blut dürsteten. Nur die wenigsten von ihnen konnten darauf hoffen, sich mit einem Feind im Zweikampf zu messen. So taten sie das, was Krieger taten, wenn der Krieg noch in weiter Ferne schien – sie tranken, grölten und brüsteten sich mit den Schlachten vergangener Tage. Der Durst nach ihrem blutigen Handwerk verebbte, und die Aussicht auf einen heroischen Kampf mit kühnen Taten, die sie abends am Lagerfeuer ihren Kindern erzählen konnten, war dahingegangen – dachten sie zumindest.

In Dreierreihen fielen die Oger über sie her. Mogda, Rator und Hagmu bildeten die Spitze, gefolgt von ihren Kameraden. Keiner der Barbaren hatte sie kommen sehen, bevor die Kampfkolosse aus dem Qualm hervorsprangen. Mogda stürmte mit ihnen über die schwelenden Reste eines Eisseglers hinweg, durchdrang die Wand aus gelbem Rauch und war direkt unter ihnen. Er hatte nicht vor, die Krieger zu blocken, sie zurückzudrängen oder sich auf breiter Front gegen sie zu stellen, er wollte in sie hineinfahren wie ein Blitz in eine Wolke. Die Barbaren kannten bislang nur zwei Arten von Gefechten. Entweder stellten sie sich einfachem Bauernvolk, das kaum Gegenwehr leistete und sich zusammentreiben ließ wie Vieh. Oder ihre Gegner waren ausgebildete Krieger, eine Armee, wie man sie von den Bleichen kannte und den Truppen, die König Wigold in ihr Land geführt hatte. Mogda wollte ihnen zeigen, wie Krieger kämpften, die jeder für sich eine eigene Armee darstellten.

»Stürmt in sie hinein«, hatte Mogda seinen Kameraden befohlen. »Haltet euch nicht mit Zweikämpfen auf. Ihr Blutdurst erwacht schnell, und wenn das geschieht, seht ihr euch nicht mehr einfach nur Hüttenbauern mit Äxten gegenüber, sondern wilden Kriegern, deren Lebenswillen kaum zu ersticken ist.«

Mogda erinnerte sich mit unbehaglichem Gefühl an den Krieger, den er in den Bergen in seiner Höhle getötet hatte. Der Barbar schien von seinem eigenen Kampf und dem Tod seines Feindes besessen gewesen zu sein. Je wilder der Kampf tobte, desto mehr Kräfte schien der Barbar zu mobilisieren.

»Haltet Abstand zueinander. Kämpft nicht in derselben Bresche wie euer Vordermann, und zielt auf die ab, die unbeteiligt aussehen. Bleibt ständig in Bewegung. Wenn ein Feind nicht beim ersten Streich fällt, wendet euch einem anderen zu. Diese Krieger sind wie Feuer, wenn man zu lange in ihrer Nähe ist, verbrennt man sich.«

Mogda fuhr mit der Hand durch die Flammen eines brennenden und umgestürzten Mastes eines Eisseglers. Seine Hand bewegte sich in den Flammen hin und her, ohne Verbrennungen zu erleiden.

Der dicke Galok machte es ihm nach. Hin und her ließ er seine Hand zwischen den Flammen tanzen.

»Galok nicht brennen«, rief er glücklich aus und drehte sich zu seinen Kameraden um, wobei er vergaß, weiter in Bewegung zu bleiben. Es dauerte dennoch unangenehm lange, bevor er den Schmerz spürte. Mogda roch mittlerweile die verkohlten Haare des Handrückens, gepaart mit dem Duft von Schweinebraten.

»Aua«, war alles, was Galok sagte, als er die Hand zurückzog.

»Immer in Bewegung bleiben«, ermahnte Mogda ihn. »Jeder soll es einmal probieren, bevor es losgeht. Wenn euch das im Gefecht passiert, wird es mehr als eine Brandblase geben.«

Mogdas Kameraden kamen seiner Aufforderung nach. Die meisten von ihnen schienen verstanden zu haben, was er ihnen beibringen wollte, dennoch wurde der Geruch von verbranntem Haar und Schweinebraten immer stärker.

Als Mogda in die erste Reihe von feindlichen Kriegern sprang, musste er sich selbst daran erinnern, nicht zu verweilen und den Feinden nachzusetzen. Er brach mitten in eine Gruppe aus staunenden, aber furchtlosen Gesichtern. Mit dem ersten Hieb trieb er die Klinge seines Runenschwertes durch die Brustkörbe zweier Barbaren gleichzeitig und spießte sie wie Äpfel auf einen Stock auf. Mit dem Schildarm fuhr er herum und schlug einem anderen die stachelbesetzte Schuppe ins Gesicht. Mogda war verwundert, wie leicht die Klinge in seiner Hand lag und wie sie selbst nach einer ungeschützten Stelle an seinen Feinden zu suchen schien. Der Stahl schnitt durch Fell, Leder, Fleisch und Knochen, ohne an Kraft zu verlieren. Mogda zählte in Gedanken die Feinde, die er zu Boden schickte.

»Fünf, sechs.«

Seine Augen wanderten umher und suchten die nächste Lücke, in die er springen konnte.

»Immer in Bewegung bleiben«, ermahnte er sich. »Sieh nicht zurück. Acht, neun.«

Ein nachlässig gestoßener Speer durchbohrte sein Hemd, riss aber nur ein Stoffdreieck heraus, ohne ihn zu verletzen. Zwei grimmige Krieger in Fellen und mit Halbhelm stürmten ihm entgegen und drohten die Lücke zu schließen, in die er vorstoßen wollte. Dem ersten von ihnen trennte er den Arm ab, bevor der seine mächtige Streitaxt auch nur anheben konnte. Den anderen, einen hochgewachsenen, aber schmächtigen Mann, drückte er mit dem Schild beiseite. Die Zacken des Schildes durchbohrten dessen Lunge, und der Krieger hustete Mogda blutigen Speichel entgegen. Im Todeskampf klammerte er sich an dem Drachenschild fest und versuchte die Beine um Mogdas Taille zu schlingen.

»Ich bin zu fett für dich«, brüllte Mogda ihn an und schleuderte den Schildarm mitsamt dem Krieger in die Höhe.

Der Barbar wurde aus seiner Umklammerung gerissen. Er wirbelte durch die Luft und krachte etliche Meter weiter in eines der brennenden Lagerfeuer. Dahinter sah Mogda Rator, der mit ihm auf gleicher

Höhe war. Der Kriegsoger bohrte sich kreisend in die Feinde hinein. Beidhändig führte er seine Axt um sich herum und schraubte sich immer tiefer in die Schar von Kriegern. Seine Bewegung und die breite Klinge seiner vor Blut triefenden Axt schufen eine Art Lichtung, die sich mit ihm zu bewegen schien. Gegner wurden an Brust und Beinen getroffen, durch die Wucht der Schläge in zwei Teile zertrennt oder von den Beinen gerissen und fortgeschleudert.

»Dreizehn, vierzehn, fünfzehn«, zählte Mogda halblaut, während er zusah, wie Rator die Krieger niedermähte wie Schilf und jeden, der unter seiner Klinge hinwegtauchte, mit den Füßen in die Erde zu stampfen drohte.

Mogda hieb links und rechts, ließ seine Klinge kreisen und schuf sich so seine Lücken, in die er treten konnte, um weiter voranzukommen. Der Axthieb eines Gegners ließ ihn kurz innehalten. Die breite Klinge aus Bronze traf seinen Schild mittig. Er spürte, wie die Schneide versuchte sich durch die Schuppe zu bohren und seine Hand vom Arm abzutrennen, doch die Haut des Drachen ließ sich nicht einfach von geschmiedeten Waffen beschädigen. Mit einem Ruck riss er den Schild hoch und entwaffnete den Barbaren. Ein Fußtritt schleuderte den Mann zurück in die Menge seiner Kameraden, wo er den Tod im Schwert eines Freundes fand. Ein dumpfer Hieb traf Mogda am Hals. Er warf sich herum, duckte sich und stieß seine Klinge von unten herauf. Er durchbohrte einen Krieger, der versuchte eine brennende Fackel gegen ihn zu richten.

»Du darfst nicht stehen bleiben«, ermahnte er sich abermals und wirbelte wieder zurück. Er fand keine Zeit, die Wunde an seinem Hals zu befühlen, doch er spürte, wie die Stelle pulsierte.

Mogda wechselte die Richtung. Er stieß sich vom Rücken eines Mannes ab, dem er die Kante des Schildes in den Bauch rammte, und sprang in eine Gruppe von Männern, die das Gemetzel, das hinter ihm lag, ungläubig betrachteten.

»Neunundzwanzig, dreißig«, zählte Mogda, während die zwei Männer vor ihm zu Boden gingen, der eine ohne Arm, der andere ohne Kopf. Mogdas Blick wanderte zur anderen Seite und erspähte Galok. Der üppig beleibte Kriegsoger hatte nicht das Kampfgeschick von Rator und auch nicht die Kraft von Hagmu, dennoch war er im Kampf nicht benachteiligt. Seine Schwächen überdeckte er mit Körpergewicht, genau wie die Leiber seiner Gegner. Einmal am Rennen, war dieser Koloss kaum noch zu stoppen. Mit ausgebreiteten Armen stürmte er durch die Menge der Feinde. Das Schwert hielt er auf Kopfhöhe, mit der anderen Hand verteilte er Faustschläge. Sein Vorsturm kam einer Lawine gleich. Kreuz und quer brach er durch die Reihen von Feinden, hielt auf einen der Frostriesen zu, aber selbst ihm schien klar zu sein, dass er diesen nicht so einfach umwerfen konnte. Er schlug vor dem Riesen einen Haken, riss dabei fünf oder sechs Krieger mit in den Dreck, köpfte zwei von ihnen, indem er sie einfach in seine Klinge laufen ließ, als sie versuchten der Kugel aus Fett und Fleisch zu entkommen, und rannte davon. Mogda erkannte gleich, dass dies ein Fehler war. Die Riesen verströmten mehr Ruhe, als ihm lieb war. Sie sahen die Oger schon von weitem und konnten sich auf ihre Angriffe vorbereiten. Der Frostriese stand bewaffnet mit einem Dreizack in der Menge aus brüllenden Kriegern. Er hielt seine Waffe zum Stoß bereit wie einer der Flussfischer, die Mogda in der Nähe von Osberg beobachtet hatte. Sie verharrten regungslos, bis sich ein Fisch in ihre Nähe traute, und stießen mit ihren Harpunen zu. In diesem Fall war Galok der Fisch, ein äußerst kapitaler Brocken. Der Riese trieb ihm den Dreizack von hinten durch die Brust, packte den langen Schaft der Waffe mit beiden Händen und hielt Galok aufgespießt daran hoch. Jubel breitete sich unter den Barbaren aus.

Was der Riese und die in Verzückung geratenen Krieger nicht sahen, war Gortolk, der auf sie zupreschte. Der Kriegsoger mit den zwei Äxten stürmte seitlich heran, hakte sich durch Fleisch und Stahl und war innerhalb weniger Momente im Rücken des Frostriesen. Mit einem weiten Sprung über mehrere Krieger hinweg trieb er die beiden Kriegsklingen links und rechts tief neben dem Hals in die Schultern. Als er sie über Kreuz herausriss, fiel nicht nur der tote Galok zu Boden, sondern auch der Kopf des Riesen. Gortolk trampelte über den Leichnam hinweg und setzte seinen Weg unter lautem Gebrüll fort.

Auch Mogda sah sich jetzt einem dieser fünfzehn Fuß großen Krieger gegenüber.

Galoks Tod hatte ihn ermahnt, mit diesen Riesen kein leichtsinniges Spiel zu treiben. Er würde sich ihnen stellen müssen, und trotzdem durfte es nicht in einen Zweikampf ausarten. Er musste nah herankommen und ihn kampfunfähig machen, damit er weiterkämpfen konnte, ohne Gefahr zu laufen, hinterrücks aufgespießt zu werden. Der Riese erwartete ihn bereits. Drohend zeigte die Spitze seines Speeres auf Mogda, egal, wie viele Haken er schlug. Er hatte den Frostriesen bereits halb umrundet, da stürmte der geradewegs auf ihn zu. Kurz bevor Mogda in Reichweite des fast zwanzig Fuß langen Speeres kam, riss er einen der Barbaren von den Füßen und hielt ihn wie einen Schild der bronzenen Spitze entgegen. Die lanzenartige Waffe bohrte sich in den Mann hinein und wurde vom Gewicht nach unten gedrückt.

»Zweiundfünfzig.«

Mogda ließ sich auf die schneebedeckte Erde fallen und rutschte auf dem Hosenboden durch die Beine des Frostriesen. Er schlug seine Klinge mit aller Wucht in die Leiste des Riesen. Blut spritzte ihm wie Regen entgegen. Auf der anderen Seite erhob er sich sofort, packte das Runenschwert mit beiden Händen und trieb es tief in die Nieren seines Gegners.

Mogda war bereits wieder auf dem Vormarsch, als er hörte, wie der Riese in die Menge von Kriegern stürzte und etliche von ihnen unter sich begrub.

»Der zählt für zwei!«, brüllte Mogda. »Dreiundfünfzig, vierundfünfzig.«

Mogdas blutiger Reigen ging weiter. Ein weiteres Mal schrammte eine Axt über seine Hüfte, ein Schwert traf seine Wade. Die Schmerzen, die er spürte, waren nur ein Gefühl dumpfer Taubheit, und er zollte ihnen nicht mehr Aufmerksamkeit als einer flüchtigen Berührung.

Er kreuzte den Weg von Bralba. Die Ogerfrau hatte eine Schneise aus verletzten und toten Kriegern hinterlassen. Er sah, wie sie brüllend und fluchend auf eine Traube von Kriegern zuhielt, in der einen Herzschlag zuvor ihre Schwester Marmu taumelnd und mit blutüberströmtem Gesicht zu Boden gegangen war. Schwerter und Äxte erhoben sich dort, wo Marmu noch eben zu sehen gewesen war, und schnellten wieder und wieder auf sie herab.

Bralba spießte ihre Feinde auf, hebelte sie aus und schleuderte sie ihren Kameraden entgegen. Überall wirbelten Barbarenkrieger durch die Luft, wurden aufgefangen oder begruben andere unter sich. Mogda hoffte, Bralbas Zorn würde sie nicht blind werden lassen für die Gefahr.

Mogda war bei vierundachtzig angekommen, als er unverhofft eine freie Stelle betrat. Er wirbelte herum, aber keiner der Krieger befand sich in Reichweite. Er vernahm den Gestank von Dung und Urin. Jetzt erst erkannte er das mächtige Tier vor sich. Der langhaarige Büffel reichte ihm fast bis zur Schulter und mochte gut und gerne das Dreifache von ihm wiegen. Der Clanführer auf seinem Rücken wirkte fast wie ein Kind, wobei er von Größe und Statur eher einem Oger glich als einem Menschen. Der Mann musste gut acht Fuß groß sein. Die dunkel glänzende Rüstung wurde von mehreren Lagen Fellen fast gänzlich überdeckt, und der schwarze Helm mit den breiten Schwingen eines Vogels machten ihn zu einem Riesen aus Metall. Dennoch ging er auf dem breiten Rücken des Tiers fast unter. Der Büffel schnaubte bedrohlich, wobei nur die Nase des Tieres hervorstach, der Rest lag unter dem langen zotteligen Fell verborgen. Es stampfte mit den Hufen auf den Boden und bewegte sich seitlich. Der Clanführer saß fest im Sattel und ließ die beiden Äxte in seinen Händen zu den Seiten baumeln, bereit, mit diesen vom Rücken des Büffels jeden niederzumetzeln, der ihm zu nahe kam.

Mogda rannte auf den Büffel zu, täuschte links an und zog rechts vorbei. Die Äxte des Clanführers wippten erst zur einen, dann zur anderen Seite. Zu langsam und behäbig war der Angriff, um Mogda gefährlich zu werden. Mogda stand im Rücken des Büffels, doch auch außer Reichweite, um einen Angriff auszuführen. Zum Glück, wie sich herausstellte: Das riesige Tier buckelte kurz und schlug mit den Hufen nach hinten aus. Mogda hatte die Reichweite der Beine unterschätzt, da auch sie komplett von Fell eingehüllt waren, und entging dem Hufschlag nur einen Fußbreit. Gefrorene Erde prasselte auf ihn nieder, als er in Deckung ging. Als der Regen aus Eisklumpen und Erde niedergegangen war, hatte sich der Büffel bereits zu ihm gedreht.

»Du darfst nicht stehen bleiben«, rief Mogda sich in Erinnerung. Noch immer traute sich niemand in die Nähe des Tieres, doch falls er zu Boden gehen sollte, würde sich bestimmt ein tapferer Recke finden, der sich seiner erbarmen würde. Mogda brach erneut seitlich aus, wobei er seine Klinge der Menge zuwandte, die sie umzingelte, um den Freiraum weiter aufrechtzuerhalten. Im behäbigen Trab folgte der Büffel Mogdas Bewegungen.

Das Tier ist zu langsam und der Krieger auf seinem Rücken durch den

Helm fast blind, überlegte er. Als der Büffel ihm weiterhin folgte, wechselte Mogda schlagartig die Richtung. Er schaffte es hinter das Tier. Der Clanführer hatte es gut abgerichtet. Wie auf Kommando buckelte der Büffel erneut und schlug nach hinten aus. Diesmal duckte Mogda sich nicht unter dem fliegenden Dreck, sondern wartete ab, bis die tellergroßen Hufe wieder den Boden erreicht hatten, und stürmte heran. Mit voller Wucht trieb er den Stachelschild in das breite Hinterteil des Tieres. Die Dornen waren lang genug, um durch das üppige Fell bis in das Fleisch des Büffels zu stechen.

Der Büffel brüllte, kam mit den Vorderhufen hoch und bäumte sich auf.

Du bist als doch nur eine Kuh, dachte Mogda.

Das Tier tänzelte auf den Hinterläufen. Der stuhlähnliche Sattel auf dem Rücken legte sich in die Waagerechte. Dem Clanführer blieb unter dem Gewicht seiner eigenen Rüstung nichts anderes übrig, als mit ausgebreiteten Armen im Sattel zu hängen wie ein Volltrunkener. Mogda schnellte hoch, umklammerte das Runenschwert mit beiden Händen und stieß zu. Krachend fuhr die Klinge durch den Panzer und erstickte den Schrei des Clanführers in einem gurgelnden Laut. Blitzschnell zog Mogda die Klinge wieder heraus, ging in die Hocke und schlug sie dem Büffel in die Hinterläufe. Das zottelige Untier brüllte erneut, tänzelte noch einmal unbeholfen auf den Hinterbeinen, die dann wegknickten, stürzte auf den Rücken und begrub seinen Reiter unter sich. Mogda rammte dem hilflos daliegenden Büffel das Schwert in die Kehle. Ein Schwall dunklen Blutes färbte das graue Fell rot. Brüllend vor Zorn und Panik wichen die Krieger um Mogda weiter zurück.

Du musst in Bewegung bleiben, sagte sich Mogda zum hundertsten Mal.

Ein Armbrustbolzen schoss aus der Menge hervor, und Mogda konnte sehen, wie er auf ihn zuhielt.

Du musst dich ducken.

Mogda bewegte sich wie in Zeitlupe. Er sah den Bolzen, aber seine Muskeln reagierten nicht oder nur zu langsam. Der Bolzen traf ihn mittig in die Stirn. Wieder spürte Mogda nur den dumpfen Schlag, der sich anstatt des Schmerzes einstellte, sofern man bei einem Bolzen im Kopf überhaupt noch Schmerzen wahrnahm. Mogda wollte nach dem Schaft greifen, der aus seinem Schädel ragen musste, doch er fiel direkt vor seinen Augen zu Boden – und vor den Augen hunderter Barbaren.

Er tippte sich an die Stirn und fühlte die kleine kreisrunde Delle, dann betrachtete er die Fingerkuppe. Ein wenig Blut benetzte seine Haut, doch kaum mehr als von einem winzigen Stich. Der Bolzen war nicht durch seine Haut gedrungen, ähnlich wie bei einem Drachen. Eine Delle, mehr hatte das tödliche Geschoss nicht angerichtet.

Dann hörte er die Stimme in seinem Kopf. Diesmal war es nicht das Schwert oder eines der anderen Artefakte. Es war eine Stimme, wie es sie nur einmal geben konnte, und sie sagte nur zwei Worte: MEIN SOHN.

Der Speer eines Riesen prallte gegen seine Brust und fiel ebenfalls zu Boden. Die Wucht des Aufpralls ließ ihn einen Schritt nach hinten taumeln. Er betrachtete die Stelle: Sein Hemd war abermals aufgerissen, und dort, wo die Spitze der Waffe ihn getroffen hatte, zog sich eine Schürfwunde einen halben Fuß breit bis hin zur Brustwarze. Ein leichter Bluterguss und eine schorfige Stelle, das war, was eigentlich eine tödliche Wunde sein müsste.

Wieder erhob sich eine Stimme in seinem Kopf. Diesmal klang sie ruhig und ausgeglichen, fast weich: »Chaos und Ordnung sind zwei Seiten derselben Münze.«

Und eine Frauenstimme, die süß und zart sprach: »Die Natur erhält ihre Kraft zurück.«

Weitere Stimmen drängten sich in ihm, überschlugen sich und vermengten sich mit den anderen.

»Der Wind trägt dich auf seinen Händen.«

»Mogda, erstrahle im Glanz der Magie.«

»Feuer wird dich auf ewig wärmen.«

... und noch weitere Stimmen hallten durch Mogdas Kopf, ohne dass er sie genau verstehen konnte.

Mogda hob den Speer auf, der zu seinen Füßen lag. Der Schaft aus Bronze war so dick wie der Unterarm eines Mannes, und dennoch wog er nicht mehr in seinen Händen als ein kurzer Ast. Mogda trat den Kriegern entgegen, die ihn umringten und mit fassungslosen Gesichtern anstarrten. Er holte aus ... und schlug zu. Die Leiber der Barbaren wirbelten durch die Luft. Mogda schlug erneut zu, als ob er die Ähren in einem Kornfeld mit einem Stock abdrosch. Die Krieger flogen durch die Luft und landeten zehn und mehr Schritte entfernt zwischen ihren Kameraden.

»Die Götter sind erwacht«, brüllte Mogda, und man hörte seinen Ruf bis tief unter die Erde.

Was Blutdurst war, wurde zu Panik. Barbaren und Riesen flohen zuerst vor ihm, dann davor, in seiner Nähe zu sein, und schließlich vor jedem, der zu ihm gehörte. In alle Winde wurden sie zerstreut oder endeten durch seine Hand.

Epilog
Geschichten leben davon, erzählt zu werden

Hagrim saß im Schankraum der »Tonphiole«. Vielmehr glaubte er, dass es die »Tonphiole« war, denn das stand auf dem Türschild, das vor ihm auf dem Tisch lag. Eigentlich handelte es sich nur um eine Hoffnung, dass dieses Zimmer wirklich eine Schankstube war. Bis auf die verkohlten Wände des Zimmers, die keine Türen besaßen, zeugten nur noch drei Tische, eine Hand voll Stühle und ein langer Tresen davon, was der Raum einmal gewesen sein mochte. Hagrim beschränkte die Möglichkeiten auf zwei: entweder eine Kneipe oder ein Leichenhaus. Aus irgendeinem Grund fand Hagrim den Gedanken, ein Gast zu sein, schöner, als sich im Reich der Toten zu befinden. Deswegen beschloss er, diesen Raum zur Schänke zu erklären. Es gab noch ein weiteres Indiz dafür, dass dieser Raum zum gewerblichen Ausschank genutzt wurde – eine Klappe im Boden. Missmutige Menschen hätten behaupten können, dies sei der Einstieg ins Unterreich, doch für Hagrim war es die Klappe zum Weinkeller, nicht mehr und nicht weniger.

Er wusste nicht, wie lange er schon an diesem Tisch saß, mit seinen Fingernägeln auf der verkohlten Tischplatte herumkratzte und die öden Wände anstarrte. Er hatte jegliches Zeitgefühl verloren.

Ein weiterer Beweis dafür, dass ich in einer Kneipe bin, dachte er.

Das Letzte, woran er sich erinnerte, war Cindiel, wie sie vor dem Baum Mystraloon kniete und den unscheinbaren Stein in den hohlen Stamm fielen ließ. Er wollte ihr sagen, was er ihr alles verdankte. Er wollte sie in den Arm nehmen und an sich drücken, ihr ins Ohr flüstern, dass alles gut werden würde. Doch stattdessen wurde ihm schwindelig. Alles um ihn herum begann zu verschwimmen, er musste sich setzen. Und er setzte sich – auf diesen verdammten Stuhl.

Ein Dutzend Mal hatte er sich schon vorgenommen, aufzustehen, zu einem der Fensterläden zu gehen und sie zu öffnen, doch eine innere Stimme sagte ihm, er solle es nicht tun. Es schien die gleiche Stimme zu sein, die sonst immer behauptete, ein Glas könne er noch trinken, bevor er nach Hause ging, deswegen vertraute er ihr.

»Bei Prios, was mache ich hier?«, schrie Hagrim und schlug mit der Faust auf den Tisch. »Es gibt keine Geschichten von alten Männern, die an einem Tisch sitzen.«

Sein Hochgefühl schwand genauso schnell, wie es gekommen war. Ihm wurde bewusst, er war keiner dieser Männer, von denen in den Geschichten erzählt wurde. Die Männer in den Geschichten waren immer tapfere Helden, schöne Jünglinge, bärenstarke Recken oder weise Zauberer. Über arbeitsscheue Trinker sprach man nur mit vorgehaltener Hand hinter ihrem Rücken. Merkwürdig schien jedoch die Tatsache, dass die Helden aus den Geschichten meist nicht alt wurden, sondern einen besonders heroischen oder tränenrührenden Tod fanden, ein Ableben, das den meisten alten Trinkern nicht zuteil wurde. Dafür waren sie alt. Hagrim fand es erstrebenswerter, alt zu werden, als eindrucksvoll, aber jung zu sterben. Anscheinend machte er irgendetwas richtig.

Hagrim überlegte, was er tun würde, wenn er tatsächlich in einer Kneipe saß. Die Antwort war schnell gefunden: Er würde trinken.

Er spielte das Spiel in Gedanken weiter.

Was, wenn er kein Geld hatte?

In diesem Fall würde er die Gäste unterhalten und dafür ein Gläschen bekommen.

Was, wenn keine Gäste da waren?

Dann würde er den Wirt anschnorren.

Was, wenn auch kein Wirt da war?

Dann würde er weiterziehen oder nach Hause gehen. Nein – in einer Kneipe unbeobachtet und sicher vor den Stadtwachen …

Sein Blick fiel auf die Luke zum Keller.

»Ich würde in den Keller gehen und mich volllaufen lassen«, brummte er halblaut.

Genau das würde er jetzt tun. Er erinnerte sich nicht, aufgestanden zu sein oder die Kellerluke geöffnet zu haben, doch plötzlich stand er auf der hölzernen Treppe, die zu einem Weinkeller führte. Die Luke über ihm war geschlossen, und ein süßlicher Geruch lag in der Luft.

»Da bist du ja endlich«, krächzte eine Stimme aus der Tiefe des Gewölbes. »Ich dachte schon, du würdest ewig dort oben hocken.«

Hagrim erkannte die Stimme, ihr krächzender Unterton und die Bösartigkeit, die in jeder Silbe lauerte, gehörte zu Bocco Talis. Er gehörte jetzt ihr, und sie konnte über ihn bestimmen.

Hagrim unterdrückte seine Angst. Er wollte dem alten Weib seine Furcht nicht zeigen. Bei seinem letzten Besuch in diesem Keller war Hagrim erhobenen Hauptes in die Schuld getreten, die eigentlich Cindiel zu begleichen hatte, jetzt wollte er nicht als jemand dastehen, der sein Wort bereute. Bocco konnte die Angst von Menschen riechen. Sie war so etwas wie die Königin der Gefühle. Er täuschte sie über sein Innerstes hinweg, wie er jeden zu täuschen vermochte – mit Worten.

»Mir stand der Sinn nach etwas Abwechslung. Die ›Tonphiole‹ ist kein Ort, an dem man wirkliche Zerstreuung findet. Der Wirt ist unfreundlich, die Schankmaid hässlich und die Gäste wenig gesprächig. An so einem Ort kann man sich nur volllaufen lassen. Hier bin ich, schenkt den Korken die Freiheit.«

Bocco schüttete sich aus vor Lachen, auf ihre ganz eigentümliche Art. Es war mehr ein Zusammenspiel von Kichern, Husten und ersticktem Jubel, doch anscheinend erfreute sie die ausgelassene Art des Geschichtenerzählers.

Hagrim betrat die letzte Stufe und überlegte sich, wie er der Hexe entgegentreten sollte, mit oder ohne höflichen Knicks, demütig den Kopf gesenkt oder fröhlich hüpfend, wie ein betrunkener Barde. Er wählte etwas von allem.

Der Weinkeller, der Bocco als Behausung diente, hatte sich seit seinem letzten Besuch keinen Deut verändert. Bocco saß auf dem Schemel hinter ihrem Tisch, wofür Hagrim auch dankbar war. Der Anblick der Alten, wie sie ihren halb verfaulten Leib über den Boden zog, wäre sicher Übelkeit erregend. Bevor er diesen Anblick ertrug, wollte er wenigstens eine Flasche guten Roten intus haben. Die meisten Frauen wurden dadurch hübscher. Mit etwas Glück würde Bocco dadurch zu einem hässlichen Weib werden, und dann wüsste er, was zu tun war – weiter trinken. Hagrim trat näher.

»Die Abmachung besagte, dass ich erst in Eure Dienste trete, sobald die Götter ein Lebenszeichen von sich gegeben haben. Ich habe kein Zeichen gesehen«, beharrte Hagrim.

»Du hast noch nie ein Zeichen der Götter gesehen, geschweige denn verstanden«, fauchte Bocco ihn an. »Die Götter sind erwacht und schenken den armseligen Kreaturen auf ihrer Welt wieder ihre Gunst.«

»Beweist es«, murrte Hagrim störrisch.

»Nicht so schnell. Du wirst noch früh genug das Spiel der Götter wieder miterleben können. Zuerst solltest du dich in deine neue Rolle einfinden. Bist du gar nicht neugierig, wie du deinen Dienst bei mir leisten sollst?«

Hagrim schluckte. Seine Vorstellungen reichten weiter, als sein Magen es erlaubt hätte, doch er war sicher, dass dieser alten Hexe auch noch mehr einfallen würde. Er durfte keine Angst zeigen.

»Saubermachen wäre für den Anfang schon mal ganz gut. Außerdem solltet Ihr dort oben hinter dem Tresen einen guten Mann haben.«

Wieder gab sich Bocco Talis ihrem Lachen hin.

»Vielleicht, wenn etwas Zeit bleibt. Zeit wirst du nämlich genug haben, mehr als dir lieb sein wird.« An ihrer knochigen Hand hob sie einen schwarzen Krähenflügel hoch. »Kennst du dich mit diesen geflügelten Biestern aus?«

»Sicherlich – er ist tot«, erklärte Hagrim.

»Tot ist nicht ganz richtig, eher kaputt. Du wirst nämlich mein neues Vögelchen sein.«

Hagrim verstand nicht. Ein Vögelchen? Er hatte keine Flügel. Er konnte nicht fliegen, höchstens aus Kneipen, wenn ihm das Geld ausging. Was wollte dieses Ungeheuer von ihm?

Bocco schien seine Gedanken lesen zu können.

»Ich habe dich und diese junge Hexe bereits belauscht, bevor ihr meinen Keller betreten habt. Ich habe dich sagen hören: *Bocco ist doch kein Name, das ist ein Geräusch. Die Geschichte von Bocco Talis wird nur noch Kindern erzählt, um ihnen Angst zu machen. Kein Mensch glaubt daran.«*

Der lange schwarze, in sich gekrümmte Nagel ihres Fingers zeigte auf ihn.

Ich werde dich Nacht für Nacht in die Schankstuben, Gaststätten,

Kneipen und Hurenhäuser der Welten schicken, und dort wirst du ihnen von mir erzählen. Bocco Talis wird nicht länger ein Kindermärchen bleiben.«

Wieder lachte sie, doch zum Glück verhüllte ein Schleier ihr zerfressenes Gesicht. Hagrim hätte sich auch einen Schleier gewünscht, denn er schaffte es nicht, sein freudig erregtes Grinsen zu unterdrücken.

»Wahrlich, die Götter sind erwacht, und sie haben mich in das Paradies geschickt«, stieß er hervor.

»Schluss jetzt mit den Albernheiten«, schrie Bocco und schlug mit der Faust auf den Tisch. Hagrim dachte, ihre Finger zerbröckelten unter der Wucht des Schlages, aber es waren doch nur schwarze Federn.

»Hol eine Flasche roten Cyrinischen aus dem Regal«, trug sie ihm auf.

Hagrim tat wie ihm befohlen. Er hatte keine Schwierigkeiten, die Flaschen zu finden, mit Wein kannte er sich aus. Als er zurück an den Tisch kam, standen dort bereits eine flache Bronzeschale und eine kleine Phiole. Bocco riss ihm die Flasche aus der Hand, entkorkte sie mit der Apparatur am Tischrand und goss den roten Wein in die Schale. Danach träufelte sie einige Tropfen aus der Phiole hinein.

»Koste einmal«, sagte sie mit einladender Stimme.

Hagrim tippte kurz mit dem Finger in den Wein und kostete.

Bunte Schlieren schlängelten sich auf der Oberfläche des Weins und formten sich alle Augenblicke anders.

»Du willst sehen, was aus deiner kleinen Freundin geworden ist?«, fragte Bocco. »Rühre mit dem Finger im Wein und du wirst sie sehen. Erzähl mir alles, was du darin erkennen kannst, meine Augen sind schlecht.«

»Vielleicht liegt es am Schleier?«, gab Hagrim etwas voreilig zurück.

»Soll ich ihn für dich lupfen?«

Hagrim schluckte abermals. »Nicht nötig, ich werde Euch alles erzählen.«

Auf der Oberfläche des Weines formten sich die bunten Fäden neu. Viele grüne Schlieren übertünchten die anderen Farben und zeigten einen Wald. Sie begannen Gestalt anzunehmen, und Hagrim erzählte, was er sah:

»Ich sehe Blätter, Äste und Bäume. Es scheint Frühjahr zu sein, das Grün ist frisch und kräftig. Ein schmaler, fast zugewucherter Weg führt zu einer alten Hütte mit einer Scheune. Das Dach ist halb eingestürzt, aber irgendjemand mit wenig handwerklichem Geschick hat sich daran bereits zu schaffen gemacht.«

»Das ist Usils Haus«, entfuhr es Hagrim plötzlich. *»Sie ist im Tannenverlies?«*

»Sieh selbst«, sagte Bocco.

»Dort ist sie. Sie holt Wasser aus dem Brunnen. Bei Prios, sie ist ...«

»Schwanger«, unterbrach ihn Bocco abermals.

»Nehmt mir nicht immer meine Pointen«, quengelte Hagrim. »Wie lange bin ich bereits hier?«

»Du hast fast ein Jahr gebraucht für den Weg«, verriet die Hexe. »Erzähl weiter.«

»Ihr Haar ist wieder lang geworden. Es steht ihr gut. Finnegan, dort ist Finnegan. Der Tölpel hockt auf dem Dach und versucht es zu flicken. Sie lächelt ihm zu. Sie scheint glücklich zu sein.«

Bocco stieß gegen die Schale, und das Bild verschwamm.

»Du hast genug gesehen, ergötz dich an meinem Anblick, er wird dir tausend Jahre erhalten bleiben«, krächzte Bocco den Geschichtenerzähler an. »Vielleicht triffst du sie eines Tages irgendwo wieder.«

»Es gibt noch jemanden, von dem ich wissen will, wo er gerade ist«, forderte Hagrim.

»So?«, fragte Bocco verwundert. »Wer soll das sein?«

»Der fette Oger. Zeig ihn mir.«

Hagrim konnte das Grinsen der Alten durch den Schleier hindurch erkennen.

»Tauche den Finger tiefer ein, dann wird das Bild etwas klarer. Mit ein wenig Glück können wir hören, was er spricht.«

Hagrim wiederholte die Prozedur. Die Farben auf der Oberfläche der Schale veränderten sich und nahmen eine bräunliche Färbung an. Fast glaubte Hagrim, der Zauber hätte versagt, doch dann erkannte er groben unbehauenen Fels, und grollendes Lachen erklang.

»Hahahohohoho, seid gegrüßt, Maester Trumbadin von den Bleichen. Rator hat gerade angemerkt, dass es etwas verwirrend ist, wenn Ihr immer den Käfig benutzt, um uns Eure Aufwartung zu machen. Er sagte, man könnte Euch mit den Lebensmitteln verwechseln, für die ihr den Käfig sonst benutzt. Ihr wollt Euch doch sicherlich nicht mit einer Wurzel im Mund über unserer Feuerstelle wiederfinden, oder? Was verschafft uns die Ehre?«

»Ein Apfel im Mund und eine Wurzel im Hintern, so röstet man ein Schwein über dem Feuer«, erklärte der Maester. »Es ist mir ganz egal, wo ihr die Wurzel hinsteckt, doch solltet ihr, wenn ihr die Büffel bratet, lieber ein größeres Gemüse nehmen.«

Der Zwergenmaester stand neben einem Thron aus Stein in einer langen keilförmigen Höhle. Der Oger, der es sich dort auf einem Haufen Fellen bequem gemacht hatte, war eindeutig Mogda. Seine Haut war überzogen von roten und schwarzen Runen, seine Augen funkelten, als ob Feuer ihn ihnen brannte, und er schien größer, als Hagrim ihn in Erinnerung hatte.

Der Thron befand sich am Kopfende eines gigantischen, ovalen Tisches aus rotem Marmor. Um ihn herum hatten sich Oger niedergelassen und speisten und tranken ausgelassen. Einige der Hünen erkannte Hagrim wieder. Die Ogerfrau, Bralba war ihr Name, fiel ihm sofort ins Auge. Ihre dicken Zöpfe lagen halb auf dem Teller, von dem sie aß. Neben ihr saß Rator und ihm gegenüber der einäugige Hagmu. Noch weitere Gesichter kamen Hagrim bekannt vor, doch die Namen der Oger, die er auf dem Schiff kennen gelernt hatte, wollten ihm beim besten Willen nicht mehr einfallen.

»Wie ich höre, geht es gut voran mit der Zucht der Büffel«, fuhr der Zwerg fort.

»Die Büffel züchten sich von allein«, gestand Mogda. »Wir passen nur auf, dass sie uns nicht davonlaufen. Doch Ihr seid sicherlich nicht gekommen, um uns als erfolgreiche Viehzüchter zu beglückwünschen.«

Trumbadin senkte das Haupt.

»Ich habe schlechte Nachrichten, ich hoffe, es sind nun endgültig die letzten. Negol ist an seinen Verletzungen gestorben. Ich habe getan, was in meiner Macht stand, doch schlussendlich hat das Fieber gesiegt. Außerdem war ich gezwungen, Purgols Arm abzunehmen. Die

Wunde eiterte jetzt schon fast ein Jahr. Es grenzt an ein Wunder, dass er es so lange ausgehalten hat. Ich habe mein Bestes getan.«

Mogda brummte nachdenklich. »Ich bin sicher, das habt Ihr. Negol wird sicherlich einen Platz im Reich von Tabal finden. Er hat tapfer gekämpft, wie jeder hier. Wie geht es Purgol?«

Der Maester lächelte. »Er hat darum gebeten, dass ich ihm an seinem Armstumpf eine Klinge befestige. Er sagte, er gibt mir den halben Preis für ein Bastardschwert von sechs Fuß Länge, schließlich würde ich den Griff einsparen.«

Mogda und die anderen Oger brachen in schallendes Gelächter aus und hämmerten mit ihren Krügen auf den Tisch.

»Macht es so, Trumbadin. Ihr bekommt dafür das Doppelte an Marmor«, grollte Mogda. »Was gibt es aus Nelbor zu berichten?«

»Kapitän Londor hat bereits sein drittes Schiff zu Wasser gelassen und nutzt es ebenfalls für den Marmortransport von Nelbor hierher. Das Schiff heißt ›König Mogda‹.«

»Endlich mal ein guter Name für ein Schiff«, rief Mogda. »Sturmwind III und IV waren ein schlechtes Omen.«

»Wenn ich mir erlauben darf«, wandte Trumbadin ein. »Eure Bezahlung für Londor ist zu hoch. Wenn er so weiterverdient, besitzt er bald die größte Flotte des Landes.«

»Soll er doch«, sagte Mogda und tat es mit einer Handbewegung ab. »Was gibt es sonst noch?«

»Wir unterstützen weiterhin die Oger, die im Drachenhorst bei ihren Arbeiten geblieben sind. Die Entwässerung der Stollen geht gut voran. Ach ja, übrigens, Londor konnte auf der letzten Fahrt nur ein Drittel an Steinen mitnehmen. Vierzig Oger haben sich auf seinem Schiff breitgemacht und wollen zu euch stoßen. Sie müssten in zwei Tagen hier sein. Ich habe den Namen ihres Anführers vergessen. Aber er sprach eigenartig. Er sagte etwas von: genug Fumpf, wollen Land mit Eif und Fnee und Riefen fehen. Kennt Ihr ihn?«

»Das tue ich sehr wohl. Gnunt, er soll zu mir kommen und an unserer Tafel Platz nehmen. Wir haben ihm viel zu verdanken. Er ist einer meiner besten Freunde. Geleitet ihn sicher hierher. Sagt, was ist mit …«

»Mit Cindiel, der Hexe, und ihrem ungeborenen Kind?«, kam Trumbadin Mogda zuvor.

Mogda nickte.

»Drei von Euren Kriegern wachen über sie. Sie und ihr Mann wissen nicht, dass Ihr Eure schützende Hand über sie gelegt habt. Und so, wie ich es verstanden habe, soll es auch so sein.«

»Ich danke Euch, Maester Trumbadin. Ihr habt viel für unser Volk getan. Ich hoffe, wir können uns eines Tages dafür revanchieren.«

Mogda wirkte nachdenklich, neigte den Kopf zur Seite und spuckte ein Stück Knochen aus, das zwischen seinen Zähnen hing. Als er den Blick wieder hob, schien es, als ob er Hagrim direkt durch die Bronzeschüssel mit Rotwein ansah.

»Ich bin nicht fett«, knurrte er.

Ende

Für alle Leser von Jim C. Hines und Makrus Heitz

Stephan Russbült
DIE OGER
Fantasy
496 Seiten
ISBN 978-3-404-28521-1

Mogdar ist ein Oger. Schon immer war er schwer von Begriff und führte ein einfältiges Dasein, das vornehmlich aus Fressen und Schlafen bestand. Eines Tages jedoch überfällt er einen Magier und erbeutet von ihm ein seltsames Amulett. Als er sich das Schmuckstück arglos überstreift, ist plötzlich alles anders als zuvor. Denn das Amulett besitzt magische Kräfte und verleiht Mogdar etwas, das ihm bislang völlig fremd war: Intelligenz ...

Bastei Lübbe Taschenbuch

Ein riesiger Rubin, eine uralte Prophezeiung und ein Oger, wie er mutiger nicht sein kann ...

Stephan Russbült
DER RUBIN DER OGER
Roman
480 Seiten
ISBN 978-3-404-28523-5

Tief unter dem Gebirge ihrer Heimat bauen die Oger roten Marmor ab, mit dem sie Handel treiben. Eines Tages finden sie einen gewaltigen Rubin. Der Edelstein weckt nicht nur die Habgier der verbündeten Zwerge, auch ein geheimnisvoller Fremder interessiert sich sehr für ihn. Mit gutem Grund, denn der Stein birgt ein Geheimnis. Ein Geheimnis, das nur der kluge Oger Mogda zu lüften vermag ...

Für alle Fans von DIE GOBLINS, DIE ORKS UND DIE ZWERGE.

Bastei Lübbe Taschenbuch